U0945573

上 册

青岛出版集团 | 青岛出版社

图书在版编目（CIP）数据

攻玉/凝陇著.—青岛：青岛出版社，2023.6
ISBN 978-7-5552-2613-0

Ⅰ.①攻… Ⅱ.①凝… Ⅲ.①长篇小说－中国－当代 Ⅳ.①I247.5

中国国家版本馆CIP数据核字（2023）第075954号

GONG YU

书　　名　攻　玉
作　　者　凝　陇
出版发行　青岛出版社（青岛市崂山区海尔路182号）
本社网址　http://www.qdpub.com
邮购电话　18613853563
责任编辑　龚雅琴
特约编辑　李文竹
校　　对　李晓晓
装帧设计　蒋　晴
照　　排　梁　霞
印　　刷　北京润田金辉印刷有限公司
出版日期　2023年6月第1版　2024年2月第2次印刷
开　　本　16开（710mm×980mm）
印　　张　32
字　　数　571千
书　　号　ISBN 978-7-5552-2613-0
定　　价　65.00元（全2册）
编校印装质量、盗版监督服务电话　4006532017　0532-68068050

目录 上册

目录 下册

这世上最好的东西，
就得配世上最好的小娘子。

第一章

竹林遇险

杜庭兰望着窗外，天色不早了，红奴迟迟没有回来。

不知红奴见没见到卢兆安，进士宴开筵在即，再晚她就别想当面跟卢兆安对质了。

一想到卢兆安，杜庭兰心里就油煎似的难过，这半个月他避而不见，害她悒怏成疾，她现在有一肚子的话要问他，只恨此人连当面对质的担当都没有。

不能再等下去了，杜庭兰起身悄然打量四周，母亲在西苑戏场看百戏，女眷们大多去了园子赏花，四下里无人，正是离庵的好时机。

杜庭兰咬了咬唇，刚要放下手中的绣剪，廊下忽然传来说笑声。

“今年明经科取了百余人，进士科却只有区区二十人，听说年纪都不小了，大半已婚配，最老的进士五十有余，膝下儿女都比阿婉年长。”有位夫人道。

“就是。”另一位夫人轻笑，“想不到葛家为了给女儿挑夫婿，竟将主意打到老叟头上。”

“其实不怪葛家今年如此上心，你们头几日在东都，不知道这次进士科拔头筹的是位才二十岁出头的公子，此人名唤卢兆安，作得一手好诗文，人也生得丰神俊朗，有意婚配的何止葛家，好些名公巨卿都在打听这位卢进士。”

杜庭兰隔着半卷珠帘，听到“卢兆安”这三个字觉得无比刺耳。杜庭兰心里仿佛激起了巨浪，一时竟忘了手中还握着绣剪。

“但昨夜我听我家二郎说，发榜那日尚书省的郑仆射听说卢兆安拔得头筹，早把他叫到跟前问话，假如卢公子在扬州没有婚配，郑仆射多半要延媒议亲了。”

这话显然让人吃惊不小，另一位夫人道："卢公子一举成名天下知，荥阳郑氏更是百年望族，说起来倒是一桩良缘。既是宰相亲自问话，卢公子怎么回的？"

"卢公子说他尚未婚配。"

杜庭兰脸上的血色瞬间褪了个一干二净，不过数月工夫，此人竟将和她的关系一笔勾销。

皎日之誓，言犹在耳，当初有多让她心驰神往，此刻就有多讽刺。

珠帘外人影绰绰，眼看有人要进屋，杜庭兰勉强支着胳膊欲起身，忽觉掌心一阵湿热，低头才发现被剪子划出了一道口子，血珠涌出，红得触目惊心。

杜庭兰失魂落魄地望着那片模糊的红色，如今只后悔当初为何要擅自去扬州城外踏青，若没有桃花林中那场邂逅，怎有今日之辱？！

"娘子！"伤口突然被人用帕子死死按住，杜庭兰木然抬头，原来是丫鬟红奴回来了。

杜庭兰心中针扎似的疼，刚才她盼着丫鬟把话带给卢兆安，现下想起那人就要作呕。

红奴急急忙忙检视完伤口，拿出一件物事低声道："卢公子让奴把这个带给娘子，说要娘子去月灯阁外的竹林见他。"

杜庭兰冷笑一声，夺过那彩胜要撕烂，奈何手指颤动，撕了一下没撕动，反把手掌的伤口再次迸开了。

滕玉意掀帘迈入屋内，惊讶地道："咦，表姐不在此处？"

沙弥尼也吃了一惊，刚才众贵女去西苑戏场观百戏，杜家小娘子自愿留下来剪彩胜，案几上还摆着几枚剪好的金箔片，人却不见了。

不过这也不奇怪，今日是上巳节，大批百姓出城祓禊，静福庵因为毗邻曲江池，一大早也是车马盈门，庵里这样大，哪能处处照管得到？

"贫尼也不知杜檀越[①]去了何处，不过前头胡人们开始耍百戏了，杜檀越去了戏场也未可知。滕檀越，可要贫尼为你带路？"

沙弥尼说着打量着滕玉意，今日庵里仕女如云，这般出色的可不多见，听说她

① 檀越：梵音，佛家对施主的称呼，不分男女。

跟那位杜檀越是两姨表亲，也不知有什么急事，一进庵就忙着找杜家人。

只听滕玉意笑道："不必了，我表姐不喜看百戏，兴许在园子里赏花。师父请留步，我自去寻她。"

走了两步，滕玉意突然回身指了指案儿："师父，这些彩胜是我表姐剪的？"

小沙弥尼愣了愣，才道："是。"

"正好我去找表姐，小师父能不能让我把这些彩胜带走？"

本就是消遣的玩意儿，何况用的也不是庵里的金箔和玉片，小沙弥尼忙道："请便。"

这时另一位沙弥尼寻过来："圣人要观大酺，今夜长安城不宵禁，江边的月灯阁要办进士宴了，住持让看好众女尼，不许到月灯阁附近去。"

沙弥尼恭谨地听着，难怪刚才庵门口过去好多骑着银鞍白马的少年郎君，原来是为了一年一度的进士宴而来。

"弟子知道了。"转头她才发现滕玉意已经收好彩胜离开了。

滕玉意一边走一边打量不远处的月灯阁，朱甍碧瓦隐在薄薄暮色中，檐角下点起了流光溢彩的琉璃灯。

前世[①]杜表姐就死在了上巳节这晚，丫鬟红奴也遭了毒手。主仆俩本来好好地跟姨母在静福庵礼佛，不知何故竟私自出了庵，等找到表姐和红奴时，一主一仆横尸在离月灯阁不远的竹林里。

出事时滕玉意在扬州，但也知表姐死得离奇。

表姐一贯孝顺稳重，就算不喜热闹也会在姨母身边侍奉，为何姨母去了西苑观百戏，表姐会留在僻静的云会堂？

这些案儿上的彩胜更是莫名，今日并非"人日"，表姐怎么想起来剪这个了？倘若表姐有意要安排独处的机会，剪彩胜又是为了给谁传递消息？

翻了一会儿未能找到只言片语，滕玉意倒也不觉得意外，表姐虽然性情柔弱，做起事来却很谨慎。前世姨父、姨母查了那么久，始终没能找出引表姐去庵外的那

---

① 编者按：本文涉及重生以及妖邪等情节，属于文学创作，是古代志怪小说的常见写法。作者用丰富的想象力为读者虚构了一个发生在唐朝的传奇故事，文中提到的妖魔、道术、符箓种种元素借鉴了古代志怪小说的表现形式。虽然现实世界并无鬼怪，但故事中引人向善的精神内核是亘古不变的。希望这个故事能陪伴每一位读者度过一段美好而奇妙的时光。

个人是谁。

想到当时表姐被人勒死后的惨状，滕玉意恨恨地抬头看着天色。

“碧螺，你和青桂速去西苑找姨母，我带白芷去庵外的竹林。若是姨母来时我和表姐未回，就让她老人家带人到月灯阁外的竹林来寻我们，切记要快。”

碧螺和青桂应声是，滕玉意摸向袖中的那张拜帖，还好来之前就做了万全的准备。

庵门口比之前冷清了不少，游人们全拥到隔壁西苑看表演，高高的戏台上，胡人正表演幻术，乐声一转，康国胡女扭动腰肢跳起了妖娆的柘枝舞。

滕玉意和白芷游目四顾，未能在人群中找到杜庭兰。

她们行至半路时，犊车突然停了，一个名唤端福的奴仆拦到车前：“小人问过一圈了，只有一位卖饧粥的小贩见过杜家娘子，这人说杜娘子带着婢女往江畔东南方向去了。”

滕玉意顺着方向看，正是那片竹林。她忙对端福说：“跟在车后。”

天色已晚，出事往往只在一瞬间，车夫扬鞭加快车速。

那是长安城最大的一片竹林，长数百米。人在其中极易迷路，所以前世那人在林中悄无声息地杀死表姐和红奴，又悄无声息地离去。

前世滕玉意赶到长安时，表姐已经入棺。她哭着帮姨母整理表姐的遗物，表姐出事那日身上所穿的郁金裙，正是她送给表姐的生辰礼物。

这裙子是由扬州绣娘一针一线缝制而成，颜色如暖金，华贵如云霓，即便在繁盛的长安也不多见。

今日滕玉意有备而来，一到静福庵就派出身边下人四处找寻表姐，以郁金裙为线索，果然很快就打听到了表姐的行踪。

竹林并不远，他们越往前走行人越少。

滕玉意沉着脸从怀中摸出一样物事，婢女白芷在一旁叹了口气。

数日前她们从扬州来长安途中，小娘子不慎落水大病一场，醒来时身边就多了这柄怪剑。

那是柄翡翠小剑，通体莹绿，长约一尺。依她看有些奇怪，剑是世间至坚至韧之物，岂有拿翡翠做剑之理？

况且自从夫人去世，小娘子从不摆弄府里的兵器，身为名将之女，却养得比儒官的千金还要娇怯。这回娘子一下船直奔静福庵也就罢了，还把这翡翠小剑藏在袖中。

白芷打小服侍滕玉意，深知小主人面上甜美，背地里一肚子坏水，平日里跟滕府往来的世家千金，明里暗里都吃过娘子的苦头。

老爷常年戍边，无暇管教女儿，眼看娘子的性子越发刁钻，无奈之下将娘子送往扬州杜府，托姨妹杜夫人代为管束。

杜家家风清正，杜夫人待娘子如亲骨肉一般。杜家的长女杜庭兰，更是处处以表妹为重。她们相处几年下来，娘子早将姨母和表姐视为至亲。

白芷打量着娘子眼里浮动的戾色，心知倘若再找不到杜娘子，小娘子绝对会做出什么意想不到的惊人之举。

这样想着，白芷往窗外看去，原来犊车已到了一片竹林前："娘子，你看。"

竹林入口处停着一辆镶金饰玉的犊车，好些仆从忙着在林外设幄幕，瞧这富贵至极的排场，恐怕还不是寻常的公卿贵族。

滕玉意自顾自戴好幂篱下了车，视那些仆从如无物，径直往竹林走去。

豪仆们望见滕玉意，立刻上前阻拦："小娘子请留步。"

滕玉意敛衽行了一礼，笑问："此处并非禁苑，何故不让通行？"

仆从道："我家公子要去江畔击鞠，故在此处设了幔帐，等他出了林子，自然就放行了。"

白芷脸色微变，这话霸道至极，偌大一片竹林，说不让进就不让进。

滕玉意倒沉得住气，点头笑道："巧了，正好我也要抄近路去江边赴宴。"

仆人们互望一眼，江畔筵席不止一处，但赴宴者无一不是达官贵人，这女子轻车简从，委实看不出来历。

"既是赴宴，娘子想必有帖子。"

"帖子？"

这时犊车前一位中年仆妇道："今晚除了进士宴，陛下也会在紫云楼观大酺，随行的王孙公子可不少，消息传扬出去，引来了多少痴头痴脑的小娘子。"

滕玉意心中一哂，真是冤家路窄，居然在这里遇见这对主仆。

那仆妇也在端详滕玉意，小娘子头戴幂篱看不清相貌，不过她心里确定，以往从未在长安见过这号人物。这个小娘子口口声声要抄近路去江边，却连帖子都拿不出，她自恃身份并不想说重话，只是这一路都撵了多少这样不知轻重的女子了。

妇人脸上添了轻慢之色，对那几个豪仆道："多半又是奔着你家公子来的。这位小娘子，老身奉劝你一句，他家公子可不好惹，趁早走吧，省得自讨没趣。"

这番话直接将滕玉意打入了攀高结贵之流，白芷脸涨得通红，正要驳斥几句，滕玉意瞧那仆妇一眼，冷笑："是吗？若我偏要进去呢？"

说话间她从袖中取出一样物事，对拦路的那几个仆从道："时辰不早了，请你家主人行个方便。"

众人面色微变，那是一张郡王府常用的缃色拜帖，上款是淮南节度使兼扬州刺史滕绍，下款是淳安郡王的亲笔签名。

他们平日总跟淳安郡王打交道，郡王的字迹他们一眼就能认出。

淳安郡王是本朝宗室，当今圣上的堂弟。淮南节度使滕绍，则是威名远播的名将。听说多年前淳安郡王随陛下去骊山驻跸时不慎遇过一次险，正为滕绍所救。

这两号人物都是自家小郎君的前辈，即便小郎君见了也得下马施礼。

众仆不敢再拦，只是仍将妇人和她身后那辆犊车挡在林外。

中年仆妇半张着嘴望着滕玉意，忽听犊车里有人严厉地咳嗽一声，听声音是位极年轻的小娘子。

妇人回过了神，赶忙换了一副恭谨的笑脸向滕玉意赔罪。

滕玉意瞥了那个仆妇一眼，带着端福和白芷往林中走去，边走边对老车夫说："你在此处等消息，姨母来了，立刻带她们到林中找我们。"

白芷暗自为那仆妇捏了把汗，以娘子睚眦必报的性子，难保不会找那仆妇算后账。

"娘子，你认识那仆妇的主人吗？"

滕玉意让白芷点上灯笼，心道：何止认识，三个月后镇国公的大公子段宁远突然上门与我退亲，正是为了犊车里的董二娘。

当时众人听到消息无不诧异，滕玉意的父亲滕绍更是惊怒交加。镇国公老脸挂不住，绑了儿子来请罪，不料段宁远顽固异常，宁受笞刑也要退亲。

"阿爷若是不解气，再加一百下也使得。"

昏昏雾雨里，穿墨色襕衫的年轻男子直挺挺地跪到庭前，摆出一副宁死也不回头的架势。

镇国公气得七窍生烟，夺过鞭子亲自施笞刑。

"老夫今日就打死此獠！"

滕绍冷眼旁观，直到镇国公把段宁远打得半死才开口："无故退婚，错不在吾儿。你背信在先，休想将过错推到玉儿身上，此事传扬出去，势必引发街谈巷议，但叫我听到半句指摘玉儿的话，别怪我滕绍无情！"

说罢滕玉意的父亲当众撕毁了通婚书和答婚书，将奄奄一息的段宁远逐出了府。

起先坊间提起此事，无不惊讶段宁远会做出这种背德之事，但随着时间推移，渐渐传出了别的说法。

段宁远是公认的笃行君子，情愿背负骂名行此事，定是因为滕绍的女儿德行有亏。

听说这位小娘子表里不一，顶着张鲜花般的脸，性情却极其狡诈。

这套说辞愈演愈烈，没多久就传到了滕绍的耳里。女子的名声何其重要，今后谁还敢向滕家提亲？但不等滕绍从淮南道赶回来亲自处理，段小将军就因与董二娘幽会被人给撞见了。

那是一次秋日射礼，与宴者几乎都是王公贵人，地点在乐游原，附近有座荒废已久的佛寺，当日不知谁说寺中有奇花盛放，一下子挑起了众人的兴致。

大家过去寻乐，不巧撞见了段小将军和万年县董明府的二千金幽会。

董二娘为了方便出行身着男子胡装，然而掩不住娇婉之态。

董二娘泪光盈盈，段宁远温声宽慰，两人倒是守礼，但谁都看得出段宁远对董二娘的倾慕和呵护。

此事激起轩然大波，两人绸缪缱绻，可见早有往来。段小将军的品行人人称道，怎知他毁弃婚约竟是因为恋上了别的女子。

而且，早前坊间那么多关于滕家小娘子的无礼揣测，段小将军居然一句都不曾维护，只顾心爱之人，却任凭滕家小娘子被人诋毁，简直是铁石心肠。

一时间人言籍籍，镇国公府丢尽了脸。国公夫人不怪儿子，只恨董二娘，宁死也不让董二娘进门。

当晚滕玉意歪在榻上，气定神闲地喝着酒盏里的石冻春。

段宁远要跟谁双宿双飞她毫无兴趣，但因为一己之私妄图把她也赔进去，未免欺人太甚。

段宁远是个极其谨慎的人。她为了布这一场局不知费了多少心思，终于等来这厮身败名裂的一天，她怎能不豪饮？

仆妇看滕玉意等人顺利入内，眼馋之下，也试图上前商量，但一众豪仆将她们拦在林外，再也不肯放行。

仆妇嗓门不小，白芷在前头不免听见几句，才知这仆妇是万年县董明府家的管事娘子。

白芷虽常年在扬州，但也知长安城分为两县，东城属万年县，西城属长安县。

两县县令说来只是正五品上的官阶，但两县地处京畿，县令执掌实权，算得上有头有脸的人物，无怪乎府里的一个管事娘子都如此跋扈。

中年仆妇跟那帮豪仆交涉一番全无效用，只听犊车里的人唤了一声，妇人忙上了车又掀帘出来，悻悻然吩咐车夫道："二娘担心老夫人的病体，赶着赴完宴回城侍奉，莫在此处干耗了，另绕远路吧。"

车夫应了，香车辚辚，渐行渐远。

白芷扭头看向身边的滕玉意，娘子一进到林中就如临大敌，她心里再好奇，也不敢多问了，只奇怪那些豪仆的公子究竟什么身份，连万年县县令都不放在眼里，而且想必他们已经出了林子，因为起先还能听到不远处有说笑声和脚步声，渐渐只剩风声。

静水深流，越安静越诡异。

走了一段路，也分不清东西南北，白芷只觉得心里发毛，还好身边跟着端福，这老奴身手不凡，忠心耿耿，有他在身边就不必怕。

空气湿凉，慢慢渗入一丝腥味，三人正疑惑间，林中蓦地传来一声女子的惊叫声，树梢簌簌作响，好像有什么庞然大物从头顶飞过。

滕玉意低喝道："端福！"

"是！"只听当啷一声，刀刃寒光迫人，端福拔刀飞纵而去。

滕玉意提裙急追，那女子虽然只短促地叫了一声，但她一下听出是表姐的声音，只恨头顶那巨物掠过时带着风，竟不知是人是畜。

她脑子里一瞬间转过千万个念头，凶手不会是封林之人，既要杀人，何必大张旗鼓，当众拦了那么多犊车不让进，无异于向天下昭告他是凶手。

依她看，凶手多半藏在林子暗处，先前她因怕遭暗算，一进入林中便万分防备，哪知情况比她预料的还要诡异。

利器锵然作响，端福已然跟那东西交了手，他的兵器是千年玄铁所制，劈石斩金。

滕玉意心中稍安，不管凶手什么来头，以往从未见端福失过手。

白芷吓得不轻，幸而手里的灯笼未丢掉。主仆两人急跑几步，将手中颤动的光影洒向前方，只见一团影子伏在地上，隐约是个女子。

滕玉意拔出袖中的翡翠剑，即将奔到跟前了，又被残存的一丝理智拉住，停下来让白芷举高灯笼："看那人是谁？"

白芷哆哆嗦嗦照亮那人。

“红奴？”

红奴面若金纸，好在还有气息，滕玉意急急地问道：“阿姐呢？”

红奴表情迷茫了一瞬，慌忙爬起来：“娘子！娘子！”

滕玉意急火攻心，眼看这个丫鬟已被吓破了胆，于是夺过白芷手中的灯笼正要起身，就听身后“砰”的一声，有重物撞击到地面，接着便听端福闷哼道：“娘子当心！”

滕玉意脑中一空，端福怎会失手？不等她回头去看，一股怪风从后头疾行而至，风里夹着浓浓的草木清香。

红奴和白芷瞳孔猛地放大，那东西来得太快，没等她二人推开滕玉意，黑影的手掌已经搭上了滕玉意的肩头，只需一拽一拉，就会将滕玉意撕成两半。

怪物一击得手，居然怪笑起来，腔调柔媚，像极了满怀柔情的妇人。红奴和白芷好不容易鼓起勇气欲上前帮忙，听到这可怖的笑声，又双双被吓昏过去。

端福心胆俱裂，正要横肩一撞，耳畔银铃般的笑声蓦然变为狼狈的惨叫声。

只见滕玉意握着翡翠剑，恶狠狠地朝自己肩头的怪爪刺去。

她每刺一下，怪物就怪叫一声，仿佛正遭受剜心之痛，叫得无比凄厉。

端福骇异得忘了收手，滕玉意早忘了害怕，来之前脑海中设想过千万遍，若能当场抓到谋害表姐的凶手，必将那人千刀万剐。想到表姐或许仍在此物手中，她下手既狠又快。

前世表姐惨死之后，姨母也因遭受重创一病不起，短短半年时间，她相继失去了最重要的两个亲人，今晚她才知道，原来祸事全因这个怪物而起，她恨不能食其肉，寝其皮。

剑扎进皮肉还不够，滕玉意干脆如同捣齑酱一般，将剑尖在怪物爪背里来回搅动。

怪物的惨叫声拔高几分，无奈动弹不得，伴随着“扑通”一声，又有重物落地。

黑暗中，传来女子痛苦的低哼。

滕玉意脑中仿佛有根琴弦被拨动了一下。

“阿姐！”

“是表姐！快，端福！”

端福瞅准机会把杜庭兰抱入臂弯，腾跃起落之间，便将其带离怪物脚边。

滕玉意待要再刺，可就是这一分神的工夫，肩上力道陡然一轻，惨叫连连，那怪物竟生生扯断了自己的巨爪。

刹那间血流如注，腥秽的气味直冲云霄。

那怪物哀号着，犹如伤透了心肝的女子，高高纵到树梢上，转眼便消失在夜色中。

正在这时，林外火光照耀，脚步声杂沓而至，杜夫人带着下人惶急赶来："兰儿！玉儿！"

随之而来的，还有刚才在林外设置幔帐的那群豪仆。

众人望见这个情形，都露出惊异之色，不知那妖物使了什么幻术，林中这番惊天动地的打斗，竟没传到林外去。

仓皇间，有个仆人蹲下来捡起那怪物落下的残肢，然而没等他看清楚，那东西便化为了一堆黑色的齑粉，此人顿时变了面色："快去禀告世子。"

"世子刚下场击鞠，月灯阁外落了锁，如何给他递消息？"

"淳安郡王今晚也在江畔，不如我去请郡王殿下找世子。此妖来历不明，放任不管定然还会有人遭殃。"

滕玉意趁乱抱起表姐一看，表姐依旧昏迷不醒，但好在呼吸平稳。

滕玉意眼眶一热，眼前是一张有着鲜活生命力的脸庞，不是上一世她从扬州赶来时见到的那张毫无生气的、浮肿青灰色的脸。

自打醒来后，她昼夜都在筹划如何避免同样的悲剧，只恨被困在舟中，如今表姐就在眼前，怎能让她不悲喜交加？

杜夫人急急忙忙推开侍婢跑到跟前："出了什么事？"

滕玉意闻着姨母襦衣上熟悉的薰香，喉头如同堵了团棉花，抬头时却很冷静："我跟阿姐约在此处游乐，谁知撞见了邪物。"

表姐为何私自出庵，对她来说至今是个谜，碍于周围都是人，说话时必须有所顾忌。

杜夫人心念转得极快，忙将两人搂入怀中："好孩子，莫怕。"

杜夫人一迭声地吩咐下人："快把一娘[①]抬到犊车上，速回城中找医工。"

滕玉意起身查看端福的伤势，只见他自右肩往下，整条胳膊都血肉模糊。

---

① 一娘：在家中排行第一的意思，这个称呼在唐人中很常见。例如，唐人杜光庭写的那篇著名的传奇《虬髯客传》里，红拂也曾自称"一娘"，虬髯客也这么叫她。

她忙让老车夫搀扶端福："车上有金创药，先止血再说。"

一帮人出了林子安置好杜庭兰，正待将红奴和白芷往犊车上抬，迎面来了一队车马，刚才那群仆从去而复返，后头还跟着身着黄衫的宫人。

这群人急急到了跟前："敢问是滕将军府上的犊车吗？小人是淳安郡王的长随，殿下听闻方才之事，让我们火速赶来封锁竹林。"

"淳安郡王？"杜夫人掀开帘子，早发现女儿嘴唇发青，正心中沸乱。

"不只府上几位，万年县董明府的犊车路过此处也受了冲撞，皆由邪物所伤，正巧道长今晚也在曲江游乐，郡王已经去请道长了，另让我们将受伤之人送到紫云楼去。"

滕玉意心头一震，忙攥住杜夫人的手："姨母，快依几位宫人的话把红奴、白芷抬上车。"

表姐她们气若游丝，端福脸上也笼罩了一团黑气，不用想也知道跟那妖物有关，如果不尽快医治，殒命只在旦夕之间。

若她没料错，这位能自由出入紫云楼的道长，正是那位性格孤傲，却被当今圣上奉为恩师的清虚子。

此人道术之高，海内无双。

经过先前那一遭，无人再敢抄近路，一行人绕过竹林上了大道，又走了许久才到江畔。

滕玉意借着车窗外的光亮端详表姐掌心的伤口，血痕未愈，极细极深，原以为是怪物伤的，现在看着倒像是被绣剪所刺。

"姨母你看。"

杜夫人握着杜庭兰的手来回检视，颤声道："多半是被那妖物弄破的。"

滕玉意疑窦丛生，那怪物的利爪大若蒲扇，倘若被它抓中，表姐的手多半早已血肉模糊，又怎会只留下细细的一道伤痕？

"姨母，阿姐走前可跟你说过她要出庵？"

杜夫人含泪道："何曾跟我说过？我到前头看百戏，你阿姐嫌闷要留在云会堂休憩。我想着看完百戏就回城，也就没强迫她，谁知这孩子转头就出了庵，还撞上这样的怪事。"她怔了片刻，抓住滕玉意的手低声问，"好孩子，平日里你和你姐姐书信往来，可曾听你姐姐在信上提到过哪位小郎君？"

这个问题滕玉意早思量过千百遍，但出事时她已有大半年未见表姐，两人相隔两地，以表姐谨慎的性子，心事只会当面与她倾诉，绝不会随意付诸笔端。

“姐姐隔三岔五就给我寄些新奇物件，信上倒不曾说过旁的……倒想问问姨母，姐姐这些日子在府中可有不寻常之处？”

杜夫人思量半晌：“你不是不知道你姐姐，向来稳重，样样周全，即便遇上什么不痛快的事，面上也从来不显。这阵子我看她有些消沉，有意留神她的起居，愣是没看出不妥当之处。前几日听说你要来长安，你姐姐把你的茵褥、衾被都搬到她屋里，凡你跟她提过的吃食，一律给你提前张罗出来，我看她欢欢喜喜不像有心事的模样，也就撂开手了。”说到此，杜夫人懊悔得捶胸，“我也是糊涂，庵里鱼龙混杂，当时怎能留她一个人在后苑？倘若……倘若救不回来，我也不活了。”

滕玉意扳住杜夫人的肩膀：“咱们请到了清虚子道长，还怕救不了姐姐吗？姐姐现下急等着救治，姨母若是乱了阵脚，还如何应对接下来的事？”

杜夫人愣了一瞬，拭泪点头道：“好孩子，还是你明白，姨母这是急昏头了。”

杜夫人说罢搴帘吩咐自家下人：“派人去城里速速给老爷和大公子送消息！越快越好！”

滕玉意阴着脸回想林中情形，碰巧马车路过月灯阁，她下意识地转头往外看。

楼内灯烛荧煌，进士宴开筵了。

客人皆已入席，阁楼门牖紧闭，从外头是别想看出端倪了。滕玉意细细瞧了半晌，再疑心也只能作罢。

她们到了紫云楼前，一位上了年纪的老宫人迎过来道：“道长头先在楼内饮酒，听说月灯阁的击鞠开始了，立刻就不见人影了。郡王殿下怕耽搁工夫，让老奴先在此等候，自己去月灯阁找道长了。”

杜夫人顾不上寻思一位年近古稀的老道长为何对击鞠感兴趣，急忙下车道：“一切有劳郡王殿下了。”

老宫人令人抬来几架兜笼：“郡王殿下时常感念滕将军当年的救命之恩，何况府上这几位都有性命之忧，便是没有当年的交情在里头，殿下也不会坐视不理的。”

就在这当口，晚风吹起兜笼前的挡帘，杜庭兰冷不防呛了口风，脸庞登时蒙上一层瘆人的金灰色，随即鼻翼翕动，呕出大口黑血来。

滕玉意和杜夫人心尖一颤，一面拿帕子拭血，一面焦急地说道：“烦请公公速带我们入内。”

老宫人忙令人抬起兜笼：“万年县董县令的二娘子刚才也受了惊吓，本要赶回城中救治，听说郡王殿下请了道长，临时托人关照，也进紫云楼了。”

杜夫人点点头，陛下大酺通常只令三品以上大员陪饮，若无贵人相邀，寻常官员是进不了紫云楼的。不知楼中那位照管董二娘的是何人。

老宫人没带他们进正楼，而是直接往后头的别馆去了。

一行人刚要进院子，忽然有人惊叫道："呀，为何兜笼里会藏着个男子？"

众人停住脚步，原来宫人下台阶时摔了一跤，不小心把端福的腿颠了出来，脚上的鞠靴一看便知是个男仆。

"温公公，后苑怎容得下这等蛮仆，还不快把这东西撵出去？"

老宫人露出笑容上前行礼："老奴失礼了，这是淮南节度使滕将军家的娘子，这位是国子学博士杜博士的夫人，今晚赴宴途中不小心出了意外，眼下急等着救治，淳安郡王听说受伤的有好几人，先行去请道长了，走前命老奴安置伤者，因情状急迫来不及各处通知，还望几位娘子莫要怪罪。"

众女脸色稍霁："原来如此，我等素来胆小，陡然看见兜笼里藏着一个粗仆，误以为有人擅闯后苑，方才失礼了，容我们赔个不是。"

滕玉意笑靥浅生，撩开幂篱的皂纱，欠身回礼道："万万当不起，事出突然，多有唐突，说来全是我们的过错。"

众女见她娇憨婉约，心里先有了好感，有人低声道："前些日子就曾听说有妖邪作怪，先后死了好几名小娘子，只因肌体上无伤，法曹误以为是无疾而亡，直到报官的人多了，才惊动了大理寺。"

滕玉意一惊，前世表姐遇害前后，长安城从未听说有妖邪作怪，而且前世表姐尸首的颈项上有明显的勒痕，为何说"肌体无伤"？难道前世害死表姐的凶手，并非今晚在林中撞见的那个？

又有人说："既然请到了大理寺和清虚子道长，究竟是什么东西在作祟，想来很快就能查清了。滕娘子，把这男仆放到外头等着救治便是，何必带入院中？"

杜夫人笑道："吹不得冷风，要是搁在外头，只怕等不及救治便没了，说来也是护主才受此重伤，怎好弃之不顾？"

忽有人道："这是在做什么？"

一名美艳妇人懒洋洋地踱入院中，边走边用一双灵动美眸环视众人。

贵女们纷纷上前行礼："安国公夫人。"

滕玉意前世在长安待的日子不算久，王公大臣的女眷却见过不少，依稀记得安国公在原配去世之后，又娶了赵郡李氏寡居的妹妹做续弦。

李女容颜姝丽，自幼精于音律，李老夫人将这个女儿视为掌上明珠，日日要听她抚琴。

李女在母亲膝下奉养到二十多岁才出阁，岂料成亲不到三年丈夫便从马上摔下死了。

李女悒悒不乐地回长安游历，安国公偶然与其邂逅，一见之下惊为天人，隔天便请人上门说亲。

在滕玉意的印象中，小安国公夫人因身体羸弱，素不喜交游，因此前世她从未与其打过照面，今晚见了，才知李女如此明艳。

有人将方才之事说了，安国公夫人挑起半边秀眉："今晚各院都占着，唯有揽霞阁闲置，不让女眷们在此醒酒，还有何处可去？早先她们迫我喝了好些酒，我心里直发慌，再不歇息只怕要害病。"

"还等着做什么？快把他扔出去，料也死不了。不过是个粗使下人，倒比主人还矜贵。"安国公夫人像是醉得不轻，说完这番话，以手抵额，晃晃悠悠地往院内走。

杜夫人忙到兜笼里探视杜庭兰，只见杜庭兰气若游丝，手脚也冰冷，必须马上抬到屋内安置，想来端福也是如此。她正要开腔，滕玉意却先她一步笑道："国公夫人有所不知，温公公把伤者安置在同一个院落，一来是方便道长来了作法，二来也是为了尽快查出那邪祟的来历。这妖物出现得离奇，又法力高强，如不早些将其降服，下一个受害的不知会是谁家娘子。"

众女面色一变，安国公夫人停下脚步，回过头打量滕玉意。

滕玉意又道："方才诸位没在竹林中，不知那妖物有多凶残，它爪子足有这么大，一爪就能要人性命，扑人的时候，半点儿声响都没有。"

庭中人眼中惧意加深。

"这等大邪一日不除，长安一日不宁，娘子们往后出门，说不定也会与它撞上。如今只能指望道长能尽快擒拿此妖，可即便道长有通天的本领，也还得先救活这个老奴不是？"

安国公夫人被勾起了兴趣："恕我眼拙，委实看不出这老仆有什么能耐。你且说说，道长来了为何要先救这个老奴？"

滕玉意笑眯眯地道："道长并未跟妖物打过照面，第一次交手极可能叫妖物侥幸逃走。这老奴就不一样了，他不但看清了妖物的模样，还深知它怎样出招，正所谓知己知彼，要捉妖，这老奴的命就万万丢不得，不但丢不得，还得想办法让他早些醒来。况且先前若不是这老奴舍身抵挡一阵，那妖怪也许已经蹿到紫云楼作乱了。"

众人早已脊背发凉。趁这机会，滕玉意顺理成章地让温公公把伤者往里抬，回身屈膝一礼："夫人承让。"

安国公夫人懒眼含笑："你是谁家的女儿？我从未在长安城见过你。"

温公公和杜夫人忙着安置伤者，滕玉意一心要进屋，少不得耐着性子笑道："回夫人的话，小女子姓滕，阿爷是淮南节度使滕绍。"

"原来是滕将军的千金，刚才我醉后失态，如有言行不当之处，先向滕娘子赔个不是。"

滕玉意假作大方："夫人言重了，不过是一场误会。"

安国公夫人掩嘴而笑："我知道滕娘子还在生我的气，现下我酒醒了，也弄明白出什么事了。这样吧，我给你一个好东西，权当抵我的过错。"

她从腰间摘下荷包，取出一个小小的玉色净瓷瓶："去年国公爷从清虚子道长处得的，据说能御百毒。我这人最胆小，得了这丹药后便随身带着，说来也巧，几个月前我和乳娘去韦曲游乐，不慎撞见了邪祟，乳娘当场昏迷不醒不说，身上也像染了一层金砂似的变了色。我吓得不轻，情急之下给乳娘喂了一粒，半炷香的工夫就见好了。"

滕玉意暗暗心惊，这番描述居然与表姐目下的症状处处吻合。杜夫人和董县令家的管事娘子在屋里听到几句，赶忙掀帘出来。

"我并不知你们撞的什么邪祟，不过清虚子道行高深，配的药方当能驱邪除祟，你们姑且拿去用，或可抵御一时。"

杜夫人大喜过望，下了台阶再拜稽首："多谢夫人！"

滕玉意也收起促狭之意，随杜夫人认认真真地行礼。

安国公夫人令人扶她们起来，自我解嘲道："谁叫我醉后无状，赔礼也是应当的。这算不打不相识嘛，我越看越觉得这孩子讨人喜欢，来，摘了幂篱让我瞧瞧。"

滕玉意依言撩起皂纱，目光无意中往下一瞥，忽然凝住了。

安国公夫人一举一动都尽显妩媚，握住滕玉意的手道："'四方之盛，陈于广陵'，见过滕娘子这样的美人，我才知扬州的盛名从何而来。早想去扬州游历，奈何身子不争气，难得如此投缘，滕娘子可愿意同我们说说当地的风土人情？"

众女笑道："甚少见夫人如此有兴致，横竖几位伤者都有了救命灵药，不如到旁边屋子醒酒说话，等道长来了再走也不迟。"

她们刚受了人家的馈赠，自是说不出"不"字，杜夫人急欲进屋照料，拍拍滕玉意的手背，低声道："去吧，姨母去里头喂药。你初来长安，趁这个机会多结识些小娘子，往后闺阁中走动起来也方便。"

滕玉意心中惊疑不定，挤出笑容应是。

刚走两步，就听“啪嗒”一声，滕玉意腰间的蹀躞带掉下来一件东西，骨碌碌，骨碌碌，一路滚到安国公夫人的脚边方停下。

原来是一个圆溜溜的银丝绣球，滕玉意笑道：“对不住，我的香囊掉了。”

她分开众女上前捡那东西，起身时“不小心”碰到了安国公夫人的右臂，隔着一层薄薄的衣料，只觉底下硌手。

滕玉意如遭雷击，下意识环视院内，董县令家的管事娘子已是急三火四，杜夫人急欲将药丸分给那个妇人，滕玉意上前一把夺过药瓶：“慢着。”

众人一愣。

滕玉意望着那个药瓶，耳朵却留神周围的动静，外头本该有乐声，揽霞阁里却连一丝杂声都不可闻。

这情形诡异莫名，滕玉意压下胸口翻涌的恐惧，强作镇定地说：“夫人，我头痛欲呕，想来也沾染了那东西的邪气，不知吃这丹药管不管用？”

“自然管用。”

滕玉意试着拧了拧药瓶，无奈地笑道：“夫人这药瓶莫不是有什么机关，能不能请夫人搭把手？”

“拿来吧。”

滕玉意把药瓶递过去，忽一指安国公夫人始终藏在袖中的右手：“夫人，我从进院子就不见您抬过这只手，莫非受伤了？”

安国公夫人登时变色。

滕玉意满脸关切：“我跟阿爷学过些胡人的推拿法子，如果夫人不介意，让我帮您瞧一瞧？”

安国公夫人绷紧的脸缓缓绽出笑容：“不必劳烦滕娘子，席上行酒令时扭到了，有些使不上力罢了，歇一歇就好了。”

滕玉意静静地看着安国公夫人：“夫人一手琴技蜚声洛阳，筚篥箜篌样样在行，想来比常人更加爱惜双手，为何受伤了也不找人诊视？”

杜夫人一愣。

安国公夫人歪头看了看自己的右臂，嘴边添了一抹笑意：“你说是为什么？”

“正因为弄不明白，所以要请教夫人。”

安国公夫人招招左手：“过来，我告诉你为什么。”

滕玉意飞快地瞟向院门口，悚然意识到，门口岑寂得如同一座孤坟，外头的风进不来，里头的声响也传不出去。

她非但不肯往前，反而暗暗摸向袖子里的那柄翡翠剑。

安国公夫人察觉滕玉意的动作，拉住身边一位贵女娇笑道："去，把她袖子里的东西给我拿过来。"

那个少女先是满脸疑惑，刹那间像是魇住了似的，呆呆地朝滕玉意走去，行动时关节僵硬，好似有人在背后操控。

滕玉意心惊肉跳，忙要拔剑，双肩却仿佛落下千钧般的怪力，一下将她定在了原地，任她如何发力，剑鞘都纹丝不动。

滕玉意挤出笑容："夫人，你这是要做什么？"

安国公夫人理了理臂弯里的烟灰色巾帔，样子安闲自得："这话该我问滕娘子，你袖中藏着什么？"

滕玉意打量四周，姨母和温公公就在不远处，然而目光空洞。她心中一横，直视着安国公夫人冷笑道："林中怪物追过来了，我打算把它的左爪也砍下来。"

安国公夫人眼中戾气暴长。

那边的董县令家的管事娘子离得太远看得不甚明白，只知安国公夫人热心赠药，滕娘子偏要横加阻拦。

她跺了跺脚："滕娘子，国公夫人一片好心，你不领情也就算了，何必尽说些无礼的话？"

忽听一人轻蔑地笑道："因为她还不算蠢。"

话音未落，院落上方射来一样物事，急如星火，状若矢箭，穿透浓浓夜色，重重击向安国公夫人的面门。

安国公夫人先是一惊，随即脸上浮现轻慢之色，等那东西逼近了，她媚笑一声甩动帔帛，不费吹灰之力就将其拂落。

滕玉意大失所望，那人气势颇足，谁知不堪一击。

她暗暗瞥向侧方，院墙下站着一个人，那副懒散从容的样子，委实不像刚遭受挫折。

安国公夫人掩袖而笑："我当是什么了不得的法器，原来是个马球，常听国公说世子贪玩，送这东西来是要陪我玩吗？"

少年踏月而来，笑道："你配吗？"

安国公夫人眼含春水："世子不请自来，算得上胆识过人，可惜本事太差，一来就入吾彀中，配还是不配，岂是你说了算的？"

少年嗤笑一声，安国公夫人垂眸扫过脚面，面色遽然大变，只见那颗不起眼的马球突然裂成两半，电光石火间，里头蹿出一条浑身赤黑的虫豸。

虫豸冲着她的五色云霞翘头履扭动下身子，随即绕着她的双足游走起来。

安国公夫人大惊失色，这人坏得出奇，竟先用障眼法迷惑她，她再逃已经来不及，只得恨恨然往后纵去。

无奈那虫豸像有灵性似的，她往上蹿一寸，虫豸便攀上一寸；她往后退一寸，虫豸便往前欺一寸；虫豸逐渐拉长、变粗，忽而化作一根银链将她从头到脚捆住。

“好玩吗？”少年有着一副漂亮的嗓音，笑声极尽讽意。

第二章

成王世子

安国公夫人气得七窍生烟，趁那东西锁紧自己之前抓向身边的少女：“驹齿未落的小儿，敢用这种阴险法子暗算我，捆住我又何妨？我立刻拉她陪葬。”

安国公夫人的手臂正待伸长，前方冷不丁刺来一样物事，剑锋碧绿，正是早前让自己吃过大亏的翡翠剑。

滕玉意早在安国公夫人分神之际就能动弹了，她平生最记仇，正等着亲手将这东西挫骨扬灰。然而，不等她刺中那怪物的左爪，绳索便猛地收紧，安国公夫人眼珠凸出，一下子被拔离了地面。

结界破了，贵女们吓得花容失色，院子里混乱不堪，绳索绕过一圈，末端蹿回少年手中，他笑眯眯地捆住妖物，随手将一样东西掷给滕玉意：“把这药给伤者吃了。”

滕玉意险险接住药瓶，仔细打量那人，头戴白玉远梁冠，腰悬金饰剑，紫色襕袍，青色袜舄①。按照本朝规制，这是亲王级别的服饰。

滕玉意再看他的长相，十七八岁的年纪，长身玉立，丰标俊雅，若不是脸上那抹笑容太坏，当真是难得一见的美男子。

滕玉意早认出这人是谁——当今皇上的亲侄儿，成王夫妇的长子，集无数荣宠于一身的、赫赫有名的宗室子弟——蔺承佑。

---

① 此处参考了《旧唐书·舆服志》中关于亲王、皇子服饰的相关规定。唐朝时服饰以紫为尊，自武德年间起，就规定只有“亲王及三品以上官员”才可以穿紫色常服。

滕玉意瞟他一眼，回身拽过仍有些发怔的姨母往屋里走："多谢世子。"

前世滕玉意唯一一次跟蔺承佑打交道，是在玉真女观的赏花宴上。

那时段、滕两家已经退了亲，她的父亲仍在淮南道监军，滕玉意为了照顾患病的姨母自愿留在长安延寿坊祖宅，随着父亲卸任的日子越来越近，府里经常收到父亲从淮南道寄来的信，她不明就里，暗猜与父亲要调任回京有关。

当时表姐死因仍未查明，她每日在姨母病榻前服侍，因为意志消沉，已经许久未出门游历了。那日管事拿来帖子她本不欲去，直到听说设宴人是皇后，这才打起精神筹备。

如滕玉意所料，赏花宴空前热闹，贵女们盛装打扮，成群聚在一处。据说不只皇后，连常年在外游历的成王妃也来了。

滕玉意随贵女们去拜见皇后和成王妃，忽听人悄声说："瞧，那就是成王世子。"

滕玉意顺着看过去，正好看见一个俊美倜傥的少年穿过花园。

此人箭袖轻袍，臂上挽着一把金光灿灿的弯弓，不像来赴宴，倒像随时要离开此处去狩猎。

"呀，他哪里像来相看娘子的，像是来玩的。"

"我听说他本要去打马球，临时被成王妃给押来的。"

宴会正式开始了，滕玉意随众女抚琴、品茗、赏花，因为隐约猜到了皇后举办这次宴会背后的深意，她表现得尽善尽美。闲聊时她含珠吐玉，赋起诗来别出机杼，即便在僻静角落跟下人打交道，也比平日宽柔有耐性。

宴会结束后，皇后和成王妃特意将滕玉意叫到近前，她文文静静地答了好些问题，出来时听到宫人议论："我猜会是滕将军家的小娘子，这位的相貌也太招眼了，别看世子骄纵，毕竟到了开窍的年纪，若是他见过滕家小娘子，多半也会动心的。"

"看王妃的意思，好像也对滕家小娘子很满意。小世子谁都不怕，就怕他爷娘，有王妃在场，世子不敢胡来的。要是这回世子还敢跑，少不了会被王妃狠揍一顿。"

滕玉意听了觉得十分新鲜，长这么大，还是头一回听说会亲自揍儿子的王妃。她本想再次端详那位坐在上首的成王妃，结果还未来得及回头，皇后就令人把她们带到园子里赏花去了。

路过叠翠亭时，滕玉意瞥见亭子里趺坐着好些衣饰华贵的少年郎君。微风吹动竹帘，席上投来数十道目光。

滕玉意目不斜视，款款而行，霏微细雨默然洒下来，脸上有种毛茸茸的凉意。她当晚回到滕府，回想白日皇后和成王妃拉着她问话时的情形，已是成竹在胸。

她自忖对这位成王世子毫无倾慕之心，只不过在席上听仕女们私底下含蓄调侃，说得最多的就是成王世子，她边饮茶边竖着耳朵听，心中暗想，既然大家都恋慕此人，想必他有些过人之处。

这一回议亲的宗室子弟那样多，她滕玉意不能俯就，挑就要挑个最好的。

隔日打探消息，皇后和王妃拿着滕玉意的画像征询意见，蔺承佑只有毫不留情的两个字：不娶。

当时滕玉意正挽着袖子用白蜜调香，闻言差点儿打翻香盏。

不娶？她还未必肯嫁呢，一定是表姐的死和姨母的病扰乱了她的心绪，所以她才会昏了头去参加宗室子弟选亲。

其实这两日她早就想过了，未曾谋面，脾性全然不知，那日听来的种种，不过是那人在外人眼中的样子，内里究竟怎么样，时日久了才知道，假如是个不好相与的，搭上的可是一辈子。

她五岁就没了母亲，父亲南征北战不在身边，多年来她早就习惯了事事由自己掌控。亲事非同儿戏，她该庆幸蔺承佑不娶，省得她将来后悔莫及。

她冷笑三声，转眼就将这件事抛诸脑后。翌日她照例到杜府服侍姨母，晚上回府令人做驼蹄羹[①]。

香浓羹醯佐以从波斯酒肆买来的三勒浆[②]，当真是神仙才能吃到的美馔。

酒足饭饱之后，滕玉意到浴斛里沐浴，本来好好地绞着绝巾，脑海中冷不丁冒出两个字：不娶。

呵。她立时坏了兴致，绷着脸把绝巾扔回水里，力道大了点儿，水花全溅到浴斛外。

白芷和碧螺溜到一旁窃窃私语："今日小娘子不知因何事生气，一整天腮帮子都鼓鼓的。"

笑话！她心情明明好得很。滕玉意不紧不慢地穿上衣裳回房，可直到躺到床上了，脊背上还有一种极不舒服的痒感。

痒感不在骨也不在皮，若是伸到后面去挠，未必找得到地方，归根结底一句

---

① 驼蹄羹：唐朝的一种著名美食。

② 三勒浆：波斯人酿造的一种美酒，由庵摩勒、毗梨勒、诃梨勒三种果实酿造，所以叫三勒浆。

话：不痛快，浑身都不痛快。

这种不痛快的感觉持续了三天之久，久到滕玉意琢磨着做点儿什么找回场子了，就在此时，姨母杜夫人的病情骤然加重了。

滕玉意不眠不休侍奉左右，杜夫人的病势却越来越沉重。

滕玉意情急之下给父亲送信，说前头请的医官全无用，求他尽快想办法。

自从阿娘去世，滕玉意因深恨父亲，甚少给他写信，接连几回求父亲，都是为了姨母的病。

父亲果然赶回了长安，并在当夜请到了尚药局的余奉御私底下来诊脉，可惜还是晚了，姨母的病损及了根本，拖了这些时日，已是医石无用。

姨母走的那晚，姨父和表弟在棺椁前哀哀痛哭，滕玉意木然跪着，心知哭也没用，五岁时就已尝过这滋味，哪怕她哭得撕心裂肺，母亲也只是无声无息地躺在棺椁里。

记得母亲去世那晚，她站在灵堂里，用小小的手拍打冷冰冰的木板。

“阿娘，阿玉再也不惹您生气了。

“阿娘，阿娘起来看看阿玉。”

府中太乱，滕玉意趁下人们不注意爬上了棺椁，母亲身着盛装，鬓边贴着花黄，安静柔美的面庞与平时没什么两样。

她笨拙地爬进去，冲母亲伸出胖胖的胳膊：“阿娘，抱阿玉睡觉觉。”

母亲不理她，她小声啜泣，把自己的脑袋贴到母亲胸前，握紧小拳头说：“阿娘别生气，阿玉乖，阿玉帮阿娘打坏女人。”

她幻想醒来后母亲就会理她了，于是依偎在母亲怀里，不知不觉睡着了。

也许是心里的祈祷起了作用，半梦半醒间她跌进了一个温暖的胸膛，可等她充满惊喜地睁大眼睛，对上的却是父亲满是胡楂的憔悴脸庞。

父亲神情哀伤，眼眸里布满血丝，一夜之间像是老了十岁。

滕玉意怔了一会儿，猛然想起父亲身边的那个女人，不由得“哇哇”大哭起来：“我不要阿爷！阿爷是坏人！我不要阿爷抱！”

父亲潸然泪下，双膝一矮，抱着她跪到棺椁前，无论她如何哭闹，他都沉默得像一座山。

她号啕大哭，在那一瞬间，终于意识到母亲再也回不来了。她踢打父亲，放声尖叫：“阿爷是坏人！是你害阿娘生的病！”

她回忆到此处，那种悲凉愤懑的情绪如潮水般涌上来，忽然有人在耳畔喊：“阿玉！阿玉！”

滕玉意回过神，看着姨母那张跟母亲相似的脸庞，心里填满了酸楚，呜咽着扎进姨母怀里："姨母。"

杜夫人呆了呆，表情随即温柔下来，抬起手来像哄孩子似的，一下下轻抚滕玉意的后脑勺："好孩子，这是怎么了？定是那怪物把你吓坏了，有姨母在，什么都别怕。"

滕玉意环顾四周，她们刚进屋，蔺承佑给的药瓶就在手里。只一怔，她就迅速平复了心绪，打开瓶盖，一下子倒出三粒丹药："姨母，我们先分头给他们服药。"

杜夫人喜不自胜，"唉"了一声，自去安排。

端福躺在廊庑下，滕玉意拿着药去外头救人。董县令家的管事娘子三步并作两步奔上来，干巴巴地笑道："滕娘子，方才老奴说错了话，老奴给娘子磕头赔罪，但我家二娘急等着救命，滕娘子快把丹药给老奴吧。"

滕玉意横了她一眼，这主仆俩缺德事没少做，依她看一点儿都不无辜，但毕竟是一条人命，公然见死不救有点儿说不过去，于是微微一笑，慷慨地打开瓶盖，谁知只倒出一粒药丸，里头就空了。

受伤的还有两人，一粒可怎么分？管事娘子面色变了几变，那边只是个老仆，死了也没什么了不起，药既然只有一粒，当然要留给她家二娘，于是赶忙上前抢夺："老奴先替二娘谢过了！"

不料滕玉意身子一偏，抓着那药就奔向了端福。

管事娘子目瞪口呆，眼看滕玉意一溜烟跑了，气急败坏地跺跺脚，回身下了台阶，眼含热泪望着蔺承佑："世子，我家二娘命在旦夕，滕娘子拿了你的药却不肯施救，岂不白白辜负了世子的高义之举？"

见蔺承佑毫无反应，管事娘子咽了口唾沫，明知那边有妖怪，仍硬着头皮挨过去。

"世子，那丹药……"

她说话时无意中往庭中一瞟，不由得吓得一哆嗦，只见安国公夫人的脸说不出地怪异，脸上似在发光，不像人的面皮，倒像上等的邢窑白瓷，眼眶有如抹了艳色胭脂，醺醺然透出狰狞的醉意。

安国公夫人嘴上贴着符纸，只恨口不能言，瞧了蔺承佑片刻，忽然无声地笑了笑。

她这一笑，庭院前的帷幔无风自起，黑云从四面八方涌来。

管事娘子双腿直发软，这情景让人想起风中摇曳的牡丹，那张脸之前有多美，此时就有多瘆人。

管事娘子正不知如何是好，脚下突然传来异动。她低头一瞧，地底下钻出好些五颜六色的花枝。枝叶摇晃，像在嗅着什么，扭头发现管事娘子，争先恐后地爬了上来。

管事娘子吓得魂飞天外，连连往后退，然而那花枝顺着腿就往上爬，越挣扎缠得越紧。

“世子，救……救命！”

蔺承佑脸上那抹坏笑不见了，飞身跃到屋梁上，一言不发地环顾四周，直到管事娘子吓得都要尿裤子了，才掷出一张符：“可以滚了吗？”

那道符击到院中，溅出阵阵焦臭味，花枝躲闪不及，一大半被烧得焦黑，剩下那些得了教训，齐齐缩回地底。

管事娘子脚下一松，忙不迭地爬回廊庑下：“滚，老奴这就滚。”

她心知蔺承佑早就可以出手救她，无非嫌她碍事才叫她吃些苦头。人们都说这位世子不好惹，今晚她算是领教了。

她忽听蔺承佑道：“站住。”

管事娘子战战兢兢地问：“世子还有什么吩咐？”

“屋里共有几位伤者？”

“四……四位，不，加上滕将军家的男仆，共是五位。”

“四女一男？”

“是……是。”

“全丧失了神志？”

管事娘子结结巴巴地道：“那四人估计都已醒了，只有我家二娘尚未得救，方才世子给的药不够分，最后一粒被滕家小娘子拿去给她家的男仆了。世子若还有药，可否再给我家二娘一粒？若是没有了，以世子的高明道术，只求能替二娘诊视一番。”

说话这当口，那些古怪的花枝又钻出地面，数目比之前多了一倍，赫然掀起数尺高的花海。

管事娘子见状哪还敢再待，连滚带爬就往屋子里逃。

蔺承佑取下腰间的箭囊，向天射了一箭。

金镝飞到半空，倏地炸裂开来，化作无数箭雨，纷纷落向四周。

这东西如有灵性，一沾到邪物就迸出火星，游走似火龙，迅疾如闪电，花枝逃不过，一时间被烧得吱哇乱叫。

安国公夫人的笑容开始发僵了，蔺承佑从箭囊里又取出一箭，笑道：“对不住，伤到你的子子孙孙了。”

话虽如此说，他行事却冷酷无情，一箭射出去，把剩下的花蔓也烧了大半。

安国公夫人被银链缚住动弹不得，眼看蔺承佑要赶尽杀绝，忽然横下心，一口咬住舌尖。

她极怕痛，咬下去的一瞬间就蹙起了秀眉，鼻哼不断，身子也轻轻战栗。

蔺承佑啧了一声："头一回见到如此做作的妖物。"

他向天射出第三支箭，纵身踏上旁侧的梁柱。

安国公夫人垂眉敛目，口中念念有词，嘴角溢出黑血，一点点浸透嘴上的符纸。

那符纸贴得固然牢固，却敌不过血水的一再侵蚀，倏忽之间，乌云团团堆起，星辰隐没，风雷暗涌。

蔺承佑佯装不觉，绕着庭院掠了一圈，待手中的铆钉一一钉在阵位上，这才落回地面，把符拍到安国公夫人的额上。

安国公夫人神魂被打得一散，齿间顿时溢出痛苦的呻吟，地底停止异动，翻涌的星云也回归原位。

蔺承佑扯下那张染了血的废符扔到一旁："你存心拖延时间？"

安国公夫人猛地睁开眼，目光像淬了毒的利箭。

蔺承佑绕着她踱了两步："我这符纸上画的是黄神越章令，使的是玉皇心术，寻常妖物被贴了这符纸，即使不现原形也会被打出原主体内，你非但不痛不痒，还能在我的阵中招风引雷。"

安国公夫人冷笑一声，依旧是通身戾气。

"明明有通天的本领，却一再出乖露丑，不是招些虾兵蟹将来缠斗，就是使些低微法术。"蔺承佑停下脚步，玩味地打量妖物，"你在等什么？"

安国公夫人眼神闪烁，怒容装不下去了。

蔺承佑敛了笑意，抬手击了击掌。

外面拥进来大批仆从，全部训练有素，看见妖物吃了一惊，旋即镇定下来。

"世子。"

"绝圣和弃智[①]找来了吗？"

侍卫们拎着两个小孩到了近前："找来了，两位小道长就在江边看胡人耍寻橦。"

这是一对白胖孪生儿，穿着一样的缁衣和芒鞋，年约九岁，身量圆得像木桶，

---

① 绝圣、弃智：出自《道德经》，意指抛弃聪明智巧，回归质朴纯真。

一个道号绝圣，另一个道号弃智。

绝圣和弃智一人拿着几串炙明虾，双腿在半空中乱蹬：“放我们下来，我们要找师兄。”

他们突然瞟见安国公夫人，惊讶地揉揉眼睛：“这……这是……？”

“你们吃饱了？”蔺承佑笑道。

绝圣和弃智忙将炙明虾往身后藏，憨笑道：“师兄。”

师公去外地云游，这几日观中无人，恰逢上巳节，他们按捺不住，偷溜出来，原打算子时前就回观里，岂料被师兄身边的人发现了。

“要不要再拿些荤馔给你们？”

“不必了，不必了。”两人的头摇得像拨浪鼓，师兄越是态度和善，越是没好事。

“几串炙虾就吃饱了？”

二人点头：“吃饱了，真吃饱了。”

蔺承佑和颜悦色地把银链扔到绝圣手中：“吃饱了就干活吧。”

绝圣和弃智怔了怔，这事就这么揭过了？

“这妖物道行了得，镇坛木顶多能撑半个时辰。你们一个守住坎宫和乾宫，另一个守住艮宫和震宫，不得分神也不得跑开。”

两人欲哭无泪，就知道没那么好的事，师兄这是要摆五藏阵了。

人有五藏，各有神主，如被邪祟附身，魂魄即刻会被震出体外。

若是寻常邪祟，一道符就能将其打出宿主体内，能用到五藏阵的，往往是非同小可的妖物。

这阵法对主阵之人功力的要求极高，他们固然只是护阵的童子，但因为会吸纳到阵中妖物的腥秽之气，一年之内都不得食荤腥。

一年……

两人眼泪汪汪地看着蔺承佑的背影。

蔺承佑取出一支箭，叹气道：“委屈了，还是怕了？是不是觉得师兄待你们不够好？”

绝圣和弃智急忙挺起胸膛：“既不委屈也不怕！师兄待我们最好了，师兄天纵奇才，只要师兄在，就没有降伏不了的妖魔。”

两人擦擦嘴角，一溜烟跑向阵中。

蔺承佑这才恢复正色，扭头问侍卫：“找到安国公府的人了？”

“安国公头几日虽接了帖子，但因抱恙婉辞了，不知这位‘安国公夫人’从哪儿冒出来的，现已派人快马前去知会安国公府。”

果真如此。蔺承佑又问：“皇叔在外头吗？”

“淳安郡王还在前头坐镇，宾客都急着离开，幸有郡王殿下主持大局。倒是镇国公府的人来了。”

“镇国公府？”

“镇国公府的段小将军跟滕将军的女儿从小就定了亲，今晚段家的人正好也在紫云楼。听说滕家出了事，段小将军便和永安侯夫人赶来照应了。”

蔺承佑想了一会儿才想起滕将军的女儿是谁，漫不经心地看向西侧的廊庑，正好看见滕玉意和温公公合力将男仆拖到里屋去，所谓最后一粒丹药，估计已经送到这男仆的肚子里了。

怪不得那管事娘子冲他鬼哭狼嚎。

“把他们统统挪到别处去，封闭揽霞阁，不许任何人靠近。”

“是。”

绝圣和弃智咬破指尖把血涂抹在手中的镇坛木上：“师兄，这妖物到底什么来历？今晚伤了多少人？”

蔺承佑取出符纸在指尖点燃，火苗跳跃，照得他的黑眸耀如宝石。

“这妖物在江畔伏击了四女一男，正好暗合紫微之数，我猜它体内的宿主元神快要消散了，急需摄取新的魂魄。”

弃智有些纳闷：“师兄，原来的宿主不行了，换个宿主不就成了，何苦费心费力再去找五个新的精魂？”

蔺承佑看着符纸没吭声，好似陷入了思索。他接着便在箭镞上埋好符咒，一言不发地对准院落檐角下的铁马，接连射出四箭，竟是无一不中的。

绝圣一拍脑门道：“我知道了，师公他老人家说过，妖物也有爱美之心，这位夫人如此美貌，妖物定是舍不得这副皮囊。师兄，我猜得对不对？”

蔺承佑搭上第五支箭，仍是不搭腔，金箭离弦，笔直地射向安国公夫人的眉心。

安国公夫人看着那箭迫近，神情逐渐从嘲讽转化为妩媚，不等射到眼前，她竟然拽动银链拔地而起：“枉你生了一副好模样，竟是全无心肝之人，对着这样一张脸，你真下得了手？”

绝圣始料未及，一下被这股力量扯得摔倒在地上，马上想夺回银链，然而力气终究敌不过，硬被拖了出去。

“凭这面条般的小虫，安能困得住我？”安国公夫人凌空而上，身躯如疾风般盘旋攀升，银链叮当作响，层层环绕将她从下至上缠住。

她捏住身上那条虫豸化成的银链，稍稍一用力，银链便发出吱吱的虫鸣声，随后她抖动巾帔，软透的雪白缭绫仿佛化作了银蛇，去如流星，一下子缠上了绝圣。

“你师兄该多找些你这样的小娃娃来，白白胖胖的正好给我打牙祭。”

绝圣猝不及防被提到了半空中，情急之下胡乱拍出镇坛木，然而毫无作用。眼看安国公夫人冲自己张开血红的唇，绝圣杀猪般大叫起来：“师兄！”

话音未落，院子上空忽然金光耀目，安国公夫人被光刺到双眼，手上力道稍减，绝圣趁势用怀中的小剑斩断巾帔，直直地摔落在地。

他就地打了个滚，哭哭啼啼爬回原位护阵。

安国公夫人来不及再将其逮回，抬头一看，只见蔺承佑射出的四支箭互相勾连成了一张金网，如帘幕般当头罩下来。

她心中暗哼，逆风直上，可是那网不知藏了什么法门，越靠近越热。须臾之间，她头顶的乌发被烧焦了一小簇。她暗道不好，自己附着的这贵妇皮娇肉嫩，半点儿伤不得，若是强行破网而出，定会被烧得皮开肉绽。这坏小子定是算准了这一点才提前做此安排。

她肩膀一矮，正要落回地面，忽觉颈后热风拂过，蔺承佑竟无声无息地袭到她的背后。

上有法器，后有追兵，安国公夫人闪避不及，指甲突然暴长数寸，迅即割破自己的掌心。

血珠从她的手指间溢出，刹那间染红了锁魂豸。

她口诵咒语，扬手就将银链甩向蔺承佑。

这锁魂豸本就少了灵根，修炼千年才修炼成低等的物灵，虽然可以锁住大多数妖邪的魂魄，但遇上法力高深的妖物，也会被蛊惑，蔺承佑很清楚这东西是什么德行，因此始终不敢松开银链。

“银链”被强逼着吃下妖血，简直如坠雾中，不及分辨身后的少年郎君是谁，稀里糊涂就缠了上去。

蔺承佑一把掐住锁魂豸，骂道：“畜生，看清我是谁！”

他掐住的是锁魂豸的命门，锁魂豸瞬间被打回原形，自觉无脸见人，化作一条小金蛇，灰溜溜地钻入蔺承佑的前襟里。

安国公夫人娇笑连连，趁此机会往左侧一偏，擦过蔺承佑身侧，直往廊庑下飞去。

谁知蔺承佑竟能一心二用，掌风倏忽而至，猛地拍向她的肩头：“这就想走了？我还没玩够呢。”

安国公夫人大吃一惊，头上有金网，身上再无虫豸可供借力，她无处可避，只好生生受了这一掌。

饶是如此，安国公夫人心中仍存着轻视。蔺承佑年纪轻轻，又是富贵出身，哪有什么道家修为？唯知仗着高明法器耍些花头功夫而已。

先前她大意才会中了蔺承佑的计，在阵中装模作样休养一阵，功力已恢复了五六成，就算挨他一掌料也无事。

“雕虫小技，能奈我何？”怎料那掌风竟有纯阳之力，劈波斩浪，来势汹汹，一下子打入她本体的心脉。

她双目圆睁，体内真气如澎湃的热浪，内力仿佛凭空被抽掉了一半，五脏六腑都欲移位。她欲强行守住元神，然而已经迟了，浑身一个激灵，元神竟被打出一大半。

“虽是雕虫小技，也足以对付你了。”蔺承佑讥笑道。

绝圣和弃智仰头看那妖物，只见那女人躯体内被打出来一个黑影，满头白发，身形矮小，竟是个年近古稀的老媪。

“原来……原来这妖物的真身长这样。”

“好老啊，比师公还老。”

黑影恼羞成怒，忙抬起胳膊遮挡自己的面容，忍着皮开肉绽的痛苦，硬生生从体内逼出一团黑雾。

“是煞气！”绝圣和弃智齐齐失声喊道，“师兄小心！”

妖物趁这机会欲夺回安国公夫人的肉身，可就在这时候，蔺承佑指尖燃起一道纸符，抢先一步封住了安国公夫人的风池穴。

宿主灵根被封，妖物再找不到遁入的法门，错失这样一个美人肉身，自是气得半死。老妖怔了片刻，扭头厉声道：“狂妄小儿，我现在就要你的命！”

“就凭你吗？”蔺承佑笑着翻了个筋斗，拽过安国公夫人掠到院外，夺回了宿主的肉身，接下来就好办多了。

门口护卫正好领来了一群抬兜笼的宫人，蔺承佑把丧失了神志的安国公夫人抛过去：“速将伤者都挪到一处安置。”

妖物身上的黑雾悉数散去，露出本来面目。

它已然修炼出了人形，乍看上去与普通老媪无甚区别，只是颈项和胳膊上还覆着棕褐色的树皮，嘴角和额头上爬满了皱纹，仿佛经过百年风霜的侵蚀。

它扑向蔺承佑的时候，稀疏的银发在晚风中起落飘浮，不小心落了几缕在耳边，越发衬得双颊凹陷。

绝圣和弃智道："亏我们还猜它是牡丹或芍药之类的花妖，原来是只树妖。想必是修炼不出来好姿色，所以才要借用美人的皮囊。它竟少了一只爪子，也不知是被哪位高人削的。"

蔺承佑箭囊里的金笴已经全数用空，他只轻飘飘一拂袍袖，手中就多了一把弯刀。他挺刀挡住妖物的来势，心里隐约觉得不对劲，天象有异，头顶的苍穹愈加幽深，如果真是四女一男失了神志，他的判断没道理出错。

但不知为何，他总觉得哪里不妥，余光瞥见绝圣和弃智分神，冷不丁道："你们不好好守阵，等着给妖怪饱腹？"

妖物纵到一半，蓦地扭过身，并不与蔺承佑正面交锋，转而抓向离它最近的弃智。

弃智感觉腥秽之气扑面而来，心里难免慌张，但一想到有师兄在，重又镇定下来。师公教他们这个阵法时，要他们把"三戒"摆在首位，即"不闻、不问、不惧"。除非那妖物已修炼成魔，否则不可能冲破他们的五藏阵。

果然妖物尚未靠近，蔺承佑就已经追了过来。他对付邪佞时向来不拘绳墨，出手即削向妖物的脖颈。

妖物回头送上一爪："蔺承佑，你如此冷血，哪点儿像道家中人？"

"笑话。道在我心中，魔在我眼前，对你们这等邪魔手下留情，才是对天下苍生无情。"

"明明是天大的'祸害'，何必说这些冠冕堂皇的话？你我男女有别，我本用不上你的皮囊，看在你如此俊美的分儿上，我今日倒想扮一扮少年郎了，动手前跟你打声招呼，好叫你死得明白。"

蔺承佑放声笑道："不愧是醴泉山下的槐树老妖，多年修为都用来修炼厚皮了吧？我有许多马鞍，唯独没见过千年老树皮做的宝鞍，既然你的皮这么厚，剥下来给我当马鞍玩玩？"

他谈笑间刀锋已到了妖怪跟前，刀光跟他的眼睛一样寒凉。

妖物巨爪往后一缩，狼狈跌落到阵中的离宫位上。

离宫是阴四宫之一，与两个小道士守护的阳四宫不同，是专门耗损妖物法力的樊笼。

妖物不过略站了一会儿，就已经感到目眩神迷，心知若是长久困在里头，全身修为都会消失。

它算算时辰差不多了，便盘腿坐下来，举起胳膊在夜色中自断一指，血液喷洒到地面，宛如绽开万瓣红梅。

它忍着剧痛，把断指插入院中。

蔺承佑凌空掠到它的头顶，然而尚未出手，妖物身周突然现出幽暗的光圈，好似无形冰刀当空劈到他的胸口，当即把他震出老远。

蔺承佑心头大震，只觉胸口血气翻涌，就势翻了个筋斗，却仍卸不去那股怪力，他急忙以刀拄地，勉强稳住了身形。

血液里好似注入了大量冰碴儿，每一个毛孔都寒凉至极，他试图直起身，喉咙间突然涌出一口鲜血。

绝圣和弃智忍不住睁开眼睛："师兄！"

那边护卫们护送着一干伤者从里屋出来，因为知道妖物就在院中，并不敢多瞧。

滕玉意忙于照拂表姐的兜笼，落在一行人的后头。

忽然听到小孩的呼喊声，她诧异地扭头，透过交错的人影，才发现蔺承佑单膝跪地咳嗽不已，俨然受了伤。

滕玉意吃了一惊，这妖物实属不寻常。蔺承佑是清虚子的徒孙，料有几分真本事，可他非但没能擒住妖物，自己倒先受了伤。

她再往院中瞧，就见一位白发老媪盘腿坐在阵中，雾气缭绕，将它整个人笼住。老媪高举双臂，俨然在施法术。

阵中还坐着两名胖胖的小道童，想来也是青云观的弟子。

看来看去唯独不见那位安国公夫人，滕玉意正觉得奇怪，目光扫过去，才发现那老媪缺了右手。

她心头"咯噔"一下，原来这老媪就是林中被她砍下一爪的怪物。

蔺承佑低头咳嗽，显然伤得不轻，绣金的襕袍上沾染了血迹，半晌未能站起。

护卫们何曾见过自家小主人这副狼狈模样，齐齐拔出佩刀："世子。"

蔺承佑擦了把嘴角的血："蠢货，还不快走？"

他指尖燃起银光，扬手一挥，符纸疾射而去，落到地上化作条条火浪。

恰在此时，地下传来窸窸窣窣的声响，老妖仍未睁眼，嘴角却露出若有若无的笑意。

护卫们急忙掉过头来护送众人："速速离开此处。"

滕玉意扶着姨母，率先往外逃。以前在扬州时，她曾见过符箓派的高人打醮作法，似乎有些讲究，外人不得随意靠近。

翡翠小剑是倘来之物，她尚未查清这剑的来历，就算在林中侥幸砍下了那妖物的一爪，那也是在妖物毫无防备的情况下，眼下老妖有了戒心，她贸然上前不过是送死。

一行人刚要冲下台阶，忽有阵阵声浪从地下传来，起先不算骇人，但那声音逐渐拔高，有如百川归海，伴随着细碎的潜行声，无数妖魅喷涌而出。

顷刻之间，揽霞阁沦为了修罗地狱。

众人双脚粘在台阶上，既不敢往前走，又不甘心退回廊下。

好在蔺承佑提前埋下了一圈符，煞物刚钻出地面就被烧成了一堆黑灰。

只是这回煞物数量惊人，煞物们一旦突出重围，身形瞬间起了变化，不是化作鬼魅模样，就是身量暴长数倍。

一众煞物之中，有个浑身漆黑的无头怪离廊庑最近，发觉背后有人，它晃动着身体掉了个头，迈着歪歪斜斜的步子，朝他们狂奔而来。

它每奔一步，地面就发出震耳的声响。

众人何曾见过这种情景，董县令家的管事娘子吓得抱住廊柱。滕玉意横剑将杜夫人护到身后，护卫们挺刀劈将出去，可是那煞物尚未靠近，就被蔺承佑掷出的一根链子给缚住了身子。

巨煞轰然倒地，被那链子拽回阵中时不断挥动双臂要抓向蔺承佑，但没等它碰到他的袍角，蔺承佑就面无表情地收紧手中银链，只一个错眼的工夫，巨煞就化成了他脚下一堆黑漆漆的齑粉。

众人惊魂甫定，蔺承佑百忙之中抬眼看过来，冷厉的目光一扫，落到了滕玉意身上。

滕玉意忙着照拂表姐的兜笼，心里却很疑惑，那煞物对阵中的蔺承佑三人置之不理，反对她们这边兴趣更浓。蔺承佑的眼神也颇有深意，活像她身上藏着什么古怪似的。

蔺承佑许是受伤的缘故，脸色有些苍白，一双桃花眼寒光凛凛，衬得他乌发如墨，眼神透着审视，又似有些疑惑，上下扫她几眼就扭过了头，恰好一只邪佞扑到身前，他回身将其劈作两半。

“快走。”趁那老媪尚未动弹，护卫率领众人下了台阶，先把伤者引出去，再去搬救兵。

滕玉意扶着杜夫人疾奔，间或观察院中的情形。

煞物都包裹着黑纱般的雾气，只要钻出地面，黑雾即从它们身上抽离，一股股依次钻入老媪的鼻孔和双耳。

老媪端坐阵中，每吸入一缕黑雾，面庞就亮一分。

滕玉意看得暗暗心惊，等它吸纳够了，不知会出现怎样的变化。这时，杜夫人不小心绊到了裙角。

滕玉意连忙搀住姨母，无意中一抬眼，就见那老媪不知何时睁开了眼睛，眼瞳犹如染上了晦暗的幽蓝，两道阴冷的目光径直投到她的身上。

滕玉意眯了眯眼，院子里这么多人，这老媪不看别人，却盯着她，可见一直在留意她的举动。

它要报林中砍它右臂之仇，还是有别的想法？

绝圣和弃智刚满九岁，心性还稚嫩得很，眼看煞物层出不穷，越发焦灼起来。

师兄之所以设下五藏阵，是因为有五位伤者丧失神志，这阵法既可以把老妖困在阵中，又可以夺回伤者的五枚精魂。

但树妖既然能在盘罗金网中招魂引魅，分明已经成魔。

五藏阵奈何不了它，它破阵而出是早晚的事。

师兄现在必定懊悔未曾细看伤者的情形，“五人昏迷”这一说法显然有误，从师兄决定布五藏阵那一刻起，他注定落了下风。

他们到了这般境地，已无从追究谁撒了谎，不尽快破局的话，谁也别想走了。

阵中弥漫着浓厚的腥秽气，耳边满是凄厉的鬼魅叫声，只要被这些东西挨上，不死也会被咬下一层皮。

二人心神大乱，忽听凌空飞来一样东西，煞物本已要咬上绝圣肥圆的胳膊，蓦然被一堵看不见的墙弹出老远。

绝圣和弃智急忙睁开眼睛，就见蔺承佑把自己的镇坛木插入坤宫和离宫之间。

姤卦与复卦由此贯通一线，形成一个“破煞结”。

“师兄。”二人的心猛地一沉，镇坛木可是护命的东西，师兄舍了镇坛木，自己岂不全无庇佑？

“院子上空有盘罗金网，煞物想逃也逃不出去，‘破煞结’可以护你们一炷香的工夫，只要你们不自乱阵脚，那老妖既不敢靠近，也脱不了阵。月灯阁供着一把九天玄剑，我去去就回。”

绝圣和弃智愣了愣，他们从未听说过什么“九天玄剑”，但师兄口吻严肃，不像在胡诌。

老妖正忙着吸纳阵中煞气，冷不防哼笑起来：“蔺承佑，你要逃便逃，何苦编瞎话来诓你的小师弟？”

蔺承佑辟开一条生路，在一片惨厉怪叫中跃到阵外：“罢了罢了，我打不过你，还不能去搬救兵吗？”

老妖啐了一口：“何必装腔作势！月灯阁毗邻紫云楼，真要去取那劳什子九天玄剑，派身边的仆从去一趟即可，何须自己去取？”

蔺承佑道："这你就不懂了，那剑尘封十年未曾用过，就算告知下人藏在何处，他们也不知道如何取来。九天玄剑是我道家至宝，容不得半点儿闪失。待我亲自取来，正好拿你开刃。"

老妖曾占用安国公夫人的皮囊，自然也攫取了原身的记忆："听人说成王世子从小就不将规矩绳墨放在眼里，若你知道月灯阁里供奉着这样一柄宝剑，岂能任其束之高阁？你怕是早就把剑取出来玩了。"

蔺承佑一本正经地道："道家法器开光也讲机缘，九天玄剑与寻常法器不同，需由魔物的血肉做引子。我虽好奇此剑，却不敢贸然打开封印。今晚撞上你这样的魔物，正合我心意，用修炼了多年的魔血来喂剑，不枉那剑在月灯阁等了十年。"

老妖满脸嘲讽："一派胡言！若真有这样的神器，不供奉在青云观，放在与道家毫不相干的月灯阁做什么？"

蔺承佑笑容慢慢退去，老妖自以为拆穿了蔺承佑的谎言，得意地笑起来。

绝圣和弃智担忧地看着蔺承佑，师兄嗓音暗哑，脚步虚浮。二人再偷看老妖，它本来蓬头历齿，短短时间已经有了回春之象，稀疏的白发变得茂密了，凹陷的脸颊也逐渐丰盈，等它吸够了煞气，估计所有人都得遭殃。

等等，师兄的步伐怎么有些古怪，往东三步，又退回西侧，嘴上说要走，却迟迟留在阵前。

绝圣和弃智脑中白光一闪，师兄这是……

他们既忐忑又兴奋，紧盯着蔺承佑的步伐，一动也不敢动。

蔺承佑不动声色地看过去，绝圣和弃智微微点头，蔺承佑勉强提气往后一跃，落到了屋檐上。

"枉你修炼数百年，只知在皮囊上下功夫，却不肯修炼修炼脑子。月灯阁是圣人筵飨进士之处，每年登科放榜之时，儒家的浩然之气，令天地为之一清。

"此剑虽是道家之物，但生来阴戾嗜血，用寻常的道家法子来压制它，只会适得其反，反倒是儒家的贤传圣经，或可涤清戾气。我师公将九天玄剑供在月灯阁，正因为那是儒家圣地。"

他说得有板有眼，老妖细长的眼里闪过幽光，它终于有些坐不住了。

今晚是它成魔之日，只要挨到子时，一切水到渠成，哪知蔺承佑这小子突然冒出来，屡屡误它大事。

它即将成魔，身上的血肉堪比龙肝凤髓，要招来群煞对付蔺承佑，必须以自身为饵，因此它明知会损伤本体，也毅然斫下一指。

从将断指扎入土内那刻起，它就引来了大批垂涎三尺的煞魅。

它利用蔺承佑牵制群煞，同时趁两方斗得不可开交之际，大肆汲取煞物的灵力。

它汲取得越多，功力长得越快，无须等到子时，这些掠夺来的煞气足以助它提前成魔。

还差一些火候，它万万不能在这种紧要关头离阵，但蔺承佑满腹奸计，浑不似道家中人，万一他说的是真的，等他拿到九天玄剑回到此处，没准真能回天转日。

它要不要出阵拦他？它心中委决不下，银白色的月光下，紫衣少年踏在青色琉璃瓦上，衣袂如风往院外掠去。

绝圣和弃智因为拿捏不准它的反应，大气都不敢出。

也不知挨了多久，老妖忽然哼笑起来："我劝你少动花花肠子，别说区区一把破剑，就算把你师公请来也奈何不了我。不如我们打个赌，赌你设下的那个'破煞结'究竟能拦我多久，在你回来之前，我能不能把你两个小师弟统统吃到腹中。"

蔺承佑的笑声远远飘来："右边那个叫弃智，平日爱沐浴，身上干净些。你若不嫌弃，不妨先吃他。"

两个小道童捂住嘴，"嘤嘤"地哭起来。

众人这时已奔到院门口，杜夫人年纪大跑得最慢，滕玉意因此落在了后头，听到蔺承佑这番话，她脚下一个趔趄。

如果真有什么九天玄剑，蔺承佑哪会跟那老妖扯这么久？可惜不管他怎样用言语激它，老妖就是不肯出阵。

思量间，滕玉意扭头看向庭院，众煞一个个如无头苍蝇般在阵中乱撞，那些被蔺承佑烧毁的花草却似有了死而复生的迹象，一阵风吹过，焦枯的枝叶幻化出绚丽夺目的颜色。

老妖端坐在姹紫嫣红的花海中，身量又高大了好些。

再想不出对策，定会生出天大的祸端。她忽生一计，低声说："姨母，等一等。"

随即她扬声道："蔺世子，我有一件护身的法器，名曰翡翠剑，先前在林中被老妖奇袭，我正是用此剑砍下老妖的右爪，世子若不嫌弃，不妨拿此剑一用。"

她这话是专说给老妖听的，蔺承佑眼空四海，未必肯用旁人的法器。此剑颇为古怪，也不见得会被蔺承佑驱使，但只要提起失去的右爪，必定戳中那老妖的痛处。

话刚出口，便觉两道冷厉怨毒的视线投过来，滕玉意微露笑意，接着道："别看这妖物猖狂，遇到此剑就不成了，身上皮肉就像烂泥一般，一削便是一大块，一削便是一大块……"

她笑吟吟地说着，并有意说得极慢，老妖眼里的怒火越发旺盛。

夜色中墙头瓦“当”地响了一下，蔺承佑果然极聪明，当即饶有兴味地道：“竟有这等好物？小娘子若是方便，扔给我瞧瞧。”

滕玉意将翡翠剑套好剑鞘往房梁上掷去，蔺承佑捞到手中，原来是把三寸长的小剑，月光下呈碧色，剑刃锋薄如叶片，抚之若冰，似玉非玉。

然而不等他细看，剑身上的光就不复通透，像蒙上了一层灰雾，慢慢转为黯淡。

他不露声色地用袍袖挡住老妖的视线。可惜了，这是一件认主的法器，离了主人就跟普通的翡翠物件没什么两样，非但伤不到老妖，还会白白折损剑身。

他抬眼看向院中那头戴幂篱的少女，夜色中她亭亭玉立，不见半点儿慌张之态。他见过滕绍几回，戍边守国的名将，此剑如此了得，多半是滕绍给女儿防身用的。

可这小娘子不像会武功，哪怕把剑交还给她，凭她的身手也休想接近那妖物。

猛然间，蔺承佑拿定了主意，笑着点点头道：“好剑！好剑！月灯阁太远，小娘子此举真如雪中送炭。我捉过不少妖怪，但从没吃过妖怪肉，待我把妖怪切成脍，正好拿来下酒。”

说着他随手指了指门口的几名护卫：“你们到前头拿些醯羹，再取几壶松醪春来。”

这架势哪像在捉妖，倒像在王府的园子里举酒列膳。护卫疑惑归疑惑，却也不敢违逆小主人的命令，一边戒备地瞪着老妖，一边缓缓后退，末了收好兵器，匆匆下去安排。

滕玉意道：“世子动手的时候，别忘了把妖物的左爪留给我。”

蔺承佑笑道：“你也要拿妖物下酒吗？”

滕玉意摇摇头：“我早前得了这妖物的右爪，想凑成一双。这妖物皮糙肉厚，极难嚼动，我打算先放到瓮中腌制些日子，待肉软皮酥，再蘸了橙齑[①]来吃。”

他二人有来有往，那旁若无人的口吻，简直把老妖视作下酒菜。

这下不只那老妖气得七窍生烟，连杜夫人和留下来的护卫都瞠目结舌。

---

① 橙齑：橙酱，唐朝一种常见的酱料，用来蘸鱼脍或者肉脍吃。唐人王昌龄就有“冬夜伤离在五溪，青鱼雪落鲙橙齑”的名句。

第三章

降伏树妖

蔺承佑懒洋洋地道：“滕娘子说得有理，这妖怪身量不小，一顿的确吃不下，带回去慢慢腌酢也好，今日吃它的胳膊，明日吃它的头。”

老妖身子一起便要出阵，众人的心瞬间蹦到了嗓子眼，孰料老妖躁动了一阵，竟生生忍住了。

滕玉意暗中一直捏着把汗，费了这番功夫，老妖仍旧不肯上当，再熬下去院子里的人谁也逃不掉。

蔺承佑慢悠悠地转动剑柄：“趁这妖物不敢动，我现在就试一试，看看是这把翡翠剑好用，还是九天玄剑了得。”

他冷笑一声，双臂轻展纵身跃下房梁，在半空中挽了个剑花，直指老妖眉心。

老妖仰天一倒，硬生生腾空而起。

“世子已近弱冠之年，怎么像没见过美人似的，公然垂涎我的皮肉，不怕被人笑话吗？”

它婉媚地笑道，有意绕阵而飞，蔺承佑要逼它出阵，它偏要诱他进来。

蔺承佑陡然收住去势，坏笑着往后一纵：“罢了，有句话听过没？‘相由心生’，你是不是害人太多，相貌竟如此丑陋。别说吃你的肉，多看一眼都嫌恶心。”

老妖脸色大变，它修炼数百年，始终未能修炼出一副好相貌，若不是数月前开始强占美人皮囊，至今仍顶着一张老丑的脸。

它先后攫取了十来个女子的躯壳，都不甚合心意，直到撞上安国公夫人，才知何为绝色。

当了几个月的大美人，它都快忘了自己本来的模样，蔺承佑的话像尖利的刀片，一下子刺中它的心肝。

它目光堪比毒箭，嘴唇开始抽搐："你找死！"

蔺承佑火上浇油："滕娘子，你真要吃它吗？就不怕被它的毒气损及容貌？"

"也对。"滕玉意改了主意，"要不还是拿回去喂牛喂马吧。"

老妖再也按捺不住，猛然出阵："不知死活的狂徒，今晚我就叫你们尝尝生不如死的滋味。"

蔺承佑身子一刹，笑着转身要逃，不料牵动了痛处，身形一晃跌落到地上。

绝圣和弃智大惊："师兄！"

老妖怎肯错过这绝佳的机会，无须追出太远，探爪就能把蔺承佑撕成两半。

蔺承佑果然伤重，低头不住咳嗽，老妖阴森森地笑着，手下正要发力，哪知蔺承佑低笑两声，突然反手扣住它的爪子，拽着它一飞而起。

老妖暗道糟糕，好在阵法就在脚下，逃回去还来得及。

因为急于脱身，它释出一团团烈焰般的黑雾，蔺承佑丢开它纵到一旁，口中却喝道："换阵！"

那两个先前只知啼哭的小道士竟一跃而起，撩着道袍在院中奔跑如飞，来回一个交错，眨眼就换了阵。

老妖急忙高声念咒，脚下的藤蔓暴长数尺缠上它的双足，它正要使唤它们将它扯回阵中，殊不知一眨眼的工夫，小道童身后蹿出两道金芒，金芒缠绕在一起，回旋向上攀升，触到头顶的盘罗金网，三道金芒合为一股，老妖没来得及跃到阵中，就被迎面袭来的金光远远弹出阵外。

老妖仓皇中跌落到房檐上，好不容易缓过了劲，狼狈地抬起头，就见蔺承佑立在不远处的树梢上，正似笑非笑地看着它。

"你拦得住我吸纳灵力，拦得住我成魔吗？"老妖恨得咬牙，蔺承佑千方百计诱她出阵，小道童负责封死她的退路，可恨它被蔺承佑耍得团团转，竟不知他们三个何时在它眼皮子底下通的消息。

蔺承佑却不再与老妖打机锋，径自把翡翠剑扔给底下的护卫："还给滕娘子。"他又道："滕娘子，多谢！"

随后他跃下树梢："动手，换玄天阵。"

小道童高声应道："是。"

滕玉意接过翡翠剑，转身拉着杜夫人就走，妙极！他们成功诱出了老妖，接下来就好办多了。

老妖月光下瞧得明白，蔺承佑的雪白襟领上全是斑斑血迹，他本就伤了肺腑，方才又使出全部内力拽它出阵，如今已是强弩之末，撑不了多久了。

眼看滕玉意要跑，它当即改了主意，撇下蔺承佑，转而追滕玉意。

滕玉意溜得倒快，转眼就跑到了门口。

老妖沿着檐瓦疾奔，今晚它追到紫云楼，除了要报失去右臂之仇，也因为安国公夫人五藏大亏，与其浪费自身功力给虚弱的躯壳续命，不如再找一具新鲜的美人皮囊。

这姓滕的小娘子生得纤白明媚，虽不及安国公夫人丰腴，却多了几分少女的袅娜之态，它惊讶于滕玉意的容色，早就动了念头。

奇怪的是明知它追滕玉意，后头三人居然不拦它，只听一个小道童道："师兄，真要用这阵法吗？"

"都摆好阵了，还啰唆什么？"

"师公说过，玄天阵需得童男子之躯主阵……否则非但不能上彻于天，还会损及布阵之人。"

"……"

另一个小道童也道："这阵法虽能大杀四方，但师兄若不是……也不必强求，大不了先用别的阵法捉住老妖，等押回青云观，再设阵镇压它。"

树妖暗中发笑，不愧是心智尚幼的孩童，面对蔺承佑这样的纨绔公子，还能问出这样的蠢笨问题。

看来这阵是摆不起来了，它愈加放了心。

众人四散奔逃，滕玉意身形灵巧，率先跑到了院外。老妖兴奋莫名，一路穷追不舍。

滕玉意惊惧不已，隔着墙一边跑一边骂道："妖物，你死到临头了还想害人，你且看看身后是谁。"

老妖："你还指望蔺承佑救你？他被我打得元气大伤，早就自顾不暇了。"

滕玉意冷笑："我谁也不指望，不过你要是不怕左爪也被我砍断，大可以来试试。"

老妖想起滕玉意和蔺承佑刚才是如何合力诱它出阵的，气得牙痒痒，愤而劈断了面前垣墙，倾身要捉住滕玉意，忽觉一股怪风袭到背后，轻轻柔柔，如绵如絮。

老妖心头涌出不祥的预感，欲要扭头一探究竟，怪力却陡然上升，如雄兵会师鸣锣击鼓，驭百军、驱千旗，排山倒海般压向它的头顶。

老妖脑中轰然巨响，汇聚全身煞气要回击，可这怪力跟以前遇到的法术迥然不同，赫然蕴含着无穷正气，压根儿不容它躲闪，千钧之力就当头砸下来。

老妖佝偻着僵在半空，魂魄仿佛被碾成了碎片，勉力抬头往前看，只见院中火龙四处游走，煞物大半被缠住，顷刻间被焚成了黑灰。

夜风送来低沉的诵咒声，敲金戛玉，轻悦如泉，仔细一辨，是蔺承佑的声音。

“载营魄抱一[①]，我来御魑魅[②]！

“破！”

老妖眼珠微凸，一道光芒如雪光，重重劈中它的面门。

它惨痛低嚎，拼命想挣开束缚，雪光却如灵蛇般缠绕而上，将它紧紧缚住。

蔺承佑悬于半空，诵咒的声音一声高过一声，老妖止不住地战栗，从脸庞到脖颈，一寸寸露出褐黑色虬结的树皮，肩上的长发，更是慢慢化成缕缕枝条。

眼看数百年功力要毁于一旦，老妖懊悔地哀啼起来。

蔺承佑无动于衷，小道童和护卫却动了恻隐之心，腹中多少伤心事，都被这老妖的哭声一一勾起。

蔺承佑心中暗骂，拂开镇坛木上的符纸，挥袖击出镇坛木。老妖被打得浑身激灵，哭声戛然而止。

绝圣和弃智晃了晃脑袋，顿时清醒过来。

蔺承佑落回阵中，把丧失了功力的老妖拖到近前，笑问：“要这么多花样，是不是想让我放你一马？”

老妖眼珠转了转，拼命点头。

“你老实回答我几个问题，假如能答上来，我可以考虑不将你打回原形。”

老妖口中呜呜作响，自是求之不得。

“数月前你还只是醴泉山脚下的一只树妖，既不能入魔道，本事也寻常。自

① 载营魄抱一：出自《道德经》。

② 我来御魑魅：出自韩愈《初南食贻元十八协律》。

你潜入长安，三月来已杀了十来名女子，是谁点化你修炼魔道的？又是谁教了你夺人躯壳的心法？你今晚潜到江畔竹林，是有人在那儿等你，还是单纯为了作恶？”

老妖神色复杂，踟蹰片刻，指了指自己的喉咙。

蔺承佑弹指一挥，老妖咳了好几声，哑声道：“说来全凭机缘，从未有人指点，我在山中苦练，那夜遇到雷雨，为了避劫闯入一个山洞中，不幸遇到山崩，困在洞中数月，无意中勘破了天道，夺人躯壳的法子是自己悟出来的。今晚之所以去那片竹林，是因为不耐烦每日用功力给安国公夫人续命，想换具新鲜的美人躯壳罢了。”

蔺承佑笑着点点头，袍袖一挥，老妖身上的烈火再次焚烧起来，每一块骨头缝都像钻进了万只蚂蚁，叫人痛不欲生。

老妖苦痛哀号：“世子若是不信，可以亲自去醴泉山后头找寻，我所在的山头千年来未有人探访，早已成了空山绝谷。”

蔺承佑非但不停手，还示意绝圣和弃智念得更快。

老妖不堪折辱，凄声痛骂：“蔺承佑！你这个小人，说好了答完问题就放我一马，怎能言而无信？”

它话音刚落，符纸化作火龙攀上它的双腿，这回它连下半身也变成了树根。

蔺承佑笑容里透着残忍：“你残害了这么多生灵，还指望不吃苦头吗？我给你的机会不多，你别想着耍花样，老老实实告诉我，点化你的那个人到底是谁？”

老妖挣扎了又挣扎，只得饮恨吞声：“我说，我说……”

它咽了口唾沫正要开腔，天幕陡然一亮，头顶的穹窿传来飐飐之音，不等众人做出反应，一道雪亮的光电滚滚而下。

蔺承佑急忙拽过树妖往后一纵，符龙失了他的控制，顷刻间将老妖打回原形。

那怪雷仿佛有所知觉，蓦然横空一拐，化作一团白雾隐没在半空中，来去皆无形，仿佛从未出现过。

绝圣和弃智召回镇坛木，近看那老妖的原形，一株不粗不细的幼树，上有碧苔包绕，异香扑鼻而来。

两人惊魂未定：“师兄，那怪雷是为了救老妖来的？”

蔺承佑紧盯着那道光电来时的方向，从怀中取出锁魂豸缚住幼树扔给二人：“回破煞结里待着。”他又冲那几个仍在拭汗的护卫道：“你们速将几位伤者和安国公夫人送到昭乐轩安置，我去去就回。”

他跃到垣墙上，一瞬就融入了夜色中。

昭乐轩院落局促，统共只有一间寝房，滕、董两家别无选择，不得不安置在一处。

宫人们大多被吓破了胆，护卫也是心有余悸，直到收拾停当，众人还有些惊魂未定。

杜夫人双腿打战，一个劲搂着滕玉意拍抚。滕玉意回想方才蔺承佑对付老妖时的情形，简直满腹疑团，蔺承佑不但追问老妖为何去竹林，还猜测有人在那儿等它，这一点自己之前从未想过，当时自己带端福等人赶到时，林中只有老妖和表姐主仆，只知表姐遇袭，对起因一无所知。

假如老妖并非偶然闯进那片竹林，而是去赴约，那人藏在何处？表姐被老妖袭击，会不会是因为表姐无意中撞见了什么？

滕玉意忽听姨母轻声呼唤表姐，这才回过了神。

蔺承佑给的药有奇效，表姐身上的古怪金色悉数消退，白芷和红奴虽然还在昏睡，但也都有了好转的迹象。

端福被安置在外头廊庑下，待滕玉意去看时，呼吸也渐趋平稳。

靠窗的榻上，安国公夫人和董县令家的二娘子并排躺着，一个气若游丝，一个因为没服药，依旧昏迷不醒。

管事娘子这会儿已经缓过了劲，想起蔺承佑给的丹药全被滕娘子抢走，而今滕家那几个服了药都有所好转，唯独她家二娘命悬一线，心中很是不忿。她一边照料董二娘，一边时不时瞪滕玉意一眼，目光满含指责和怨怼。

滕玉意察觉背后的视线，扭头要看个究竟，这时宫人进来传话："世子走前说他有一事要查证，屋里几位都是未嫁的小娘子，让奴婢们提前做些安排。"

杜夫人原有男女大防之虑，这下彻底放了心，赶忙应道："是。"

宫人便将五位女伤者并排放在胡床上，用厚帘隔开，只露出舄底。

滕玉意帮着搴帘时，无意中看了看董二娘，意外发现董二娘面上并无金灰色，气息竟也算平稳。

咦，她不是中了妖毒吗？滕玉意待要细看，管事娘子就因为怕过风把帘幄挡上了。

滕玉意干脆绕到帘子另一头，不动声色地再次看起来。就在这时，外头脚步声纷至沓来，庭前开始有人说话了，宫人应承了几句，掀起门帘进来回道："镇国公府的段小将军和永安侯夫人来了。”

杜夫人一愣，段小将军名叫段宁远，是镇国公府的长子，玉儿的未婚夫婿。永安侯夫人段文茵则是段宁远一母同胞的姐姐。段文茵长到十七岁时，嫁去了洛阳的永安侯府。

日后玉儿嫁给段宁远，还得叫段文茵一声“姐姐”。

杜夫人忙堆起笑容要起身，宫人又道：“今晚段家也在紫云楼观大酺，听说滕娘子受了惊吓，段小将军和永安侯夫人特赶来相帮，另有几位跟镇国公府沾亲带故的夫人听说此事，也赶来照应。奈何世子为了捉妖封禁了中门，他们只好在中堂等候消息。现听说世子降伏了那妖怪，便到内苑来了，永安侯夫人在外头问，夫人和小娘子可有避忌，能否进来探视？”

宫人说话这当口，外头廊下有好些妇人喁喁细语，倒是没听到段宁远的声音。

杜夫人拍了拍滕玉意的手背，悄声道：“来得这般及时，段家也算有心了。”她理了理臂弯里的巾帔，热情相迎：“快请进。”

这时外头一阵喧嚣，又有人进了院子。

“受伤的共有五人，除了滕家，另一家是谁？”那是蔺承佑的声音。

滕玉意有些吃惊，蔺承佑这么快就回转，不知可查到了什么。

“是万年县董县令家的二娘子。今晚她跟几位官员千金约好了在江畔饮宴，赴宴途中不慎撞了邪，赶回城救治怕来不及，听说请到了道长，便托永安侯夫人关照也进了紫云楼。”

滕玉意意味深长地瞥了瞥帘后，早该料到，若无贵人相邀，寻常官员的家眷不能入紫云楼，原来把董二娘揽进来的“贵人”不是别人，正是段宁远的姐姐段文茵。

段家姐弟一贯情深，前世段宁远因为跟她退亲之事险些被逐出镇国公府，全靠段文茵从洛阳赶来为弟弟说好话。

这几日赶上上巳节，段文茵回长安不奇怪。

只是算算日子，眼下才早春，距离段宁远上门退亲还有三个月，可见段宁远对董二娘上心，比自己预料的还要早。

外头蔺承佑道：“我要进屋看看伤情，里头都安置好了吧？”

管事娘子听到此处，当即从榻上起来，一溜烟奔到门外，扑通跪下道：“求世子救救我家二娘，方才世子把药交给滕家小娘子安排，可是我家二娘无福，一粒都未分到。今二娘命悬一线，只求世子救命。”

就听一位年轻男子惊讶地道："药未分给你家二娘？！"

正是段宁远的声音，声音中隐含怒意和指责。

管事娘子只顾磕头，泣不成声。

管事娘子哭得正凶，一道女子的声音冷冷地打断她："事出突然，滕娘子这样安排定有道理。成王世子是清虚子道长的徒孙，有他在，还怕救不了你家娘子吗？滕娘子年岁尚小，遇到这样的事，想必吓坏了，速带我们进去，我得亲眼看看滕娘子才放心。"

段文茵这番话说得滴水不漏，面上对滕家关怀备至，实则提醒弟弟别因为董二娘失态。

段宁远果然有所收敛，当即转移话题："世子，伤者都在屋内？"

蔺承佑应了一声，问宫人："屋里都怎么安置的？"

"依照世子的嘱咐，已将五名女伤者安置在同一张床上，床前用厚帘隔开，只露出舄底供辨认。"

"安国公夫人不必跟其他伤者放在一处，她被妖物附身这么久，能不能活过今晚尚未可知。屋里备一盏热汤，前头备上犊车，待服完第一剂汤药，立刻将安国公夫人送到青云观去。"

"是。"

说话间有人进来了。头一个进屋的就是段文茵，此外还有好些云鬓华服的贵妇。

近来长安的女子尚胡人男装，段文茵也热衷此道，今日虽是赴宴，她不着襦裙，却做胡人装束，头上戴着金锦浑托帽，脚踏玄色缕金紧靿靴。她本就身姿挺拔，这装扮穿在身上毫不突兀，反而有种英姿勃勃的气度。

段文茵进屋后左右一看，大步朝杜夫人和滕玉意走去："恕我们来迟了，前头郡王殿下忙着疏散众人，我们几个不肯走，务必过来瞧瞧才放心，夫人不曾受惊吓吧？玉儿可还安好？府上几位伤者现下如何？"

杜夫人笑着道："劳夫人挂怀，现下都无事了。"

段文茵揽过滕玉意上下端详，鹅黄色半臂，单丝碧罗笼裙[①]，幂篱的皂纱挡得住

---

① 单丝碧罗笼裙：隋唐时期贵族女子常穿的一种单丝罗制成的裙，详见《旧唐书·五行志》《蜀中广记》。

远处的窥视，却挡不住近距离的打量，仔细看下来，她由衷称赞，这孩子眸如清潭，肌色莹白如霜，当真是姝丽无双的美人。

“上回两家过亲时玉儿还是个小娃娃，如今都长得这么高了。头几日我就听说玉儿你要来，正好我也在长安，本想着这几日邀你去西明寺赏花，哪知刚来就出了这样的事。”

杜夫人热忱地道：“这孩子心性强，倒是不曾怕，就是那妖物太骇人，回头得好好收收惊才好。”

言罢，杜夫人又带着滕玉意见过其他夫人，这里头既有镇国公府的姻亲，也有与滕绍有过袍泽之谊的同僚家眷。

说话间杜夫人望向段文茵的身后，只见门口站着一名年轻公子，锦衣玉冠，身姿如松，正是段小将军。

杜夫人眼里漾开了笑，这门亲结得好，这孩子出落得越发出色了。

段小将军颇为知礼，进屋之后垂眸叉手：“晚辈见过夫人。”

杜夫人微笑颔首：“好，你有心了。”

他们寒暄了几句，杜夫人不经意看了看屋外，要不是成王世子珠玉在侧，满屋子的光彩都要挪到段宁远身上去了，说来也怪，成王世子明明一副不羁的模样，倒是比段小将军更惹眼些。

蔺承佑并不肯进来，在他们叙话的时候，他歪坐在外间的胡椅上，手指漫不经心地叩着把手，等到宫人奉茶上来，便将一道符盖在茶碗上，让他们速给安国公夫人服下。

董家的管事娘子进屋后一直跟在蔺承佑身边，眼看他忙完了，忙跪到蔺承佑面前：“世子，救人要紧，那救命的丹药还请再给老奴一粒。”

“没了。”蔺承佑答得很干脆。

段宁远给杜夫人行过礼后便静立在一旁，听了这话后勉强笑道：“世子最爱说笑。青云观遍揽天下道家奇珍，别说只是一粒丹药，起死回生之术也不在话下。拿出来赏这仆妇吧，省得哭哭啼啼的惹人心烦。”

蔺承佑不紧不慢地道：“那丹药叫六元丹，药材殊不易得，师公为了炼制这瓶丹药没少费功夫，自己舍不得服用，全给我做防身之用了，头先那一遭已经用光了，再拿一瓶也使得，只需等上几年就行了。”

段文茵和杜夫人相顾错愕，原来是大名鼎鼎的六元丹，听说炼制此药讲究机缘，十年未必能得一瓶。

管事娘子忍不住放声大哭：“几年？我家娘子岂不是没救了？可怜娘子上月才及笄，如花似玉的模样，竟这般命苦。”她边哭边趴伏到地上，“待会儿老爷赶来，定会肝肠寸断。夫人卧病在床，要是听到娘子的噩耗，只怕也不成了。都怪老奴蠢笨，滕将军家连三位下人都得了救，我家娘子却只能白白等死。”

这话听起来凄凉，但明里暗里都在指责滕玉意自私无情。

段文茵表情有些不自在，杜夫人下意识地把滕玉意护到身后。

玉意这孩子行事从不论对错，最是护短，端福跟在玉意身边多年，一向忠心耿耿，哪怕方才的事再来一百回，玉意也只会做出同样的举动。

这事当然不能怨玉意，但董二娘毕竟正是鲜花般的年纪，眼下只能指望成王世子还有旁的法子，否则……

众人心神都被管事娘子的哭声牵引，滕玉意却暗中留意床前的帘幄，就在段宁远跟蔺承佑对话时，帘内稍稍动了下，幅度极小，不留神未必能发现。她心里顿时有数了。

蔺承佑也在留意床帘，看见床前那微小的涟漪，嘴边露出一点儿讽意，待要起身，段宁远却再次和他打商量：“世子，除了六元丹，可还有别的法子？”

蔺承佑瞟了眼屋内，干脆重新坐下：“没有。这妖物草胎木心，今日赶上上巳节，正是它成魔之日，它法力本就非寻常妖物能比，越近子时邪气越盛，要不是有人提前砍断妖物一臂伤了它的元气，六元丹也未必保得住伤者的性命。董二娘未能服药，我也没法子。”

段宁远身子微微一晃，一字一顿地道：“当真无药可救？”

“无药可救。”

绝圣和弃智忍不住道：“段小将军，我们师兄自己也受了伤，倘若还有六元丹，他为何不给自己服下？”

众人这才瞧见蔺承佑衣袍上还带着血迹，气色也比之前差了许多。

宫人们方才一个个都吓破了胆，也没顾得上留意蔺承佑的衣裳，这一望之下，忙一窝蜂地拥上去：“世子，可要老奴派人去尚药局宣余奉御？”

蔺承佑不耐烦地抬臂挡开：“少大惊小怪的。”

管事娘子仍在哀哀啼哭：“真是飞来横祸，夫人患病，二娘整日在床头服侍，难得出来过节，就这样丢了性命。只需一粒药丸而已，为何这般心狠？！”

段宁远满腔凄楚无处发泄，想起方才的事，怒而瞪向滕玉意。

这就是他的未婚妻？她戴着面纱，他看不清面容，但这女子无疑是他见过的面目最可憎的人。

他冷不丁开口道："滕娘子，药既然到了你手中，不求你没私心，但一共四粒丹药，凭什么滕家尽得，连一粒都不分给旁人？"

他嗓音都哑了，显然因为愤怒失去了理智。

段文茵惊怒不已："宁远！"

杜夫人诧异地道："段小将军，玉儿把药分给红奴她们时并不知道瓶中只有四粒药，若是提前知道不够分，断不会这样安排。"

"剩最后一粒时总该知道了吧？她依旧给了自己的下人，可见她眼里只有自己，旁人的命对她来说轻如草芥。姐姐，你看明白了，如此自私霸道的女子，岂是段家的良配？"

众夫人瞠目结舌。蔺承佑抬头看向段宁远，眼里也浮现一抹惊讶之色。

段文茵呆了片刻，勃然大怒道："你胡说什么？"

滕玉意施了一礼，淡然地看向段文茵："夫人听到了，段小将军因为我救了滕家的下人，要跟滕家退亲。"

段文茵狠狠剜了弟弟一眼，柔声宽慰滕玉意："宁远席上饮了不少酒，脑子糊涂才会胡言乱语，玉儿你多担待些，这些醉话千万别往心里去。"

滕玉意颔首："段小将军酒后失言要旁人多担待，我们在林中遇妖时又该请谁多担待？"

段宁远一噎。

"我们好不容易从林中逃出来，妖物又追到了紫云楼，当时揽霞阁大乱，表姐她们病情危重，我唯恐耽搁了救人的好时机，用药前未能估量药丸的数量，出来时才知道只剩一粒。段小将军，换作你会怎么办？"

段宁远愤愤地道："滕家既已得了三粒，为了公允起见，最后一粒理当分给旁人。"

"但端福并不只是滕家的下人。"滕玉意语调冰冷，"今晚若不是有端福抵挡一阵，我们早都死在林中了。如今他性命垂危，我得了药却不救，岂不成了忘恩负义之徒？"

段宁远咬了咬牙，她分明在强词夺理，碍于太多人在场，他竟无法驳斥。

"在你们眼中，端福只是个地位卑贱的下人，但他何尝不是我们的救命恩人？一个人若连自己的恩人都不顾，拿什么去救素不相识的陌生人？我倒想问问段小将军，你将我视作仇敌，究竟是怪我救了自己的救命恩人，还是怨我没能救董二娘？

假如我把药给了董二娘却不顾端福，你还会痛斥我行事不公吗？！”

段宁远仿佛被人扇了一个耳光，脸上火辣辣的，露出惭色。

诸位夫人都是过来人，看看床前的厚帘又看看管事娘子，慢慢回过味来了。

早在院子里的时候，宫人就说过董二娘能进紫云楼全托永安侯夫人关照，段小将军匆匆赶来，不过问滕家下人，反而对滕玉意横加指责，哪里像为了滕家而来，倒像是冲着董二娘来的。

杜夫人越想越心寒，瞪向段宁远：“玉儿今晚几番遭受惊吓，段小将军对此漠不关心也就罢了，怎能连当时的情况未弄明白就怪罪到玉儿头上？她年纪虽小，遇事尚能冷静自持，能救下这么多人，玉儿占一半功劳。换成别的孩子，别说发药救人，早吓昏好几回了。

“段小将但凡还有心，稍稍想一想就明白了。药不够了，并非玉儿的错。‘自私霸道’这样的话，我们玉儿受不起，‘良配’不‘良配’，段小将军没资格说这样的混账话！”

段宁远羞惭满面，方才他心智大乱迁怒于他人，如今冷静下来，也知自己做得过火，当着众人的面，他自知无可辩驳，干脆撩起衣袍欲要赔罪。

滕玉意怎肯给他开口自辩的机会？她垂泪福了一福，再次开口道：“段小将军是顶天立地的男儿，说出去的话没有收回的道理，既然段小将军亲口说要退婚，还请诸位夫人做个见证。”

段文茵面色大变，早该料到滕家的孩子绝不会白受委屈，忙打着哈哈道：“玉儿误会了，董家的管事娘子哭闹不休，听了难免让人不舒服，宁远问出那番话，无非想叫这糊涂妇人自己想通其中的道理，绝没有反过来质问自家人的意思。宁远，你原是一片好心，说出来的醉话净惹玉儿误会，还愣着做什么，快给玉儿和夫人赔礼道歉！”

滕玉意“黯然”摇头：“段小将军是醉酒还是伤心，我也分不大清，明日我写信将此事告知阿爷，请他拿主意。各位夫人阅历多，看事也明白，今晚的事还请你们帮着做个公断。”

众夫人原不想卷入两家是非，但听到滕玉意执意要将此事告知滕绍，可见这孩子不会让段家糊弄过去。滕绍是个厉害人物，段小将军今晚的做法也着实让人心寒，她们不好再揣着明白装糊涂，忙道：“可怜见的，刚到长安就遇到这许多事，我们心里都明白，玉儿受委屈了。”

段宁远脸色青一阵红一阵，段文茵气恼又无奈，玉意这孩子看着不谙世事，性子却如此决绝，几句话的工夫，竟要把退婚之事坐实了。

这下如何是好，闹到退婚的地步，过错可全在弟弟身上。今晚他们出了紫云楼，明日流言蜚语便会传遍长安。

段文茵在心里把段宁远狠骂了一通，要打消玉意的念头，还得她这个做姐姐的来转圜。

段文茵待要开口，滕玉意突然向外屋的蔺承佑行了一礼："敢问世子，中了妖毒之人，不服药的话能挺多少个时辰？"

蔺承佑意味深长地瞟了眼露在帘外的那五双鞋："顶多两个时辰吧。"

滕玉意点点头走向床边，边走边挤出几滴假惺惺的眼泪："从事发到现在，少说有两个时辰了，想来董二娘已经仙逝了，没能救成她，我心里也不好受。"

她走到帘前作势要行礼，一下子没站稳，胳膊不小心碰到了董二娘的腿上，压得董二娘浑身一僵。滕玉意当即做出惊慌的模样："董二娘……董二娘她动了。"

众人大吃一惊，急忙拥到床前。

管事娘子第一个打开帘子探董二娘的鼻息，气息喷到指尖，董二娘果真还活着。她先是狂喜而后疑惑，早过了两个时辰，二娘为何未服药也无事？

杜夫人站在榻前抻长了脖子张望，也是满脸震惊，端福他们中毒后的脸色她是见过的，活像扣了一面金锅，哪像这位小娘子，气色跟常人没什么两样。

绝圣和弃智装模作样地凑热闹，师兄早示意他们到帘后一探究竟，但他们忙着用符汤引出安国公夫人体内的妖毒，一直没顾上看那四名伤者。

滕娘子这一招出其不意，正中他们下怀。他们扭头看师兄，师兄满脸坏笑，早在一旁看起了热闹。

"这是怎么回事？"段文茵错愕地打量董二娘的脸色，"世子方才不是说过，真要中了那妖物的邪毒，最多支撑两个时辰吗？"

屋子里一时鸦雀无声，这情形断不像中毒，众人心思浮动，连段宁远也有些疑虑。

滕玉意挑起一边秀眉，刚才她压得极重，本以为董二娘吃痛不过会叫出来，怎料此人竟生生忍住了，早知如此她该用簪子狠狠扎一扎，眼下对方有了防备，她要如何证明董二娘是真昏还是装睡？

她故作惊慌："会不会并非中了妖毒，而是中了别的邪术？"

管事娘子心里隐约有些不安，忙顺着滕玉意的话头道："对对对，来江畔的路上撞见那妖物后就昏死过去了，未必是中了妖毒。妖怪那般诡诈，我们娘子没准着了别的道也未可知。”

绝圣冷不丁道：“这位婆婆，您是说我师兄看走了眼吗？我师兄年纪虽不大，道术上可从未走过眼。”

管事娘子慌忙摇头：“断不敢小瞧世子的道术，只是我家二娘撞邪后迟迟不醒，总该有个缘故，世子道法高妙，求您再帮着仔细瞧一瞧。”

“我看是惊吓过度。”蔺承佑抚了抚下巴，“体弱之人遇到这样的邪祟，神魂久久不能归位也是有的。”

段宁远暗松一口气，忙道：“多半是如此了。”

管事娘子趁势跪下磕头：“不知世子可有对策？”

蔺承佑笑道：“有，当然有。”

他不紧不慢地朝床前走了两步，猛不防屈指一弹，一道银光从他襕袍前划过，笔直地弹入了厚帘中。

董二娘露在帘外的脚动了一下，没过多久整个帘子都开始抖动，越抖越快，越抖越快。董二娘终于着了火似的从床上弹了起来，遏制不住地四处抓挠：“痒……好痒。”

众人始料未及，集体愣住了。

蔺承佑笑容不变，却目光冰冷：“胆子真不小！”

段宁远僵在原地，董二娘真要是丧失了意识，连冷热都不知，怎会轻易就被痒醒？

管事娘子慌张了一瞬，忙替董二娘遮掩：“醒来就好，醒来就好。”

董二娘下死力忍住身上那股奇痒，歪靠在床边，软绵绵地道：“乳娘……我……我这是在何处？”

段文茵忍无可忍，断喝道：“你们主仆还要装到什么时候？”她指向董二娘，“你跳下床的时候哪里有半点儿虚弱之态，分明已经醒了一阵了，真当我们没长眼睛吗？”

董二娘怔了怔，懵懵懂懂地环顾四周，随即以手抵额：“我只记得赴宴途中遇到了邪物，后头的事全不知情。”

杜夫人淡淡地打量董二娘：“方才你的仆妇为了药丸哭闹不休，你就一句不曾听见？”

董二娘茫然地摇头，忽觉两道冰冷的目光落在自己头上，迎面望过去，就见一个头戴幂篱的碧衣少女望着自己，虽然不言不语，却无端叫人心慌。

想必那少女就是滕玉意了，先前滕玉意猝不及防跌到她身上，害得她险些痛叫出声，万幸她忍住了，但焉知不是这一举动引起了成王世子的疑心。

她掩袖咳嗽道："方才头痛欲裂，不知是醒是梦，想睁开眼睛瞧瞧，只恨浑身上下全无气力，知道耳边有人吵闹，但声音离得太远，连一句都听不真切，真不知道发生了何事。"

"果真如此？"

"果真如此。"

蔺承佑笑容可掬："我耐心有限，你最好想清楚了再答话。"

段宁远心知不妙，尽管一肚子疑问，仍硬着头皮道："昏迷刚醒之人，糊涂些也是寻常。"

董二娘目光微微一移，一触到段宁远的锦袍便立即移开，她咬了咬唇："实不知出了何事，先前在江边遇到那邪物，我只当活不成了，好不容易醒来，脑子里仍是一片混沌，既不明白做错了何事，也不明白为何要一再盘诘我……"

她说着说着，眼里已是泪光盈然。

"你撒谎！"绝圣大喝道，"你根本就未昏迷。"

众人愕然："小道长，此话怎讲？"

弃智举起手中的镇坛木："这就是证据！今晚师兄本在月灯阁击鞠，临时被找来捉妖，半路就听说共有五位伤者陷入昏迷，赶到揽霞阁之后再次询问，确定是四女一男，当时情势凶险，师兄怕那妖物遁走，不及亲自察看伤者，便摆了'五藏阵'。

"谁知伤者数目对不上，游魂只有四枚，说是伤了五人，实则有个人是装的，五藏阵非但没能镇住那妖物，还害得师兄被妖物打伤。你骗得了别人，骗不了我们，因为摆阵之人最清楚，你的元魂始终未离过体。"

这话犹如平地一声雷，震得众人耳边嗡嗡作响。

管事娘子结结巴巴地道："怎么会……？绝不可能，这……这其中多半有什么误会。"

蔺承佑看看左右的宫人："你们傻了吗？我忍这老东西很久了！"

宫人们捋袖揎拳，二话不说将管事娘子捆了个结实，又找了双臭气熏天的足袜，往她嘴里一塞。

蔺承佑嗤笑："误会？捉妖时有多凶险你们看不见吗？'五藏阵'可以借力打力，是极霸道的法术，但有一点不好，就是一旦数目不对就会满盘皆输，我因为误信有五位伤者，险些连命都没了，还敢说什么误会不误会！”他冷冰冰地看着董二娘，“我不妨把话再说得明白些，摆阵的时机甚早，但仍拿不住老妖，除了你一开始就是装的，没别的解释。你并未昏迷，为何打着求医的名头混进紫云楼？！”

董二娘死死咬住唇，身子微微颤抖起来。

第四章
痒痒虫

屋子里寂然无声，数十双眼睛盯着董二娘。

一位宫人端详着董二娘，忽道："老奴想起来了，前几日世子出行，董明府家的犊车曾经出现过好几回，头先世子从竹林抄近路去月灯阁，董家的车也跟在后头，要不是世子令人在竹林外设了幔帐，还不知董家要跟多久。这位董娘子，你们究竟在打什么主意？为何总跟着世子？"

段宁远表情又难看了几分。

绝圣一拍脑门："我知道了，师兄，这对主仆一个装中毒，另一个千方百计向你讨要六元丹，假如滕娘子把药分给了她们，或者师兄摆的不是五藏阵，六元丹不就被她们顺利诓走了吗？"

董二娘目光慌乱起来，却仍不肯开腔。

蔺承佑讥笑道："是不是还没编好谎话？没关系，正好我也没那个耐心。按照本朝疏律，'盗五十匹绢以上者，流三千里'，盗虽不得，亦当徒二年。凭六元丹的价值，仗五十、徒二年没问题，如此重罪，也不必劳烦万年县审理了。来人，直接将这对主仆送往京兆府[①]。"

---

① 唐朝的律法没有刑事和民事之分。以长安为例，小案子通常是由万年县或长安县的法曹参军来办理，大案子才会由县令（唐朝人称县令为明府）上报京兆府。京兆府处理不了，才会上报大理寺。如遇到真正的重大案件，则会由大理寺、刑部、御史台协同进行"三司会审"。详见《唐律疏议》。

宫人正要围住董二娘，董二娘眼里涌出一层薄薄的水雾，忽道：“慢着！”她含泪望一眼蔺承佑，缓缓伏到地上，“我并非存心诓骗世子的六元丹，只是想救阿娘。”

“你阿娘？！”

董二娘身子猛一哆嗦，也不知成王世子给她用了什么邪术，痒得她无法自处。

“我阿娘年初起开始生病。”她强忍着开了腔，“我阿爷遍寻名医，阿娘始终不见好转。也许是日有所思夜有所梦，一日阿爷去慈恩寺奉香，回来后就做了一梦，梦中一位佛陀告诉阿爷，若想救妻子的性命，可找成王世子讨药。我阿爷醒来后打听，得知成王世子随身带有异药，他老人家认定此梦乃上天授意，翌日便带着我阿兄到成王府拜谒，可惜成王夫妇出京远游，世子也不在长安，阿爷接连找了一个月，连世子的面都未见到。”

她本就生得极貌美，说话时肩膀微微发抖，颇有梨花带雨的柔婉之态。

“此后我阿娘病重，我阿爷也因为连日奔波病倒了，数日前我和我阿兄听说成王世子回来了，怀着一丝希冀去成王府外守候，但或许时运不济，别说讨药，连拜帖都未递到世子手里。我将此事禀告病榻上的阿爷，阿爷哀叹，连日来他托同僚帮忙牵线，人人都说帮不上忙。”

这倒是实话。六元丹堪比异宝，京中不知多少人眼馋，前年韦尚书的夫人病危，韦尚书也想替夫人求六元丹，先找世子后找清虚子道长，均不奏效。后来他还是求到了圣人跟前，经圣人求情才得了一粒。

不久清虚子道长当众发话，成王世子命格清奇，需留着此药防身，除非大魔作乱或是情势危急，断不能拿来舍人，否则世子自己会有性命之忧，此话一出，才彻底断了京中人的念想。

董二娘凄楚地道：“阿爷说：‘长安城病重之人何其多，要是个个都跑到成王世子面前求药，世子是给还是不给？清虚子道长那番话听似不近人情，实则替世子省了多少麻烦。罢了罢了，求药是没指望了，倘或你阿娘因此救不活，也是命该如此。’

“自那之后，我阿爷和阿兄就断了去拜谒成王世子的念头。阿娘的病一直不见好转，我为了侍奉阿娘寝食俱废，阿兄看我形容憔悴，趁着上巳节逼我出来赴宴散心，我原本打算到江畔为爷娘祈福，半路看见成王世子和仆从骑马路过……”

她偷偷瞥段宁远，看他纹丝不动，胸口忽地一紧，低头赧然地道：“我来不及回城禀告阿爷和阿兄，便自作主张令管事驱车跟上去。谁知被成王世子察觉，又一次被挡在了竹林外。

“我不得不另绕远路，走到半路的时候，犊车的顶篷上像落下了什么重物，我掀开帘子，恰好看到外头掠过一个黑乎乎的巨物。我吓得魂飞魄散，当场就昏了过去……”

她猛然想起蔺承佑方才的警告，忙又改口：“只……只昏了一小会儿，醒来时就听见外头有人说话，那些人像是刚闻讯而来，说竹林里有人被妖物所袭，现有不少人受伤，他们正要去月灯阁找世子想法子，我就……我就……”

“你就临时起意假装中了妖毒？”

董二娘垂泪道：“我当时想着，受伤的人既然不少，多我一个也无妨。世子算半个道家中人，如今妖魔现世，他理应拿出六元丹来救人。若是我借这个机会见到成王世子，没准能替我阿娘讨到一粒六元丹，于是我索性一直在车内昏睡。”

董二娘说着哭起来：“我阿娘命悬一线，做儿的日夜悬心，我也是实在没法子了才出此下策。此事是我一人谋划，乳娘全不知情。”

有两位夫人心肠较软，见状唏嘘道：“可怜见的，原来是为了阿娘。”

哪知这时，有人轻轻咳了一声，董二娘听出是滕玉意的声音，想起今晚的种种，心知此女手段了得，她假意掩袖拭泪，暗中却如临大敌，果听杜夫人道：“就算要救你阿娘，总不能一再坑害旁人。前头也就算了，且当你糊涂，可是后来世子当众说六元丹已经分完了，你为何仍在帘后假装昏迷？你明明毫发无伤，却听凭下人大闹，害得玉儿平白背上骂名，你究竟是何居心？”

董二娘心中暗恨，面上却惶然：“我事先并不知道六元丹不够分，更不知道中了妖毒会这般凶险。那妖物追到紫云楼来，我也颇意外，虽说想得六元丹，但我从未想过连累他人性命。后来药分完了，我心知命该如此，但只要想到阿娘会撒手人寰，心里就油煎火燎，等了又等，只盼着成王世子还能想出旁的法子。”

“真是好孝心。”蔺承佑鼓了鼓掌，“打着孝顺的名头，行的却是害人之事，此药若让你得了，势必有真正中毒之人因为缺药而丧命，比如滕府那位男仆，这刻已经死了。”

董二娘咬着红唇惶然摇头。

“诓六元丹在先，误我捉妖在后。要不是你假装中毒害我摆五藏阵，妖物也不会差点儿就逃出紫云楼，此妖即将成魔，真要纵虎出柙，伤的可就不是区区四五人了。”

董二娘张嘴要辩驳，望见蔺承佑衣襟上的血迹，心里彻底慌乱起来。她原想着，妖怪害人的法子千变万化，昏迷再醒也合情合理，不料漏算了这些道术上的玄机。蔺承佑受伤之事若是惊动了宫里，圣人和皇后必定问责，到那时候，恐怕连阿爷都会受牵连。

她脸色灰败，再次瞥向段宁远。段宁远神色复杂，却并未躲开她的视线。

蔺承佑看得明白，心里嗤笑一声，从怀中拿出一包药粉冲身边宫人道：“将她和那老东西绑了送京兆府。她身上有毒虫，你们先吃了解药再动手。”

这时床帘微动，绝圣从帘后端着一碗符汤跑出来：“师兄，安国公夫人身上引出妖毒了，这下不用担心她没到青云观就半路殒命了。”

蔺承佑接过茶盏，缃色茶汤里悬着一缕缕墨汁似的物事，眉头一松，问道：“另外四名伤者如何？”

“妖毒清得差不多了，估摸着明日就能醒了。”

蔺承佑又问外头宫人：“安国公来了吗？”

“来了，刚到前楼，淳安郡王也在外头，安国公因为赶路太急，半路不慎坠马摔折了腿，不顾腿伤严重，非要往后楼赶，亏得郡王殿下拦了一把才作罢，眼下还在前楼包扎伤腿。”

蔺承佑道：“备马，速回青云观。”

楼外灯火荧煌，车马肃然候在门口。

滕玉意搀着杜夫人上了犊车，车夫正要扬鞭，背后车马喧腾，镇国公府的车马围了上来。

段宁远骑着一匹银鞍白鼻马，率先控缰停下，下马冲犊车恭谨地施了一礼：“夫人今晚受了惊吓，晚辈放心不下，若夫人不嫌弃晚辈愚鲁，容晚辈护送你们回城。”

他面上无波无澜，说完这话便拱手而立。

段文茵也下了马朗声道：“夫人、玉儿，今晚宁远酒后失态，说了一些糊涂话，但他秉性纯直，绝非有意如此，他早就懊悔万分了，适才跟我说，今晚城内外到处是游人，滕家又需照料几位伤者，唯恐你们回城的路上无人关照，主动要相送呢。”

滕家的犊车前垂着一道翠色描金的车幰，一时间静悄悄的，过片刻只听滕玉意笑道：“多谢夫人美意，不过不必了。头先在紫云楼里，当着众多长辈的面，我已将事情剖析明白了。我都能想透的事，长辈们只会比我更明白。我表姐刚服了药，路上不宜耽搁太久，这就要走了，夫人不必相送，也请段小将军莫挡在前头。”

段文茵的面色微微一僵，她改而笑着对杜夫人道：“杜姨母，一家人不说两家话。记得当初宁远和玉儿定亲的时候才十二岁，一晃七年过去，玉儿及笄了，宁远也十九岁了，但他毕竟年未及冠，行事难免有鲁莽的时候。

“说句不当的话，长安城里像他这个年纪的小郎君，纳妾的、狎妓的……数不胜数。细论起来，宁远的品行实属难得了，幼时读书习武，从未见他叫过一声苦，大了被阿爷送到军中历练，更是与将士们一道眠霜卧雪。段家早就有规矩，成亲前不得有通房，成亲后不得随意纳妾，宁远身为段家的长子，长到今年十九岁，房里连个近身伺候的婢女都没有。长安城里提到宁远，谁不夸他一句好儿郎。

“杜夫人，您是过来人，这些少年人的毛病，您比玉儿清楚。宁远是好是坏，您只需放眼看看长安城就好了，有时候眼里揉不得沙子未必是好事，反而徒增烦恼，偶尔犯一回糊涂不算什么，改过就是了。不过我算看出来了，这些话玉儿未必听得进去，夫人您是玉儿最敬重的长辈，孩子的心结，还需您帮着开解才是。”

杜夫人心中叹息，经过今晚之事，别说玉儿的态度不可改变，她这个做姨母的也不会再同意这门亲事，她不清楚段宁远究竟怎么认识董二娘的，但少年人一旦情动，心就收不回来了。

她欣慰地想，好在玉儿比她看得更透彻，行事也更果决。

她再次打量段宁远，这孩子英姿勃发，委实是人中龙凤，哪怕方才那么狼狈，眼下在礼数上也是无可挑剔的，可他此刻尽管安安静静地站在此处，心思究竟在何处只有他自己清楚。

她淡淡一笑：“夫人，话说到这份儿上，我也想说些掏心窝子的话。玉儿这孩子不比别人，五岁就没了阿娘，当时恰逢吐蕃进犯，她阿爷料理完她阿娘的丧事就赶去戍边，我这做姨母的又因为刚生完大郎没法去滕府照料。最初的那些日子，玉儿身边除了主事的老仆，连个疼爱她的长辈都没有，她纵是想爷娘了，小小年纪也只能自己一个人扛。”

段宁远略有所动，下意识地抬头看了看那道半垂着的翠幰。

“有一回我赶去看望玉儿，这孩子抱着阿娘给她缝制的小布偶，一个人坐在花园的秋千上睡着了，不小心摔了下来，头上磕出了好大一个包，这还只是其中一桩。她自小就没了亲娘，又是个女孩，这些年阿玉到底受了多少委屈，我这做姨母的压根儿不敢深想。”

说到此处，杜夫人眼眶有些发热。

“后来玉儿的阿爷把她送到我身边教导，我恨不得掏出心肝来疼她，玉儿受了委屈，比挖我的肉还难受。所以夫人想差了，今晚的事别说让我来开解玉儿，恐怕还得玉儿来开解我。我也想明白了，段小将军并非莽撞孩子，若非心里早就存了念头，绝不会冲口就说出退婚的话。”

段文茵忙要开口，杜夫人又道：“再者说，婚姻大事绝非儿戏，做姨母的岂能胡乱出主意？过几日妹夫就回长安了，究竟该如何，妹夫自会定夺。夫人熬了这半夜，想必也累了，不如就此别过。”

段文茵接连碰了两个不软不硬的钉子，倒也未动气，沉吟了一阵，她含笑牵马让到一边道：“也好，照料伤者要紧。横竖过几日我们祖母过寿辰，到时候两家还会碰面，夫人和玉儿先走一步吧，明日我登门探视杜小娘子。”

杜夫人淡笑着放下车帘，就在这时，紫云楼前车马喧腾，一行衣饰华贵的男子从楼内出来，边走边商量着什么。

台阶前花月相映，那几人停驻在半明半暗的灯影里，一时间难以辨清面目。

仆从们纷纷牵马上前，几人移步下了台阶，当先那人紫袍玉冠，通身不羁的做派，不是蔺承佑是谁？

蔺承佑的坐骑是一匹潇洒威昂的骏马，紫鬃雪蹄，饰以锦鞯金络，大约是番邦进贡的，毛色极为殊异。

他上马之后，屈指呼哨一声，暗处里倏地蹿出道暗影，迫近蔺承佑，一跃上了马背。

杜夫人吓得捂住胸口，滕玉意瞧过去，那东西双目碧光荧荧，两耳尖利如剪，原来是一只油亮发黑的小猎豹[①]。

小猎豹蹲在蔺承佑背后，体格不大却也威风凛凛。长安城常有王孙公子豢养鹰鹘或是猞猁，像这等凶狠难驯的猎豹倒少见。

未几，护卫们押着董家的马车过来了，段宁远执缰在原地转了两圈，末了还是没忍住，驱马往蔺承佑跟前去了。段文茵面色一沉，当即追上去。

姐弟俩刚奔到一半，蔺承佑扭头看了看滕家的马车，突然对马前的小道童说了句什么。

小道童点点头，撩起道袍朝滕府马车跑来：“请问滕娘子在车上吗？”

这下不只段宁远和段文茵露出惊讶的神色，杜夫人也大感意外。

滕玉意在车内好奇地问：“小道长有何事？”

绝圣挠了挠头：“能否让贫道上车？这话得当面说。”

滕玉意并没有马上应答，绝圣琢磨了一下，赶忙又补充道：“师兄怕回城路上

---

① 唐朝贵族子弟狩猎时喜欢带猎物随行。有句诗叫“马后猎豹金琅珰，最前海青侧翅望”，指的就是豹子和海东青。

出岔子，特意让贫道给伤者送些定神符来。”

滕玉意这才松口：“小道长快请上来。”

绝圣胖得像个小圆桶，身手却敏捷，坐下后学清虚子的做派欠了欠身：“贫道稽首了。”

他故作老成，怎奈处处透着稚气，杜夫人和滕玉意忍着笑，道：“见过绝圣道长。”

杜庭兰被安置在帘后的小榻上，滕玉意和杜夫人并坐于东窗下的矮条几上，车内本来还算宽敞，绝圣一上来就显得局促了。

滕玉意戴了一晚上幂篱本就气闷，想这小道士不过八九岁的年纪，便摘下幂篱搁到一旁。

绝圣到现在才看清滕玉意的模样，非但不丑，还出奇地貌美，好奇之下不免多瞧了几眼。

“小道长？”

绝圣赧然地摸了摸头，随即正襟危坐道：“其实几位伤者服了六元丹，不必再用定神符了。师兄让我来，是想问问今晚竹林中的情形。滕娘子，你和杜娘子当时为何会去竹林？你们到那儿之后发生了何事？除了妖物，可曾见到形迹可疑之人？”

滕玉意跟杜夫人一对视，杜庭兰因何离开静福庵至今是个谜，怕损及杜庭兰的名声，两人一直有意遮掩此事。

此外滕玉意还有一层顾虑，前世表姐出事前后那半年，从未听说过有妖物为祸长安，但今晚这妖物已经祸害十来名女子了，而且表姐前世的死因，经仵作查验是被人勒死的，可凭今晚那妖物的道行，杀人用不着这么麻烦。

她越想越觉得有太多细节对不上，记得前世表姐被人谋害后，连阿爷都曾派人暗中调查，无奈查到最后都没能查出凶手是谁，这回借蔺承佑之手，说不定能查清真相。

她于是如实道：“表姐为何去竹林我们也不知情，等我们赶到的时候，表姐和丫鬟红奴都已经丧失了神志。妖物蛰伏在树上，待我们一靠近就开始袭击我们。我和端福忙着对付妖物，也就没注意林中是否还藏着别人。”

绝圣露出失望的神情：“看来只能等杜娘子醒来再问了。”

滕玉意沉声道：“还有一件事很奇怪，就是我们救下表姐后，发现表姐掌心有一道伤口，血痕已经结痂了，不大像刚被妖物弄破的。”她说着回身将表姐的右手从衾被里拉出来。

“小道长，你看。”

绝圣凑上前，那伤口又细又深：“怎么有点儿像树枝扎破的？不对，树枝扎不了这么深，像剪子。”

“应该是剪子。我去庵里云会堂找表姐的时候，看见桌上有好些彩胜。”滕玉意从袖笼中取出金箔玉片，“道长你瞧，估计在云会堂剪彩胜的时候表姐就扎破手了。”

二人借光细细找，没多久在其中一片上找到一块指甲盖大小的暗色血痕，箔片本就是深赭色的，血迹也已经干涸了，故而并不起眼。

绝圣左手捏诀，另一指划过眉心，打开天眼未看出不妥，于是又转过头观察杜庭兰掌心的那道伤痕。

“看样子出了不少血，假如当时林中藏着妖魅，只要杜娘子一靠近，妖物就会嗅出她身上的血腥味。”

滕玉意一怔：“道长的意思是，表姐因为手上有伤才被妖物盯上？”

“也……”绝圣迟疑着道，“不大像，师兄说这妖物草胎木心，以露水泥土为食，它不嗜血肉，不喜腥气，只爱美人的皮囊，遇到中意的往往会想办法攫取肉身，一旦找到更漂亮的女子，就会吸尽宿主的精元脱壳而出。但有一点，它绝不伤及美人皮肉，前头死了这么多女子，鲜少有人报官，因为从外头看半点儿伤痕都没有，都以为是急病而亡。”

滕玉意思忖着说：“照这么说，表姐手上破了这么深一道伤口，论理入不了那妖物的眼，那它为何还会盯上表姐？”

绝圣托着滚圆的脸蛋苦想了一会儿，无奈他想不通其中关要，只好起身告辞：“我得赶快去向师兄回禀此事。明日杜娘子该醒了，若是夫人和滕娘子不介意，贫道会到府上走一趟。”

滕玉意和杜夫人忙欠身：“那就恭候道长驾临了。”

绝圣挺着胖胖的小肚子往外走，滕玉意忽然笑道：“道长请留步，我有一事想请教道长。”

绝圣转过头来，今晚要不是滕娘子主动借翡翠剑，师兄不会那么快把老妖从阵中引出来，当时那情形，耽搁越久变数越多，等到师兄弄来假剑，他和弃智说不定已经死在妖物的爪下了。

滕娘子借给师兄翡翠剑，师兄也给了滕娘子六元丹，两下里算是扯平了，不过滕娘子要是因此找他和弃智帮忙，他于情于理都得答应，于是憨笑道：“滕娘子请说。”

“敢问道长，”滕玉意好奇地道，“你师兄今晚给董二娘施了什么法术？为何能让人痒成那样？”

“哦，那是‘叫你生不如死痒痒痒开花’虫。”

看杜夫人和滕玉意不解，绝圣又补充道：“这虫原叫白虫，师兄嫌无趣，就给换了这个名字。如何？是不是比原来的名字好记些？”

滕玉意笑着点头：“好威风的名字。”

绝圣毕竟稚子心性，被滕玉意的神态逗得高兴起来，滔滔不绝地往下说。

“这虫子逢热而生，专驱五毒，师公本来是捉了这虫制药丸的，结果有一回端午节，师兄在观里喝醉了，捉了这虫放到玉薤酒里，一泡就是七天，揭开酒釜一看，虫子居然还活着，只是颜色从白色变成了碧绿色，性情也大变。

“它逢孔必入，最喜附着在人的皮肉上，要是不小心被它沾上，立时奇痒难忍，最可恨的是捉不住、驱不走，只能活活受它的啮咬，还好这虫只能活一个月，但哪怕就一个月，也足以把人折磨得不成人形。”

滕玉意越发好奇：“如此了得，又没有克制它的解药，若是不小心误用了，该如何收场？”

“师兄既然敢用它，自然有驱它的法子。这虫子刀枪不入，不惧火燎，师兄也是试了许久才找到克制它的法子。”

滕玉意眼波漾了漾：“我刚才听世子令宫人先服解药再碰董二娘，难不成这虫子会播散？”

“可不是。”绝圣眼睛睁得圆圆的，“要是有人不小心与中了虫毒之人接触，也会跟着痒起来。”

“那……你师兄不打算给董二娘解药吗？”

“怎么会？师兄这人铁石心肠。董二娘既骗六元丹，又害师兄受了伤，师兄不给她多放几只虫就不错了，怎会替她解毒呢？”

滕玉意不露痕迹地笑了笑，从袖笼中取出一物，在绝圣面前摊开：“小道长，我这剑能砍下那妖物的爪子，不知能不能对付你们青云观的‘叫你生不如死痒痒痒开花’虫？”

绝圣望着那柄碧莹透亮的翡翠小剑，暗中吞了吞口水，好奇一晚上了，终于得以一窥真容。他眼馋得不得了，真想马上摸一摸。

他试着伸出手去，又遗憾地缩回来：“可是我眼下身上未带那虫子。”

滕玉意假意收回翡翠剑，摇头叹气：“可惜了，本以为马上可以一试的。”

绝圣急急地道：“反正明天贫道会到府上探视几位伤者，我可以带几只上门。”

滕玉意忙笑道："如此甚好，那就这么说定了，到时候我把翡翠剑交给小道长，道长可以亲自比画。"

绝圣高兴了一会儿，渐渐回过味来，这虫子在观里算不得宝贝，却也没有随意拿出去给外人瞧的道理，怎么才几句话的工夫，自己就答应滕娘子了？但他只要想到明日就可以把玩翡翠剑了，心里又痒痒的。

滕玉意一本正经地回望他，仿佛在说"道长看我像坏人吗？"。

绝圣下车的时候想，滕娘子当然不能算坏人，可是滕娘子今晚用胳膊肘压董二娘的腿时，他和弃智就在帘前，那一招瞒得了别人，却瞒不过他们，她下手那样重，估计董二娘的腿到现在还青着呢。

照这样看，滕娘子好像也称不上好人。

杜夫人轻轻戳了戳滕玉意的额头："你这孩子又在打什么鬼主意？别不是想把那虫子弄到家里来吧？"

滕玉意回想段家姐弟骑马而去的举动，笑眯眯地往杜夫人肩上一靠："姨母不用管，反正我自有用处。"

杜夫人暗暗叹气，就段文茵走时的态度来看，两家退婚之事不会那么顺利。段宁远即将册封世子，段家断不肯在这个当口让段宁远被人诟詈品行。

今晚的事虽说在场诸人都看得明白，但毕竟没人亲眼看见段宁远和董二娘之间的首尾，假如段家一口咬定是一场误会，滕家却执意退婚，过错岂不又落到了滕家头上？

事关玉儿一生，万万不能让玉儿受委屈。有没有法子让所有人都知道是段家的过错？

幸而妹夫快回来了，此事当趁早筹谋才是。

她忽又想起一事，惊道："瞧我，方才净顾着听你们说话，忘了去跟淳安郡王道谢了。今晚亏得郡王殿下帮忙，一家人才能那么快移到紫云楼来，听说成王世子也是郡王殿下派人找来的。玉儿，你在车上等着，姨母去当面道谢。"

滕玉意搴帘望着窗外："恐怕已经迟了，姨母你看。"

呼喝声中，一行车马齐齐逐尘而去，蔺承佑与一名紫袍金冠的青年公子并辔而行，很快就消失在夜色中，那人气度雍容，身形瘦削板正，想来就是淳安郡王了。

"也罢。"杜夫人遗憾地道，"你姨父应该也快到了，待会儿我们半路碰着了，我再跟你姨父好好商量登门拜谢之事。"

车夫一挥马鞭，滕家马车也踏上了回城的路途。

段文茵揽辔拦到段宁远的马前，冲弟弟怒目而视："你要去做什么？！"

段宁远张口要辩驳什么，又咽了回去。

段文茵沉着脸："刚才你都看到了，成王世子受了伤，此事必定会惊动宫里。你这时候卷进此事，就不怕连累镇国公府？"

"可是真要判了杖刑，就算不死也会丢掉半条命。"段宁远咬了咬牙，"二娘虽然做错了事，但也是为了救母才如此。阿姐，我并非想帮她脱罪，但叫我对她不闻不问，恕我办不到！"

"那是她咎由自取！"段文茵挥动马鞭狠狠抽到地上，"宁远，你自小聪慧过人，为了一个董二娘竟糊涂至此！她既跟你私会，一定听说过段家跟滕家的关系，她当时在帘后明明醒着，却任凭你怪罪滕玉意，你且细想想，她真是良善之辈吗？"

段宁远一噎。

段文茵冷笑连连："她自是巴不得你跟玉意退婚。"

"阿姐！"

"她父亲董明府今年述职待选只得了个'下中'[①]，非但指望不上擢升，恐怕还要外放。而且想必你也知道，董明府曾得罪过郑仆射，如今郑仆射拜相，董家的苦日子刚开头。我听说董家迟迟不肯给二女儿定亲，就是想攀个对董家有助力的高门女婿。"

段宁远脸色越来越难看："阿姐纵是不喜欢她，也不必将她想得如此不堪。"

段文茵冷哼一声，要是料到弟弟会陷得这样深，她当初就该做得狠绝些。

她虽早就嫁去了洛阳，却也常听人说起万年县董明府的女儿。董家这位二千金诗琴双绝，是长安城有名的才女。

弟弟在陇右道从军三年，回来后在一次正元节灯会上邂逅了董二娘，少年男女情窦初开，动情往往只在一瞬间，他们暗中来往大半年，弟弟对董二娘已是情根深种。

她无意中得知此事，立即逼弟弟疏远董二娘，怎奈弟弟被董二娘弄得五迷三道，甚至萌生了退婚的念头。

段文茵痛恨地说道："今晚我就不该心软答应你把董二娘接到紫云楼。我只当

---

① 根据唐朝官员考核制度，官员在任上的表现分为上上、上中、上下、中上、中中、中下、下上、下中、下下九个等级。

她性命垂危，怎料她别有心思。

“我且问你，她阿娘急需六元丹，她为何不堂堂正正找你帮忙？阿爷在圣人面前也算说得上话，要是你打定了主意要替她弄六元丹，未必就弄不到。董二娘不来找你，反借着这个由头三番五次去找成王世子，你可细想过其中的缘故？”

段宁远面色霎时变了，段文茵讥讽地一笑：“你和玉儿自小定亲，要退婚简直难如登天。成王世子身份尊贵，至今未议过婚事，董二娘高自标置，心里怎能没别的盘算？要不是成王世子根本不吃她这一套，董二娘今晚未必会挑唆你和玉儿退亲。哼，小娘子这些弯弯绕绕我可是见得多了。”

段宁远从齿缝里挤出一句：“她不是这种人。”

“她不是这种人？她阿爷和阿兄今晚不在身边，她明知那药不好讨要，为何独自跟上去？你一厢情愿要救她，却连她心里在想什么都不知道！”

段宁远脸色苍白，忽然一抖缰绳。段文茵惊道：“你要去做什么？”

“去京兆府，有些话得当面问清楚。”

“若她还骗你呢？”段文茵冷笑。

段宁远默了默：“我自有办法叫她说真话！”

“你给我站住！滕家现在打定主意要退亲，只是苦于找不到你和董二娘有私的证据罢了。你这时候去找董二娘，万一走漏风声，任谁都拦不住滕家了。到那时候，人人都会知道你负人在先，人人都会在背后指摘镇国公府。就算你想问个明白，为何不等滕家打消退婚的念头之后？”

段宁远硬生生勒住缰绳。

“忘了这个董二娘吧。以前你说你不喜武将之女，可是今晚你也见了玉儿，虽说遮着头脸，但就身段气度而言，哪里不比董二娘强？她的模样阿姐也见着了，当真是百里挑一的美人。”

段宁远不耐烦听这些：“二娘的事不能再等了，真施了杖刑，就算不残也要伤上半年，趁她还未被定罪，今晚我必须去一趟。府尹不在，最近正好是孟芳仲当值。”

段文茵一愣，他打听得这么明白，可见已经提前做了安排。

也罢，弟弟如今泥足深陷，急需一剂猛药，董二娘闹这样一出，未必不是好事，等弟弟看清了董二娘的为人，正好借此机会做个了断。

段文茵重重叹气：“你非要去的话，我也拦不住你，只是去的时候万万要当心，切莫授人以柄。今晚过后你给我忘了这个董二娘，把心收回来，安心等着迎娶玉儿。”

段宁远在心里反复演绎一番，终于拿定了主意：“放心，我和董二娘既不会

‘碰面’，旁人也不知我去找过她，此事不会泄露出去，如何授人以柄？阿姐先回府吧，我去去就回。”

滕家的犊车驶出没多远，迎面遇见了杜家父子。

父子俩各骑一马，一路赶来已是汗若濡雨，杜裕知骑术欠佳，下马的时候身子还有些摇晃。

杜绍棠奔到母亲跟前：“阿娘，阿姐在何处？究竟出了何事？咦，玉表姐？”

杜裕知神不守舍，非要上犊车亲眼看过才放心。杜夫人把今晚的事大致说了说，握着女儿的手怅然地道：“也算不幸中的大幸了，遇到这样的大邪祟，还能捡回一条性命。明日青云观的小道长还会上门探视，估计再调养一段时间就无事了。老爷你看，兰儿的气色越发见好了。”

杜绍棠挤在后头默默看着，眼中隐约有泪光。

滕玉意瞧着这个表弟，不到十一岁，刚晓事的年纪，身量倒是够高了，只是太瘦，相貌与母亲、姐姐如出一辙，白肤明眸，生就一张清秀的瓜子脸，要不是已经束了发，乍一看会被误认成小娘子。

杜绍棠小时候常跟在她和表姐后头跑，她们荡秋千，他也荡秋千；她们斗萱草，他提着彩篚替她们摘花。被姨父狠狠打了几回之后，杜绍棠不敢再腻在内宅了，后来进了国子监念书，书是一贯读得好，就是性情不够刚直，遇事总爱啼哭。

记得姨父曾慨叹，姐弟两个换一换就好了，女儿性情简静，但骨子里极有主见，儿子这副黏糊软糯的性子，也不知何时能支撑门户。

姨母却说：“谁家的小郎君生来就擎天架海的？往后大了跟你出去多历练历练就好了。”

前世表姐遇害后，姨母也一头病倒，滕玉意和杜绍棠日夜在榻前侍奉。

滕玉意因为要调查杀害表姐的凶手，背地里奔波不休。杜绍棠却不同，失去了母亲和姐姐庇护的他，好比失去了枝干的藤蔓，万事拿不定主意，唯知以泪洗面。

前尘往事乱纷纷从眼前掠过，滕玉意思绪万千，她前世不喜这个怯懦的表弟，今晚见了杜绍棠，脑海中第一个浮现的却是他年幼时在后追逐的小小身影。

杜绍棠不知滕玉意为何发呆，许久未见了，刚碰面又让玉表姐看见他哭鼻子的样子。他怪不好意思的，擦了擦眼泪轻唤道：“玉表姐。”

滕玉意把手绢递给杜绍棠：“擦一擦。阿姐没事，这下可以放心了。”

杜绍棠脸一红：“我没哭。”

滕玉意在自己脸颊上轻轻刮了刮，杜绍棠破涕而笑，杜裕知斥道：“你瞧瞧你，哪里有半点儿须眉之气！你阿姐受不得风，你挤在这里做什么，还不快下去开路？”

杜绍棠老老实实下了车，杜夫人隔窗殷殷叮嘱：“夜深了，路不好走，骑慢些不打紧，当心别摔着了。”

杜绍棠闷闷地道：“儿子晓得了。”

杜裕知又问了几句淳安郡王和成王世子的事，捋须片刻道：“备份厚礼，择日登门道个谢也就是了。郡王府车马盈门，未必肯接我们的帖子，要是郡王殿下不肯见，我们也不必为了报恩一再上门。”

滕玉意就猜到姨父会这样说，姨父这个人迂腐死板，最不屑与天潢贵胄往来。

其实真要细说起来，杜家百年前也是望族，直到姨父的祖父一代才慢慢衰败下来。

姨父虽说继承了祖业，但家中境况早已不比往昔，好在他幼有才名，一手诗文冠绝长安。十九岁他就中了进士，不久又因考中制举[①]得授校书郎。

恰逢太原王氏旁系的一支要替两个女儿择婿，王公因赏识杜裕知的才情，便将长女嫁给了杜裕知。

当时长安无不称羡，年纪轻轻就入了仕，娶的又是名门之女，日后杜裕知必定前途无量，谁知姨父性情骄狂，很快就把上司同僚得罪了个遍，不久又被人寻了错处，远远贬谪到岳州。

一晃二十年过去，姨父的官越做越小，去年好不容易才调回长安，又因不受吏部长官的待见，只得了个国子监的闲职。

杜夫人知道丈夫的老毛病，耐心劝道：“老爷此言差矣，我们既无所图，何妨再坦荡些？到时候我们自管递我们的帖子，若是郡王殿下不见，大不了等妹夫回了长安，再同妹夫一道登门。”

杜裕知端坐不语，滕玉意原以为他老人家又要发表一通高论，但或许杜裕知也知道淳安郡王是出了名的谦恭下士，末了只道：“明日我写了帖子令人送到淳安郡

---

① 制举：唐朝文人科举及第后不会马上获得官职，往往还要通过吏部或者朝廷其他部门的制举考试才能正式入仕，比如唐代著名文学家韩愈，他在考中进士后，又考了整整八年才考过了吏部的博学宏词科（制举的一种，考中者朝廷会正式授予官衔）。这期间韩愈为了养家糊口，不得不给外地的节度使当幕僚。

王府。淳安郡王府中并无内眷，你就不必去了，我带着绍棠去吧。”

“如此甚妥。”

杜裕知想了想，露出些许忌惮之色：“至于那个成王世子，我们还是少招惹为妙，改日去青云观多奉些香火，谢过他师公清虚子道长即是。”

杜夫人哭笑不得：“全听老爷安排。”

杜裕知又叮嘱滕玉意：“出了这样的事，你阿爷想必挂念得很，明早起来给你阿爷去信报个平安，莫又推辞不写！”

滕玉意眼下没心情与他老人家拌嘴，耷拉着眼皮做出乖顺的模样：“儿知道了。”

今晚不宵禁，回城这一路，未设关隘，但毕竟路途远，等一行人回到杜府所在的亲仁坊，早已过了丑时。

下车后，滕玉意唤了婢女绮云到跟前：“我今晚在姨母家住，你带几个人去滕府替我取些常用的物件，记得别漏了我的小布偶。”

绮云偷笑，那是夫人生前亲自给小娘子缝制的布偶，娘子五岁起就每晚抱着这布偶睡觉，若是布偶不在身边，小娘子必然睡不踏实。

她忙道：“婢子记着呢。”

滕玉意又说：“另外传话给大管事程伯，让他挑几个身手出众的护卫，一拨穿常服，另几个扮成西市的贩夫走卒，安排好了尽快过来回话。”

绮云一肚子疑问，应声下去。

到了后院，杜夫人一边照料杜庭兰，一边忙着安置滕玉意：“你姐姐知道你要来，头几日都打点好了，寝具都是现成的，这几件是你姐姐新裁的衣裳，你梳洗好了换上就是。”

滕玉意凑近看杜庭兰，表姐气色已经恢复如常，手脚也渐暖。

“后半夜就由我陪着姐姐吧。”

“这半个月你一直未曾好好歇息，今晚又受了一番惊吓，如何熬得住？你自管去安歇，一切有姨母。”

滕玉意只得先去梳洗。浴斛里已倒上热水了。滕玉意却不急着沐浴，而是站在浴斛边用帕子轻轻擦拭翡翠小剑。

碧螺捧着巾栉近前：“把这宝贝交给奴婢捧着吧，省得磕了碰了的。”

“碧螺，还记得这剑是怎么来的吗？”

“娘子怎么又问这个了？”碧螺小心翼翼地用巾帕包住翡翠剑，“半个月前我们从扬州来长安，娘子因为染了风寒总在舱里待着，那日歇晌时，娘子说待闷了，看岸上佛寺里的梅花开得好，就说要到寺里赏花散心。下船的时候船身突然晃动，娘子不慎落水，救起来后娘子手中就多了这柄小剑。说起来，那日岸上的佛寺梅花出现得古怪，小娘子落水也古怪，这柄剑更是来得古怪。”

“程伯和端福都认为此剑不祥，极力主张将此剑扔回水中，但娘子哪怕高烧不醒，也死活不肯撒手，后来端福都打算去请庙里的和尚来作法了，谁知娘子晚上就醒了，连先前的风寒也好了。”

滕玉意在手里颠来倒去地观摩小剑，许是当时她刚醒来的缘故，有些事她记得很清楚，有些事她却忘得一干二净，比如这剑是如何到了自己手中的，她就毫无头绪。

她扭头问碧螺：“你可记得岸上那座佛寺叫什么名字？”

碧螺摇了摇头，当时满船的人都忙着照顾娘子。娘子好不容易醒了，又一个劲催促船夫赶路，二十日的水程，才半个月就赶到了。

“娘子若是想知道，待奴婢明日问问程伯。”

正在这时，外头有人道：“绮云回来了。”

绮云进来后回说：“程伯依照娘子的吩咐安排好了，现下在外头候着，程伯说，他不敢妄自揣测，但看这番安排，娘子似乎要跟人，就不知那人是谁。”

滕玉意缓缓下到浴斛中，如果端福未受伤，哪里用得着这么麻烦，单派他一个足矣。

她漫不经心地舀了舀水：“跟着段宁远，他常年习武，身手十分了得，有人跟踪他的话，他定会有所察觉，扮作胡人跟一拨，故意让他知晓，另一拨暗中跟着，切莫露了行藏。只要段宁远和他的随侍去了京兆府，立刻过来回话。”

绮云和碧螺心里掀起了巨浪，娘子像只藏着利爪的小老虎，只要有人冒犯到跟前，不声不响就能咬下对方一口肉来。段小将军薄情寡义，估计早在娘子心里被判了“死罪”。

事关两家退亲，两人深知不可怠慢，忙道：“是，奴婢这就去转告程伯。”

次日早晨，绝圣天不亮就起来了，借着曙色的掩护，到药房里捉了几只“叫你生不如死痒痒痒开花”虫，又把药笼揭开，偷拿了两包药粉藏在怀里。

头一回做这等偷鸡摸狗的事，他难免有些紧张，出来后遮遮掩掩往经堂赶，唯恐被人撞见。

好在时辰尚早，观里一个人影都没有。绝圣慢慢挺起了胸膛，有什么好怕的呢，师兄这会儿又不在观里。

昨晚他们回到青云观后，师兄立即点了两个老道士帮着起坛，但安国公夫人中妖毒太久，魂魄早已散了，哪怕师兄千方百计帮安国公夫人清理妖毒，也没法把安国公夫人的魂魄引回体内。

碰巧圣人派人来询问师兄的伤势，师兄便用金定术吊着安国公夫人的一口气，自行到宫里找圣人去了。

看这样子，师兄也没把握能救活安国公夫人，所以急欲回宫向圣人打听师公的下落。

话说回来，青云观正经的徒孙只有他们三个，剩下全是些杂派的道士和修士，这些人又贫又病又老，活不下去了才来青云观。

师公面上吝啬，心肠却很软，只要确定对方不是作奸犯科之徒，基本都会收留。多年下来，青云观足有上百号人了。

这些人住下之后也帮着打打杂、做做法事，但因年老体弱，平日里几乎以颐养天年为主。

师公他老人家对此表示默许，师兄也从不说什么。

绝圣到了经堂门口，抬头就看见院中的井口上方悬着四根七彩丝线。

他吓了一跳，只见每根丝线下方各对着一只瓷碗，左边两只碗里放着蓍草，右边两只则放着龟壳，这是请魂前的例行问卦。

难不成师兄回来了？绝圣惊讶地跑到井前，龟壳已有卦象，是坤卦中的初六，这卦有阴气初生之象，乃是实打实的凶卦。

忽听堂里有人说话，绝圣赶忙上了台阶往里瞧，里头好些人，除了昨晚就在此处守着妻子的安国公，还有一位庞眉皓发的老者，正是宫里尚药局的余奉御。

没想到师兄回宫一趟，居然把余奉御也请来了。

余奉御端坐在榻前，一只手捋须，另一只手虚握着安国公的手腕，似在号脉。

“余奉御，程公如何了？”

说话这人穿着亲王冠服，就坐在余奉御对侧，生得长眉凤目，姿貌极其端雅。

绝圣肃容在门口向淳安郡王作揖，淳安郡王见是观里的小道士，便招手令他进来。

余奉御道：“腿伤倒无甚大碍，莫再牵动就是了，只是气血虚浮，隐有侵袭肝脉之势，若不及时疏散，迟早会大伤七情。我先开一剂方子，请国公爷尽早服下。”

安国公卧在榻上，表情既阴郁又焦躁，他明明一副恨不得马上跳下来的模样，却一动也不敢动。

淳安郡王揣摩他的意思，无奈地叹道："承佑偷袭你的法子是不够地道，但不这样做，岂能制住你？你本就腿上有伤，又陪在尊夫人身边一夜了，纵是铁打的身子也熬不住。"

安国公微颤着闭上眼睛。

这时旁侧的门打开，蔺承佑领着两名大道士从里头出来了，他身上那件沾了血的锦袍不见了，换了一件碧水天青色的圆领襕衫。头上未束冠，乌黑的发髻里只斜插着一支白玉簪。

"师兄。"绝圣刚偷了虫子，有些心虚，蹑手蹑脚地走过去。

蔺承佑打了个哈欠，径自出门下台阶，到了外头，负手绕井走了一圈，随后蹲下，端详着什么。

弃智望见绝圣，猛一拍手："绝圣，你跑到哪里去啦？我找了半天都没找到你。"

绝圣脸一红，结结巴巴地道："我……我……我坏肚子了，方才上溷室[①]了。"

说毕他偷偷看外头的师兄，估摸着师兄没工夫起疑心，悄悄放下心来。

蔺承佑看了一会儿，冲绝圣和弃智招手："你们两个出来干点儿活。"

等二人跑出去，蔺承佑将一包东西扔到绝圣怀里："在院子里头撒上止追粉。"

说罢他迈步上了台阶，回到经堂里。

绝圣和弃智分头行事，看来即便问到了"凶卦"，师兄仍打定主意要给安国公夫人引魂了。

止追粉无色无味，人踩上去不着痕迹，但只要魂魄路过此处，便会留下赤金色的脚印。

两人一边细细地撒，一边慢慢退回到经堂里，里头蔺承佑已经解开安国公的穴道，笑着对安国公道："您先别忙着瞪我，您用这个到里头量一量尊夫人的脚。"

安国公憋了许久，只觉得肺腔子的气四处乱窜，眼看蔺承佑递过来一根红绳，忙问："这又是为何？"

---

① 溷室：厕所。

蔺承佑一本正经地道："尊夫人的妖毒有法子慢慢清，但魂魄离体太久了，引回来绝非易事。方才我连问了几卦，不幸都是凶卦，是以今晚虽会布阵引魂，但我没把握引来的一定是尊夫人的魂魄。"

安国公听得脸色发灰。

"所以我们得事先知道尊夫人双足的尺寸，外头已撒上了止追粉，魂魄来了，脚印会清晰地显露出来，若是大小跟夫人的脚对不上，说明引来的不是尊夫人的魂魄，到那时候，该赶的赶，该驱的驱，省得后患无穷。"

安国公一拄拐杖站了起来："老夫这就进去。世子，你方才说内子或许还有救，只是需要一个道术高深之人与世子合阵，不知现在可找到那人了？"

蔺承佑道："人倒是现成的，如果那人能在亥时前赶到观里，或可一试，但能不能救回尊夫人，我也说不准。"

安国公听得摧心剖肝，重重叹息一声，一瘸一拐进了内室。

绝圣和弃智暗自揣测师兄说的那人是谁。

师公的道法自然是无人能出其右，然后就是成王妃，也就是师兄的阿娘。可是成王妃跟成王出外游历，听说现下正在蜀中盘桓，自然不可能在长安。

至于师公，师兄刚进宫问到师公的下落，就算立刻用飞奴送信，也得好几天才能往回赶，因此也不大可能会是师公。

淳安郡王好奇地问道："难不成是清虚子道长要回来了？"

蔺承佑摸着下巴，没说是，也没说不是。

就在这时候，云会堂里的磬声响了。

绝圣趁机道："师兄，我们去做晨课了，师兄昨晚说让我和弃智去看看滕府那几个伤者。待会儿我们做完晨课，就直接去滕府了。"

蔺承佑显然有话要跟淳安郡王和余奉御商量，闻言随意摆了摆手。

绝圣袖笼里藏着要带给滕玉意的虫子，他悄悄拉了拉弃智的袖子，便要往外走。

两人刚迈过门槛，忽然听到背后蔺承佑道："慢着。"

绝圣非但不停，脚下反而更快了。蔺承佑脸上浮起笑容，右手打了个响指。

绝圣试着迈腿，却发现怎么也迈不动了，低头一看，才发现芒鞋边缘露出一角黄色的符纸。

大力符！他咧嘴欲哭，原来师兄早就发现他不对劲了，这下怎么办？万一被师兄发现自己偷拿观里的东西给滕娘子就糟糕了。

蔺承佑扬了扬眉："袖笼里藏了什么好东西？过来给我瞧瞧。"

说完那话，蔺承佑屈指弹出一物，绝圣脚底下那股怪力陡然不见了，他动了动酸胀的双脚，纵是再不情愿，也只能老老实实挪回去。

蔺承佑勾了勾手指："拿出来吧。"

绝圣乖乖交出那包东西，蔺承佑把东西倒出来，一看就笑了："越发出息了，都知道偷拿观里的东西了。"

弃智的眼珠子差点儿掉出来："这么多'叫你生不如死痒痒痒开花'虫！绝圣，你拿这个做什么？"

淳安郡王揶揄道："不用说，这定是阿大取的名。余奉御，你可听说过这种怪虫？"

余奉御眯缝着眼睛："闻所未闻。小世子，这多半又是拿来捉弄人的吧？"

蔺承佑笑道："煮了吃还能延年益寿。您老人家要是喜欢，回头我给您奉上几只。"

余奉御吓得忙道："不必，不必，世子还是留着自己玩吧。"

绝圣趁这工夫偷偷擦了擦汗。蔺承佑目光扫过来，把绝圣吓得一个激灵。

"拿这么多要给谁？"

"滕……滕娘子。"

"哪个滕娘子？"

"昨天借剑给师兄的那个滕娘子。"绝圣嗫嚅道，"昨晚我向滕娘子打听竹林中情形的时候，滕娘子让我拿痒痒虫给她瞧一瞧。"

他的声音小得不能再小，头低得不能再低。

淳安郡王略一思索："昨夜在紫云楼……莫不是滕绍的女儿？"

蔺承佑盯着绝圣，他自然记得滕娘子，昨晚他与她合力引诱老妖的情形仍历历在目，奇怪的是她的模样却无论如何记不起来了，他想了一会儿，才意识到那少女整晚都戴着幂篱。

"然后呢？"

绝圣越发不安："滕娘子就说她的翡翠剑不知能否对付我们的痒痒虫，我听了好奇，就答应了今日上门的时候拿几只给她……"

蔺承佑哼笑一声，很好，她想必是看出这傻小子眼馋翡翠剑，故意以此为饵让绝圣偷虫给她用。

"她三言两语就把你唬住了？"

绝圣慌忙摇摇头，又羞愧地点点头。

“你有没有想过，她故意给你看翡翠剑，就是为了从你手中得到痒痒虫？”

绝圣羞惭地绞着手指：“滕娘子……她不像坏人。”

蔺承佑不怒反笑：“坏人会在脸上写字吗？你才跟她见了一面，连她什么底细都不知道，她随便用一把翡翠剑唬你几句，你就替她偷痒痒虫，下次她要观里别的异宝，你是不是也会偷出去给她啊？！”

绝圣吓得一哆嗦，师兄这个人，要弄别人可以，别人要弄他是万万不行的。滕娘子不但觊觎青云观之物，而且差一点儿就得手了，师兄不知道也就罢了，知道了一定不会善罢甘休。

“我昏了头了。”绝圣眼泪扑簌簌往下掉，“我不该因为眼馋外人的一把法器就偷观里的东西。我……我做错了事，师兄怎么罚我都行，我下次绝不敢再犯了。”

蔺承佑提溜着绝圣的衣领，把他拎出经堂：“光口头保证是没用的，不重罚你一顿的话，往后你还会犯蠢。”

弃智提着道袍急追出去：“师兄，师兄，滕娘子昨天晚上也算替我们解了围，绝圣素来重情义，估计也是存了报答的心思才不忍心回绝的，你就念在绝圣初犯的分儿上，饶他这一回吧。”

蔺承佑一哂：“你不用急着替他求情，你也逃不掉。昨夜上巳节，你和绝圣私自溜出去，又看百戏又嚼炙肉串，快活得很啊。”

弃智捂住嘴，差点儿忘了这茬儿。

其实以往师兄也常逮到他们犯戒，但师兄自己就是个不守规矩的人，所以大多时候是睁一只眼闭一只眼的，这回发这么大的火，想来是气不过青云观差点儿被一个小娘子给占了便宜。

绝圣哭道：“今日之事都是因我而起，昨晚出观也是我撺掇弃智去的，求师兄单罚我一个，饶过弃智吧。”

蔺承佑笑着点点头：“行，你们大可为对方开脱，反正每开脱一次，各自再加一百就是了！”

两人吓得咬住舌头。

蔺承佑径直把他们拎到观里最僻静的云会堂，偌大一间厅堂，四面都是通天的书架，架上卷帙浩繁，摆满了各类经卷。

“先给我好好罚跪。”

绝圣和弃智摔成一团，一边啜泣，一边紧张地用目光追随师兄的脚步。

蔺承佑不知从何处变出一样东西，在掌心里拍了拍，慢慢朝他们踱来。

两人一个哆嗦，这是以前师公拿来教导师兄的那把戒尺。这东西乌黑沉重，落到身上会留下很深的瘀痕。

以前师兄惹了事，师公常会拿出这把重重的戒尺，但咆哮归咆哮，他老人家连一下都没舍得打。

成王殿下就不一样了，只要听说师兄闯祸，定会赶来亲自用戒尺重重惩戒儿子，师兄因此没少挨打。

绝圣和弃智抱头痛哭，这可怎么办？师兄下手只会比当年的成王更不留情的。

“把手给我拿出来。不肯受罚？好，那我换别的。”蔺承佑作势要转身。

“肯受罚。”两人急忙伸出手，反正逃不过一顿打，戒尺总比其他稀奇古怪的惩戒手段好。

“师兄，我们知错了，呜呜呜。”

“错在何处？”

“弟子犯了观里的第一条和第七条戒律。”

弃智哭道：“弟子犯了第二条和第七条戒律。”

“私自出观、欺瞒师长、偷窃观内之物、吃里爬外，还有什么是你们不敢做的？依我看也不必罚了，直接逐出师门算了！”

两人如同遭了雷击，忙膝行几步抱住蔺承佑的双腿：“师兄，严惩我们吧，求求你别赶我们走。我们生是青云观的人，死是青云观的鬼。”

“放开。”蔺承佑嫌弃地蹙眉。

两人不肯放：“要是我们走了，以后谁陪你的小豹子玩？谁陪师兄布阵？师公回观后，谁给他老人家熬药粥……”

蔺承佑不为所动：“把手举起来。”

两人抽抽搭搭把手举得高高的，然而等了半天，戒尺都没落到他们掌心，两人正觉得奇怪，师兄又把他们俩拎了起来，他们俩睁开眼，就对上师兄辨不出喜怒的黑眸。

“戒尺嘛，一人领五百；禁闭，一人须关上三月。”

他们伏到地上，哭哭啼啼道：“弟子愿领罚。”

蔺承佑话锋一转：“不过……”

绝圣和弃智各自将一只胖拳头塞进嘴里，惴惴地等待着。

“念在你们今日还有要务在身的分儿上，给你们个将功补过的机会。今日出去了要是做得好，或可免了你们的禁闭，要是做得不好，回来老老实实受罚。”

绝圣和弃智万万想不到会绝处逢生，哭着猛点头。此番折腾比直接开罚更可怕，往后借他们一百个胆子也不敢偷拿观里的东西给外人了。

“你们依然照原先的计划去滕府，见到滕娘子后，照我说的做。”蔺承佑回身一指书架，“先把《无极宝鉴》拿下来。”

两人起身拍拍膝盖，这书记载了天下的道家至宝，上至骊龙之宝，下至城隍之印，可谓无一不具，就连成王殿下那把声名赫奕的“赤霄”也在其列。

书卷是打开的，可见师兄回观后早就查过了。

“滕娘子那柄翡翠剑能斫下魔物的肉躯，想来绝非凡物，可是我翻遍了《无极宝鉴》，却找不到关于这柄剑的记载。她阿爷滕绍每年都会回长安述职，若他得了这样一柄宝剑，长安城多少会传出风声，但连青云观都未听说过此剑，可见滕娘子未必是从她阿爷处得的，你们直接问那剑的来历，她不见得肯说真话。今日你们去了，用我的法子把她的话套出来。”

弃智和绝圣心里泛起了嘀咕，这翡翠剑虽说稀奇，但比起观里那些宝贝不过是骐骥一毛，不知师兄为何如此感兴趣。

蔺承佑似乎知道他们在想什么，用戒尺轻轻拍了拍他们的头：“昨晚在紫云楼，众煞从地底钻出后，一度抛下你我，转而去追廊下那群人，当时我以为它们是奔着那些伤者去的，事后才想起那些煞物都是草木所化，伤者已丧失神志，不至于引得草煞抛下近处的活物去追赶，因此一定有别的东西强烈吸引着它们。想来想去，那群人当中，只有一柄翡翠剑最特别了。”

弃智纳闷挠头：“不对啊，逢上这样的法器，煞魅往往避之不及，怎会主动凑上去？”

“事出反常必有妖，所以要弄个明白。”

两人点点头，心里有些疑惑，师兄仅仅是想知道那把剑的来历吗？

就这么饶过滕娘子，好像不大符合师兄的作风。

蔺承佑抬眸看他们，忽然笑了下：“除此之外，还有一件事。”

听完蔺承佑的一番交代，绝圣和弃智小脸皱成一团。

“但是……但是滕娘子好像不是那么容易上当的。”

“我问你们，她想要什么？”

两人愣愣地说：“想要虫子。”

“……”蔺承佑，“你们说虫子就是虫子吧，既然有贪念，就不怕她不上当。”

他不怀好意地笑笑，敢算计他的东西，她真是不知天高地厚。

两人把蔺承佑的话牢牢记在心里，出来的时候才发现身上的道袍都湿透了。

他们回到经堂，安国公拄着拐杖迎上来："老夫已经量好内子双足的尺寸了。"

他一面说一面将画好了脚印的笺纸递给蔺承佑，蔺承佑刚接过，淳安郡王就放下茶盏道："刚才绝圣说的那个滕娘子，可是滕绍的女儿？"

蔺承佑故意道："谁？"

淳安郡王道："你别装傻，我都听明白了。滕绍于我有救命之恩，你找别人麻烦可以，千万别找滕家人的麻烦。"

蔺承佑以手抵额，眉头深深蹙了起来。

淳安郡王被气笑了："你瞧瞧你，每回说到正经事你就如此。"

蔺承佑从牙缝里挤出一句话："余奉御。"

淳安郡王面色一变，蔺承佑的神色显然不对劲，安国公甩开拐杖，忙要搀扶蔺承佑，然而迟了一步，蔺承佑捧住额头，一头栽倒下去。

绝圣和弃智一个箭步冲上去："师兄，你怎么了？"

余奉御急声道："世子旧疾发作了，昨晚圣人听说小世子受伤，早就忧心此事，没想到这么快就起病了，快……快把世子扶到榻上。"

淳安郡王扶着蔺承佑沉声道："以往不是每年都要到四月才发作的吗？为何今年提前了这么多日子？"

绝圣和弃智惶惶不安，昨晚师兄跟老妖交手的时候伤了肺腑，回来后一直未腾出空检视自己的伤势，他们本就担心师兄牵动旧疾，没想到这一耽搁，果真提前发作了。

蔺承佑紧闭着双眼，才一眨眼的工夫，白皙的额头上已经布满了汗珠，这病发作起来又凶又急，他脑袋中活像有一根尖锐的锥子在死命搅动，剧痛难忍，无休无止。

他痛得说不出话，只管在榻上翻来滚去，幸而脑子还算清醒，趁尚未丧失意识，他勉强抬起胳膊，指了指自己的前襟。

绝圣和弃智看得真切，心急火燎地从蔺承佑的衣裳里头取出一个玉露瓶。

余奉御刚颤着手打开药箱，见状眼睛一亮："速速化开给世子服下。"

这头蔺承佑服下药，余奉御取出一包银针，叮嘱淳安郡王道："殿下帮忙扶好小世子，施针时万不可妄动。"

蔺承佑面色惨白，一声也不吭。短短一瞬，他的衣裳里外都汗湿了，眼下勉强还能按捺住自己，可要是再痛下去，难保不会失去神志挣扎起来。

淳安郡王面色凝重，依言扶住蔺承佑。

满屋子的人都忧心忡忡，幸而医治及时，待余奉御施完最后一针，蔺承佑的眉心总算舒展开了。

安国公拭了拭汗："好了，见好了。"

淳安郡王松了口气："年年发作，年年都要被这小子吓一回。不过今日这遭委实太突然，没到三月就发作。要不是余奉御在这儿，有你受的了！"

蔺承佑仰面躺在榻上，懒洋洋地把手背搁到额头上："提前疼完了，四月就不必疼了。"

淳安郡王扭头看安国公和余奉御："你们看看，先前疼成这样，回头就没事人似的，刚才就该让他多疼一阵长长记性。余奉御，这病就没法子根治吗？"

"如何根治？能有法子克制就不易了。"

蔺承佑翻身坐起，冲绝圣和弃智摆摆手，意思是他好了，要他们赶快去滕府办事。

绝圣和弃智又挨了一阵，眼看师兄言笑自如，这才告辞要退出，这时侧室门霍然打开，两个护阵的老道急匆匆地出来道："不好了，大师兄，定魂香忽明忽灭，清心符也快用完了。"

众人一惊，蔺承佑敛了笑意，冲绝圣和弃智招手道："你们两个先写几张清心符再走。"说罢他起身快步入了侧室。

绝圣和弃智把朱砂和笔砚摊在条案上，一个磨墨，一个写符。

余奉御将银针收入箱箧内，问淳安郡王："方才殿下提起祛除病根一事，但余某连小世子为何染上这毛病都不知情。殿下若是知道始末缘由，能否仔细说说？"

淳安郡王望了一眼紧闭的侧室门，微微一笑："此事说来话长，承佑向来最忌讳旁人提他这毛病。"

余奉御道："余某并非存心打听私隐，一切全为了给世子祛病。清虚子道长如今不在长安，圣人将世子的病托付给余某了，余某对当年究竟发生了何事仍是一头雾水，这回误打误撞解得及时，往后谁知会如何？所以殿下不必有顾虑，只管将这病的起因告诉余某便是。待会儿世子出来，余某还会再当面问一遭。"

淳安郡王摆手笑道："不用问，打死他也不会说的，不过余奉御说得对，治病需寻本溯源，一味瞒着的确不妥。"

他边说边舀起一勺浅缃色的茶汤，挽住袍袖给余奉御斟茶，动作不疾不徐，姿态异常清贵。

绝圣和弃智大气都不敢出，淳安郡王是成王的弟弟，但兄弟俩并非一母所出，当年澜王在原配去世多年后，又娶了一位继室。淳安郡王就是那位继室所生，他名唤蔺敏，人称敏郎，足足比成王小了十六岁。

正因如此，淳安郡王虽是师兄的叔叔，却只比师兄大几岁，平日跟师兄相处起来，不像长辈倒像兄长，师兄小时候的事，他比谁都清楚。

每回见到淳安郡王，绝圣和弃智都觉得他芳兰竟体，温然如美玉，只是淳安郡王是出了名的慢性子，这回也不例外，两人等了又等，始终未等到他开口。

余奉御慢慢品着茶，看样子也不急，眼看一盏茶都要喝完了，淳安郡王才悠悠然道："此事说来话长，承佑刚生下来的时候，清虚子道长就给他卜了一卦，说承佑处处顺遂，唯独姻缘不顺，日后他会在某位小娘子身上狠狠栽跟头，并且此事无法可解。这件事本来瞒着承佑，没想到承佑长到七八岁时，居然学会了卜卦，有一回他为了好玩给自己卜了一卦，结果跟他师公当年算出来的卦象一样。

"承佑自是不愿相信这种事，就跑去找清虚子道长给自己卜卦。

"清虚子道长断然拒绝，还将承佑痛斥了一通。"

说到这儿，淳安郡王笑了起来："那阵子承佑正好在崇文馆[①]念书，因为死活不相信卦象上说的话，没事就给自己卜上一卦，可惜次次都是一样的结果。世上没有不透风的墙，他这些私底下的举动被人瞧见了，那些常跟承佑在一处玩耍的伙伴，就总拿此事取笑他。

"不久之后，承佑随成王妃去临安侯府赴宴。老侯爷正逢期颐之年，圣人下旨赐赏问安，因此那一日，不但长安城大半的卿庶人家前去庆贺，外地也来了不少贺寿的官员，宾客加起来足有数千之众，在临安侯府，承佑遇到了一个扬州来的女娃娃。"

余奉御道："扬州来的女娃娃？"

淳安郡王嗯了一声："那女娃娃不知是谁家的，才四五岁，怀中抱着个破旧的小布偶，听说生得极好看，开口便是扬州口音。当时承佑跟伙伴在花园里玩耍，射箭摔跤玩腻了，就提议到园子里玩捉迷藏。"

---

① 崇文馆：崇文馆没有国子监那么亲民，一般只收皇亲贵胄。

第五章

阿　孤

淳安郡王饮了口茶，缓缓说道："临安侯府后园里有一片很大的芙蕖池，承佑捉迷藏时为了能赢，就打起了那片花池的主意。

"当时他还不会浮水，但架不住胆子大，找来一根秸管咬在嘴里，偷偷摸摸潜下了芙蕖池。小伙伴们没能在花园里找到承佑，只好一窝蜂去了别的地方。承佑等了一阵，估摸着自己稳赢了，就从芙蕖池里钻出来，不料池子底下全是水草，一下子缠住了他的脚。"

淳安郡王说到此处，摩挲手中碧清的邢窑白瓷茶盏，这件事他前后听过三次，至今记忆犹新。

蔺承佑在水中挣扎了几下，连口里的秸管都丢了，喊救命，可他因为怕被人发现行藏早将仆从们撵走了。后来仆从们一度偷溜回来找小主人，又误以为蔺承佑跟那群小公子在一处，谁也没想到他会在芙蕖池里。

就在蔺承佑拼命扑腾的时候，花丛后头冒出一个女娃娃。女娃娃看见有人溺水，情急之下把手里的纸鸢扔进了水里，可惜力气太小，第一回差点儿连她自己也摔进池子，第二回女娃娃将纸鸢的绳子系到岸边的树上，虽然还是系得不牢，但蔺承佑那时候的轻功已经相当不错，便拽着绳子从池子里爬了上来。

等到后来仆从们听到消息赶过去，就看见蔺承佑和一个女娃娃并肩坐在岸边的花丛后头，两人有来有往地说着话。

仆从们欲上前伺候，蔺承佑却因为恼他们来得不及时，要他们滚到一边去。仆从们知道小郎君的脾气，赶紧派了几个人去给成王妃送信，剩下的眼巴巴在旁边干候着。正因如此，他们才知道小郎君跟那小娘子都说了什么。

当时蔺承佑身上湿漉漉的，一边抹脸上的水珠，一边问女娃娃："你是路过这儿，还是本来就待在这儿？"

女娃娃怀里抱着布偶，并不肯搭腔。

蔺承佑又问："你脸上怎么全是鼻涕啊？哦，我知道了，你刚才躲在花丛里哭。为什么哭？你阿爷阿娘呢？"

女娃娃很生气，猛推蔺承佑一把。

蔺承佑居然没发火，只笑着说："说吧，谁惹你不高兴了？我这人知恩图报，刚才你救了我一命，我可以替你出气。"

女娃娃仍是不开腔。蔺承佑打量她："你怀里的布偶都这么脏了，为何不让你阿娘替你再缝一个？"

女娃娃"哇"的一声哭了起来。

蔺承佑手忙脚乱，忙取下腰间的香囊："别哭了，这是我们府里厨娘做的梨花糖，挺好吃的，我妹妹可喜欢吃了。糖没湿，你尝尝吧。"

女娃娃把糖放到口里慢慢嚼着。蔺承佑看她喜欢，索性把整包糖都给了她："我妹妹还不会走路，要不她就能跟你玩了，她叫阿芝，你叫什么名字？"

女娃娃吃了一会儿糖，总算肯说话了："我叫阿孤。"

"阿孤？"蔺承佑奇怪地问道，"怎么会有人叫阿孤？"

女娃娃很不高兴："阿孤就是阿孤，关你何事！"

蔺承佑笑道："好吧，不关我的事，可是你刚才救了我的命，我总不能把你一个人扔在这儿。你想你阿娘了吧？我带你去找她。"

女娃娃口里含着糖，不知怎么又哭了起来。蔺承佑这下没办法了："要不我带你去找我阿娘？我阿娘很喜欢小孩，尤其喜欢你这样的女娃娃，而且她认识的女眷多，没准她知道你阿娘在何处。"

阿孤想了想，同意蔺承佑拉她起来。他们走了没几步，那群小公子找回来了，看到蔺承佑手里牵着个小娘子，一齐嚷道："阿大，你给自己卜的卦真准，你跟这个女娃娃才见一次面，居然主动带她玩。"

蔺承佑："胡说！我是看她一个人怪可怜的才理她的。"

一个小子继续起哄："可是你都牵她的手了。阿大你自己说，你是不是想娶媳妇了？卦象上说你注定会在小娘子身上栽跟头，是不是就从这个女娃娃开始的？"

蔺承佑上前就给那人一脚："你胡说！"

一帮小公子很快就打得不可开交，仆从们从四面八方拥上去拉架。阿孤抱着布偶也冲上去帮蔺承佑的忙，可惜力气太小压根儿近不了身。

好不容易拉开了，仆从们急着给蔺承佑换衣裳。阿孤举着那包糖追上来："小哥哥，你的糖。"

伙伴们见状，又开始取笑蔺承佑："阿大，你娘子要给你糖。"

蔺承佑恼羞成怒，扭头对女娃娃说："你别跟着我了。"

他一换完衣裳就急急忙忙跑回池边找阿孤，可惜阿孤已经不在那儿了。成王妃纳闷儿子为何到处寻人，下人就将之前的事一五一十地告诉了成王妃。

余奉御听到此处，忍不住接话道："阿孤究竟是谁家的小娘子？"

淳安郡王摇摇头："阿嫂听说了此事，当即命人帮着承佑找这位小救命恩人，怎奈那日侯府宾客太多，光老侯爷旧部的家眷就来了好几百人，各家的小郎君、小娘子数都数不过来，可当日来侯府的官员里，没有一个来自扬州的。

"阿嫂就想，江南一带口音相近，承佑未去过扬州，听错了也未可知，然而阿嫂问遍了当日来府的女眷，没有一家小娘子的小名叫'阿孤'，又打听当日有没有人带着布偶来赴宴，也是毫无消息。

"这一找，就是大半年。崇文馆的同窗得知承佑四处打听那个小娘子的下落，一见面就拿这件事取笑他。

"正好那时候清虚子道长开始教承佑习练符术，承佑翻阅观里的坟典丘索，无意中发现了一个箱箧，里头锁着一本秘籍和一根铜锥。这便是承佑起病的因由了。"

余奉御惊讶地道："难道秘籍上记载的是符术，那根铜锥又是何物？"

淳安郡王道："我对道家的符术一概不知，只知道这符术邪门得很，乃是百年前昆仑山一位专习左道旁门的邪道士传出来的。据说这个邪道年少时陷入痴恋，一度为了意中人梦断魂劳，使了诸多手段，未能得到那女子。邪道不堪其苦，誓要练遍天下邪术，祁寒暑雨熬了数年，终于练出了一种叫'王咎不居'的符蛊术。"

"'王咎不居'？"绝圣、弃智讶异地道，"这不是象卦的一种吗？"

淳安郡王讽刺道："冠以道家周易之名，实则与巫蛊相通，铜锥里藏的不是别的，而是蛊虫。

"蛊虫原是南诏国的巫后用来惩罚不忠之人的，邪道将其引入道家的五行阴阳术，可谓邪上加邪。

"铜锥一经刺破皮肤，蛊虫便会钻入血脉。男子年幼时操练此术，就算到了懂情事的年纪，蛊虫也会在心脉里作祟，让人绝情无心。"

余奉御听得瞠目扼腕，难怪小世子长到十八岁了，未尝近女色，本以为小世子尚未开窍，原来背后还有这样一番曲折。

他拍桌道："荒唐，荒唐。"

绝圣和弃智愕然相顾，"绝情无心"是怎样一种恶毒的诅咒？难道苦恋不得的滋味比噬心还要痛苦吗？否则那邪道为何要这样对待自己？

淳安郡王道："邪道为了诱惑后人练习这个邪术，故意在书卷上写下千般好处。承佑心智尚幼，看完邪道在卷首写下的那段话，便想着——只要练了此术，长大后我就不会在女子的事上犯糊涂，如此一来，卦象上说的那些话也就不奏效了，等我练成了回崇文馆当众再卜一卦，看谁还敢笑话我。

"这孩子天不怕地不怕，打定了主意，说试就试，等到清虚子道长赶过来，承佑已经走火入魔。道长起初不知出了何事，直到发现这孩子后颈处多了一枚赤金印，才知道他中了蛊毒。

"此后老道长穷尽毕生绝学，都未能将蛊虫从承佑体内驱出去。正因为这个，老道长才会炼制大名鼎鼎的六元丹，可惜最后炼成了也只能清理妖毒，对蛊毒却毫无效用。每年承佑发作时，都只能用药汤暂且压制蛊虫。"

"吱呀"一声，侧室的门从里头开了，安国公满面焦容："两位小道长，符纸可画好了？"

淳安郡王微微一笑，也就不再往下说了。

绝圣和弃智送了符纸进去，又被蔺承佑撵出来："今日之事要是办不好，老老实实滚回来领罚。"

绝圣和弃智灰溜溜地出观上了辎车："忘了问郡王殿下了，师兄后来找到那个叫阿孤的小娘子没有？"

绝圣摇头："多半是没有，要是找到了，郡王殿下哪用得着'女娃娃'长'女娃娃'短的，大可以告诉余奉御是谁家的小娘子了。"

"也对，那时候师兄还没找到阿孤就中了蛊毒，等他病好了，也许早把这件事抛到脑后了。咦，'阿孤''阿孤'，怎会有人叫'阿孤'？假如师兄没听错，小娘子会不会是骗师兄的？"

绝圣捧着头道："先别想这件事了，等我们到了滕府，还得照师兄的话诓滕娘子呢。"

弃智抬袖拭了拭汗，头一回算计人，也不知能不能成。

亲仁坊离青云观不算远，两盏茶的工夫就到了。绝圣和弃智先去滕府，被告知滕玉意这阵子都住在姨母家，于是又改道去杜府。

两人到门口时，杜府早有阍者候着了。

绝圣和弃智禀明来意，阍者热络得不像话：“两位道长快请进，夫人和娘子已经等了许久了。”

滕玉意昨夜被杜夫人撵去安歇，睡得却并不踏实，天将明时，隐约听见邻室有人惊呼，猛一睁开眼，绮云和碧螺掀帘进来道：“娘子，杜娘子醒了。”

滕玉意掀被下床：“端福、白芷，还有红奴怎么样？”

“端福在外院歇着，管事尚未送消息过来，白芷和红奴已经醒了。”

滕玉意三步并作两步到了邻室，下人们捧着巾栉出出进进，杜庭兰正趴在床边呕吐。

滕玉意想起前世表姐惨死的情状，唯恐眼前是幻境，一触就化为泡影。

杜夫人只当滕玉意高兴过了头：“玉儿，快来，你阿姐正找你呢。”

杜庭兰抬起头，轻声道：“阿玉。”

滕玉意奔过去替杜庭兰拍背，担忧地问道：“为何突然呕吐起来？”

杜庭兰拭净了脸：“我胸口有些发堵，吐一吐就好了。”

她容色憔悴，额上布满细密的汗，分明极不舒服，却仍不忘宽慰母亲和表妹。

杜夫人担忧地说道：“这样呕吐，不知要不要请医官上门瞧瞧？”

滕玉意想了想：“阿姐是被邪祟所害，寻常的岐黄之术未必对症，横竖青云观的小道长会上门，不如等他们看过之后再做定夺。”

杜夫人道：“对对对。青纨，你到前院找老爷和大公子，说一娘醒了，让他们到后院来。”

奴婢应声下去了。

杜庭兰轻轻拍打床沿：“阿玉，你坐下，让阿姐好好看看你。”

滕玉意依言坐下，对上杜庭兰温柔的神色，只觉得好些话堵在喉咙里，干脆从下人手里接过巾帕，轻柔地替杜庭兰拭汗：“阿姐，你好些了吗？”

杜庭兰拉着滕玉意的手柔声道：“我这也不知怎么了，只记得同阿娘去静福庵祈福，后头的事一概记不清了。你信上说过几日才能到，怎么这么早就来了？阿娘说你跟我们一道回府的，莫非你昨日也去了曲江……”

说到此处她像是想起了什么，脸色瞬间苍白。

滕玉意的心一阵猛跳，前世她苦寻凶手，只恨一无所获，而今表姐活着，或许很快就能得知真相。

她小心翼翼地问道："阿姐，你怎么了？"

杜庭兰仍在发呆，额头却沁出大颗大颗的汗珠。

杜夫人陡然意识到什么，仓皇屏退下人："一娘要歇息，你们先到外头候着吧。要是道长来了，速速请他们进来。"

滕玉意大气不敢出，既盼着知道真相，又怕表姐过于忧惧留下病根。迟疑片刻，她扶杜庭兰躺下："阿姐，你先歇一歇，有什么话等好了再说。"

杜庭兰猝然捉住滕玉意的手："我想起来了，昨夜……昨夜我在竹林里撞见了邪物。"

她浑身战栗，口中的字句变得断断续续。

"好孩子，你又糊涂了。"杜夫人红着眼睛道，"阿娘不是才跟你说了，昨晚玉儿和端福赶得及时，把你救下来了。"

"是啊，阿姐。"滕玉意极力宽慰杜庭兰，"那东西昨晚就被成王世子打回了原形，就是一截子树桩。你现在好好在府里，有我们在，谁也别想伤你。"

杜庭兰却把头埋进母亲怀里："那东西追着我跑，说要吃了我。阿娘，我好怕……"

杜夫人心肝都快被揉碎了，一下下拍着女儿："这是吓糊涂了，待会儿得找道长讨些收魂安神的法物。"

杜庭兰忽又想起什么，揪住滕玉意道："阿玉，你当时也去了竹林？"

滕玉意握住杜庭兰的手："是，我去了。阿姐，那东西不足为惧，我和端福一到林中就砍下了怪物的右爪。"

杜庭兰唇色一阵发白，确定表妹安然无恙，放心地点点头，而后，她像是陷入了混乱的回忆中，重新发起呆来。

滕玉意和杜夫人倾身替杜庭兰掖衾被。杜庭兰目前魂不附体，她们也问不出什么。

二人正忙着，杜庭兰惶然睁大眼睛四下看看，忽然道："阿玉，除了那怪物，你可在林中看见了别人？"

滕玉意心弦一下子绷得极紧，重新坐在床边，屏住呼吸问："阿姐，当时还有谁在林子里？"

杜庭兰的话卡在喉咙里，脸色越来越难看，气息越来越乱。

杜夫人眼里含着泪："孩子，你为何去竹林？谁把你害成这样，你到现在还不肯说吗？”

杜庭兰像是触发了恶心的回忆，伏身再次呕吐，这一次比之前更剧烈，更不可遏制。

杜夫人慌忙上前轻轻拍着，滕玉意也沉不住气了，急忙起身道：“姨母，我去叫人请医官。”

她刚一迈步，就被杜庭兰拉住了胳膊：“我没事，我只是觉得恶心。”

滕玉意弯腰拧了巾帕替杜庭兰拭面，手背忽然一片温热。她惊讶地抬头，发现杜庭兰正在无声垂泪。

杜庭兰勉强支撑起身体，羞惭地看着杜夫人：“女儿被迷了心智，害阿娘担惊受怕。求阿娘万万保重身体。阿玉，你刚到长安，昨晚却因为我涉险，阿姐对不起你。我侥幸捡回来一条命，有些话再不说恐怕就迟了。其实我和红奴离开静福庵，是为了见一个人。”

杜夫人气得浑身发抖：“我早该知道……我早该知道……你不会无缘无故离开静福庵……”看杜庭兰只知默默流泪，她急得推搡着女儿道，“你这孩子莫不是要急死阿娘？那人把你害成这副模样，你还有什么可瞒着的？”

杜庭兰透过眼中的泪雾望着杜夫人：“阿娘可还记得，阿爷在扬州做官时，有一回清明节，我曾独自带红奴去隐山寺踏青？”

杜夫人一愣，旋即瞪圆了眼睛道：“那日原本绍棠要陪你去的，不巧他们学堂有事，莫非你就是那日遇见了什么人？”

“我在寺中赏花时，恰好撞上一群书生在桃花林里斗诗，夺魁那人……是位年方二十的公子。”

说到此处，杜庭兰双手揪住胸前的襟领，指节有些发白。

杜夫人险些一头栽倒在床边，滕玉意慌忙搀扶杜夫人，杜庭兰也吓得从被子里起了身。杜夫人哆嗦着伸指一戳杜庭兰的额头：“把你是如何认识此人的，又是如何与此人交往的，一五一十给阿娘说清楚，一个字都别落下！”

杜庭兰咬牙含泪说：“此人家贫无依，常年在寺中寄读，好不容易凑齐了盘缠，欲到长安赴考。我看他口吐珠玑，诗文尤其出众，我就……我就对他生出了好感，之后我们时有来往，他常赠诗于我，因为怕露了痕迹，便用彩胜做信纸，这样既不打眼，又方便传递。”

滕玉意愣了愣，早料到表姐在庵里剪彩胜是为了传信，果然如此。

杜夫人压着满腔怒意点头：“很好，去年清明节就相识了，至今已有一整年了。

我且问你，你跟他私自往来这么久，那人可曾提过婚嫁之事？”

杜庭兰哽咽道：“那人说自己并无功名，就算上门求亲，爷娘也不会应许，因此一切要等到他赴京应试后，有了功名一切都好说。后来阿爷被举荐到国子监任太学博士，举家要迁回长安，临行前我担心他赴考的盘缠不够用，就将我攒下来的体己都给了他。那人将家传的一根金钗赠给我，许诺说非我不娶，待他到长安来赴考，定会上门求亲。”

说到此处，杜庭兰眼中的悔恨之意益深。

“到了长安后，我们暗中往来，少则五日，最迟半月，一直未断过书信。我们家到长安三个月后，他也提前从扬州启程了，到长安后他寄居在城南的一座庄子里。我怕他手头拮据，又托人送了些体己过去，起初他还算殷切，慢慢地就不怎么给我回信了。

“前不久他高中魁元，我循着信上的地址去找他，不想他早就搬走了。回城的路上我遇见他跟友人在酒肆饮酒，模样好不快活。他身边那些人衣饰华贵，想来都是有头有脸的人物，我听说应举时圣人和几位宰相都极力夸赞他的诗文，他如今声名大噪，身边的朋友也非昔日那些寒门之士了。

“我心里仍抱着一丝希冀，他近日忙着应举，兴许抽不出空给我回信，于是令车夫停车，掀开车帘与他对视，可他竟装作不认识我。他身边那几个友人看我看着他，笑道：‘那小娘子一直在看你，莫不是倾慕于你？’我又惊又羞，当即放下帘子令车夫赶路，就听到那人冷笑道：‘哪里来的浮花浪蕊？’”

滕玉意勃然大怒，霍地起身道：“竖子敢尔！”

杜夫人也气得七窍生烟：“后来呢？昨日是那后生约你去竹林的？”

杜庭兰拭了拭泪低声道：“我当时就灰了心，回来后我想，我那些体己也就罢了，权当扔进了溷厕，可那些书信上写了不少缠绵悱恻的话，不讨回来早晚会生祸患。前阵子我为了此事夜不能寐，打听到上巳节他会赶赴进士宴，正好阿娘也到静福庵敬香，我便跟阿娘一同前往，趁阿娘去西苑听戏，让红奴扮作胡人去月灯阁前拦他。这一回他欣然答应了，约我在月灯阁旁的竹林见面。”

滕玉意听得怒火中烧，前世表姐和红奴是被人勒死的，当时仵作查看现场，说在表姐尸首附近发现了男子的短靿靴留下的脚印，原来当晚果然有男子约表姐去竹林。

她知道，朝廷进士历来难考，年纪轻轻就高中魁元的更是屈指可数，记得前世有个极出名的才子，此人中了进士科后，又顺利通过了吏部选试，不久调到御史台，成为最年轻的谏官，之后更是为郑仆射所赏识，娶了郑仆射的二女儿郑霜银。

她记得喜帖递到滕府时，离表姐被人勒死只有半年。因是有名的世家大族郑氏嫁女，嫁娶那日，街头巷尾挤满了看热闹的老百姓。

滕玉意虽未赴宴，却因路过郑府见过迎亲的新郎一面。新郎姿容俊美，委实是个出色的人物。

想到此处，滕玉意脸上顿时乌云密布，再开口时，语调里透着一股森森的凉意："阿姐，那个男人是不是叫卢兆安？！"

杜庭兰暗吃一惊，阿玉刚到长安，怎会知道卢兆安的名字？

她转念一想，月灯阁的进士宴那般热闹，卢兆安又是今年的魁元，阿玉身边耳目众多，知道也不奇怪。

她赧然地点点头："是。"

杜夫人痛哭着说道："于是你就私自出庵去见这个卢兆安？"

杜庭兰攥紧衾被一角，眼泪如断线的珠子般往下掉。滕玉意默默拍着杜庭兰的肩背，待她稍稍平静，忍着气问："阿姐，后来究竟出了何事？"

杜庭兰拭了拭泪，勉强稳住心神："我一心要取回那些书信，怕阿娘发现我离开过静福庵，紧赶慢赶到了竹林，谁知竹林外来了大批仆从，在林前设了幔帐不许通行，我打听后才知成王世子要抄近路去月灯阁击鞠。"

"成王世子？"

"是。"杜庭兰慢慢回忆道，"当时好几驾犊车都被挡在林外，我心知硬闯是不行了，只好带着红奴离开，谁知路过竹林西侧，发现西边的入口没设幔帐，我与卢兆安正是约在西北角碰面，于是又转了回去，竹林西侧果然无人阻拦。"

滕玉意暗忖，怪不得蔺承佑明明令人封林，阿姐却还能进入林中。

"我和红奴在林中等了一阵，卢兆安始终不曾出现，竹林里黑魆魆的，我有些害怕，正要沿着原路离开。就在这时，树梢上飘来女人的笑声，我抬头就看见一个黑乎乎的巨物无声无息地蹲在树梢上，没等我们喊救命，那东西就扑了下来，再后来的事……我就不知道了。"

杜庭兰想起那瘆人的一幕，面色霎时变得惨白。杜夫人又是拍又是宽慰，半晌才让杜庭兰镇定下来。

滕玉意冷冷地道："阿姐，当时你在竹林里有没有看到卢兆安？"

杜庭兰心有余悸，摇了摇头说："竹林里太黑了，要在林中辨别道路，必须带着灯笼，但是我和红奴出事时既未听到人声，也未看到邻近出现过照明之物，可见卢兆安要么根本没打算赴约，要么尚未赶到竹林。”

滕玉意冷笑道：“我和端福进去时，除了那妖物，没看到旁人，后来救下表姐，也无人在附近窥探或徘徊。”

杜夫人气得浑身哆嗦：“好个孬种！我估计他要么早就逃走了，要么躲在一旁。”她红着眼睛瞪着杜庭兰，“你让阿娘说什么好？！平时那样乖巧的孩子，竟背着爷娘……这也就罢了，看上的还是这样一个无耻之徒！”

杜庭兰又何尝不悔，含着泪说：“千错万错都是女儿的错，阿娘切莫伤了自个儿的身子。”

杜夫人怒瞪女儿一阵，到底将杜庭兰搂入怀中，母女俩哭起来。

滕玉意目光森冷，此人并非孬种，分明是个心狠手辣的斯文败类。假如前世表姐和红奴真是为卢兆安所害，这一回他看到有人替他动手，说不定正中他的下怀。

只是有一点不通，蔺承佑那时路过竹林，如果那妖物也在林中，以蔺承佑的道行，不可能察觉不了，因此那东西应该是在蔺承佑走了之后潜入的。

那样短的时间，老树妖发现表姐和红奴的行藏并出手袭击，会不会太巧了些？

老妖要找美貌女子做猎物，为何不去人多之处，反而瞄上那样的幽僻之处？

可惜那老妖还未把事情交代清楚，就因一道怪雷相扰，被蔺承佑失手打回了原形。

“绝不能放过这个混账。”杜夫人恨恨地道，“不说你那些书信还在卢兆安手里，当晚的事与他有没有关系还说不准，我得将此事告诉你阿爷，让你阿爷好好拿个主意。”

说话间杜裕知和杜绍棠来了，杜夫人不等父子俩看杜庭兰，便一五一十将方才的事说了。

杜裕知白眼一翻，当场晕了过去。

杜夫人和杜绍棠猛掐一阵人中，杜裕知才悠悠醒转。

杜庭兰内疚得无以复加，若不是滕玉意拦了一把，杜庭兰差点儿就从榻上摔落下来。

杜裕知气得手脚冰凉，顾不上教训女儿，先将卢兆安痛骂一顿。

他在国子监任职，发榜后也曾看过卢兆安的诗文，当时就觉得意境开阔，料定此人极有抱负，谁知竟是卑劣之徒。

“要不是怕坏了兰儿的名声，我明日就将此人的品行揭发，朝中岂能容得下这样的狗彘？让我想想用什么罪名，对，借贷不还，明日我先以卢兆安借贷不还为由，将他告到吏部。到时候这小人别说通过选试，连功名都未必保得住。”

杜夫人错愕地道：“老爷连张借条都拿不出，无缘无故告上去，卢兆安非但不会认罪，恐怕还会反诬老爷构陷于他。”

杜裕知一顿：“是我气糊涂了！那就往前查，他这样的小人，来长安三月有余，总有行为不端之处，一旦找到了错处，我立即找御史台的老友弹劾他。只要能告倒他，也算为朝廷发奸擿伏了。扬州那边我也会去信，务必将此人在扬州的种种行举都打听清楚。”

杜绍棠进屋后一直红着眼睛替姐姐绞巾帕，听父亲这么说，顿时来劲了：“儿子这就去找人，不，用不着这么麻烦，我马上找人用布袋将这浑蛋蒙上头痛打一顿。”

杜夫人喝道：“你回来！当心露了马脚，此人又没错处捏在我们手里，别到时候没出气，反把你折进去。就算要教训那人，也该你阿爷出面。”

杜绍棠泄了气，软绵绵地跺脚道：“这也不行那也不行，那该怎么办？”

说话间他蹲在姐姐床前，全然没个主意。

滕玉意暗想，姨父和绍棠想的全是明面上的法子，但要对付卢兆安这样的小人，一般的法子可行不通。

郑仆射为人谨慎，前世把独女嫁给卢兆安前，想必做过一番详细的调查。郑家门生何其广，连郑家都未能查到卢兆安的不端之处，可见此人平时多么善于遮掩。

也许卢兆安唯一的罅漏就是表姐，因此前世在跟郑家结亲时，此人才急不可耐地要抹去这一笔。

杜裕知愤然地道：“不怕，我这就出去安排。”

滕玉意冷不丁道：“姨父，您打算如何筹谋此事？”

杜裕知气呼呼地道：“让东儿去找人，雇上八九个市井之徒，把卢兆安这几个月干过的行径统统打听清楚！”

“好主意。不过姨父从未与市井之徒打过交道，雇人前是否先要盘查他们的底细？”

杜裕知怔然：“这……”

“雇这么多人去查，委实是笔不小的费用。若十天半月都未查出头绪，查到何时是个头？”

杜裕知频频捋须：“那就一直查下去！只要能狠狠教训那混账，大不了卖掉些恒产就是了！”

滕玉意道："那么姨父打算从何处着手查？又如何跟那些市井之徒交涉？"

杜裕知冷哼："我亲自出马，不信安排不好此事。"

滕玉意简直头痛，姨父外表刚方不挠，实则天真直率，真让他亲自出面，这事铁定会办砸。

她道："这样的泼皮无赖，用起来可是双刃剑，人一多，口就杂，倘若姨父没法子辖制他们，非但不能捉到卢兆安的把柄，还很有可能惹上一身麻烦。"

杜裕知和杜夫人悚然而惊，对啊，不怕别的，就怕把兰儿的私隐泄露出去。

滕玉意认真道："儿有一言，不知姨父愿不愿听？"

杜裕知不耐烦地摆摆手："但说无妨。"

"能否将此事交给我阿爷的那几个下属来查办？"

杜裕知惊讶地抬头。滕玉意笑道："这事拖得越久，对阿姐越不利，我阿爷那些部下久历戎行，对付恶人自有一套，早些让他们部署，也省得弄出别的乱子。"

杜裕知举棋不定，他的薪俸只够维持家用，为了撙节用度，仆从早就遣散了不少，家中悍仆没几个，几乎全是老弱妇孺。假如他执意去西市雇人，砸进去的银钱的确不是小数。

况且阿玉说得有道理，他没与市井之徒打过交道，就算去西市临时找，找来的人都顽皮赖骨，万一经他们的口坏了兰儿的名声，那可就得不偿失了。

杜庭兰眼看父亲委决不下，柔声劝道："阿爷，阿玉和姨父都不是外人，此事说起来有许多棘手之处，为免夜长梦多，还需阿爷早做决断。"

滕玉意暗松口气，表姐性情远比姨父宽和，却是家中最果决的一个。

杜夫人点头道："老爷，就按玉儿说的办，把这事交给妹夫的那些老部下吧。"

杜裕知重重叹气："罢了罢了，都怨老夫无能。玉儿，一切就拜托你了。"

滕玉意起身敛衽回礼："还有一事需提前跟姨父、姨母商量，卢兆安原本对表姐避而不见，可昨晚破天荒约表姐去竹林，后来表姐撞上那妖物，卢兆安又遁走得那样及时，此事细究起来，有许多可疑之处。"

杜夫人和杜裕知惊疑不定："莫非你怀疑那妖物与卢兆安有瓜葛？"

滕玉意"哼"了一声："此事尚无定论，但卢兆安刚约了表姐去竹林，那妖物就出现了，要说纯粹是巧合，我是不信的。当今圣人最恨邪魔外道，如果能查出卢兆安招邪魅害人，此人仕途就此毁了不说，往后也别想在长安城待下去了。"

杜绍棠精神一振，一溜烟跑到滕玉意跟前道："玉表姐，我们该怎样查？"

"道术我们不懂，不过好在现在已经有人在查了，只要想法子让此人怀疑到卢兆安头上，不怕查不出真相。”

屋里人齐声道：“那人是谁？”

滕玉意道：“青云观的道士。”

杜夫人忖量道：“清虚子道长目前不在长安……”她忽然想到一人，顿时睁大眼睛，“成王世子？”

杜裕知露出遭雷劈般的表情：“不行，不行！此子从小就横行无忌，我等还是少招惹他为妙。”

滕玉意挑了挑眉，姨父脸上很少出现这样惊惧的表情，可见蔺承佑名声在外。

杜夫人道：“老爷，昨晚我们跟成王世子打过交道，脾性是骄纵了些，但他聪明过人，也甚知轻重。只是玉儿，若引得成王世子插手此事，兰儿与卢兆安的事岂不是瞒不住了？”

滕玉意思忖着道：“姨母别忘了，成王世子昨晚就派小道士来问竹林里的事，姨母觉得就算我们不说，成王世子便不会详查吗？”

杜绍棠忍不住咳嗽一声，他有个国子监的同窗的阿爷是大理寺的官员，去岁蔺承佑考中明经去大理寺任职，这位同窗便经常跟他们说起蔺承佑，次数一多，他也算知道一点儿这位成王世子的脾性。

杜绍棠怯怯地对爷娘道：“要不是成王世子赠送六元丹，阿姐早就殒命了。假如成王世子想查案子，我们一家人却存心欺瞒，事情只会更麻烦。”

杜裕知和杜夫人后背冒出一股森森的凉意。

杜绍棠又道：“事到如今，最好的法子就是坦诚相告，真要等成王世子查到什么再说，就别指望争取他的襄助了。至于阿姐私会之事，成王世子……成王世子好像不是那等喜聊是非之人。”

杜裕知默然捋须，成王世子目无余子，十岁时殴打渤海国的王子，十四岁时拔掉吴侍中的一把雪白胡子，不过哪怕此子一身的臭毛病，也不曾听说他说长道短。

滕玉意开了口：“我虽不大清楚蔺承佑的为人，但此君既是成王夫妇的长子，又在清虚子道长座下受教这么多年，想来再荒唐也有个底线。最紧要的一点是，不管郑仆射是不是想把女儿嫁给卢兆安，只要蔺承佑能查出那妖物与卢兆安有关，郑仆射绝不敢出面保人，而且以蔺承佑的脾性，定会让卢兆安吃不了兜着走。”

这样一来，滕府和杜府省下多少力气。

“玉儿和绍棠说得对。”杜夫人道，“老爷，要不等两位小道长上门的时候，我们主动把兰儿为何去竹林的事告诉成王世子？”

杜裕知固执地抿紧嘴唇，然而心里已经松动了，今日不知怎么回事，屡屡被老妻和小辈挑战威严，他可是一家之主，即便心里同意了，面上也不愿意轻易表露出来。

他们正僵持间，下人进来回话："老爷、夫人，青云观的两位小道长来了。"

杜夫人眼睛一亮："快请他们进来。"

杜庭兰冲滕玉意招手："阿玉，帮我穿外裳。"

滕玉意起身绕到屏风后去帮杜庭兰穿外裳。不一会儿，绝圣和弃智由下人领进来了，两人在屋中一站，齐声道："贫道有礼了。"

杜裕知一板一眼地回礼："两位道长请入座。"

绝圣和弃智故作老成："贫道是来探望伤者的，歇了一夜，不知几位伤者可都醒了？"

杜裕知道："醒倒是醒了，只是呕吐不休，不敢擅自请医官，就等着道长呢。"

绝圣老成地"哦"了一声："这是余毒未清，用些清毒的方子就可以了。"

杜夫人热情地邀请绝圣、弃智入内："两位道长这边请，小女刚醒的时候有些神志不清，一说起昨晚的事就害怕。"

说话间她引绝圣和弃智到了屏风后，滕玉意已经替杜庭兰料理好了。杜庭兰起不了身，只好端坐在床畔，将双手平举于额前："见过两位道长。"

绝圣和弃智道了声"得罪"，上前翻起杜庭兰的眼皮看了看，点了点头，又让杜庭兰伸出舌头，最后又看指甲和掌心。检查完毕后，两人同时歪着头端详杜庭兰。

杜夫人和杜绍棠暗暗称奇，不知清虚子道长是如何教导的，这两个孩子年纪虽小，言行举止却没有半点儿错处，只是不经意露出的神态仍是一股孩子气。

"无甚大碍了。"绝圣从怀里取出药瓶，"把这里头的药丸拿去研磨了，每日晨起一丸，伴水送服即可。"说罢，绝圣环顾四周，"另外几位伤者呢？"

滕玉意正担心端福："白芷和红奴在耳房，听说已醒了，受伤的那位男仆安置在前院，管事尚未回话。"

绝圣和弃智便道："那就先看那两名婢女吧。"

白芷和红奴的情况远不如杜庭兰，醒来后惊叫不断。绝圣和弃智用了两道定神符，又急诵了一段清心咒方见好转。

最后便是端福了，端福昨夜便安置在前院的松筠堂。

杜家人深知这老仆在滕玉意心中的分量，除了杜夫人留下来照料杜庭兰，杜氏父子都自发陪着滕玉意看望端福。

端福沉默地躺在榻上，案几上摆放着一只空碗，抬头看见滕玉意一行人进来，强撑着要下榻。

滕玉意和杜绍棠忙上前："你重伤刚醒，莫要讲这些虚礼，快躺下。"

端福梗着脖子不肯躺，道："娘子无碍？"

滕玉意郑重颔首："我无碍。"

端福这才放松下来，慢慢躺了回去。

绝圣和弃智深以为异，看这人五十有余，头发斑白，鹰鼻鹞眼，恍惚有些胡人血统，而且双手硬如岩石，一看便知内功不凡，难怪明明不会法术，还能跟那样的魔物过上几招。

奇怪这老仆眼中似乎只有自己的小主人，既不理会他们这两个生客，也不与杜氏父子寒暄。

杜氏父子却习以为常，尤其是杜绍棠，几年前第一次见到端福时，也曾误以为他是个哑巴，那么大的块头，成天不声不响地跟在玉表姐的身后。

有那么一阵子，他老想知道这人为何无妻无子，缠着阿娘问了几回，才知道端福是个阉人。

府里有时设宴，小客人们觉得端福古怪，忍不住捉弄他。端福模样骇人，脾气却甚好，哪怕被捉弄得狠了，也只是默默退让。

倒是玉表姐，谁要是敢惹她的端福，她必定大发脾气，有玉表姐护着，渐渐也就没人敢捉弄端福了。

杜绍棠想着，昨夜在林中，要不是端福抵挡一阵，阿姐也许在林中就殒命了，因此他对端福早添了一份敬重。

"端福，这两位是青云观的道长。"杜绍棠温声道，"昨晚你受伤最重，臂膀都折了，难得道长们亲自上门，趁这机会请他们好好替你瞧瞧。"

端福像个木头桩子似的毫无反应。杜绍棠尴尬地挠了挠头。滕玉意拍了拍杜绍棠的肩，示意他别介怀，随后回过头看着绝圣和弃智，郑重地道："让道长见笑了，我这老仆不善言辞，但心肠是好的，他当时与树妖近身搏斗，估计伤得不轻，自己不肯说，只能劳烦两位道长了。"

绝圣和弃智严肃地点点头："贫道会好好瞧的。"

二人剪开端福的一截衣袖，肩头豁开一指宽的伤口，里头隐约可见白骨，伤口边缘还有卷起来的死肉，好在并无青黑色，想是体内已无余毒了。

“他内力深厚，血脉运行比旁人快，药丸也不必服，静养几日即可，不过这伤口还需请医官来处置。”

被这样摆弄断臂，换了旁人早就大声呼痛了，然而端福静坐如松，连眉毛都不曾皱一下。

滕玉意道：“端福，道长的话你都听见了？”

端福点了点头。

“好生静养，待会儿医官上门，你要配合些，务必请他们仔细瞧瞧，莫要留下病根。”

端福应了。

滕玉意放心地出来了，一行人到了庭中，绝圣和弃智对视了一眼。绝圣主动开口道：“师兄派我们来，除了给几位伤者清理余毒，还让我们打听那晚竹林之事。那妖物出现得古怪，假如不趁机拔树寻根，定会埋下天大的隐患。杜娘子已经醒了，不如我们现在就回后院，请杜娘子说说那晚在林中发生了何事。”

滕玉意瞥向姨父，这不就来了吗？

杜裕知擦了擦额上的汗。

杜绍棠也忙着给阿爷使眼色：阿爷，快拿主意呀。躲是躲不过去的，这叫先礼后兵，等蔺承佑亲自来过问，绝不会这么客气了。

杜裕知的脸皱成一团，眉头松了又紧，紧了又松，他终于下定了决心：“小女的确想起了一些怪事，但请两位道长转告世子，事关杜家的私隐，就算要说，也只能跟世子一个人说，还请世子莫将此事传扬出去。世子素以扶正黜邪为己任，想必不会不答应的。”

绝圣和弃智呆了一下，只能对师兄一个人说？

杜裕知脸板得死死的，表示此事绝无商量的余地。

两人愣愣地点头道：“好，我们回去转告师兄。”

旋即绝圣又严肃地道：“对了，贫道还有一事需跟滕娘子单独说一说。”

杜裕知和杜绍棠惊讶地看向滕玉意，滕玉意心里笑了笑，看来绝圣小道长没忘记昨晚的约定，于是咳了一声：“姨父、绍棠，要不你们先走一步？我留下来和两位道长说几句话。”

杜绍棠越发摸不着头脑，有心打听几句又怕玉表姐不高兴。杜裕知负手不语，论理这样不合规矩，然而这两名小道士才八九岁的模样，着实没什么好避嫌的，杜裕知板着脸叮嘱了几句，带着杜绍棠先行离去了。

园中一角有个小小的飞翼亭，滕玉意朝那边一指："两位道长，我们不如到亭子里说说话。"

绝圣和弃智脸绷得紧紧的，脚步却不自觉迈开了："我们可是很忙的，说几句话就得走。"

滕玉意忍笑点头，让春绒和碧螺留在原地，自己带着绝圣和弃智往亭中去了。

到了亭中，她率先将翡翠剑大大方方搁到石桌上："喏，请两位道长赏鉴。"

绝圣和弃智假装对翡翠剑毫不感兴趣，自顾自张望园景，摆了半天样子，始终不见滕玉意开口，绝圣终于忍不住了："滕娘子，你为何不问我们有没有带痒痒虫？"

滕玉意微讶："什么痒痒虫？"

两人飞快地对了个眼色，怎么回事？流程为何跟预想的不一样？

二人纳闷地看向翡翠剑。

昨晚离得太远，未曾瞧真切，这会儿在日头底下放着，这把剑端的是琉璃宝彩、光润如冰。

弃智小心翼翼地将其捧起："实乃神物，可惜连师兄都看不出这剑的来历。"

绝圣也赞不绝口："说来也怪，这剑看着像翡翠，但真要是翡翠铸成，怎能丝毫无损？"

弃智正要开口，忽然惊讶地道："咦，我没看错吧，剑芒怎么没昨晚亮了？绝圣，你仔细瞧瞧。"

绝圣揉了揉眼睛："好像是有些不对劲。"说着他从怀中取出一张玄色的符纸，燃起一道赤芒，要去烧灼剑身。

滕玉意一把夺过翡翠剑："道长，你们这是要做什么？"

绝圣义正词严地道："滕娘子，这是庆忌符，可以用它来试法器的灵力。我瞧着这剑有些不对劲，准备用这符验一验。"

"庆忌符是何物？"

"所谓'庆忌'，就是涸泽之精，俗称水鬼。水鬼法力低微，怨气却极重，只要在符纸上抹上水鬼的尸气，便可用来查验道家法器。如果道家法器灵力未受损，庆忌符一碰就会熄火。但如果法器灵力消失，符火绝不会熄灭。"

弃智说着，在指尖燃起一张符凑近翡翠剑，火苗果然纹丝不动，但换成他自己手中的桃木剑，火苗就倏地熄灭了。

弃智和绝圣大惊失色："滕娘子，你的剑丧失灵力了，不信滕娘子自己试试。"

滕玉意的目光来回在绝圣和弃智脸上转了转，她拉长声调道："我看不必了，这剑昨晚一直在我身边，怎会无缘无故失去法力？"

"可是庆忌符从不出问题……"绝圣沉吟片刻，"要不这样吧，我们再换别的法子试试？"

弃智取出怀里的镇坛木："试这个。"

两人把镇坛木往庆忌符的符火前一凑，火苗无声无息地熄灭了，又试了几次都是如此，唯独滕玉意的翡翠剑不行。

弃智面色一紧："完了，滕娘子，你剑上的灵气连观里人手一根的镇坛木都比不过了。"

绝圣急急地道："是不是斫下那妖物的一爪后未及时供奉，剑灵被妖气给缚住了？滕娘子，你可能不知道，越是这样的神器越要精心供奉。"

"供奉？"

"没错，定期供奉才能让法器保持灵力。"

绝圣摊开胖胖的手："滕娘子，你的剑灵力已经受损了，若是不赶快想法子，很有可能成为废件。"

他二人你一言我一语，越说越玄乎。

滕玉意面上波澜不惊，心里却悄悄打起了鼓。

翡翠剑是她来长安途中落水后所得，起初只觉得这东西异常亲切，醒来后日夜摩挲，程伯和端福认定此剑古怪，有一回趁她睡着了拿走，悄悄把剑扔回了水中。

当晚她便噩梦连连。翌日她到处找这把剑，程伯和端福没法子，只得去捞，奇怪剑并未沉入河底，他们一捞就捞上来了。

剑回到她身边，梦里那些魑魅魍魉都不见了，可即便如此，她也没想过这剑有什么神通，昨晚在林中她情急之下刺出一剑，方知它能对付妖魔。

原来这种东西也需供奉吗？以前她倒从未听人说起过。

绝圣看出滕玉意迟疑，趁机道："寻常的法器自然无须供奉，但我们观里搜罗了许多古里古怪的器物，论起供奉之法，满天下找不到比青云观更在行的了。滕娘子不妨把剑交给我们，等此剑恢复灵气后再还给你。不过你得先告诉我们，这剑是从何处来的。"

滕玉意轻抚剑身："把剑交给两位道长倒是可以……"

绝圣和弃智眼睛一亮。

滕玉意慢条斯理地道："只是我那还有好几样稀罕物，都是我阿娘弥留之际交给我的，真要说起来，翡翠剑只是其中最寻常的一件。”

绝圣和弃智眼睛微微睁大。

“要是把我那些宝贝都放到青云观供奉，怕是所费不赀。”

两人暗暗估摸滕玉意这话是真是假，可是她先前一句不问痒痒虫，率先把剑放在石桌上，那浑不在意的模样，好像真没把翡翠剑放在眼里。

滕玉意慢吞吞地道：“倘若道长有兴趣，我可以命人把剩下的几样也拿来。”

这回连弃智都沉不住气了，乐呵呵地道：“那就请吧，我们正好一并帮滕娘子拿到青云观去供奉。”

滕玉意话锋一转：“只不过嘛……”

二人失声道：“如何？”

“我那些法器总不能常年在青云观供奉，总得有拿回来的一天，道长能否跟我说说，道家宝器都有哪些供奉之法？”

两人怔了怔，今日这番举动，全是师兄所授，真话里掺着假话，假话外头套着真壳，独有一条是真的，道家器物的确各有供奉之法。

既然滕娘子已经答应交出翡翠剑，那些无关痛痒的话说说也无妨，因为没有道士的襄助，即便知道法子也没用。

弃智正色道：“就拿师兄的锁魂豸来说，此物本是一条虫豸，因为悟性太低，修炼千年也无法得道，后来遇到高人，机缘巧合之下将它点化成了器灵。当年它修炼时便以蜂蜜为食，如今仍不改喜食甜浆的毛病，每隔七日就需将其泡入装了蔗浆的瓮罐里，否则便会灵力大减。”

“第一次听说爱喝甜浆的法器。”滕玉意好奇地道，“还有呢？”

绝圣道：“还有师公的那把恒风扫，乃是终南山青莲尊者用蒿草做成的。青莲尊者性情简朴，不喜人近身服侍，当年就用这把恒风扫亲自打扫间院，打扫时灌注心法，久而久之连恒风扫也有了灵力。青莲尊者去世之后，恒风扫被做成一把拂尘传给了终南派的后人。拂尘里的器灵思念青莲尊者，每月都会作乱一次。供奉的法子就是拿它打扫庭院，不然它便会从供案上跳下，满院子发狂奔走。”

滕玉意奇道：“哎，一把拂尘如何奔走？”

绝圣起身做示范：“就像这样，一弹一弹的，跑得可快了，谁也捉不住。”

他一边说一边在亭子里蹦来蹦去，把滕玉意逗得乐不可支。

“好玩好玩。”滕玉意笑着说，“对了，说了这么多，有没有吃虫子的器灵？”

“当然有了。观里有面玄冥镜，就是穿山神兽所化。此镜能识幽冥、清煞气，本事大得很，但每隔七七四十九天就需将一盆白蚁放在镜前供它食用，否则它就在镜子里头鬼哭狼嚎。长安城近日白蚁越来越少了，每回为了找寻白蚁，我和弃智不知要跑多少地方。后来师公干脆就用白虫替代白蚁，玄冥镜吃了也不挑嘴。”

滕玉意吃惊地道：“你们师兄把白虫变成了邪门的痒痒虫，岂不是不能再喂食了？”

弃智道：“痒痒虫有痒痒虫的用处，白虫有白虫的用处，互不相干的。而且白虫容易繁衍，正好赶得上在四十九天长够分量喂食玄冥镜，一旦超过时限就不成了。”

滕玉意听得津津有味，状似不经意地问道：“看来器灵供奉的周期不等，最短是几天？最长又是几天？”

绝圣说得顺嘴，接话道：“最短七天，最长数月。”

滕玉意冷不丁地道：“咦，最短也要七天的话，我这剑昨晚第一次用，怎会一晚上就出毛病？”

绝圣和弃智傻了似的，只怪方才说得太忘形，一不小心就说漏嘴了。

“光凭一张庆忌符，怕是不能判定它失了灵力。”滕玉意向二人摊开手心，“把痒痒虫拿出来吧，剑究竟有没有丧失灵力，用这邪门的虫子一试便知。”

两人心里绞成了麻花，本以为把滕娘子绕进去了，没想到到头来被绕进去的是自己。

如果他们不肯拿，无异于承认他们企图哄骗翡翠剑。这事要是传扬出去，青云观的名声可就毁了。

可要是他们拿出来，滕娘子一试就知道翡翠剑并没有丧失灵力，那么今日师兄交代他们的事就泡汤了。

他们白白忙活了一通，结果非但没能骗走翡翠剑，还交出去一包痒痒虫。早知道他们刚才就不该大意，这位滕娘子果然比他们想的还要狡猾。

滕玉意看二人迟迟不动，故作惊讶地道：“怎么，莫非道长不敢试？”

绝圣、弃智踟蹰着，翡翠剑这样的镇邪之物，未必对邪虫有反应，试就试吧，大不了见机行事。

两人抱着一丝侥幸的心理，从袖笼里取出“叫你生不如死痒痒痒开花”虫，连同解药一起放在桌上。

滕玉意定睛一看，左边的囊袋略小一些，安静沉实；右边那个鼓鼓囊囊，分明有东西在蠕动。

她打开蠕动的那包，里头满目碧色，全是挤在一起的翠绿色硬壳小虫。

弃智提醒滕玉意："滕娘子，这虫子行动极快，当心飞到你身上去。"

滕玉意笑着打开桌上的另一包："有它就无碍了对不对？这里头是药粉？多谢道长赐药。"

绝圣张了张嘴，悻悻然地点头。

滕玉意解开细绳，里头是姜黄色的药粉，凑近一闻，有种清淡细微的香气。

"痒痒虫也有了，解药也有了。"滕玉意满意地点头，顺手将那包解药放入袖笼中，"我这把剑究竟有没有灵力，现在可以一试了。"

弃智沮丧地噘着嘴，从囊袋里引出两只痒痒虫，嘴里啾啾作响，把虫子驱上翡翠剑。

虫子伸出一对细细的青色触须，沿着剑身慢慢爬上去，翡翠剑任由毒虫践踏自己，安安静静毫无反应。

绝圣故意叹气："看吧，这剑的确丧失灵力了，连区区两只痒痒虫都奈何不了。"

弃智趁势忙道："滕娘子这回该信了吧？你这把剑已经不成了，速将翡翠剑的来历告知贫道，贫道也好早些想出供奉的法子。"

"慢着。"滕玉意拿起剑，"我听说法器也有认主之说，这剑既是我的，理应由我亲自来试。"

剑一到她手中，薄刃上就隐隐有异光闪现。两只虫子像是察觉到了危险，一对近乎透明的青色双翅倏地伸展开来，露出底下密密麻麻的赤红色硬毛。

滕玉意直皱眉头，刚才还觉得这虫子模样别致，狰狞面目一露出来，一下就不觉得可爱了。

虫子扭动片刻，把滕玉意当成了攻击对象，头上触角暴长，恶狠狠地从剑刃上弹起。

滕玉意心跳加速，这东西快如闪电，中招只是一瞬间，手中的剑依旧无声无息，莫非真丧失了灵力？就在这时候，剑身光芒大盛，两只虫子像是被烫着了似的，狼狈地跌回了桌面。

绝圣和弃智大惊失色，挤上来一看，翠绿的虫子转眼成了两小团焦灰。

滕玉意一边用帕子擦拭翡翠剑，一边笑盈盈地说："我就说嘛，我这神剑怎会无缘无故丧失灵力，就算要供奉，眼下也没到时候。两位小道长道法高明，没想到也有看走眼的一日。"

两人尴尬不已，绝圣左瞟一眼右瞟一眼，取出怀里的庆忌符，打着哈哈道：“前阵子日日下雨，这符早就受潮了，弃智别偷懒了，回去马上晒晒吧。滕娘子，既然翡翠剑未丧失灵力，几位伤者也都暂且无事，贫道不便久留，这便告辞了。”

弃智懊丧地跟在绝圣后头，头一回出来骗人，输得一败涂地，不但没能骗走翡翠剑，还把痒痒虫和药粉赔了进去。师兄不会饶过他们的，回去就等着关禁闭吧。

滕玉意指了指亭外的婢女，笑道：“我准备了几份厚礼，专为答谢两位道长慷慨赠虫之举。”

绝圣无精打采地抬头，婢女们鱼贯而入，捧着几个红色的锦盒，静立在一旁。

她连谢礼都提前备好了，可见滕娘子对痒痒虫早已势在必得。

两人深觉屈辱，把脸板得死死的，傲然往外走，然而滕娘子卑辞厚礼，又实在让人恨不起来。

滕玉意心情甚好，笑眯眯地收起石桌上那个装虫的囊袋，正要系紧红绳，电光石火间，囊袋里又飞出一样东西，直奔石桌上的翡翠剑。

她只当又是痒痒虫，也就未甚在意，谁知那东西飞到近前，她才发现是一只浑身漆黑的蛾虫，弃智回头无意间看见，眼睛蓦然张大，急忙道：“滕娘子当心！”

滕玉意尚未应答，那东西就扑到翡翠剑上，只听“噗”的一声，化作一团黑烟，烟雾绕剑三圈，旋即云消雾散。

滕玉意莫名其妙：“这是……？”

她定睛一看，不由得面色大变，原本莹透碧亮的剑刃如同抹上了一层脏土，一下子变得灰蒙蒙的。

弃智和绝圣目瞪口呆，师兄何时把这东西混进去的？难不成师兄怕他们不是滕娘子的对手，事先留了一手？这下好了，翡翠剑的灵力彻底被封住了。

滕玉意心知有异，急忙又倒出一只痒痒虫放到翡翠剑上，可无论痒痒虫怎样作怪，翡翠剑都像一潭死水一样。

滕玉意静静地望着二人：“两位道长，这究竟是怎么回事？”

两人头一回奉命害人，有些难为情。绝圣一拍脑门：“观里还有事，在府上待了这么久，贫道先告辞一步。”他一溜烟下了台阶，边走边道，“滕娘子，你只需将药粉抹在肌肤上，痒痒虫便不敢靠近你了。”

弃智心里过意不去：“这个叫煞灵环，是专用来封法器灵力的……滕娘子这把剑已经被封了，只有师兄才能解。那个……明晚彩凤楼有品酒大会，那地方最近邪气重，师兄明晚会带我们去除祟。滕娘子，你要是愿意说出这剑的来历，可到彩凤楼来找我们。如果师兄心情好，或许会当场帮你解封。言尽于此，告辞！”

滕玉意目瞪口呆，绝圣和弃智跑得极快，眨眼工夫就不见了。

她脑中转过千百个念头，悻悻然坐回亭中。

蔺承佑好手段，是她大意了。小道士是蔺承佑的师弟，师弟被人糊弄，蔺承佑怎会不知情？

只是她万万没想到，一包虫而已，竟要她用一把神剑来换。

她强打精神倒出几只痒痒虫来试，结果都失败了，剑还是那柄剑，灵力却没了。

她仰头长叹，这剑足以傍身，弃之不用是不可能的，可是她不通道术，又如何解开煞灵环？

她真要去那个什么彩凤楼吗？到时候那里会不会又有什么陷阱？

她揉揉太阳穴，正要思量应对之策，春绒匆匆领着程伯进来：“娘子，程伯来了。”

滕玉意定了定神，转身看过去：“如何？”

程伯近前低声道：“昨夜董二娘被关在京兆尹府，入牢后满地打滚，说身上奇痒难忍，求狱卒替她唤医官。她阿爷董明府连夜去找顾兆尹求情，但成王世子早就派人交代了此女的罪行，案子尚未正式审理，没人敢擅自请医官来看。”

他说着看了看滕玉意：“娘子料事如神，到快天明时，段小将军突然来了，似是打通了关节，没多久就请来了医官，可惜换了两位医官，全束手无策。如今老奴已经顺利布下网了，只是段小将军那边的人防备甚严，要想把他和董二娘私会过的事坐实，还需费些周折。”

滕玉意莞尔，把手心一摊开，掌心上的布囊里隐隐有东西在蠕动。

“无妨，我刚弄来了一样好东西。”

绝圣和弃智回到青云观的时候，已近午时了。

门口静悄悄的，连只雀儿都无，等他们迈上台阶，才发现东边的垣墙下停着两辆青色宝钿犊车。

绝圣奇道：“师兄不是说今日闭观吗？为何还有客人来？”

弃智顺着瞧过去，那车简朴轻便，没什么雕饰，然而仔细打量，无论车毂还是衡轭，都比寻常的犊车要坚固。

车上端坐着一个杂役，瞧见他二人，这人跃下车辕，拱手作揖道："见过两位道长。"

杂役肤白无须，笑面如佛，绝圣和弃智茫然回礼，心里却忍不住揣测，这车主人究竟什么来历，连手底下的车夫都气度不凡。

他们往里走的时候，弃智道："早上我们走之前师兄曾说过，安国公夫人的魂魄离体太久，要收魂殊为不易，现今倒是有个法子，只是需另一个道行高深之人帮着布阵。师兄说的这个人，该不会就是那辆犊车的主人吧？"

两个人急急回到经堂，正厅里无人，淳安郡王和余奉御已经走了。

东边的耳房里倒有人在低声交谈，师兄的声音好分辨，另一位中年男子的声音也有点儿耳熟，嗓音低沉，内力似乎不在师兄之下。

他们正要近前敲门，"吱呀"一声，有人出来了。

他们吓得往后一仰："师兄！"

"鬼鬼祟祟看什么？要你们办的事办得怎么样了？"蔺承佑嗓音有意压低地问道。

绝圣和弃智越发纳罕，看师兄这模样，分明对里头那人很敬重。

"办……办好了。"

弃智拼命点头："没错，滕娘子的翡翠剑已经丧失灵力了。"

蔺承佑笑了下，率先往外走，边走边问："你们照我说的做的？"

两人便将方才的事说了。

蔺承佑脚步一顿："也就是说，假如我不提前放煞灵环进去，你们白赔了一包痒痒虫不说，还诓不到翡翠剑？"

弃智讷讷地道："我们已经很努力了，可谁叫滕娘子一点儿也不傻。"

蔺承佑一个栗暴敲过来："天底下最傻的两个在这儿，外头的自然傻不起来了。剑呢？剑在何处？"

绝圣泄了气："剑还在滕娘子手里。"

弃智挺起胸膛急忙道："她不肯交给我们，我们总不能硬抢。"

蔺承佑被气笑了："真叫人头痛，我怎么会有这么笨的师弟？"

绝圣心虚道："但是滕娘子肯定会带着剑来找我们的，说不定明晚就会去彩凤楼。"

蔺承佑刚要下台阶，闻言脚下一顿："彩凤楼？你们跟她说了彩凤楼的事？"

弃智哭丧着脸："师兄，我们不善骗人。如果我们让滕娘子到青云观来找师兄，师兄兴许会晾她个十天半月的，提醒她去彩凤楼的话，她马上就可以找到师兄。滕娘子不过想弄点儿痒痒虫，我们却把她的宝贝变成了废品，我和绝圣于心不忍嘛。”

蔺承佑面色发黑：“行啊，你们都是菩萨心肠。菩萨正该在清静的地方修行，为何还在我这恶人面前闲晃？你们非要活活气死我才罢休？马上给我滚去禁闭室，一个月不许出来。”

两人又愧又急，忍不住抽泣起来，声音传到后头，厢房里冷不丁有人咳嗽一声，这声音不高不低，有种慈和宽厚的意味，细细一品，颇像在劝诫蔺承佑。

绝圣和弃智正奇怪。蔺承佑摸摸耳朵：“罢了，走之前我一句一句教你们，结果你们还是被她骗得团团转。你们说心软就心软，为何不想一想，不让滕娘子狠狠受一次教训的话，她往后还会打青云观的主意，只有让她彻底忌惮，此事才算了了。你们不说帮着观里杜绝后患，还傻乎乎替她求情，难不成愿意再被她多骗几回？”

绝圣和弃智齐齐摇头，随即又抹了把鼻涕道：“不过……也许滕娘子只是想弄几只痒痒虫来玩耍，往后未必还会骗我们。”

蔺承佑一哂：“她又不是小孩，明知这虫子的害处，骗虫子还能做什么？只能是为了害人。”

弃智和绝圣含着眼泪想，师兄平日虽养着这虫子，但从不轻易拿出来捉弄人。

在他们的记忆中，师兄就放过两回虫子。一次是为了对付一个外地来的好色老道士。

那贼道年纪一大把了，心肠却坏得出奇，仗着歪门邪道骗人钱财不说，还糟蹋了不少妇人。师兄逮住这老道士后，一口气放了几十只痒痒虫到老道士身上，专挑虫子里个头最大的那种，让它们在牢里好好陪老道士玩。

另一次，就是昨夜在紫云楼对付那个满口谎言的董二娘了。

相较之下，滕娘子骗痒痒虫的举动的确令人费解，无缘无故就弄虫子去害人，也难怪师兄怀疑她不是好人了。

两人擦了把眼泪点头道：“师兄教训得是。”

蔺承佑揉着眉心：“这件事算你们办砸了，不过师兄我已经习惯了，就凭你们两个的小脑袋瓜子，哪天不办砸我才觉得出奇呢。我交代你们办的另一件事呢？那个杜娘子醒了之后说了什么？她有没有告诉你们谁约她去的竹林？”

弃智噘着嘴表示不服气，闷闷地说：“杜裕知说他女儿醒来后的确吐露了真相，但因为事关杜家的私隐，只能说给师兄一个人听。”

蔺承佑讥讽道："那只树妖害死了多少女子他们不知道吗？杜家既然知道内情，理应马上说出来，有什么资格跟我讲条件？"

弃智挠挠头："听杜裕知的意思，那件事似乎很棘手，现在杜家上下极渴盼师兄的襄助，但他们又像是忌惮着什么，坚持只说给师兄听。"

蔺承佑隐约猜到杜家在忧虑什么，想来事关杜娘子的名声。他在心里琢磨一番，也懒得说破，只转过身往前走："何时说？在哪里说啊？"

"只要师兄肯答应杜家的要求，杜裕知马上过来相告。"

蔺承佑负手望天："今日观里要布阵，现下忙得很。你们派人去杜府传话，我没兴趣散播旁人的私隐，不过我耐心有限，限杜家明日之前派个代表到青云观来，把那晚的事原原本本告诉我，一个字不许改。"

绝圣"咚咚咚"跑下台阶："我这就托人去传话。"

弃智问："师兄，如果明晚滕娘子去彩凤楼，你会见她吗？"

蔺承佑笑问："我们因何要去彩凤楼？"

"除祟。"

蔺承佑摸摸弃智的头："既是去除祟，我哪有工夫搭理不相干的人？"

弃智愣了愣，这是要晾着滕娘子了？他们本是一片好心，结果又办了坏事。

不过滕娘子好像跟平常的世家女子不太一样，弃智怯怯地道："如果她非要见师兄呢？"

蔺承佑笑着点头："来，让她来。她最好乖乖向我认错，并且主动把痒痒虫还给我，敢耍花招的话，毁掉一件法器算什么，还有别的好事等着她。"

弃智急得抓耳挠腮，要不要给滕娘子送个信？他就怕被师兄逮着，正犹豫着，就发现师兄步罡踏斗，开始在井前画符了。

他定睛一看，画的是"玄牝之门"。

此门为天地之根，安国公夫人的魂魄堕入幽冥之境之后徘徊不肯归，师兄伪造了一个玄牝之门，用这法子将她的魂魄引回来。

弃智飞奔上去帮忙，井前的条案上供着一物。那东西蒙着玄色方布，方布挑起来，露出里头的一株幼树。树枝碧绿丰茂，有种勾魂摄魄的妖冶之美。

那竟是树妖的本胎！

绝圣返回院子，看到这情形也颇为惊讶："师兄，既要引安国公夫人魂魄回来，为何把树妖供奉在此处？"

蔺承佑道："安国公夫人被这树妖害得魂魄亡佚，现在最恨的人是谁？"

弃智眨巴眼睛："树妖！"

绝圣击掌道："我知道了，用树妖的气息为饵，能激起安国公夫人魂魄的怨气，魂魄有了执念，找回来的机会也大一些。"

"再者，我在这里画了个假的玄牝之门，等于在青云观设下一个靶子，待会儿再破除观外头的辟邪符箓，满长安的游魂散魄都会被引过来。这树妖虽已被打回原形，阴煞之气仍在，把它搁在院中，寻常的孤魂野鬼不敢靠近，到了真正引魂的时候，省却许多麻烦。"

蔺承佑说着，重新检查一遍院中的机关，准备周详后，从怀中取出安国公早上画好的那张纸。

"待会儿止追粉上头出现脚印的话，说明有魂魄来了，你们仔细比对，只要两下里不相符，立即驱赶，若是与纸上的足印相符，想办法把安国公夫人的魂魄往井前引。"

"是。"

蔺承佑提醒他们："当心些，没有冒充的也就罢了，只要敢来冒充，必定不是善茬。机会难得，你们好好历练历练。"

"师兄放心吧。"

就在这时，经堂里传出异响，紧闭的厢房门两边洞开，从里头飞出来一根红线，笔直地射向井前。

弃智和绝圣这一惊不小，里屋这人内力之深，甚至不在师公之下。

这条红线极细，每隔几寸便悬着一个小铃铛，奇怪这铃铛明明被风吹得摆动不休，却连一丝动静都没有。

蔺承佑回手一捞，稳稳捉住那根红线："去，把它系于井前。"

弃智应了，厢房里那人紧握着红线另一头，待弃智将那根红线系在井口上方，那头忽而一收力，红线如弓弦一般掣得极紧。

经堂里香烟袅袅，隐约有诵咒声。红线上头的铃铛金声玉振，叮叮当当响了起来。

绝圣和弃智心头大震，蔺承佑纵到了井沿上，挥剑直指东墙，扬声道："程李氏，还不回来吗？"

头顶本是旭日当空，刹那间浮云蔽日，巨大的阴云笼罩半空，整个院落都陷入昏暗之中。

绝圣和弃智飞快地奔到廊下坐好，地面上铺满了轻絮般的止追粉，只要亡魂来了，势必会现形。

蔺承佑执剑站在井沿上，屏息凝神望着庭院，四周落针可闻，忽然刮起一阵阴风。

只听“吱呀”一声，院门缓缓推开了。

随后，伴随着一股若有若无的腥秽气息，地面上突然浮现出一个赤金色的脚印，脚印极小，显然不是安国公夫人的魂魄。

绝圣和弃智头皮一麻，来得这么快，这东西肯定凶力不小。

滕玉意望着头顶的日头，倏忽已是晌午，程伯依照她的吩咐去办事，到现在都不见人影。等了一会儿也无消息，她干脆起身去看望表姐，恰好杜夫人派人来寻滕玉意，说午膳好了，让滕玉意赶快过去用膳。

滕玉意到了宜兰轩，杜庭兰喝过药后又睡了。餐馔设在外间席上，杜夫人和杜绍棠都在等她，杜裕知只告了半日假，这会儿早回了国子监。

杜夫人道：“本该好好替你接风洗尘，怎料出了这样的事，仓促间做了几个菜，也不知合不合我儿的胃口。”

滕玉意高兴地趺坐下来，案几上几乎全是她爱吃的菜：“都是姨母做的？”

杜夫人笑眯眯地把牙箸递到滕玉意手里：“尝尝。”

滕玉意夹了一块玉露团：“我在扬州不惦记别的，就惦记姨母做的菜。嗯，还是那么好吃！”

杜夫人乐得合不拢嘴，亲自替滕玉意盛了一碗黍臛：“昨夜姨母担惊受怕，一晚上未合眼。你在邻屋歇着，听说也是辗转难眠，待会儿用完膳，咱娘俩各自回屋歇一歇。”

杜绍棠在对侧趺坐下来，好奇地道：“玉表姐，方才你身边的婢女问我要长安的舆图，你要出去吗？”

滕玉意道：“数年未回长安了，这次回来想到处走一走，怕车夫路不熟，所以要找舆图来看。”

杜绍棠笑道：“何必如此麻烦，我陪玉表姐出去不就行了？我如今在国子监上学，偶尔也跟同窗出去走动，长安城的街衢巷陌我早就走熟了。”

滕玉意喝了口蔗浆，状似不经意地道：“我听人说长安城最近开了家波斯酒肆，店主是波斯胡，酿得一手好酒，酒肆有个俗名，叫红霞楼还是什么云凤楼。”

杜绍棠寻思半晌：“没听说过。倒是有个彩凤楼近日在长安城声名鹊起，我同窗去过几回，回来后对彩凤楼推崇备至，不过我也只是听他们议论，未曾亲眼去见识过。”

滕玉意奇道：“为何会对那地方推崇备至？这彩凤楼有什么过人之处吗？”

杜绍棠偷瞄一眼杜夫人，遮遮掩掩道：“无非说酒食甚好……”旋即他转移话题，“玉表姐，你要找美酒的话，何必到外头酒肆？阿姐去年就给你酿了一罐桂花醑，就埋在院角的海棠树下头，说等你来了，要挖出来给你喝。”

滕玉意等不及放下牙箸，转动脑袋环顾四周：“酒在何处？”

杜夫人笑道：“你这孩子，一说到酒就眉飞色舞。酒就埋在树下，没长腿，跑不了。你给我坐好，这阵子你也累了，先别惦记着喝酒，今日好好歇一歇，明日再问兰儿不迟。”

用过膳后，滕玉意到邻室歇晌，把翡翠剑取出来对着轩窗擦拭，越擦眉头越紧。

春绒和碧螺不明就里。早上娘子和那两个小道士说话的时候她们离得甚远，只知道自从小道士走后，娘子就时不时取剑出来看。

“趁晌午无事，睡个午觉吧。”春绒说。

滕玉意慢慢躺到床上，把剑高举到眼前细细研究。

“娘子，你明日真要去那个彩凤楼吗？”

“让程伯去打听长安城还有什么道观。”滕玉意把剑塞到枕头下，“或是有什么道法高深的道士，打听着了让他尽快过来给我回话。”

她就不信了，长安城奇人异士不少，煞灵环难道就蔺承佑一个人能解？

“奴婢这就去递话。”春绒替滕玉意掖好衾被，“不过奴婢听说青云观是天下第一大道观，要在长安城中找到跟它匹敌的怕是不易。”

滕玉意暗觉这话扫兴，“哼”了一声，才要酝酿睡意，突然又睁开眼睛在枕上转动脑袋：“咦，我的布偶呢？”

绮云抱着个灰扑扑的小布偶进来：“早上被碧螺姐姐洗了，现在才晾干。娘子你闻闻，上头还有日头的香味呢。”

滕玉意接过布偶翻了个身，口里哼哼道：“当心些，要是给我弄丢了，我绝不饶你们。”

春绒和碧螺忍不住发笑，每回到休息的时候，娘子都像个孩子似的离不开夫人留下的布偶。

忽听外头有人低声说话，滕玉意忙道：“是不是程伯回来了？快去看看。”

碧螺出去一趟，拿回来一张舆图："大公子命人送来的。娘子，你明日真要去那个彩凤楼吗？"

滕玉意翻身坐起，接过舆图研究起来："咦，这酒楼原来在平康坊吗？"

那里该不会是妓馆吧？

蔺承佑带两个师弟跑到妓馆去做什么？

碧螺和春绒也凑到床边："呀，一来一回就要一个多时辰呢。娘子，不管你去不去，最迟明日晌午就得做决定，再晚动身的话，就不能在天黑前赶回杜府了。"

第六章

梦回前世

“急什么？”滕玉意闭着眼睛说，“先叫程伯打听长安城有名望的道观和道士，倘若打听下来没结果，明日一早再准备犊车也不迟。”说着她打了个哈欠，“我先睡一觉，程伯来了记得叫我。”

春绒和碧螺应了，轻手轻脚地退了出去。

滕玉意连日奔波，早已是神疲力乏，眼皮一垂，很快便睡着了。

或许是翡翠剑失去了灵力的缘故，这一觉，久违的魑魅魍魉又找了上来。

她发现自己回到了滕府。

碧窗皓月，房里幽幽燃着羊角灯，窗前条案上，静静地摊着一张信纸。

滕玉意怔怔地环顾四周，低头瞧见自己一身缟素，从这身打扮来看，正是姨母刚去世的那段时间。

看来她又梦见了前世，如此清晰，真不像在梦中。

滕玉意抬手摸了摸，脸颊上还有未干的泪痕，心口闷痛难言，分明刚哭过。

桌上的信刚起了个头：“阿爷见晤。获悉近日东宫选妃，儿亦在遴选之列，不知此事确否？”

滕玉意只扫了一眼就大惊失色，怎么不记得自己前世给父亲写过信？

自从阿娘去世，她与父亲的关系就非常不好，别说给父亲写信，她连父亲寄来的信都不怎么看。

她捡起那封信颠来倒去看了三遍，终于记起这是隆元十八年初冬的事，那时候距离自己被人害死只剩两个月，京师有传闻她是太子妃人选之一，而父亲似乎也默许了此事。

记得她当时惊怒交加，信上字字如刀。

“阿爷当年逼死了发妻，如今连女儿也要祸害吗？”

阿爷接到信后未曾回信，却立即启程赶回长安，草行露宿行得太急，进门时衣袍上沾满了尘埃。

“此事尚在未定之天，你既不愿意，阿爷想法子推托便是。”滕绍解下大氅递给身后的程伯，挥手让下人们下去。

滕玉意冷笑道：“阿爷在决定女儿的亲事前，为何从不过问女儿的意愿？”

滕绍默了默，把腰间的佩剑解下来挂到墙上：“前阵子出了段宁远的事，阿爷知道你委屈，一早就存了心思替你觅个比段宁远强上百倍的夫婿。恰逢前一阵皇后和成王妃举办赏花宴，阿爷想着这倒不失为一个挑选良婿的好机会，便自作主张替你应下了。实不相瞒，皇后就是那一回对你有了好感，所以这回遴选太子妃，才会有大臣把你加入遴选之列。”

滕玉意愣了愣，那一回竟真是阿爷安排她去相看郎君。

也就是在那赏花宴上，她见到了太子和成王世子。

太子的长相随了圣人，浓眉厚唇，天生一副亲善的面相。

成王世子……

哼，成王世子对着她的画像说：“不娶。”

此事是她毕生之耻，她瞪着父亲：“原来阿爷早就想将女儿嫁入宗室？”

“事先未与你商议，固然是阿爷的错。”滕绍淡笑着坐到窗边矮榻上，“但阿爷对太子的品行还是有数的。当年太子随军历练，正是由阿爷领兵，葱岭何等孤危之地，换作旁的王侯子弟，一两个月也就熬不住了，太子却从不怕吃苦，难得的是对老卒弱兵一视同仁……这份仁厚，简直与圣人一模一样。”

“我劝阿爷趁早死心。”滕玉意冷冰冰地道，“女儿死都不会嫁给宗室的。”

父女俩就这样闹得不欢而散，滕玉意本以为这事算彻底搁置了，谁知过了没多久，皇后突然召见她。

滕玉意心下惴惴，依照服制装扮了，到了大明宫后，在丹墀前候命。

那时已入了冬，长安迎来第一场雪。

朔风渐起，细雪翻卷着飘到廊庑下，滕玉意脚上穿着赤红鹿麂长靿靴，才站了一小会儿就觉得脚趾冰冷。

幸而皇后没让她等多久，宫人出来领她入内。

大殿生着火，清幽暖香扑面而来。暖阁里莺声燕语，有许多小辈在陪皇后说话。

“这么说，阿大哥哥同意这门亲事了？”

“怎么会？佑儿只是答应见见这位上州别驾的许娘子。听说许娘子小时候常住扬州，有一回来长安赴宴，无意中救过承佑一命，她小名就叫阿孤。承佑找了那女娃娃许多年，一时找到了，难免有些好奇。”

滕玉意脑中像琴弦被拨动，响了一下。

世上竟有这么巧的事。阿娘刚去世那段时间，她因为觉得自己孤苦伶仃，也曾自称过“阿孤”。

而且，她小时候同阿爷回长安。那阵子阿娘刚病逝，她整日郁郁寡欢，有一回阿爷不在家，管事带她去赴宴，她回来后就染了风寒，高热不退，病了足足两个月。

其间偶尔醒来，她也只记得阿爷那布满血丝的双眼，等她病好得差不多，阿爷就带她回了扬州，当时在长安的那些事，她一件都想不起来了。

不过她们说的许娘子，她倒有些印象，前阵子玉真女观的赏花宴上，她见过许娘子一次。

许娘子相貌并不出众，但因白皙纤弱，自有一股安然恬美的气质。当时蔺承佑背着弓箭从花园中路过，许娘子曾看他许久，事后许娘子有意无意打听蔺承佑的事，滕玉意因坐得近，也曾听见几句。

滕玉意正想着，宫人就报：“娘娘，滕娘子来了。”

殿里安静下来，数十道目光落到她身上。滕玉意款款而行，上前伏地稽首：“臣女滕氏，参见皇后。”

皇后的声音平和：“你们先下去，本宫跟滕娘子说说话。”

屏退众人后，皇后唤她近前：“好孩子，过来让我瞧瞧。”

滕玉意应声而起，脚下每一步都迈得小心翼翼。

皇后笑容亲切，握着滕玉意的手说：“本宫当年与你阿娘打过几次交道，你阿娘已是难得的美人，没想到你比你阿娘更出色。本宫也不绕弯子了，今日召你来，是听说你阿爷近日想替你议亲，你却说你要自己挑选郎君，还说‘我的夫君，一生只我一人，事事以我为重’？”

滕玉意背后一凉，这话是她赌气时说的，没想到传到了皇后耳朵里。看来太子要选妃之事已经迫在眉睫了，她决意回绝此事，不知会不会惹恼皇后。

不过皇后这样单刀直入，倒比虚与委蛇来得好。滕玉意只好如实道："不敢欺瞒娘娘，臣女的确说过这话，憨钝愚昧之言，让娘娘见笑了。"

皇后笑道："你阿爷也是这样回绝圣人的，答得理直气壮，朝内外早就传开了。"

原来阿爷早就替她表明态度了，滕玉意赧然地道："这话是臣女与阿爷闲聊时说的，臣女年幼浅薄，说话口无遮拦，还望娘娘莫要责怪。"

皇后道："你父女在家中闲谈，说话全凭本心，我听了只觉得有趣，怎会降罪于你？今日把你唤来，是想当面再问一回，你不许郎君纳妾，这主张不曾变过吧？"

皇后说这话的时候，音量略提高了些，滕玉意心下纳罕，殿内只有她二人，这么扬声说话，像要说给第三人听似的。

她目光稍稍移动，瞥见右侧一扇黑漆描金的六曲屏风底下，藏着一角黑色的物事，意识到那是男子的乌皮六缝靴，忙暗暗收回视线。

不知那是何人，能公然在皇后的寝宫出入，想来不是圣人便是某位皇子。

皇后半晌未等来滕玉意的回答，以为她害怕，宽慰道："你在本宫面前不必拘束，有什么话直说便是。"

滕玉意红着脸道："回娘娘的话，不曾变过。"

皇后笑得意味深长，柔声道："把你召来说了这半天话，你也该冷了，喝杯热酒暖暖身子，回去吧。"

皇后赏了滕玉意一个香囊，让宫人领她出去。

滕玉意回到府中，越想越觉得此事古怪。傍晚父亲回到府中，让程伯唤她去书房："把你今日在宫中的事细细说与阿爷听。"

滕玉意也知此事重大，便将白日的事一五一十地说了。

滕绍静静地听着，脸上喜怒不辨："阿爷且问你，如果圣人早就定下皇子不得纳娶侧妃的规矩，你仍执意不嫁宗室吗？"

滕玉意奇道："皇子怎会不纳侧妃？皇室为了传祚无绝，开朝便有一正四侧的规矩。"

滕绍道："你别忘了，圣人就是现成的例子，圣人因为亡母的不幸遭遇，曾立誓不扩充内宫。"

滕玉意一怔，难怪今日皇后的笑容那般耐人寻味，圣人就不曾纳娶过嫔妃，听说圣人是先帝的长子，因先帝侧妃夺宠被害得流落民间，后经清虚子道长抚养成人，几经波折才认祖归宗。

圣人与皇后相识于微时，两人相濡以沫，自从继承大统，圣人多年来的确只爱皇后一人。

她想起那双屏风后的靴子：“莫非那人是太子？”

滕绍暗忖，若是太子，他留在屏风后听玉意答话，究竟是皇后的意思，还是太子本人的意思？

他忖度着道：“你的名字仍在太子妃遴选名单上，要是莽撞行事，只怕得罪宫里。不过你也无须担忧，太子选妃关系到社稷根基，牵一发而动全身，名单上不止你一人。只要一日未落定，便一日不作数。阿爷会尽力周旋，过几日就会有消息了。”

滕玉意耐心等了两日，到了冬至这日，宫苑的蜡梅一夜之间全开了，皇后在宫中设宴赏梅，再次传旨令滕玉意入宫。

滕绍因为近日淮西藩镇作乱一事，频频奉命入宫。宫使来滕府传旨时，滕绍并不在府内。

滕玉意来不及给父亲送口信，带着端福仓促出了府，到那儿之后吩咐端福在宫外等着，自己在内侍的引领下进了宫。

这场雪下得极大，一夜之间，贝阙珠宫仿佛矗立在琉璃世界里，那片连绵的白一直延伸到天尽头，她转过宫墙，雪白的世界里却又盛放出大片的红，走近看，竟是大明宫外的红梅林，万树红梅齐齐在枝头摆动，升腾出一种蓬莱仙境的况味。

滕玉意随内侍穿过梅林，转过一处僻静的亭台时，忽见一群人守在树下。

“小公主、小郡主，快下来吧，万一有个闪失，奴婢们只能以死谢罪了。”

“阿大哥哥刚才在树上喝酒时，怎么不见你们聒噪？”

“世子能飞檐走壁，区区一株梅树对他来说算得了什么？奴婢们不担心世子摔着自己，自然无须聒噪。”

啪，树梢上忽然飞下一颗硕大的李子，恰好砸中那名宫人。

宫人“哎哟”一声，捂住额头弯下了腰。

“我不会轻功，但我会暗器。你要再啰唆，我就给你脑袋上砸出十个八个鼓包。”

另一名女孩道：“阿芝，你现在力气大得很，阿大哥哥拆穿那个许娘子时，怎么不见你用李子砸她？”

那个叫阿芝的道：“有哥哥在，轮得到我出手吗？”

“也对哟。”另一名女孩年龄似乎稍大些，“我以为这回阿大哥哥终于肯议亲了呢，没想到这个阿孤是假冒的。”

“哥哥说啦，报恩是报恩，议亲是议亲，他才不会因为报恩就莫名其妙娶个女子。不过哥哥也没想到，居然有人敢冒充当年那个阿孤。”

“他怎么知道那人不是阿孤的？”

“我也想知道。”阿芝悻悻然地道，“但哥哥不肯告诉我。”

宫人重重咳嗽一声，硬着头皮近前：“奴婢见过昌宜公主、静德郡主。”

树梢簌簌轻响，顶上的人往底下瞧了瞧：“咦，刘公公，她是谁？也是来赴宴的吗？”

宫人躬身道：“这位是滕将军的女儿，奉了皇后娘娘的旨意，正要去大明宫参见。”

滕玉意往上看，梅树枝叶扶疏，看不见树上人的脸，倒是能看见垂落下来的瑰丽工巧的裙带。

她在树下屈膝：“臣女滕玉意给两位殿下请安。”

“你从何处来？为何之前从未见过你？”

滕玉意仰头答道：“我此前住在扬州，回长安不到一年，以往甚少来宫中走动，殿下未见过我也不奇怪。”

阿芝听到“扬州”二字，反应似乎很奇怪：“呀，最近怎么一下子冒出这么多扬州来的小娘子？别告诉我你的小名也叫阿孤。”

滕玉意心道，叫过一段时间阿孤没错，不过那是她自封的，印象中没对外人提起过，就她自己知道。

“回殿下的话，我小名叫阿玉，打从生下来爷娘便这么叫我了。”

昌宜公主似乎松了口气：“好嘛，不叫阿孤，你很聪明，也很识趣，我要好好认识你，你往边上让一让，我要下去了。”

阿芝也忙道：“等等我，我也下去。”

窸窸窣窣又是一阵响动，树下的宫人们奔走着变动位置，一下子乱了套。

滕玉意闪身躲得远远的，宫人们惊呼一声，率先跳下来了一个。

滕玉意瞧过去，那少女十一二岁，笑眯眯的很和善，眼睛又大又圆，相貌极标致。

过了片刻另一个也下来了，这人像是有些武功底子，落到地上只趔趄了一下，很快就站稳了。这个年龄更小，身量也矮胖些，一双眼睛水汪汪的，满脸的娇憨与天真。

两名少女一色的玉钗碧翠，一举一动贵不可言。

大一点儿的少女走近端详滕玉意："不错不错，虽然都是从扬州来的，但你比那个冒充阿孤的许娘子顺眼多了。"

滕玉意听她说话，便知她就是昌宜公主了。

另一个料是蔺承佑的嫡亲妹妹，虽说小小年纪，但清肤玉容，一看就知是个美人坯子，眉眼与她阿兄蔺承佑有些相似之处，也是未语先笑，模样好不招人。

"两位殿下方才在树上找鹊窝吗？"

昌宜公主眼睛微微睁大："你怎么知道我们在找鹊窝？这些蠢婢子只当我们在摘花，就你一个人猜到我们在找鹊窝。"

阿芝年纪尚幼，歪着脑袋问："是呀，是呀，你是怎么知道的？"

滕玉意心里笑了笑，摘花有什么意思？她小时候觉得寂寞时，经常爬到树上找鹊窝，把吃剩的饼扔进去，逗得那些雏鸟叽叽喳喳的。

"宫里的梅林久负盛名，两位殿下想赏梅，自有宫人剪了送到寝宫里，天寒地冻的，不值当专门爬到树上去。树上除了梅花，也就只剩鸟窝了。"

昌宜想了想："咦，好像有点儿道理。看你文文静静的，居然连这个也懂。哦，我知道了，你以前一定没少掏鸟窝。"

滕玉意尚未答话，忽然有人笑道："昌宜，你当人人都像你这么顽皮吗？"

滕玉意扭头一看，那头一名年轻男子大步走来，这人戴金冠，着衮冕，身量伟岸，腰间悬着玉制鱼袋。

滕玉意认出那人是太子，赶忙避到一边。

宫人们吓了一跳，慌乱下跪倒一地："太子殿下。"

太子脸有些方正，五官却甚英挺，他温声道："都起来吧。"

阿芝和昌宜按捺不住朝太子跑去："太子哥哥。"

"天这么冷，不回寝宫待着，在林子里做什么呢？"

"我同阿芝在树上找鹊窝，结果这个阿玉来了。我看她识趣，想跟她交朋友。"昌宜说着，回身一指滕玉意。

滕玉意感觉两道目光朝自己扫过来，把头又压低了一些。

太子静静打量一番滕玉意，问阿芝和昌宜："你们都聊了什么？"

阿芝道："阿玉说她虽然从扬州来，但不叫阿孤，而且她一开口就猜到我们在找鹊窝。"

太子转而问滕玉意："你是扬州人？"

滕玉意左右一顾，意识到太子在跟她说话，忙道：“回殿下的话，臣女虽在扬州住得久，但爷娘都是关陇人。”

太子笑了笑：“你阿爷可是滕绍？”

滕玉意道：“正是。”

“当年我随军出征，就是在滕将军麾下历练，怪不得我一看你就觉得你眼熟，你同你阿爷长得有点儿像。”

昌宜好奇地道：“阿兄，你也要同阿玉聊天吗？”

太子咳了一声：“手这么凉，在树上窝了多久了？你们怎么伺候的？公主连手炉都不曾带？”

宫人们急急忙忙送上暖炉。

太子道：“你们俩在这儿胡闹，害得下人们也跟着担惊受怕。阿娘派人找你们，你们两个躲在树上不吭声，下回再这样淘气，别指望我替你们遮掩。走吧，再待下去该着凉了，正好我要去给阿娘请安，顺便送你们回宫。”

阿芝问：“太子哥哥，你看到我阿大哥哥了吗？”

太子耐心地道：“他在外头跟人射箭取乐，这样的日子他正嫌拘得慌，哪儿肯到内苑来？”

三人边说边走，一众内侍也浩浩荡荡地跟在后头。

昌宜走了两步，松开太子的手，跑到滕玉意跟前道：“你多大了？”

“回殿下的话，臣女十五岁了。”

昌宜掰着指头数了数：“比我大四岁，比阿芝大五岁，我们这便算认识了，往后我就叫你阿玉吧。”

随即她压低嗓音，眼睛亮晶晶的：“我知道你掏过鹊窝，下回就看你的了。”

滕玉意眨眨眼：“我许久未掏过了，手早就生了，况且北地与南地不同，若是未找到，殿下不许怪我。”

昌宜愣了愣，“咯咯”笑道：“你别叫我殿下，叫我昌宜吧。”

阿芝兴冲冲地跑过来：“你们在说什么悄悄话？阿玉，筵席散后我们会找你玩的，你别乱走哟。”

两人回到太子身边，一行人又往前走去。

太子扭头看了滕玉意一眼，忽而停下脚步，用温和的口吻道：“难得昌宜和阿芝都喜欢你，往后可常到宫里走动走动。”

滕玉意应是，低头时目光扫到太子脚上，心里“咯噔”一下，蓦然想起那日皇后寝宫里的屏风后，那人也是穿着这样的乌皮六缝靴。

因是冬至大朝会，这回与上回单独召见不同，满朝的命妇都来了。

皇后把滕玉意叫到跟前问了几句话，当众赏她两枚香料。

那香料白莹如茧，幽幽异香沁人心脾。

殿内诸人都有些讶异，滕玉意也愣住了，扬州是通邑大都，她在扬州待了这些年，见过不少胡人从殊方异域带来的异香，眼前这两枚香料的品相，堪称举世无双。

皇后道："这是羯婆罗香，人称'百药之冠'，上年婆利国上供的，宫里只有八枚。听说你回长安后染了咳疾，应是水土不服所致，此香有驱寒御湿之效，没准能对你的病症。"

滕玉意惶恐地道："此香实非凡物，娘娘正该用此香保重凤体。臣女德薄能鲜，万万不敢受。"

皇后笑道："本宫赏你你就收下，万物讲究缘法，送礼也是一样。宫里这些孩子都不爱用香，给他们也是糟践。你拿回去若是合用，回来告诉本宫一声。"

滕玉意只得叩头谢恩，皇后又拿出几匹绢，笑眯眯地赏给跟滕玉意同来的勋贵之女。

滕玉意左边坐着侍中邓致尧的孙女，右边则是御史中丞武如筠的次女，兴许是皇后当众赏她羯婆罗香的缘故，用膳的时候，她总能感觉到四面八方投来的视线。

筵席散后滕玉意沿原路出宫，始终未见阿芝郡主和昌宜公主来找她，想来还是小孩心性，自己说过的话扭头就忘了。

回府后，滕玉意把香料搁到桌上，耐着性子等父亲回府。

滕绍直到后半夜才回来，一来就令程伯叫滕玉意去前院。

滕玉意到书房的时候，滕绍轻袍缓带，正趺坐在榻上擦拭着自己的那把刀。

她端着香料进去，父亲每回出征前都会擦拭自己的铠甲和宝刀，看样子又要领兵离开长安了。

"皇后今日赏了我两枚羯婆罗香。"滕玉意把托盘搁到条案上，淡淡地道。

滕绍把刀收回刀鞘："皇后今日还召了邓致尧的孙女和武如筠的次女进宫，赏她们的又是什么？"

"各人都是八匹绢。"

滕绍默了默："那两人也是太子妃遴选名单上之人，皇后召了你们三人进宫，却只赐了你一人羯婆罗香。阿玉，你可知道这意味着什么？”

滕玉意冷笑：“阿爷答应过我，亲事由我自己做主。”

滕绍心中沸乱，起身来回踱步：“阿玉，此事牵连甚广，阿爷与你细说说，你听完就知道皇后为何有此举了。”

他眉头拧成一团，缓缓说道：“你该知道各地藩镇作乱已久，圣人即位后宵旰图治，一心要削藩振朝，先扫除了剑南道的柳成，后又镇压了在黔中道作乱的魏文茂，然而淮西道、山东道拒不将兵力交归朝廷，这几年背地里大量屯兵，已然成了朝廷的心腹之患。”

滕玉意道：“女儿早有耳闻，可这跟今日之事有什么关系？”

滕绍长叹一口气：“上个月淮西道的节度使彭震发兵侵扰邻境，有人密奏到朝廷。圣人听了雷霆震怒，当即下旨讨伐淮西道，但朝中有大臣反对，说这些年朝廷东荡西除，早已师老兵疲，削藩之事不宜急进，劝圣人以招安为主。

“另一派则主张继续削藩。”

滕玉意会意：“阿爷自是主张继续削藩了。”

滕绍点点头：“彭震狼子野心，隐有盘踞中原之势，淮西道与河北、山东两道互相勾连，早晚会作乱一方。用兵要趁早，否则定会养痈成患。

“如今朝中两派各执一词，整日哓哓不休，圣人急召我回长安，我回道：‘如果能一举击溃彭震的叛军，河北、山东两道自会望风而靡，此举有百利而无一害，望圣人早日用兵。’

“圣人听了大悦，令我主持讨伐淮西道一事，可朝中几位老臣横加阻挠，最激烈的当数中书侍郎邓致尧和御史中丞武如筠。”

滕玉意恍然大悟：“邓致尧的孙女和武如筠的女儿，也在太子妃遴选名册上，皇后当着她们的面单独赏我羯婆罗香，大约有圣人的意思在里头。”

滕绍道：“圣人此举，旨在借皇后之手震慑两位老臣。一来表明态度，削藩之举势在必行；二来也是敲打二人，若再横加阻遏，会另择大臣之女做太子妃。”

滕玉意面色发黑：“倘或这两名老臣仍不肯改主意，圣人岂不是就会定下我为太子妃了？”

滕绍嘲讽地笑了笑：“或许他们已经改主意了，刚才阿爷回府的时候，邓致尧和武如筠正要递文牒进宫，圣人自称要休息，未放二人入宫。我猜明日早朝的时候，邓、武二人就会委婉地改变说辞。圣人怕夜长梦多，只待这几位老臣松口，立即会派阿爷率兵前去讨伐。”

滕玉意扫一眼父亲搁在条案上的宝刀，提前擦拭兵甲，是因为知道马上会出征吗？

滕绍看向女儿："玉儿，假如明日几位老臣不再反对出兵，圣人为了安抚臣心，会将邓、武二女保留在名册上。"

滕玉意缓缓颔首："阿爷说了这么多，是劝我不必过于忧虑，因为君臣之间正在暗中角力，圣人既要制约几位老臣，就不会在这个时候贸然指定谁是太子妃？"

滕绍目露赞许："正是如此。打从你跟阿爷说不想嫁入宗室，阿爷便上奏回绝此事，但阿爷历来是朝中最支持削藩的那一派，如果圣人这时候下旨将你从名册上剔除，定会招来两派的猜忌。

"因此圣人不但没答应阿爷，还命皇后着意抬举你，背地里却告诉阿爷：孩子们的亲事由他们自己做主，等淮西道的战事平定了，若你还不肯嫁给太子，他再找个体面的理由让你退出遴选。"

滕玉意暗忖，圣人这样安排，远比自己想象中要睿智开明。只是这样一来，一切都要等到淮西道的战事平定之后了。

滕绍又道："另有一事需让你知道，太子也极力主张削藩，皇后赏你羯婆罗香虽是圣人的意思，但太子至少是知道和默许的。"

滕玉意面色微变。

滕绍抬手往下压了压："邓、武二人早在名册上，临时把你加上去，与太子本人脱不了干系。上回的玉真女观赏花宴，太子应该是第一回见你，不过他素来稳重，就算目前对你有些好感，也会好好考量之后再做决定。你放心，太子是难得的仁人君子，不会强迫，更不会使阴私手段，你只需装作毫不知情，万事等阿爷从淮西道回来再说。"

滕玉意忍不住道："阿爷这次出征，大约要多久回长安？"

"最短三月，最长半年。你安心在家里养病，此次平定淮西，天下兵权尽数归于朝廷，阿爷便告病在家，专心替你张罗亲事。"

滕玉意心中猛地一跳，她因为母亲枉死之事深恨父亲，这些年跟父亲说过的话加起来都没有今晚多，本以为父亲这一生都会戎马倥偬，今晚他竟然主动说出要告病回家的话。

滕绍回身从阁架上取下一物，眉宇间是深深的疲惫，灯影照亮他鬓边的白发，一刹那就见老了。

"叛首彭震的父亲彭思顺当年曾是朝中股肱之臣，彭思顺死后，京畿两道仍有不少彭家的旧部，这回朝中多名大臣反对讨伐淮西道，估计与长安彭家的党羽甚众有关。可惜军情紧急，来不及一一排查奸伏。”

滕绍一面说，一面慢慢揭开覆在那东西上的妆花锦，等那东西完全暴露在灯影下，滕玉意心中一刺。

那是一把琴，漆光油润，琴首上镶嵌着螺钿，处处精巧瑰丽，让人爱不释手。

这是母亲的陪嫁之物。母亲出身于太原王氏，年少时便精于此道，父亲常年征战，母亲常会借着抚琴纾解相思之苦。

滕绍将手指轻轻按在琴弦上：“自从你阿娘走后，阿爷已经许久没听人抚过琴了，今晚阿爷有些乏累，你给阿爷奏一曲如何？”

滕玉意淡淡地道：“我不会抚琴。”

滕绍苦笑：“我听程伯说，这些年你苦练琴法，技巧上有不少你阿娘的影子。你阿娘是抚琴高手，你能练到这地步，应该下了不少功夫。”

滕玉意心中冷笑，她并不好此道，只是担心这世间再也找不到关于母亲的痕迹，凡是跟母亲有关的东西，她都会千方百计保留下来。

唯独这把琴例外。

这琴曾落到父亲那个叫邬莹莹的表妹手中。

事后她因为嫌弃这把琴被邬莹莹摆弄过，再也不肯碰了，万万没想到，父亲竟把它收在了书房里。

滕绍自顾自拨弄琴弦，声音从他指尖溢出来，技巧并不娴熟，但能听出是胡人名乐《苏幕遮》。

滕玉意越听脸色越难看，就在母亲去世前不久，她曾无意中撞见邬莹莹与父亲在书房私会。彼时吐蕃再次进犯，河陇一带告急，父亲正要率军出征。

邬莹莹以此曲相赠，颇有依依送别之意。

滕玉意记得自己闯入时，邬莹莹满脸是泪。

而她的好父亲，正默然站在案前看着邬莹莹抚琴。

曲子幽咽凄恻，两人好像都有些痴了，不知过了多久，滕绍转头看到滕玉意，脸上隐约闪过一丝惊惶。

滕玉意当时才五岁，但也看出来两个人不对劲。这个邬莹莹是父亲的表妹，半年前被父亲带回家中。父亲对母亲说，表妹父母去世，如今孤苦无依，表妹已许了人家，但离出嫁之日还有半年，这半年需寄居在家中。

母亲事事以父亲为重，自然满口应许，当即命人拾掇出一座幽静的院落，好好安置邬莹莹。

起初母亲常跟邬莹莹走动，邬莹莹活泼机灵，编出来许多小玩意儿哄年幼的滕玉意，因为擅长拉拢人心，连府中下人也对邬莹莹颇有好感。

过了没多久，母亲不知何故开始疏远邬莹莹，有时滕玉意想去找邬莹莹玩，也会被母亲拦住。

正是从那时起，母亲身体开始抱恙。

再后来滕玉意就在书房撞见了那一幕，她未将此事告诉母亲，可母亲终究还是知道了，母亲当时已经怀了身孕，气急攻心未能保住胎儿，身体彻底垮了。

回忆到此处，她猛地抬起头来，耳畔琴音不绝，父亲沉浸在回忆中，滕玉意忍无可忍，快步穿过房间，霍然推开门。

滕绍按住琴弦，低喝道："阿玉！"

滕玉意停下脚步，厉声道："阿爷口口声声怀念母亲，却连母亲在世时从不奏胡曲都不知道！这首《苏幕遮》只有一个人弹过，阿爷用母亲的遗物弹奏此曲，究竟在凌辱谁？"

滕绍仿佛被人扼住了喉咙。

滕玉意眼睛赤红："阿爷不必用这样的法子提醒我，这把琴我永不会碰，这曲子我每听一回就想作呕！我永不会忘记阿娘是怎么死的，那女人如今在南诏国过得好好的，阿娘却已成了一堆白骨，而这一切全拜阿爷所赐！"

滕绍面色铁青，断喝一声："够了！"

滕玉意的泪水在眼眶里打转，母亲去世那晚，下人们忙着装殓，年幼的她不知发生了何事，自顾自爬到棺中，张开胳膊对母亲说："阿娘，求你再抱抱我。"

可不论她怎么哭闹，阿娘都不肯理她，她手足无措，在棺中抱着阿娘哭了起来。

从那日起，再没人每晚哄她入睡，再没人抱着她在花下唱儿歌。没人笑着替她梳发，没人手把手教她写字了。

阿娘下葬后，无数个漆黑的夜晚，她周围冷寂一片，陪伴她的只有母亲留下的那个布偶。

她想起母亲那双笑意弯弯的眼睛，对父亲的恨意怎么都压不住。

滕绍撑着条案起了身，刚一迈步，身子就晃了晃。

"阿爷是个粗人，不懂乐理，不懂对仗，没替你阿娘画过一次眉，没陪你阿娘摘过一次花。那时候吐蕃和南诏国进犯剑南道，正是军情最险急之时，阿爷每回出征回来，陪不了你阿娘多久就得走，所以阿爷连你阿娘爱弹什么曲子都不知道。"

他垂着头轻抚琴身，眼神异常温柔："但是阿爷知道，你阿娘爱抚琴、爱作诗。茶道刚兴起时，你阿娘是两京第一个熟习此道的。每回长安有人出新诗，你阿娘都过目成诵。国子监那些刁钻的算学，她算得比谁都快。这世间的事，就没有她学不会的。"

他嘴唇颤抖起来："她有许多爱好，阿爷都不甚了了，但阿爷还是要说，你阿娘在的时候，是阿爷这一生最快活的岁月。阿爷最庆幸的事，就是娶了你阿娘。"

滕玉意含泪看向滕绍："既然如此，为何会有邬莹莹？"

滕绍咬了咬牙："阿爷早跟你说过，阿爷当年是受人所托照拂邬莹莹。阿爷这一生亏欠你阿娘多矣，但从不曾背叛过你阿娘！"

滕玉意死死盯着父亲，一时间觉得讽刺莫名，父亲想不起阿娘弹过的曲子，刚才信手一弹，却是邬莹莹弹过的《苏幕遮》。

或许父亲自己都不知道，他曾在某个阶段对邬莹莹动过心，而这对于深爱父亲的母亲来说，无疑比死还难过。

她恨恨地道："阿爷敢说一句阿娘患病与邬莹莹无关吗？你把她带到家里，可曾想过引狼入室？那时候阿娘性命垂危，你留下医官给阿娘看病，自己却专程送那个邬莹莹去渡口，你可知道，是你亲手将阿娘逼上了绝路！"

滕绍目光刹那间变得极其严厉，看了滕玉意半晌，又颓然倒回去，他眼神里藏着无尽的凄楚和痛苦，哑声道："阿玉，你阿娘的死就像阿爷心中的一根刺，自她走后，阿爷没有一天不活在煎熬中。阿爷自认亏欠你阿娘，愿意承受这一切，可你不一样，你阿娘已经走了那么多年了，你心里压着这么多事，何时才肯彻底放下？"

滕玉意失望到了极点，哽咽道："好啊，把我的阿娘还给我就行了！"

她迈过门槛，头也不回，漫天的飞雪兜头扫过来，一瞬间眯了眼，面上湿湿的，分不清是泪还是雪，她推开下人们递过来的手炉和斗篷，冒雪往外走去。

翌日滕玉意起来时，滕绍已不在府中了。

程伯过来传话，说早朝时圣人任命滕绍为兵马大元帅，不日便要率军前去讨伐淮西道。

"老爷这会儿应该已经去了军营，最迟这两日就要离开长安了。"

滕玉意在案前临着一本《南华经》，淡淡地说："知道了。"

程伯又道："老爷走前嘱咐，这阵子娘子出门一定要带上端福，如要出城，务必提前通知老奴，以便老奴早做安排。"

滕玉意笔下一顿，昨夜阿爷说，这回朝廷平叛之举进行得艰难，或许与京畿暗中潜伏着大量叛臣的党羽有关。

此前就有朝臣夜晚外出游乐时遭伏击的例子，阿爷这是担心那些贼子会向朝臣的家眷下手？如果他们真敢如此，未免也太明目张胆了。

但此仗至关重要，能让平叛之师晚一日出征，淮西道的叛军就能为己方多争得一分筹算，阿爷的担忧并非全无道理。

她转头看窗外，雪后初晴，天光浅淡。

“马上要腊八了，我今日要去杜府给姨父送些节礼，你令人早做准备吧。”

程伯应了，自行去安排。不一会儿他又匆匆回转：“娘子，宫里来人了，皇后有懿旨。”

滕玉意忙换了衣裳到中堂接旨，果然有位宦官在那儿候着。

宦官道：“近来天气寒冷，睢阳等地粮运受阻，圣人天高听卑，连夜着使臣前往睢阳赈灾济贫，皇后坤厚载物，自愿斋戒一月为民祈福。杂家今日来，是奉皇后口谕邀滕娘子前往大隐寺礼佛。明日辰时皇后娘娘便会出宫，滕娘子还请早做准备。”

滕玉意俯身道：“遵旨。”

宦官清清嗓子，笑道：“此外昌宜公主也有话让杂家带给滕娘子：‘那日梅林跟你打交道，我和阿芝都觉得你有趣，这次去大隐寺斋戒礼佛，你也要早点儿来哟。’”

宦官嗓门尖细，这样微笑着复述昌宜公主的话，神态和语气都惟妙惟肖。滕玉意低头听着，简直有种昌宜公主就站在跟前的错觉。

滕玉意笑了笑：“臣女遵谕。”

宦官走后，程伯快马加鞭去给滕绍递信。滕玉意则留在府内收拾行囊，另派人送节礼去杜府。

大隐寺位于辅兴坊，建寺百年余，历来是皇家佛寺，听说圣人尚未认祖归宗时受过住持缘觉和尚的大恩，今上即位后，大隐寺益发香火鼎盛了。

次日滕玉意随凤驾前往大隐寺，除了朝中几位重臣的家眷，皇后还邀了几位力主平叛削藩的外地要员的妻女。

滕玉意被安置在东翼的玄圃阁，几位王公大臣之女与她共一个寝处。

因要静心礼佛，各府的仆从不得入寺，端福自然被拦在外头。

滕玉意只带了丫鬟中最沉稳的春绒和碧螺入寺，幸而行装不多，打点起来也容易。

主仆正忙着收拾，外头廊道里有人道：“寺里嘉木成林，鸟儿肯定也多，估计随便哪棵树上都有鸟窝，哪用得着大费周章？你专门派人帮你找鸟窝，当心惊动婶娘。”

这声音稚气未脱，正是昌宜公主。

阿芝道：“可是树那么高，雪那么大，单凭我们两个，怎么爬得上去嘛。阿姐，你快想办法吧，天气那么冷，鸟儿说不定马上要被冻死在窝里了，我们得早些把它们弄进屋才行。”

另几名贵女听到动静，早从房里出来：“见过昌宜公主，见过静德郡主。”

阿芝兴致勃勃地道：“你们要不要跟我们一起找？”

昌宜公主忙捂住她的嘴，冲那几人颔首：“我们找滕娘子有点儿事，不知她住在何处？”

话音未落，里头的门打开了，滕玉意带着春绒和碧螺出来了。

阿芝和昌宜眼睛一亮：“哎，你总算露面了，我们正要找你。”

滕玉意笑眯眯地行礼道：“不知两位殿下找臣女何事？”

昌宜拉着阿芝的手踏入房中：“进屋再说。”

房中行囊刚收拾了一半，床上、榻上摆放了许多衣物，好在不乱。

昌宜和阿芝在房中转了转，回头看着滕玉意道：“你该不会忘了上回答应我们的事吧？”

滕玉意道：“如果两位殿下说的是找鸟窝，这回怕是不成了。”

阿芝有些急：“为何不成了？”

滕玉意一指窗外：“晌午又开始下雪了，外头雪虐风饕的，连树梢都看不清，这时候跑出去，不但找不到鸟窝，说不定还会摔个半死，不如等天气晴好了再找。”

昌宜道：“可是等天气好了，那些鸟儿都被冻死了。”

滕玉意奇道：“昌宜公主，谁告诉你鸟儿会被冻死的？”

昌宜道：“阿大哥哥说的。”

阿大哥哥自然指的是蔺承佑了。

滕玉意问：“世子殿下怎么说的？”

阿芝圆乎乎的脸急得有些发红，她一个劲地跌足叹气：“瞧瞧吧，阿姐，我就说她们不知道。”

滕玉意道：“哎，到底怎么回事？臣女愿闻其详。”

昌宜说：“有一回我和阿芝到郑仆射家玩，路过一棵大树的时候，看见阿大哥哥在树上找什么，原以为他丢了东西，可他说他在找鸟窝。我们问他为何要找这东西，他说入冬了，鸟儿待在巢中会被冻死，他帮鸟儿挪个窝，也算是做好事了。前儿日长安下雪，天气越发冷了，我和阿芝就开始担心宫里的鸟儿了。”

滕玉意无语地看着二人，这位成王世子本事真不小，随口胡诌的几句话，竟让两个妹妹深信不疑。

她微笑着道：“鸟儿不会被冻死的。”

阿芝摇着脑袋道：“我不信，哥哥从不骗我。阿玉你别因为想偷懒，就拿话来哄人。”

滕玉意道：“臣女怎敢欺瞒殿下？殿下且想想，鸟儿为了御寒，要么秋季南飞，要么提前筑巢，一代又一代，都是这么繁衍的，倘若每过一个冬天就会被冻死，世间的鸟儿岂不是早就绝迹了？”

昌宜起了疑心：“是呀，阿芝，以往也没人专门把鸟儿挪进屋子里，但只要一开春，鸟儿就叽叽喳喳冒出来了。”

阿芝思忖一番后，把嘴高高噘起来：“可恶！为什么骗我们？”

昌宜想了想道：“阿大哥哥自从到了大理寺，每日混迹在市井里，那日他明明称醉要离开，却又跑到树上去。呀，你说阿大哥哥是不是在查什么案子？”

她说着说着兴奋起来，眼睛亮若晨星。

滕玉意咳了一声，查案查到郑仆射家中？他如此行事，委实太打眼。可若不是查案，他为何要拿话引开自己的两个妹妹？

阿芝还在生气：“反正待会儿太子哥哥和哥哥也会来寺里，等哥哥来了，我一定要罚他多给我们讲几个故事，或者陪我们玩也行。”

昌宜学大人的样子叹息：“前年阿大哥哥参军一年，回来讲了好多故事，平日捉妖除魔，也常有趣事跟我们说，但他到了大理寺之后，反倒什么都不肯说了。他最近那么忙，未必肯理我们。”

阿芝肩膀耷拉下来：“阿姐，现在不能找鸟窝了，我们玩些什么才好？”

昌宜让滕玉意出主意，转身的时候目光扫过床榻，诧异地道：“那是何物？”

滕玉意顺着看过去，那东西静静躺在她的一堆贴身衣物旁，正是阿娘当年留给她的布偶。

阿芝也觉得奇怪，滕玉意的衣饰莫不矜贵整洁，那布偶却黯淡发白，像是曾被人反复抚摸和洗晒，破旧得不成样子了。

两人走过去，这布偶跟坊间常见的娃娃不一样，居然是一个妇人抱着一个小女孩，两人的胳膊用线缝在一起，做成了相依相偎的姿态，从神态上来看，应是一对母女。

阿芝好奇地道：“阿玉你都这么大了，不过出门小住几天，还不忘带布偶吗？”

昌宜小心翼翼地抚摸布偶的头：“这布偶这么旧了，为何不换个新的？”

滕玉意不着痕迹地挪开布偶，笑道：“小时候便有它了，伴我多年舍不得扔。我这有扬州匠人做的一套木制小人，机栝灵活，还可以换衣裳，虽比不得宫里的东西，但也笨拙可爱，两位殿下要看吗？”

两人互相望望：“好，你拿出来瞧瞧吧。”

滕玉意便将布偶妥当地收起来，另取出那套小人陪她们玩。

三人趺坐下来，滕玉意把十来个小人一一摆上，拿起一把羽毛扇扬臂一指，装模作样道：“我做诸葛，你做曹操，把船摆上，我来借粮。”

昌宜抓住一个绿衣小人：“我不要做大胡子枭雄，我要做大美人貂蝉！阿芝，你当吕布吧。”

阿芝摇头晃脑：“我才不要当吕布，我也不要当诸葛和曹操，他们都无趣得紧，我要做顾曲周郎。”

她们玩得兴起的时候，外头忽然道：“你是何人？在这儿做什么？”

那是个年轻男子的声音，阿芝和昌宜愣了愣，欢呼道：“阿大哥哥来了！”

两人一溜烟出了屋，内侍们也匆忙跟了上去。

滕玉意推开窗屉的一条缝，看见庭中众内侍簇拥着两名男子，左边那人面熟得很，正是前不久才见过的太子。

右边那人身形高大，模样俊美得出奇，奇怪这人只穿着七品官员的绿袍，身旁却跟了一堆内侍。

阿芝和昌宜朝那人奔去：“太子哥哥！阿大哥哥，你刚从大理寺来吗？”

滕玉意有些诧异，差点儿没认出那人是蔺承佑。

蔺承佑摸摸阿芝和昌宜的头，转而又问面前那名婢女：“你哑巴了？鬼鬼祟祟要做什么？”

婢女低头道：“回世子的话，婢子奉我家娘子之命来找滕将军家的小娘子，听说昌宜公主和静德郡主在滕娘子屋内，婢子不敢擅闯，只好在此徘徊，不小心惊扰了太子和世子殿下，只求殿下轻罚。”

太子一贯温和沉静：“你家娘子是谁？”

“苏州刺史李光远之女。我家娘子以前在扬州住时，曾与滕娘子交好，得知滕娘子就在邻院，娘子让婢子给滕娘子送些素点。”

这话倒不假，婢子手中的确捧着一个银平漆钿托盘。

滕玉意皱了皱眉，以往从未见过这人。

不过李光远之女她倒有些印象，李光远早年是阿爷手下一名副将，她还在扬州的时候，李光远的夫人曾带着女儿到府里来做客。

李小娘子闺名叫李淮固，取“淮扬永固”之意。她与李淮固小时候在一处玩过好几回，但也谈不上交好。

蔺承佑嘴边逸出一抹玩世不恭的笑：“扬州的？”

婢女脸上隐约泛起红霞，答得却镇定：“籍贯是扬州没错，但娘子只随老爷在扬州任上住过三年。”

阿芝重重哼了一声，蔺承佑扭头看她，语带调侃：“你笑什么？”

阿芝竖起两根手指：“两个了。”

蔺承佑并不追问“两个”是指什么，讥笑道：“要不你替哥哥问一问，她家娘子的小名叫什么？”

他跟阿芝说话的时候声音较轻，少了凌厉之气，多了分温和和耐心。

那婢子的脸更红了。

阿芝嘟着嘴：“我哥都开口问了，你就说说吧。”

婢女道：“老爷未专门给娘子取过小名，因娘子在家中排行第三，自小便叫三娘。”

蔺承佑哼笑一声，不再理会那婢子：“太子一来就找你们，我以为你们去哪儿了，玩够没？先去给婶娘请安吧。”

太子看着昌宜：“大哥替你把阿大押来了，你总吵着要阿大给你讲故事，今日可以让他给你讲个够了。”

昌宜生气地道：“我还没消气呢，阿大哥哥，你为什么骗我们？！”

蔺承佑笑道：“冤枉，阿兄何时骗过人？”

“还说没有，上回那个鸟窝的事你就把我们骗得好惨。”

“什么鸟窝？哪有的事？”

阿芝嘴嘟得高高的：“阿兄，你还想抵赖！”

太子往屋内瞧了瞧，似有踟蹰之意，然而滕玉意的屋子里安静如初，无人出来露上一面，他只好对那婢女道：“不必跪了，你起来吧。”

一行人正要离开，那婢子跪久了有些腿麻，起身时身子一歪，腰间“啪嗒”掉下来一样物件，那东西滚圆银亮，径直滚到阿芝脚下。

婢子面露惶恐，忙要过来捡，昌宜早令内侍捡了起来，原来是个银丝香囊。

“阿固。”昌宜歪头辨认那上头的字。

蔺承佑脚步一顿，闻声看过去。

“这是什么？”阿芝好奇地凑到昌宜身边，“奇怪，怎会有人叫阿固？”

婢子慌忙跪下道：“回殿下的话，这是我家三娘之物。因为娘子闺名中带了一个‘固’字，所以随身小件上都刻了‘阿固’二字。”

阿芝要把银丝香囊递给蔺承佑。蔺承佑并不肯接：“你不是说你家娘子的小名叫三娘吗？怎么又叫阿固了？”

婢女忙道：“三娘是娘子的小名，淮固是娘子的大名。娘子出生时，老爷正奉旨保护淮扬两道的粮运，为求好寓意，故而给娘子取名叫李淮固。”

“淮固，淮扬永固……阿固。”蔺承佑神色古怪起来，“你家娘子小时可曾来过长安？”

婢女低头道：“的确来过长安几回。”

“隆元八年你们也在此？”

滕玉意暗忖，莫非李淮固就是小时候救过蔺承佑的那个女娃娃？

隆元八年正是阿娘去世的那一年，她和阿爷扶柩回长安，路上舟车劳顿，她因为思念母亲啼哭不休，来后没多久就患了怪病。

她听姨母说，有一回高热到惊厥，若不是请了宫里的奉御施针开药，险些救不回来。

“这……”婢女摇头，“婢子记不清了，这得问问娘子和夫人。”

蔺承佑看着那个婢子，太子正要开腔，院门口有内侍过来道：“太子殿下、世子殿下，皇后请你们过去。”

他们走后没多久，皇后又令人请诸女前去云会堂斋戒抄经。

自皇后以下，各人均须抄够十卷经，而且寺中三日所有人一律不沾荤腥。

晚间用过斋饭，滕玉意捧着皇后赐的经卷出来，各处皆是内侍，绕过曲折游廊时，周围忽然安静下来。

滕玉意心知现在大隐寺宛如金城汤池，里里外外都有侍卫，但寺庙幽静，免不了让人犯怵，她快步穿过廊道，拐角处忽然走来一人。

滕玉意手中经卷险些掉到地上，那人虚扶了一把，旋即松开手：“滕娘子。”

滕玉意稳住心神，屈膝行礼：“太子殿下。”

太子坦然道：“滕将军托我给你带几句话，我估计你会从此处路过，便专程在这儿等了一会儿，事先忘了告知，不曾吓着你吧？”

滕玉意道：“回殿下的话，倒不曾吓着，不知阿爷怎么说的？”

她心里却忖度，阿爷怎会托太子带话？

太子道："滕将军此刻正在西营整饬军务，我去的时候，他正要找人回城给你送信，但军情紧急，各方人马都等着他发号施令，我看他腾不开空，就说我今日也要来大隐寺，可代为转达。

"你阿爷便让我嘱咐你，他这两日暂且不会离开京师，但等你出寺那日他多半已经走了，最近叛军党羽频繁作乱，今早又有一名信使遭袭，他不在长安的这几个月，你出入皆需小心。"

滕玉意安静地听完这番话，颔首道："儿谨记在心。多谢太子殿下代为传话。"

太子笑了笑："当年我随军西征时，滕将军曾救过我性命。征战半年多，多蒙他口传心授，我私心早将滕将军认作太傅，代师传话也是学生的本分。话已带到，滕娘子可回寝处了。"

这话谦和坦荡，既解释了缘由，也打消了滕玉意心中的疑虑。滕玉意道："有劳太子殿下，臣女不胜感激，若无旁的事，臣女就先告退了。"

太子点点头，率先迈开步子，走了几步，忽又回头："你现在手中有文牒，进宫也方便，若遇到什么棘手的事，可让人带着文牒来找我。"

滕玉意沉默了一会儿，正要回拒，垣墙上映出狭长的灯影，那头有人过来了。

滕玉意和太子站在寂静的拐角处，身边连个内侍都没有，被迎面撞上的话，准会让人误以为他们在私会。

滕玉意可不想跟太子扯上关系，左右一顾，思量着尽快脱身，只恨两侧皆是游廊，除非从栏杆上跳下去，否则根本无处可躲。

眼看灯影越来越近，太子示意滕玉意噤声，把她推到背后虚掩的房间里，自己却并不进去，反而从外头替滕玉意把门掩上了。

滕玉意心中猛跳，这并不是一个好法子，但要完全不露踪迹，也只能如此了。

脚步声离得近了，声音也大了起来。

"婶娘听说找到当年的阿孤了，连赏赐都准备好了，岂知又是个冒充的。阿兄，你怎么知道那个李淮固有问题的？"

蔺承佑道："我去东市查案，随便一问就知道了。前两日有人到东市打了一批随身小物，从梳篦到香球，样样都要求刻'阿固'二字，但最初拿去的模具刻着'三娘'二字，可见这人的小名本叫三娘，突然改刻'阿固'，不就是为了今日这一出吗？"

阿芝愣愣地道："呀，这个李淮固太坏了。不过哥哥，婶娘已经责罚她了，你为何非要逼她改名？”

蔺承佑道：“她也配叫阿固、阿孤吗？我今日心情不好，这个姓李的自己撞到我跟前，婶娘礼佛斋戒，我也做点儿善事，好心替她改成李淮三，这名字配她这样的人岂不正好？她要是不满意，叫阿猫阿狗也使得，总之别再让我听到她自称阿固。”

阿芝“咯咯”憨笑了一会儿，又问：“阿兄，你怎么知道她们不是当年的阿孤的？”

蔺承佑道：“你刚才说要找鸟窝，阿兄带你到树上飞一圈啊？”

阿芝欢呼：“好啊！”随后她又道，“不好，不好。”

蔺承佑似在忍笑：“为何不好？”

阿芝气呼呼地说：“我懂了，我明白了！每回我想问什么，阿兄只要不想回答我，就一定会故意打岔。”

蔺承佑低声道：“阿芝你听，上头是不是鸟儿在叫？”

“阿兄你又来了。”阿芝跺跺脚，“你就告诉我嘛！这回教会了我，下回就不用你亲自拆穿她们了。”

“你这小脑袋瓜里都装了什么？这世上哪有那么多寻根究底的事？你刚才说寺里没什么好吃的，趁现在没人，哥到外头给你买些点心，上回那个玉尖面你喜欢吗？”

阿芝使性子：“不要，不要，我什么都不吃！”

“好，那阿兄走了。”

阿芝急道：“阿兄！”

太子硬着头皮迎上去：“阿芝，你还不知道你哥的性子吗？他要是不肯说，谁也别想问出来。”

阿芝惊讶地道：“太子哥哥怎么在此处？”

太子咳了一声：“刚从住持处出来，正要回宫。”

阿芝道：“太子哥哥，你那么聪明，你能想明白怎么回事吗？”

太子心不在焉地道：“都过去这么多年了，能有什么东西让你哥哥一眼就认出来？簪环？腕镯？”

阿芝道：“不对不对，我觉得一定是什么好玩的东西，而且只有阿孤一个人有。”

太子笑了起来：“阿大你听听，阿芝说话的语气跟你越发像了。”

蔺承佑笑道：“不敢比不敢比，她可比我难缠多了。”

“阿芝，这地方风太大，有什么想知道的，到旁处去问。”

阿芝道：“哥，你要是不肯告诉我，我就在这儿想一夜。”

蔺承佑笑道：“好，我马上回衙门，你好好在这儿待着，就当面壁思过了！”

阿芝大哭起来。蔺承佑脚步一顿，像是把妹妹抱了起来：“怕了你了，你别哭了啊，再哭阿兄真走了。”

太子忙解围：“我替你拷问你阿兄，别在此处逗留了，当心着凉。”

就听阿芝说：“婶娘说跟什么布偶有关，可是布偶都长一个样，怎能靠这个认人嘛。阿兄，你快告诉我好不好？”

蔺承佑道：“你看你哭得这么丑，先回寝处，阿兄告诉你。”

阿芝喜出望外：“今天我倒是见到一个奇奇怪怪的布偶，那人也在扬州住过，不过她不叫阿孤。”

蔺承佑长长地“哦”了一声：“那人知道你是我嫡亲妹子，偏巧让你看到布偶，还知道什么阿孤不阿孤，主动说自己不叫这个名字。这种路数我见多了，最近头都有点儿大了。”

滕玉意在门后听得火大，这跟她有什么关系？

太子耐心地对阿芝道：“不怪你哥哥心烦，最近朝官更迭，多少外地官员来京师述职，阿爷和阿娘疼爱你兄长，这是满朝官员都知道的事。要是让阿爷知道某位官员的女儿救过你哥，定会对那人青眼有加，如此一来，守选期间也算多了倚仗，所以最近不少人自称阿孤，还托朝臣传话到宫里……”

他们的说话声越来越小。

滕玉意又在房中等了一会儿，直到外头重归寂静才闪身出来。

她出了玄圃阁，春绒和碧螺还在外头苦等，两人鼻头通红，显然冻得不轻，主仆三人回到寝处歇下，当夜无话。

接下来两日，滕玉意每日都随皇后礼佛，一切如前，只是昌宜和阿芝像被严加管束起来了，未再四处溜达。

这样过了三日，第四日他们便该出寺了。拂晓的时候，滕玉意还在酣睡，梦中突然有人推搡她。

她迷迷糊糊睁开眼睛，对上春绒和碧螺惊惶的脸。

“娘子，快醒醒！”

滕玉意睡意顿消，这两个丫鬟跟在她身边多年，历来心细沉稳，这样失态，不知出了什么事，她猛地爬起来：“怎么了？”

两人泣不成声："老爷出事了。"

滕玉意怔住了。

碧螺惊惧不安："老爷今日上朝的时候，在嘉福门被一伙贼人伏击，程伯刚才赶来送信，连皇后都被惊动了。"

滕玉意心口急跳，愣怔间被人搀扶起来，才发现手脚麻木得像木头。

她推开二人，低头胡乱趿鞋："多半听错了，我要当面问程伯。不，阿爷还在西营，我直接去西营找阿爷。"

春绒和碧螺哆哆嗦嗦地服侍滕玉意穿衣。主仆三人拾掇好出门时，天色将明未明，雪花簌簌地落下，天地间有种迷蒙空寂之感。

滕玉意呛了一口冷风才意识到自己忘了穿大氅，然而顾不得了，仓皇间跑到院门口，迎面撞见一行人。

当先那人钿钗礼衣，正是皇后，身后众内侍哑然相随，隐约有些不安之色。

皇后望见滕玉意，快步迎过来："滕娘子。"

滕玉意冒出强烈的不祥之感，勉强维持礼数："见过皇后……"

皇后搀住滕玉意的胳膊："不必，快起来。"

皇后的手比滕玉意的还要冷，她沉声道："犊车已备好了，你阿爷在左领军卫，圣人把宫中奉御全派过去了，正在全力救治。孩子，莫怕，你阿爷赤心报国，定会逢凶化吉的。"

滕玉意颤声道："阿爷究竟出了何事？"

皇后默了默，解下身上雪白的狐裘系到滕玉意身上："那帮贼子上回刺杀几位官吏不成，便将目标放到滕将军身上，应是蓄谋已久，连滕将军这样的身手都……"

皇后乃见过大风大浪之人，此时态度和语调都远不及平日沉稳，可见此次针对朝臣的刺杀，几乎震动了整个朝野。

滕玉意止不住地战栗，悬着心往外走。皇后满心忧愤，亲自将滕玉意送出内苑才止步。

程伯满身是血，一见滕玉意出来便"扑通"一声跪下。他这一跪，滕府的众多护卫连同端福在内，呼啦啦地全跪地不起。

"小人该死，等小人赶到的时候，老爷已受了重伤。"程伯涕泗横流。

滕玉意麻木地上前搀扶："路上将今日发生的事，一五一十地告诉我。"

滕玉意上了犊车，程伯等人策马相随："这几日前方军情告急，长安也不太平，老爷出入的时候特地添了一队亲卫，在西营整饬完军务，明日便要出征了。早上老爷带着亲卫路过嘉福门时，周遭忽然起了大雾，那雾邪门得很，闻久了头晕。当时老爷在雾中说‘当心埋伏’。老爷刚说完这话，就从四面八方杀出来一堆刺客。

“巡街的武侯听到动静赶到时，大部分亲卫当场被杀，只有一个侥幸未死，那人被救后也只剩一口气，死前说刺客当中有人懂邪术，明明在雾里听到刀剑声，但连躲都无处躲。老爷武艺高强，杀死了大半刺客，最后仍受了重伤，现在胸腹等处的伤口流血不断，奉御正在想办法止血。”

滕玉意紧紧攥住扶手，奉御还在救治，那就证明有希望。阿爷体格强健，情况应该没自己想的那么糟糕。

她抱着一丝希冀赶到左领军卫，有兵士说滕将军被安置在中堂。滕玉意慌慌张张地往里走，沿路只看见森然的刀戟剑架，一个官员都未见。

她到了中堂，里头乌泱泱满是人，众官员要么摇头叹气，要么焦急踱步。

不知谁说了一句：“滕将军的女儿来了。”

众多视线朝滕玉意扫来。滕玉意走过去，官员们自动向两旁分开。

滕玉意先看见父亲的长靴，然后是暗赭色长袍。

然而等她走近了，才发现父亲穿着的是宝蓝色的襕衫，第一眼她误以为是暗赭色，是因为父亲整片胸腹和小腿都被血给染透了。

滕玉意双腿一软，背后奔上来几人，硬将她扶起。

她推开身边的手踉跄着走过去，终于看见父亲的脸庞。她从未见过那样惨白的脸色，比纸还要白，眉毛和眼睛都黑得异常，如墨一般，要不是那不正常的脸色，简直像画上的人似的。

滕玉意挪到跟前，小心翼翼地握住父亲冰冷的手。

滕绍睁着双眼，已经没有气息了。

滕玉意轻声道：“阿爷。”

将士们开始低声哭泣。

滕玉意茫然地看着两边：“这是何意？为何不给我阿爷施药？”

那边有几位老者似是宫里的奉御，眼里依稀有泪，闻言拱手道：“滕将军伤重不治，吾等无能，已无回天之力。”

程伯眼泪“唰”地流了下来，跪在地上，“咚咚咚”拼命磕头。

端福等人张了张嘴，一言不发地埋头跪下。

年轻将士哭道：“这帮贼子！公然陷害这样的忠臣良将，死一百回都不为过！

今日起我要日夜缉凶，哪日擒到贼子，定将他们首级斩下。”

“滕将军领兵数十载，破贼虏无数，知人善用，谁不称服？如今滕将军被奸人所害，吾等岂能苟安？不报此仇，誓不为人！”

“不报此仇，誓不为人！”

滕玉意轻轻摇晃父亲，父亲毫无反应，她绝望到了极点，反而呆愣愣的。

那天晚上父亲说话的情形还宛然在目，不过短短几日，父亲怎就变成了这样一副冰冷的躯壳？

她低声道：“阿爷，我来了。

“快起来啊，起来看看女儿。”

旁边的人见滕玉意不对劲，含泪要将她拉开。滕玉意一动不动，父女俩一样倔强。滕绍的双眼睁着，他分明还有许多话要说。

领军卫哀泣声不断，有人去宫里报丧，有人要将滕绍挪到棺椁里。

“滕将军的眼睛合不上。”

那人流泪道：“这是有未竟之志啊！滕将军，你放心地走吧。你这一生征逐万里，立下了汗马功劳，而今以身殉国，定会垂名竹帛的。”

外头有人道：“宫里来人了。”

宦官风尘仆仆：“圣人遽闻滕将军噩耗，于朝堂上哀声痛哭，传旨：‘滕将军不畏强御，忠义捐躯，生荣死哀，举国哀悼。赐爵晋国公，赠太傅，立碑列传，以彪史册。滕将军之女贞静仁孝，骤然失怙，朕甚怜之，封贞安郡主，享食邑三千户。钦此。’”

宦官宣完圣旨，看了看滕绍的遗容，不忍道：“滕将军，圣人为慰忠魂，誓要将潜伏在京师的那帮贼子一网打尽，讨伐淮西之征更不会因此而受阻遏，到时候天下归心，功赏簿上定会荣列滕将军的名字，如此哀荣，滕将军该瞑目了。”

将士们轻轻把掌心覆在滕绍的脸上，挪开来，滕绍仍睁着眼。

“这……这可如何是好？”

“滕将军这分明是有什么未了的心愿。”

程伯看了看滕玉意，心里明白过来，哭道：“老爷是看娘子孤苦伶仃，所以舍不得走。老爷啊，老奴会拼死护好娘子的，您就放心地走吧。”

端福自事发后未曾说过一句话，这时挥刀在掌心一划，双手鲜血淋漓，高举着那把刀：“老爷，端福在，娘子安！”

滕府的众护卫齐齐以血盟誓：“末将在，娘子安！”

滕玉意轻轻抚过父亲的脸庞，那双眼睛仍睁着，像在等一个回答。

她喉咙里响了一下，眼泪缓缓流了下来："阿爷。"

滕绍静静地望着房梁。

滕玉意眼泪"啪嗒"落到父亲的脸颊上："阿爷，我知道你听得见。我听你的话，会照顾好自己，往后我虽一个人，但我会好好活着的。阿爷，你安心走吧。"

她泣不成声，颤抖着抚摸那双眼睛，这一回，那双眼睛终于合上了。

滕玉意痛哭着伏到父亲身上，脸颊碰到那片早已干涸的冷硬血痕，心底的悲哀无限放大。父女俩龃龉了太多年，她还有很多话没来得及跟父亲说，父亲就这么走了，叫她怎么甘心？如何舍得？怕父亲不舍离去，她不敢哭得太大声。可是悲戚和绝望如磐石一般，压得她喘不过气。

有人把滕玉意搀扶起来，后头的记忆模糊了，她像一具行尸走肉，每日麻木地捧灵服丧。

滕绍的丧事按一品勋爵承制，不祧神主，另开宗庙。

新宗庙设在城南，前来吊唁的官员和百姓络绎不绝。其间太子来过，滕玉意磕头还礼。

太子在她面前静静伫立了许久，最后解下随身玉佩递给程伯："英魂难觅，遗孤堪怜。晋国公生前是我恩师，死后被追封为太傅，往后滕娘子若遇到任何棘手之事，无须有所顾虑，立即派人来找我。"

程伯含泪应了。

滕绍被安葬后，众将士护送滕玉意回滕府。

圣人担心逆贼前来找滕玉意的麻烦，特指了一队亲卫把守在滕府外。

天气愈加寒冷，淮西战况激烈，西营急需兵力，不久之后，潜伏在京师的逆贼尽数落网，圣人下旨将其斩杀。

诸将士绑了百名逆贼到城南，在滕绍牌位前斩下众贼头颅。

逆贼一除，天地一清，长安百姓无不称快，滕府外头的亲卫终于可以放心地撤离了。

当晚滕玉意正在书房整理父亲的遗物，程伯在外回道："静德郡主派下人来递帖子，邀你明日到成王府一叙。"

滕玉意沉默了一下，意识到是阿芝。父亲走的这一月，她再听到静德郡主的名字，有种恍如隔世之感。

"说我身子不适，替我推了。"

程伯叹气道："静德郡主似乎有什么急事，说娘子要是不去，她就到府里来。娘子，恕老奴多言一句，老爷走后你整日闭门不出，饭食也未曾好好用过，长久闷下去，身子会撑不住的。既然静德郡主相邀，娘子不如出去走动走动，只当散散心了。”

滕玉意将父亲的书信放入抽匣：“阿爷虽已安葬，但府内外尚有许多杂事待理。何况我在热孝期间，本就该禁绝丝竹游乐，替我回郡主，我近期不宜出门。郡主若是有什么急事，邀她到府中来。”

程伯应了，不一会儿回转：“内侍说知道了，郡主很高兴，因为‘她替她长兄找到那个人了’，明日她就会同另一个人一道来，说有些事要当面向娘子求证。”

滕玉意蹙眉，这没头没脑的一句话是何意？

“郡主可说了另一人是谁？”

“内侍没说。”

滕玉意道：“左右明日就知道了，提前令人准备好茶点。”

程伯应是，又道：“娘子，给老爷西营旧部准备的节礼已送去了，陆将军等人感激不尽，说多蒙娘子照拂内眷，改日凯旋，定会上门拜谢。”

滕玉意将桌上的书册放回书架上：“这些将士跟在父亲身边多年，年纪也都不小了，高阶将士也就罢了，低阶的将士薪饷微薄，他们出征不担心自己，只担心留在长安的亲眷，给这些将士的家小送些过冬的衣裳吃食，他们走得也安心些。”

程伯泪光闪烁：“老爷倘若知道娘子如此深明大义，不知会多高兴。”

滕玉意扭头看他：“今晚那些西营亲卫走了，那些残渣余孽听到消息后，说不定会前来扰事，府内外是如何设防的？”

程伯道：“里外共三班，共六十人，全是精勇之士，子时换一班，寅时再换一班。端福和老奴守在内苑外，一刻不敢懈怠。”

滕玉意点点头：“程伯，这些日子你也累了，现下无事，你先去歇一歇。”

“老奴去打点明日送到各府的节礼，娘子有事叫老奴。”说着他替滕玉意掩上门，垂首退了出去。

滕玉意把书信一一拾掇好，回首看向书架，父亲不爱舞文弄墨，架上大多是兵书。

她将杂乱处重新归类，站在房中环首四顾，偌大一间书房，除了满书架的六韬三略，唯一可以称得上消遣之物的，便是阿娘当年留下的那把琴了。

琴身重新覆上了织花锦，就那样静静地躺在多宝槅的中间一格。

滕玉意睨着那把琴，终于还是没忍住，走上前将其取了下来。

琴身漆釉如新，琴弦也柔韧如初，可见父亲虽然把它放在书房，却甚少拿下来把玩。

滕玉意用手指轻轻拨弄琴弦，泠然音调从指尖泻出，她听着乐声，眉头渐渐蹙起，终究还是觉得硌硬，把琴又放回原处，右手不小心碰到琴身一侧，发出细微的咯吱声。

滕玉意愣了愣，莫非这架上的木板不平整？她左右一对比，琴身的确右高左低，她再摸层架，居然有些轻微的滑动感。

她回身把琴放到条案上，探手在那层木板上仔细摸索，果然摸到一块可以左右滑动的木板，一时未找到机栝，便从抽屉里取出一把匕首，沿着木缝一点儿一点儿地撬。

很快她就撬开了，底下果然有一个狭小的浅层，她将东西拿出来，原来是一沓书信。

滕玉意心口猛跳，哪儿来的书信？这些书信居然被父亲藏在这么隐蔽的地方。

挪到灯前，她借光细看，书信已经有些泛黄，显然有些年头了。

第一封信的下首，写着一行字："邬某叩上"。

滕玉意眼睛里冒起了火，难道是邬莹莹？

但这行字遒劲刚硬，不大像女子的笔迹，何况若是邬莹莹，为何自称邬某？

她忙不迭地拆开信，上头写着："自南诏国一别……"

更深夜阑，书房里分外岑寂，滕玉意堪堪读了一行，外头忽然传来一声惨叫。

滕玉意汗毛一竖，把信放回原处，快步走到门前，贴着门低唤道："程伯？"

无人应答。

滕玉意诧异到极点，把狐裘系在颈上，小心翼翼地推开门。

今夜风雪都停了，天地间一片孤冷。月亮挂在天空，昏惨惨的月光洒入庭院中。

滕玉意站在廊上凝神听了听，隐约可以听见刀剑与甲片相撞的声音。她心慌起来，看来真有贼子前来侵扰，端福又在何处？

她低声唤道："端福。"

依旧无人响应。滕玉意莫名有些心慌，端福一向不会离她太远。她在书房的话，他会一直守在庭外。

院中四处无人，她快步沿着游廊往外走，无论外头发生了何事，她尽快回到内苑才是上策。

她奔出园门，前方的地上忽然无声无息地冒出十来道人影。滕玉意悚然一惊，回头看，才发现屋顶上不知何时出现了一群衣饰古怪的蒙面人。

他们每人手中握着一把刀，刀锋在月光下如雪浪般刺目，齐齐一挥臂，纵下房梁追了过来。

滕玉意拔腿就跑，边跑边惊叫道："端福！程伯！"

夜空中刀戈相击，铮铮作响，程伯的声音远远传来："娘子！快回内苑！"

滕玉意头皮一麻，原来程伯方才一直在书房外，为何她出来时未看见他？

她循声回望，恰好看见程伯从垣墙上跌落下来。

他肢体看上去有些扭曲，身手也远不如平日矫健，短短几句话，像被人掐住喉咙说出来似的。

滕玉意奔了几步觉得不对劲，猛地再回头，背上顿时出了冷汗。那帮蒙面人凭空不见了，程伯带着十来名侍卫，正对着空荡荡的庭院奋力厮杀。

"程伯！你们面前无人！"滕玉意一边狂奔，一边胆战心惊地提醒他们。

程伯踉跄了几步，来不及回身，那帮怪人忽然又从斜刺里冲出来，程伯甚至都来不及变换招式，就被人刺中右肋。

他咬牙挽了个剑花，忍痛刺中面前的怪人，拔出剑时，溅出大片薄薄的血雾。

"快走！"

滕玉意眼眶一热，拼命地往前跑，这帮人到底是什么来头？他们为何会施这样的邪术？

程伯仍在拼命厮杀，前方传来拳肉相击的声音，伴随着一声野兽般的吼叫，忽有两个蒙面人从拐角处被远远甩到滕玉意脚边。

端福满身血污，朝滕玉意狂奔而来："娘子！"

滕玉意踹开脚下那个蒙面人："这帮人有备而来，程伯受了重伤，有人出去送信了吗？要是一时半会儿杀不出去，府里谁也别想走了！"

"程伯刚才拼死放出去两人，应该很快会带人赶来。"他们说话的工夫，后头追来一群蒙面人，端福二话不说把滕玉意夹在胳肢窝下，飞快地往外逃去。

"他们会异术，府内外的护卫大多遭袭了，而且这些人似乎对娘子身边的人很熟悉，为了将老奴引走，特意找来个跟你身形相似的女子诱老奴出府，老奴险些上当。"

难怪她出来时未见到端福和程伯，滕玉意的心像要从嗓子眼里蹦出来："你杀的那几个，可问出来他们受谁指使？为何要置我于死地？"

端福像是在强忍咳嗽，血顺着嘴唇淌下来："问不出来，不过应是要找什么东西，一来就瞄准老爷的书房。”

他每说一句话，气息就弱一分，滕玉意的心迅速往下沉：“端福，你伤在何处？”

端福斑白的鬓角里满是汗珠：“老奴不妨事。”

滕玉意紧紧咬住嘴唇，父亲曾说过端福内力非凡，天下学武之人罕有其匹，如今连端福都受了重伤，可见这些人事先连如何对付端福都已经设计好了。

端福腾身几个起落，很快就翻过了内苑的垣墙，只要穿过花园前的水塘，就能逃出府去。

水塘已经结冰了，冰面闪烁着光影，倒映着夜空里的一钩银月，塘前一株垂柳，枝条在冰面上摆动。

端福受伤之后行动不如平时那般轻便，背着滕玉意攀上那株柳树，继而要顺势跳上外墙，正在这时，夜色中悄无声息地出现一人，这人身穿一件漆黑的大氅，不声不响地站在外墙上。

端福吃了一惊，差点儿摔落在地。

滕玉意打量那人，心里生出强烈的不安，这人从头到脚都遮得严实，站在月色中，有种孤寂之感。

这人内力显然极高，因为连端福事先都未察觉。

端福化掌为拳，轻飘飘地朝那人胸口击去，滕玉意心知这是端福常用的招式，假意卖个破绽，意在诱对方出手，只要对方接招，势必被重创。

端福使过许多回，从未失过手。

那人迎着拳风一动不动，斗篷里却探出一手，手指修长，以迅雷不及掩耳之势弹出一物。

月光下银光闪过，一道利芒迎面飞来。

端福带着滕玉意往后一掠，然而那暗器像是被施了什么邪术，如风如絮，凭空分作两道，端福只险险躲开其中一道，另一道不及避开，一下子扎入他右侧的脖颈。

那人一击得手，抬手轻轻一拉，端福重哼一声，头被扯得往右歪去。

滕玉意忍不住惨叫，原来那人手中是一根银色的丝线，丝线已经扎入端福颈部的血肉中，只要他一用力，就会当场令端福血管爆裂而亡。

她浑身血液直往上冲：“你到底是谁？！你放过我手下这些人，我可以把东西给你！”

那人站在院墙上，似乎无声地笑了笑。

滕玉意牙齿止不住地打战："我知道你想要什么，操办父亲丧事的时候我就找到了，那东西现在被我藏在城南的一个庄子里。你想要的话，只要放过我和我的手下，我马上带你去找。但你胆敢再伤我手下一人，就永远别想找到那东西了。"

那人缓缓抬手，滕玉意霎时凉透了心肝，这人根本不是来找东西的，分明是来索命的。

那人收拢银线，看样子打算先解决端福，接下来就要解决她了。

滕玉意从未如此绝望过，周遭寂静得可怕，程伯等人不知是否还活着，就算还活着，恐怕也是自身难保。

说时迟那时快，端福低吼一声，强行带着那根线往右侧一撞，耳边传来血肉撕裂的声音，滕玉意脸上一热，大片热血溅到她脸上。

她脑中一空，那人似乎也暗吃了一惊。

端福颈项上的血仍在喷洒，面目瞬间淹没在一片血污之中。

他已经无法出声了，拼着最后一口气带着滕玉意攀上垣墙，外头不远处便是大街，就算府外设下了结界，跑出去总能碰到巡街的武侯。

滕玉意伏在端福宽厚的背上，眼泪滂沱而下，这老奴显然活不成了，跟了她十年，一直忠心耿耿，末了竟落得这样的下场。

他是没别的法子了，那怪人身负邪术，凶戾异于常人，倘若不这样做，两个人都会死在怪人手下。

那人很快回过了神，慢慢朝这边踱过来，手指一抬，这回瞄准的是端福的另一侧脖颈。

"娘子，走……"端福含混不清地吐出几个字，把滕玉意扔上墙垛，拼尽最后一丝力气，撞向那人的小腿。

滕玉意悲愤地看了端福最后一眼，含泪跃下垣墙，然而没等她落到地上，背后袭来一股大力，那人又将她拽了回去。

滕玉意探手一抓，要将那人一起拽下来，但那人一边绞杀端福，一边轻飘飘地将她抛向水塘。

滕玉意两手空抓，凄厉地喊道："你到底是谁？！"

"扑通"一声，滕玉意坠入池塘，冰冷刺骨的水呛入肺管，让她浑身激灵，心脏活像被人死死捏住，冻在了腔子里。

每回她试图抓住什么东西，就会因为失去重心滑回湖心，身上的雪白狐裘本是保暖圣物，到水中却成了累赘。

她拼死挣扎，程伯派出去的两个人应该已经送出信了，或许很快会有人来，只要她再支撑一阵，就有被救的希望。她答应过阿爷，要好好活下去。

她在水中沉浮，试图保持神志清醒，身上越来越冷，力气仿佛被抽干，她逐渐挣扎得慢了，狐裘吸饱了水，如同一片巨大的白色羽翼，托着她漂浮在水中。

冰水真冷啊，滕玉意意识模糊起来，恍惚间已经回到小时候，她赖在阿娘的怀抱里。

滕玉意高兴地一抓，岂料掌心里还是无边的冰水，那个布偶呢？连它都不在身边。

她觉得孤单极了，真想沉沉睡去，真冷啊，每一个毛孔都在往外冒寒气，心脏好像也累了，耳边血液流动的声音越来越慢。

忽然有奇怪的声音传来，像有人在院墙上交手，来人好像很有能耐，不但没被暗算，竟懂得如何破解那怪人的邪术。

滕玉意心中燃起了微弱的希望，为了引起那人的注意，胳膊勉力抬了抬，但只划拉了一下，狐裘仿佛缠住了塘子里的水草，拽着她往下沉去。

冰水再一次呛入气管，心脏开始痉挛，这回真没力气了，她微弱地喘息着。

有人朝池塘跑来，一跃纵入水中，从那人矫健的身手来看，依稀是个少年郎君。

他应该是个热心肠的好人，这样冷的冰水，他也毫不犹豫地跳下来。少年游得很快，马上就要拉住她了。

天空又开始下雪了，滕玉意眼前越来越黑，想起那年爷娘抱着她在暖阁里看雪的情形，悲凉的情绪在胸膛里蔓延，多少年了，她有多少年没跟爷娘一起看过雪了。

她无声哽咽，硕大的泪珠凝在了眼角。

周遭水波涌动，少年离她越来越近了，就在他拽住她的那一刻，滕玉意悠悠吐出胸膛里的最后一缕气息。

滕玉意就此堕入了幽冥之乡，苦痛离她而去，意识随之抽离，她仿佛化作一粒尘埃，无知无识，四处飘浮。

她浑浑噩噩地游荡着，某一日耳边传来杂响，有人揭开了她面前的黑布，露出外面的光景。

滕玉意在黑暗中待久了，一朝醒过来，意识仍有些混沌。等她辨清眼前的事物，才发现这地方很熟悉。

这是一座庄严的祠庙，堂前有几名内侍在打扫。

“你来长安没多久，难怪不知道这里供着的是谁。这是声名赫赫的晋国公滕绍，生前战功彪炳，因为力主平叛削藩，不幸被逆党所害，算来都去世三年了。”

滕玉意一愣，原来这是父亲的祠庙，父亲走了三年了，那她又在何处？

“听说当时太子已经请旨，只待晋国公的女儿出了孝便要娶她做太子妃，谁知红颜薄命，没多久连晋国公的女儿也被人所害。”

滕玉意听得浑身冰冷，低头看自己，结果空无一物，扭头望向条案，上头供着几个牌位。她失魂落魄地靠过去，看见牌位上“晋国公”的字样，眼泪一瞬间涌了出来。

“嘘……”那宦官道，“太子拖到今年才肯成亲，正是新婚宴尔之际，这种话休要再提了，当心太子妃多心。”

另一人道：“对对对，最近宫里喜气洋洋，历时三年，淮西道叛军终于归降。西北四镇对战吐蕃，成王世子也打了胜仗，四方捷报频传，圣人和娘娘不知有多高兴。”

有个宦官欣然道：“说到成王世子，两年前他随军出征，我曾见过他一回。他弯弓盘马箭无虚发，身手了得，那时候世子好像才十七八岁，没想到才过了两年，已经能单独领兵抗戎了。”

“可不是，两年来成王世子横击左右，狙杀蕃首，吐蕃屡屡吃败仗，听说藩军如今只要看到朔方军和神策军的旌旗，就恨不能望风而逃。”

滕玉意苦涩地听着，她和阿爷已经死了三年了？而这三年里，竟然发生了这么多事。

“听说皇后和成王妃近日打算给成王世子拟亲，有这回事吗？”

那人眯着眼道：“世子小时候染了怪疾，多年来未痊愈，太子都娶亲了，成王世子还是孤身一人，北戎一去就是两年，如今终于快要回来了，据说娘娘和成王妃相中了好几位嘉言懿行的小娘子，就不知这一回能不能成。”

有位年纪稍长的内侍从外头进来，嗓音尖细刺耳：“好哇，原来你们一个个在这儿躲懒！别怪我没提醒你们，晋国公殉国那时圣人曾说过，一朝平定了淮西，定会来祠庙吊唁晋国公。如今凶党退却，天下大定，圣人说不定这两日就会前来吊唁，还不给我仔细打扫，要叫我发现一处不够干净，自己去外头领板子！”

这时外头忽然大乱，又有两名宦官闯进来道：“不好了，出事了。”

“怎么了？刘公公为何急成这样？”

“快走快走，宫里都乱了。”

“没头没脑的，我们也听不明白呀。刘公公，别着急，慢慢说。”

刘公公跺脚：“什么慢慢说，出大事了！军中刚送了急报，世子在邠宁跟吐蕃对峙的时候，数万藩兵越过横山奇袭鄜坊。鄜坊府屯粮不足，世子拔军前去救援，好不容易解除了鄜坊之困，结果在进城时，有军士射毒箭暗算世子！”

众宦官大惊：“谁这么大的胆子？”

“那军士不知是谁派来的，这两年一直混在世子的军队里。那人射中世子后，世子当场将此贼砍下了马，只恨这贼子早有准备，马上咬毒自尽了。那箭甚是厉害，世子想必也知道自己凶多吉少，军士报信时他还强作无事，说穷通寿夭实乃常事，要爷娘莫难过。还说清虚子道长年纪大了，倘若他死了，别让清虚子道长知道。”

几名内侍眼睛红了：“世子还这么年轻，连亲都未结，真要有个好歹，成王殿下和王妃怎能受得了？清虚子道长已近古稀之年，这一下怕是熬不住了。”

前头那人“啐”了一口：“少在此聒噪，速回宫里去。世子吉人天相，定会无事的。”

另一人道：“成王殿下和太子已经带着擅长疗毒的奉御赶去兴平了，淳安郡王和清虚子道长也一同出发了，倘若能及时赶到，或许世子还有救。”

他们显然也觉得希望渺茫，仓皇间一齐往外拥，滕玉意魂魄无依，不自觉地也跟了上去。

“报信的军士说，鄜坊的百姓在营帐外守候，要么送药要么送医，他们被吐蕃围困半月，多亏世子率军解围，还没来得及好好谢谢这位少年将军，就出了这样的事。”

滕玉意浑浑噩噩地听着，生前对蔺承佑并无好感，孰料此人跟她一样不得善终，忽又意识到，她在此处游荡，阿爷和阿娘又在何处？

她心急起来，往外寻去，眼看要飘出祠庙的阍门了，一个苍老的嗓音在她在耳边唱和道：“滕玉意！”

那嗓音分外清越，响遏行云。

“滕玉意！”

滕玉意茫然四顾。

那老者道：“还不肯回吗？”

滕玉意像被人拽住了衣领，身子往后一晃，扑通一声，她仿佛又跌回了池塘，但是这一回周围不再是冷冰冰的塘水，而是暖洋洋的热流。

她漂浮在其中，渐觉胸口被注入了热气，眼前水波粼粼，好似有人影晃动。

刹那间，耳边的声音大了起来，这回变成了熟悉的声音。

“玉儿！玉儿！”

滕玉意眼皮发沉，无论如何都睁不开眼，身上仿佛有千钧重石，压得她无力动弹。

“我的好孩子，这是怎么了？”

有人开始晃她的肩膀，滕玉意手指微微抖动了一下，像有人移走她胸口的巨石，她猛地倒抽一口气，一下子睁开了眼睛。

面前是姨母焦急的脸。

“玉儿。”

旋即她露出惊喜的表情：“醒了，醒了，终于醒了。”

滕玉意惶然睁大眼睛四处看，随便一动弹，胸口便撕裂般疼痛。

杜夫人俯身将滕玉意搂入怀中：“是不是做噩梦了？吓成这副模样。”

滕玉意惊魂未定，试探着去摸姨母的脸，还没碰到便哆嗦起来，唯恐这又是一场梦，自己仍在冰冷的池塘里。

杜夫人反手抓住滕玉意的手：“到底怎么了？姨母在这儿呢，不怕，什么都别怕。”她又对身后的下人道：“昨日绝圣和弃智两位道长留下了收惊符，快熬了水给玉儿服下。玉儿前晚在竹林里受了惊，看这模样分明是被吓坏了。”

滕玉意眼泪止不住地往下流，姨母的掌心温暖干燥，真真切切地包覆着她的手，还好她活过来了。

她哽咽着抱紧姨母：“姨母。”

杜夫人既惊讶又心疼：“快，快去青云观请两位道长，说玉儿受惊了，请他们上门施法。”

滕玉意伏在姨母肩头上摇了摇头，眼泪却流得越发凶了：“没事，我只是……我只是做了个很长的噩梦。”

杜夫人不住地拍着滕玉意的后背：“什么样的噩梦把你吓成这样？昨日晌午你说回屋睡个午觉，结果这一觉整整睡了一夜。”

她回身接过下人递来的巾帕，一边替滕玉意拭汗一边道：“今天早上春绒和碧螺看你迟迟不醒，过来请示我几回，我说你舟车劳顿，又在竹林里遇到了妖物，或许是太累了，睡一睡就好了。谁知你到了晌午都没动静，我过来看你，瞧你脸色白得吓人，我这才急了，要是再叫不醒你，我和你姨父就要去请道长了。”

滕玉意身子仍在战栗，前世的场景宛然在目，只要安静下来，耳畔依稀就能听到“哗啦啦”的水声。

她回想阿爷的死状，回想自己临死前的绝望，胸口的悲凉之意怎么都挥散不去。

杜夫人心下纳罕，察觉滕玉意身上全湿透了，忙又张罗给她换寝衣。

滕玉意一动不动地依着姨母，等到身上不那么冷了，她慢慢抬起头来看周围。

日光透过窗扉照进来，满屋子亮堂堂的，案几上的邢窑白瓷花瓶里插着一株粉花白蕊的桃花，空气里浮荡着清淡的幽香。

杜夫人絮絮不休地说着话，春绒捧着滕玉意的外裳过来，等她靠近了，滕玉意几乎能看见这丫鬟额头上细细的汗毛。

眼前这一切如此真实，真实到足够让滕玉意烦乱的心慢慢安定下来。她接过衣裳，低头趿上鞋，试着起身，不料双腿发软：“姨母，现在什么时辰了？”

“已经过了晌午了。”杜夫人亲手替滕玉意披衣，“睡了一天一夜，饿坏了吧？你阿姐早间来看过你，看你未醒，在这儿陪了你许久。我们才用过午膳，菜已经凉了，姨母这就让人重新做几个菜送过来。”

杜夫人出屋张罗，滕玉意梳洗完毕后到邻室看杜庭兰。杜庭兰的脸埋在锦衾里，她俨然睡得正香。

滕玉意悄然退了出来，又去松筠堂看端福。

端福越发见好了，滕玉意进屋的时候，他端坐在床上，沉默得像一棵松树。抬头望见滕玉意，他站了起来：“娘子。”

滕玉意想起前世端福惨死的模样，眼睛酸胀莫名，这老奴直到生命最后一刻还在保护她。

端福声音一沉：“娘子，出了何事？”

滕玉意假装打量屋内陈设：“无事，眼睛里进了沙子，有些不舒服。你快坐下。伤口已经包扎好了，为何不出去走动？”

端福道：“娘子昨日吩咐让老奴在屋中养着。”

“所以你就连一步都不走动？”

“老爷让老奴护好娘子，现在手臂折了，医官不让乱走。一日不见好，就一日不能跟在娘子身边，老奴只求速好。”

滕玉意异常沉默，半月前刚从舟中醒来时，她只记得前世表姐在竹林中被人谋害，因此满心都是如何尽快赶到长安救表姐，昨日这一场大梦，倒让她想起许多前世被遗忘的细节。

"端福，我记得我五岁的时候你就到我身边了，在此之前，你一直是阿爷的死士？"

端福道："是。"

"当年你还在阿爷身边的时候，可曾见过阿爷跟一个南诏国姓邬的男人来往？"

端福沉默了，片刻后方道："老奴只跟了老爷三年就被指派给了娘子，这期间只见过一个姓邬的女子，名叫邬莹莹。"

滕玉意颔首，端福不会撒谎，莫非她在阿爷书房见到的那沓从南诏国寄来的信，真是出自邬莹莹之手？

"那你可记得，这个邬莹莹是何时到阿爷身边的？"

端福低垂着眉眼："十年前老爷从凤翔班师回朝，邬莹莹被暗卫送到军营，当时邬莹莹身上还戴着孝，形容也很狼狈，老爷令人从镇上寻了医官和老媪照拂邬莹莹。等邬莹莹好了，老爷径直把她送到了扬州。"

滕玉意的心绞成一团，那正是阿娘悲剧的开端。

"护送邬莹莹的暗卫是何装扮？操的是何方口音？"

"他们夤夜来的，天不亮就走了，领头的那个单独跟老爷在帐中说了许久的话，当时老爷还特意屏退了所有人。"

滕玉意来回踱步，突然想起梦中的景象，阿爷把那沓信藏在书房，想知道那些信是谁写的，只需回府中书房找一找便是了。

她对端福道："这两日你好好歇息，等你好了，我要你教我些防身的狠招式。"

端福愣了愣："娘子，何为防身的狠招式？"

滕玉意走到门口，回头道："就是出手就能要人性命的那种，越狠毒越好。"

她想起那个出现在外墙上的黑氅人，那种仿佛来自地狱的阴冷气息，委实让人不寒而栗。眼下要做的事很多，先从查出这个黑氅人是谁开始吧。

滕玉意抛下这句话就走了，端福无论喜怒，常年都是一副表情，可这一回，他半张开嘴望着门，过了许久才回过神来。

这头饭食已经摆好了，杜夫人将酪浆浇到胡麻饭上，推到滕玉意跟前，柔声道："你小时候最爱吃这个，姨母一早就做了，就等着你醒来后吃呢。"

滕玉意在席上趺坐下来："姨母，你陪我吃。"

杜夫人依言在对面坐下，满脸慈爱地看着滕玉意。

“早上你姨父依着你的话去找成王世子了，决意把那晚你阿姐去竹林见卢兆安的事告诉成王世子，如此一来，那妖物到底与卢兆安有没有关系，就可以借成王世子之手查清楚了。谁知青云观门窗紧闭，也不知里头出了什么事，你姨父等了许久都没人来应门，只好先走了。”

滕玉意有些奇怪：“青云观不是历来香火鼎盛吗？为何突然关门闭户？”

“你姨父只说里头寂静异常，观中竟不像有人，他当时就觉得蹊跷，但也没法子进去探究，回到府里用过午膳，下午又去青云观了，不知这一回能不能见到成王世子。”

滕玉意听着听着，猛然想起前世她死后在父亲祠庙里的所见所闻，那一幕太虚幻，与她前世的亲身经历截然不同，醒来后她已经忘了大半，甚至分不清是真是幻。

她隐约记得在她死后的第三年，蔺承佑似乎在北戎遭了暗算，但她没听到他是活下来还是殒命了，就被一位老者给叫醒了。

叫她名字的那位老者究竟是谁？那苍老的嗓音，宛如黄钟大吕，一下子把她从漫长的噩梦中拽出来。

她漫不经心地拿起筷箸，对姨母说：“那晚成王世子将树妖从安国公夫人体内打出来后，安国公夫人似乎命在旦夕，青云观突然关门，不知跟救安国公夫人有没有关系。”

杜夫人疑惑地道：“难道是关门作法？”

滕玉意吃过饭净了手面：“前晚来得仓促，落了好些东西在家里。姨母，我得回府一趟。”

杜夫人忙跟着出来：“多带些人，绍棠好像有事找你，上午来过几回，我问这孩子什么事，他死活不肯说。”

滕玉意口中应着，带了人匆匆赶到滕府。滕绍这些年常年在外任职，府中虽日日有人打扫，仍不免有些潮湿空寂之感。

到了花园外，滕玉意脚下踟蹰起来。

碧螺道：“娘子，怎么了？”

滕玉意走到池塘前，正逢早春，园林如绣，塘边的翠柳临风依依。一阵风吹过，碧清的池水泛起团团波光。

她苦涩地望着池塘，死前在冰水中沉浮的恐惧滋味，至今鲜明可触。

她在池边默然伫立许久，直到心底那股骇异的感觉稍稍消减，她才抬目看向另一个方向，本来脑海里只剩一些残碎的记忆，这一回的梦证实了她的猜测。

她在弥留之际的确曾有人跳入池塘救她，可惜她不等那人把她救起就咽气了。

那人不像戎兵或者护卫，从夜色中的身影来看，似乎是个少年郎君。

那人是太子吗？阿爷死后太子前来吊唁，说阿爷是他的恩师，往后只要有事，都可去找他帮忙。不过她一次未找过太子，并且严禁底下人与宗室来往，但那晚府中遭袭，程伯情急之下派人去找太子也不奇怪。

可惜夜色太深，她断气前视线也早就模糊了，只是隐约觉得，那人身形不像太子，如今想来，会不会是阿爷的某位部下？

为了多找回些记忆，滕玉意慢慢地沿着池塘走了一圈，眼看天色不早，回到了阿爷的书房。

书房外松柏苍翠欲滴，庭前清泉绕阶，这一切如此熟悉，仿佛从未变过。

滕玉意沉默着走到书房前，抬起手来，毫不犹豫地推开门，望见房内景象，喉头突然哽咽。

那一晚她跟阿爷吵架出来，外头正在下雪，天地间一片空寂，松柏被厚厚的雪压得簌簌作响，阿爷留在房中，想必就是这样听着她的脚步声离去。

她怀着对父亲的恨意，独自在雪中疾行，当时的她又怎能预料到，那是父女的最后一面。

她回身对身后的人说："你们在外头等着。"

"是。"

滕玉意关上门抬头看书架，书架上的书虽然不少，但远不及那时候多，想是父亲还未正式被调回长安，尚有许多书留在扬州府里。

她上下找寻，唯独不见母亲的那把琴。

她跌坐在榻上，头上开始冒汗，难道父亲平日随身带着那把琴？人未回长安，琴自然也不在府中。

滕玉意想了想，起身走到多宝槅前。如果没记错，这里便是后来安放那把琴之处，此刻那上头放着一扇小小的水墨屏风。她把屏风拿下来，探手在记忆中的地方摸索，没多久就摸到了滑动的浮板。

她心跳加快，用纸刀轻轻撬动，松动后揭开盖子一看，不由得愣住了，里头空荡荡的，别说那些书信，连一根头发丝都没有。

回到杜府，滕玉意仍在想着此事，要么她的记忆出现了差错，要么父亲这时候还没将书信放入暗格中。

可从她在舟中醒来，几乎每一件事都与前世相符合，所以应该不是她记错了，最大的可能就是父亲看重那些书信，就连在军中也随身携带。

她思忖着下了车，杜绍棠身边的一个老下人像是等了许久，一见到她就神神秘秘地迎上来："滕家娘子，大郎让老奴把这个给你。他说彩凤楼不好找，这上头就是他同窗画的详细图纸，他嘱咐娘子去的时候一定要叫上他，还说这张纸千万别让夫人看见，否则他和你都去不成了。"

滕玉意接过苍头奴手里的草图，彩凤楼果然是家妓馆，就在平康坊南曲，附近有哪些食肆酒肆，图上一一做了标识。

"替我谢谢绍棠。"滕玉意笑了笑，把纸藏入袖笼中。

她回到内苑，不找姨母和表姐，先径直回到屋里从枕下摸出翡翠剑。

自从这剑到她手上，她每晚都安然无梦，可昨晚不但噩梦连连，还那样真实可怖，不知这跟此剑灵力被封有没有关系，如果有的话，她必须尽快让它恢复灵力。

她把剑收入袖笼中："昨日让程伯去打听长安城里的道观和道士，不知可有消息了？"

"程伯早上就派人送话回来了，普宁坊有家东明观，此观已有百年历史，观里有五位老道士，人称五美仙道，听说道术不低，历来有些名望。"

五美仙道？这是什么古怪称号？

滕玉意看向窗外的日头，蔺承佑不好惹，若非万不得已，她可不想跟此人打交道，既然东明观的道士也颇了得，先去那儿碰碰运气吧。

"替我准备一套男子的胡服，我去东明观会会这五美仙道。"

杜庭兰听说滕玉意回来了，到邻屋来寻她，进门就看见滕玉意换了身胡人男子衣裳，不由得惊讶地道："阿玉，你怎么这副打扮？要出门吗？"

滕玉意一边系蹀躞带一边端详杜庭兰，表姐的气色比前日好多了。她放心地点点头："我得出门一趟，穿这身方便些。阿姐，你有什么想吃的告诉我，回来的时候我给你带些。"

杜庭兰走近替滕玉意整理蕃帽，左看右看仍不满意，皱眉道："要不阿姐替你重新梳头吧？"

滕玉意往蹀躞带里藏了好些毒药和暗器，随口道："今日来不及了，明日再让阿姐帮我梳吧。"

杜庭兰目光放柔，想当年阿玉刚到杜府时，活像一只带刺的小兽，最初她只要想同这个表妹亲近，都会被阿玉推开。

有一回阿娘给她梳头发，阿玉在旁边默默地看了一阵，扭身就往外跑。她追到花园里，阿玉正抱着布偶荡秋千。

她知道表妹一定是想姨母了，心里不痛快才会喜怒无常。若是阿娘不在了，她恐怕比阿玉还难过，于是走过去摸摸阿玉的头："头发乱了，阿姐替你梳头吧。"

阿玉重重地"哼"了一声，推开她跳下秋千。

她把阿玉摁回秋千上，拿出小梳子替妹妹梳了一对圆溜溜的发髻，自那以后阿玉只要在家里住，都是她亲自给阿玉梳头发。

"别给我带吃的，我什么都吃不下。你何时回来？程伯会跟着吗？"杜庭兰柔声道。

滕玉意从镜中看着杜庭兰，表姐看上去无事了，但眉眼间仍有郁结，可见表姐因为卢兆安的事，心中有多愤懑。

"阿姐，程伯已经着手安排对付卢兆安了，你且安心等消息。"

杜庭兰脸上微红，转头看向窗外："因为我误信小人，连累全家人都跟着担惊受怕。那晚的事我至今心有余悸，你出去的时候留神些，端福受了伤不能出府，你记得多带些人。"

"放心，我晓得。"滕玉意将一副假络腮胡递给杜庭兰，"阿姐帮我贴上这个。"

杜庭兰在滕玉意脸上摆弄一阵，假胡子做得又黑又宽，瞬间遮住了滕玉意小半边脸。

杜庭兰满意地颔首："这样虽然看得出是女子，但不必担心旁人一眼认出你是谁了。"

滕玉意正了正腰间的弯刀，迈开步子往外走："阿姐要是看到绍棠，就跟他说我今日可能不去彩凤楼，他要是非要去，等明日再说。"

杜庭兰狐疑地道："彩凤楼？"

"回来再跟你细说。"

滕玉意到了府外，程伯今日不在，另派了霍丘等几个精明强干的老仆在府外候着。

滕玉意上了犊车，让霍丘抓紧时间赶路。

霍丘马不停蹄地赶到东明观，下车之后带着厚礼进去拜访道长。道观里香客寥寥无几，主持事务的大道士却足足有五个。

春日迟迟，长日无事，道士们因为闲得发慌正忙着分梨吃，听了道童回话，并不肯出来见客。

“你说吾等正闭关静修，打发他走了便是。”

道童说：“可是外头那辆犊车尊贵，估计是长安城里的某位贵户。”

“贵户？”

五个大道士眼睛微亮，放下梨争先恐后地拥出来，到了庭前一抬眼，果然看见一个相貌体面的护卫。

他们咳嗽一声，在庭前一字排开，挥动拂尘道：

“贫道道号见天。”

“贫道道号见仙。”

“道号见美。”

“道号见乐。”

“道号见喜。”

滕玉意和霍丘被这阵仗吓了一跳。

五名老道中，那个叫见天的生得最胖：“贫道乃本观住持，不知今日施主前来所为何事？”

滕玉意摸了摸大胡子，观中伙食看来不错，众老道被养得白白胖胖的，而且颇注重仪容，个个衫履整洁。

她令霍丘把备好的厚礼呈上，禀明来意后，把翡翠剑摊在手掌中：“不知道长能不能帮着恢复灵力？”

众道围上来看了半天，愣是没看出翡翠剑的来历。见天道：“解咒倒是不难，想来你这剑丧失灵力，无外乎是沾染了腥秽之物，洗净秽气便可了。”说罢他起了醮，把剑供在坛上，挥剑飞符折腾了半天，然而剑仍是黯然无光。老道们嘀嘀咕咕地商议了一阵，见天颓然地道：“如果贫道没看错的话，此剑被施了煞灵环。”

“何为煞灵环？”

五道虽早看出滕玉意是女子，却仍以“公子”相称：“公子该知道青云观吧？”

“听说过。”

见喜说：“这是清虚子那一派想出来的咒术，当年有个年轻道士误入歧途，为了劫掠财物，利用道家法器作祟。道士修为本就不低，有了法器傍身更是无所禁忌。青云观的清虚子为了对付邪道，就想了一个叫煞灵环的咒术，令人扮作美貌女子接近邪道，趁邪道不注意施了煞灵环。邪道手中的法器被毁，不久就伏法了。

“所以煞灵环名为咒术，却是彰善瘅恶的正义之术。”众道狐疑地打量滕玉意，“青云观的道士轻易不会施展这个咒术，除非他们察觉用法器之人有不轨之心，公子你……”

滕玉意在腹内唾骂蔺承佑，面上笑容不变，信口胡诌道：“实不相瞒，小人前日才来长安，在一家酒肆饮酒时撞见了成王世子，当时小人喝了几杯酒略有醉意，听见成王世子跟他两个师弟说起道家法器，便随口夸耀了几句自己手中的翡翠剑，言语间颇有攀比之意，不慎得罪了成王世子，当晚出了酒肆没多久，我的剑就这样了，说来真是无妄之灾。”

众道互相看了看，原来是清虚子道长的徒孙，这就难怪了。

见美同情地看着滕玉意：“要是清虚子道长在，公子只需带着剑上青云观说明原委，他定会给你解咒。现下却不成了，既是他徒孙下的咒，只能等清虚子道长云游回来了。”

“这……”滕玉意勉强笑道，“倘若清虚子道长一年半载都不回来呢？”

“那就一年半载之后再解咒吧。”众道耸耸肩，“公子，你得罪谁不好，偏要得罪清虚子道长的徒孙，这小子啊，啧——”

这一声“啧”的尾音拖得极长，一切尽在不言中。

滕玉意笑容僵在脸上，看来这趟彩凤楼是非去不可了。

众道士目光闪烁，他们收了厚礼却没能解开煞灵环，这位小娘子该不会把东西讨回去吧？见天笑嘻嘻地从袖笼里取出一堆花里胡哨的符纸：“公子，这是‘五美天仙符’。此符能驱邪镇宅，向来是观中的镇观之宝，平日里若非有人重金相求，贫道绝不轻易示人。今日贫道与公子一见如故，彼此也算有缘，此符就送给公子。公子收下便是，无须再给贫道拿银钱。”

眼看天色不早，滕玉意没工夫与他们纠缠，便也装模作样道：“道长既以神符相赠，小人岂有不受之理？其实小人家中还有几位老人诚心向道，怎奈人地生疏，今日造访除了解咒，还有替家中亲老相看之意，若是这符好使，往后小人会常带亲眷来观中上香。”

见天心里一紧，这小娘子出手阔绰，来头多半不小，糊弄得太狠的话，说不定会给观里惹祸。

不如这回给她留个好印象，往后也能常有进账。见天道长一甩拂尘，板着脸摸出另一样东西：“公子先别急着走，难得你与我们东明观有缘，贫道还有一物相赠。”

滕玉意接过来一看，是一支用秃了的笔，东明观听说有些名望，谁知观里这些老道只知骗财。

她若当面扔了做得太绝，便连同那堆符纸一起往袖笼里一塞，意味深长地笑了笑："道长的话小人记住了，改日定会再登门。"

她出来上了犊车，令霍丘直奔平康坊南曲，等他们赶到平康坊，已是日暮时分，承天门的鼓声远远传来，各坊正依次关闭坊门。

滕玉意来前就做了准备，摸出腰牌给武侯看了看，顺利进了坊。

平康坊果然不负盛名，这刚入夜，妓馆门前就挂上了流光溢彩的灯笼。胡姬们为了招揽客人，大肆在门前迎送。街上随处可见前来寻欢的官吏和书生，放浪的笑声不绝于耳。

滕玉意坐在车内往外看，渐觉眼花缭乱，干脆拿出绍棠给她的地图，在车里指引霍丘，犊车七拐八弯绕过街区，终于到了一家高阔的酒楼门口。霍丘在外说："娘子，到了。"

滕玉意轻轻一撣襕袍，掀帘下了车。

眼前这座妓馆别具一格，光前楼就有三层，门口停满了钿车朱鞅，出入皆为绮罗绕身的贵人。

滕玉意站在门前环顾一圈，暗叹这大概是平康坊最富丽堂皇的一座妓馆了。她吩咐春绒和碧螺在车上等着，自己带着霍丘往里走，哪知这时从楼里蹿出个中年妇人，一下子挡在了他们面前。

这妇人额上贴着翠钿，大概是看出滕玉意是个女子，笑眯眯地不肯放行："公子请留步，我们彩凤楼可不招待你这样的客人。"

滕玉意置若罔闻，继续往内走，妇人面色微变："公子……"

话音未落，妇人眼前忽然多了一锭金灿灿的东西，滕玉意两指之间夹着一块金子，似笑非笑地看着她："招不招待？"

"招待！招待！"平日这地方虽然往来无白丁，但出手就这么豪气的可不多见。妇人喜不自胜地收下金锭，回身引着滕玉意往里走："公子随我来。"

滕玉意边走边打量四周，厢房里丝竹声不绝于耳，客人们在席上酒食征逐，小道士说来此除祟，但眼下楼内楼外歌舞升平，哪里像藏着邪魔外道？

她一径上到二楼，别说没看到蔺承佑，连绝圣和弃智也不见人影。

滕玉意问那妇人："今晚可有道士来此？"

妇人用团扇掩住嘴笑道："公子说笑了，我们彩凤楼是出了名的温柔富贵乡，怎会有道士来此处？"

说着她将滕玉意主仆引到二楼靠窗的一间厢房，热络地自我介绍："奴家叫萼姬，公子要饮什么酒、要看什么样的美人，自管吩咐奴家。"

滕玉意冲霍丘使了个眼色。霍丘应了，自行到外头寻绝圣和弃智去了。

滕玉意笑问萼姬："听说你们彩凤楼的酒比别处更好，可有葡萄浆？"

萼姬殷勤张罗："公子算来对地方了。"说着她到外头廊道上吩咐庙客[①]："快叫卷儿梨和抱珠烫酒来。"

滕玉意想起此行的目的，下意识地摸向怀里的翡翠剑，不料先碰到一堆符纸，东明观的道士正经本事没有，骗起钱来倒毫不含糊。

她将这些东西搁在身上毕竟是累赘，正要拿出来扔了，只听"刺啦"一声，符纸在她指尖燃了起来。

滕玉意吓得把符纸甩到地上，符纸落到地上，又烧了一阵才缓缓熄灭。

滕玉意古怪地看着那团灰烬，东明观的道士说这符能识妖除祟，她一个字都不相信，可是好端端的，符纸怎会燃起来？

她正觉得诡异，外头有位簪花佩玉的男子路过。这男子年近三十岁，生得风流俊朗，一面走一面跟身旁两位美娇娘说笑，忽然扭头扫了屋内的滕玉意一眼，那目光妖冶异常，仿佛一眼能把人看穿。

滕玉意心里咯噔一声，男子仰头一笑，迈步往里头走了。

滕玉意满腹疑团，夹起一张符又试了一下，这一回无论她怎么摆弄，符纸都毫无反应。

她正要起身一探究竟，萼姬领着两名少女进来了。

"公子神仙般的人物，奴家可不敢叫那些庸脂俗粉来伺候。这两位是我们彩凤楼最善丝竹的乐伶，一个叫卷儿梨，一个叫抱珠，今夜就叫她们为公子暖酒献曲。"

卷儿梨和抱珠羞答答地作揖："见过公子。"

两名少女十四五岁，都生得貌美娇软，左边那个叫卷儿梨的，似乎有些胡人血统。

---

① 庙客：唐人称妓馆里的龟公为"庙客"，其通常充当保安之类的角色，也帮着打杂。

滕玉意道：“刚才外头过去一个穿月白襕衫的男子，差不多三十岁年纪，个头大概这么高，鬓上别着一朵碗口大的芍药花。这人以前可曾来过？”

萼姬到外头看了看，复转回来道：“公子该不是看错了，走廊上哪有人？不过我们彩凤楼每晚都宾客盈门，公子说的那种郎君随处可见。”

“我看那人带着两个小娘子朝廊道尽头走去了，里头还有很多厢房吗？”

萼姬茫然地眨眨眼：“再往里走可就只有两间厢房了，听说今晚都被贵客提前订好了。”

滕玉意朝两名少女一指：“把她们留下，你去打听打听我说的那位郎君。”

萼姬脸上放光，她是这楼里的假母[①]之一，卷儿梨和抱珠都是她亲手调教出来的乐伶，因为还是清白身子，仅是给人暖酒奏曲，价格已是不菲。

客人每每花高价请她们作陪，无奈只能看不能吃，有时候碰到急色的武夫，难免惹出些乱子。今晚她们能留在此处伺候这个假扮胡人的女子，她这个做假母的也能跟着省心，于是忙笑道：“奴家这就去打听。”走前她低声嘱咐卷儿梨和抱珠：“这位公子体面又斯文，你们给我好生伺候。”

滕玉意等了一会儿，没看到霍丘回来，便吩咐二女斟酒。

“你们来此多久了？”她和颜悦色地问道。

卷儿梨很文静，自打进屋起几乎未说过话，倒是抱珠很活泼：“奴家七岁就被娘买了，这些年一直在娘的教导下习练丝竹。半年前彩凤楼开张，娘便带着奴家来献艺了。”

滕玉意把酒盏放在唇边抿了抿：“彩凤楼半年前才开张？”

“是呢。”抱珠又道，“公子多半不常到平康坊来，所以不大清楚这些事。这楼过去曾是一家彩帛行，老板夫妇前年得急病殁了，空置了半年之后，被一位洛阳来的巨贾盘下，里外装点了几个月，正式更名为彩凤楼。”

滕玉意环顾左右：“此地楼面比旁处宽绰，好不容易空置下来，料想本埠有许多人抢着要，为何过了半年才被盘出去？”

抱珠含含糊糊地说：“想是盘下来要不少银钱，当初只有那位洛阳商贾才出得起价。”

---

① 假母：唐时称老鸨为“假母”。

滕玉意唇边溢出笑意，长安除了本国巨贾，还寓居着大批有钱的胡商，平康坊南曲突然有这样大一间铺子空置，怎会整整半年无人问津？其中定有缘故。

“你们不说我也知道，这地方不‘干净’对不对？”

二姬强笑道：“奴家不知公子何意，彩凤楼里每日鸾歌凤舞，打扫得尤为殷勤，何来不干净一说？美酒还需丝竹相佐，奴家这就合奏一曲《春莺啭》为公子助兴。”

滕玉意把脸一沉：“我不听龟兹乐。”

“那……那奴家改奏《长相思》吧。”

“罢了，都不想听。”

抱珠娇嗔道：“公子好难伺候，莫不是嫌弃奴家的手艺？”

滕玉意冲抱珠招了招手：“走近些，我告诉你。”

抱珠不知何意，只得敛衽近前，滕玉意突然捉住抱珠的臂膀，猛不防把她的袖子往上一撸。

二女被吓了一跳，滕玉意暗暗皱眉，这乐伶的前臂还算光滑，越往上越伤痕累累，到了肩膀处，新添的瘀痕简直触目惊心。

抱珠瑟瑟发抖：“公子这是何意？”

滕玉意松开她的胳膊，不必看，卷儿梨多半也是如此。

“平日没少挨打吧？”

两人毕竟年幼，听了这话后脸上的媚态不见了，现出凄恻的神情。

“公子既然早就知道，就别再难为奴家了，今晚要是伺候得不好，萼大娘又要责罚我和卷儿梨了。”

滕玉意笑了笑：“这样吧，我们做个交易如何？你们把知道的都告诉我，我叫萼姬半年之内都不为难你们。”

二女错愕地看着滕玉意。

“你们不信？”

“奴家怎会不信？”

且不说这话是真是假，她们在彩凤楼见过这么多客人，这位公子还是头一个问起她们身上暗伤的。

抱珠恻然道：“只是奴家在此地讨活，不敢胡乱说话，万一影响了彩凤楼的声誉，主家和娘定会重重责打我们。”

滕玉意叹气：“可若是已有人知道彩凤楼不对劲了呢？你们瞧瞧楼下是谁。”

滕玉意往窗外一指，楼下熙熙攘攘的人群中，忽然出现了两个圆头圆脑的小道士。

街上大多是衣饰耀目的年轻男女，这两个小道士却是一身缁衣芒鞋，骤然出现在人前，活像一锅五彩缤纷的荤汤里掉入两根杂草，叫人想不注意都难。

小道士到了彩凤楼前，大大咧咧地往里进。

果不其然，他们被拦住了，费了好些唇舌，庙客死活不肯放行。

滕玉意在楼上看着霍丘。霍丘点点头，瞅准机会追上去，叫住绝圣和弃智，低声对他们说了句什么。小道士蒙了一下，仰头往楼上看来。

滕玉意冲楼下怡然一笑，嘴里却对二姬道："道士怎会出现在花街柳陌？楼下这一拦，定会传到你们主家耳里。你们主家只要不傻，一定猜得到早有人将此事传扬出去了。你们这时候把始末缘由告诉我，主家和假母绝不会怀疑到你们身上，而且我保证，只要哄得我高兴了，我有法子让假母再不敢打骂你们。这可是一桩极划算的买卖，你们好好想一想。"

卷儿梨和抱珠神色有些松动。滕玉意饮了口酒，转过头看向门外的走廊。萼姬出去打听那男子的来历，为何这么久还不见回？

滕玉意摸了摸嘴边的大胡子，起身道："我出去转转，回来再听你们细说。"

她到了门口往左侧看，廊道空荡荡的。

廊道两旁各有一间厢房，房门都紧闭着。厢房内莺声燕语，显然在饮酒作乐。

滕玉意回想起符纸燃起来的诡异场景，一时不好贸然前去查看，正要回房间，迎面见萼姬从楼梯上来。

"公子为何不在房中听曲？"萼姬用帕子拭着汗，"莫不是卷儿梨和抱珠伺候得不好？公子别恼，奴家这就进去教训她们。"

滕玉意道："哎，不忙，她们伺候得很好，我很满意。刚才叫你打听那男子，为何这么久才回？"

萼姬朝廊道尽头一指："奴家把两间厢房都找过了，未见到公子说的郎君，到楼下问了一圈，今晚簪花佩玉的男人倒是不少，但要么衣裳颜色不对，要么年纪不符。公子莫不是看错了？"

滕玉意望着廊道尽头，绝不是自己看错了，但好好的一个人怎会凭空不见？

罢了，横竖绝圣和弃智来了，真要有邪祟，自有他们来对付。她估摸着楼下霍丘已经安排好了，便对萼姬说："房里有些闷，我想带卷儿梨和抱珠到街上转一转，先跟你打个招呼。"

萼姬眨了眨眼睛，长安历来有携妓出游的旧例，或是陪酒行令，或是帮着吟咏作对，不拘几日只要给够了银钱即可。但卷儿梨和抱珠毕竟未正式陪过客，出去时若是没能看住……

她干巴巴地笑道："这厢房临街对月，赏景赏人都是一绝，公子何必舍近求远？"

滕玉意从香囊里取出一粒珠子："我这人脾气古怪，听曲不喜欢窝在房中，你要是肯答应，这东西归你了。"

萼姬眼睛发直，那是一枚五光十色的珠子，四方珍奇她见过不少，却从没见过颜色这般绚丽的宝石。

滕玉意笑着把珠子抛给萼姬。这是五六年前她还在扬州的时候，从一个大食商人处买的七彩琉璃珠，那胡人初来乍到不懂行情，一包只卖二十缗钱，恰巧被她撞见了，一口气买了两包。

后来商人知道这东西中原少有，悔得肠子都青了，仅剩的那十几颗，如今卖到了一万钱一颗。

萼姬脸上笑成了一朵花，千珍万重地收好珠子："奴家这就叫卷儿梨和抱珠出来，只是她们以往甚少出门，公子别带她们走太远才是。"

滕玉意带了卷儿梨和抱珠下了楼，出来时故意回头看，不出所料，后头跟着两个鬼鬼祟祟的壮汉，想来是萼姬派来监视自己的。

霍丘迎上来道："公子，小人拦住了两位道长，现下就在车旁，不过他们像是急着走，有些不耐烦。"

"知道了。"滕玉意道，"后头有两个尾巴，你想办法把他们引到别处去，别让他看到我跟二位道长有来往。"

霍丘应了一声，自去处置。

滕玉意出楼后等了一会儿，回头发觉那两名壮汉不见了，带着二女走到自家犊车后，果见绝圣和弃智噘嘴站在车旁，灯笼的光影照在他们胖胖的脸上，活像两个毛茸茸的水蜜桃。

"两位道长，别来无恙。"

虽然霍丘已经告诉绝圣、弃智这个大胡子男人是滕玉意假扮的，两人仍愣了愣。

"滕……"二人随即绷起脸道。

"某姓王。"滕玉意笑着打断二人。

绝圣和弃智心知她有意隐瞒身份，改口道："王公子，你为何把我们拦在此处？”

滕玉意扭头吩咐卷儿梨和抱珠：“你们且到犊车里等一等。”说着她将绝圣和弃智领到一边，悄声说，“我依照两位道长的指引前来解咒，现在你们师兄人在何处？”

绝圣摸摸后脑勺：“师兄让我们先来，自己留在观里收拾残局，可我们都来了半个时辰了，也没见他露面。”他一边说一边踮脚朝人群中张望。

滕玉意想起姨母说的话。

“怪不得早上我姨父去青云观找你们师兄时，贵观正关着门，出什么事了吗？”

绝圣和弃智互望一眼。

昨日晌午，师兄与高人合力引安国公夫人的魂魄回来，哪知玄牝之门一打开，引来了好些厉鬼。

师兄有意历练他们，把驱逐厉鬼的活交给他们，自己则继续留在井前引魂。

他们虽说也跟着师兄除过好些鬼怪，但独自对付厉鬼还是头一回，光对付那个怨气冲天的小鬼就出了不少岔子，末了还是师兄看不过去，掷符帮他们收了厉鬼。

就这样他们一边驱鬼一边招魂，到了后半夜，师兄终于把安国公夫人的魂魄引回来了，可惜魂魄离体太久，即便魂归肉躯，安国公夫人依旧毫无苏醒的迹象。

师兄关闭了玄牝之门，回房与那位高人一同想法子。他们趁机想进去看看那位高人到底是谁，却被师兄催着去睡觉。

等他们早上赶去经堂，那位高人已经走了，安国公夫人依旧未醒，好在神魂安稳了不少。

到了下午，师兄叫了两位精通明录密术的老道士起醮，让他们从即日起每日给安国公夫人诵安魄咒，但能不能醒来，最终还得看安国公夫人自己的造化。

他们进厢房时，安国公正在与师兄说话。安国公憔悴苍老了不少，声音嘶哑，对师兄说：“昨夜劳烦圣……”

瞥见他二人，安国公把话咽了回去，师兄扭头看他们一眼，若无其事地说：“你们来得正好，我让他们早些备晚饭，你们俩吃了饭就动身去平康坊。”

“师兄你呢？”

“你们先去，我稍后就到。”

可他们都到平康坊半个多时辰了，还不见师兄的人影。

想到此处，弃智歉然地对滕玉意说：“估计杜博士来的时候，观里正忙着给安国公夫人引魂呢，明日观里就会如常开门了，只能劳烦杜博士明日再跑一趟了。”

滕玉意忙说：“我回去便转告姨父。”她又笑道，“你们既要到彩凤楼除祟，可打听出这楼里究竟出了何事吗？”

绝圣和弃智眉头皱了一下，他们只知道彩凤楼出现妖异一个月了，但究竟是什么妖怪都不知道。

他们刚才来了之后别说打听，连彩凤楼的大门都没进去，改而向附近的商贾打听，但这些人想是怕得罪彩凤楼的主家，连一句真话都不敢说。

滕玉意微微一笑：“如果有人愿意把这段时间彩凤楼发生的事都说出来，你们想听吗？”

两人精神一振：“滕娘子听到了什么？”

“彩凤楼上下都三缄其口，为了套话我费了不少功夫。”不待他二人开腔，滕玉意又补充道，“此外我在楼里也撞见了怪事，我可以将那人的形貌告诉你们，但是你们得答应我一个要求。”

两人防备地望着滕玉意：“什……什么要求？”

“你们得说服你们师兄帮我解开煞灵环。”

绝圣很是为难的样子：“实不相瞒，昨日我们回到观里，师兄狠狠责骂了我们一顿，说那毒虫不是好东西，滕娘子无故骗走毒虫一定不怀好意，但师兄也说了，只要滕娘子肯说出你用那虫子做什么，并且主动把痒痒虫还回观里，他就替你解开煞灵环。”

滕玉意眼波漾了漾，她弄痒痒虫无非是为了对付段宁远和董二娘，如今事还未成，怎能提前泄露出去？而且她已经把痒痒虫交给程伯去办事了，现下她手边无虫，拿什么还给蔺承佑？

不过她今日出来，本就打定了解咒的主意，蔺承佑那边麻烦，不是还有绝圣和弃智吗？既是青云观的咒术，想来这两个小道士也能解。她怅然地叹了口气：“这剑对我来说无比贵重，要是今晚还不能解开煞灵环，怕是我自己都要大病一场了，两位小道长宅心仁厚，要不今晚先帮我解了煞灵环，明日我一定把痒痒虫还给青云观。”

绝圣和弃智挠了挠头，若是提前解了咒，滕娘子真会把痒痒虫还回来吗？况且若是问心无愧，滕娘子为何就是不肯说她弄痒痒虫的用途？

她该不会真是坏人吧，但滕娘子脸上的惆怅又不像是装出来的……

弃智比绝圣更容易心软，忍不住问：“滕娘子，你弄痒痒虫是为了做坏事吗？”

“当然不是，我看上去像坏人吗？”

弃智和绝圣互看一眼，叹气道："罢了，我和绝圣都不会解煞灵环，但有个法子或许能让师兄帮你解咒。滕娘子，你且附耳过来。"

弃智在滕玉意耳边说了几句，末了道："这是我们能想到的最好的法子了，滕娘子要是依言做了，师兄说不定当场就解咒了。"

滕玉意在心里盘算，好歹套出点儿有用的东西，这法子比自己想的那个要简便可行，就是不知道能不能打动蔺承佑。

"娘子，这回可以把楼内的事告诉我们了吧。"

滕玉意取出东明观五道送她的符纸，把刚才的事说了。

弃智想了想道："东明观这五个道士历来以美男子自况，管这符叫五美天仙符不奇怪，但是说白了，这东西就是能识妖鉴鬼的阴指符。刚才你见到的那个男人，多半是妖异。绝圣，既然滕娘子把楼内的乐伶带出来了，你留下来听听她们怎么说，贫道去楼内探一探。"

滕玉意拦住弃智："哎，别急，道长这副打扮过去，只会被再拦一回，不如换身衣裳，让霍丘派人带你进去。还有，如果那妖异不好对付，你一个人去不怕出危险吗？刚才你们说蔺承佑快来了，何不等你师兄一起去？"

弃智和绝圣一脸感激，就知道滕娘子不是坏人，瞧她多关心他们。

"师兄说我们也大了，不能总由他带着我们除祟，而且说不定他已经来了，就是故意不露面而已。既然邪祟现了行踪，贫道先进去探探路。"

绝圣拿出一根矢箭样的物事递给弃智："万一应付不来，记得及时放令箭。"

弃智点头去了。

霍丘手脚麻利，很快买来了衣裳，把弃智扮作随父出游的小公子，带到楼中去了。

未几，霍丘从彩凤楼出来，重新回到犊车外守护。滕玉意刚要放下帘子，不料在人群中瞥见一个皓发苍颜的青衣道人。

这人手中举着一把高高的黄色幡布，幡布上头写着：阴阳燮理，无所不知。

老道款步走到街旁一株银杏树下，懒洋洋地坐下来，把落在肩上的帽带往后一甩，拉长了声调道："善恶祸福，各有祸根；欲问前程，且拿银钱。"

这人与正统斋戒符箓的道士不同，显然是个算命占卜的云游道士，绝圣暗暗撇嘴，这种人他见多了，打着道家的名号，行的却是坑蒙拐骗之事，最好别让他们发现这道士做坏事，不然……哼哼。

正当这时，那老道士冷不丁朝犊车方向瞥了瞥，眼中似有笑意，神情好不古怪。

滕玉意奇怪地看了老道一眼，把帘子放下，对卷儿梨和抱珠道："现在可以说了，楼中究竟出了什么怪事？"

卷儿梨和抱珠不安地道："其实奴家们知道的也不太多。"

"无妨，知道什么就说什么。"

抱珠惧怕地看了看窗外："奴家听几位假母说，彩凤楼的前身，也就是那家彩帛行的店主夫妇，死得好像不太对劲，自他们死后这地方就不太平。"

绝圣诧异："倘或觉得店主夫妇死得不对劲，为何不报官？"

卷儿梨道："店里的伙计报过官，但店主死的那晚，恰好有几位医官在帮着施针。医官们帮店主诊病有些时日了，死因并无可疑。至于店主夫人，则是在店主病死后第三日自缢死的。死前不但留了一封信，还将值钱的首饰分赠给了寺庙，这些寺庙都是长安城有名的古刹，绝不可能与店主夫人的死有关，所以虽然万年县的法曹来看过，但也没下文了。"

"既是这样，为何还说他们死得不对劲？"

卷儿梨和抱珠与寻常贱籍女子不同，自小被逼着认字学艺，叙起事来措辞不俗。

抱珠瑟缩了一下，硬着头皮说："我听假母说，彩帛行一向只进昂贵绢彩，只要是南曲的名妓，大多光顾过彩帛行。店主年方四十，体格比常人强健，原本穷苦无依，起家全靠妻子当年的陪嫁，这些年虽然发达了，仍改不了畏妻的毛病。

"夫妇俩成亲十四年，夫人一无所出，店主好说歹说，终于说动夫人同意纳妾，患病前不久，他刚从越州买来一个貌美侍妾，夫人面上依从，背地里经常打骂美妾。有一回店主带着店里的伙计去外埠进货，夫人变本加厉折磨美妾，妾不堪受辱，偷偷跳井死了。死的那日店主正好从外地回来，听闻妾的死讯，店主急火攻心昏过去了，醒来后就开始头痛，说看到美妾在庭院里徘徊，吓得整夜不能安睡。

"店主夫人性情跋扈，当即冲到院子里大骂，说贱婢生前狐媚害人，死后还敢兴风作浪，因为骂得太大声，邻近好些人听见了。过不久店主夫人又到附近的庆国寺请了符贴到院子里，之后就太平了，但店主的病时好时坏，请了好些医官来看，都说是头风。就这么病了几个月，某一日店主终于不行了。

"店主夫人的死就更古怪了，凡是平康坊有资历的假母，几乎都跟这位娘子打过交道，都说其人悭吝异常，纵算死了也会把财货带进棺材里，因为太过薄情，店主夫人早就跟三亲六故断绝了往来。她自缢也就罢了，怎舍得把珠宝首饰赠给寺庙？最吓人的是她死前写的那封信……”

滕玉意忙问：“信上写的什么？”

抱珠益发惧怕，求助般看向卷儿梨。卷儿梨打了个冷战，结结巴巴地说道：“那封信密密麻麻地写着同一句话——我本狗彘，不配苟活；我本狗彘，不配苟活……”

车内仿佛刮过一阵冷风，滕玉意后背冒出森森凉意。

绝圣清清嗓子道：“听上去像厉鬼复仇，使了障眼法迷惑店主夫人，先诱其写下罪己书，再令其自缢，论理这样的邪物尚未成气候，或是超度或是收服，总归不会长久作乱，后来这地方有没有人来做过法事？”

“法曹查了一阵，确定店主夫妇并非被外人所害，便告结案了。因为店主夫妇并无子嗣，官中只好将铺子挂出去售卖。但是自那之后，楼内总有异响，左右邻里听了害怕，凑钱请了庆国寺的大和尚来看，大和尚说店内的确有些冤祟，做几场法事就好了。做完法事那些日子，听说店里清静了不少，但每回有人来相看铺子，就会在楼里看见不干净的东西，之后过了整整半年，店铺始终未能盘出去。”

滕玉意道：“洛阳来的这位新店主为何肯盘下铺子？”

抱珠看了看卷儿梨，问道：“那日你不是听到了原委吗？假母怎么说的？”

卷儿梨回想着当日情形，重新开了腔：“新店主来的那日，找了一位很厉害的术士帮着相看，那术士说此地中凹外凸，天然便是坎井之势，这样的宝地最适合做阴人生意，前面做妇人们的彩帛生意可以日进斗金，新店要开妓馆，自然也会名噪一时。虽说楼里有些不干净的东西，但不是没法子破解，只需塑一尊莲花净童宝像镇在后院，便可无虞了。”

滕玉意颔首：“看来你们新店主依言做了，彩凤楼开张后也的确生意日隆，后来又发生了什么？术士的法子不管用吗？”

“其实怪事就没断过，但生意出乎意料地好，我们店主一来舍不得每日的大笔进账，二来怕请人作法会影响买卖，因此一味瞒着。”

说到这儿，卷儿梨和抱珠互相挨近，有些栗栗危惧的情态：“大概三个月前，有位洪州来的客人来店里寻乐，喝醉了宿在一位叫软红的娘子房中。睡到半夜的时候，客人听到房门外有脚步声，本以为是哪位醉鬼，结果那脚步声踟蹰不去。客人听了心烦，要那人快滚，但是外头那人说：‘奴家是软红，外头好冷，郎君快让奴家进来。’

“那女子的声音跟软红一模一样，客人信以为真，迷迷糊糊起了身，谁知回身往床里一看，软红裹着衾被睡得正香，他一下子就醒了酒，推搡软红让其醒来，但软红怎么也叫不醒。

“那排寝房在后院的西北角，周遭本来就僻静，何况又是深夜了，那女子一个劲地叩门，为何没惊动旁人？客人越思量越害怕，哆哆嗦嗦地骂道：‘快滚！你不是软红，少在这儿装神弄鬼，再敢作怪，我定叫你假母重重责罚你！’

“那女子突然厉声惨叫：‘你房里有鬼，我才是软红。’

“客人吓得魂飞魄散，不敢开门也不敢到床上去，僵在房中间，扯着嗓子大喊救命，外头那东西‘砰砰砰’地开始撞门，客人吓昏过去，醒来的时候已经天亮了。庙客们把他抬回到床上，客人冷不丁看到假母身后的软红，差点儿又昏过去。

“软红脸色奇差，说自己昨晚也遇到了异事，但她跟客人的遭遇恰好相反。半夜醒来她听到客人在外头敲门，回头却看见客人躺在床上，那东西也是说房中有鬼，惨叫着要她开门。”

绝圣想了想道：“前面听着像鬼祟作怪，后面又不像了。这话先不说，彩凤楼开张后这样的事一共发生过几起？”

抱珠白着脸道：“少说有三四起，奇怪的是找的都是外地客人，客人们在长安待不了几日，拿了店主的赔偿也就走了，因此那几个人虽然都被吓破了胆，但长安几乎无人知晓此事。”

滕玉意摸了摸发凉的后颈：“这东西如此凶悍，开张这三个月，难道就没有人受伤或是出什么意外？”

抱珠拼命点头：“有，所以奴家们才害怕。头两个月还好，无非有娘子本来睡在房中，醒来的时候却在廊道里，或者在后院里看见前头有女子在疾行，追着叫两声，女子倏忽就不见了。

“但是就在上个月，有位假母从外地买了一个名唤葛巾的绝色乐伶，葛巾不单相貌生得好，诗咏和琴律更是一绝。因为大受欢迎，她一来就做了彩凤楼的都知。前些日子葛巾陪郎君出去游玩，先在寺中求了一串护体的佛珠，后又去水边祓禊，不小心弄湿了衣裳，回来就有些伤风，十八日那晚，葛巾因为身子不适早早歇下，半夜忽听到外头有脚步声。

“葛巾来的日子不长，但也听说了楼内的异事，知道那东西往往只在门外作怪，不理会就好了，孰料这一回不一样。那脚步声踱着踱着，居然潜入了房中。葛巾吓得睁开眼睛，迎头被狠狠地抓了一下，黑暗中听到一个中年妇人骂道：‘贱婢，敢勾引我夫君！’

“那一爪抓得极重，葛巾半边脸被抓得血肉翻飞，捂着脸哀号，摸到那串佛珠慌乱掷了出去，那妇人就这样不见了。葛巾连声喊救命，楼里这才听到响动，医工说葛巾脸上的伤重得很，容貌恐怕再难恢复。”

说到这儿，卷儿梨和抱珠凄楚地叹了口气。

滕玉意思量一阵，忽道：“咦？”

绝圣问滕玉意：“王公子认为哪里不对吗？”

滕玉意道：“听描述，竟像那位店主夫人的鬼魂在作祟，但它以前被拦在门外，这一回为何能闯进房里？突然之间法力长了，还是有什么别的缘故？而且为何不找别人，偏偏找上葛巾？”

绝圣反复琢磨那句话：“‘贱婢，敢勾引我夫君！’要么就是这鬼魂冲破了压制她的禁印，要么就是葛巾跟她丈夫娶的那位美妾生得像，它错认了人，怨气横生之下，一下子冲破樊笼的情况也是有的。后来呢？可还发生了旁的事？”

卷儿梨和抱珠同时摇头：“这些事已经足够把人吓得魂不守舍了，尤其是葛巾娘子，刚来即崭露头角，假以时日，定会成为平康坊最负盛名的都知，可惜容貌就这样毁了。如果这次我们店主还压着不肯说，往后不知还会有多少人遭殃。奴家猜，这一回能惊动青云观，怕是……怕是……”

她们二人抿了抿嘴，滕玉意接话：“怕是葛巾自己放出的风声？”

卷儿梨和抱珠缄默不语。

滕玉意道：“店主和假母为了压下此事，或是许她银钱，或是以势相胁，但是葛巾不甘心就这样被毁了前程，所以想为自己讨个公道。道长，你们是何时听说此事的？”

绝圣道：“那日师兄从外头回来教我们课业，说最近有人告诉他平康坊的彩凤楼可能有妖异，等他稍做准备，会带我们去转一转。”

滕玉意有些惊讶，葛巾身为彩凤楼的妓人，出入皆不自由，受伤后店主怕走漏风声，尤其看管得紧，这种境况下想递封信到青云观恐怕都不易，会不会是某位跟葛巾相好的王侯子弟发现不对劲，而那人到蔺承佑面前透露了消息？

绝圣老觉得遗漏了什么，突然一拍脑门：“是呀，说了这么多怪事，为何没听到有位三十岁左右的男子作祟？两位娘子，你们可在楼里见过一位簪花的古怪郎君？”

卷儿梨和抱珠错愕地道：“自彩凤楼开张以来，奴家只听说过有女鬼作祟，从未听说楼里有男鬼。”

绝圣沉吟，假如今晚那男子没问题，滕娘子手中的五美天仙符怎会无端自燃？

卷儿梨和抱珠道："公子，该说的奴家都说了。"

滕玉意心知她们要么不说，说的话定会坦诚相告："你们随我下车，我带你们到周围转一转，待会儿把你们送回楼中时，我自会跟萼姬打招呼，接下来这半年，她绝不敢再难为你们。"

二女见她言出必行，自是感激不尽。

滕玉意话锋一转："今晚连青云观的道士都被引来了，你们店主如果还想继续隐瞒，定会有所举措，要是又听到什么奇事，务必告诉我。"

二女应了："就不知公子何时再来彩凤楼？"

"我想打听什么的时候，自然就来寻你们了。"

说罢她敲了敲车壁，对外头的霍丘道："看看彩凤楼那两个壮汉在不在附近，倘或又来了，你去把他们重新引开。"

等霍丘回转，滕玉意便对绝圣道："道长，记得你们答应我的事，我们稍后在此处会合。"

绝圣痛快地点头，若非滕玉意帮忙，就算他们能闯进彩凤楼，也不可能知道得这么详尽。难怪师兄总说光在观中埋头学符箓气法不可行，真想长本事，还需多出来历练。

他心悦诚服地目送滕玉意下车，忽又想起，师兄到现在都未露面，莫非打定主意让他们独自应对？

滕玉意在附近转了转，估摸着差不多了，带着卷儿梨和抱珠往回走。

彩凤楼前人头攒动，她们走近一看，一群人围着那位古怪的老道士。

也不知老道士说了什么，门口的假母和庙客竟未驱赶他。

那面写着"阴阳燮理，无所不知"的幡旗就插在楼旁花丛前，老道士口中念念有词，惹得众人时时惊叹。

滕玉意说："借过，借过。"

她好不容易挤入人群中了，就看见地上有个四五寸高的纸人。纸人不知被施了什么法术，在地上走来走去，而且动作灵动，几乎与真人无异。

纸人对着一位四十多岁的男子比画着什么，那中年男子鸠形鹄面，生得一脸苦相。从穿着打扮来看，他似乎是彩凤楼的庙客。

男子垂泪道："道长真乃神人，这纸人与亡母神形毕肖……"

说着他便屈膝跪下，拊膺恸哭："阿娘啊！儿不知你在下面这般受苦，儿无脸苟活，随娘去了吧。"

纸人张开双臂，一下子抱住了儿子银奴垂下来的胳膊，双肩抖抖瑟瑟，看起来也像在哭。

老道士装模作样叹了口气："你阿娘没怪你，只是叮嘱你好好活着，往后记得多给她些供奉便是了。"

说话间那纸人又有了反应，松开庙客的胳膊，冲老道士俯下身，俨然在向老道鞠躬。

大伙轰动不已，银奴更是痛哭流涕，看客中有几个心肠软的被勾起了伤心事，竟也跟着一起流泪。

"银奴，今晚算你有造化，叫你遇到这样一位高人。"人群中有人道，"全了你母子相见之谊不说，还替你烧了这么多供奉给你阿娘，你别光顾着哭，还不赶快谢谢这位道长。"

银奴哭道："道长恩同再造，往后只要有用得上小人之处，只管告知小人。"

老道士扶起银奴："贫道不过是借妙术以达观罢了，你跟你阿娘本就尘缘未尽，注定有这一面。"

老道士露了这一手，众人更相信他是神仙再世，一口一个"老神仙"，按捺不住拥上去。

一时之间，占卜、算命、问宅的，问什么的都有，就连彩凤楼里的假母和名伶，也出来凑热闹。

老道士面对热情的众人，笑呵呵地把双手往下压了压："不忙不忙，贫道之所以给银奴做下这桩'玄鉴导引'的法事，无非是因为他是第一个撞到贫道之人。知道你们个个都有困厄之处，但再急也得一个一个来不是？"

众人不敢再吵嚷，安静下来，眼巴巴地看着老道士。

滕玉意总觉得这老道士油嘴滑舌，笑得也太假，低声问霍丘："可看出什么不妥？"

霍丘缓缓摇头道："小人眼拙，未看出什么门道。"

老道士眯着眼睛在人群中扫了一圈，恰好一位锦衣云鬓的妇人闻讯从彩凤楼出来。老道士眼睛一亮："就这位娘子吧。请随老道来，那边有家四面开窗的旗亭，不避人，又清静，凡有不便当众诉告之处，可单独告知贫道。"

妇人身上衣装多彩，又刚从彩凤楼出来，任谁都猜得出此人是楼里的假母之一，这老道士不挑别人，偏挑中楼里的假母……滕玉意有心留下来看这老道士耍什么花样，却又惦记着去找蔺承佑，要是迟迟找不到这厮，今晚她等于白跑一趟。

于是她带着卷儿梨和抱珠往里走，走到老道士身侧的时候，忍不住多看了一眼。老道士的缁衣后领露出来一截脖颈，竟比脸上白净许多。

不过这也寻常，常年在外游历之人，脸上饱受日晒雨淋，身躯因有衣衫遮挡，大多比面庞细腻些。

她正要收回目光，忽然一怔，如果她没看错，道士脖颈上竟隐约有个赤金色的烙印。

这也就罢了，老道士里头穿的那件白纱禅衣，用的是上等的纺花葛纱料，这纱料表面上与寻常料子无异，常人很难看出其贵重之处，只有穿过的人知道，它轻薄如云，冬暖夏凉，一匹足值千金。

她现下也穿着这种纺花葛纱料禅衣，家中共有四匹，还是头些年阿爷得胜归朝时圣人赏赐的，这几年她长得快，裁一件禅衣布料便少一截。

这人究竟是谁？他就算靠着骗术能敛下横财，怎会骗到宫里的东西？

卷儿梨和抱珠诧异地道："公子，怎么了？"

滕玉意掩去脸上的惊愕之色："无事。"

她寻思着要走，谁知这时候，老道士扭头朝她看过来，目光中似有谑笑之意。

滕玉意这才看清老道士的眼睛，尽管藏在两条长长的白眉下，那双眸子竟极为漆黑明亮，眼神如此熟悉，究竟在哪儿见过？

老道士只扫了滕玉意一眼就转过头，引着那妇人往旗亭走，边走边笑眯眯地对众人说："莫要急，莫要急，一个一个来。"

滕玉意进了彩凤楼，迎面撞见萼姬，便指了指身后的卷儿梨和抱珠："如何？完璧归赵了吧。"

萼姬含嗔带喜："公子这是什么话？奴家这两个女儿花苞一样养这么大，巴不得被公子这样的人物拐跑呢。走了一圈该乏了，公子快回二楼坐下，奴家亲自烫几壶美酒来。"

滕玉意负手往上走，弃智进楼这么久，也不知查出什么没有。她刚坐下来不久，廊道里忽然古怪地响了一声，依稀像除夕的爆竹[①]声，长长地呼啸着，尖锐又突兀。

滕玉意心中一震，忙低喝道："霍丘。"

---

① 唐时已有爆竹。

霍丘二话不说奔出了房间，滕玉意一撩长袍，也跟了上去。萼姬和卷儿梨、抱珠茫然地站了一阵，胆战心惊地跟着出来。

那声音明明从左侧廊道尽头传来，廊道里却空无一人，推开两边的厢房门，只见里面的酒客忙着推杯换盏，霍丘赔罪退了出来，悚然往回奔："公子，无人。"

滕玉意暗觉纳罕，爆竹的声响就在廊道里，她为何看不见弃智？

"此地有异，那个叫绝圣的道士还在楼下，我们先速速离开此地。"说话间她急欲下楼，可刚一迈步，袖笼一热，里头那堆符纸突然烧了起来。滕玉意猝不及防，吓得赶快掏出符纸，好在那火似乎与明火不同，很快就化为灰烬。

饶是如此仍麻烦得很，接二连三，符纸相继在袖笼里自燃。

滕玉意一时之间竟不知该怪东明观的道士一下子给她塞得太多，还是该怪自己没及时把这堆东西扔了，连连甩袖子："霍丘，快来帮忙！"

滕玉意这才意识到身边安静得出奇，脑中一空，抬头才发现霍丘不见了。廊道还是那个廊道，只是灯火幽微，别说霍丘，连萼姬都不见了。

她勉强稳住心神："霍丘，你在哪儿？"

就在这时候，廊道旁传出一个小孩的呼救声："滕娘子，我是弃智，快救救我！"

滕玉意转头看过去，空荡荡的廊道尽头，隐约可见一个熟悉的身影，那人站在一间厢房的门口，正拼命往后拽自己的胳膊。

弃智？

弃智死死地扒着房门，冲滕玉意大喊："滕娘子，你身上有五美天仙符，所以才会不小心闯进这妖怪设下的结界，你现在回不去了，快把我拖出来，只有我们观里的镇坛木能破了这幻境。"

滕玉意不敢靠近，却也无处可退，走到楼梯口试图往下走，却怎么也迈不动步。

"滕娘子，你不相信我？我真是弃智！刚才的令箭就是我放的，绝圣和师兄就在附近，应该很快就能赶来，我现在够不到怀里的镇坛木，你快帮忙扯我一把，不然我就没命了。"

滕玉意的心几乎从胸口里蹦出来："你既是弃智，应当知道我为何会来此处。"

"知道！知道！"弃智拼命点头，"你要师兄帮你解开煞灵环。"

"我们第一回见面是在何处？"

"紫云楼。不，不，紫云楼里的揽霞阁。你和师兄商量要把树妖吃了，又嫌树妖的皮肉太糙。"

滕玉意奔过去："究竟出了什么事？你怎么被困在此处？"

弃智急声道：“我力气不够了，待会儿再细说。滕娘子，妖物就在附近，无论他说什么、做什么你都当作没看见，先把我扯出来再说。”

滕玉意这才发现弃智身后并不是厢房，而是一座烟雾缭绕的庭院。

里头的酒客早不见了，庭院里荒烟蔓草，透过轻纱般的雾气，隐约可以见到院子当中有口井。

滕玉意瞠目结舌，也不知是什么妖异，竟转眼将厢房变成这幅光景，忙抱着弃智水桶般的腰使劲往后拖，然而拖了半天，弃智纹丝不动。

滕玉意骂道：“你一个茹素的小道士，干吗吃得这么胖？”

弃智哭道：“我……我不是故意吃这么胖的。”

他忽又回过神：“不对，不对。滕娘子，现在跟你抗衡的是妖力，与我胖不胖没关系。要不你把我的镇坛木取出来，就在我的前襟里。”

滕玉意正要探手摸索，背后突然掠过一道凉风，有个男人的声音远远飘来：“小娘子，你在做什么？”

滕玉意浑身一个激灵，忍不住回头看，就看见一位三十岁左右的俊俏郎君远远踱来。

这人头上簪着一朵芍药花，目光缠绵，笑容浅淡，可不就是早前她看到过的那个男子吗？

男子手中拿着一条绿萼色的女子画帛，边走边放在鼻端闻，仿佛画帛上藏着什么香味，让他爱不释手。

滕玉意只觉得那画帛眼熟，忽然想起是卷儿梨之物，不由得大吃一惊。

弃智一看见那男子脸色就发白：“滕娘子，快闭上眼睛。别看他别听他，赶快把我的镇坛木取出来才最要紧。”

滕玉意把眼睛闭得死死的，哆哆嗦嗦地摸向弃智的前襟，然而，弃智为了不被拖进去，几乎把整个前胸都贴在门框上，镇坛木早不知被推挤到何处去了，她越摸越着急。

那男子越踱越近：“你在找什么？要不要我帮你？”

这人嗓音温柔，恍惚有夺人心魄的能力，滕玉意心神一荡，心知不妙，连忙喊道：“弃智，快想办法！”

弃智几乎是吼起来：“快跟着贫道念‘天地，所以可行而不可宣也。大圣，所以可观而不可言也！’[①]。”

她刚念了一句，耳边的浊音骤然消失。滕玉意回过神来，紧接着摸索弃智怀里，很快摸到一块硬硬的木板：“找到了！”

弃智大喜：“快把它塞到我嘴里。”

滕玉意依言做了。弃智咬破舌尖，喉咙里嗡嗡念咒，运足了内力正要把镇坛木喷到那男子身上，不料一下子，镇坛木竟在他口中裂成了两半。

滕玉意目瞪口呆。

估计是镇坛木刚才被弃智的胸膛压得太久，早已压裂了。

弃智哭丧着脸吐出两块碎木：“都怪师公太抠门，早说了要换致密坚实的花梨木，师公只肯用最便宜的柳木，这下好了，我也没法子了，呜呜呜呜……”

滕玉意急得拍他的头：“哭有什么用，你身上还有什么别的法器吗？我帮你拿出来。”

弃智绞尽脑汁想招，可就在这时候，那男子已经走到滕玉意背后，扣住滕玉意的肩膀，笑着要把她和弃智一道推入房中：“进去吧，晚生会好好款待娘子的。”

滕玉意不等男子发力，回身将袖笼里的东西一股脑摔向男子的面门：“谁要你款待！”

她甩出的是剩下的几张五美天仙符，谁知那男子只轻轻吹一口气，符纸顷刻间碎成了齑粉。

“没用的。”弃智拼死抱住门框，“他道行太高，这些给他挠痒痒都不够，为今之计，只能等……”

滕玉意再次探向袖笼里：“至少能让他分神，拖一刻算一刻。”

她胡乱一摸，胸口突然一阵冰凉，原来符纸不知不觉被扔完了。弃智吼道：“滕娘子，莫怕，我是三清金童，那妖怪不敢随便靠近我，就算我们被拽进去，一时半会儿我们也死不了，你只需抱紧我，等师兄来了就好了。”

滕玉意表示怀疑，真像弃智说的那样，他怎会那么慌？身后那男妖似乎很爱洁净，慢慢掸净身上的余灰，抬手重新扣住滕玉意的肩膀：“娘子也太不解风情了，在下诚心相邀，你怎舍得一再推搪？”

---

① 此句经文出自《云笈七签》。

滕玉意情急之下甩出袖笼里最后一样东西："既要登门做客，我先送公子一样好东西。"

那是一支光秃秃的笔，东明观的道士硬塞给她的，虽然什么用也没有，至少能吓唬吓唬妖物。

说话这当口，她已将笔狠狠戳到男子的面门上。男子抬手抓住笔杆想再调笑几句，忽然像是被火烫着了似的，话音戛然而止。他本是面白如玉，被戳中的那一半脸居然开始蜕皮，如漆块剥落，露出里头青灰色的脉络。

滕玉意万万想不到这秃笔居然有些用处。这一击不轻，竟让男子迟迟无法动弹。他身子开始痉挛，表情也变得狰狞。

滕玉意不敢再看，抱着弃智向后一拉，或许是妖物自顾不暇，这一回她竟把弃智给拽了出来。

弃智一个鲤鱼打挺，拽过滕玉意："快跑！"

两人刚跑了几步，身后阴风翻涌，男子呼啸着追了上来，速度快如疾风，眼看要抓上滕玉意的肩膀。

滕玉意有些绝望："除了跑，你还有没有别的招数了？"

弃智埋头跑得飞快："能用的招数早都用了，趁结界破了，跑才是上策。"

男子在后头阴恻恻地笑。

"可我们根本跑不过他，我刚才狠狠得罪了他，被他抓到定会死无葬身之地的。"

弃智拼命摇头："滕娘子，我不会让他先抓到你的。"

这时滕玉意背后一凉，阴戾的气息劈天盖地席卷而来。滕玉意吼起来："你如何保证？"

果不其然，男子不抓弃智，径直扣上滕玉意的衣领，口里凉丝丝地吐着气，喷到肌肤上，如冰似雾。

滕玉意打了个哆嗦，转头骂道："你这妖物好不讲究，我是女子，他是孩童，你专挑弱不胜衣之人下手，自己不觉得没脸吗？你真有本事的话，为何不敢去找底下的那个老道士？"

说时迟那时快，楼梯处忽有人喝道："老道来也，找我何事？"

那人身手矫捷，脚踏栏杆纵上来，拂尘一甩，劈向男子。

男子来不及躲开，被打得惨叫一声，丢下滕玉意，迅速消失在浓雾里。

老道士抬手一捞，接住了滕玉意，另一只手从腰间扯出银链，"叮"的一声劈向廊道中的浓雾，眼前倏忽显现出一条狭长的甬道，尽头暗黑冷寂，仿佛直通幽冥。

老道正要把怀里的滕玉意扔给吓呆了的弃智，滕玉意猛地揪住他的前襟："世子，我刚才救了你师弟一命，足够抵过了吧，快帮我把煞灵环解了，不耽误你们捉妖，我马上就走。"

早在楼下时她就起了疑心，这回近距离一看，越发确定，这老道经过一番打斗，前襟松开了些，颈项上的肌肤白净，分明还是位少年郎君，加之他身穿宫制的纺花葛纱料禅衣，道术又了得，想来想去，只能是蔺承佑了。

第七章

彩凤楼

蔺承佑看了看怀里的滕玉意，笑道："原来滕娘子早就认出我了。你救弃智一命，我也救了你一命，两下扯平了，何来抵过一说？"

说着他把滕玉意抛到弃智圆鼓鼓的身躯上，弃智一时不防，又被压倒在地："哎哟！"

滕玉意又惊又怒，扭头望去："蔺承佑！"

面前哪儿还有人？蔺承佑眨眼就消失在廊道里。

两人忙着从地上爬起，不过一晃眼的工夫，廊道里喧闹起来，厢房内的醉客踉跄地拉开门，美姬们捧着盘馔鱼贯而出，陡然瞧见滕玉意和弃智，众人皆是一惊。

弃智忙对滕玉意说："别觉得奇怪，我们其实还在原地，只不过师兄破了那妖物的迷魂阵罢了。"

滕玉意环顾四周，果真一切如常，胳膊一动，那支秃笔还在自己手中。她掸了掸衣袍上的灰，一把捉住弃智的衣袖："你随我下楼，我这就驾车带你回青云观。既是你们青云观的法术，你现学也来得及，马上给我解开煞灵环，我和你们青云观从此各不相干。"

弃智张口结舌："王公子，你先别生气，这法术对功力要求奇高，我和绝圣暂时没资格习练。哎！"

说话间他刹不住脚，一路跌跌撞撞地下了楼梯，没想到滕娘子看着娇弱，力气委实不小："师兄为了历练我，一开始也没露面，究竟发生了什么事，我估计他也不清楚，等我把来龙去脉告诉他，他一定会给滕娘子解咒的。"

“不敢劳烦贵师兄。”滕玉意被气笑，“还嫌此番折腾得不够吗？你们师兄弟怕不是我的克星吧，方才我可是差点儿连命都丢在这儿了！”

弃智红着脸赔罪：“滕娘子，你先松手。你救了弃智一命，弃智没齿难忘，今晚无论如何会帮你解开煞灵环，就算被师兄关三个月禁闭我也认了。”

关三个月禁闭？这两者之间有关系吗？

“这样的话我可听够了，说得天花乱坠又如何，我的翡翠剑至今还是一件废品，你师兄太可恶了！”

弃智挠了挠头，看来滕娘子已经深恨师兄。师兄自是不怕旁人恨他，可是这样一来，自己就更不好从中斡旋了。

他们迎面撞上萼姬和抱珠，二人游目四顾，分明在找什么人，无意间一仰头，顿时又惊又喜：“娘，快看，王公子！”

萼姬三步并作两步冲上来：“王公子，你把卷儿梨带到何处去了？我们娘儿俩找了一大圈，还以为你们从窗子跳下去了。”

说着她往滕玉意身后张望，只看到一个九岁左右的小郎君，哪儿有卷儿梨的身影？

“卷儿梨呢？”

滕玉意想起刚才迷魂阵中所见，那妖异手中把玩着一条女子的画帛，正是卷儿梨之物，原以为是那妖异故弄玄虚，看来卷儿梨果真出事了，她面色微沉：“卷儿梨什么时候不见的？”

萼姬霎时白了脸色：“公子莫要说笑，卷儿梨不是一直在你身边吗？”

弃智察觉不对：“这位叫卷儿梨的娘子刚才也在二楼吗？”

“是啊。”萼姬心慌意乱，“就在厢房外头，一眨眼就不见了。王公子别跟奴家开玩笑，是不是你把卷儿梨藏起来了？”

就在这时候，楼下沸反盈天，一行人闯了进来，也不知什么来头。庙客们竟未拦得住，这些人疾步走到大厅里，二话不说径直上楼梯，看见滕玉意才愕然停步。

滕玉意迎下去：“霍丘。”

霍丘拱了拱手：“公子突然不见了，小人担心出事，便将左右的护卫都紧急召集来了。”

滕玉意这才对萼姬说：“实不相瞒，我们刚才撞见了一些怪事，但卷儿梨当时不在我们身边，我甚至都不知道她失踪了。我估计她现在凶多吉少，要救她得尽快想法子，此处人多，我们不如到外头商量。”

抱珠与卷儿梨本就情同姐妹，闻言慌忙点头。萼姬还指望卷儿梨替她赚来大笔银钱，自然也是焦灼不安。

一行人很快出了楼。

门口依旧围着那堆人，一个个翘首企足："老神仙进楼这么久了，怎么还不见出来？"

他们走过一间旗亭时，绝圣突然从里头跑出来，一径到了跟前，急声道："弃智，你没事吧？"

弃智奇道："绝圣，你怎么会在旗亭里？"

旗亭里坐着那位花枝招展的假母，眼看绝圣跑出去，目光好奇地追随着他的背影。

滕玉意吩咐霍丘道："犊车上坐不下这么多人，你去另开一家旗亭吧，我有话要问萼姬。"

他们刚到另一间旗亭坐下，绝圣就把弃智拉到一旁："我听到你放令箭就往楼里闯，结果被楼下一个老道士拦住了，你猜他是谁？不对，你早该知道他是谁了吧。"

"知道，滕娘子也知道了。"弃智把方才的事简单说了说，"师兄为何让你在那家旗亭待着？那妇人是谁？"

"也是彩凤楼的假母，师兄跟滕娘子想的一样，说要知道真相，还得从彩凤楼里的人下手，因此才扮成游方道人，来此慢慢套话。刚才那假母被师兄哄得晕头转向，一口气说了不少楼里的怪事，可惜还未说完，师兄就听见了你放的令箭，他让我继续去套妇人的话，自己去楼内救你了，师兄现在何处？"

"师兄闯进了妖异的结界，不知何时能出来。刚才楼里丢了一位乐姬，估计是被那妖异掳走了，我才跟那东西交了手，妖力极高。"

滕玉意听得直皱眉，看样子蔺承佑一时半会儿出不来了。她此时负气离去，睡下后又会做那绵长的噩梦，更糟糕的是如今卷儿梨又落入了那妖异的手中。她并非善心泛滥之人，只是她才答应保卷儿梨半年平安，转头就出了事，这时候掉臂不顾，似乎有些欠妥。

她正思量间，绝圣向萼姬正式介绍了自己的道士身份，然后正色道："你要救卷儿梨娘子的话，就得把楼里到底出过哪些异事统统说出来。"

萼姬目光闪躲，抬手一指对面旗亭里的假母："道长，沃姬都跟你说了些什么？"

绝圣肃容道：“你说你的，她说她的，都到这时候了，别以为不说这事就跟你没关系。”

滕玉意这才开了腔：“看这架势，今晚的事还只是个开端，往后说不定还会有更多人遭殃。你别忘了，前有被厉鬼毁容的葛巾，后有无故失踪的卷儿梨，只要你在彩凤楼一日，下一个随时可能会轮到你。”

萼姬挪了挪身子，强笑道：“我们主家胆小怕事，要让他知道奴家多嘴，奴家就别想在平康坊混下去了。公子和两位道长行行好，可千万别说是奴家说的。”

她清清嗓子：“其实彩凤楼开张之际，我们主家就请术士来看过。那术士是洛阳来的，据说法术高强，记得当时那术士看过之后，令人在后院西北角挖了地窖，还说要供奉一尊莲花净童宝像用来镇邪，那术士说得仔细，连挖几尺深都交代了。主家一一照做，但是后来……”

滕玉意摸了摸胡子，卷儿梨和抱珠只知道有高人帮着镇宅，并不清楚这些细末之处。

萼姬不安地道：“匠作们拿了图纸照着施工，起先是丝毫不差，结果有一回，匠作中有两位大匠多喝了些酒，第二日上工的时候头晕眼花，不小心误砸了底下一块石头，那石头埋得深，明显超过术士规定的深度。”

绝圣和弃智对视一眼，忙问：“匠作有没有把这件事告诉你们主家？”

萼姬摇头：“匠作们一是觉得，只是砸裂了一条浅纹，并未动摇地基，想来并不相碍；二是怕惹恼主家，万一主家不肯给他们工钱，他们岂不白忙一场，所以也就瞒着未说。”

滕玉意“哼”了一声：“先不说到底有没有妨碍，你又是怎么知道这事的？”

萼姬用团扇掩住嘴，抛了个媚眼道：“领头的匠作是奴家的相好，那一夜他来奴家寝处，情浓之际对奴家吐露了几句。”

绝圣和弃智浑身一个激灵，滕玉意咳嗽一声：“你既知道了，有没有把这事主动告诉你们主家？”

“没有。”萼姬悄声道，“奴家不是不想说，可要是说了，主家一定会去找奴家男人的麻烦，男人知道我多嘴，也会恼奴家，到那时候奴家岂不是两头不讨好？但奴家提醒过主家，说楼里又开始闹鬼了，不如去洛阳把那位高人再请来看看，究竟哪儿有问题，高人一看不就知道了？后来主家果真去洛阳找过几回，可惜都未能再见到那高人。主家怀疑那术士是骗人的，正盘算着去报官呢。”

滕玉意看着绝圣和弃智：“两位道长怎么看？”

“光听蕚大娘这么说，我们也没法下定论，但既然那位术士规定了只能挖几尺，必然有他的道理。究竟怎么回事，只能亲眼去看看了。”

弃智就问蕚姬：“那地窖在后院的何处？”

蕚姬道：“西北角，对着妓人们的寝处。后苑门口有庙客把守，轻易不好进去，奴家带你们进去看倒是可以，只是你们最好像王公子这样，扮成恩客……再花些酒钱。”

绝圣和弃智暗暗鄙夷，这妇人无非想讹他们的酒钱。他们偷眼看滕玉意，心想滕娘子一定有办法，可滕娘子才在楼里遭受一番惊吓，实在不好意思再麻烦她了。

谁知滕玉意竟笑道：“这有何难？今晚成王世子也来了，除祟便是他的主张，这两位小道长是他的师弟，既要装成恩客进去，你只需将小道长花的酒钱记在成王世子名下即可。”

绝圣和弃智傻眼了。

“这就开始张罗吧，把你们彩凤楼上好的酒食呈上来，贵店最贵的酒是哪一种？”

蕚姬笑逐颜开：“最贵的就是龙膏酒了，平日我们彩凤楼的客人那样多，只有真正的贵人才点得起此酒，价钱嘛，一百缗一小盅。”

滕玉意眼都不眨：“先来一大壶吧，忙了这许久，两位小道长估计早就饿了。”

绝圣和弃智有些踟蹰，转念一想，他们没钱，师兄很有钱，一顿酒钱对他来说估计不算什么。这个蕚姬满肚子盘算，不肯给她点儿好处的话，兴许真不能及时进后院查看。

“那就……那就照王公子说的办吧。”

蕚姬屁颠屁颠地离去：“酒菜马上就来。还好主家不在，后院也比平日容易出入些，公子和两位道长且稍等，奴家这就去里头安排。”

过不多时，一行花枝招展的姬妾捧着酒食过来，一眨眼的工夫，桌上便布满了珍馐佳肴。

绝圣和弃智还有些发蒙，嘴里却忍不住道：“那个……王公子，你刚才受了一番惊吓，吃些酒食压压惊吧，别……别跟我们客气。”

滕玉意满脸谦让：“这可是你们师兄请你们吃的，王某不敢失礼，在席上作陪即可。”

“你要是不吃的话，我们也吃不下。”绝圣一边说一边起身把碗箸硬塞到滕玉意手里。

滕玉意勉为其难接过碗箸："好吧，其实我也不是很饿。"

她揭开酒壶，只觉异香扑鼻而来，二话不说抿了一口龙膏酒，果然芳辛酷烈，暗道这酒贵有贵的道理，一气饮了小半壶方觉得过瘾。

萼姬趁机又上了一壶，这举动正合滕玉意心意，怡然喝了三壶才罢休。

酒足饭饱之后，萼姬说："奴家已经打点好了，我们从后门进去，这样更不打眼。两位道长换上这衣裳，速速跟奴家走吧。"

滕玉意并不想再进去受惊吓，于是对绝圣、弃智道："卷儿梨就交给你们了，凭你们师兄的本事，救人自不在话下。作法的事我不懂，我就不跟着进去了。"

说罢她抬腿就走，却被弃智拽住了衣袖，滕玉意奇道："这是做什么？"

弃智低声道："王公子救了我一命，我答应过要帮你解开煞灵环的。你这时候走了，我就想不出法子了。你且信我吧，我一定会说到做到的。"

滕玉意想起两人方才差点儿就进了妖怪的肚子，往后扯了扯自己的袖子："我信你？我还想再被妖怪追一回吗？"

弃智满脸羞惭，然而死活不肯松手，好说歹说，硬把滕玉意给拖进了楼。

他们到了彩凤楼的后院，萼姬跟看门的几位彪壮大汉打声招呼，领着滕玉意等人入内。

"那地方在寝房的后排，奴家们自从知道那地方有供奉，平日很少到那边去。"

滕玉意边走边打量，不怪彩凤楼能在短时间内声名鹊起。前头峻宇雕墙也就罢了，后院也是玉栏朱楯，夜风迎面拂来，吹得阶前的芍药花丛沙沙作响，越往前走，风里越有种寒凉之感。

萼姬瑟瑟抚摸自己的双臂："公子、道长，你们不觉得这地方阴森森的吗？"

绝圣紧张地打量左右，忽然瞥见前头纵出来一条身影，萼姬正要惨叫，幸而弃智提前捂住她的嘴，低声道："咦，好像是个道士？"

绝圣目力也比常人好，低声唤道："老道长，是你吗？"

那人掠过树梢，翻身跃下来，手中拿着一柄拂尘，正是扮作老道的蔺承佑。

弃智和绝圣忙围上去。

蔺承佑一甩拂尘："乖乖，这妖异好生了得，老道我险些没逃出来。"

他又问弃智和绝圣："你们怎么找来了？"

弃智和绝圣回身一指，小声说："滕娘子把这位叫萼姬的假母叫到一边，连吓带哄地逼萼姬吐露了一些事，我们就找来了。师兄，你怎么在此？"

蔺承佑不动声色地打量滕玉意，那一大包痒痒虫藏在身上总能露出痕迹，她穿着胡人衣裳，但袖子和靴子都不像藏了东西，身边那个护卫非但一身劲装，手里连个包袱都未提，可见她今晚虽过来找他解咒，却压根儿没把痒痒虫带在身上。她骗了青云观的东西不肯归还，就这样还指望他解开煞灵环？

本来他要帮她解咒了，瞬间又改了主意，笑着说：“这里藏着那东西的老巢，我刚才在院子里找了一圈，发现此地像是多年前被人布过大阵，不知何故阵法出了罅漏，目前已经镇不住底下那东西了。不过我找了许久，暂未找到阵眼。”

绝圣和弃智急声将方才的事说了。

蔺承佑“啧”了一声：“你们什么时候能学会说重点？这么重要的事为何不早说？”

弃智又说到卷儿梨失踪的事：“师兄，你在结界里可看到了一位胡人长相的小娘子？”

“没瞧见。”蔺承佑冲萼姬招手：“那块被砸坏的石头在何处？快给我们带路。”

萼姬这才发现这老道身上气息清幽，双手也是修长干净，而且说话时笑容可掬，哪像邋遢之人？

她生就一双老辣的眼睛，隐约猜到他就是那位成王世子，双腿莫名发软，眼睛再也不敢乱转，低头领着他们往前走，柔声道：“请随奴家来。”

弃智忙追上去：“师兄，王公子的剑……”

蔺承佑打断他：“眼下救人要紧，不相干的事稍后再说。”

弃智咬了咬唇，无奈地看向滕玉意。

滕玉意早料到蔺承佑会故意刁难她，既然暂时找不到机会解咒，不如先出楼再说。

她潇洒地扭头就走，对霍丘道：“这里没我们的事了，走吧。”

哪知她刚走几步，弃智又奔过来拽住她：“王公子，你不能走。”

这回轮不到滕玉意骂人，蔺承佑停下脚步，诧异地看着弃智：“你要做什么？”

弃智横下心不让滕玉意走：“要救卷儿梨的话，是万万少不了王公子的。”

滕玉意使劲往后扯袖子：“我又不会道术，你拖着我做什么？今晚我可是受够了，你要是再不放开，我可就不客气了！”

霍丘起先只当滕玉意说笑，因此并无维护之举，这回看小主人真动气了，二话不说就挥掌拍向弃智。

弃智忙着拖拽滕玉意，无暇顾到后头，绝圣离得最远，一时也赶不到，眼看霍丘的掌风要拍上弃智了，斜刺里探来一臂，一下子扣住了霍丘的手腕。

霍丘吃痛，心知这人功力匪浅，欲要还手，抬眼才发现是蔺承佑。

“世子！”

蔺承佑眼里毫无笑意：“他是我青云观的人，犯了错自有我管教，你算什么东西，也配在我面前撒野？”

霍丘大惊之下往回抽身。蔺承佑面色一沉，顺势往他胸口袭来，这一招力如横刀，霍丘险险往后一纵，幸而内力不低，侥幸避开了这一击。

两人只过了这一招便分开了，滕玉意看得心惊肉跳，唯恐霍丘吃亏，横了蔺承佑一眼：“霍丘，不必与他纠缠，我们走。”

谁知弃智依旧不肯松手，眼泪汪汪地望着滕玉意：“王公子，求求你信我一回，求你千万别走，你再多留一会儿，我一定会想出办法的。”

蔺承佑面无表情地道：“放开王公子，过来。”

弃智死活不肯撒手。

这时只听前方传来一声异响，蔺承佑耐心告罄，转身往前走，厉声道：“再敢分不清好歹，回去自领半年禁闭！”

绝圣急得跺脚：“弃智，道长生气了。王公子不愿意留下，你何必强人所难？”

滕玉意使劲掰弃智的手指，弃智含泪摇头，那头萼姬战战兢兢地领着蔺承佑到了前头。弃智抬头看了一眼，使出全部内力拖着滕玉意往前走。

滕玉意心中惊疑不定，被弃智拖着走了两步，干脆在身后对霍丘挥了挥手，打过这几回交道，她知道这两个小道士都是心慈面软之人，弃智尤其稳重，突然这样失态，一定有他的道理。

她于是由威逼改为哄劝：“你到底要做什么？不方便大声说没关系，小声告诉我也可以。”

弃智只顾摇头，拽着滕玉意赶上蔺承佑等人。

萼姬把一行人领到园子深处才停步，再往前就是一处清净的小佛堂。弃智估摸着滕玉意暂时不会跑了，终于肯松手了，自己却躲到暗处，不知做什么去了。

滕玉意越发觉得不对，扬声道：“弃智道长？”

弃智在那头闷声道：“我无事，王公子，你再等一等。”

萼姬推开供奉着金童的那扇门，怯怯地对蔺承佑道：“地窖的入口在里头，就在供案后头，当时匠作就是在地窖处挖到的巨石。”

蔺承佑环顾四周，迈步上了台阶，将袍尾束在腰间，对绝圣和弃智道：“此地妖气重得很，你们随我进去，老规矩，一个守坎位，一个守巽位，待会儿听到我发令，你们就抛出盘罗金网。”

绝圣立刻应了，弃智却颤声道：“道长，我跟不成了，我小指断了，捏不得诀也握不住剑，得找人替代我。”

蔺承佑和绝圣都吃了一惊，滕玉意也是诧异莫名，刚才弃智抓她的时候十根手指头好好的，怎么说断就断?

蔺承佑把弃智从暗处拖出，弃智紧紧护着右手，痛得五官都拧成一团。

蔺承佑抬起他的胳膊一看，果见右手的小指弯折。他面色一变，二话不说从怀中取出一瓶药让弃智服下，借着光线打量伤口：“怎么这么不当心？什么时候断的？”

“我在楼内跟妖异斗法的时候不小心被夹断的。道长，眼下救人要紧，我这样子也护不了阵了，只能另找一个会使法器之人顶替了。”

蔺承佑陡然明白过来，瞥了一眼滕玉意，故意问弃智：“你说得倒轻巧，临时去哪儿找懂法器之人？”

弃智回身指了指滕玉意，急声说：“王公子就懂使用法器，而且她手中那件还不是一般的法器。”

滕玉意早听出门道了，只因太过震惊，一时难以相信罢了。

蔺承佑哼笑道：“王公子那件？不就是翡翠剑吗？现下那剑中了煞灵环，等同于废品了。”

弃智忙道：“只要师兄解开她的煞灵环就可以了。师兄你忘了，上回那个树妖接近成魔，王公子都能用翡翠剑削下其一爪，可见此剑有多厉害，况且它认主，只有王公子能使唤此剑！”

蔺承佑忍无可忍，断喝道：“她许了你什么好处，你宁肯自断一指也要逼我给她解开煞灵环？”

这话一出，众人吓了一跳，绝圣不敢置信地看着弃智的伤手：“弃智？你……你是故意弄断手指的？”

弃智面色发白，慌忙顾左右而言他：“道长，事不宜迟，再耽误恐怕救不了卷儿梨了。”

滕玉意快步走到弃智身边，弃智说今晚一定会解开她的煞灵环，她只当他随口说说的，谁知他竟做出这样的事。

她捉住弃智的胳膊仔细打量，倒抽一口气：“你疯了？”

弃智咬了咬唇：“王公子，谢谢你救我一命。师兄，现在只能让王公子帮你护阵了。”

蔺承佑道：“你认定我不会给她解咒了？你知不知道你蠢得无可救药了？！”

弃智冷汗直冒，显然伤口极痛。

蔺承佑忍气看向滕玉意，他不肯解咒，无非是想逼她把那包害人的虫子还回来。弃智闹这么一通，他也只能先行给滕玉意解咒了：“罢了，东西拿来吧。”

弃智忙又补充：“师兄，这不关王公子的事，这是我自己想出来的法子。”

“你闭嘴！”

滕玉意瞪着蔺承佑，事到如今她实在不想再借蔺承佑的手解咒，可如果不解的话，弃智等于白忙活一场，于是她从怀中取出翡翠剑：“道长怎好意思责怪师弟？要不是你不近人情，他何至于出此下策？”

蔺承佑盯着滕玉意，手中却接过那把剑，竖起两指从剑刃上划过，一道幽光浮现，原本灰扑扑的剑身又变得晶莹耀目。

滕玉意接过翡翠剑，失而复得的狂喜让她暂时忘了对眼前这人的恼恨。

蔺承佑打量她的神色：“其实你刚才救了弃智，我早就打算解开煞灵环了，但一来你不肯归还痒痒虫，二来你生死关头还不忘翡翠剑，我一时好奇，故意逗逗你罢了。”

滕玉意心里“咚”地响了一下，醒来后唯恐让人看出异样，她从不与人提起此剑的来历，蔺承佑话里有话，莫非在怀疑什么？

她若无其事地道：“这是我阿娘留给我的遗物，我思念阿娘，所以才珍之重之。道长习惯了呼风唤雨，怕是不懂得何为‘珍重’。这样的话说给道长听，道长未必听得懂。”

蔺承佑牵牵嘴角：“王公子果然利口便舌，你无故诓骗了青云观那么多痒痒虫，我不过略施小惩，你还委屈上了？”

弃智小声嗫嚅道：“师兄……当初痒痒虫一事是绝圣和王公子约好的交易，说起来并不全怪王公子，适才王公子奋不顾身救我，还……还受了不少惊吓……”

言下之意，师兄你就别再欺负滕娘子了。被蔺承佑一瞟，弃智忙又噤声了。

滕玉意暗暗一哼，蔺承佑嚣张惯了，哪知道体谅旁人的难处？只可惜自己日后还要在长安行走，得罪蔺承佑并无好处，与其闹得更僵，何不趁此机会化干戈为玉帛？她振作精神行了一礼，温和且恭谨地道：“那日之事全怪小人鬼迷心窍，小人这几日在家闭门思过，早就懊悔不迭，今晚来找道长，正是来致歉的。那日得的痒痒虫，小人不小心误丢了几只，剩下的均可完璧归赵，还望道长看在小人诚心悔过的分儿上，饶过小人这一回吧。”

蔺承佑神色稍缓，故意看了看她的手：“虫在何处？还给我吧。”

“小人今日出门太急忘带出来了，不过小人保证，明日就会把剩下的虫子还给贵观。”

蔺承佑面庞重新浮现讥诮之色：“那几只‘丢了’的毒虫，估计早被你用完了。你弄痒痒虫究竟想做什么坏事，我也懒得管了，但你最好不要扯到青云观头上，否则我不会饶了你！”

滕玉意忙一本正经地回道：“世子且放心，王某可从不做坏事。”

放心？蔺承佑一笑，痒痒虫非同小可，敢打此物的主意，她基本没安什么好心，闹到现在，她既不肯还虫，又不肯说出自己拿虫的目的，不是心虚是什么？

一念至此，蔺承佑话锋突然一转：“你刚才说要向青云观道歉，就这么轻飘飘的几句话，就算赔礼了？”

滕玉意眼角一跳，她算是看明白了，蔺承佑一旦认定某人不是好人，便会想方设法找对方的麻烦，可惜她无法言明自己拿毒虫究竟要做什么，镇国公府的人时常到宫里走动，万一蔺承佑将此事告知段家人，她非但没法顺利跟段宁远那个小人退亲，段家还会先发制人。

何况蔺承佑本就对翡翠剑的来历很好奇，再这样攀扯下去，蔺承佑说不定会把她的底细查个底朝天，真要叫他查到她早就死过一回，兴许会把她当成树妖那样的邪祟来对付。

一想到树妖当晚的惨状，滕玉意浑身一个激灵。

蔺承佑在旁边瞧着滕玉意脸上的细微变化，他都这样找她麻烦了，她仍旧不肯说明缘由，可见是做了坏事心虚，瞧，连眼神都闪烁起来。他意味深长地笑道：“你该不会以为我不会让你赔罪吧？”

“怎么会？小人可是诚心诚意要向贵观道歉。”滕玉意装模作样地作揖。

“既是赔罪，自当磕头行大礼，随随便便敷衍几下，恕某不受。”

滕玉意抬眸望向蔺承佑。蔺承佑目光沉沉的，脸上的笑意丝毫未减。

这是存心要折辱她一回了。几只虫子而已，配得上她几个响头吗？滕玉意不假思索就要说“不”，转念一想，她白得了两包痒痒虫，今晚翡翠剑又解了咒，仔细算来，并无大的损失。

而蔺承佑无缘无故被人算计了虫子，心里必定极不痛快，此人狂妄嚣张，今晚不让他扳回一局，往后一定还有别的麻烦等着她。

她犯不上给自己再找麻烦……罢了罢了，总归是她先惹的他，不就是磕个头吗？她滕玉意能屈能伸，痒痒虫既是青云观之物，就当是给清虚子道长诚心道歉吧，这样忍气宽慰着自己，她脸上重新绽出甜甜的笑容：“王某得罪了。”

说罢她双臂高举，心中默念“多谢清虚子道长赐的痒痒虫”，便要把蔺承佑当成老头子来赔个大礼。

那边供桌的底下忽然传来闷响，蔺承佑侧身避过滕玉意：“现下我忙着捉妖，等我闲下来了，你自管行礼，我受得起。”

说毕他快步走到供案前，一弯腰就不见了。

绝圣快步跟上：“王公子，快！”

滕玉意吐出胸中那口闷气，拔剑忙要随行，却听蔺承佑在里头道：“别。王公子，我已经解开煞灵环了，你目的达到，自可回府了。”

滕玉意看了看仍待在一旁的弃智：“弃智小道长受了伤，不用我帮忙护阵了？”

蔺承佑的声音远远飘来：“此地凶险，会用法器不代表能护阵，再说我可没有让女子帮着护阵的习惯。你该去哪儿去哪儿，别跟着我就行了。”

蔺承佑和绝圣一眨眼就不见了，弃智忧心忡忡地望着屋内的供案。

滕玉意再一次检视弃智的右手，发现他那根折断的小指已经肿胀得不像话。

“伤口得赶快处理，否则会留下病根儿。很疼吧？我先带你去看医官。”

弃智担忧地摇摇头：“滕娘子，我不能走，这阵法能在此处屹立近百年，所镇之物必定非同小可，现今少了个护阵之人，我担心师兄他们会有危险。王公子你放心，师兄给我服过药，已经不怎么疼了。”

他用另一只手擦了擦眼角，嘟囔道：“师兄一定很生气，走的时候都没看我一眼。”

滕玉意啧啧称奇，这小孩真是榆木脑袋，先前为了帮她解开煞灵环宁肯自断一指，如今又不顾伤指在此守候。

“你师兄生气是他的事，你捏不得诀，使不了剑，留下来也是白搭，何不趁此机会出去包扎疗伤？横竖附近就有医馆，来去费不了多少工夫。”

弃智固执地摇头：“我虽伤了一指，看顾阵眼还是绰绰有余的。”

滕玉意睨他：“你想过没有，刚才你师兄故意不安排你，兴许是想让你趁这个机会出去处置伤口？”

弃智面色发亮：“对呀，这真像是师兄做得出来的事。师兄嘴上不肯饶人，但一直对我和绝圣很好的。”

好？滕玉意心中冷哼，她不过是信口胡说，目的是劝弃智出去治伤，谁知弃智顺势就夸起蔺承佑来。此子算好人的话，世上就没有恶人一说了。

弃智精神一振奋，话也跟着多了起来："师兄定是觉得自己足可以对付妖邪才这么说，但师公他老人家曾说过，阵眼外头千万不能离人，所以我绝不能走。"

萼姬抱紧双肩凑近他们："平日虽觉得这地方阴气重，但也不至于冷得像个冰窟窿。公子、道长，奴家害怕得不行了，何时回前楼？"

话音未落，供案上的帷幔忽然无风自起，灯影昏昏惨惨，照得那尊金童面目阴森。

滕玉意留神四周，忽听霍丘呵斥一声，扭头一看，萼姬正一个劲往她身后贴。

滕玉意奇道："萼姬，你这是作甚？"

萼姬打了个哆嗦："不知为何，老觉得四处冰冷，整间屋子也就王公子身边暖和些。"

弃智拍了拍头："王公子这把剑可以辟妖邪，寻常邪魅不敢近你的身。萼大娘会觉得你身边暖和不奇怪，但即便这样的法器，也仅能护你一人，可见这底下的东西有多邪门了。师兄说得对，此地凶险异常，你们得尽快离开。"

滕玉意自是不放心："我们走了的话，你一个人会不会害怕？"

弃智拍拍胸脯："不怕，我可是清虚子道长座下的三清道童，向来只有邪物怕我，没有我怕它们的道理。"

滕玉意对萼姬道："你到小道长身边去，看看他身边暖不暖和。"

萼姬试着过去，旋即又跑回来，边跑边打寒战道："冷冷冷。"

滕玉意皱了皱眉，弃智的修为显然还不足以应对这个局面。

弃智看出滕玉意犹疑，低头从怀中取出符纸，当风一晃，指尖燃起幽蓝色的火苗："萼大娘，适才我是没施法，你再过来试试，我周围是不是暖和多了？"

萼姬早一溜烟跑出了小佛堂："小道长，你自己慢慢玩吧，萼大娘得回前楼了。公子，再不走奴家可就先走了。"

滕玉意扬声道："喂，卷儿梨生死未卜，你是她假母，这就放心走了？"

萼姬远远答道："奴家一不会捉妖，二不会除祟，留在此处帮不上忙不说，说不定把自己的命给搭上，反正有青云观的道长在此，奴家有何不放心的？"

滕玉意料着以蔺承佑之能，不会让师弟出事。她并非道家中人，这趟浑水她蹚够了，煞灵环已经解开了，她再没有留下的理由，便对弃智道："那我们先走了，你当心些。"

弃智猛地点头。

滕玉意随霍丘出了门，萼姬越往前走越害怕，听到后头的脚步声，又掉过头奔回滕玉意身边。

他们走了一小段，只听暗处有女人“咯咯”娇笑一声，有人从花丛中快步跑过去，脚步遁去的方向，分明冲着弃智所在的佛堂处。

萼姬捂着嘴颤声道：“王……王公子，你听到了吗？那不可能是人吧，活人怎会跑这么快？”

小佛堂传来弃智的呼喝声，那里乱了一阵便沉寂下来，滕玉意心中一紧，果断地握住翡翠剑：“回去看看。”

霍丘犹疑着道：“公子。”

滕玉意率先往回走，她并非心肠易软之人，但翡翠剑的灵力是弃智帮着恢复的，法子虽然笨了些，可他说白了还是个孩子。

而且早在二楼被簪花郎君奇袭时，弃智的镇坛木就已经裂成了两半，现在他手受了伤，身边再无人相帮的话，没准会出岔子。

萼姬惶惶然留在原地，只听夜风呜呜咽咽，四周仿佛有无数厉鬼在啼哭。她跺了跺脚，无奈地追回去：“王公子等等我。”

滕玉意奔到小佛堂，进门就看见弃智一只手掐在脖子上，另一只手正吃力地将符往后贴，明明背后空无一人，脸上却清晰可见好几个暗红色的掌印。

弃智面色铁青，嘴唇都开始发乌了。霍丘从未见过这种诡异的景象，吓得脚下一个趔趄。滕玉意拔剑出鞘，飞身越过霍丘刺向弃智身后。

不等她袭过去，弃智已将符送到了脑后，空气里恍惚闻见一丝焦臭味，脖颈上的怪力松开了。

弃智气喘吁吁地道：“王公子，我……我能应付，只怪它们一下子来了好多，不然我早就清理干净了。”

滕玉意盘腿在他身边坐下：“是，你是能应付，只不过吃力些而已。你师兄真没说错，你们真得好好历练历练。你师兄快出来了吧？这地方太古怪，我留下来帮帮你，省得你命丧妖物之手。”

弃智感激地看了一眼滕玉意，呼吸一平复，他便起身在滕玉意四周画了一个阵法，紧接着又走到霍丘和萼姬身边画阵。

萼姬低头环视：“这是在做什么？”

弃智道：“你们未开天眼，所以看不到，现在屋子里还有几个，只因畏惧王公子的剑，所以不敢近前，我在你们周围再画个赤子太尊阵，这样它们就更不敢过来了。方才我未准备充分，所以才会被它们暗算。”

萼姬吓得咬住舌头：“屋……屋子里还有几个？”

弃智看一眼门口：“无妨，它们已经退到门外了。”

滕玉意低声道：“你说的‘它们’，究竟指的是何物？”

弃智小声道：“像鬼，但身上有妖气，这种情形不常见，我看着有点儿像……有点儿像被妖物害死之后，逢怨气而生的厉鬼，因为长期为妖物所驭，沾染了不该沾染的习性。”

能驭厉鬼之妖，岂非足智多谋？滕玉意后背掠过一阵凉风：“怪不得要花这样大的阵仗镇压此物，底下这东西究竟什么来历？”

她突然想起在二楼廊道尽头遇到那妖异时，好好的一间厢房变成了一座废弃的庭院。

“之前你被妖物困在门口时，你身后那座庭院里满是大雾，我隐约瞧见院子里有一口井，你目力比我更好，当时可看到了别的？”

“井？”弃智一惊，“为何我看到的是一家卖胡饼的店肆？店肆前的胡人男子在打骂一个小娘子。那小娘子手里抱着筚篥，岁数跟我差不多大。胡人骂她‘琼芩娃’还是什么‘情芩娃’。我看男子打得太凶，想跑过去阻止，结果不小心误入了妖物的陷阱。”

“怪了，为何我们看到的东西不一样？”

萼姬却脸色大变：“小道长，你说那胡人叫那女孩‘琼芩娃’？”

“怎么了，萼大娘？”

萼姬表情说不出地古怪：“‘琼芩娃’是卷儿梨的本名，奴家买下她之后才给改的卷儿梨，她阿爷就是胡人，从前总打骂她。”

弃智愕然：“真是奇怪了，为何我能看见这些？”

滕玉意想了想：“你忘了，我们被困在门口时，卷儿梨正好失踪了。”

弃智道：“我懂了，这应该是卷儿梨藏在心里最深的执念，就不知为何会被妖物引出来，还用此来设下迷阵。王公子，你在迷阵中看到的那口井又做何解释？”

这时霍丘突然提刀站起来：“公子，这金童像在动。”

众人定睛一看，金童像果真在摇晃，面庞在光影里浮动，原本天真的表情变得古怪扭曲。

他们再一看，动的哪是金童像，分明是金童像底下的供案。

眼看供桌已经摇摇欲坠，滕玉意惊叫道：“不妙，快走！”

奔跑间，她忽觉手中的小剑有些发热，低头看去，才发现剑身似乎比以前更要炽目。

他们还未跑到门口，供桌轰然倒塌，升起滚滚尘烟，从地下突然蹦出两人，一口气穿过烟尘跳到地上。滕玉意定睛一看，是绝圣，他身上背着个少女，梳着双鬟，穿着襦裙。滕玉意大喜：“卷儿梨！”

“太好了。”弃智大喊，“总算救出来了。绝圣，师兄呢？”

绝圣脸色发白，勉强要开口，“哇”一声吐了出来。

弃智忙过去帮忙，绝圣却大喊道：“别过来，快跑。”

说时迟那时快，只听轰然巨响，供桌和那座金童像一并在他身后碎成了齑粉，又有一人，犹如利箭离弦，从底下蹿天而起。

弃智骇然道：“师兄！”

蔺承佑凌空一跃，反手将手中拂尘打向自己胸腹处。

滕玉意掉头就逃，蔺承佑莫不是疯了，干吗往自己身上招呼法器，但等她回头看清他身上缠着何物，不由得大惊失色。

只见蔺承佑躯干上缠着一条金色物事，那东西粗若斛斗，面覆金鳞，每游动一寸，便会绽出一片金波漾漾的异光。

蔺承佑当空往后一翻，带着身上那怪东西横冲直撞：“不就是抢走了你的吃食吗？何至于跟我拼命。再缠着我不放，我可就大开杀戒了。”

这话全无效用，那怪物仍在蔺承佑身上游动，要不是被拂尘打得没法使出全力，说不定早将蔺承佑缠死了。

蔺承佑边骂边往房梁上纵，妖异如影随形，硬被拖出来一大截。滕玉意倒抽了一口气，那东西金鳞璀璨，身躯长得仿佛没有尽头。

她一溜烟逃到大门外，弃智却再一次扑回去。

绝圣嚷道：“弃智，妖异忙着对付师兄，我们先把卷儿梨救出去。”

两人抱起奄奄一息的卷儿梨，合力将其拖出了小佛堂。

滕玉意一口气跑上甬道，就听绝圣和弃智在后面喊道：“滕娘子，烦请你帮个忙。”

滕玉意惜命得紧，听到后头怪声不断，跑得更快了：“我帮不了！”

绝圣喊道：“不不不，滕娘子帮得了，佛堂里满是妖气，卷儿梨很快会中妖毒而亡的，滕娘子帮忙把她带回前楼即可，我们去帮师兄对付那妖物。”

霍丘脚步迟疑："娘子，要不要小人把人带过来？"

滕玉意咬了咬牙："弄过来就走，余下的事莫要插手，那东西那般骇人，我们逃命要紧。"

说着她就开始往前跑，没多久霍丘追了上来。滕玉意用余光瞥了瞥，霍丘果真把卷儿梨背来了。

她迎面却看到好些壮丁赶来，个个拿刀动杖，原来萼姬逃出去的时候惶惶呼救，把彩凤楼的庙客和护院都惊动了。

滕玉意忙道："你们最好别过去，小佛堂里有妖异，青云观的道士正在里头斗法。"

为首的护院啐了一口："我们在平康坊待了这些年，从来没听说过有妖异，今日主家不在，你们深更半夜闯入后院不说，现在又拦着不让我们往里走，该不是在做什么勾当，怕被我们捉住吧？"

另一个壮汉粗声粗气地道："瞧，这不是卷儿梨吗？早先萼姬说卷儿梨失踪了，原来被他们掳走了。你们好大的贼胆，还不快把人放下，敢在彩凤楼撒野，先卸下你们一对膀子再说。"

他们凶悍惯了，说话间就开始朝霍丘身上招呼，可惜这样的市井之徒，又怎是霍丘的对手，拳头还没碰到霍丘，就被一脚震飞。

滕玉意恼火极了，好心劝他们离开，非要自找麻烦，便笑道："贼首还在小佛堂里，你们光顾着对付我们，别忘了小佛堂里供着你们主家的宝贝，快去小佛堂抓人吧。"

为首的汉子果真上当，不顾疼痛爬起来道："一个都别放过！先打断他们的腿，再送到里正处发落。"

于是他们兵分两路，留下一半对付霍丘和滕玉意，剩下的直奔佛堂。霍丘应对他们本就不在话下，人一少更是游刃有余，不过两三招，就将众莽汉打得七零八落。

主仆俩得以脱身，急着往前奔，却听方才那护院惨叫一声："啊——娘啊，吓死人啦！"

声音尖厉无比，像是魂都被吓没了，余下的也是鬼哭狼嚎，一个个失魂落魄地从佛堂里爬出来。

他们身后，紧接着又掠出两人，绝圣和弃智合力拽着一根银链拼命往前跑。

佛堂里隐约传出蔺承佑的声音："再跑快些，当心它逃了。"

绝圣和弃智使出吃奶的劲，一口气跑出去丈余远。银链长而细，在夜风中泠然作响，突然像是抻到了尽头，绝圣和弃智一下子收力不及，差点儿摔出去。

两人一骨碌爬起来，嚷道："师兄，如何？"

佛堂里光影明灭，传来声声巨响，仔细分辨起来，像有什么重物在猛烈撞击梁木，"咚咚"的震鸣声落在心头，叫人耳鸣目昏。

众人恶心欲呕，只听一声巨响，空气里有如掺入了腥浓的怪臭，一条人影冲出云雾，像是急于逃命，连飞带纵滚到了地上。

"师兄。"绝圣和弃智冲上去搀扶。

蔺承佑的道袍上满是脏污血渍，他趔趄了好几下才站稳，并不开口说话，先捞起地上那几个壮丁，而后带着绝圣和弃智开始狂奔。

他们一口气奔到后院门口，蔺承佑把人扔到地上，喘着气道："好厉害！打不过，打不过。"

滕玉意和霍丘就在不远处，眼看连蔺承佑都被弄得这般狼狈，不由得停下了脚步。

绝圣和弃智一惊："它逃了？"

"我打不过，只能让它逃了。"

两人急道："我们不是用锁魂豸捆住它了吗？为何还是逃了？"

蔺承佑道："它扯断了自己的尾巴，溅我一身臭血，走的时候顺便放了妖雾，那妖雾甚毒，幸好师兄我跑得快。我要是还不赶紧出来，你们只能给我收尸了。"

说着他掉头往回走。绝圣和弃智追上去："师兄，你还要去地窖吗？"

"妖邪受了伤，又暴露了老巢，估计会逃到别处去，我们得想法子弄清它们的来历才行。"

"它们？不就是一条金蛟吗？难道还有别的东西？"

"金蛟？"蔺承佑道，"分明是一只禽鸟，为了迷惑我们才故意化作金蛟来害人。说来奇怪，若只是一只禽妖，当年犯得着弄这么大的阵仗来镇压吗？依我看，底下还有更厉害之物。"

就在此时，前方人影绰绰，一行人带着灯笼过来了，仓皇奔到跟前，领头的却是萼姬。

萼姬脸色黄黄的，颤声对身边一位中年男子道："小佛堂里好生吓人，估计是有什么了不得的妖异。主家，不能再瞒着了，这样下去早晚会出大事。"

男子绫罗裹身，年纪倒不大，三十岁出头，鼻梁处像是受过伤，无端塌下去一截，本是一副英俊的长相，就这样破了相，身躯壮硕，脸上有些油光光的。

这人显然就是彩凤楼的店主了，瞥见蔺承佑，他愣了愣，热情地迎上来："这位就是青云观的清虚子道长吧。"

绝圣和弃智尴尬地笑笑，萼姬连忙附耳对店主说了句什么。店主脸色微变："原来是……"

蔺承佑笑眯眯地打断店主："原来是什么？"

店主甚是识趣："原来是青云观的老道长，小人叫贺明生，给道长请安。"

"你是彩凤楼的主家？了不起，竟私自在后院藏匿这样的好东西。"

店主吓得声音发飘："道长，贺某盘下这个铺子时，并不知会出这样的事。"

蔺承佑道："方才你也瞧见了，那邪物来历不小，要想活命的话，趁早把来龙去脉说出来。"

"小人必定知无不言，言无不尽。"

"妖物已经逃了，先把后院封住。"蔺承佑从怀中取出一沓符纸，"我尽快把此地排查一遍，大约需要半个时辰。在那之前你们把符纸贴在各处门窗上，令伶人们待在自己房中，未得准许不许乱走。"

滕玉意令霍丘把卷儿梨交还给萼姬："好了，没我们的事了，我们走。"

谁知蔺承佑道："慢着。"

慢着？滕玉意扭头看他："道长还有何见教？"

蔺承佑视线落在滕玉意的脖颈上："你中了妖毒，走出彩凤楼即刻会没命。"

滕玉意笑道："我都未跟妖物打过照面，何来中毒一说？"

蔺承佑笑起来，慢慢走到滕玉意跟前："贫道好心提醒王公子，王公子偏不肯信，不如我帮你数数，你看看能不能走出彩凤楼，三、二、一。"

滕玉意向前迈出一步，这厮方才还百般羞辱她，莫不是又要捉弄她吧？

她又走一步，忽觉头晕目眩。

第三步她不想走也得走了，因为身子开始晃了，脚下一乱，一下子踏出好多步。

她吃力地转过身，直勾勾地看着蔺承佑，只觉得这厮忽远忽近，想迈步，脚下却开始打结，舌头也不对劲了，发麻发钝，犹如吃下一大盘胡椒，耳边霍丘惊慌地呼喊着什么，怎奈她一句都听不懂。

蔺承佑坏笑一声，对绝圣和弃智说了几句话，掉头就要离开。

滕玉意脑子一阵阵眩晕，纵然胳膊已经开始发僵，依旧吃力地摸向腰间的蹀躞带，恍惚对准了蔺承佑，也不确定摁下机栝没，身子猛地往前一栽，接下来什么都不知道了。

等她再有意识，就听到耳边有人说话。

“这妖毒也太能惑乱人心了。滕娘子多半是把师兄看成了妖物，昏迷前也不忘算计师兄。”

“难怪滕娘子扮成胡人出门，原来是为了方便在腰间的蹀躞带里藏暗器。真没想到，师兄跟那样的妖异近搏都毫发无损，却被滕娘子的暗器给扎中了胳膊。”

“滕娘子心事很重呀，别的小娘子出门无非带些脂粉和果子，她竟随身带着毒药和暗器。”

“这也不奇怪，别看滕娘子柔柔弱弱的，她可是名将之女，我只奇怪师兄为何没能躲开。”

“唉，师兄这是头一回中暗器，解毒的药都用遍了，还是口不能言。要是一直想不出法子，师兄怕是要气死了。”

“已经气得不轻了，你没看到师兄的脸色……”

“嘘，滕娘子好像醒了。”

滕玉意眼珠微转，渐觉胸口不再闷闷地发麻。她勉强挣扎了一下，缓缓睁开了眼。

弃智欢喜地道：“滕娘子，你好些了吗？”

他受伤的右指包着布料，想是蔺承佑已经找医工给他看过了。

“我这是怎么了？”滕玉意撑着胳膊坐起来。

“你中了妖毒，不过别怕，师兄给你服了清心丸，已经无碍了。”

滕玉意一怔：“真是中了妖毒？”

“滕娘子忘了，你之前在二楼救我的时候，那妖异曾试图在背后蛊惑你，你或许就是那时候沾染了妖毒。”

滕玉意揉了揉发胀的额穴，恍惚记得簪花郎君冲她脖颈呵气，那气息冰寒入骨，让她浑身发冷，当时不曾多想，原来那时候就中了毒。

她越想越后怕，要不是蔺承佑强行用煞灵环封了她的神剑，她又怎会在危急关头毫无自保之力，那样的妖物何其可惧……万幸她命大，否则早已又枉死一回了。

她蓦然想起昏迷前的那一幕，忙坐起来环顾四周：“这是在何处？霍丘呢？”

“这是萼大娘的房间，霍丘在外头守着，刚才师兄里外盘查了一遍，妖异已经潜走了。卷儿梨吃了清心丸，头先已经醒了，师兄正令人问她的话。”

滕玉意下意识地摸向腰间的蹀躞带，弃智咳了一声道：“滕娘子莫不是在找你的暗器？那个……方才全被师兄搜走了。”

滕玉意一惊，绝圣忙道：“滕娘子别误会，师兄不是自己搜的，是让萼大娘搜走的。你昏迷前扎了师兄一簪子，他发觉自己中毒才命人搜你身的。”

滕玉意故作惊讶：“我……我竟做了这样的事？这妖毒好生了得，竟能蛊惑人心。两位道长别误会，我一定是中毒太深才糊涂了，绝没有要害人的意思。对了，你们师兄现在怎样了？”

“除了不能说话和有些头晕，别的都还好。”

只是这样？滕玉意好不遗憾，她身中妖毒之后不但浑身僵冷，还恶心欲呕，这股难受劲儿，活像是又死过一回，蔺承佑居然只是说不得话？

弃智小心翼翼地道：“滕娘子，你好些了吗？”

“我好多了，我得先把那根簪子找回来，解药就在里头。”

“啊？！师兄没能搜到你的解药，干脆把你的那堆物件没收了。”

滕玉意心头的火“噌噌”往上冒，那可是她好不容易搜集来的防身保命之物，她勉强按捺住，叹口气道：“这可如何是好？解药就在那根簪子的另一头。”

弃智跳起来：“我这就去告诉师兄。”

过了一会儿，弃智跑回来，手里捧着一堆东西，正是滕玉意那些物件。

“滕娘子你看，这是那根簪子吗？”

滕玉意检视一番，幸而东西都在，只好说：“世子在何处？”

“就在邻房。”

“我这就去给世子解毒。”她艰难下榻，蹒跚走了几步，忽然捂住额头，“我的头好晕……”

绝圣和弃智担忧地道：“是不是体内还有余毒？滕娘子，不如你留在此处歇息，我们拿着解药去给师兄解毒吧。”

滕玉意摇了摇头：“簪子上头有我们府中独有的机栝，不能让外人知晓窍门。”

绝圣和弃智只得耐着性子道：“那滕娘子再好好歇一歇。”

滕玉意慢吞吞地往外挪道：“还是觉得浑身乏力，不过我不碍事的，给世子殿下解毒要紧。”

绝圣赶忙跟上她，弃智连连点头：“我就说滕娘子心肠好。”

霍丘一直守在门口，滕玉意抬头一扫，眉头便皱了起来。霍丘脸上挂了彩，能让霍丘吃这样的亏，对方身手绝不会低。

霍丘："娘子，你没事了？"

滕玉意打量他的伤处："谁动的手？"

霍丘赧然道："成王世子。娘子昏迷的时候，世子令人搜你的身，小人不肯，他就跟我过了几招。世子招式刁钻，小人……小人不慎受了点儿伤。"

滕玉意忍气道："很好。"

她不过是拿了他几只虫，蔺承佑便想尽办法折辱她。他封她灵剑、逼她磕头赔罪，末了又趁她昏迷没收她的随身宝贝……她自知理亏，起先这些事统统可以忍，如今他连她的亲卫都不放过……

滕玉意牙根一阵发痒，面上不动声色，把身上的金创药全数摸出来给霍丘疗伤，这才走到邻房。

满屋子都是人。

蔺承佑被妖血溅了一身，估计临时找不到干净道袍，此刻换了一件松霜绿的圆领襕袍，脸上的易容也卸净了，露出本来的相貌。

他坐在条案后头，看得出心情不怎么好，平日总有笑模样，此时却沉着脸。

卷儿梨坐在他对面，看样子吓坏了，依偎在萼姬身边，答话时瑟瑟发抖。

萼姬身边坐着那位叫贺明生的店主，此外还有好些美娇娘，想必都是彩凤楼有头有脸的妓人，穿戴上丝毫不输萼姬。

萼姬扭头看见滕玉意："呀，王公子，你醒了。"

绝圣和弃智越过众人，兴冲冲地走到条案前："道长，王公子来给你解毒了。"

蔺承佑面无表情地看着滕玉意。枉他好心提醒她中毒，她却不分青红皂白暗算他，若非此时口不能言，定有一堆好话等着她。

滕玉意心中冷哼，他倒好意思摆臭脸，事后提醒她又有何用？若不是他蔺承佑仗着道法封她神剑，她怎会好端端中妖毒？

她做出头痛欲裂的模样，不紧不慢地走到条案前，歉然道："道长，只怪这妖毒太霸道，小人自己都不记得曾用暗器扎过你。"

蔺承佑忽然一抬手，意思是知道了，赶快给他解毒，别的不必多说了。

滕玉意欠了欠身："还请道长稍等片刻，小人这就给道长解毒。"

说话间她拿出簪子，摸索着打开机栝，对准蔺承佑未受伤的右胳膊，毫不客气就要扎下去。

这一簪固然是为了解毒，手下却使了十二分的力气，不只为身中妖毒的自己，也打算替鼻青脸肿的霍丘出口恶气。

蔺承佑神色一变，反手扣住滕玉意的手腕，定定地盯着滕玉意，墨黑的眸子喜怒不辨，比起刚才的面无表情，更叫人不可逼视。

滕玉意望着他耐心解释："白色粉末是毒药，赤色粉末是解药，毒药藏在簪尖，解药也藏在簪尖，中间隔以珠片，按动机栝才能互换。而且这解药不能口服，只有刺破皮肤方能将药送入体内。"

蔺承佑无声地笑了下，虽说不能发声，却不耽误他做口型。他挥开滕玉意的手，冷冰冰地吐出一句话："玩够了没？再玩下去我可要好好跟你玩了。"

滕玉意叹气："道长莫不是误会了？这是小人府里防身的暗器，为了防范奸邪之徒，难免有些不近人情之处。其实此毒并不会害人性命，道长要是坚持不肯用这法子解毒，只需等三日就好了，三日后毒性尽消，自可开口说话。"

这可是实话。

蔺承佑眼睛一眨不眨地望着滕玉意，很好，她这就威胁上了？不就是三日不能说话吗？大不了他不解毒了。

"你走。"他一指门口，无声地吐出两个字。

滕玉意看懂蔺承佑的口型，无奈地道："看来道长是不愿解了，恕小人无能为力，只能告退了。"

绝圣和弃智急得抓耳挠腮，三日不能说话，想想就难受。地窖下那妖异来历不明，师兄眼下急于到各家道观打听，万一问话的时候遇到不明之处，总不能全靠口型和手势吧。

但是以师兄的性子，他又怎肯再受滕娘子一簪？

两人暗自捏了把汗，正要再劝说几句，蔺承佑盯着滕玉意阔步而去的背影，愤然一拍桌。

滕玉意故作诧异地回过头，蔺承佑望着她，冲她勾了勾手指。

滕玉意松了口气，快步走回去："道长这是想通了？其实也就是那么一下，小人保证不会很痛的。"

蔺承佑不吭声，满脸写着"不悦"二字。滕玉意冲他笑了笑，对准他另一只胳膊，猛地扎下去。

蔺承佑眉峰微蹙，活活受了这一簪。

滕玉意没说假话，簪尖刚一扎进去，他发木的喉腔就有了感觉，四肢那种乏力酸软的异感，顷刻间也有了纾解。

滕玉意望着他："如何？"

蔺承佑张了张口，能吐出字了："甚好。"

绝圣和弃智大喜："好了好了，能说话了。"

滕玉意笑道："道长见好，小人也就安心了。"

蔺承佑淡讽道："王公子，你好本事。"

滕玉意很谦虚的样子："道长过誉了。"

蔺承佑盯着滕玉意，推开条案欲起身，忽感一阵钻心般的疼痛，才发现滕玉意的簪子还留在他右边胳膊里。滕玉意顺着他的目光看过去，歉疚地往外一拔："对不住，对不住，小人中了妖毒脑子糊涂，忘记给道长拔出来了。"

她拔得拖泥带水，蔺承佑牙关一紧，胳膊又痛又胀，这滋味怕是一辈子都忘不了了。

他咬了咬牙，故意绽出一个轻松的笑容："王公子，你手下功夫不行，扎得这样浅，简直像在给我挠痒痒。"

他面不改色，话里有调侃的意味。滕玉意几乎信以为真，听说蔺承佑自幼习武，这点儿小伤对他这样的人来说，兴许真不过是挠痒痒。

她有些丧气，早知道就扎得再深些了。

不料这时候，绝圣和弃智惊慌地望着蔺承佑的胳膊："血！师兄，你胳膊在流血！"

血汩汩地流出来，瞬间染红了蔺承佑新换的锦袍，他一言不发地瞪着滕玉意。滕玉意故作惊慌："世子你没事吧？不好，得赶快请医工。"

屋子里的人乱了起来，所幸医工还未走，弃智到旁屋把人叫过来给蔺承佑包扎，左边中毒的伤眼已经结痂了，右边比左边的更深，血一下子涌出来不少。

好在医工手脚麻利，很快用布料包上了伤口。

医工还要给蔺承佑诊脉，蔺承佑不耐烦地道："够了。不过是皮肉之伤，犯得着这样啰唆吗？"

这时门外有庙客缩头缩脑地往里看。贺明生瞪着眼睛道："谁？在外头鬼鬼祟祟做什么？"

庙客进来笑嘻嘻地道："主家，小的们已经把每一处门窗都贴上符纸了，特来回禀主家一声。"

贺明生堆起笑容问蔺承佑："道长，还要小人做些什么？"

蔺承佑挥手令医工下去："那妖异已经无迹可寻了，先把当时的情形弄明白再说。"

他接着问卷儿梨："你刚才说到哪儿了？"

这回他能亲自问话了，不必先写到纸上再经人转达，倒是方便许多。

卷儿梨眼里依然有些怵意："就记得自己本来在二楼的廊道，不知怎么回到了奴家小时候的故居，奴家的阿爷明明死了多年，却在胡饼铺子门口走来走去。阿爷过去一直对阿娘不好，奴家惦记着阿娘的病，迷迷糊糊想进门，接着我再醒来时，发现自己躺在一块石头上，那地方潮湿阴暗，像是地窖之类的处所，我吓得魂都没了，想跑的时候，石头上不知沾染了什么东西又滑又腻，奴家摔了一跤，然后什么都不知道了。"

趁屋里忙着问话，滕玉意要悄然离开。蔺承佑抬眼看着她："且慢。"

他又来？滕玉意惊讶地道："道长，这里没我的事了吧。"

蔺承佑笑了下："王公子是今晚第一个看见妖异之人，之后又目睹其中一个幻境，说起来是最关键的人物，怎能说走就走？小佛堂里的情形你也看见了，大妖不尽早除去的话，往后遭殃的人不知凡几，王公子如此热心肠，总不会视而不见吧？"

满屋子的人都朝滕玉意看过来，仿佛滕玉意若是不答应，就跟妖异一样可恶。

绝圣和弃智扯着滕玉意，把她引到座位旁："王公子，你先别急着走，道长问完卷儿梨就轮到你了。"

滕玉意被两人架住，一时无法脱身："道长的话甚有道理，只是眼下已经丑时了，在下得先回府一趟，不然我姨母和表姐该担心了。"

当然这一走，她绝不可能再回来了。

蔺承佑轻描淡写地道："不急，我已经替王公子安排好了。我令人给杜府送信，说你在平康坊的彩凤楼喝酒，因为刚来长安贪新鲜，死活不肯回去。你现下快活得很，玩到天亮自会回杜府，叫杜博士和杜夫人不必担心。"

屋里几位美姬用团扇掩住红唇，"哧哧"轻笑起来。夜不归宿也就罢了，还把寻欢说得理所当然，明早这位王公子回去，少不得挨长辈的教训。

滕玉意眼皮一跳，从齿缝里挤出一句话："道长如此周到，小人却之不恭了。"

蔺承佑笑道："王公子侠肝义胆，理当有此礼遇。你们别愣着了，快给王公子上座。"

滕玉意按捺着性子坐着，蔺承佑接着问卷儿梨："当时你从石头上醒来，可摸到上面有字迹？"

卷儿梨想了想，点头道："有，密密麻麻的，写得还不少，只是奴家当时魂不守舍，未曾留意写了什么。”

弃智奇道：“师兄，你当时不是潜入了地窖吗？应该比卷儿梨看得更清楚才对。”

绝圣道：“别提了，我们下去的时候石碑还在，刚把卷儿梨救起，妖异就出现了，这东西一边追我们，一边大肆毁坏那石碑，师兄千方百计阻拦它，奈何地底下施展不开，好不容易潜回原处，石碑早被碾成了齑粉。”

众人不寒而栗，这妖异怕石碑泄了它的底细，竟能提前谋算到这一步，这等老辣的手段，常人恐怕都有所不及。

蔺承佑又问了几句，卷儿梨一问三不知。他转向滕玉意：“王公子，我听说你在二楼看到的幻境与弃智看到的不同？”

“是。”滕玉意思忖着说，“弃智道长说他看到胡饼铺子，我却看到了一座荒废的庭院，庭院像是荒废许久了，正中间有一口井。”

绝圣和弃智纳闷：“师兄，明明同在一处，为何看到的幻境不一样？”

滕玉意想了想：“我记得两位道长曾说过，彩凤楼的前身是一家彩帛行。彩帛行的店主曾纳一妾，妾因为不堪夫人折辱跳井了，这口井会不会跟那件事有关系？”

屋里众人神色各异，彩帛行的店主夫妇死得离奇，彩凤楼上下讳莫如深，楼里异事不断，他们早就忍不住往这上头想了。

蔺承佑敲了敲桌：“彩帛行的店主是前年腊月初七病死的，店主夫人是腊月初十自缢的。那妾则早在八月初二就跳井了，算来已有一年多，妾死的时候如果有执念，拿来做成幻境惑人心智未尝不可，只是今晚这幻境，不大像死人的记忆。”

贺明生虽是个大男人，却比身旁的妓人还要胆小，听了这半晌，早吓得牙齿打战：“道……道长这意思，莫非是活人的记忆不成？”

“卷儿梨就是现成的例子，弃智看到的幻境正是她儿时的记忆，巧的是卷儿梨当时被妖物掳走了。而在今晚之前，你们楼中虽然怪事频出，却无人在二楼廊道迷路，因此我猜那妖异是近日才破阵而出的，第一个撞见它幻境的就是弃智和王公子。”

绝圣“啊”了一声：“弃智看到了胡饼铺，王公子看到了一口井，如果都是活人的记忆，那口井又意味着什么？会不会是楼里另一个人的执念？”

“可是今晚失踪的只有卷儿梨一人，还被我们救回来了，另一人在何处？”

蔺承佑忽道：“店主，你把楼里的人都叫过来，伶人、假母、庙客，一个都不能少。”

贺明生白着脸忙吩咐底下人：“快快，快照着道长说的办。”

“王公子，你善笔墨吗？”蔺承佑又看向滕玉意。

滕玉意：“你要我把那座庭院和那口井画下来？”

蔺承佑走到书案前，取下一支笔道：“既然猜到了，王公子就快请吧。”

滕玉意到他身边接过笔慢慢回想，当时不过匆匆一瞥，只记得庭院虽然破败了，但仍有一种古朴阔朗的遗韵。井旁有株树，差不多快要老死了，周围迷雾缭绕，也分不清是桃树还是李树。

那口井周围很脏，像是刚下过雨，地上泥泞盈尺，别的就不记得了。

她依样画了下来，蔺承佑接过来一看，滕玉意画工居然还不错，不过寥寥数笔，已将要紧处一一勾勒出来了。

这时候楼里的人都被喊来了，堵在门口。贺明生嚷道：“莫要推挤，我叫到谁了谁再进去，没叫到的乖乖给我在外头等着。”

滕玉意回到座上，这位叫贺明生的主家看着胆小如鼠，倒很有几分驭下的本领，这么一吆喝，外头没一个人敢妄动了。

蔺承佑对贺明生道：“把他们挨个叫进来认画，如果有人认得这幅画上的井，必须当场告诉我，因为此人很有可能是妖异的下一个目标，随时可能会遭毒手。”

贺明生亲自到外头说明原委，回屋时指了指屋子里的几位貌美伶妓，对蔺承佑道：“道长，外面人太多，不如就从屋里这几个开始吧。”

滕玉意逐一看过去，加上萼姬和卷儿梨，屋中一共有九位模样妖艳的妓人，个个眼色媚人。

萼姬听了贺明生的话，冲滕玉意抛了个媚眼：“奴家年纪最长，又与王公子相熟，那画既是王公子亲手画的，不如就让奴家第一个品鉴吧。”

她说着起身走过去一看，摇摇头道：“未曾见过这样一口井。”

蔺承佑提醒她：“看仔细点儿。”

萼姬笑逐颜开：“奴家看仔细了，确实没见过。”

她面对蔺承佑时态度正经了不少，一来蔺承佑是昂藏七尺的男儿，不像滕玉意是少女假扮胡人，她在对待男人和对待女人时，素来是不同的。

再则蔺承佑是长安城里数一数二的贵人，她早有心把卷儿梨推到蔺承佑眼前，若能搭上这样一位天之骄子，连她这个做假母的也能跟着捞些天大的好处。

奈何卷儿梨吓破了胆，女儿不争气，假母也不敢放肆。

蔺承佑果然看都不看她，直接道："下一个。"

这回起身的是魏紫，她生得丰肌玉骨，妆靥也极为考究。额头上贴着水粉色的花钿，唇上却点着殷红欲滴的口脂。

蔺承佑点了点画卷，问她："见过吗？"

魏紫可比萼姬看得仔细多了，把团扇抵在丰润的胸前，俯下身来左瞧瞧，右瞧瞧，最后绕着条案走了一圈，不慎把团扇落在蔺承佑的脚下。

"哎呀！"魏紫咬了咬嫣红的唇，风情万种地弯下腰去捡，哪知蔺承佑嗤笑一声，一脚踩住了团扇。

魏紫掩唇直笑，这少年郎何止是好看，还有种飞扬跋扈的俊美，她早就有心撩拨他，怎奈一直没找到机会，好不容易近身了，怎能不借机试探他？

没想到这小郎君还颇懂情趣，她睫毛轻颤，一只手轻轻把团扇往外抽，孰料蔺承佑脚下一用力，团扇连同扇骨裂成了碎块，不，裂成了碎渣子。

魏紫霎时凉透了心肝，就听蔺承佑在她头顶笑道："看明白了没？这么大一幅画都看不明白，依我看，平康坊你也不必待了。"

魏紫哆嗦着点头："看……看……看明白了。"

"见过没见过？"

"奴家未见过。"

蔺承佑道："没见过还不走？"

魏紫失魂落魄地回到原处，外头似乎有人讥笑了一下，她双腿绵软，哪还顾得上探究是谁？

接下来是红葛和姚黄，一个生得袅娜纤致，腰身细得不足一握；另一个憨媚可爱，举止间颇有贵家千金的骄矜之感。

滕玉意暗忖这彩凤楼的确有过人之处，单是这四位容色殊异的绝色美人，便足以引来满城的狂蜂浪蝶了。

有了魏紫做前车之鉴，二女不敢再招惹蔺承佑，老老实实看完画，很快便退下了，如此倒省却了不少工夫。

屋里人认完了，贺明生催着外头人进来，转眼半个时辰过去，居然没一个见过这画上的情形。

贺明生亲自到外头查看，刚才进屋认过画的，不分男女，一齐被拉聚到楼下中堂听命，廊道上现在只剩下一个人了。

贺明生叫不上那人名字，萼姬却唤道："青芝，快进来吧，就剩你了。"

她又对蔺承佑道："上月我们楼里有位叫葛巾的花魁被厉鬼毁了容，这个青芝就是葛巾的贴身丫鬟，葛巾受伤之后身边离不了人伺候，所以青芝来得晚了些。"

说话间那个叫青芝的丫鬟进来了，年纪有十五六岁，皮肤黝黑，模样也有些傻气，进来后冲蔺承佑欠了欠身，憨头憨脑地走到书案前。

滕玉意一眼不眨地望着她，如果连这个青芝都未见过这口井，蔺承佑的猜测很有可能是错的。

不过蔺承佑显然从没怀疑过自己的本事，望着青芝，很笃定地说："在哪儿见过这口井？"

青芝看了一阵，乐呵呵地说："奴家没见过。"

蔺承佑脸上的笑一僵："看仔细点儿。"

青芝摆摆手："奴家真没见过。"

蔺承佑不说话了，绝圣和弃智惊讶地道："店家、萼大娘，楼里的人都来齐了吗？"

贺明生和萼姬错愕地道："都在这儿了，连厨下的伙夫都叫过来了。"

绝圣和弃智面面相觑。

滕玉意忽道："不对，还漏了一个人。"

"谁？"

蔺承佑显然也想到了这一点："不是说有位被厉鬼毁了容的葛巾娘子吗？她住在何处？为何不见她来？愣着做什么？快给我带路啊。"

葛巾手执一卷书，怅然地望着窗外。长安一片月，照不进她的幽窗。

从前车马盈门，如今整夜枯坐，自从她受伤毁容，境遇一落千丈，今晚楼中喧嚷不堪，定有什么缘故，可是都过去一个多时辰了，竟没有一个人过来告诉她发生了何事。

她犹记得上元节，王孙公子携她出游，情意融融，宴乐达旦，她在席上酬酢诗咏，引得满座惊叹，遥想那些时日，她是何等风光，然而这一切，因为一个贸然闯入房中的"女鬼"，全化为了泡影。

她摸向缦纱半掩的脸庞，漂亮的眸子里迸射出强烈的恨意，叫她怎么甘心，花容月貌竟被一只所谓"厉鬼"给毁了，她多希望这是一场噩梦，不，这一定是噩梦，她熬了这么久，早该醒来了。

她推开衾被，光着脚跑到镜台前，迟疑了又迟疑，终于颤抖着手扯下脸上的缦纱，望见镜中殷红的伤口，她的心碎成了一千片。说什么鬼神害人，这样的话骗得了别人骗不了她，她不会善罢甘休的，一定要查出那个毒妇是谁。

她正自恨恨垂泪，外头寂静的廊道里，忽然响起了脚步声。

那人一径走到她门口，敲起了门。

葛巾擦去眼泪，清清嗓子道："谁？"

门外有人答道："是我，葶姬，听说你晚上没吃饭，我来看看你。"

葛巾有些疑惑，就在半个时辰前，有人跑到她门外贴东西，说是青云观道长给的符纸，必须即刻贴上。

那人还说，外头不太平，今晚每个人都得老老实实待在房中，不可擅自走动。

她当时哭累了正在假寐，迷迷糊糊也没仔细听，如果每个人都得待在房里，葶姬为何能单独来找她？

她歪过头凝神细听，葶姬安静得出奇，敲过门后就没再说话了。

葛巾咳嗽道："我身子不适，已经歇下了。葶姐姐，有什么话明日再说吧。"

葶姬压低嗓门："葛巾，我是悄悄来找你的，许侯爷派人来看你了，那人就在我边上。你要是不信，打开门瞧一瞧就知道了。"

葛巾心中一动，她毁容之后处于半软禁状态，为了给那几位相好的王孙公子送信，不知费了多少功夫，因做得隐秘，楼里无人知晓，葶姬这么说，莫非许侯爷真派人来了？

她审慎地说："主家没过问吗？"

葶姬没说话，却另有一位男子开了腔："葛巾娘子，侯爷派小人来给娘子送些伤药，娘子将此药每日涂抹在伤处，能生肌止痒。侯爷还说，请娘子安心养伤，不论害你的那人是人是鬼，他总会查个水落石出的。"

葛巾的心"怦怦"直跳，急忙跑过去开门，手都搭上门扇了，忽又缩了回来。许侯爷一贯体贴周详，派人来送药倒也不奇怪，只是这时辰，未免太晚了些。

那人察觉她的迟疑，低声与葶姬咕哝了几句，又开口道："想是娘子不便开门，要不这样吧，小人把东西放在门口，娘子开门自取便是了。"

葶姬也道："葛巾，我们先走了，你好好歇息。"

外头传来脚步声，两人离去了。

葛巾贴在门后，不由得懊悔起来，何至于疑心成这样，见了那人的面，还能给侯爷带个话。

好在那人没走远，或许她还能追得上，这样想着，她急忙开了门，瞥见门外的光景，她吓得惊叫起来。

荨姬提着灯笼在前带路：“道长，葛巾的寝处就在前头，是座水榭，名叫倚翠轩，那地方幽静雅致，正适合她养伤，可惜她出事之后心灰意冷，整日闭门不出。”

滕玉意打量左右，彩凤楼的头等妓人虽说都住在一处，等级上却大有区别，葛巾这种花中魁首，寝处又与旁人不同。

厢房一共分作两边，东西相对，逶迤如蛇，每一排足足有三十间。

葛巾住在东边的最大间，前窗正对着花园的芍药丛，后窗则临水，春日可赏花，冬日可品雪。说来颇费巧思，当得起葛巾这彩凤楼都知的身份。

伶人们都留在前楼，后院水榭的廊道比平日更寂静，檐下灯笼的光影昏昏惨惨，远不如头顶一钩明月。

荨姬高举了灯笼往前照去，遥见葛巾的房门紧闭，顿时放下心来：“门还关着，只要葛巾不擅自开门，料着不会出什么事。”

众人到了门前，绝圣和弃智踮脚一看：“师兄，符纸好好地贴着呢。”

蔺承佑二话不说就踹开了房门，众人探头往里瞧，房中只有清冷的月光，哪有葛巾的影子？

“见鬼了，人到哪儿去了？”

蔺承佑早已走到窗前，一跃飞纵出去：“没跑远，快追。”

绝圣和弃智二话不说跟着跳上窗。

率先跳下去的是绝圣，只听扑通一声，绝圣在底下惨叫道：“哎哟，师兄，你怎么不告诉我们外头是水池？”

蔺承佑的声音远远传来：“这还用教吗？跳下来之前自己不会先看看？弃智，你手受了伤，别下水了，先在房里画个赤子金尊阵，再到岸边接应绝圣。”

弃智大头朝下挂在窗户上，好歹没像绝圣那样一猛子扎进水里，然而双手枉自乱划，模样好不狼狈。

他虚弱地喊道：“王公子，麻烦搭把手。”

滕玉意跑过去把弃智拽回屋：“我算是知道你们师兄为何整日骂你们了。”

说着她临窗往下看，这窗屉做得与别处不同，尺寸宽阔异常，足可容下两人，倘若是房中人来了兴致，大可坐在窗边赏月对酌。

月色下银波翻涌，绝圣狼狈地在池子里扑腾。滕玉意望了一眼，陡然想起前世临死的那一夜，脸色一刹那就变了。

弃智站稳身子，奇怪地打量滕玉意："王公子，你怕水吗？"

滕玉意佯作无事："绝圣没事吧，要不要把他捞出来？"

"他会水，没事的，我这边画好阵就去找他。"弃智跑回房中。

贺明生虚软地扶着门框，双腿止不住地发抖："吓死贺某了，才救回卷儿梨，葛巾又不见了。这地方如此诡异，小道长能不能速速送我回前楼？"

弃智愣了愣："现下无空，葛巾娘子生死未卜，贫道得先帮师兄救人。"

贺明生擦着肥脸上的汗珠子："送我们回去要不了多久，小道长行行好，跑一趟再回来就是了。"

弃智飞快地画好阵："有阵法相护，现在房中最安全了，你们四个留在房中别乱走。"

说着他一溜烟跑了。

贺明生恨恨然跺脚。滕玉意和霍丘站在窗边好奇地看着他，萼姬大约是嫌他这个主家太丢人，脸色也不自在。

贺明生浑不在意，自顾自坐到葛巾的妆台前，一个劲地抹头上的油汗："短短几日就出了这许多事，这是要我彩凤楼关门大吉啊！"

滕玉意慢慢走回矮榻边，也撩袍坐下来："听说贺店主从洛阳来？从前做什么行当？"

"[illegible]米粮，绢彩珠璧，什么行当都做过。"贺明生文绉绉地说，"起早贪黑，逐什一之利，铢积寸累，图屑屑之财。好不容易攒下一份家财，全砸在彩凤楼上了。如果楼里的妖异不能清除干净，贺某怕是要把半条命赔进去了。"

萼姬奉承道："主家可是洛阳有名的大贾，一座小小的彩凤楼，何至于伤筋动骨？"

贺明生眼睛一瞪："彩凤楼不比旁处，每日需投进大把银钱，生意好的话，此处如同泉眼，生生不息滋灌全局，生意惨淡的话，不出三月就会摇动根基，我只望今晚的事莫要传出去，否则生意一落千丈，往后还不知要赔进去多少钱。"

他一口气说了一大通，句句都不离"财"字。滕玉意淡笑道："听说葛巾是你们彩凤楼的花魁，她被厉鬼所伤，店主为何没找人除祟，就不怕今后贵楼还有妓人遭殃？"

贺明生哭丧着脸："怎会不找人除祟？之前小打小闹也就罢了，横竖没弄出太大的乱子。前几日葛巾一受伤，我即刻动身去洛阳寻那位高人，哪知在城中找了一大圈，硬是没找到高人的影子。我猜他要么是骗子，要么是出门云游了，我心中恨极，本打算这两日就去青云观寻求帮助，谁知今晚就出事了。"

他正说得唾沫横飞，忽然觉得不对劲，窗口本来月光如昼，一下子暗了下来，掉转视线看过去，顿时吓得瘫坐在地上，只见一个人湿淋淋地趴在窗口上，把外头月光遮挡了大半。

萼姬吓得惨叫，滕玉意飞快地拔出翡翠剑："你……你……你是何人？"

那人吃力地抬了抬头："是我。"

贺明生和萼姬诧异地互望一眼："葛巾？！"

"主家……"葛巾有气无力地道，"萼大娘……快拉我进去。"

贺明生战战兢兢地举起灯台，那女子发髻半堕，湿漉漉地往下淌水，眉目媚妙，实属难得一见的绝色。可惜脸上伤痕宛然，美貌被损毁了大半。

"果真是葛巾。"贺明生哆哆嗦嗦道，"你怎么会在此处？不是被妖怪掳走了吗？"

葛巾吃力地攀住窗沿："怪我擅自开门，不小心着了那妖物的道，还好青云观的道长把我救下来了，可他们忙着追妖物，来不及把我送到屋里。"

她说着咳嗽一声："主家，你总算从洛阳回来了，有没有请到那位高人？"

贺明生和萼姬一愣，贺明生去往洛阳请高人的事，向来只有几个有头脸的妓人知晓。

看来这是葛巾无疑了。

"主家……萼大娘……"葛巾气息微弱，"过来搭把手。"

二人正踟蹰，滕玉意忽道："葛巾娘子，哪位道长把你放在此处的？"

"不是道长，是位少年公子。"葛巾叹气，"此人救下奴家后，又嫌奴家累赘，话都未曾说一句，扔下奴家就走。"

屋里人疑虑顿消，这的确像是蔺承佑干得出来的事。

贺明生胆小惯了，依旧不敢过去，只顾着支使萼姬："萼姬，你去帮帮葛巾的忙。"

葛巾苦笑："主家，你离得这样近，何必支使萼大娘？"

她语气神情与平日别无二致，萼姬心中再无疑虑，撸袖要过去帮忙："罢了罢了，我来。"

哪知她刚走一步，就被滕玉意拦住了。滕玉意从袖中抖出一物，朝窗边走去："葛巾娘子，今晚道长令人贴符时，曾叮嘱各处不得擅自开门，也不知妖异使了什么法子，竟能哄得你上当？"

葛巾愣了愣："那东西扮作熟人给奴家送药，奴家一时不慎就……"

"原来如此。"滕玉意点头，"这妖物手段高明，实属让人防不胜防。"

"可不是吗？"葛巾赧然叹气，"都怪奴家糊涂。公子，奴家快撑不住了，快来搭把手。"

她伸出一只纤白的胳膊，满怀希冀地望着滕玉意。

"来了。"滕玉意加快脚步走到窗前，笑意盈盈地举起手中之物。

葛巾脸色一变，只见滕玉意手中握着一支秃笔，直往她脸上扎来。

葛巾来不及躲闪，脸庞瞬间就起了变化，肤色经月光一照，绽出淡金色的光泽，她一动不动，话里有种森冷又诡异的味道："我何处露了马脚？"

滕玉意侥幸得了手，心里却骇异万分，一边闪身往后躲，一边道："我为何要告诉你？"

其实她一早就起了疑心，葛巾刚被妖物掳走，纵然及时被救下，也会因身染妖毒昏迷不醒，比如卷儿梨过了好一阵才醒来，她也曾因染了妖毒昏过去。

蔺承佑明知会如此，就算再不近人情，也不会把一个昏迷未醒之人随意抛下。

可是这假葛巾不但突然出现在窗外，还一副毫发无伤的模样。

女子低低地笑起来，双臂慢慢伏低，再抬起时，胳膊已然变了颜色，仔细看去，上头密密如栽，丰盈若鳞，眨眼间就化作了一对金色的翅翼。

女子的半边脸还是葛巾的模样，另一半却生出了绒毛，阔大的翅翼往窗内探，似乎极想进来，然而每一触碰到窗棂，就似被看不见的东西挡住。

霍丘面色煞白，急忙护着几人往外走："公子快走，小人想法子拖住它。道长应该在附近，出去后大声呼救即可。"

荸姬和贺明生争先恐后地往屋外跑，却因太害怕，吓得瘫软在地。

滕玉意心口"怦怦"直跳："还是留在屋里吧，弃智道长在房里画了阵，而且这妖怪要是能进屋，哪还用得着扮成葛巾哄骗我们？估计门窗上设了结界，你瞧它死活钻不进来。"

霍丘觉得这话有道理，忙又把刚爬到门口的贺明生提溜了回来。

正在这时，窗口那东西脸上的羽毛越来越厚，身形也越来越大，俨然化作了一只巨鸟，把窗口挡得严严实实。借着屋里的光线仔细打量，只见它殷红的爪子搭上窗沿，口中"咻咻"怪叫，忽然一抬爪，把尖锐的爪尖指向荸姬。

荸姬眼珠发直，定定地朝窗口走去。滕玉意心知不妙："霍丘，快拦着她！"

哪知荸姬巨力横生，不等霍丘靠过来，挥臂就把他甩到一边。霍丘身躯飞出去，"砰"的一声，一下子就撞碎了桌旁的绳床。

滕玉意急声道："霍丘！"

贺明生上下牙齿直打战，不住地张望左右：“道长呢？救命啊！救命啊，道长！”

话音未落，窗口那怪物忽然惨叫起来，只见月光下撒来一张大网，金光灼烁，阔大如被，密密实实地将怪物罩住。

“看明白了吗？”外头传来蔺承佑的声音。

“看明白了，这才是它的本体，先前的金蛟不过是它的化身。”

“看明白了就收网吧。”

却听绝圣嚷道：“师兄，它好大的力气，我拽不住它。”

“拽不动就往下跳，我在下面接应你，它羽毛不能沾水，落水就好办了。”

绝圣显然依言做了，“咚”的一声，又跳入了水中，好在这法子管用，一下子把窗口的怪物给拽下来了。

滕玉意抬手抹汗，才发现自己身上都汗湿了。萼姬摇摇晃晃，差一点儿就栽倒在地，正好霍丘已从地上爬了起来，忙过去搀扶了一把。

滕玉意勉强坐在妆台前，双腿仍虚软乏力，只听外头水声如瀑，恍若暴雨疾至，金色影子与红光交错，织就出一幅诡异的画面，两方不分胜负，每一次声响都震撼人心。

其间贺明生几次要往外逃，均被滕玉意拦住了。

也不知过了多久，外头慢慢恢复寂静。滕玉意盯着窗外，外头像是要天亮了，星辰渐渐隐没，天地间染了一片幽蓝，他们打了这么久，不知蔺承佑抓没抓住妖物。

她心里正七上八下，忽然窗口一暗，有东西重新扑过来，晨曦下金光闪烁，分明是那怪物，这一回不知为何，那东西竟轻松探入了窗沿。

莫非弃智的阵法失去了效验？真等它爬进来，满屋子的人都要遭殃。贺明生和萼姬又慌乱起来，滕玉意跑到窗前挥剑一刺。

“你还敢来。”

窗外那东西本来都要进来了，一惊之下，改而抓向窗棂。

滕玉意这才看清来者不是妖异，而是一个人，这人身上披着青云观的盘罗金网，乍一看也是浑身金光。

“又是你？”蔺承佑咬牙道。

滕玉意连忙缩回手：“我以为是妖物，原来是道长。”

可到底晚了一步，蔺承佑为了躲避剑锋失手掉了下去，扑通一声，溅起好大一片水花。

滕玉意攀着窗沿往下看。蔺承佑水性不错，很快从水中探出身子，他抹了一把脸，朝窗口瞪了一眼，掉头游向岸边。

这时廊道上传来跑动声，绝圣浑身湿漉漉的，弃智身上也沾了不少水，两人合力抬着一张网进了屋。

网里裹着一个人，沉甸甸的一动不动，水滴滴答答，沿路洒过来。

“师兄。”两人一进来就道，“咦，师兄不在？”

霍丘咳了一声：“你们师兄还在水里。”

绝圣和弃智愣了愣，弯腰把网中人放到地上。网一松，里头的人滚了出来，原来是葛巾。

贺明生和萼姬吓得抱成一团：“妖怪。”

弃智忙道：“别怕，这不是妖异，是真正的葛巾娘子，适才被师兄救下了。方才大家都受惊了，那妖异一面招同伴对付我们，一面想进屋害人，还好你们没上它的当，否则难免被它所伤。”

贺明生颤声问道：“可抓住妖异了？”

两人悻悻然摇头：“让它跑了。”

“那东西非同小可，师兄一路从彩凤楼追出去，直追了半个平康坊，差一点儿就要捉住它了，结果突然冒出个法力非凡的同伙，到底把它救走了。天快亮了，这东西一时半会儿绝不敢再冒头，除非把整座长安都掘地三尺，否则没法子再找寻了。”

这时外头再次传来脚步声，绝圣和弃智出去一看：“师兄。”

蔺承佑手上提着那张盘罗金网，从冠到靴全湿透了，走进屋的时候，地板上留下蜿蜒的水迹。

他一进屋就把目光落到滕玉意的脸上，面上喜怒不辨。

绝圣和弃智大吃一惊：“师兄，你不是直接从窗口进来吗？怎么掉入水中了？”

滕玉意低声嘱咐霍丘：“准备好犊车，只要找到机会就溜。”霍丘应了，悄悄下去安排。

蔺承佑瞟了滕玉意一眼，径自走入房中：“笑话，我会掉入水中吗？我是猜到那妖异在水中遗落了东西，所以又下水确认了一遭。”

绝圣和弃智不疑有他：“原来如此！师兄，你在水中找到什么没有？”

蔺承佑甩了甩衣袖上的水：“葛巾中了妖毒，命在旦夕，你们再东拉西扯的话，可就救不了人了。”

绝圣和弃智回过了神，忙将葛巾抬到床榻上："师兄，葛巾娘子双瞳如线，看着像中了虺毒，但舌头发赤，又像中了火毒，这可如何是好？火毒也就罢了，万一是虺毒，怕是不好办。"

蔺承佑问："她颈项上可有痕迹？"

"没有。"

蔺承佑思忖道："看看她的心口。"

"这……"

"又不是让你们看，这里不是有莩大娘吗？"

然而莩姬经过方才这几遭，早已是亡魂丧胆。她抓着滕玉意的肩膀，瑟瑟发抖道："奴家倒是想动，但是奴家的胳膊和腿都变成了面团，动也动不了了。"

众人便将视线都转到滕玉意身上了，情势险急来不及再去寻人，这位王公子既是女扮男装，理应由她上。

"王公子。"绝圣和弃智期盼地望着滕玉意。

滕玉意心里叹了口气，今晚无数次想走，却一再被困在彩凤楼："好，我来瞧瞧。"

一行人出了屋，蔺承佑在掩上门之前忽然又道："忘了提醒王公子，这位葛巾娘子中的妖毒与旁人不同，侵袭的是心脉，说不定会异变，待会儿她要是突然睁开眼睛，你可千万要当心，这妖毒能操控神志，中毒之人往往以啮咬皮肉为乐。王公子要是跑不动，只管在屋里大声喊叫就是了。"

滕玉意一惊："等等。"

"别怕，我就在门外，你一叫我就会进来的。"蔺承佑坏笑着把门关上了，随后从怀中取出几缗钱给绝圣和弃智："隔壁有衣肆，你们把湿衣裳换了，顺便给我也弄身衣裳。"

绝圣和弃智互看一眼，虺毒哪有师兄说的那样玄乎，中毒之人发作时的确状若厉鬼，但顶多只是虚张声势，并不会真咬人。

不过师兄这么一说，滕娘子估计逃不过一番惊吓了。

他们磨磨蹭蹭不想去，但师兄面色不善，连头发丝都在往下滴水。臂上那两道被滕娘子扎过的伤口一浸水，又开始渗血了，师兄从未这般狼狈过，他们此时忤逆师兄，少不了一通重责。

二人决定速去速回，于是一溜烟跑了。

第八章
小　涯

绝圣和弃智一走，蔺承佑抬起胳膊看自己的伤处。

经过先前那一遭，他更加确信滕玉意不是什么好人，臂上这点儿伤是小事，被害得落水也可以当滕玉意是无心，让他真正在意的是她那堆暗器。

先前他已经检视过了，全是极其恶毒的害人的东西。

就拿扎中他的那根簪子来说，不但尖锐，末端还带着无数细钩。

一旦被扎中，保管比寻常的暗器要胀痛百倍，何况上头还喂了毒，可谓损上加损，谁要被这暗器射中，个中滋味只有自己能体会。

这也就罢了，滕玉意拔的时候还故意让那些细钩在他的伤口里多搅了几下，因此伤处表面上看着小，但里头委实伤得不浅，被水一泡，伤口的血就又止不住了。

蔺承佑皱眉撕下内袖捆住臂膀。他原以为这暗器是滕府特制的，但想到滕绍常年忙着治军，哪有闲工夫令人定制这等刁钻古怪的女子暗器，即便要给女儿防身用，也有的是光明正大的护具，因此不必多想，这一定是滕玉意自己想出来的好主意。

试想她昏迷前发暗器的举动，何其娴熟，何其果断，可见她是做惯了的，说不定时刻打算用这些暗器害人。

假如她是江湖中人，他不会觉得奇怪，毕竟时常身处险境，遇险时难免有些自保之举，可她一个高门贵女……

府内护卫森严，出门有强仆相护，平日在扬州或是长安游乐，交往的对象无非是些世家女子，处在这样一个闲适的环境里，任他想破了脑袋，也想不出滕玉意为何要随身携带这样的暗器，而且不出手则已，一出手还那般狠毒。

他听说她刚及笄，小小年纪就开始费心思打造害人的刁钻暗器，除了本性不够良善，难有旁的解释。

沉吟片刻，蔺承佑抬眸看着面前那扇安静的房门，先不急，她弄痒痒虫究竟要做什么，至今未露痕迹，与其打草惊蛇，不如静观其变。如果证实了她真打算害人，再叫她为自己的恶毒付出代价也不迟。

蔺承佑看一眼身边的贺明生和萼姬，两个人都呆若木鸡，他故意跟他们说了几句话，半晌他们才有反应，如此甚好，他不必担心他们坏事。

对付恶人，就该有对付恶人的法子。不论那个葛巾中的是什么毒，滕玉意在听过他那番话之后，少不了担惊受怕。

最好葛巾中的真是尸毒，滕玉意被吓一通之后，回去后也能老实几日，少害几个人。

蔺承佑这般想着，从外头卡住门，确定没法从里头打开，这才不紧不慢地下了台阶。

他沿着院落四处查探，彩凤楼里凹外凸，宛若一口浅井，四周若埋有金蟾，天然便是蓄宝盆。

这地方极阴也极沃，并不适合用来镇压邪物，当年镇压邪物之人为何会选在这样的地界，实在匪夷所思，而且似乎极有效验，一镇就是上百年。

他就是不知为何阵法突然失了灵，仅是因为砸到了地下的石碑吗？他蹲下来仔细看，忽然听到滕玉意在房中惊叫一声，他眸中浮现一抹谑意，故意等了好一阵，这才拍拍手起了身。

到了门前，他叩了叩门：“王公子？”

蔺承佑没听到滕玉意的回应，她该不会是被吓昏了吧？蔺承佑假装关切地问：“王公子，你没事吧？”

里面还是没动静，蔺承佑估摸着差不多了，抬手打开了门，本以为会看到滕玉意抱着桌腿瑟瑟发抖，或是被吓得披头散发，面无人色，谁知她好端端站在书案边。

他眼底的笑意一凝，滕玉意拾起脚边的笔架，笑道：“对不住，刚才这东西掉到地上，吓了我一跳。”

蔺承佑瞟了眼床榻，葛巾衣衫整齐仍在昏睡，算滕玉意运气好，葛巾中的不是虺毒。

滕玉意若无其事地朝蔺承佑走过去："葛巾心口的确有痕迹，金色的，形状大概就是这样，我画出来了。屋里没有金色的色砂，我只能以墨代替，世子瞧瞧画得行不行。"

她气色红润，哪像刚受过惊吓？蔺承佑静静地看着她走近，忽而一笑，接过她递过来的笺纸道："有劳王公子了。"

滕玉意笑眯眯地道："不过是举手之劳。"

她心里冷哼，蔺承佑安的什么心，她心里明镜似的。先前她为了替自己和霍丘出气，一时气不过又惹了他一回，以蔺承佑的性子，岂会不找她麻烦？眼下她还有更重要的事要做，不宜再与他纠缠不休，蔺承佑狡黠多智，痒痒虫和暗器的事多半已经叫他起了疑心，再斗下去自己也休想占到上风。

还好这一晚快熬到头了，她出了这栋楼，往后跟蔺承佑再不会有任何瓜葛了。

蔺承佑一看滕玉意画的印记就蹙起了眉，不是虺毒，也不是火毒，是鬣毒。

真麻烦，这是最棘手的一种情况，因为中毒之人很快会病危不治，要想救葛巾的性命，只能……

他当机立断摘下腰间的香囊把药丸取出，就听门外传来"咚咚咚"的脚步声，绝圣和弃智怀中各抱着一个包袱跑过来了。

二人瞥见房里的滕玉意，两颗悬着的心落了地，还好还好，滕娘子未受惊吓。

蔺承佑把药丸尽数倒在掌心，冲门外的萼姬道："萼大娘进屋吧，速速把这药给葛巾服下。"

绝圣和弃智看见药丸，大惊道："师兄，这不行！"

蔺承佑看着他们："什么不行？"

"这可是燕息丹。"绝圣、弃智冲进屋压低嗓门道，"别忘了上回在紫云楼，师兄你的六元丹已经被分完了。师公还未回长安，观里的药材又不够用，要是连燕息丹也全给人用了，万一你自己……"

"我倒是不想给旁人用，可此女中的是鬣毒，你们还有别的法子吗？"

二人面色一变。

"她中毒已深，再拖下去可就成见死不救了。"

绝圣和弃智二话不说夺过蔺承佑手心里的药丸，跑到床榻前给葛巾服药。

滕玉意暗忖蔺承佑果有暗疾，不然不会总是随身带着药丸，上回是六元丹，这回叫燕息丹。

她不由得好奇地打量蔺承佑，此子生龙活虎，委实不像有病在身。

她忽又想起前日那一场大梦，梦里她的魂魄在死后三年回到父亲的祠庙，在庙中撞见了奇怪的一幕，宫人们听说蔺承佑在北戎被人暗害，一下子慌了手脚。

先不说那场梦是真是假，她怎会好端端地梦到蔺承佑？

那边弃智和绝圣给葛巾喂了药，葛巾的脸色有了好转，贺明生和萼姬进了屋，哆哆嗦嗦地查看葛巾的病况。

蔺承佑望着葛巾脸颊上的伤疤，摇头喟叹："这伤是被鬼物所害，伤及了筋肉，估计恢复无望了。"

绝圣和弃智纳闷地互望一眼，葛巾娘子的伤毫无鬼物作祟的痕迹，分明是被人所害。师兄想必比他们看得更明白，为何公然说这样的话？

滕玉意闲着无事，便也到近前打量，天色已经大亮了，葛巾的脸被晨光照得纤毫毕现，左侧脸颊上共有四条抓痕，血痂未能覆盖处，依稀可见卷起的死肉。

"可怜见的。"萼姬叹着气帮葛巾掖紧衾被。

贺明生满脸痛惜："为了买下葛巾，小人花费何止万金，日日当菩萨供起来，生恐有什么地方不顺她的意，养了这些日子，眼看要在平康坊崭露头角，就这样被厉鬼毁了容貌。小人这番心血，岂不全打了水漂？"

正在这时，门外有庙客跑来："主家，外头来了好些武侯和不良人。"

屋里人一惊，蔺承佑却道："来得正好。"

他率先往外走，滕玉意跟在众人后头，走到半道，霍丘迎面走来，低声道："娘子，都安排好了，走吧。"

他们到了前楼一看，中堂里满是人，平康坊的里正也在，众吏抬头一望，来不及诧异蔺承佑为何穿着湿衣裳，急忙整顿衣冠，大步迎上来。

滕玉意趁机把萼姬叫到一边，从囊中取出一颗宝珠丢给萼姬："赏你的。卷儿梨和抱珠我包下了，这半年你不许打骂她们，也不许叫她们去陪别的客人。"

萼姬眼皮都没抬，光靠一颗宝珠就想包卷儿梨和抱珠半年，这不是仗势欺人吗？心里极不想答应，但经过一整晚的相处，她早猜到这位王公子来头不小，若是不答应，就怕给自己惹麻烦。

也罢，卷儿梨和抱珠年岁还小，这半年让她们清清静静磨炼技艺也好，于是萼姬喜滋滋地把那颗宝珠塞入胸口："奴家晓得了，从今往后，卷儿梨和抱珠就只伺候王公子一个人了。"

那边蔺承佑换了干净衣裳，又令人买了胡饼和馎饦给两个师弟吃。

绝圣和弃智一边喝着热乎乎的馎饦，一边听蔺承佑跟身边群吏说话。

蔺承佑任由医工重新给自己包扎伤口，边饮茶边道："阵法下面镇了两只大妖，昨夜破阵而出了，一个是禽妖，另一个我暂且未查清底细。"

众吏神色有异："世子殿下，长安已经许多年没出现过妖邪了，可这才数月工夫，已经出了好几桩大事了。上回是专夺美人躯壳的树妖，这次的妖邪竟与妓馆有关。"

剩下的话他们不敢说，明明是康平盛世，为何会频繁有大妖现世？

蔺承佑一哂："这些妖魔的来历我很快会查出来，昨晚那二怪破阵而出后失了踪迹，但随时可能再出来害人。为免百姓受伤，即日起，我会请各观各寺的僧道日日巡街，提前跟你们打个招呼，好叫你们心里有数。"

众吏唯唯听命。

"你们除了配合这些僧道巡逻，还需给各家各户送信，晚间若无急事，百姓不要擅自出门。"

弃智看蔺承佑只顾着安排事却迟迟不用朝食，忍不住起身把汤碗往蔺承佑身前悄悄推了推。

绝圣吃得满头大汗，这时也迟钝地抬起头："师兄，你只顾安排我们吃饭，自己却不肯用膳，这汤再不喝就凉了。"

蔺承佑这才提箸用膳："别说，我还真饿了。"

然而身边的官吏仍不住地向他请示，一顿饭吃得极不闲适。

绝圣和弃智吃完早膳，托腮在旁边叹气，可怜的师兄，还好有他们在身边，不然谁来关照师兄的饮食起居？

成王殿下和王妃离开长安大半年了，走前还带走了二公子，说师兄小时候跟他们四处游历够了，这回该轮到老二阿双了。

他们又说去年阿芝郡主因为游历江南耽误了学业，今年需留在长安好好读书，昌宜公主正好也舍不得阿芝郡主，阿芝郡主就住到宫里去了。

这也就罢了，半年前连师公也打着云游的旗号离开了长安。

如此一来，师兄身边只剩他们两个师弟了。这可真让人想不通，师公常说师兄顽皮赖骨，身边离不开长辈的管教，他们一下子都跑了，莫非存心让师兄历练？

两人齐齐换了一只手，继续托住自己滚圆的腮帮叹气，虽说圣人和皇后一贯把师兄当作自己的亲儿子，但圣人禀性宽厚，皇后性情随和，两人又住在宫里，管教阿芝郡主是绰绰有余，管教师兄却难免有鞭长莫及之嫌。

他们正长吁短叹，萼姬扶着卷儿梨过来了。

萼姬弯腰冲蔺承佑笑道："世子，我们卷儿梨还有些痴怔，烦请世子帮着看看，她体内是不是还有妖毒？"

卷儿梨神色有些呆呆的，来前似乎着意打扮了一番，换了一条杏子黄的高胸襦裙。

蔺承佑纳闷："不是已经用过清心丸了吗？"

绝圣和弃智起身看了看，卷儿梨连眼眸都很清澈，可见体内一点儿余毒都没了。

卷儿梨怪不好意思地说："劳烦两位道长了，其实奴家没有不适……"

萼姬却一个劲地把卷儿梨往蔺承佑身前推："奴家是觉得，同样是中妖毒，王公子早已恢复如常了，卷儿梨却一直乏力头昏。奴家怕出事，所以才想请世子再给她好好瞧瞧。"

蔺承佑"哦"了一声："原来是这么回事。绝圣、弃智，你们再给卷儿梨好好瞧瞧，至于萼大娘嘛，我瞧着好像也有些不妥。"

萼姬脸色一白："奴家也……"

"把清心丸给萼大娘也服几粒。"

绝圣和弃智为难地挠挠头，清心丸只能给中妖毒之人服用，正常人吃了少不了会拉几天肚子。师兄一定是嫌萼大娘烦了才会突然这么说。

"小道长，多给奴家几粒药。"萼姬听了蔺承佑的话，早已六神无主。

弃智好心，只给萼姬一粒，不提防萼姬伸手抢走好几粒。

两人忙要夺回，被蔺承佑拦住了："哎，不就是几粒清心丸吗？萼大娘想要多少就给她多少，你们何必小气？"

萼姬一股脑把药全吃了，可她依旧没忘记自己的初衷，笑着拉近卷儿梨，满脸堆笑："要不世子亲自给卷儿梨瞧瞧，刚才她还说眼前有幻境……"

蔺承佑一嗤，正要说话，却像是想起了什么似的，抬眸看向卷儿梨。

萼姬欢喜得眉眼一顿乱飞："世子，卷儿梨她……"

蔺承佑的目光却越过二人，径直投向门外。

门前有一方金色的日影，当中站着一位身姿窈窕的胡人，正是滕玉意。

"幻境……"蔺承佑若有所思地看着滕玉意。他突然对绝圣和弃智道："葛巾娘子应该已经醒了，你们先去她房中确认一件事。"

滕玉意放下车帘，借着晨曦观摩掌中的翡翠剑，看它表里通莹，顿觉神清气爽。

她折腾一整晚，好歹解了咒。

“回杜府。”滕玉意欣然吩咐霍丘。

哪知他们走到半路，犊车突然停住了，就听霍丘道：“公子，青云观的绝圣道长来了。”

滕玉意撩开窗帘，果见道旁停着一辆小辎车。绝圣从车上跳下来，颠颠地跑到她的车前。

“滕娘子，借一步说话。”

绝圣跟滕玉意相处这几回，彼此早已熟络了，也不讲究繁文缛节，上了车道：“弃智让我给滕娘子送符来。”

“符？”

绝圣从袖笼中取出一幅画道：“葛巾娘子已经醒了，方才师兄让她辨认这幅画，葛巾说她见过这上面的井，所以师兄猜得不错，那妖异就是用活人的记忆做幻境。”

滕玉意接过来一看，是她画的那座废弃庭院。

“弃智看到的是卷儿梨幼时的记忆，滕娘子你看到的是葛巾的记忆。你当时在二楼看到幻境时，葛巾还在自己房中待着，所以妖异并非随意掳人，而是早早就定下了目标，我们猜这些幻境就是所谓预告，先设幻境再害人。”

滕玉意明白了：“你们担心妖异下一个会来找我？”

绝圣点头：“那妖异曾化作簪花郎君给你施妖毒，后来又变成葛巾的模样在窗外诱你上当，虽说它现在潜走了，但师兄总觉得妖异对你很感兴趣，弃智听了很担心，特意让我送符来。”

说着他从怀中取出一堆符：“滕娘子回去之后把这些符贴在门窗上，那妖异就不敢擅闯了。”

说到这儿，绝圣“嘿嘿”一笑：“其实滕娘子有翡翠剑护身，妖异轻易不敢来找你，但多备些符箓在身上总不会有害处。”

滕玉意接过符纸：“弃智手受了伤还……”

绝圣摆摆手：“你也知道的嘛，弃智这个人婆婆妈妈的，他说不怕一万只怕万一，非要多画些符箓给滕娘子。不过我也担心他的伤手，只让他画了几张，剩下这些都是我画的。”

滕玉意静静地看着绝圣。绝圣看她突然不说话，有些不知所措：“滕娘子……”

滕玉意回身从几案上拿下两盒点心：“这是昨天我姨母做的玉露团，你尝尝喜不喜欢，另一盒是给弃智道长的，你帮我捎给他。”

绝圣目光忍不住在漆盒上打转：“方才师兄给我们吃过朝食了。”

“一顿朝食能顶什么用？这里头是灵沙臛，素馅的，道长放心吃吧。”滕玉意把盒盖打开，清幽的香味丝丝溢出，“香不香？”

“香。”绝圣咽了一下口水。

滕玉意二话不说把两盒玉露团塞入绝圣怀中：“要是吃了喜欢，改日我再令人送些去青云观，除了我姨母做的灵沙臛，我们滕府的厨娘也很会做点心。”

绝圣高兴得小脸泛红：“那就谢谢滕娘子了，哦对了，也替贫道和弃智谢谢杜夫人。”

滕玉意忽然想起一事：“葛巾脸上的伤真是‘恶鬼’所为吗？”

绝圣摇摇头道：“我和弃智都觉得不像，但师兄对外宣称是厉鬼所害，我猜他这样说应该有自己的考量。滕娘子，你不觉得这座彩凤楼透着许多古怪吗？前头彩帛行店主夫妻死得古怪，后院镇压的妖物古怪，葛巾伤得古怪……种种古怪之处，叫人匪夷所思。师兄已经禀告了大理寺的上司，估计要好好查一查。”

“你师兄在大理寺任职？”

绝圣惊讶地道：“滕娘子不知道？”

滕玉意笑了笑，她必须知道吗？

绝圣笑呵呵道：“去岁师兄跑去参加明经科，成王夫妇都以为师兄闹着玩，没想到他居然考了明经科第一名，接着又通过了吏部的选考，就去大理寺任职了。如今师兄是大理寺品级最低的评事[①]，平日经常会在坊间间查案子。”

滕玉意颔首，大理评事官阶不高，但此职需谙熟法典、推按刑狱，期满后往往能直升监察御史，因为职小任大，历来是王公子弟热衷争夺的要职。

绝圣起身道：“滕娘子，贫道得尽快赶到东明观，就先告辞了。”

---

① 大理评事：大理寺的官员结构中，最高的是大理寺卿、大理少卿，再就是大理正、大理丞、大理司直和大理评事。大理评事职位最低，员额一共十二人，官阶为从八品下，在它之上的大理司直是从六品上。

说着他跳下犊车，不一会儿又把脑袋探进来：“差点儿忘了一件最重要的事，师兄让我转告滕娘子，最近无事少出门。”

滕玉意一听蔺承佑的名字就暗自皱眉，嘴里却笑道：“知道了。”

绝圣走后，霍丘重新赶车，眼看快到杜府了，迎面赶来一队车马。

霍丘勒住缰绳道：“是程伯。”

程伯疾驰到跟前，翻身下马道：“娘子，昨晚究竟出了何事？”

滕玉意闻言拉开窗帘，眼看程伯急得满头大汗，忙道：“我没事，回府再细细跟你们说，镇国公府那边有消息传出来吗？”

“长安已经有不少风声了，都在传娘子跟段小将军喜事将近。”程伯铁青着脸道，“依老奴看，镇国公府是担心那晚的事传扬出去，趁势大肆放风声，如果能让你们提前成亲，段小将军和董二娘的事自然无人细究了，听说只等段府的老夫人过完寿辰，国公爷就会登门跟老爷商议婚事。”

滕玉意冷笑，看来段家为了段宁远的名声和前程，存心要坑害她了。

她蹙眉想了想，上回在紫云楼门口，段文茵曾提过老夫人寿辰之事，回来后事情一桩接着一桩，她差点儿把这事忘了。

“今日段老夫人寿辰，我交代的那件事办得如何了？”

程伯从怀中取出一包东西：“放心，老奴已经安排妥当了。”

滕玉意笑着接过那包痒痒虫，又将藏在车里的一包东西递给程伯：“这包里头是药粉，拿到狱中给董二娘用，记得别留下痕迹，尤其莫叫段宁远察觉。”

程伯迟疑，既要下毒，为何又要解毒？不过想来娘子有她的道理，他便接过那包药粉。

“老奴知道了。”程伯取出一张帖子，“这是段府头几日送来的帖子，今晚除了邀请娘子，还邀了杜老爷一家，老奴已经备妥给段老夫人的寿礼了。”

滕玉意笑着颔首：“今晚我得好好给段家老夫人拜寿。先去姨母家吧。”

转眼他们到了杜府门口，霍丘下车去敲门。苍头奴开门看到滕玉意，欢然道：“娘子这么早就来了？昨夜回家歇得好吗？”

滕玉意点点头快步入内，看来姨父、姨母提早做了安排，昨晚之事连杜府老仆都被蒙在鼓里。

她装模作样地叮嘱程伯：“把我从家里拿来的东西搬进去。”

程伯和霍丘应道：“是。”

中堂里，杜绍棠正焦急地来回踱步，抬头看到滕玉意，奔过来低声道：“玉表姐，你总算回来了，爷娘都快急疯了。”

滕玉意心中暗恨，要不是蔺承佑不让她回府，何至于叫姨父、姨母担心一整晚？

杜绍棠一连声地问：“玉表姐，你昨晚真去彩凤楼了？成王世子令人送信来的时候，我们只当那人扯谎，但那人是成王府的亲随，由不得人不信，成王世子说你在彩凤楼饮酒寻欢，究竟出了什么事？”

“三句两句说不明白，姨父、姨母现在何处？”

两人赶到后院，杜裕知和杜夫人在屋子里急得团团转。杜庭兰立在廊庑下，正满面忧色地往外张望。

杜绍棠率先跑过去：“玉表姐来了。”

几个人相偕进了屋，屋里的杜裕知冷不防瞧见滕玉意脸上的大胡子，登时惊得一个倒仰：“怎么扮成男人了？这……这成何体统！”

杜夫人也是焦虑异常：“你这孩子……昨晚到底怎么回事？”

滕玉意接过表姐亲自递来的蔗浆一饮而尽，叹口气：“姨父、姨母别担心，昨晚实在事出突然。”

她一口气将昨晚的事说了，当然为了不让姨父、姨母担心，话里少不得有些添减。

杜裕知频频捋须：“既是如此，你走前总该跟姨父和姨母打声招呼。”

滕玉意理直气壮地道：“我许久未回长安了，诚心想出门逛一逛，本以为去去就回，哪想到会遇到那样的事？”

杜绍棠怯怯插言：“阿爷，这事不能怪玉表姐，成王世子的性子阿爷也知道，他要是想做什么事，哪管得了那许多？”

杜庭兰看父亲面色缓和，好奇地拿起翡翠剑：“怎么样？解开咒没？”

“解了。”滕玉意抚过翠碧的剑身，“改日要是再碰到邪祟，我当面斫一只妖物给表姐瞧瞧。”

杜庭兰吓一跳：“大可不必，没等你斫下妖物，阿姐就吓昏了。再说往后你定会平平安安的，哪里会再碰到什么邪祟？”

杜绍棠挤过来问：“玉表姐，彩凤楼里真有妖怪？你当时瞧见了吗？妖怪长什么样？”

杜裕知自恃威严，仍不肯搭腔，只是看妻孥说得热闹，没忍住也踱过来，就着杜庭兰的手，好奇地端详翡翠剑。

杜夫人趁机对滕玉意道："忙了一晚上，你脸上还粘着胡子，快去沐浴换身衣裳，用过早膳后好好睡一觉。"

等滕玉意沐浴出来时，杜裕知父子已经回了前院，杜夫人忙着安排午膳，只有杜庭兰在屋里等她。

杜庭兰柔声道："你别看阿爷凶巴巴爱骂人，昨晚他亲自出去找你好几回，回府后又劝阿娘歇下，自己在外头等消息，后来听说你没事才放了心。"

滕玉意点点头："我知道姨父疼我，其实我心里何尝踏实？早上我好不容易出了彩凤楼，马不停蹄地往家赶。"

杜庭兰心疼地推搡滕玉意："快上床睡觉去。对了，我听说段老夫人寿辰，镇国公府给我们送了帖子来。"

滕玉意瞅着杜庭兰："阿姐都知道了？"

"阿娘把那晚的事同我说了，阿姐万万想不到，这个姓段的如此卑劣。"

滕玉意慢吞吞地爬上床，表姐心善也宽柔，往日从不与人红脸，头一回厉声骂人，骂的竟是段宁远。

"没人能让你受这样的委屈。"杜庭兰替滕玉意掖衾被，"这种伪君子，及早看清真面目是好事，这婚势必要退。还好这两日姨父就要回长安了，这事越快解决越好。今晚段老夫人寿宴，我和阿娘陪你去。"

说着她拢了拢滕玉意的头发，起身道："有什么话等你睡醒再说。"

滕玉意把一只胳膊枕在脸颊下头，看着表姐在房中走来走去。

杜庭兰放下床前的帘幔，悄悄走到窗前，怕院子里的婢子和婆娘吵闹，合上了窗屉才走。

屋里寂静昏蒙，滕玉意睡意涌了上来，刚闭上眼，耳边忽然传来一个小小的声音："喂。"

滕玉意猛地弹起来，掀开帘幔四下里张望，房里哪有半个人影？

那声音又从背后传来："别找了，我在这儿呢。"

滕玉意吓得魂飞魄散，一头往床下栽去，惊愕中扭头看，却见一个二寸来高的小老头坐在床上。

这老头皓首苍颜，身穿灰麻布短褐，年纪虽大，脸颊却红润有光，下巴上挂着三缕银白的胡须，飘飘扬扬很有几分仙姿，只是双眼小得像绿豆，表情也有些刻薄。

老头跷着二郎腿靠坐在枕畔，浑身上下都透着一个"懒"字。

滕玉意这一惊不小，她从未见过巴掌大的小人，这小人究竟从哪里冒出来的?而且她衣裳里藏了那么多绝圣给的符纸，竟然对这小人毫无效用。

她脑中一下子转过千万个念头，索性爬起来往门口跑，翡翠剑被她藏在枕下，早知道就该抱在怀里。

“你在找它吧？”小老头一跃而起，扒拉开枕头，把翡翠剑从枕下拖了出来。

滕玉意顿时有些绝望，小老头居然不畏此剑。

“你是何人？来这儿做什么？”她试着让自己镇定下来，“我……我劝你别动这把剑，它连数百年道行的魔物都能对付，你这样的小东西，顷刻间就会被它烧成灰烬。”

小老头叉腰笑起来：“女娃娃，我就喜欢你这睁眼说瞎话的劲，你这般狡黠，难道猜不到我是谁吗？”

“猜不到，也不想猜。”滕玉意边说边飞快地退到门边，“外头日头正足，你要是不怕魂飞魄散，尽管追出来好了。”

说着她扭身要开门，小老头跺脚道：“蠢东西，老夫是这把剑的器灵！”

滕玉意半信半疑，上回绝圣和弃智要诓骗她的翡翠剑时，跟她说过不少器灵的事，譬如蔺承佑随身带的那条锁魂豸，里头就藏着喜食蔗浆的器灵。

“你不信？”小老头撸起袖子跳到剑上，嘴里念念有词，很快就隐没在剑身里了。

不一会儿剑身微红，小老头重新钻了出来。

滕玉意看得发怔，假如老头是邪物，怎能与道家法器融为一体?

小老头拍拍翡翠剑：“这回你该信了吧。”

滕玉意狐疑地停下脚步：“你真是器灵？”

“我真是！我真是！”小老头暴躁地跺脚，“若不是你替老夫解了一道劫，老夫才不纡尊降贵出来见你呢。”

滕玉意太过吃惊，一时竟不知该走还是该留。

小老头哼了一声：“为何不说话？没什么要问的吗？”

滕玉意开腔：“我……你……”

她定了定神，问道：“这位……剑仙老伯伯，你说我替你解了一劫，指的是什么？”

“什么剑仙老伯伯？”小老头盘腿坐下，“老夫有名字的，你叫我小涯好了。”

“敢问是哪个小涯？”滕玉意露出古怪的神色。

小老头不高兴了："没听说过'吾生也有涯，而知也无涯'吗？我不敢妄称'无涯'，称一句'小涯'不为过吧？这可是我第一任主人青莲尊者赐的名，你我既是初次见面，当以大名相称。"

滕玉意抬了抬手："等一等，我得好好理一理，这剑是我来长安途中偶然得的，在我身边多日，为何从未见你现过身？"

小涯捋须道："我虽落到你手中了，却依旧被困在剑身里，能不能为你所用，还得看你自己的造化。前几日你碰到蔺姓小儿那个小魔君，此剑被他施了煞灵环，这算我重新临世遇到的第一劫，你只有帮我解开这一劫，才能真正把我放出来。你要是没那个本事，不出三日我就会消失不见，大不了等个数十年或是上百年，直到下一任主人出现。"

滕玉意怔了怔，倘若这小老头说的是真的，她该庆幸自己及时去找蔺承佑，虽说经过一番波折，但总算保住了这把法器。

她疑惑地道："既是道家法器，为何有劫数一说？"

"我这样的神器，岂能随便为人所用？"小涯一吹胡子，"你知道我是怎样来的吗？当年元阳子仙尊在宝华天宫修行的时候，我正是仙尊手中的一把玉笏，仙尊每日用我记载各地灾疠，天长日久我也有了灵通。有一回仙尊座下的徒弟青莲尊者向仙尊讨法器，仙尊就把我赐给了青莲尊者。青莲尊者觉得玉笏用起来不称手，加之尺寸太小，就把我做成了一把小小的翡翠剑。不只我自己挑主人，青莲尊者当年也在我身上下了禁术，每回遇到新主人，我都少不了历一道劫。解不开劫的，就没法驱使我。"

滕玉意听明白了，绽出笑容道："如此说来，我是小涯你的新主人？"

小涯咕哝道："以前我那些主人，不是德高望重的仙道就是侠肝义胆的剑客，头一回遇到你这样的女娃娃，你当我愿意？想着日后只能陪你小打小闹，真是大大地屈才。"

说着他清清嗓子扬声道："昨日之事勉强算你过关，但你究竟是不是合格的主人，还需观察一些日子。倘或你待我不好，我就再找下一个新主人。我瞧那个蔺姓小儿就不错，他时常驱鬼除祟，本领也马马虎虎，要是能跟着他，我也算物尽其用。"

滕玉意暗哼，这小老头明知她跟蔺承佑不对付，偏拿这些话来激她，而且他要是有挑拣的余地，用得着啰啰唆唆跟她说这么多吗？

她和颜悦色地道："小涯，你我如此有缘，理当互相帮助，我待你好还是不好，昨晚这一遭你就应该知道了。你瞧瞧我为了帮你恢复灵力，费了多少心思。”

小涯懒洋洋地往枕头上一倒，重新把腿跷起来：“你那样卖力，不过是担心自己晚上鬼魅入梦，表面上替我解咒，说白了还是为你自己，往后你就是我的主人了，要做的可远不止这些。”

滕玉意眼皮一跳，这小老头开口就勘破她的心事。她若无其事地道：“你且说说，怎样才算对你好？”

“我爱吃蟠桃，每日你都得弄蟠桃给我来吃，若是没有蟠桃，汁水多的甜果子也成。”小涯伸了个懒腰，“还有我爱美酒，几日不喝就会灵力大减，最迟三日你就得拿美酒来供奉我。”

就这个？滕玉意故意沉吟：“蟠桃和美酒都不易得，我且勉力一试吧。”

小涯翻身坐起：“休拿话唬我，我老早就闻到你身上的酒味了。昨晚在那个彩凤楼，你借蔺姓小儿的名头叫了好几壶龙膏酒，滋味不错吧？当时可把我馋坏了，我也不求琼浆玉液，反正下回你饮酒，记得先给我留一壶就行了。还有……”

还有？滕玉意揶揄道：“我不过是个‘女娃娃’，哪有那么大的能耐？”

小涯万万料不到滕玉意拿他说过的话嘲讽他：“女娃娃归女娃娃，谁叫你是我新选的主人，只要你有心，该做的事一样都落不下。我与旁的法器不同，最怕脏秽之物，要长久保持灵力，需定时用胎息羽化水清洁盥洗，每隔七七四十九天，你就得替我把东西准备好。”

滕玉意愕然：“何谓胎息羽化水？”

“事关黄气阳精之道，说了你也不明白。我且问你，昨日在小佛堂遇见那只金妖的时候，你有没有发现我比平时发烫？”

滕玉意寻思道：“好像是有这么回事。”

“那是因为昨日那个叫弃智的小道士受了伤，不小心把血滴到了剑身上，他是三清童子身，血气可谓至纯至阳，当即使我三息合一，灵力随之大长。不能常用三清童子的血来滋灌剑身，我只能退而求其次，鲜血不易得，毛发汗水也有滋养之用，我也懒得到处去寻了，昨日那个蔺姓小儿和他两个师弟都不赖，不拘谁的定期给我弄一桶即可。”

滕玉意脸色发青，他这是要她去弄别人的浴汤？

她笑起来：“办不到。”

小涯眯了眯眼：“滕娘子这是不肯了？”

滕玉意将案几上一盘蒲桃端过来：“新鲜果子管饱，酒呢，只要阁下不太挑味道，我保证定期供奉。第三条，没商量。”

小涯气呼呼地道：“那就不必往下谈了，滕娘子保重，老夫这就走了，大不了我等下一个主人好了。”

他说着蹦起来，装模作样要往剑上跳，然而念了一回咒，始终听不到滕玉意开腔，忍不住悄悄一扭头，发现滕玉意在后头望着他。

他撸起袖子：“我真走了。”

滕玉意摆弄着那盘蒲桃，遗憾地道：“谁叫我与剑仙缘分不够，这果子还未来得及供奉给剑仙，剑仙就要走了，既如此，那就恕不远送了。”

小涯胡子一颤，他被困在水底百年，寂寞起来连个说话的人都没有，睁眼便是昏惨惨的光影，耳边长年只有淙淙的流水声。他孤寂无聊几欲发狂，好不容易等来这个滕玉意，还没好好吃喝一顿，真要灰溜溜地走吗？

他瞅着那盘蒲桃，多久没吃到香洁的果子了，只望上一眼口水便忍不住要往下淌，磨蹭半晌没听到滕玉意挽留他，他横下心跳下床，一下子跃到这边圆桌上，抱起一颗蒲桃就啃：“罢了罢了，滕娘子要是没想好，老夫也不勉强你，不弄就不弄了，大不了灵力差些。”

滕玉意一把将那盘蒲桃高高举起来。小涯够不到第二个，怒瞪着滕玉意：“喂，你这是何意？你刚才说的新鲜果子管饱，该不会要反悔吧？”

“我是你的主人，照拂你是应当的。”滕玉意一本正经地道，“但你既决定留下来为我所用，总该守些规矩。不说别的，先约法三章。第一条便要对我尊重有加，例如我要是没叫你出来，你不得自己钻出来，没叫你走开的时候，你不得擅自离去。”

小涯傻了眼，这女娃娃可真了得。

他若是舍得走，方才已经走了，滕玉意已然勘破他的心思，他在她面前没了闹脾气的资本，往后再想要挟这位新主人，怕是不能够了。

他“哼”了一声不说话。滕玉意捧着果盘欲往外走，小涯抓了把自己的头发，气急败坏道：“往后滕娘子说什么，老夫照做便是了。”

滕玉意这才笑着把果盘送回小涯面前：“第二条和第三条我还没想好，等我想起来再说。”

小涯抱起蒲桃就啃。

滕玉意好奇地打量小涯，别看这小老头身量只有二寸，食量却惊人，一口气把果盘全扫光，似乎仍觉得不够。

她端起空果盘，故意支使他："你先回剑里待着。"

小涯打了个嗝，身子却不动，她不过喂他一盘蒲桃，这就要使唤他了？

滕玉意叹气："罢了罢了，我才疏德薄，不配做你的主人，你莫在此屈就了，快去另寻高人吧。"

小涯不情不愿地爬起来："既是约法三章，滕娘子定下三条规矩我遵守便是，但我也是很有脾气的，那些啰唆琐碎的小事，休想驱役我。"

"第一条就跟你的主人讨价还价，我还敢指望别的吗？"

小涯自知理亏，讪讪地跃上床，一瞬隐没在剑身里。

滕玉意拿起翡翠剑，除了剑身有些发烫，表面上与平日无异，把它藏入袖中，她开门唤碧螺和春绒。

"娘子，你怎么还未睡？"

"或许是困过了头，反倒睡不着了，你们把从扬州带来的罗浮春给我拿一瓮来，饮些酒我好睡得香些。"

稍后婢女送了酒来，滕玉意关上门叫小涯。

"出来吧。"

小涯忙不迭地从剑里冒出来，果见桌上放着一把白玉酒壶，酒气醇厚甘浓，一闻就知是佳酿。

小涯兴冲冲要搬动酒壶，望了望滕玉意，又将其放回去，傲然道："滕娘子，这酒我可以喝吗？"

滕玉意笑起来，执起酒壶往碧莹莹的酒盏里注酒："不错，至少眼里有我这个主人了。别急，不单这一壶是你的，往后日日都有佳肴美酒。我也不为难你，只要你以后都像方才这样，凡事先请示我就行了。我这人最遵守诺言了，你我互相帮助，我一定会把你照料得妥妥当当的。"

小涯喝完一壶酒，身上是舒服了，心里却有些懊丧，本以为滕玉意年纪小他能占个上风，到头来还是被对方降住了。

他长叹口气，罢了，青莲尊者料事如神，既是小涯剑自己选中的，新主人怎么可能差得了？

他对滕玉意的态度不知不觉放尊重了许多，耐心等她给自己斟第二盅。

滕玉意斟好了酒，顺势把酒盏递给小涯。小涯张臂欲抱，不小心碰到滕玉意的指尖，脑中一震。

"滕娘子，原来你……"

滕玉意神色紧张起来："怎么了？"

小涯百思不得其解："怪哉。"

"你瞧见了什么？"

小涯把酒"咕咚咕咚"一口气喝尽，依旧满脸震惊："瞧见了该瞧见的。滕娘子，我怎么瞧你像是借命之人？"

滕玉意面色一变："何为借命之人？"

小涯又喝口酒给自己压惊："就是你本该丧命，却有人强行把别人的寿元借给了你。"

滕玉意呆住了，她清楚地记得，自己明明死了，却又在扬州来长安的舟中重活，为何会有这番奇遇，至今她也没想明白。她原以为是重生了，却从小涯口里听到了"借命"一说。

滕玉意极力让自己稳住心神："你慢慢说。"

小涯清清嗓子："我这样跟你说吧，从你的命数来看，你断乎活不过十六岁，但有人强行用明录秘术帮你续了命，但想必你也知道，行逆常之事，必定招致逆常之果。我猜你这一回魂，势必会打破幽冥中某种固有的态势，而帮你借命之人，也会遭受惩罚。"

滕玉意听得心惊肉跳："等一等……"

她试图让自己镇静下来："既如此，为何会有人给我借命？"

小涯满脸怪色："我随历任主人见过不少怪事，像你这样的情况，应该是有人不甘心你早早殒命，那人一定懂道术，并且与你有些牵绊。老夫觉得，那人也太胆大妄为了，明知自己也会搭上，还是那样做了。可是老夫早就看过了，你阿娘在你五岁时就过世了，你阿爷不懂道术，你姨母一家也都不像与此有关，所以那人到底与你什么关系，老夫也想不明白。"

滕玉意脑子里乱糟糟的，先不说此事是真是假，这世上除了爷娘，还会有谁甘冒风险替她续命？

"你看不到那人是谁吗？"

小涯无奈地摊手："我只是一个器灵，哪能事事都通晓？但不论那人用什么法子帮你借了命，这都是有违天理的事，正所谓'天地气反，必招劫难'，不但那个人会为此付出代价，连你也会遇到灾厄。"

滕玉意脸色越发难看起来："该不会是说我和那人都会横死吧？"

"那倒不会，否则那人岂不是白帮你借命了？"小涯捋须道，"不过嘛……那人只能帮你借命，你续命之后遇到的灾厄就只能靠你自己化解。”

滕玉意心中沸乱：“先不说这个，你说那人也会遭受天谴？究竟是怎样的天谴？”

“这我就不知道了，先要看那人命格贵不贵重，命格贵重的话，或许吃的苦头要少些，但横竖逃不过一些劫难就是了。”

滕玉意强自镇定：“所以此人不会因为替我续命枉丢自己的性命，对不对？”

“没错。”

滕玉意神色稍定，那人到底是谁，她脑中毫无头绪，但小涯既然说那人跟自己牵绊很深，想来不外是身边这些骨肉至亲，假以时日，她总能知道是谁。

“刚才你说我也会遇到灾厄，又该如何化解？”

这回小涯抱着胳膊思忖良久，踟蹰着道：“有个现成的法子，但我也不知道能不能成。我先给你说个故事，你一听就明白了。

“我上一位主人叫归真居士，居士有位挚友，名唤孟云生。孟云生与我们居士是总角之好，常与居士来往。

“孟云生开了一家坟典肆，他家隔壁便是一家道观。有一回孟云生酒后回家，不慎落了水，因为救得太迟，大伙都以为他活不了了，谁知晚间孟云生醒了，人还是那个人，只是恹恹的不爱说话。就这样过了半月，有一回他忽然来找居士，一进门就涕泗横流，说他的命是借来的，要居士把小涯剑借给他，否则他难逃一死。

“居士这才知道，孟云生这几年私底下修炼卜筮之术，提前勘破了自己的命格，知道自己会早亡之后，索性强行给自己借命，可惜他本领不到家，借来的命有很大问题，非但没能改变自己的命格，还得把命还回去。

“孟云生不甘心就此横死，疯了一般翻阅各类道家典籍，听说斩妖除魔能化解灾厄，自以为找到了法门，但他未曾正式习练过道术，短短时日内断乎无法靠自己的力量除祟，只好登门求居士把我借他。

“居士把我借给了孟云生，但我向来认主，怎能随意任人驱使？孟云生虽说把我讨了回去，却怎么都使唤不出我的灵力。

“居士担心孟云生的安危，干脆搬去与他同住，之后整夜巡防，亲自为孟云生看家护院，但孟云生还是没逃过一劫。那晚等居士听到动静赶进去，孟云生已经死在屋里了，死状颇惨，连头颅都找不着了。”

滕玉意摸向自己发凉的后颈。

“当然，你的境况与孟云生应该是不同的。”小涯瞅瞅滕玉意，“难得的是我也肯听你的使唤，可你既要化解灾厄，大可以参照一下孟云生想出来的法子。”

滕玉意喝了口酒压压惊，端着酒盏沉吟道：“你是说……我也借斩妖除魔来化解灾厄？”

“正是。”小涯站起来在桌上溜达，“你且想想，你醒来之后做的第一件大事是什么？”

“救下我表姐？”

“没错。”小涯满意地点头，“但救活你表姐的前提，是你配合蔺承佑斩杀了一只即将成魔的树妖。我估计斩杀这妖怪的功德记在了你的头上，所以你表姐才会安然醒来，毕竟树妖害了好些女子的性命，以它的命换你表姐一命，不算逆天悖理。”

滕玉意愣住，那晚表姐的情形过于凶险，即便吃了六元丹也未必能醒来，但表姐不但顺利被救活了，过后也没留下不该有的病症，她是万万没想到，原来这与她留在院子里帮着杀了树妖有关。

“所以你该明白了，你这一活，顺势改变了多少人的命格。”小涯摇头晃脑，“替你续命之人为此遭受劫难，也是理所当然。你先不管那人，从孟云生的遭遇来看，化灾只需多除几只妖邪即可，越是凶悍的妖物，越能为你化灾。”

他说得很轻巧，仿佛对滕玉意而言，斩杀妖魔就像斩杀鸡鸭一般容易。

滕玉意冷静地思考一番：“小涯，我且问你，昨晚彩凤楼那只妖邪，你能轻轻巧巧将其斩杀吗？”

“这……”小涯捋须的动作一顿，“昨晚那只的确太骇人。”

“紫云楼那只呢？”

“也……”小涯直皱眉头，“不大好对付。”

滕玉意掩不住眼底的失望之色，原以为有了小涯就无往不利了，看来远不是那么回事。

她无奈地摊手：“虽说你的建议很有道理，但说是一回事，做是一回事。就拿上回那只树妖来说，凭蔺承佑的本领，降妖时都费了好大一番力气。我一不会武功，二不会道术，就算有你相助又能如何？真要与妖异碰上，我能侥幸活命就不错了。”

“这……”小涯眨巴了两下绿豆眼，“挑些法力低微的妖物不就成了？反正只要是你亲手斩杀的都算数。”

滕玉意“哦”了一声：“告诉那些妖物，法力高强的靠边站，法力低微的自己过来送死？”

小涯性如烈火，当即来了火：“滕娘子，老夫说的是目前能想到的最好的法子，你不信就不信，何必阴阳怪气？”

滕玉意抬手往下压了压：“你也说了，你也不确定我到底是什么情况，更不确定斩妖除魔能不能帮我化解灾厄。事情都没弄明白，我就贸然去捉妖，万一遇上昨晚那样的怪物，我也不用消灾解难了，提前就把小命交待了。”

小涯气鼓鼓地道：“我虽不能笃定你是借命之人，但也差不了太远。昨晚那几个小道士不是青云观的吗？他们观里必定庋藏了不少高头讲章，只要好好找一找，总会有那么一本记载了借命的原委，你寻机会向他们打听打听就行了。”

滕玉意起身在屋中来回踱步，越想越觉得这事离奇，还待仔细问几句，就听见外头有人诧异地道：“阿玉醒了吗？怎么好像听到屋里有人说话？”

原来是杜庭兰闻声找来了。

“娘子似乎睡得不太安稳，头先令我们送酒进去，也不知现在睡熟了没。”

滕玉意忙冲小涯摆了摆手。

小涯点点头，跳到剑身上，倏忽不见了。

傍晚滕玉意歇够了，起身让春绒和碧螺收拾行李。

杜夫人和杜庭兰装扮好了过来找滕玉意，惊愕地道：“阿玉，你收拾行李做什么？”

“正要向姨父、姨母请辞。阿爷明日就要回来了，今晚去段府赴完宴，我打算直接回滕府了。”

其实她是担心彩凤楼里那妖物真会来找她，与其弄得杜府上下不安宁，不如尽早回滕府。

杜夫人怔然，这也太突然了。

“都这个时辰了，来得及收拾行李吗？要不明早再走，姨母和阿姐今晚帮你慢慢拾掇。”

滕玉意搂住杜夫人的肩膀：“阿爷晌午就到长安，明早再走只怕来不及，横竖我今日只带随身衣物回去，剩下的明日再慢慢搬也不迟。”

杜夫人心里益发奇怪，以往玉儿与她阿爷关系剑拔弩张，只要能在杜府盘桓，玉儿绝不肯回滕府，这回愿意主动回去，委实让人意外。

蒙了片刻，她欣慰地想，玉儿大了，比从前懂事了。

其实滕玉意这边自有旁的顾虑，除了躲避妖邪，小涯的那些话也让她万分不安。东明观既是百年大观，应该藏有不少典籍，她打算近日就去找那五个老道士。

她既要频繁出门，还是家里自如些，万一在外头又像昨晚那样横生波折，不至于让姨父和姨母整夜担忧。

三人相偕出了府，杜裕知父子已经骑马在门口候着了。段家与滕家是姻亲，段老夫人过寿，杜裕知和杜绍棠自然也在邀请之列。

滕玉意跟姨母、表姐同坐一车。杜夫人坐下来道："方才忘了说了，下午你睡觉时，你姨父去了趟青云观，这回他总算见到了成王世子。"

"哦，姨父怎么说的？"

杜夫人道："成王世子有急事正要出观，本不欲招待你姨父，听说是为了江畔那只妖物而来，这才把你姨父请入了观中，后他又把身边的人都屏退了，连他两个小师弟都没留下。你姨父看成王世子如此信守诺言，便把那晚卢兆安约你表姐去竹林的事说了。"

滕玉意看了眼杜庭兰，看表姐面色还算平静，便问："蔺承佑可答应调查卢兆安？"

"他听了似乎很感兴趣，但没说会不会帮忙，只笑着说他知道了，接着就命人引你姨父出了观。你姨父回来跟我说，成王世子面上喜欢说笑，实则腹内铸剑，不笑的时候还好，笑起来准没好事，不过好歹把真相告诉了成王世子，不用担心他再来找我们杜家的麻烦了。"

滕玉意沉吟，任谁去找蔺承佑谈判，都会只换来一句不咸不淡的"知道了"。但姨父那样古板的性子，要他跟蔺承佑口舌周旋，本就比登天还难。

"罢了，姨母不必太过忧心，蔺承佑狂妄又好胜，就算口头没答应，背地里也会详查的。别忘了他在紫云楼吃过树妖的大亏，只要查出那妖物与卢兆安有关，绝不会让卢兆安好过。接下来我们只需耐心等消息就是了。"

杜庭兰赧然地道："阿玉，这些日子你为了阿姐的事没少操劳，阿姐心里委实过意不去，我与你是姊妹，道谢太见外，思来想去，我买了些衣料，打算让乳娘给端福和程伯做些衣裳鞋袜，等做成了，你帮我一并给他们。"

滕玉意愣了愣，忙道："太好了，阿姐的乳娘针凿一绝，程伯和端福虽不缺衣裳，却也没穿过这样精致的好东西，我晚上回去告诉他们，他们不知会有多高兴。"

杜庭兰眼圈有些发红，无声地握住滕玉意的手。

说话间她们到了镇国公府。镇国公素有豪名，自袭了爵位，四方之士，争诣其门，今日老夫人寿辰，更是门庭若市。

滕玉意戴好帷帽，随姨母和表姐下了犊车。镇国公府的下人忙而不乱，赶忙迎过来："杜夫人、滕娘子、杜娘子，快请入内！"

滕玉意透过纱幔往前瞧，镇国公府对子弟管教甚严，段府的年轻人都在门口迎客，唯独没看到段宁远。

别府的女眷似乎也觉得奇怪，私底下悄声议论，这时后头有辆极为贵盛的犊车过来，众人纷纷让到一旁："静德郡主来了。"

滕玉意一怔，竟是蔺承佑那个叫阿芝的妹妹。她顺着望过去，就见阿芝郡主戴着帷帽下了车，这一年阿芝才不到九岁，但身量已颇高，神采奕奕，举止矜贵，身后的仆从个个规行矩步，全没有豪仆惯有的骄横之气。

阿芝快步入了府，滕玉意随后扶着杜夫人上台阶，无意中一抬头，就看到阿芝的仆从当中有两个矮胖的婢女。

这两个婢女头上梳着圆圆的发髻，身穿石榴红系胸襦裙，才八九岁，动作比旁人粗笨些。

滕玉意越瞧越觉得两人背影眼熟，忍不住暗暗打量，左边那个像是察觉了背后的目光，回头朝滕玉意看来。

滕玉意看清那张红扑扑的圆脸，心中一震：弃智！

弃智旁边的自然是绝圣了，两人嘴唇上点着殷红的胭脂，身躯足足比别的婢女粗上一小圈。

弃智扭头瞥了一眼，重新把头埋下去了。

滕玉意目瞪口呆，他们这又是在做什么？彩凤楼出了那样的妖异，绝圣和弃智此时不该忙着捉妖吗？

府中客人往来如织，婢女鱼贯雁行，下人引着滕玉意三人往花厅走去。她们路过一座水榭，忽有婢女低头走过来道："滕娘子，静德郡主想请你过去说说话。"

杜夫人和杜庭兰驻足，看是两个胖胖的婢女，从装扮上来看，像是成王府的下人。

母女俩不免吃惊，滕玉意瞧是绝圣和弃智，便道："姨母、阿姐，你们先去花厅，我去去就来。"

杜夫人不放心，低声嘱咐道："静德郡主是成王的爱女，听说成王夫妇管教甚严。小郡主性子虽活泼，却贵而不骄，不知她找你何事，若有为难之处，马上叫人给姨母送话。”

滕玉意应了，绝圣和弃智率先往前走，到了一处僻静的假山。两人憋不住了，长吁一口气：“穿这个实在太别扭了。滕娘子，为何你也到镇国公府来了？”

“这话该我问你们。”滕玉意奇道，“你们怎么扮成这副模样了？”

绝圣抬手正要擦汗，被滕玉意一拦：“当心抹坏脸上的胭脂，喏，用这个轻轻擦。”

绝圣嘟着嘴接过滕玉意的帕子：“真麻烦！还不是师兄逼着我们来的？阿芝郡主听说她那群小伙伴都会来参加段老夫人的寿宴，没忍住也从宫里跑出来了。师兄担心郡主的安危，临时让我们扮成婢女跟随阿芝郡主。”

滕玉意“扑哧”笑出了声：“扮成这样甚好，我瞧着你们两个比别的侍女都要标致。”

“滕娘子，你就别笑话我们了。”弃智不像绝圣那般不耐烦，笨手笨脚地擦了汗，“妖异下一个很有可能会找你，在师兄收服那妖异之前，滕娘子最好不要出门。”

绝圣拉了拉弃智的衣襟，弃智愣了愣，这才想起来段小将军是滕娘子的未婚夫婿，段老夫人做寿，滕娘子自然得来赴宴。

滕玉意只当没瞧见他二人的小动作，笑问：“你们白日可查到了什么？昨晚那妖异究竟什么来路？”

“查到了。那位扮作簪花郎君的男子其实是一只金鸟，它本在终南山里修炼，少说有数百年的道行了。此妖化作人形之后，因为模样生得好，常到坊市间采集精元，自称金衣公子，喜欢与青楼的妇人……”

弃智和绝圣脸一红。

滕玉意想起那男妖的风流倜傥之态，料着不会是什么好话，咳了一声道：“金衣公子？如此俊雅的名字，此妖会比那回的树妖还难对付吗？”

“当然了，不过最难对付的不是金衣公子，真正难对付的是与它一同被镇压的另一只邪祟，师兄称它尸邪。”

“尸邪？这东西什么来历？”

“师兄也不甚清楚，今日他带人把长安所有道观的志异都翻了一遍，好不容易才查到点儿头绪。原来平康坊里的那个阵法是百年前东明观的一位瞎眼老道士所设，而这位瞎眼道士正是东明观的祖师爷。”

滕玉意脑海里冒出东明观那五个满口胡话的白净道士，五人行事颠三倒四，谁能想到他们的祖师爷是一位瞎眼道人。

“瞎眼道士名唤无尘子，听说道术高妙，降服了平康坊的妖异，自己也受了重伤，撑着一口气把阵法布完，最终一命呜呼，临终前想把此事记载到观里的志异上，奈何两个徒弟并不识字。毕竟瞎了眼嘛，写东西比别人吃力，最后只留下一些潦草的片段。

“师兄找到了那份志异，可惜上头写得不甚明白，现在只知金衣公子与尸邪一同被无尘子所镇，这一妖一尸，凶力都非同小可。那晚我们见到的，只有金衣公子而已，尸邪早就破阵而出，无迹可寻了。”

弃智补充道：“滕娘子，你近日出门，记得把我们给你画的符带在身边，还有那把翡翠剑，千万莫离身。”

滕玉意摸了摸袖中的小剑：“这剑有名字了，叫它小涯剑吧。对了，你们可听说过‘借命’之类的玄术？”

绝圣和弃智诧异地互望一眼：“滕娘子，你问这个做什么？”

滕玉意打量他们的神情，心慢慢沉了下去：“我有一位婢女，家中亲戚出了些怪事，恰好遇到一位游方道士，不知怎么就提到了‘借命’，所以想请教两位道长，世上真有‘借命’一说吗？”

“我们知道的也不多。纵有这种玄术，想来也不是什么正道，师公和师兄不会多跟我们提的。”

这时有侍女找过来：“阿绝、阿弃，郡主正到处找你们呢。”

绝圣和弃智悄声道：“滕娘子，我们先走了。”

滕玉意暗自点头，沿着来时的小径回花厅。

她走到半路，迎面撞上步履匆匆的杜庭兰，原来杜庭兰放心不下，带着婢女过来寻滕玉意了。

“段家女眷都在花厅，除了老夫人和段夫人，还有段宁远的姐姐段文茵，都拉着阿娘，一径问你在何处。”杜庭兰挽住滕玉意，“方才静德郡主同你说了什么？”

“想是听人说起过我，好奇之下把我找去问了几句。”

杜庭兰望着不远处的花厅：“说来也怪，那么多人过来给老夫人磕头贺寿，段小将军却迟迟没露面，不只外头的人，府里的人也在寻他。”

滕玉意笑眯眯地道：“这可如何是好，段府最重孝悌，各府前来给老夫人磕头道贺，嫡亲孙子倒不见了。”

杜庭兰左右看了看，压低声音道：“我早就想问你了，是不是你捣鬼了？”

滕玉意附耳对杜庭兰说了一番话，杜庭兰既惊又喜，暗暗点了点头。

两人相伴回了花厅。花厅内灯火如昼，段老夫人端坐在翡翠茵褥上，活像芙蓉花丛中的一尊佛。

满厅人都在说笑，有人看见滕玉意进来，惊喜地道："来了来了。"

滕玉意抬头看，迎面走来两位珠玉绕身的妇人，左边那个是段宁远的长姐，永安侯夫人段文茵，另一个看着却陌生，想是段府的某位远亲。

段文茵笑逐颜开，近前揽住滕玉意道："可算来了，祖母正问你呢。"

滕玉意含笑敛衽："给两位夫人请安。"

"这就是宁远的那位未过门的娘子？"女眷们络绎上前相见，看滕玉意容貌瑰丽，自是赞不绝口，"这般好模样，满长安都找不到几个，怪道老夫人那般喜欢，常把阿玉挂在嘴边。"

这时另有一位眉目威严的妇人从帘后绕过来，瞧见滕玉意，愣了一愣："这是玉儿吧？"

滕玉意忙道："给夫人请安。"

这妇人是镇国公府的当家夫人，段宁远和段文茵的母亲，生得英姿磊落，比寻常女子多了几分豪气。

段宁远和段文茵的相貌大半随了母亲。

段夫人拉着滕玉意的手上下瞧了一通，越看越欢喜："听宁远说，那日你们在紫云楼受了惊吓，我让他们送了灵芝到府上去，你们吃了可好些了？"

滕玉意温声道："多谢夫人美意，只是医官说此时不宜滋补，晚辈不敢随意糟践好东西，暂且都收起来了。"

"先清养几日也好，日后有什么想吃的，尽管跟我说。"段夫人拉着滕玉意到老夫人跟前："阿娘，你瞧瞧玉儿。"

滕玉意上前肃拜："晚辈给老夫人贺寿，祝老夫人福寿绵绵。"

段老夫人笑得合不拢嘴："几年不见竟这样高了，过来让祖母瞧瞧。"

滕玉意瞧了一眼春绒和碧螺，二人会意，捧着锦盒走过来。

滕玉意亲自接过锦盒，款步走到段老夫人跟前："从扬州带来了些绢彩，不知老夫人喜不喜欢。"

段老夫人自是高兴，慈爱地看过礼物后，攥着滕玉意的手腕笑叹："一别数年，这孩子越来越出色了。我这把老骨头近两年总抱恙，我只当活不长了，今晚瞧见你这样出众的小辈，纵有百般病痛都消了。"

众女眷打趣："就是这孩子未免太守规矩，这都什么时候了，还一口一个老夫人，马上就要成一家人了，早该改口叫祖母了。"

杜夫人坐在那头的上首，听了这话，不自在地动了动身子。

段老夫人脸上的笑意越发慈爱："玉儿都来了，宁远那臭小子呢？说要来给我磕头，怎么还不见人影？"

段文茵忙道："前头来了好些贵客，阿弟正忙着招待呢。"

女眷们笑道："听说府上好事将近了？段小将军莫不是害臊了？"

众人听了越发爱凑趣，段夫人故意板着脸："玉儿都还没害臊，他害什么臊？"

旋即她笑着问滕玉意："你阿爷明日回长安？"

滕玉意颔首："大约晌午能到。"

段夫人忙引着滕玉意在东侧坐下，柔声道："方才你没在这儿，我们正要跟你姨母商量，两家亲事定了这么久，一转眼你都及笄了，这几年你祖母一心盼着你和宁远的喜事。如今你随父回长安定居，宁远即将被册封为世子，不如早些操办起来，等明日你阿爷回来，你伯父便会登门与你阿爷商议婚事。"

她说这话时嗓门不小，女眷们自是哄堂不已。

杜庭兰坐在母亲边上，脸上的笑容淡得几乎看不见了。她听阿娘说，那晚阿玉在紫云楼借力打力，当场将过错都归咎于段宁远，不但咬死了要退婚，还找了在场的诸位夫人做见证。如今段府公然提起婚期，莫非已经为段宁远的举动找到了体面的说辞？

她攥紧臂弯里的画帛，段家当真厚颜无耻。看段家这架势，分明是吃准了玉儿拿不出段宁远和董二娘有私的确凿证据，有心把过错择得一干二净。

杜夫人也气得不轻，段家这是把阿玉架在火上烤。

今晚恰逢段老夫人的寿宴，段夫人故意当众提起二人的婚事，倘若玉儿不顾两家的颜面断然回拒，旁人难免会觉得玉儿不知礼数，这种目无尊长的小娘子，往后必定遭人指摘。玉儿又没法当众证实段宁远早与董二娘不清不楚，即便退了婚，过错也归不到段宁远身上。

可若是玉儿含糊答应，过两日若是再传出两家退婚的消息，外头必定惊异，明明玉儿在段老夫人寿宴上答应得好好的，怎么说退亲就退亲？三亲六故知道了，不但会觉得滕家人不守信诺，甚至会因此怀疑玉儿的品行也未可知，说来说去，到最后都会成为滕家的过错。

她压着怒意看向段家人。

段文茵似乎有些愧疚，目光闪烁了一下，把脸转到一边。

段老夫人和段夫人脸上的笑意却丝毫不减。

杜夫人心里油煎火燎，唯恐阿玉被激得上当，堆起笑容就要插话，女儿忽然凑到她耳畔，悄声说了句什么。

杜夫人诧异地看向滕玉意，果见滕玉意几不可见地点了点头。

滕玉意看姨母会意，满脸关切地说道："姨母，你脸色这么差，是不是身子又不舒服了？"

杜夫人当即抚住额头："实不相瞒，那日我在紫云楼冲撞了邪物，这两日懒进饮食，吃了好些药也不见好。方才坐下后陪老寿星说了这么久的话，心里才舒坦许多。"

众人忙夸赞杜夫人温恭知礼，心里忍不住犯嘀咕，杜家为了礼数周全，身子不适也要赶来给段老夫人贺寿，相比之下，段小将军显得何其失礼。

杜家的长辈都登门了，段宁远连个面都不露，就算在前头待客，总不至于过来请个安都抽不出空。

段夫人殷切地上前照拂杜夫人："夫人若是觉得乏倦，到偏厅歇息歇息？"

杜夫人谦恭地道："今日段老夫人是寿星，哪有寿星未尽兴，客人先去歇着的道理？说了这么久，怎么没见到宁远？自从我们老爷调回长安，我也好些日子没见过宁远了，前日好不容易在紫云楼碰见了，没说上几句话就各自回府了。今日既然说到两个孩子的婚事，请宁远过来露个面，说几句话也好。"

段夫人忙笑道："宁远在前头忙完了就会过来了。"

杜夫人笑着颔首："老夫人今日是寿星，小辈们磕头祝寿才是头等大事，哪有把祖母撇到一边，只管招呼外客的道理？方才那几个磕头的小公子我也见了，个个规矩懂礼，宁远既是长兄，理应做表率才是。"

段夫人面色稍滞。

段文茵忙笑道："阿弟这几日身子有些不爽利，听说在前头喝了酒，身子难免不受用，兴许怕唐突了长辈，这会儿正忙着醒酒呢。"

厅里的人眼波闪烁，这话全无道理，祖母过寿辰，段小将军就算是病得半死，也该强撑着来行礼，否则"不孝"的名声是摘不掉了。何况段小将军素来康健，怎会说病就病？

段夫人抵住从四面八方射来的视线，皱眉低斥下人："快去把大郎给我找过来。"

段文茵也按捺不住穿过花厅，亲自到外头垂询消息。

就在这时，以阿芝为首的一群贵女回来了，都是各勋贵王侯的千金，年纪在十岁上下，平日便常在一处玩耍，今日也不例外。她们方才在花园里斗草斗诗，玩得不亦乐乎，觉得乏累了，才一起回到花厅。

她们一进来，顿时芳馥满室，笑语晏晏。

阿芝兴致勃勃地走到东侧上首坐下，绝圣和弃智垂头跟在阿芝背后，仿佛察觉花厅里气氛古怪，忍不住抬头瞄了瞄滕玉意。

杜夫人不断往门外张望，眼看段宁远迟迟不现身，失望地喟叹："那日在紫云楼，段小将军无故指责我和阿玉，我一怒之下呵斥了他几句，段小将军该不会是还未消气，不愿过来见我这个长辈吧？"

杜夫人此话一出，众人的神色都有了微妙的变化。

段夫人笑道："夫人多心了，那日之事纯属误会，当时就把话说开了。宁远感激长辈的教诲，心里高兴还来不及，今日知道夫人和阿玉来了，早说要来相见了。"

杜夫人笑叹："说得也是，是我这做长辈的心眼窄了，段小将军名声在外，料着不会如此糊涂。"

说罢她再次往门口张望，他既然不糊涂，长辈都登门了，他这个做晚辈的为何迟迟不过来请安？

厅堂里的贵客本打算作壁上观，这时也有些看不过去了。

在座的一干女眷里，本就有那日紫云楼的几位夫人，她们原本就知道段宁远和那个董二娘有些不清白，此刻看到滕玉意脸颊通红，仿佛在强忍委屈，心里难免气不过。

某位侯夫人的夫君是滕绍的同袍，第一个扬声道："那日在紫云楼，段小将军自称饮了酒才犯糊涂，今日酒食刚上桌，段小将军这是又喝醉了？杜夫人身体欠安，杜娘子大病初愈，阿玉连日舟车劳顿，仍结伴前来贺寿。段小将军不来请个安，有些说不过去吧！"

此话一出，那些早就暗藏不满的女眷也忙应和起来，一时之间，花厅里人言籍籍。段老夫人坐不住了，颤巍巍道："大郎不是这样的人，定是被什么事绊住了脚，快去告诉老爷，让他赶快派人去寻。"

下人们应声去了，回来时只顾摇头，显然一无所获。

花厅里一默，莫非段宁远压根儿不在府中？

祖母大寿，嫡长孙不在府中，不孝不恭简直荒唐到极点了。倘若人在府中，却不来给滕家长辈请安，如此欺辱未过门的娘子，换谁都咽不下这口气。

滕玉意感觉到女眷们同情的目光，对段夫人和段老夫人道了声罪，恹恹地回到姨母身边，特意坐在姨母和表姐中间，三个人心怀默契，或是含泪不语，或是怒容满面。

这境况委实太尴尬，宾主都不知如何是好，门外突然喧沸起来，下人欣喜若狂地进来报信："大公子来了！"

话音未落，段宁远大步走进来，锦衣玉冠，面容俊雅，一进来就单膝跪地："孙儿来晚了。"

段老夫人和段夫人如释重负，连笑带骂："来得这么迟，白叫人担心这么久！跑到哪儿去了？到处寻不见你！今日这顿打先记着，明日叫你阿爷给你补回来！"

段宁远"咚咚咚"磕了三个响头，朗声道："孙儿该罚。为了今日，孙儿特地给祖母准备了一份寿礼，怎知下人们粗手粗脚，把外头的妆花锦弄脏了。孙儿怕污了祖母的眼，命他们重新换一块，因那种颜色的妆花锦长安少有，一来一去就耽误了些许工夫。孙儿怕挨罚，亲自包裹了送呈祖母，不知祖母中不中意，要是祖母瞧得过眼，就少罚孙儿几板子吧。"

说话间他身子不经意抖动了一下。

段老夫人笑得合不拢嘴："说得怪可怜见的，横竖躲不了一顿打。杜夫人和玉儿在那头，你还没瞧见吗？只管跪着做什么，还不赶快过去请安？"

"就是。"段夫人佯怒道，"玉儿高高兴兴来给祖母贺寿，无故被你晾在一边，你今日不好好向玉儿赔个罪，我头一个不饶你。"

段宁远这才转向滕玉意三人，深深作揖道："晚辈给夫人赔罪。晚辈因事来迟，夫人莫要怪罪。"

杜夫人挤出笑容："不必多礼，快快请起。"

段宁远又转向滕玉意，垂眉拱手道："是我怠慢了娘子，还望娘子宽恕一二。"

滕玉意侧身避了一礼："段小将军言重了。"

段老夫人和段夫人笑容满面地看着二人，段宁远直起腰，不料一下子，肩膀又是一抖，这动作几不可见，很难让人察觉，却躲不过滕玉意的眼睛。她微露笑意，不着痕迹地垂下眼睫。

段宁远未免太高估自己了，痒痒虫上身了还敢露面。

估计段宁远此前已经苦苦支撑一阵了，实在说不过去才硬着头皮出来见客。

他不出来见客，便是不孝骄狂。

他出来见客，免不了露出端倪。

比起损坏自己的名声，一身奇痒又算什么？但段宁远如果能一直撑下去，蔺承佑岂不是白吹了牛皮？此虫的诨名既是“叫你生不如死痒痒痒开花”，自然能叫人生不如死。

滕玉意并不心急，且看段宁远能忍多久。

段宁远行过礼后，便要到段老夫人身前说话，哪知刚一迈步，身子陡然又动了一下，这一回动作太大，惹来众人的瞩目。

段宁远暗暗紧咬牙关，吩咐下人：“先把礼物奉给祖母。”

众人张望一会儿，只当自己眼花，刚要挪开视线，段宁远禁不住又搐动了一下。

这回连杜夫人和杜庭兰都注意到了，段夫人奇道：“大郎，你怎么了？”

段宁远长身玉立，腰板笔直，即便到了这种时候，这种青松般的风度依然让人挑不出毛病，他勉强笑道：“无事。”

然而说话这工夫，他眉毛又是一跳，仿佛奇痒难忍，一不小心做了个鬼脸，不等他调整好表情，脖子不经意一歪，像是要止痒一般，他咬牙切齿地蹭向自己的衣领。

此举甚为失礼，简直像田舍奴所为。

众人益发觉得古怪，段宁远似乎顾不上打招呼了，仓皇就往外走。

段老夫人和段夫人不明就里，眼看段宁远举止古怪，自觉颜面尽失，齐声断喝道：“大郎！”

段宁远走了两步，脚步忽地一刹，猛然抬起胳膊，没命地往后抓去，这举动已经近乎失态了，不少女眷惊讶失声，这……这是怎么回事？

段宁远浑身发抖，试图控制自己，然而头上冷汗淋漓，表情也极为扭曲。

众人惊讶得无法动弹，几位去过紫云楼的夫人想起当日的一幕，骇然道：“这不是董二娘那日中的痒痒毒吗？”

“董二娘？”

杜夫人趁机道：“我就说为何看着这般熟悉，这就怪了，董二娘身上的毒，怎会无缘无故跑到段公子身上？”

花厅里炸开了锅。

“痒痒毒？何谓痒痒毒？”有人问。

“就是一种会让人发痒的虫子。”

“董二娘又是谁？”另一拨人问。

“董二娘是万年县董县令的二千金，上巳节那日，她装病诓骗成王世子的六元丹，被成王世子当场识破，至今还被关在京兆府的大牢里，她身上就被投了痒痒虫。”

“啊？董二娘既在京兆府的大牢，段公子为何会染上此毒？”

在大伙的议论声中，段宁远身上一时冷一时热，每个毛孔都刺刺麻麻的。

他痒得钻心，痒得无法遏制，汗水“啪嗒啪嗒”地滚落下来，肢体也忍不住抽搐，想离开花厅，无奈腿上每一块肌肉都在发抖，完全不听他使唤。

他心中震恐，董二娘这几日在狱中备受折磨，他因不愿授人以柄，未曾找过蔺承佑，却因不忍董二娘受苦，接连找了几位医官替她诊视。

医官想了许多办法，都说董二娘的毒无药可解，而且会传人，接近时需加倍小心。

这话他记在心里，这几日未曾与董二娘碰过面，他究竟何时染上的此毒？！自己竟全不知情。

他正胡思乱想，忽觉两道冷冰冰的目光投过来，他五感较常人敏锐，咬牙抬眸看过去，对面一位小娘子正惊慌地望着自己，这女子身穿绿萼色襦裙，生得雪肤花貌。

段宁远怔了一怔，由于定亲时年纪尚小，他连滕玉意的长相都未看清。之后她去了扬州，两人连碰面的机会也没有，几年下来他对滕玉意的印象早就淡了。

适才行礼，他连头都未抬，想不到滕玉意容色这般姝艳。

刚才那两道冰冷的视线是她的吗？他心中警铃大作，但滕玉意面上的惊慌简直天衣无缝，他委实瞧不出破绽。

思量间，他手臂已经不受控制地抓向前襟。段夫人和段文茵见段宁远如此失态，愈加惶惑不安：“快去禀告老爷，说大郎病了，让老爷赶快找医官上门看病。”

段老夫人毕竟见惯了大风大浪，当即颤声道：“对对对，哪来的什么痒痒毒？这分明是身子不舒服，大郎小时候得过风疾，怕不是身上长了风团。”

“正是风团！”段文茵忙接话，“听说这病甚为恼人，痒起来正是这副模样。”

哪知滕玉意冷不丁开口：“风团禁不住风吹，花厅里窗屜都开着，段小将军再在厅里待下去，恐会痒得更严重。”

段夫人和段文茵被这话一提醒，慌忙奔过去搀扶段宁远。

段宁远摇了摇头忙要后退，然而迟了一步，段文茵虽然及时缩回了手，段夫人却搀上了儿子的胳膊。

段宁远使出浑身力气推开段夫人，厉声道：“阿娘，别……别碰我。”

段夫人心中一震，没等她弄明白怎么回事，胳膊爬上来一股异感，痒得她一个哆嗦，有了第一下，自然就有第二下、第三下……

段夫人功力不如儿子，一旦发作起来，远不如儿子能隐忍，她脸上的肉开始搐动，四下里到处抓挠："痒……痒。"

众人骇然，还未弄明白段小将军是怎么回事，段夫人转眼就癫狂起来，风团不会传人，这分明就是毒虫！

"这就是痒痒虫！"那日在紫云楼的几位夫人惊慌失措，"董二娘那日就是这副模样，成王世子说过此毒会传人，叫宫人们别碰董二娘。你们瞧瞧，段夫人才碰一下就被染上了。"

众人听了这话，既惊讶又不解："但依你们所说，当日在紫云楼的人那么多，除了董二娘没人染上此毒，为何才过几日，段公子会突然染上？"

"那就不知道了，这虫子又不会乱跑，被染上总归有个缘由。"

段宁远的脸色越来越难看，段家几位女眷听得哆嗦不已，好好的寿宴闹这么一出，老脸都丢尽了。

说话这工夫，段家母子扭动得越发激烈，下人们唯恐被沾染，潮水般退散开来，偌大一座花厅，只剩下苦痛挣扎的段氏母子。

段文茵心神俱乱："这毒虫只有成王世子有。大郎，你这几日是不是同成王世子打过交道？"

杜庭兰跟滕玉意对视一眼，到了这个地步她还想帮弟弟撇清关系，那也要看蔺承佑肯不肯担这个罪名。

果见阿芝郡主睁大圆圆的眼睛："夫人是说我哥哥给段小将军放的虫？"

段文茵忙笑道："郡主千万别多心，我是说这虫子既在青云观养着，难免跑出来一两只，宁远与世子打交道的时候，不小心染上也未可知。"

阿芝不高兴了，扭头看着身后的绝圣和弃智："我也不懂道术，你们自己替哥哥说吧。"

绝圣和弃智早想开口，既然静德郡主亲自拆穿了他们的身份，那就不用再顾忌了。

弃智照实说道："永安侯夫人的话恕贫道听不懂，此虫虽是青云观之物，但师兄从不会无故将其放出，那日用这法子对付董二娘，是因为她连累了紫云楼一干人却不肯说实话，假如随随便便就会染上此虫，宫里宫外不知有多少人遭罪了。"

绝圣绷着脸："没错，别说我们师兄弟近日压根儿没见过段小将军，就算真见过，段小将军也断无机会染上毒虫。"

弃智又道："痒痒虫喜欢体热健壮的少年男子，遇到更好的宿主，往往会舍弃旧宿主，看段小将军这情状，应该是把原宿主的痒痒虫都引到自己身上来了。长安城现下只有两个人染了毒虫，段小将军究竟是从何处染的，到京兆府的大狱看看就行了。"

段宁远身在炼狱，神志却并未完全丧失，听了这话反倒镇定了几分。他与董二娘已经好几日未见面了，毒虫不会是从她身上染的，来源绝对另有途径。

只要董二娘身上的毒虫仍在，就能维护彼此的名声。

他踉踉跄跄地挣扎，咬牙吐出一句话："我……我与那个董二娘素不相识，就算身中毒虫，也绝不会是从她身上染的。"

段文茵忙冲几位管事使眼色："趁各位长辈都在，你们赶快派人去京兆府瞧瞧，确认了就回来禀告，也省得宁远蒙受不白之冤。"

却听阿芝道："等一等，记得把各府的下人都带上做证。"

段文茵和段老夫人脸上火辣辣的，她们早就疑心宁远的毒虫是被董二娘染上的，就算去京兆府确认，也随时预备叫底下人隐瞒真情。

阿芝郡主这么一说，下人们还如何及时遮掩？

她们转念又想，宁远方才说得那般坦荡，想他对自己这几日的行踪比她们更有数，没准这毒虫真不是从董二娘身上染的，赶忙顺声应了。

"仔仔细细瞧好了，早些回来禀告。"阿芝再次叮嘱，托着腮，神色却很认真。

这当口段氏母子发作得更加厉害了，两人都状若疯癫，一个劲地抓挠自己，再不解毒的话，早晚会把自己抓得一块好肉都无。

段文茵情急之下道："小道长，方才我言辞不当，望道长切莫往心里去。先不论大郎是怎么染上的毒虫，能不能请道长尽快帮忙解毒？"

绝圣和弃智摇摇头："药粉被师兄锁起来了，只有师兄能取用，就算我们马上赶回观里，也没法施救。为今之计，只能把师兄找过来亲自解毒。"

段老夫人眼睛一亮："两位道长能否告知老身，世子现在何处？你们几个快准备犊车，让老爷亲自去请世子。"

花厅里的事很快就传到了前头，段家人为了顾全体面，一度想将段宁远和段夫人移到内院。

怎奈段宁远和段夫人饱受折磨，每迈出一步，连皮带肉都在抖动，别说去内院，连走出花厅都是妄想。

下人们只好找了根绳子，打算把二人捆住再说，却因畏惧那毒虫，迟迟不敢上前。

段家人没法子，只能封闭花厅，改而将众客请到中堂。

好在段家治家手腕了得，中堂转眼就张罗起来了，宴席堪称水陆毕陈，伶人们络绎在堂前献艺。

客人们既怕失礼，又想知道段家究竟如何收场，除了少数几个告辞而去，大多数留下来饮酒作乐。

男宾坐在东堂，女眷坐在西堂，中间用几扇阔大的六曲螺钿花鸟屏风隔开，既能共同宴乐，又不至于失了礼数。

滕玉意和杜庭兰坐在段老夫人的下首，两人胃口都不错。

杜庭兰不善饮酒，便专心用膳。滕玉意倒是慢悠悠地饮了好些酒，段家自酿的菖蒲酒不错，喝下去只觉芳馥盈口。众客人一边用膳，一边竖着耳朵等静德郡主派去的下人回来。

每当庭前有下人出入，众人眼神就有变化，忽有人道："来了，来了。"

下人一溜烟跑到段老夫人跟前："老爷请到成王世子了，世子刚下马。"

中堂前传来说话声，很快镇国公引着蔺承佑进来了。

镇国公是本朝出了名的儒将，年过四十，威严高昂，他身边那人穿了件碧天青色圆领襕衫，腰间束着白玉带，懒洋洋的，透着几分恣意之态，不是蔺承佑是谁？

镇国公声如洪钟："实不想叨扰世子殿下，只是听说这毒虫只有世子能解，老夫只好舍下老脸去寻世子了。"

蔺承佑道："国公爷何出此言？府上老夫人做寿，就算没有段小将军的事，晚辈也该过来道声贺。"

静德郡主开心地迎出去："阿兄。"

绝圣和弃智也赶紧跟上。

蔺承佑看着阿芝："好玩吗？"

"好玩极了。"

蔺承佑一整日都忙着找寻妖异的踪迹，听说阿芝从宫里跑出来，担心妹妹遇妖，急忙将绝圣和弃智都派过来，眼看妹妹浑然不觉得自己莽撞，故意叹了口气："看来你也大了，都会自己出来寻乐子了，往后不用哥哥带着你玩，自己找人玩吧。"

静德郡主知道哥哥怪她擅自出宫，嘀嘀咕咕道："我就要阿兄，别人怎么能同阿兄比？”

镇国公笑道：“郡主跟世子越来越像了。”

蔺承佑摸摸阿芝的头，抬头看向中堂：“府上老夫人在席上吗？晚辈想过去给老寿星说声高寿。”

镇国公不胜荣幸：“待会儿世子帮犬子解完毒，若是不忙，务必赏光喝杯酒再走。”

段老夫人不敢慢怠，颤颤巍巍地起身：“快给世子奉座。”

蔺承佑笑着行礼：“晚辈向老寿星讨杯酒喝。”

他这一露面，席上早有几位贵女脸色泛起了红，也不知是醉了还是害羞。

段家女眷自觉脸上有光，忙让下人给蔺承佑斟酒，嘘寒问暖，好不殷勤。

众人寒暄了几句，蔺承佑装作不经意朝段老夫人身后的女眷席上扫了一圈，最后把目光落在滕玉意身上，心里冷笑了一声。

滕玉意才喝完一盅酒，抬眸就碰上蔺承佑的视线，她满脸都写着“疑惑”二字，缓缓放下酒盏。

绝圣和弃智看得一愣，师兄看滕娘子的眼神……好像不太对劲。

他们思来想去，忽然脑中一炸，滕娘子上回从他们这儿骗走了一包痒痒虫和药粉，师兄该不会怀疑是滕娘子干的吧？

可如果真是滕娘子捉弄段小将军，她怎能如此泰然？先前在花厅里时，滕娘子分明也被吓坏了。

照他们看，段小将军之所以染毒，明明就是因为去狱中看过那个董二娘嘛。

镇国公引着蔺承佑出了门：“人在园子里的花厅，世子请随老夫来。”

蔺承佑到了厅外，突然在台阶上停步，随后屈指成环，呼哨一声。

屋檐上蓦地出现一道暗影，一跃从房梁上纵下来。

那东西行动起来风驰电掣，跃到阶前的光亮处，露出油光发亮的黑色背毛。

众人惊呼，原来是一只矫捷的小猎豹。

女眷们诧异过后，含羞交头耳语，成王世子还真是玩性不改，这东西平日狩猎时带着正好，哪有带入内宅来玩耍的？

小猎豹绕着蔺承佑的衣袍转了一圈，嗷嗷呜呜发出几声低吼，震得庭院里的花草簌簌作响，随后伏低身子，把爪子搭在蔺承佑的衣袍上。

滕玉意看得忘了手中的酒盏，不知蔺承佑是怎样训练的，能叫这样的猛兽对自己俯首称臣。

蔺承佑笑着对镇国公道："我今日身上没带药粉，赶回观里太麻烦，只能凑合让它帮着解毒了。"

镇国公点点头："我记得这是当年僧伽罗国进贡的灵兽，圣人看世子喜欢，把它送到成王府了。老夫只知道这东西灵力非凡，却不知它还会解毒。"

静德郡主从腰间取了一粒荔枝脯丢给小黑豹："赏你的，吃吧。"

小黑豹爪子往前一伸，很嫌弃地拨开那粒荔枝脯。

静德郡主气得跺脚："俊奴，你怎么又冲我使小性子？哼！"

蔺承佑蹲下来揪了揪俊奴的尖耳："阿芝喜欢你，你就赏脸吃一粒吧。"

小猎豹一双碧目微微眯起，无限依恋地蹭了蹭蔺承佑的掌心，等它转过头来，依旧不肯瞧那颗荔枝脯。

蔺承佑道："喂，阿芝可是我妹妹，你这样我很没面子啊。"

俊奴"嗷呜"一声，凑近嗅了嗅荔枝脯，慢吞吞地吃了。

镇国公看俊奴准备好了，趁势引着蔺承佑往后院走："方才有人说宁远是被某位小娘子染上的，此话当真荒唐，犬子与那位小娘子素无交集，无缘无故怎会染上？何况犬子虽无状，但也不是那等不知轻重之人，依老夫看，只能是从别处染的。"

蔺承佑脚步一顿："国公爷这话是什么意思？"

镇国公叹息："就怕有歹人为了栽赃犬子，故意做出鬼祟之举。老夫斗胆问一句，青云观最近有没有丢过毒虫？"

滕玉意不紧不慢地放下酒盏，她把一切都提前想好了，就算蔺承佑把她扯进来，她也有法子应对。

绝圣和弃智的心却一下子蹿到了嗓子眼，如果师兄把滕娘子诓骗青云观虫子的事说出来，滕娘子可就说不清了。好在阿芝郡主已经派人去京兆府了，只要确认董二娘身上的毒虫不在了，那就说明段小将军身上的毒虫是从董二娘身上染的。

唉，那些人怎么还不见回来，真让人着急。

蔺承佑用余光瞥了瞥女眷席，突然笑了一下："国公爷小瞧我们青云观了。就算有人想偷虫，也得能进得去我青云观的大门不是？最近我们观里可是一只虫都没丢。"

镇国公脸色一僵。

蔺承佑率先往前走："先给尊夫人和段小将军解毒再说。"

一行人刚要去花厅，那帮被派去京兆府的下人回来了。

领头的下人径直走到静德郡主跟前："郡主。"

“瞧好了吗？”静德郡主好奇地问，“董二娘身上的毒虫还在不在？”

众人纷纷将耳朵竖起，镇国公停下脚步，肃容看向那下人。

下人摇了摇头：“不在了，董二娘晚间喝了一大碗粥，精神好了许多，也没再呼痒了。”

阿芝又问同去的各府下人：“你们也去瞧了，果真如此吗？”

“回郡主的话，确认过了，董二娘身上的毒虫的确不在了。”

静德郡主满意地点点头，蔺承佑意味深长地瞟了眼滕玉意。

席上的人眉来眼去，段小将军和董二娘的事他们早有耳闻，只是拿不出确凿的证据，这回看段家还有什么可说的？这虫子厉害归厉害，但一向只有亲密接触过的人才会染上，这边段小将军刚发作，董二娘就见好了，段小将军的毒虫是从何处来的，还用猜吗？

中堂里顿时落针可闻，段老夫人和段文茵的表情一瞬难看到了极点。

镇国公惊愕一会儿，怒不可遏地道：“这个孽子！”

下　册

青岛出版集团 | 青岛出版社

第九章

四季诗会

镇国公虽说颜面扫地，但因急着给妻儿解毒，仍觍着老脸把蔺承佑请往后院去了。

镇国公和蔺承佑一走，中堂再次热闹起来。鼓声急如骤雨，胡人们在阶前跳起了胡旋舞，舞步妖娆绚丽，渐渐旋转如飞，可惜无论主人还是客人，都无心欣赏眼前的表演。

诸人都在心里揣测，段家今晚是收不了场了。段小将军欺人太甚，明明有婚约在身，背地里却与董二娘绸缪缱绻，为了不让董二娘受苦，甚至情愿把毒虫引到自己身上。此事若被传扬出去，别说滕绍这等国之重臣，寻常门第都会觉得是奇耻大辱。

滕玉意感受到四面八方投来的同情目光，黯然放下酒盏，默默以手支额。

杜庭兰痛心道："阿玉，是不是不舒服？"

滕玉意恹恹地答道："喝醉了有些头晕。"

杜夫人沉着脸搀扶滕玉意："好孩子，我们走。"

段老夫人和段文茵猛然回过神来，杜夫人和滕玉意这一走，两家再无转圜的余地，今晚席散后，段家必定迎来满长安的议论和指责。

段老夫人颤抖着抬起手，冲身旁的段家女眷道："快……快劝住杜夫人和玉儿。"

段家女眷强打起精神，纷纷围上去抚慰道："夫人先别急着走，玉儿喝醉了酒，此时出门难免吹风，不如到旁室歇一歇，等酒醒了再走。"

杜夫人冷笑道："不必了，玉儿高高兴兴来给老夫人贺寿，怎料一再受辱。她是个心善的孩子，为了顾全两家体面一再隐忍，无奈有人欺人太甚！"

她忍着气冲席上敛衽一礼，掷地有声："今晚的事各位可做个见证，待明日玉儿的阿爷回来，一切当有个公断。"

段家女眷拦不住，只得灰头土脸地看着杜夫人离席。

杜夫人领着滕玉意和杜庭兰走到段老夫人案前，恭敬地道："老夫人保重。玉儿身子不适，晚辈也还未大好，叨扰了一整晚，这就带孩子们告辞了。"

段老夫人哆嗦着推开婢女，亲自拽住杜夫人的手。

"夫人且按捺，大郎的品行如何，做长辈的心里都清楚，今晚之事乱如丝麻，其中说不定有什么误会，何不等大郎解了毒让他亲自向玉儿解释？倘若真是他犯糊涂，老身一定亲自打死此獠！"

她泪光闪烁，语调轻颤："老身病痛难挨，早就盼着这两个孩子结亲，今晚就这样散场，两家难免遭人议论。并非老身要护短，只是这样天造地设的一桩姻缘，错过了何处再寻？切莫莽撞，真退了亲对两家都没有好处。"

杜夫人暗啐一口，都到了这个地步，段家还指望玉儿委曲求全。

"老夫人这话，恕晚辈听不明白。"她含笑道，"何谓'对两家都没有好处'？犯错的是段小将军，又与滕家和玉儿有何相干？晚辈只盼着其中有误会，可如今事实摆在眼前。滕、杜两家都是厚道人，一向做不出瞒心昧己的事，今晚做到这个地步，已经是仁至义尽了。老夫人偏疼儿孙没错，但自家孩子的错需自家担待，外人不想担待，也担待不起。外头风大，老夫人请留步。"

段老夫人和段文茵被这话噎住，眼睁睁看着杜夫人带着两个孩子离席。

这边杜夫人刚到门口，男宾席上也有人离席了，到阶前的灯影中一站，却是杜裕知父子。

席上的宾客神色一凛，杜裕知虽然脾气古怪，但素有清高直谏的好名声，诸人纵是不喜他的臭脾气，也不得不承认此人正直敢言。

"老夫人，"杜裕知开了腔，"杜某本该陪席，眼下却不得不携妻孥先告辞了。另有一言，想请老夫人转告段小将军：君子行走世间，当俯仰无愧。不怕行差踏错，最忌一味文过饰非！"

说完这番话，杜裕知叉手作揖："言尽于此，老夫人保重。"

杜绍棠面无表情地冲老夫人磕了个头，起身随父往外走。

段老夫人张嘴望着杜家人离去的背影，突然捂住心口，软软地往后一倒。

女眷们大惊失色："老夫人！"

段文茵急声道："祖母素有心疾，这是犯病了，还愣着做什么？快去尚药局请余奉御。来，快把老夫人扶到内室去。"

中堂里顿时乱成一锅粥，杜裕知和杜夫人原本走得决然，谁料老夫人说犯病就犯病。

杜夫人心里暗恨，段老夫人为了给自家圆场连这一招都使出来了，先用这个手段拖住他们，再软言好语劝玉儿打消念头，料着玉儿年轻皮薄，糊弄起来也容易。只要玉儿肯原谅段宁远，外人自然就不好再多事。

只恨她明知如此，偏生又走不得，今日老夫人高寿，眼下又骤然发病，若是就此离去，未免太糊涂失礼。

杜夫人正不知如何是好，滕玉意松开她的胳膊，作势要过去探视段老夫人，不料还未上台阶，脚下一趔趄，一下子也昏了过去。

"阿玉！"杜庭兰急趋上前。

杜夫人忙也冲上去搀扶："玉儿！"

望见滕玉意惨白的脸色，杜夫人吓得心直抽抽："我的好孩子！这是气血逆行昏过去了，凶险得很，快备车回府。"

杜裕知父子急得跺脚，混乱中找来肩舆。

女眷们顾了这头又去顾那头，一时间忙得不可开交。比起段老夫人那红润的气色，滕玉意才像真患了病，诸人七手八脚将滕玉意抬上肩舆，段老夫人那头反而无人理会了。

段老夫人躺在榻上哼哼，但众女眷的注意力大多被转移到滕玉意身上去了。除了段家小辈，几乎没人顾得上老夫人。

段文茵执意拦着滕玉意的肩舆："夜风甚紧，回去这一路玉儿的病情恐会加重，下人已经去请奉御了，何不先让奉御给玉儿看过再走？"

"多谢夫人美意，不过不必了。"杜庭兰面色淡淡的，一味催促下人起轿，"阿玉这几日的药都是现成的，不便临时改方子，刚才急怒攻心昏过去，急需回府服药。玉儿的面色夫人也瞧见了，再耽搁下去恐会变重。"

段文茵有心再拦，陡然察觉周围投来的复杂目光，只好硬着头皮笑道："这话也是，快送阿玉出府。"

上了犊车，杜夫人忧心如焚，一边替滕玉意掖被子，一边仔细察看滕玉意的面色，哪知犊车刚动，滕玉意就一骨碌爬起来了："姨母、阿姐。"

杜夫人瞠目结舌，杜庭兰“扑哧”一声笑出来：“阿娘，阿玉是装的。”

杜夫人半晌才回过神来，狐疑地搓了搓滕玉意的脸颊。

滕玉意笑嘻嘻地道：“搓不下来的，得用专门的药粉洗。”

杜夫人回嗔作喜：“你这孩子吓死姨母了。这是何药？你从哪儿弄来的？”

“来之前让程伯备的，方才老夫人装病的时候，我趁人不注意抹在脸上。”

“装得这样像，连姨母都骗过了。”

滕玉意摆摆手：“哎，比不过段老夫人，她老人家白眼说翻就翻，谁见了不得信以为真？”

杜庭兰忍笑道：“段老夫人浑身解数都使出来了，还好阿玉机灵。你们没瞧见段家那些女眷的脸色，个个像开了染坊似的。”

杜夫人啐道：“段家世代功勋，外头瞧着体面，谁知里头已经如此不堪。要不是玉儿准备周全，退婚的过错说不定全推到玉儿身上去了，今日请的人又多，士庶勋贵都有，这一出闹得这样大，我瞧段家怎么收场！”

滕玉意筹谋了这几日，到底解决了最大的一桩心事，当晚回到滕府，睡得极其酣甜。

醒来已是日上三竿，她躺在床上不肯起：“春绒、碧螺，什么时辰了？”

春绒和碧螺喜气洋洋地进来：“娘子该起了，都过了午时了。”

滕玉意霍然睁开眼睛：“你们怎么不叫我？阿爷回长安了吗？”

春绒笑道：“老爷连日行军，天不亮就回了府，叫婢子们别吵娘子，用过早膳就去镇国公府退亲了。”

滕玉意怔了怔，赶忙掀被下床：“把程伯请到中堂，我有话要问他。”

她梳洗完往中堂去，程伯穿着一身簇新赭色团花短褐，脸上隐有喜色。

滕玉意边走边打量程伯，程伯一贯老练沉稳，突然这样高兴，定是因为阿爷回了长安。

“娘子起了。”程伯满面春风地迎过来，“老爷早上回了府，娘子估计知道了。”

“程伯，你该不是为了迎接阿爷，特地换了身新衣裳吧？”

程伯低头看了看，笑呵呵地说：“杜夫人早上令人送来的，说娘子托她们给老奴和端福做衣裳，只因不清楚老奴和端福的体形，先送了一套过来让老奴试试。老奴试了颇合身，听说是娘子的意思，便穿来给娘子瞧瞧。”

滕玉意笑着点点头，程伯办起事来，方方面面都想得细致周全。新衣裳一上身，她这个主人高兴，送礼人高兴，阿爷回来看到府中下人精神焕发，自然也高兴。

“很好，很好。”她笑得合不拢嘴，“还是鲜亮的颜色更衬我的程伯。”

程伯心知滕玉意心里高兴，摇头笑道：“娘子，你就别打趣老奴了。”

滕玉意坐到石桌边，含笑问道：“段家有消息吗？”

程伯正了正脸色：“昨晚之事闹得满城风雨，如今坊间都在议论段小将军和董二娘的事。今日老奴出门打听，连百戏的本子都写出来了。”

滕玉意益发来了兴致：“都写的什么？”

“不过是些浓词艳曲，说出来怕污了娘子的耳朵。”

滕玉意笑了笑，长安城里落第的儒生多，为了维持生计，常编些艳曲志异来售卖，这帮人正愁没有现成的才子佳人来编故事，段宁远与董二娘这对苦命鸳鸯就跑出来现世了。

“接着说。”

“今晨京兆府正式开审董二娘的案子，不巧狱吏又在董家的管事娘子身上搜出了一些物件，一查都是段宁远早前买的，加上昨晚的事，两人有私情可谓板上钉钉了。早上镇国公上朝，本来要奏请段小将军册封世子的事，因为出了这样的事，镇国公自觉颜面尽失，也就没好意思再提。今早老爷上门退亲，镇国公当着老爷的面把段小将军绑起来重重地打了一顿，听说骨头都打断了，任凭老夫人和夫人哭天抢地，也不许医工上来诊视。”

滕玉意道：“阿爷怎么说的？”

“老爷一言不发，在堂前看着镇国公打完段小将军才说话，退了与婚书，还要回了答婚书，末了连盏茶都未喝就走了。镇国公说自己无颜面对老爷，一路送到府外，还说好好的一桩姻缘，硬叫孽子给葬送了。”

滕玉意想了想又问：“董明府听说也不是什么贤善之辈，女儿名声尽毁，董家难道就没有半点儿动静？”

“怎会没有？今早董明府带人去镇国公府闹了一场，董家的老夫人也在其中，董明府只垂泪不说话，董老夫人却当场闹将起来，说她家二娘一向规矩懂礼，定是段小将军纠缠二娘污人名声，还说镇国公府若不给个交代，她便要吊死在镇国公府的门前。”

滕玉意差点儿没笑出声，董二娘还在狱中，受过杖刑双腿必定留下毛病，如今又因与段宁远有私情闹得满长安皆知，来日出了狱，自是无法再攀扯中意的婚事。

董家好不容易养出个才貌双全的女儿，又怎甘心多年心血付诸东流，必定缠死镇国公府。

纵算镇国公府想挟权倚势，但董明府也有官职在身，段家若是不想让段宁远再背上个始乱终弃的恶名，便不敢随意处置此事。

看来两家官司还有得打。

滕玉意兴致勃勃地问："阿爷什么时候回府？让人准备些酒食，我要给阿爷洗尘。"

程伯惊讶万分，打从扬州回来，他老觉得娘子对老爷的态度有了微妙的变化，虽说依旧很少提起老爷，但偶尔提到时，至少不像从前那样冷漠生硬。这回娘子居然要主动给老爷接风洗尘，更叫人喜出望外。

他忙藏好眼底的喜色："圣人把老爷叫到宫里去了，老爷头先令人送话回来，说今晚不知何时能回府，叫娘子早些歇下。"

滕玉意有些失望："好吧，要不干脆令人备车，用了午膳我去杜府。"

程伯拿出一份泥金帖子："这是早上静德郡主让人送来的。郡主要在成王府举办诗会，邀娘子和杜娘子赏光前去一聚。"

"静德郡主？"滕玉意感到奇怪。

今生她与阿芝连句话都未说过，阿芝怎么突然想起来邀请她了？

程伯道："静德郡主的下人说，昨日郡主就想结识你，结果镇国公府临时出了乱子，郡主也就没顾得上相邀。"

滕玉意接过那份帖子，帖子上的字迹大概是阿芝自己写的，秀雅归秀雅，但力道仍有不足。

程伯道："听说静德郡主小时候憎恶诗文，诗会是成王妃替郡主张罗的，请了国子监的老夫子在场，每半个月就要举办一回，都是些善诗文的小娘子和小郎君，清雅有趣，值得一去。娘子，你初回长安，往后免不了与各府走动，既是静德郡主相邀，娘子不便推却。"

滕玉意"嗯"了一声："不知这诗会要办到什么时辰？"

万一阿爷早早回府，她却不在府中……

她想了想道："先不急着回帖，去宫里问问消息，看阿爷大约何时能出宫，顺便帮我打听这回去诗社的都有什么人，最好尽快弄份详尽名单来。"

程伯下去安排。

滕玉意自行回到内院，坐到桌前展开一幅卷轴，令春绒研了墨，提笔写写画画。

程伯过来回消息的时候，滕玉意刚画好一幅画。

“回娘子的话，这次诗会邀的人不少，除了喜欢诗墨的各府千金，还有好些久负盛名的文豪才子。”程伯说着，令春绒把一卷名册交给滕玉意。

滕玉意一眼就扫到排在前列的三个字——卢兆安。

没想到阿芝的诗会竟邀请了这个小人。

“你派人去卢兆安处取阿姐的信件，可取到了？”

程伯忙道：“小人派人跟了卢兆安几日，本来要下手，可就在昨晚，突然有另一拨人也开始盯梢卢兆安，下人尚未弄明白对方底细，决定先按捺一两日。”

滕玉意狐疑地道：“莫不是蔺承佑派去的？姨父昨日才把阿姐去竹林中见卢兆安的事告诉了蔺承佑。”

“老奴暂不敢确定。”

滕玉意沉吟，静德郡主的诗会突然邀请卢兆安，会不会与此事有关？

“好，这诗会我去定了。备车备车，去杜府接表姐，端福骨伤未愈，让霍丘跟着吧。”

“娘子不等宫里的消息了？”

“明日再给阿爷接风也使得。”

滕玉意边说边思量，这诗会既是在成王府举办，为了防止蔺承佑找她麻烦，最好再多做些准备。

“成王府不会准许外人带护卫进府，霍丘太高壮，你在护卫里挑两个骨骼纤细的，让他们扮作我的随身婢女入府。”

程伯心下纳罕，但还是应了：“老奴交代下去。”

滕玉意又将自己刚画好的那幅画递给程伯：“程伯可见过画上这个人？”

程伯接过画卷，见是一位披着乌黑斗篷的人，奇怪这人连脸都未露，身上却莫名散发出一种森冷可怖的气息。

他仔仔细细看了许久，末了摇摇头：“没见过，此人单单只有这件斗篷吗？有没有旁的辨识物？”

“没有。”滕玉意叹气。

“他身上这件斗篷的料子呢，是皮料还是毡料？”

滕玉意暗忖，皮料论理有光泽，当晚月光如昼，那人身上的斗篷却灰扑扑的。

“应该不是皮料，有点儿像毡料，不过里头缝着裘皮也未可知。”

“娘子可瞧见了此人的袜舄？”

“没瞧见。”滕玉意起身踱步，“不过此人年纪应该不是很大，因为动作很轻捷，身量嘛，大概比端福要高半个头。即日起，你找人日夜打探画上人的消息，只要见到此人的行迹，马上给我回话。”

程伯并不多问，卷起画轴收入怀中：“老奴这就着人去办。”

滕玉意正色道：“程伯，这件事得你亲自来做，此人极其危险，切莫打草惊蛇。”

程伯怔了怔，抬眼看滕玉意面色凝重，缓缓点头道：“老奴知道了。”

下午滕玉意拾掇好出门，门外果有两名护卫候着了。他们都穿了石榴襦裙，扮作侍女的模样。

滕玉意绕着两名护卫走了一圈，勉强算满意，让他们另乘一车跟在她的车后，驱车到杜府接杜庭兰。

“听程伯说，卢兆安如今也算长安的名人了。”姐妹俩在车里闲谈，“人人都说此子风骨奇秀，日后定为良相。郑仆射素来爱才，尤其对卢兆安青眼有加，夸他文章秀逸，有意将二女儿许给卢兆安，如今只等着吏部的选考结束了。卢兆安这小人近日忙着去京中各名宦府中拜谒，不知结识了多少权贵。”

杜庭兰默默听着。

“阿姐，你难过了？”

杜庭兰摇摇头：“我只是在想，我当初为何会看上卢兆安？这几日我偶尔想起此人，全然不会伤心难过，只奇怪那时候怎么就迷了心窍？”

滕玉意腹诽，你是图他皮相好还是图他会花言巧语？

她咳了一声，把程伯整理的名单展开给杜庭兰看：“阿姐你瞧，这名单上都是善诗赋的少年郎君和小娘子，当中不乏德才兼备之人，你要是愿意，在诗会上多加留意。”

杜庭兰脸一红：“我说你为何非要拉我来参加诗会，原来打着这个主意。”

滕玉意哼哼：“我知道阿姐自小喜欢诗墨，当初倾心卢兆安，怕是与此人惯会嘲风弄月有关。程伯跟我说了，这诗会往年有成王妃亲自把关，赴会者先不论诗才如何，大多品行端正，只因最近成王夫妇不在长安，才叫卢兆安这样的小人混进去了。待会儿阿姐不必理会卢兆安，这小人自有我来对付，你只管瞧别的郎君就是了，若有瞧得上的，自管告诉我。”

杜庭兰"扑哧"一声："瞧你说的这些话，像个小大人似的。不用你替我张罗，这种事要讲缘分的，经历了卢兆安这件事，我眼下才没这份心思呢。"

"横竖今日天气晴好，阿姐就当出来散散心吧。"滕玉意掀开窗帷往外看，发现每转过一条街，就会在街上发现僧道的身影，想是前几日彩凤楼出了大邪，蔺承佑怕妖物出来作乱，特地派了些僧道在坊间巡逻。

"外头那人可是卢兆安？"滕玉意目光一定。

原来她们不知不觉到了成王府门口，阶前正有一位青衫幞头的男子下马。滕玉意前世见过卢兆安一面，只是不甚笃定，这人气度潇洒，相貌极其出众，一到门口就被请进了成王府，看样子颇受礼遇。

杜庭兰面色复杂："就是他。"

滕玉意点点头，拉着杜庭兰下了犊车。后头两个假婢女也跳下车，不声不响地跟了上来。

下人笑吟吟地过来道："是滕娘子和杜娘子吧，请随小人来。"

这老仆未语先笑，品貌端庄。滕玉意和杜庭兰随其入内，边走边打量成王府。府内驭下甚严，沿路不闻喧嚣之声，偶尔有婢女迤逦而来，立即会谦恭地退到一旁。

一行人路过一处桃林时，林间忽然蹿过来一道黑影，滕玉意和杜庭兰猝不及防，吓得连连后退。

假婢冲上来便要护主，滕玉意瞧清那黑影是什么东西，急忙大咳一声。

护卫们虽然疑惑，却也按捺着不敢再动。那黑影"嗷呜嗷呜"地叫着，趴伏下来挡住了滕玉意的去路。

杜庭兰看清是蔺承佑的那只小黑豹，忙把滕玉意护在自己身后。

蔺承佑笑眯眯地从林间走出来，老仆不明白小主人为何要拦着滕、杜二人，忙上前道："大郎，这是郡主邀来的贵客。"

"我知道。"蔺承佑直视着滕玉意，"我拦的就是滕娘子。你们都下去，我有话要问她。"

杜庭兰惊疑不定，强笑道："不知世子有什么话要问？若是想打听什么，当着我们的面问也是一样的。"

蔺承佑并不看杜庭兰，只笑道："滕娘子，我倒是不介意当众问你几个问题，不过你可想清楚了，究竟是想让我在这儿问，还是在诗会上当众问？"

滕玉意眼角一跳，早想好了怎样应对蔺承佑，只是没想到来得这么快，心里挣扎一番，附耳对杜庭兰说了几句话，杜庭兰一惊。

滕玉意又看向身后的两名假婢女，二人点点头，戒备地退到一边。

蔺承佑冲老仆道："把这几个人领到一边去。"

老仆只好把杜庭兰和护卫远远地领到林中另一头，确保能看见蔺承佑和滕玉意的身影，却听不见二人说话。

滕玉意迅速在脑海中过了一遍，自觉整盘计划天衣无缝，便率先开了腔："不知世子找我何事？"

蔺承佑扫了她一眼："记得那晚我就跟你说过，你拿痒痒虫去做什么我管不着，别害人，别坏青云观的名声就成，可你不但拿虫子去害人，还险些害我替你背黑锅。滕玉意，你是不是觉得自己可以把天下人都玩弄于股掌之间啊？"

滕玉意一脸震惊："世子的话我听不大懂，我虽因为好奇讨了些虫子回去玩，但从未把这东西拿出府过，世子说我算计人，究竟指的什么？"

蔺承佑玩味地看着她："装得真够像的，你是吃定我拿不出你害人的证据了？"

滕玉意无辜地摇头："实不知我做错了什么……"话未说完，她突然一顿，"世子该不会以为是我往段小将军身上投的虫吧？昨晚世子也在场，想必你也听见了，段小将军一染上痒痒虫，京兆府的董二娘就见好了，可见他是从董二娘处染的，世子怎能怀疑是我投的虫？"

蔺承佑抚了抚下巴："本来还想给你个主动坦白的机会，看来你是不见棺材不掉泪了。现在开始我数三声，你最好想清楚了再答话，自己交代是一回事，由我来说的话，那就是另一回事了。三。"

滕玉意面上不动声色，心里却有点儿沉不住气了，莫非哪里出了纰漏？绝不会。

她一面让人给段宁远投毒，一面让程伯拿着药粉偷偷给董二娘解毒，两个环节一套上，可谓毫无破绽。再借着段老夫人寿宴把两件事同时暴露人前，众人顺理成章会认定段宁远身上的虫是从董二娘身上传的，如此既不会牵扯到她头上，也不会坏了青云观的名声。

蔺承佑即便知道她手里有虫，也无法确定那虫子是董二娘传给段宁远的还是她故意投的。没把握的事，他凭什么来找她麻烦？

想到这儿，她重新镇定下来。

蔺承佑看着她脸上每一个细微表情，有意思，狡诈的人他见多了，理直气壮到这地步的少有，任谁看到滕玉意这张鲜花般的脸蛋，都不会想到她布局害人如此娴熟吧。

他口中继续数道："二。"

小黑豹跟主人配合得极好，用爪子摸了摸自己的脸，喷出第二口气。

滕玉意心里突然有些没底了，近日因为急于退亲，行事难免有些急切。昨晚虽说狠狠惩治了段家人，但心里总残留着一个模糊的影子，像是忽略了某些关键处，让她心生不安。

可惜昨晚光顾着高兴，回家后也没细思量就睡了，今早醒来事又忙，更顾不上从头理一理。

她究竟是忽略了哪一处？她想着想着，脑中忽然闪过一念，顿时浑身一僵。

糟了，前几日她只求狠狠出一口恶气，把虫子交出去时曾嘱咐程伯："多投几只虫子给段宁远，让他多吃些苦头。"

当时她说得痛快，却忘记先向绝圣和弃智求证蔺承佑给董二娘投了几只了。

假如蔺承佑只投了一两只，段宁远身上却有十来只，蔺承佑只要一去解毒就知道了，那么多虫子绝不可能是从董二娘身上传过来的。

难怪他今天找她麻烦，此事瞒得过别人，断乎瞒不过蔺承佑，现在怎么办？蔺承佑可不好对付，自己真要向他坦白？他不会一怒之下把这件事宣扬出去吧？

小黑豹像是感觉到了滕玉意的紧张，爬起来绕着她踱了一圈，仰头又喷出一口气。

蔺承佑脸上笑意更甚，眼看就要说出最后一个数了，滕玉意闭目咬牙："我说！"

"一。"蔺承佑坏笑道，"晚了。"

滕玉意据理力争："我松口在先，世子说'一'在后，怎么就叫晚了？"

"我说的三声是指的它。"蔺承佑往俊奴身上一指，"它刚才喷了三口气，你没听见？"

滕玉意倒抽一口气。

"自己磨磨蹭蹭不肯说实话，怎好意思怪俊奴不给你机会？"蔺承佑堪称厚颜无耻，"你用我的虫子为自己谋算退婚，也不先问问我愿不愿意被卷进这种事。本来你可以做得更隐秘些，比如只投两只，那样我就算怀疑你，也拿不出确凿的证据，可惜你手黑惯了，一口气给段宁远投了十来只。"

他坏笑道："不过这也不奇怪，你好不容易弄到那么多痒痒虫，若是只投一两只，怕是比自己染了痒痒虫还难过吧？"

滕玉意咬住红唇，蔺承佑竟把她的心思猜得那般透——只投两只虫，委实太便宜段宁远了。

蔺承佑又道：“昨日我去给段氏母子解毒的时候，在段宁远和段夫人身上分别发现了八只虫和四只虫，一只就可以让人生不如死，何况这么多只，怪不得他们发作起来那般凶。滕玉意，你要退亲是你的事，但把青云观卷进来，问过我的意见吗？”

滕玉意酝酿一番，清莹的眼泪开始在眼眶里打转：“世子，我虽用了你的虫，但只是为了自保。段宁远与董二娘有染是事实，我不过顺水推舟把丑事揭露出来而已，我只求退亲，并没有陷害别人，世子想必也知道我的难处，所以才把人都支开吧。”

蔺承佑看着她，她明明把青云观和镇国公府都耍得团团转，偏在所有人面前装得楚楚可怜。

但她这话没说错，问罪归问罪，他可没打算替段宁远平反，所以就算他昨晚知道了原委，也决意烂在肚子里。

但她本可以想出别的好法子来退亲，偏选了一个最便捷的法子。想她布局前，并未想过稍有不慎就会坏了青云观的名声，可见在她心中，如何尽快得手才是排在第一位的。

他没看错她，她就是为达目的不择手段之人，哪怕她有意识顾全青云观的名声，却因并不清楚虫子的习性，不小心露出了马脚。

为了替她和青云观遮掩，他昨晚当着镇国公的面，不动声色地逼俊奴把那十几只死虫的躯壳全吞进了肚子里，俊奴心里不痛快，一整天都拒绝吃饭。

不过这些事他自己知道就行了，没必要告诉她。

滕玉意只当蔺承佑松动了，忙又含泪道：“世子当初说过只要我不用虫子害人，不连累青云观，就不会找我麻烦。昨晚我虽用虫子对付段宁远，但他欺人在先，我那样做只能算回敬，绝不算行恶。至于连累青云观，更是无从说起。世子想必还记得自己说过的话，所以不打算把此事告诉第二人，世子的大恩大德，我没齿难忘。既然世子决定不再追究，我也就告辞了，今日得蒙郡主殿下相邀，不便让郡主久等。”

她敛衽一礼，抬步要走，不料刚迈一步，蔺承佑伸出一臂拦住她：“慢着。”

滕玉意一怔：“世子？”话音未落，嗓间突然一阵辛麻，她再要开口，喉间一个音都发不出来了。

她愣住，那感觉越来越强烈，连舌头都开始发钝。

很快她意识到自己中毒了，怒瞪蔺承佑：世子这是何意？

她试着张口，半点儿声音都发不出。

她心里越发恼怒，只恨今日未着胡服不便带暗器，不然还可以还击他一下。

她无声骂道：蔺承佑，你怎能不守信用？你快给我解开！

你……你这个卑劣小人。

蔺承佑等滕玉意骂够了，摸了摸耳朵道："段家的事到我这儿就了了，绝不会有第二人知道。只要你把剩下的虫子还回来，痒痒虫的事也从此一笔勾销，但你别忘了，你我还有别的事需清算。"

滕玉意惊疑不定。

"那晚在彩凤楼，我好心替你解妖毒，结果你害得我口不能言。"蔺承佑负手绕着她走了一圈，"我捉妖后回房被你推入水中，胳膊上无故被你扎了两下，簪子上是不是不止染了一种毒？不然伤口为何到现在都不能结痂？至于痒痒虫的事，你虽不算行恶，但你不打招呼就擅自用青云观之物为自己谋私，可见你压根儿没把青云观放在眼里，这些事加起来，够不够让你一个月不说话？"

滕玉意张了张嘴，然而舌头已经毫无知觉了。她心乱如麻，解药在蔺承佑手中，此时不宜再硬碰硬，于是又淌出几滴眼泪，可怜巴巴地望着蔺承佑。

蔺承佑瞟她一眼，那双泪眼黑白分明，干净得像个孩子，小小年纪就养成这份狠辣，当真匪夷所思。以往她在扬州如何他不管，撞到他手里可就没那么便宜了，让她狠狠吃一次教训，没准以后还能学好。

"不就是暂时不能说话，有这么难受吗？"他和颜悦色地道，"滕娘子平日惯会狡辩，趁这个机会好好歇一歇嗓子。"

说着他呼哨一声，引着俊奴扬长而去。

滕玉意恨恨地盯着蔺承佑的背影，此时追上去必定讨不到好，不知绝圣和弃智有没有解药，要不要马上出府去寻他们？

哪知蔺承佑本来都要走了，又退回来笑道："忘告诉你了，这毒只有我一个人能解。"

滕玉意哭得越发凶了，那头杜庭兰看蔺承佑走了，赶忙奔过来，一到近前就看到滕玉意满面泪痕，不由得心里一慌："阿玉，出什么事了？"

滕玉意早把眼泪收起来了，清清嗓子想开腔，只恨喉咙里如同被塞入一块木头。

她指了指自己的喉咙，冲杜庭兰摇了摇头。

杜庭兰大惊失色："你说不了话了？"

滕玉意点点头。

"成王世子弄的？"杜庭兰错愕地道。

滕玉意恨恨，除了他还能有谁？

杜庭兰倒抽一口气："欺人太甚！我去找成王世子给你解毒，不，我去找成王妃，让王妃替你主持公道。"

滕玉意无奈地把杜庭兰拽回来，在她手心上画了画：没用的，成王夫妇不在长安。

"阿姐一乱就忘了，那我就去青云观找……"

滕玉意继续画：清虚子也不在。

"难道就没人管得了此子了吗？"

有，宫里的圣人和皇后，可惜凡人轻易见不着。

杜庭兰焦急思量一番，忽然抬头："别忘了还有郡主，既然今日邀我们前来赴诗会，主人怎能如此欺负客人？我们去找郡主帮忙。"

滕玉意摇头，阿芝郡主开口闭口都是哥哥，不稀里糊涂帮蔺承佑算计她们就算好的了，怎会帮她们讨解药？

不过……她皱眉思量，目下也只能如此了，真要一怒之下离开成王府，回头再想找蔺承佑解毒，怕是连此人的面都见不到了。

杜庭兰怒道："阿玉你先别急，横竖姨父回长安了，大不了把此事告诉姨父，让姨父去宫中找圣人好好说道说道此事。"

滕玉意在杜庭兰掌心上画道：阿姐，真要告到御前，蔺承佑必定会把来龙去脉都说出来，到那时候蔺承佑顶多被斥责几句，但我暗算段宁远的事就瞒不住了。不如先去见静德郡主，待会儿再见机行事。

两人又商量了几句，滕玉意回头寻找成王府那位老下人。老仆仍有些发蒙，方才离得太远，只看到小郎君对着这位小娘子有说有笑的，他只当小郎君开窍了，还窃喜了一阵，走近看到滕玉意双眸含泪，才知不是那么回事。

杜庭兰含笑对老仆说："不敢让郡主久等，烦请为我们带路。"

老仆回过神，忙笑道："请随老奴来。"

诗会设在花园里的一处水榭中，轩窗半敞，清风习习。

滕玉意和杜庭兰踏上游廊时，水榭中已经坐了好些衣饰华贵的少年男女了。

静德郡主并未老老实实坐在席上，而是手握一根钓竿，与身边的小娘子挨在一处，边说话边凭窗垂钓。

水榭内铺着紫茭席[①]，岸上摆着果子和酒水，众人趺坐在席上[②]，或交谈，或捧卷。

座席的上首端坐着一位胡子花白的老儒，老态龙钟，昏昏然打着瞌睡。

老儒下首共有长长四排条案，东西相对，娘子们坐在一侧，郎君们坐在另一侧。

男宾席的第五位便坐着卢兆安，对面是郑仆射家的千金郑霜银。

卢兆安表面上不动声色，但偶尔会不经意地望一望郑霜银。

郑霜银脸有红霞，垂眸静坐在条案后。

杜庭兰进来看到二人的情形，不小心趔趄了一下，被滕玉意不着痕迹地一扶，重新稳住了身子。

卢兆安笑容也是一滞，很快便恢复神色，若无其事地偏过了脸。

他的上首还有四个位子，第二位坐着一位身穿墨绿蟒袍的男子，这人双眉秀长，皮肤白净，生得异常英俊，只眼窝有些深，五官不大像中原人士。

滕玉意打量此人身上的蟒袍，如此繁复瑰巧的绣工，非皇室子弟莫属，但此人显然不是中原人士。

蟒袍男子听到下人回报，抬目朝滕玉意和杜庭兰看来。

"是滕娘子和杜娘子，快请入座吧。"静德郡主高高兴兴地向众人介绍，"这位是淮南节度使滕绍的千金，这位是国子监太学博士杜裕知家的小娘子，都是我的座上宾，特来参加今日诗会的。"

席上的人纷纷起身行礼："见过滕娘子，见过杜娘子。"

滕玉意面带微笑，一一无声回礼。

众人瞧她不说话，不免有些奇怪，就听门口婢女道："世子。"

蔺承佑换了身大理寺低阶官员的青袍幞头，往门口一站，有种皎皎月光映满堂

---

① 紫茭席：一种名贵的席子。唐代苏鹗所撰的《杜阳杂编》中有"紫茭席色紫而类茭叶，光软香净，冬温夏凉"的说法。

② 唐人喜欢席地而坐。

之感。

静德郡主高兴地招手："哥哥，快来。"

那位穿墨绿蟒袍的美男子抬头一望，起身迎接蔺承佑："正说你怎么还没露面。"

蔺承佑神采奕奕，边走边道："被些小事给绊住了。"

滕玉意面上维持恬静的笑容，心里却恨不得射出无数支毒箭扎死蔺承佑。

杜庭兰忍气拉住滕玉意，柔声向众人解释道："妹妹这两日身子不大好，嗓子哑了，说不出话。"

众人同情地点头："滕娘子、杜娘子，快请坐。"

蟒袍男子听了这话，朝滕玉意看了看，随手从袖中取出一样物事，走到滕玉意面前，微笑道："滕娘子，这是赤玉糖，是我们南诏一位善丹青的老仙人炼制的，味道有些辛辣，但能清肺润嗓。娘子嗓子不舒服，可将其含入口中，不出几日便会好转。"

下人悄声介绍："滕娘子、杜娘子，这位是南诏国的太子顾宪。"

滕玉意一震，南诏国。

阿芝用柔嫩的小手握住滕玉意的手："滕娘子，你嗓子很难受吗？宪哥哥身上经常带着草药，药方剑走偏锋，与中原的有些不同，要不你试试吧，或许能对你的病症。"

滕玉意想起邬莹莹和父亲书房里的那些信，绽出笑容点了点头，意思是多谢。

她自是不指望这东西能解蔺承佑下的毒，不过今日能结识一位南诏国的人，也算不虚此行。她从仆从手中接过药，欠身冲顾宪行礼。

顾宪回了一礼，笑容如三月融融的春光。

第十章
尸　邪

滕玉意取了一粒药含入口中，这药甘甜如蜜，有股幽幽的清凉异香。若是平时服下，定能生津止痛，但此时她喉头如木头般全无知觉，吃下药也不见好转。

顾宪并没指望滕玉意能立刻说话，看她表情宁静，想来这药有些安抚之用，便温声道："此药只能治表，去根还需配合内服的药剂，滕娘子若是觉得好些，往后可随身带着此药，不拘早晚，只要觉得不舒服即可含服一粒。"

滕玉意含笑点头。

蔺承佑在一旁看着，居然没吭声。

顾宪忙完给药的事，扭身才发现蔺承佑笑容古怪。他怔了一下，正要问蔺承佑是不是认识滕玉意，蔺承佑却牵过阿芝的手，率先朝上首走了："时辰不早了，诸位请入席吧。"

顾宪自顾自落了座："还没问你呢，前日你把我那匹如意骝牵走做什么？"

蔺承佑接过侍女递来的宾客名册，漫不经心地道："看看是如意骝跑得快还是我的紫风跑得快。"

"那么谁赢了？"

蔺承佑抬头一笑："笑话，当然是我的紫风。"

顾宪轻叹："一局算什么，我那匹如意骝老了点儿，回头我们再多比几回。"

"那就说定了，但是你别忘了，我的规矩一向是输了就得赔马。"

滕玉意接过下人递来的茶水，暗忖这个顾宪不但认识蔺承佑，两人关系似乎还不错。

待众人都坐好了，蔺承佑笑道：“舍妹每半个月举办一回诗会，多蒙各位诗豪赏光前来助兴。以往都由家母陪舍妹做东，但自从爷娘出游，这诗会已搁置小半年了。今日舍妹重新起社，我这做兄长的本该在此作陪，怎奈有要事在身，不得不先走一步，为表歉意，我备了些笔墨纸砚作为赔礼，还请诸位看在舍妹的面子上笑纳。”

说罢他击了击掌，仆从们鱼贯而入，每人捧着一个白香木托盘，依次摆在客人们的条案上。

托盘里摆放着一套笔墨纸砚，皆为上品，那沓纸笺不知是桑皮还是苎麻所做，光厚匀细，极其显墨，正适合用来誊诗。

砚乃是龙须砚，每张砚的底座上已经提前用小篆刻上了宾客的名字，如此一来，即便是脸皮再薄的客人，也可以堂而皇之地将这份厚礼拿回家去。

这一下宾客尽欢，人人都钦服。

滕玉意没动那笔墨，杜庭兰却微讶。

郡主毕竟才九岁，行事不可能如此周全，想来这是成王世子安排的，难得的是赠笔墨而非赠金银，大大地照顾了孤标文人们的尊严。蔺承佑出手又大方，光那一沓厚笺就足够每人用小半年了。

此人面上看着玩世不恭，没想到为了让妹妹高兴，连一个小打小闹的诗会也肯花费这样的心思。

静德郡主眼看席上的客人们都很高兴，也学着哥哥说话的语气，吩咐婢女道：“既然诗豪们都到齐了，快把茶点都呈上来吧，记得各人爱用的点心不一样，莫要弄混了。”

婢女笑着捧好宾客名册：“婢子已经再三核实过，万万不敢出差错。”

蔺承佑同顾宪闲聊了几句，起身走到上首，挨着那位一直在打瞌睡的老儒坐下，咳了一声：“夫子？”

这老儒是本朝有名的大儒，人称虞公，是成王府特地从国子监请的老师，每月都会来主持诗会。被蔺承佑的咳嗽声一吵，他慢吞吞地掀开眼皮，见是蔺承佑，表情瞬间转为惊恐。

蔺承佑笑道：“夫子好睡？”

虞公抖抖袖子，抬手擦汗道：“好睡，好睡。”

“今日负责招待客人的虽是阿芝，主持大局的却是夫子，夫子多费心，别让阿芝胡闹。”

虞公严肃地点头：“世子且放心。”

蔺承佑看了眼身后两名老仆。两名老仆点点头，一个捧着茶点，一个捧着巾栉，走到虞公背后，一左一右坐下来。

左边那个道：“夫子，请用杏脯。”

右边那个道：“夫子，请净手面。”

虞公被左右夹击，一时间如坐针毡，被仆从强迫着净了手面，瞌睡顿时一扫而光。他接过蔺承佑亲自递过来的茶，满脸都是无奈：“世子，你就放心地走吧，有老夫在，今晚这诗会必定妥帖守礼。”

蔺承佑这才放过虞公，又对阿芝说：“常统领就在水榭外头，你别太淘气，要是把虞夫子气坏了，别指望阿兄替你去国子监赔礼。”

阿芝嘟着嘴表示不服气，小脑袋却点了点。

蔺承佑笑着哼了一声，起身道：“诸位尽兴，恕在下先走一步。”

众人少不得欠身送别，路过卢兆安跟前时，蔺承佑忽然停下脚步：“阁下可是今年一举夺魁的卢进士？”

卢兆安作揖：“卢某见过世子殿下。”

蔺承佑笑容可掬：“久仰久仰。早听闻卢公子有青钱万选之才，今日一见，果然不俗。恕某少陪，改日请卢公子好好喝一回酒。”

卢兆安依旧是一副宠辱不惊的姿态：“多蒙世子青眼相看，卢某不胜荣幸。”

郑霜银双眸微垂，听得卢兆安应对自如，脸上慢慢晕出一抹嫣红。

滕玉意饶有兴味地看着这一切，若非早就知道卢兆安卑劣不堪，光看他这副不卑不亢的模样，任谁都会觉得他高风峻节吧。再看郑霜银的神态，估计不只知道郑仆射有意替自己与卢兆安拟亲，而且对卢兆安颇为嘉许。

她一边笑着打量郑霜银，一边在心里暗暗盘算，杜庭兰忽然一把捉过滕玉意的手，悄悄在她掌心写道：蔺承佑已经知道卢兆安约我去竹林的事了，今日请卢兆安前来，是不是意味着他开始调查卢兆安了？

滕玉意摇了摇头，她也弄不清蔺承佑葫芦里到底卖的什么药。

同卢兆安说了几句话，蔺承佑告辞走了。

虞公清了清嗓子：“最近我们四季诗社因屡出佳作，在长安声名大噪，照老夫看，只要长期举办下去，四季诗社定会成为长安闻名遐迩的诗社。可惜等郡主明年长到十岁，为着男女大防，这诗会便不能再举办了。”

众人面露遗憾：“届时何不将男席与女席分开？”

虞公捋了捋须："这就要看王妃的意思了。今日重新开社，席上来了不少新朋友，老夫既是郡主的老师，少不得将规矩重新说一说。四季诗会举办至今，向来不拘小节，但也有些传统的定俗，需各位新朋友提前知晓。诗会每半个月举办一次，每回拟定一题，或五言或七律，诗成后由众人评选最优。"

不知何处传来怪响，"咕噜噜咕噜噜"，像是有人肚饿腹鸣，一下子打断了虞公的话。

虞公咳了一声，阿芝愕然："这是某位诗豪饿了吧？"

众人哄堂不已。

"饿着肚子还怎么作诗？"阿芝兴致勃勃地吩咐婢女："那就先把酒食呈上来吧。"

虞公在旁边提醒阿芝："郡主，时辰不早了，趁酒食尚未上桌，不妨先拟好诗题。"

滕玉意望向窗外，下午出门，不知不觉已近黄昏了，橘红色的晚霞倒映在水面上，一漾一漾泛着细碎的波光。

静德郡主歪头想了想，冲郑霜银道："郑姐姐是长安城有名的扫眉才子，今日就由郑姐姐拟题目吧。"

郑霜银欠了欠身，抬头看向虞公的白发，道声得罪，含笑道："'宛转蛾眉能几时，须臾鹤发乱如丝'①，不如以'白发'为题，不拘声韵，行两首七律，取意境飞远者为优作。不知郡主意下如何？"

虞公万万没想到作诗作到他头上去了，不由得愣了愣。

静德郡主却点头："好好好，总算不再是松竹菊梅了，那些题眼我早就腻了，你们以为如何呀？"

诸人忙附和："此题甚妙，就是不好发挥。"

静德郡主又转向滕玉意和杜庭兰："滕娘子、杜娘子，你们初次赴会，难免有些拘束，要是觉得不合意，大可以跟我们提的。今日这道'白发'，你们以为如何？"

杜庭兰欠了欠身："历来咏白发，一不小心就会流露出悲嗟之态，郑娘子取白

---

① 宛转蛾眉能几时，须臾鹤发乱如丝：出自唐代诗人刘希夷的《代悲白头翁》。

发为题，却主张‘意境飞远者为优作’，咏白发而不自伤，不落窠臼，颇有新意。”

郑霜银微讶地打量杜庭兰，滕玉意趁机向郑霜银眨了眨眼。

郑霜银一愣，不自觉地对杜庭兰和滕玉意露出友好的笑容。

阿芝看她三人如此，益发高兴起来：“那就定‘白发’为题吧。现在你们可以先在腹内构思，等用过膳了，誊写在纸上即可。我会把前三名的诗作拿到宫里给圣人和皇后看，剩下未中选的，也会收集成册。”

此话一出，席上的仕女也就罢了，少年书生却精神一振，若能由郡主直接将诗作送到圣人面前，日后参加科举也就多了几分胜算。于是个个搜索枯肠，或凭窗远眺，或坐在席上苦思冥想。

等到酒食呈上，窗外天幕已晕染出墨蓝色，众人归座用膳，仍是一副心不在焉的模样。

婢女们依次将食盒放在每人面前，因是一人一几，食盒也是按人头准备的，发到虞公面前时，愕然发现少了一盒。

阿芝奇道：“为何少了一份呀？”

婢女们面有异色，方才去厨下取食盒时，她们曾与厨娘仔细核对过名单，确定没有错漏才放心地接过食盒。凭空少了一盒，除非名单有误，但之前给每位客人呈送笔墨纸砚时，是一份不多一份不少。

领头的婢女自行请罪：“想是漏拿了，婢子马上去厨下取。”

“去吧去吧。”阿芝叹气，恭谨地将自己的食盒推到虞公面前：“老师先用。”

虞公慌忙推回去：“郡主先用。”

他二人推来让去，客人也不敢动箸。

滕玉意看着门口的婢女们，心里只觉得古怪。成王夫妇驭下有方，偌大一座王府，人人都进退有度，诗会宾客不过四十余人，怎会出这样的差错？

好在婢女们很快又捧了一份食盒回来，阿芝没再多问，让她们搁下食盒退下了。

席上诸人开始用膳，晚风徐徐吹送，檐角下的灯笼发出咯吱轻响。滕玉意刚吃了一口丁子香淋脍，就觉袖中的小涯剑发起热来。

这小老头该不是闻到席上的酒香，又开始闹腾了？他还真是不分场合啊。看来上回的训导还不到位，她自己就贪酒，大约知道小涯不好过，若是不管不顾，小老头忍不住跳出来可就不妙了。

滕玉意这般想着，探袖往里弹了弹，既是安抚也是警告，连一杯酒的诱惑都受不住，往后还怎么跟她出门？

小涯像是有些怕滕玉意，被她一弹当即老实不少，剑身很快不再发烫，只是仍有些温热。

滕玉意放下心来，继续安静用膳。

这时候婢女们进来呈瓜果，忽听清脆一声响，有婢女摔落了盘盏。

杜庭兰和滕玉意惊讶地一对眼，这可称得上失礼了，而且那婢女与旁人不同，看着像府里的老人。

静德郡主怒了："葳蕤，你今日怎么回事？"

葳蕤惊慌地道："回郡主的话，这……这水榭里多了人。"

"多了人？"阿芝大惑不解，"什么叫多了人？"

葳蕤惶惑地环顾四周："婢子们再三清点了瓜果的份数才带人呈送，因为之前漏过一份酒食，这次特地多加了一份，谁知呈送完毕，凭空又……又少了一份！"

虞公愣了愣："少了一份便少了一份，何必大惊小怪，人一多就容易出乱子，兴许你们没留意，多给某位客人发了一份也未可知。"

"绝无此事。"葳蕤拼命摇头，"婢子们方才犯了错，这回加倍谨慎，每到一位客人前便呈上一份瓜果，确保不会多发、漏发，何况案几上本就放不下两份，又怎会数错？"

顾宪静静地听了一会儿，放下酒盏问道："是不是记错了人数？也许你们之前清点人头的时候，正好有客人去了净房。"

葳蕤打了个寒战："断乎不会，婢子自下午起就一直带人在门口听命，从世子走后，水榭里根本无人出入。"

她一边说一边打量水榭中的人，像是要找出究竟多了谁，然而越找越惊恐。

滕玉意不自觉也跟着在席上找寻，可没等她看出个究竟，小涯剑再次滚烫起来。

滕玉意心中一紧，这是小涯剑第二次如此了，她悄悄将剑从袖中取出，戒备地打量周围。窗外已是夜幕低垂，水榭内外都燃了宫灯，众人的脸掩映在灯影里，她一时间看不出异样。

静德郡主愕然地道："既然无人进出，何不对着宾客名册再清点一回？"

"正是。"老儒斥道，"如此慌张呼喝，成何体统！"

葳蕤自惭无状，伏地再三稽首，马上有婢女取来宾客名册，哆哆嗦嗦地递给葳蕤。

葳蕤躬身退到一边，勉强定了定神，从东侧的男宾席开始，一个一个开始比对。

众人无心酒食，说不上到底哪里不对劲，只觉得一瞬之间，水榭就寒凉起来，夜风自轩窗涌入，条案上的笺纸被吹得沙沙作响，四角的灯影摇曳不休，照得房里忽明忽暗。

滕玉意出来时揣了许多符箓在身上，奇怪毫无动静，她自是不相信青云观的符箓不如东明观的神通，但如果真有妖异，符箓早该自焚示警了。

头两回只数了人头，这次婢女们留了心，一边数一边将每个人的相貌和名册上的名字对应起来。

葳蕤数完东侧的男宾，接着数西侧的女宾，乍眼看去，无甚不妥。

很快轮到角落里的三位小娘子，依次是孟司徒、王拾遗和李补阙家的千金……

数到孟娘子时，婢子睁大了双眼，低头看看名册，又抬头看看前方，结结巴巴地道："葳蕤姐姐，是临时又加了宾客吗？孟娘子右边的那位小娘子，名册上不见记载。"

葳蕤面色霎时变白："临时只加了三位宾客，女席的滕娘子、杜娘子和男席的卢公子，你仔细瞧瞧，那是滕娘子还是杜娘子？"

众人一惊，方才议论诗题时，郡主曾单独问过滕、杜二人，如今这两人好端端地坐在原位，那么角落里的只能是别人。

于是众人骇然望过去，后排本就不如正堂明亮，一团朦胧的光影里，坐着一位峨髻双鬟的少女。

少女正低头吃条案上的东西，她吃得很慢、很仔细，仿佛饿了太久，除了面前的酒食，周围再没什么能引起她的注意。

滕玉意心头涌出一股不祥之感，怪不得小涯剑一再示警。成王府守备森严，水榭周围全是护卫，这女子何时出现的，居然无人察觉。

最奇怪的是孟司徒家的小娘子，身边骤然多了个陌生人，为何无动于衷？

邻旁几位小娘子吓得纷纷离席，独有孟小娘子一动不动，她面带微笑，低头望着案儿，仿佛对酒食极为满意，又像在聆听旁人说话，听得好不入神。

王拾遗的女儿与孟娘子交好，战战兢兢地上前拉拽孟娘子："阿宁，你右边那个……"

不料她刚触及孟娘子的衣裳，孟娘子就保持着诡异的微笑，木然往旁边应声一倒。

这动静惊动了少女，少女扭动一下脖颈，极缓地转过头来，众人吓得魂不附体，没等看清那女子的面目，只听“噗噗”数声，水榭里陷入黑暗。

这一切来得太快，静德郡主惊叫道：“常伯伯！”

脚步声杂沓而至，有人将水榭团团围住，轩窗外衣袂飘拂，两边都有人纵身跃入。

“掌灯！擒贼！”

那是位中年男子的嗓音，嗓音雄浑，内力似乎不低，语速很快，分明是个性情急躁之人。

“常统领，点不了灯。”

“胡说！好好的怎会点不了灯？”

“属下几个都试过了，不知是不是火折子受了潮，根本无法生火。”

“还不快去库房取夜明珠来！”

席上不少人怀中藏着火石，也纷纷取出来，结果屡试屡败。那女子本就诡异，众人身处黑暗中，难免心生恐惧，哪里还坐得住，呼啦啦往外跑。

滕玉意早有准备，拽着杜庭兰第一个离席。

可没等两人跑出水榭，后头书生们就追了出来，只因忙于逃命，再也顾不得斯文，一个个力大如牛，竟将滕玉意和杜庭兰撞倒在门边。

滕玉意心中痛骂，早知道当初就该好好习武了，逃命时别的且不论，力气最管用。

她挣扎着起身，又被人撞倒。门口不够宽敞，人人都急着往外逃。

杜庭兰死死搂住滕玉意，想是一时半会儿爬不起来，却又怕滕玉意被人踩踏，情急之下先护着滕玉意再说。

滕玉意感受到表姐胳膊的暖意，突然间力气横生，摸索着抱住门扇，硬将表姐拽了起来，出来时却傻了眼，湖畔的宫灯都熄了，整座王府黑魆魆一片，别说逃命，连东西南北都分不清。

曲廊上跑出来不少人，全不知所措。

“谁有火折子？快拿出来再试试。”

紧接着响起击打火石的声音，有人惊恐地道：“还是不行！这可如何是好？”

“且按捺一会儿，现在只能等王府护卫带我们出去了，黑灯瞎火的别乱跑，当心摔入湖中。”

“那女子究竟是人是鬼？”

有人颤声道："快……快别说了，我担心她现在就混在我们当中。"

小娘子们遏制不住心中的惧怕，惊声尖叫起来。恰在此时，岸上忽然出现亮光，像是某间轩堂的仆人找着火折子，临时点燃了廊下的灯笼。

"那边有光。"众人顿时有了方向，一窝蜂往岸上跑去。

滕玉意还有些迟疑，可就在这时候，又有人从水榭中出来了。众人唯恐那诡异女子追上来，瞬间陷入极大的恐慌中，顾不得四周都是水，推挤着就要逃。

滕玉意和杜庭兰被人一推搡，也顺着人潮上了岸，奇怪各府的下人们本来在岸上守候，这时候全不知去向。

滕玉意没能找到两名假婢，只能跟上众人的步伐，近了才知道，那是坐落在花园里的一处雅静小院。院门洞开，里外灯火通明。

大伙刚要拥入院中，就听到背后的小径有人追上来，借光远远一看，原来是一群王府护卫。

领头的中年男子估计就是那位常统领，他身上正背着静德郡主。

他们身后便是顾宪，顾宪身上也背了一人，仔细看，原来是那位老态龙钟的虞公。虞公趴在顾宪背上一动不动，俨然昏死过去了。

静德郡主哭道："我要哥哥，快叫哥哥回来。"

常统领道："已经令人去找世子了，郡主放心，不过是个小贼，周围已经布下天罗地网，很快就会把这人擒住。"

这时又有人追上来："常统领，属下几个已在水榭里外找遍了，既没找到那名诡异女子，也没找到孟娘子。里外有三重护卫把守，照理不会这么快逃出去，除非那女子带着孟娘子潜入了水中。"

诸人想起孟娘子面带微笑栽倒的情形，心里不免都有些后怕。王、李二人与孟小娘子交好，忍不住"嘤嘤"哭了起来。

静德郡主止了哭："别让那东西把孟娘子掳走了，快想办法救人。"

常统领道："此女再有神通，毕竟身边还带着一个孟娘子，这么短的工夫，不会跑得太远。留下三十人护送郡主出府，剩下的去把水榭周围封死，眼睛看不见，便用耳朵听，只要有动静，即刻撒网救人，园子角落一个别放过，莫叫那人逃出去了。"

"是。"护卫们领命而去。

顾宪身上的虞公突然一动，他叫起痛来。

"夫子怎么了？"

顾宪道：“方才水榭中太乱，夫子不小心崴伤了脚，尽快离开此处吧，找医官来诊治。”

众人惶然：“周围伸手不见五指，我等对府内格局不熟，要是胡乱往外跑，说不定也会像虞公一样崴脚受伤。既然此处有灯，不如先进去歇一歇，待那女子被擒获之后再出去。”

顾宪抬头看了看院落里的灯笼，脸上有些迟疑之色，大伙却急不可耐地要往里头走了，滕玉意忙拽住杜庭兰。

杜庭兰会意，扬声道：“诸位且留步！”

众人讶异地停步。

滕玉意袖中的小涯剑开始发烫，赶忙在杜庭兰掌心写道：满府漆黑，独此处有灯，恐有诈。

杜庭兰依言说了，许多人开始起疑。顾宪看了滕玉意一眼，面露赞许：“滕娘子说得有理，你们若是不信，不妨试试火折，如果还是无法生火，这院落里的灯笼是谁点亮的？”

众人一试，果然无法点燃，惊惧之下纷纷往后退。

“果然不对劲，方才真是急昏了头。”

“好险，幸亏没进去。”

常统领骂道：“好个胆大的邪佞，竟敢跑到成王府来作祟。诸位莫要怕，我马上送你们出府，我在府中多年，无须灯火也能自如走动。”

众人栗栗危惧，簇拥着跟上常统领。滕玉意无意中一抬头，就看见卢兆安紧挨着常统领和静德郡主。

这人倒是惜命，知道此时挨着这两位最安全。

众人走着走着，前头又暗了起来，奇怪偌大一座王府，始终听不见下人走动的声音。

好在常统领走得又稳又快，有他带路，估计很快就要走出园子了。

夜色如墨，风声萧瑟，一路上没人敢开口，周围极为安静，耳畔只能听到彼此的呼吸声和脚步声。

黑暗的确能摧毁人的意志，大部分人已冷汗涔涔，虽说这么多人挨在一处，心里却没着落，突然有人哆嗦着道：“等一等！”

众人心口一缩：“怎么了？”

那人道：“我……我身后好像多了个人。”

这是李拾遗家小娘子的声音，她像是害怕到了极点，鼓足了勇气发出来的声音。人群里先是出奇静默，随即炸开了锅，个个抱头鼠窜，唯恐那东西就在自己身边。

众护卫分辨声响，拔刀往那边刺去，但那地方空空如也，别说那诡异女子，连李娘子都不在原位了。

有人急声道："李娘子！"

"李娘子！你在何处？"

众人接连喊了几声，均未听到李娘子答话，这么短的工夫，眼皮子底下居然又丢了一人。

常统领又惊又怒，要出府还有好长一段路，万一再遇到那东西怎么办？

旁边正是花厅，有人惊慌地爬上台阶推开隔扇门："我决不往前走了，不吓死也会被掳走。"

郑霜银心有余悸，也道："花厅里漆黑一片，门又关着，想来那东西不会在里头。不如找两个人在门口排查，剩下的一个一个往里走，等人到齐了再关门，这样总不担心那东西混进来。"

"对对对，这样最好，等什么时候世子来了，我们再出来也不迟。"

常统领道："也罢，我们在门口把关，确认过后再往里放人。"

静德郡主此时冷静了不少："常伯伯，出事的时候你们没在水榭里，恐怕认不出那女子的模样，除了护卫，还得留一个诗社的人帮着认人。可惜现在没有灯火，我们有眼如盲，如何分辨得出谁是谁呀？"

滕玉意取出小涯剑，只恨今晚连月光也没有，不然剑身上倒是有些独特的光亮，勉强可以照亮人的眉目。

常统领把刀身横到自己胸前，也是灰扑扑毫无光亮，不能再在黑暗中坐以待毙了。他急声问身旁护卫："刚才派了人去库房取夜明珠，怎么还不见回转？"

顾宪忽对身侧一位护卫道："把夫子接过去。"

那人只当顾宪背累了，忙将虞公背到自己身上。顾宪在怀中摸索了一阵，黑暗中突然浮现一团皎洁光莹之物，大约是夜明珠之类的物事，亮光虽说比不上灯盏，但至少能照亮眼前之人。

他将夜明珠举到自己面前，那光将他的脸庞映照得一清二楚，五官立体，肤色如玉。

"要不是常统领提醒，我都忘记身上带着此物了，这东西能照清相貌，不必担心那贼子蒙混过关。常统领，你先带人进去探路，留下两名护卫，同我一道在门口把关。”

常统领有些迟疑，顾宪毕竟是府里的贵客，但剩下的那些不是手无缚鸡之力的书生便是小娘子，论机变远不如顾宪，他也就不再啰唆：“就依顾公子。”

于是从常统领和静德郡主开始，一个一个排队往里进，轮到滕玉意时，滕玉意摸了摸小涯剑的剑身。小涯剑温润如水，想来里头没有不干净的东西，这才放心往里走。

常统领安置好阿芝，并不敢离去，但又牵挂外头的情形，只好握刀守在门口。

众人在花厅里盘腿而坐，虽然依旧伸手不见五指，但比起方才的亡魂丧胆，心里总算踏实了些。

滕玉意倚柱而坐，只觉得满腹疑团。那日静德郡主不过是去镇国公府赴宴，蔺承佑就逼着绝圣和弃智扮作婢女相随，今日郡主在府中开诗社，蔺承佑为何放心离去？

小涯剑屡次三番示警，那东西十有八九是邪佞。最近彩凤楼的妖邪破阵而出，蔺承佑不可能不在府内外设防，连青云观的阵法都拦不住的邪佞，究竟什么来头？

她从袖笼中取出绣帕，用其盖住了剑身，随后在小涯剑上写字：出来吧，我有话问你。

小涯剑静静地躺在绣帕底下，丝毫不见反应。

滕玉意接着写：哦，我知道，你怕了。

小涯剑突然开始发烫，表示很不服气。

不怕？那为何不敢出来？

杜庭兰虽然早知道这把翡翠剑有灵通，却也看不懂滕玉意的举动，低声道：“阿玉，你这是在做什么？”

她叫它出来帮忙。

她耐心地等了一会儿，只见绣帕往上一拱，里头有东西站了起来，正是小老头。

小老头躲在绣帕下面，沿着剑身走来走去。滕玉意继续用帕子做遮掩，写道：那女子是何物？

小涯盘腿坐下，在滕玉意的掌心上写道：我也不知道，非妖非魔亦非鬼。

滕玉意有些诧异，连小涯都不知其来历。

这东西今晚为何闯入成王府中？目的为何？

小涯：为你。

为我？滕玉意险些惊掉下巴。

小涯飞快地写道：这东西就是彩凤楼阵法下压着的另一物，在那之前就破阵而出了，不知为何盯上了你。我估计要么与你在二楼看到的幻境有关，要么就是怪你两次击中了金衣公子。

金衣公子？那位簪花的俊俏男妖？

滕玉意试着平复心绪：那日绝圣说过，这东西极有可能是尸邪。

小涯一愣：原来是尸邪，难怪我猜不出这东西的来历，这东西分明已经跳出三界外，不在五行中。

滕玉意：我方才虽然只瞥了一眼，但也看得到那东西分明是少女模样，说是花妖所化还差不多，哪像什么尸邪？

小涯：滕娘子，这你就不懂了，尸邪非魔非妖，相貌栩栩如生，能吃东西能饮酒，还能在日光下行走，如果不探其鼻息，根本看不出是死物。滕娘子，你完了，尸邪缠上你，怎么都躲不过去了。

滕玉意头皮一炸：你别告诉我，往后无论我走到哪里，这东西都会来找我？

小涯下笔沉重又有力：正是你想的这样。

滕玉意身子霎时凉了半边。

小涯：要是不想坐以待毙，只能想法子除了这东西。

滕玉意：莫要说笑了，当年东明观那位瞎眼祖师爷，道行何等高深，为了镇压这尸邪和金衣公子，连命都丢了。如今这东西破阵而出，连成王府的阵法都拦不住这东西，我又能如何？

小涯：还记得那日我跟你说过的事吗？我猜得多半没错，你能重新投生，极有可能是借了命。那晚在竹林中对付树妖，是为了救你的表姐，之后在彩凤楼连遇两妖，倒霉是倒霉了点儿，但或许也是你的造化，毕竟是送上门来的大妖，真要能将其除去，没准就能破了借命的诅咒了。

滕玉意：就凭一把小涯剑？我手无缚鸡之力，碰上这样的怪物，给我再神通的法器也是不成的。

小涯：是，你是只有一把小涯剑，但你狡诈多智，这不是还没开始嘛，怎么就提前认输了？

他们在这边沉默交流，花厅里的其他人也在喁喁细语，忽然窗外传来一阵奇怪的刮擦声，仿佛爪子之类的物事慢慢挠过窗棂。

小涯一震：滕娘子，你自求多福吧，那东西找来了，接下来就看你自己的了。

众人听到那怪响，莫不骇然地道："你们听到了吗？"

"听……听到了。该不是水榭里那东西追来了？此处留不得了，快逃。"

厅堂里顿时乱成一锅粥。

常统领一面查看后厅那排隔窗，一面喝道："且慢，或许只是风声，若是贸然跑出去，岂不正中了那贼子的奸计？"

说毕他凝神静听，那声响来自后窗而非前门，幽幽咽咽，低厉绵长，分明是夜风拂过窗纸所致。

"是后院里的风。"

大伙松了口气，却有人霍然起身道："不是风，那东西追来了，我们得赶快离开此处。"

众人怔了一下："杜娘子？"

滕玉意继续在杜庭兰掌心里写字，杜庭兰惊慌地说道："常统领，快请带路，再不走就来不及了。"

她这样说着，拉着滕玉意快步走到大门前。

这时黑暗里忽有人插话："常统领都说了是风，何必自乱阵脚？那怪物在暗处乘间伺隙，跑出去反而中了它的计。"

那是卢兆安的声音。常统领道："此话有理，火折子依旧点不着，集中在此处最妥当，万一跑散了，我等护不过来那么多人。"

护卫们唯恐怪物趁隙跑进来，赶忙把门重新关上。滕玉意眼里冒出了火，小涯的话不会错，那东西分明就在后窗外，他们再耽搁就来不及了。

但是被卢兆安这么一搅，众人都松懈下来，连同阿芝在内，个个重新盘腿坐在厅中。

情急之下，滕玉意轻轻掐了杜庭兰一把。杜庭兰只当鬼掐她，想也不想就惊叫出声："啊——"

这叫声活像被鬼掐住喉咙一般，大伙吓破了胆："杜娘子，你怎么了？"

杜庭兰的心跳得快从腔子里蹦出来，她叫完才意识到是滕玉意掐的，这一招出其不意，任谁都听不出有假。

杜庭兰又好气又好笑，她这个妹妹，被逼急了什么事都做得出来。杜庭兰硬着头皮又"惨叫"道："有鬼，有鬼在我耳边吹气！快走！"

众人腿颤身摇，也一窝蜂地爬起来。

滕玉意正要开门，心口忽然一凉，方才还能轻松拉开的大门，此时如同被封住了一般，无论她如何推，大门都纹丝不动。

护卫们意识到不对劲，忙帮着推大门，他们均有内力在身，推起门来简直地动山摇，试了一会儿开不了门，改而用刀劈、用脚踹，但这门仿佛化成了金门铜锁，他们折腾许久都没能开开门。

护卫们想起顾宪与两名护卫还在外头大门把守，忙冲门外大喊道："顾公子！"

然而他们连喊了数声，外头连一丝动静都听不到。

众人冷汗直冒，早知刚才听两位娘子的话离开就好了，这下所有人都出不去了。

常统领心知不妙，干脆把阿芝背在自己身上，喝道："即刻起，每人守住一扇窗，提防那东西突袭。"

滕玉意只恨眼前漆黑一片，否则凭她此刻的锐利眼神，定能将卢兆安身上剜出好几个洞。摸索了一会儿，她取出藏在身上的符箓塞入杜庭兰掌心里，写道：符，来。

杜庭兰心领神会，忙帮着滕玉意在窗口张贴符箓。护卫们免不了诧异："这是何物？"

杜庭兰解释道："那女贼尚不知是人是鬼，但必然是懂邪术的，这是我妹妹早前在青云观求来的符箓，贴在门窗上或可抵御一时。"

阿芝大喜过望："是哥哥他们道观的符箓吗？太好了！杜娘子、滕娘子，能给我们每人发一张吗？"

滕玉意取出那沓符箓掂掂分量，没带那么多，不过也够发一轮了，剩下的若是不够，可以两人合用一张。

杜庭兰忙高声道："郡主请稍等，待我和妹妹发放下去。"

于是她们一个带着护卫在窗上张贴符箓，另一个忙着把符箓分发给众人。

阿芝、虞公和各位小娘子一人得了一张，剩下的少年儒生，只能两人共用一张。

卢兆安跟一位姓胡的少年书生分了一张，只听胡季真诚恳地道："卢前辈，符箓放在你手中吧。"

卢兆安推拒："我长你们几岁，理当照拂后辈，这符箓你拿着便是。"

胡季真似乎对卢兆安极为钦服："卢前辈折煞晚辈了，符箓放在卢前辈手中才是正理，万一不幸遇险，晚生与卢前辈同进退便是。"

卢兆安没再吭声，看样子勉为其难收下了那张符箓。

有了符箓，众人一下子心安不少，纷纷道：“多谢两位娘子。”

杜庭兰温声说不用谢，又摸索着回到滕玉意身边，帮着贴剩下的符箓。

他们贴完了东西两面的格窗，外头再无怪声。滕玉意松了口气，这符箓多少有些威吓之用，蔺承佑他们应该快赶过来了，再挨一阵便能获救了。

正在这时，大门口突然响起了敲门声。

众人一惊，常统领喝问：“谁？”

顾宪道：“常统领，是我，快开门。”

护卫一愣，忙过去开门：“顾公子，请稍等。”

滕玉意想起前夜那位葛巾娘子也是因为擅自开门才出事的，忙要阻拦。常统领先她一步开了口：“顾公子，刚才你们去了何处？”

“方才府内漆黑一团，大伙逃跑时极易摔倒，我担心漏下了什么人，在你们进去之后，带着刘茂和柳泉在附近又找了一圈。”

常统领屹立不动：“顾公子心细如发，那……刘茂和柳泉回来了吗？”

外头马上有人应答：“常统领，刘茂和柳泉在此。”

常统领断喝一声：“你明明叫李茂，为何自称刘茂？”

那人苦笑道：“常统领，小人姓刘名茂，何时变成了李茂？小人记得昨晚常统领只喝了一壶酒，何至于醉到现在？”

常统领松懈下来：“是他们没错，开门吧。”

滕玉意仍不敢懈怠，但小涯剑始终不曾发烫，可见外头这三人并非邪祟，于是也不再拦阻。

护卫开了门，外头果是顾宪等人。

顾宪一手捧着夜明珠，一边撩袍迈入花厅，他身后那两名叫刘茂和柳泉的护卫也持刀紧随其后。

三人一进来，护卫们便迅速掩上门。

阿芝道：“宪哥哥，我刚才可担心你了。”

顾宪不答。

滕玉意抬头正对上顾宪的视线，背上不由得起了一层冷汗。顾宪手中那枚夜明珠无焰而有光，把他的表情照得清晰可见。他望着滕玉意，目光冰冷诡异，后头两名护卫也活像木头桩子似的，笑容凝固在脸上。

滕玉意拔腿就跑，门口那几名护卫齐刷刷拔出配刀。

常统领提气向后高高一纵："大厅东侧有个耳房，大伙先躲进去再说。"

众人呼喊着朝东侧跑去，滕玉意脑中乱糟糟的，小涯这老头居然坑她，这三人明明已成了邪祟的傀儡，小涯为何不向她示警？

她跑了一阵，突然又停下来，借着夜明珠的光亮撕了一堆窗上的符箓，将其胡乱塞入杜庭兰手中。

杜庭兰这才醒悟过来，边跑边喊："诸位！如果我们不开门，他们或许根本进不来，说明他们怕门窗上的符箓，大伙把符箓攥在手里，莫要丢弃了。"

众人呼啦啦拥向东边耳房，顾宪三人在原地微笑，仿佛笃定众人逃不了。

一片混乱中，外头又有人敲门，敲门声又急又重，像是等不及要进来。

刘茂木呆呆地过去开门，门一开，涌进来一阵冷风，朦胧的夜色中，台阶上投下一道窈窕的身影，那人身量足足比刘茂等人矮了一截，分明是位女子。

众人慌乱中扭头张望，顿时吓得牙齿打战。

"是……是水榭里那个小娘子。"

"什么娘子，是鬼吧。"

说话间，一小部分人逃进了东边耳房，剩下的不知是跑得太慢，还是被吓破了胆，迟迟不见过来。

滕玉意和杜庭兰匆忙地给耳房的两扇门贴上符箓。杜庭兰边贴边喊："此处最安全！快来！"

常统领把阿芝送到耳房里，又带着护卫们回去接应剩下的人，哪知顾宪等人突然开始追袭众人，吓得厅中的人又开始漫无目的地逃窜。

护卫们无处可退，只得硬着头皮迎敌，兵剑不知碰到了什么，犹如击在木头上，接着便是凄厉的惨叫声，一声比一声震心。

阿芝胆战心惊地道："常伯伯，你们不是她的对手，哥哥应该快来了，你们也进来吧，躲过这一时便好了。"

常统领喝道："依郡主的吩咐，先进耳房再说！"他一边指引众属下逃命，一边顺手将跑不动的虞公夹在自己腋下，仗着身手好来回奔跑了数趟，将后头的那几个一一送入了耳房。

滕玉意刚一关上门，就有人说："等等，还少了几个。"

就听外头胡季真惊声道："卢前辈，卢前辈，你我共用一张符箓，符箓还在你手中，你等等我。"

滕玉意离门最近，忙又打开门，只见花厅里隐约有团朦胧的光线，正是顾宪手中那颗夜明珠发出的。

借着这团光线，她瞧见两名书生模样的人逃窜而来。卢兆安冲在最前头，狼狈不堪，后头便是胡季真，看样子也使出了吃奶的劲，紧随在他们后面的，便是顾宪三人。

卢兆安前脚迈进耳房，顾宪后脚已经追袭到了胡季真背后，卢兆安扭头一看，顿时魂飞魄散，进来后两手把住了房门，欲将胡季真和邪祟一起关在门外。

胡季真双眼睁大："卢前辈！"

卢兆安咬了咬牙，再不关门连他也要遭殃，怪就怪胡季真自己跑得慢，于是二话不说要掩上门，孰料有人在他屁股后踹了一脚，一下子把他也踹回了花厅。

卢兆安跌倒时惊愕地回头，耳房里幽暗若漆，竟不知是谁踹了他。他只记得逃命时匆匆一瞥，门口恍惚站着个小娘子，可是那一脚委实太快，都没看清对方是谁。

容不得他再爬起来，衣领猛地一紧，有人把他整个人大力掼到了地上，而那头的胡季真也被刘茂捉住了。

胡季真哀号一声，明明就差一步就能跑进去了，却被卢公子挡在外头，看来逃不掉了，一定会血溅三尺。忽然有人从耳房里掷过来一个纸团，一下子砸中了刘茂的头冠，刘茂表情微变，缓缓松开了手。

紧接着有人跑过来，把胡季真往腋下一夹跑入耳房。

"滕娘子这法子好，邪物似乎很怕这符箓卷成的纸团。"

胡季真不由得喜出望外，救他的是常统领。

常统领一救回胡季真，就把房门掩上了，可这时房里又有人战战兢兢地道："等一等，卢公子好像被关在外头了。"

"卢公子不是比胡公子先进来的吗？"

"像是跑得太急没站稳，不小心又摔了出去。"

常统领一愣，放下胡季真道："那我再出去看看。"

滕玉意在杜庭兰手心里飞快地写道：别出去。

杜庭兰咬了咬唇，试着劝说常统领："常统领，那'女鬼'在花厅里，那三个人又像是中了邪，你这时独自出去未必救得了人，没准自己会受伤，横竖世子快回来了，不如再等一等。"

常统领正有此虑，如果连他也被困住，郡主这边就群龙无首了，但他若是不救卢兆安，此事被传出去难免损及成王府的名声。

因此他明知出去必定损兵折将，为着“仁义”二字，也不能坐视不管。

他想了想，低头将符箓贴到刀刃上：“无妨，今晚这境况不算太糟，好歹滕娘子身上带了青云观的符箓，只要把这符箓贴在刃上，不怕不能全身而退。”

他早年跟在成王夫妇身边，经历过不少惊心动魄的异事，虽说近年来长安城太平无虞，但老道长和小世子从来没闲下来过。

说起小世子，简直如魔星降世，满长安的小儿郎加起来都不如他淘气，偏偏清虚子道长对徒孙爱如珍宝，恨不能将毕生所学倾囊相授。

世子白日在道观学书符幻变，回府后也不闲着，不是捉些小鬼、小妖来玩，就是在府中挖地掘鼠，光自己一个人玩还不够，还逼着下人跟他一起玩。下人们躲不过去，整天叫苦不迭。

常统领这些年看得多了，也算懂些皮毛，他把符箓贴在刀刃上，倾身到门壁后细听，花厅里起先还能听见卢兆安的哀号声，刹那间就静了下来。他猜卢兆安已经落入了怪物手中，再不出去相救就来不及了。

他正要拉开门，门外忽然响起了指甲划过的诡异声响。

众人又惊又怕。

不知谁的牙齿打起战来，恐惧如同冰水，瞬间漫过了众人的头顶，有几位胆怯的小娘子不堪忍受这份煎熬，摇摇晃晃晕了过去。

常统领沉声道：“别再出去查探了，这东西分明在诱惑我们出去，现在只能死守在房中，能挨一刻是一刻。”

诸人瑟缩着挨在一起：“对对对，门上有符箓，女鬼应该闯不进来吧？”

“快，谁还有符箓，都交出来一起贴上。”

房里的人纷纷交出手中的符箓，不一会儿就将门缝和小窗都给堵上了。

房门乃柏材所制，极为厚重硬实，然而两扇门上，各自有一小框挂着纱幔，门缝也大，足可探入一指。不知何处刮来一阵冷风，门前忽然变得阴冷起来。

滕玉意一个劲地冒冷汗，没用的，这符箓只能挡得住顾宪之流，却根本奈何不了尸邪，它之所以迟迟不进来，无非是想多折磨折磨他们。

从成王府陷入黑暗的那一刻起，大伙的意志便一点儿一点儿被摧毁，瞧他们现在的状况，多像被圈禁在一起的笼中鸟。

尸邪在笼外逗弄他们，玩累了故意停下手，让笼中的人误以为自己逃出去了，但只要跑出去就会发现，他们不过是逃进一个更大的笼子而已。

估计对尸邪而言，整晚唯一的意外就是顾宪，他带着夜明珠，有光就意味着勇气。尸邪不想让人们看清自身的环境，便率先控制了顾宪的心智。

滕玉意咬了咬牙，难怪小涯对尸邪如此忌惮，这东西虽然是少女模样，却比世间最恶的邪魔还要难缠。小涯方才放弃示警，怕是已经猜到了诸人现在的处境。

她拔出小涯剑，在杜庭兰手中写道：让常统领护住我。

杜庭兰仔细琢磨一番，低声对常统领道："阿妹说她有办法对付怪物，但请常统领一定要护住她，无论她做什么，都别阻拦她。"

常统领疑窦丛生，转念一想，连符箓都是这位滕娘子拿出来的，料着她有些真本领，便应了。

门外的动静陡然大了起来，那少女像是有点儿不耐烦了，长指甲先四处抓挠一番，接着探入门缝，像小孩玩捉迷藏似的，一下一下拨弄里头的符纸。

滕玉意再不迟疑，把剑插入门缝。

房里的人吓得抱成一团，在黑暗中待久了，五感变得空前敏锐，众人隐约瞧见滕玉意的动作，慌忙拦道："滕娘子，你这是要做什么？"

滕玉意顾不上与众人解释，她那一剑正对尸邪的手指，只恨让那东西侥幸躲开了。她正凝神分辨尸邪的声响，希图下一次扎得更准，突然听到右边纱幔有动静，她忙转动剑尖，又一次狠狠扎了过去。

这动作瞧在众人眼里，像是在蓄意破坏门上的符箓。房中人沉不住气了："滕娘子，你把符箓都给划破了，还如何抵挡外头的妖邪？"

常统领虽答应护住滕玉意，见状也有些纳闷。

杜庭兰忙帮着解释："我妹妹这把剑是道家法器，一向有驱邪除祟之效，她临时用这剑抵御，应该是觉得符箓抵挡不住那女鬼了。"

房里的人益发激动："胡说！若没有青云观的符箓，我们安能在房中避难？你拿把不知名的剑肆意破坏救命符箓，究竟是何居心？"

杜庭兰愣了愣，不知是不是错觉，她隐约觉得这些人不对劲。

又有人愤然道："我知道了，这个滕娘子行事鬼祟，说不定已经被怪物控制了心智。当心她毁坏符箓，快叫她住手。不，我看她这是存心要害人，大伙先制住她再说。"

杜庭兰心头猛跳，忙高声道："常统领，别忘了你刚才答应过护住我妹妹。"

这时有人探身抓向滕玉意，被常统领出手一拦，他沉声喝道："你们在做什么？！方才滕娘子一直在房中，哪有机会变成傀儡？怎么你们一个个像犯魔怔似的，先朝自己人动手了？！"

但诸人的反应已然不受控制："常统领，你别被她唬住了，她分明是那妖怪的同伙。"

"没错，这样下去我们迟早被她害死。"

"杀了她吧，不然我们一个都活不了！"

滕玉意注意力虽放在门外，脑子却一刻不停，听到房里人转眼就喧腾起来，心里说不出地震骇，这些人短短工夫就被迷了心窍，只能与门外的尸邪有关。

看来尸邪的确有些怕小涯剑，否则怎会驱动众人针对她？

事到如今只能赌一把常统领的心性了，他可是成王府的腹心股肱。他能稳住众人最好，要是连他也被蛊惑，那么谁也别想逃了。

门外的东西仍在徘徊，滕玉意试着摒除杂念刺出第三剑，可这时背后早已乱成一团，甚至有护卫朝她抓过来："还愣着做什么，必须除掉她！"

常统领一惊之下，用刀柄将对方挡开："你们莫不是疯魔了？！滕娘子真有问题的话，耳房门早就被打开了，哪用得着你们在她背后喊打喊杀？"

不料那护卫一拳打向常统领的面门："好哇，看来你也不对劲，你们都是妖邪，再拦着连你也不饶！"

常统领惊怒交加，左手挺刀格挡，右手一个巴掌甩过去："睁大你的狗眼看看我是谁！一个个糊涂成这样！我看妖怪不用费一兵一卒，足可以让我们自相鱼肉。"

那人似乎被这个耳光打蒙了，愣了一愣，终于垂下了胳膊，然而很快又有人扑过来："少啰唆！杀了她！"

吵嚷声中，就连老迈的虞公也颤颤巍巍地开了腔："杀了她，喀喀，杀了她。"

杜庭兰无力控制这个局面，不由得双腿发软。滕玉意却始终心沉如铁，她不知道常统领为何没被蛊惑，不过看样子还能支撑一阵。门外的尸邪存心跟她玩游戏，她也在耐心等待最佳的时机。

尸邪的声音与寻常少女无异，口里喃喃咕咕，像在抱怨着什么。她慢悠悠地把手搭上房门，忽地又缩回去，估计觉得这游戏很好玩，不断发出清脆的笑声，接连试了几次，存心在逗弄滕玉意。

滕玉意每每晚了一步，假装气得跺脚。那东西察觉滕玉意的恼怒，似乎很得意。

滕玉意为了让自己的愤怒逼真些，一边故意刺不到尸邪，一边在脑中回想自己是如何被蔺承佑暗算的，一想到嗓子被此人害得说不出话，心火噌噌就冒了上来。

尸邪反复试探了几回，终于攒足了耐心，出其不意地划破扇格上的纱幔，便要抓向房内滕玉意的胸口，不料这一回，滕玉意出手空前地快，一剑刺出去，刃尖直对那东西的手背。

去死吧！滕玉意心想。

尸邪躲闪得算及时，依旧被划破了一道伤口，吃痛之下，尸邪叫起来，门外刮过一阵阴风，重新回归岑寂，连同房内那股萦绕了许久的令人心悸的阴冷感，也一并消失了。

滕玉意大声喘息，那东西凶力非凡，被扎了一下不至于法力受损，之所以遁走，想是头一回遇到小涯剑这样的法器，等尸邪弄明白怎么回事，必然会再次过来，不过好歹拖延了一阵，只盼蔺承佑能在这当口赶回来。

可没等她缓过劲，背后又有人朝她抓来："常统领，你没瞧见吗？她把房门弄破了，她是妖怪的同伙，快把她杀了。"

尸邪虽然遁走了，房中人却越来越激动。常统领和杜庭兰以一抵十，渐渐疲于应对。

杜庭兰情急之下大喊起来："你们这是要做什么？没听见吗？方才妖怪想进来，是妹妹挡住了！"

常统领喝道："一个个疯得没边了，把刀放下，别逼我教训你们！"

护卫再次挥刀砍向常统领："我算明白了，常统领也是妖物的傀儡！好，先杀你，再杀她！"

其他人也纷纷捋袖揎拳，要合力对付挡在门口的这三个人。

"住手！"忽然有人喝道，"你们疯够了没有？"

那声音清脆天真，分明是阿芝郡主。

阿芝吃力地分开人群走到滕玉意身边，焦声道："我听得很真切，那女鬼一直在外头滋扰，是滕娘子挡住了它，她要真是女鬼的同伙，何必抵挡，直接放它进来不就成了？"

众人只安静了片刻，又嚷起来："郡主，你糊涂了！"

"我清醒得很，糊涂的是你们！"静德郡主张开胳膊挡在滕玉意身前，她年岁尚小个头不足，又圆溜溜的，尽管已经努力挺胸凸肚了，震慑力也相当有限。

"我看谁敢妄动，有我在，谁也别想动滕娘子！"

毕竟是府里的小主人，护卫们哪怕心智迷糊，面对阿芝郡主也有种出自本能的爱护，手里的兵器虽然没放下，却好歹没再一拥而上。

阿芝郡主松了口气，扭头悄声问滕玉意："滕娘子，你是不是会道术？你用什么法子赶走的妖邪？”

她问完才意识到滕玉意说不了话，不由得暗自焦急，忽觉一只温软的手捉住她，在她掌心写道：阿芝别怕。

阿芝愣了愣，她和滕娘子才见两面，滕娘子怎么会知道她小名叫阿芝？滕娘子叫得如此顺口，倒像以前就认识她似的。

纳闷归纳闷，她不忘回道：“滕娘子也别怕！你放心对付女鬼吧，我会看住他们的！”

滕玉意本来心弦紧绷，听到这话忽然触动了一下，人与人的缘分有时真说不清，前世阿芝与她一见如故，今生两人好像又古怪地牵扯在了一起。她在阿芝掌心又写了句：阿芝别怕。

写完她便凝神静听外头的动静，阿芝这一站出来，房中总算安静了少许，然而没多久，门外忽又刮起了阴风。

滕玉意再次攥紧小涯剑。尸邪这回似乎做足了准备，竟不再用指甲扒拉纱幔。她想不到尸邪会再用什么法子袭击他们，一时间冷汗直流。

忽然脑中白光一闪，她用余光瞥向身侧的阿芝，早就觉得奇怪了，房里的人被尸邪一蛊惑，无论长幼，个个失魂丧智，方才叫嚣着要杀她的人当中，甚至有虞公和郑霜银这等饱读诗书之人，唯独阿芝和常统领始终保留着自己的神志。

该不会他二人身上也藏着什么道家法器吧，能抵挡尸邪的蛊惑，估计不是寻常器件。

她飞快地在阿芝手中写了一句话。

阿芝忙问常统领：“常伯伯，哥哥是不是给过你什么防身的物件？”

常统领愣了愣，很快从自己颈上取下了一个小绣囊：“世子小时候画过的一张符，放在绣囊里给了小人，叫小人日日佩戴，说可抵御邪祟。小人这些年戴习惯了，也就不曾取下。”

原来如此，阿芝是蔺承佑的亲妹妹，身上想必也佩戴着这样的护身符。滕玉意又在阿芝掌心里写了一句话。

阿芝点点头，踮脚在常统领耳边交代了几句。

常统领应了一声。

滕玉意便故意挥剑把门上的纱幔一一划破，如此一来，花厅里夜明珠的那点儿光亮顺着两边的破洞照进来。

尸邪在门外徘徊，与上回不同，这次它似乎失了耐心，眼看滕玉意出手，它将双手搭在门框上，咯吱咯吱一阵轻响，把门扉慢慢捏成齑粉。

滕玉意咬了咬唇，常统领没了护身符只怕也撑不了多久，但总比一屋子人马上葬身在这怪物手下要强。

她故意卖了个破绽，剑尖径直刺向尸邪的右手。尸邪像是早料到会如此，右手陡然往后一缩，同时笑嘻嘻地探出另一手，欲要扣住滕玉意。

滕玉意险险一抽，右脚轻踢常统领。常统领果然依言把绣囊扔了出去，那东西正全力对付滕玉意的小涯剑，不提防又有人敢暗算自己。

常统领这一下运足了内力，绣囊去若星火，准确击中了尸邪的面门，只听扑哧一声，尸邪的皮肉迸逸出一阵腥秽的恶臭。尸邪像是无法忍受疼痛，迅速往后退去。

滕玉意和常统领等人都大松了口气。

尸邪一边跑一边发出少女的哭泣声，宛若受了无尽的委屈，音韵幽凄，缠缠绵绵，一声又一声，牵扯人的心肝。

哭声飘进来，护卫们登时双眼发直："你们走开，让我们杀了她！"

阿芝喝道："再敢放肆，回头我叫哥哥狠狠责罚你们。"

护卫道："郡主，看来你也被妖怪蛊惑了，那就别怪小人得罪了。"

说话间护卫们便要动手，常统领大惊失色，扬掌就要劈开那个护卫，这时后窗突然被破开，有人飞纵进来。

那人手持一盏琉璃灯，一脚踹中护卫的心窝，厉声道："被妖怪一唬，连主子都不认了？！"

护卫被狠狠踢中，狼狈地向后一倒，呼啦啦压倒一大片，众人慌乱抬头，方才死活点不着的火折子，轻轻松松被来人点亮了。蔺承佑手中的琉璃灯光明耀目，瞬间照亮房间每一个角落。

阿芝狂喜道："哥哥。"

护卫们晃了晃脑袋，眼神倏地清明起来："世子。"

滕玉意大松了口气，这厮总算来了。

蔺承佑面色如霜，目光冷厉，迅速将阿芝拽到跟前，像是要确认妹妹安然无恙。

绝圣和弃智紧接着跳入："各位道长，就在这边，麻烦快点儿。"

两人一先一后落了地，不提防房中有这么多人，好险才站稳："师兄！"

蔺承佑把琉璃灯扔给绝圣，抬脚就将那扇厢房门踢破："给这群蠢东西灌点儿符汤进去，省得连爷爷我都不认识。”

绝圣和弃智掏出符箓，连忙分头行事：“师兄，东明观的五位道长刚才就在我们后头，转眼就不见了。”

“废话，人家走的是正门。”

这话刚说完，花厅里传来杂沓的脚步声，有人夸张地怪叫：“哎呀呀，不得了，金衣公子把我们耍得团团转，原来尸邪直奔成王府来了。”

蔺承佑面若寒霜，抖开手中的锁魂豸。

阿芝满脸畏惧，忙拉住蔺承佑：“哥哥，那东西就在花厅里，它几次要闯进耳房害人，多亏了滕姐姐用法器抵御才没让它得逞。”

蔺承佑看一眼滕玉意，果见她白着脸紧攥小涯剑，再看那两扇被踢破的房门，上头抓痕宛然。

“它这是嫌自己在地下待的年头不够久，等不及要被踢回土堆里了。放心，它刚才怎么吓唬你们的，我加倍给它吓唬回去。”

他不放心再把阿芝交给旁人照管，亲自背着阿芝，腾身飞掠出去。

第十一章

玄音玲

绝圣和弃智发了一轮清心丸，又请常统领吩咐厨司熬制大量符汤，待屋里人差不多都恢复神志了，便跑到滕玉意跟前道：“滕娘子，你没事吧？”

杜庭兰忙道：“妹妹现在说不得话。”

绝圣和弃智一愣：“怎会说不得话？”

滕玉意用剑柄在杜庭兰掌心里写了几个字。杜庭兰低声道：“世子给我阿妹下了哑毒，不知两位小道长有没有解药？”

绝圣和弃智一惊，师兄怎会给滕娘子下哑毒？唉，不过话说回来，师兄和滕娘子自打相识就没消停过，不是师兄给滕娘子的法器施咒，就是滕娘子用暗器射伤师兄，不是滕娘子弄哑师兄，就是师兄弄哑滕娘子。

“我们没解药。”弃智急得团团转，“师兄现在忙着对付尸邪，估计没空再理会别的，待我问问师兄，找机会把解药讨来。”

滕玉意感激地点点头，不指望能讨来解药，但试试总没错，又让杜庭兰问他们：“小道长今晚去了何处？”

“别提了。”绝圣懊丧地道，“我们中了金衣公子的调虎离山之计。师兄近日不是安排了大量僧道在长安城内外巡逻吗？下午城郊那几位前辈突然进城求援，说在城外一座庄子发现了十来具干尸，一查都是附近的居民，均被咬断脖颈的血管而亡，还说附近庄子有两位小娘子刚被掳走，怀疑正是尸邪和金衣公子所为。

“师兄为了救人，二话不说带着东明观的五位道长赶到城外，好不容易循着凶尸逃窜的踪迹把人救下，又及时封住了凶尸，结果发现只是普通尸煞而非尸邪，他知道不妙，临时从城南往回赶，但毕竟隔了大半个城，差一点儿就没赶回来。唉，师兄头一回被妖物算计，估计现在窝了一肚子火。”

弃智补充道：“这也就罢了，滕娘子、杜娘子，你们可能不知道，师兄走之前，特意在成王府内外布下了九天降魔阵，这是集道家之大成的神章第一阵，什么邪魔都得畏阵而走，师兄从头两日就开始布阵，费了不少心力，本以为你们在府中绝对无恙，没想到尸邪还是闯进来了。”

滕玉意和杜庭兰对视一眼，难怪蔺承佑脸色那么难看。

“不过幸亏有这阵法镇守，尸邪没办法再找别的帮手，不然等它招来金衣公子或是低阶凶尸，府内外现在只怕已经血肉横飞了。”

这时常统领安排完事项回来，闻言道：“怪不得尸邪整晚都是孤身一人，就算临时想找帮手，也只能把人变成傀儡。孟司徒和李补阙的小娘子失踪了，顾宪公子、刘茂、柳泉都被蛊惑了心智，哦对了，还有卢兆安卢公子，不知世子现在找到人没，此处劳烦两位小道长看管，我得赶快去调派人手帮忙。”

弃智和绝圣忙从怀中取出符箓道：“常统领当心些，这是师公云游前画的符箓，比我们画的要强，常统领带在身上可以挡煞。”

常统领把符箓收在怀里，自行去找蔺承佑。

绝圣一边查看众人恢复的状况，一边对滕玉意道：“师兄说当年是东明观的祖师爷镇压了两怪，要想捉住尸邪，少不了东明观的帮助，所以师兄把五美仙道也带来了，就怕刚才这一乱，让尸邪给跑了。”

绝圣料得不错，不过半盏茶的工夫，常统领便去而复返，说尸邪早在世子回府的时候就跑了，世子沿路追袭了一阵，半点儿线索都没有。好在丢了的人都找回来了，孟娘子和李娘子被扔在园中的茶花丛里，顾宪等人则被投入湖中，幸而顾宪早在被符箓卷作的纸团扔中时，神志就恢复了几分，落水后被冷水一激愈加清醒，撑着一口气，勉强游回了岸上。

正好赶上青云观的修士们到处找人，顾宪便指引他们把卢兆安等人都捞了上来。他们上岸后经一番施救，好歹都活了下来，只是仍未全醒。卢兆安伤得最重，当场被卸掉了两条胳膊。

蔺承佑除了给他们祛毒，还另找了医工来诊视。现在伤者已被安置在厢房，正等着修士们喂送符汤。

说话间，下人们送安魂汤来了。众人在绝圣和弃智的鼓励下，小心翼翼地出了耳房，只见花厅里一片狼藉，活像被狂风暴雨扫荡过，大门破了，后窗也折了大半，矮榻、桌几、绳床被砸得七零八落。

弃智说尸邪操纵起傀儡来，能叫一个病弱之人力大无穷，况且方才被操纵的还是三名少壮男子，没把整座花厅拆了就算侥幸了。

众人刚喝下安魂汤，蔺承佑就背着阿芝进来了，紧跟其后的是几个白胖的老道士，分别是见天、见仙、见美、见乐、见喜。一行人衣冠还算整齐，只是面色极不好看。

其中一个老道士一边走一边道："累杀老道了，也不知道当年祖师爷怎么捉到它的？这东西委实太难缠。"

另一个老道士嘟着嘴，满脸不高兴："贫道现在腹内空空，不知府上可准备了胡饼或是馎饦？叨扰世子，随便来一碗填填肚子也好。"

"哎哎，世子最是惜老怜贫，捉了这半晚妖，世子怎舍得只拿胡饼、馎饦打发我等？少安毋躁，等着厨下做素馔吧。"

这五道一进来就七嘴八舌，简直把成王府当作自家道观。众人愕然相顾，滕玉意却恬不为怪，早在上回去东明观解煞灵环时，她就领教过这"五美仙道"的风范，一个个又贪财又聒噪，不像有修为的道士，倒像市井中的泼皮，她只是没料到，这些人在外头也如此恣意。

"世子，夜宵不必弄得太烦琐，四菜两汤即可。"五道哼哼着走到上首，相继在席上趺坐下来。

蔺承佑吩咐下人："你们听见了？五位上人捉妖累了，正要好好进补，先来十七八道素馔，别饿着上人了。"

下人们作揖而去。

花厅里的人虽说惊魂未定，听了这话不免低头发笑，下午举办诗会的水榭里悬了一块匾，上书：圣人量腹而食，贤者戒于奢逸。

字体从力道来看仍有些稚嫩，不知是世子和二公子幼时写的，还是现在的阿芝郡主写的，总之无论是谁写的，都能看出成王府在饮食上不主张奢逸。蔺承佑吩咐厨司给五美道士做这么多夜宵，分明是在讽刺五道"不圣不贤"。

五道哪听得出这个？他们只当蔺承佑有意抬举自己，脸上越发高兴，可没等他们得意多久，又听蔺承佑道："即日起，道长们就在府里住下了，一日不捉到尸邪，一日不能怠慢道长。你们去东明观把五位道长的衣裳、巾栉都取来。"

五道脸上的笑容一滞。

"世子，这就不必了吧。"

蔺承佑“哎”了一声：“我看很有必要，五位道长神龙见首不见尾，前几日每回要商量布阵捉妖的时候，都找不到你们的踪影，不如集中在一处，省得来回耽搁工夫。”

五人傻了眼，整个长安城，他们最嫉妒的就是清虚子了，只要青云观有什么风吹草动，必然逃不过他们的五双小眼睛。说起清虚子的这个小徒孙，他们也算看着他长大的，这小子折腾人的本领他们深深领教过，他们真要被关在成王府，深更半夜都可能被蔺承佑提溜起来捉妖，不消过上半个月，他们这把老骨头就要交待在成王府了。

“不必了！”见仙道长率先站起来，笑道，“叨扰了整晚，事已毕，我们也该告辞了。明日世子若是要商量捉妖的事，不拘什么时候，叫人给东明观送个信即可。世子不必相送，我等先走一步。”

五个人拔腿就要溜，哪知马上有下人乐呵呵地围上来：“道长们且留步，素馔已经开始做了，浴汤也已备妥，等世子与道长们商议完捉妖的事，道长们就可沐浴用膳了。”

蔺承佑看着五道被架回原位，这才对身边几位老仆道：“书房里放着一堆我从尚书省和大理寺弄来的卷宗，你们把东西搬来，这边急等着用。”

老仆急忙下去布置。

蔺承佑便要把背上的阿芝放下。阿芝脸色一变：“阿兄，我怕！”

蔺承佑摸了摸阿芝的额头，又探探她的脉息，确认妹妹方方面面都好得很，便扭头对阿芝说：“别怕，妖怪被阿兄打跑了，府里现下安全得很，你都九岁了，又不是小孩，下来吧，阿兄还有要事要商议。”

阿芝委屈地撇嘴：“那阿兄不能离开我。”

“阿兄就在你身边。”

阿芝又磨蹭了一番才下来，小手依旧死死攥着蔺承佑的手。

蔺承佑只好牵着妹妹向满屋子的人赔礼：“今日诸位受邀来赴诗会，怎知出了这样的事，连累诸位受惊，某心里极愧怍，方才已给诸位喝过符汤，若是仍觉得不适，某再请余奉御给诸位请脉。”

众人先前就听绝圣和弃智说明原委了，成王府内外有大阵，论理说是城中最安全之所，出了这样的事，蔺承佑自己也万万没想到。众人想着今晚连静德郡主也被吓得半死，蔺承佑此刻的心情绝不会比他们好受，即便有人怀着糊涂心思，也都瞬间抛下了，忙还礼道：“今晚那邪祟说来就来，成王府说来受损最重，世子何须愧怍，不过是无妄之灾罢了。”

这时候那几位老仆捧着好些托盘，一进来就对蔺承佑道：“世子，取回来了。”

滕玉意放下手里的汤碗，抬头就看见盘子里堆着数卷竹简，看着有些年头了。

蔺承佑让老仆们放下托盘，又冲众人道：“尸邪闯进成王府，意不在尔等，稍后我令东明观和青云观的道士相送，确保诸位能平安回府。若是仍觉得害怕，可在成王府将歇一晚，等天亮再回府也不迟。”

今日参加诗社的大多是少年男女，年纪最长的十七八岁，最小的譬如阿芝和王拾遗家的小娘子，还不到十岁。他们原本喝过安魂汤就想告辞了，只因畏惧尸邪才迟迟不敢动身，听蔺承佑安排得这般周全，当即纷纷起身，除了几名文官家的小娘子打算天亮再走，余下的都随道士们出了府。

阿芝让婢女领那几位小娘子去客房安置，一转眼的工夫，花厅里只剩寥寥几个人。

蔺承佑看人走得差不多了，弯腰从托盘里捡起一卷竹简道：“这尸邪看着才十六七岁，既要对付它，首先得弄明白它生前究竟是什么人。”

绝圣跟弃智眉来眼去一番，忽道：“郡主方才说，今晚那妖物来时，是滕娘子用法器抵挡了一阵。师兄，要不让滕娘子说说那尸邪是何情状？”

东明观的道士早就眼馋滕玉意的翡翠剑，听了这话来了精神：“哦？光凭这把剑吗？滕娘子，烦请你说说当时的情形。”

滕玉意指了指自己的喉咙，叹了口气，表示自己很想说，怎奈开不了口。

弃智趁势开口：“师兄，捉妖要紧，只要滕娘子能开口说话，兴许疑团都能解开了。”

阿芝摇晃蔺承佑的胳膊：“哥哥，你快想法子帮滕娘子解毒吧。”

滕玉意看蔺承佑脸色不佳，胸口那口恶气多少纾解几分。蔺承佑这算是搬起石头砸自己的脚了，前脚给她下毒，后脚尸邪找上门来，虽说正是因为他的九天降魔阵相护，才致使尸邪没法大开杀戒，但毕竟他们在耳房里被吓得不轻，他不知道也就罢了，知道了心里一定不是滋味。

蔺承佑不痛快，她就痛快了。

看他迟迟不吭声，她也不着急，今晚只有她与妖物正面交过手，他一定想从她口里知道些线索，这毒他不解也得解。

哪知蔺承佑瞧了她一阵，若无其事地咳了一声道：“滕娘子的事我另有打算，先说尸邪的来历。”

绝圣和弃智一愣。滕玉意额角一跳，险些从席上站起来。杜庭兰一把将滕玉意拽住，倾身在她耳边道："先别急，你现在不能说话，吵架也吵不过他，他如果不想给你解毒，早就把我们俩强行送走了，先看看再说。"

滕玉意调匀呼吸，重新露出恬淡的笑容。

五道一个劲地催促："世子，尸邪究竟什么来历？"

蔺承佑拆开一卷竹简，正色道："要对付尸邪，首先得弄明白尸邪生前的遭遇。若不是百年前东阳子道长在他们观里的志异上写过一段话，我也查不出这尸邪生前是何人。可惜百年前的东明观志异保存到现在，只剩下些残编断简了，我整理了这几天，才多少有点儿头绪。如果我没猜错，应该就是这个人了，此女死了足有一百年了，殁时正好十六岁。"

滕玉意一直奇怪尸邪为何会盯上自己，顿时被这话勾起了好奇心。绝圣和弃智也撇下了解毒的事，竖起耳朵仔细听。

阿芝等不及下人伺候，亲自把灯盏移近："哥哥，这女子什么来历？"

竹简已经出现了破损，幸而里头字迹还算完整，估计是做过特殊的封固。

蔺承佑点了点竹简上的某处："东阳子在志异上写，当年他为了追寻尸邪的踪迹，一路追到了长安南郊樊川，那附近有座荒废的庄子，里头有一处墓穴，墓穴里头只剩一具空棺，方圆十里都煞气冲天，从坟茔前的墓碑来看，墓主卒于庚戌年，死时才十六岁，死后十年化为尸邪。

"庚戌年，正是前朝覆灭之时，也就是说，女子殁的那一年正好天下大乱。彼时前朝皇帝逃至广陵，并在广陵被俘，不久之后，国灭。

"东阳子天生一双盲眼，知道了尸邪的生卒年，当即带着两个徒弟把墓穴里头摸了个遍，结果一无所获，那块墓碑仅仅记录了女子的生卒年，关于她生前姓甚名谁、父母族氏、因何而死……一概没留下记录。东阳子不清楚尸邪的底细，自是找不出尸邪的弱点，所以哪怕他身负高深道术，后来跟尸邪和金衣公子交手时，还是不幸遇难。"

东明观五道齐声痛哭起来："我可怜的祖师爷啊！"

蔺承佑哪容他们聒噪："多亏了东阳子前辈的这番记载，我确定了尸邪的生卒年和生前墓穴的位置。只要有了这两点，事情就好办得多了。昨日我到尚书省去查前朝史料，可惜因那场大乱，前朝许多史料付之一炬，光凭女子的生卒年查不出个所以然，我只好改而从埋葬那女子的樊川废庄入手，我查了百年前的前朝舆志才知道，这座所谓废庄正好坐落在前朝那位废帝的一座行宫里。

“因为一场战火，行宫被付之一炬。东阳子道长毕竟目不能视，察觉那行宫荒烟蔓草，误将其认作了荒废的村庄。”

滕玉意暗暗点头，寻常百姓岂有机会翻查这些前朝史料，无怪乎那位东阳子道长至死都查不出尸邪的生平了。

众人惊住了：“被埋葬在废帝的行宫里，这女子是宫女还是皇族？”

“皇室或是妃嫔，否则不会在行宫里开凿坟茔，但就不知为何要隐瞒身份，死后只立了一块无名碑。”

见仙道长道：“会不会是那位废帝强掳来的姬妾？生前被当作禁脔，死后无名也不奇怪。”

此话颇为不雅，杜庭兰脸色一红。

蔺承佑瞟了一眼阿芝，阿芝两手托着胖乎乎的腮帮子，听得津津有味。他皱了皱眉：“太晚了，明早你还要回宫里，先回去歇着吧。”

阿芝当然不肯依：“我不歇，我也想知道尸邪的来历。”

“不是害怕了？”

“我早就不害怕了，我就想听阿兄说故事。”

蔺承佑把阿芝提溜起来背着她往外走：“明日阿兄再给你说故事，今日太晚了。”

阿芝在蔺承佑背上扭来扭去：“我不！我想再听一会儿。”

但她怎么拗得过蔺承佑，很快就被强行送走了。

花厅里剩下的人互相看了一眼，见美捋了捋须，主动开了腔：“就算是废帝的禁脔，也该有个姓氏，或叫许氏，或叫张氏，不至于一字不留。”

滕玉意“嗯”了一声，的确太不寻常了，帝王以万民为子，哪怕那女子的来历再见不得光，只要废帝存心替她拟个冠冕堂皇的身份，绝不算什么难事。

蔺承佑回到花厅，重新展开一卷竹编：“我知道了那女子可能是皇族中人后，就把所有关于尸邪的记载都查了一遍。师公曾说过，尸邪逢乱世而生，逾百年方能得一尸。要成尸邪，三者不可缺其一。弃智，你来。”

弃智冷不防被师兄抓住考功课，倏地挺直脊梁：“做尸邪的人往往命格阴诡至极，要么体格强健过人，要么百病缠身。此其一。”

众人心下犯起了嘀咕，废帝广御天下，不知见过多少美人，论理不会费心供养一个注定活不长久的病秧子，估计这尸邪体魄异常强健。

“其二，所谓‘尸邪’，少不了一个‘邪’字。能做尸邪者，往往生前就性情凶戾，凡是心存善念或是不够凶邪者，死后都不能应化天地煞气而生。”

滕玉意暗暗点头，这话倒不差，今晚尸邪一步步把众人逼至绝境的手段，委实让人不寒而栗，想来生前便坏透了，死后加倍恶毒。

弃智接着道：“其三，尸邪非枉死不可得。只有枉死之人，戾气才能在断气之时到达顶点，加之赶上乱世，赤星见于东方，白彗干于月门，阴阳勃蚀，天地气反，方能化出这至邪至凶的尸邪。”

蔺承佑补充道：“我刚才就说了，尸邪死的那一年，恰赶上前朝倾覆，可谓天时地利人和，所以这个尸邪只用了十年就破土而出。”

见美流泪叹道：“当年祖师爷死于尸邪之手，如今它再次出来作恶，我等身为东明观的弟子，怎能坐视不理？”

见喜用袖子拭了拭泪，愤愤然道：“尸邪姓甚名谁？生辰八字如何？吾等只有知道这个，才能克制它。世子可都查清楚了？”

“道长太瞧得起我了。”蔺承佑道，“再急也只能一步一步查不是？我翻遍了留存下来的史料，关于樊川行宫的记载寥寥无几，倒是在茂德五年，有位专门记载帝王言行的殿前拾遗曾写道：端午，扬州司马进献了百只糖蟹，今上当即令送五十只往樊川行宫。

“糖蟹向来是贡物，以鲜肥者为上品，一枚足值百金，需由广陵快马送来长安。废帝嗜食糖蟹，却能如此割爱，可见他对行宫主人有多看重。茂德五年那女子才七岁，如果那时候便住在行宫里了，那她很有可能不是废帝的妃嫔或是禁脔。”

众道骇然：“难道是废帝养在宫外的女儿？”

蔺承佑摸摸下巴，没说是，也没说不是。

滕玉意和杜庭兰互望一眼，既是公主，有什么见不得光的？

众道七嘴八舌说开了：“就算公主的生母身份卑贱，废帝给个封号即可，何至于公主死后空得一块无名碑？”

“是啊，从没听说过公主生前只能住在行宫，死后不能认祖归宗的。”

蔺承佑道：“光从尸邪身上想，这点的确想不通，那么何不想想尸邪的母亲，也许这位尸邪母亲的身份不堪见之于世，所以连同尸邪也没有姓名。”

滕玉意睫毛一颤，这话的意思已经很明白了，不论公主母亲的身份有多低微，只需一道圣旨便可顺理成章成为帝王的女人，除非这女子一辈子不能堂而皇之伴在皇帝左右。

五位老道齐齐睁大了眼睛：“世子该不会是说，尸邪的母亲另嫁有夫，所以尸邪虽是公主，却无法认祖归宗。”

蔺承佑道：“我只是猜测，或者是……”

这话他该不该说？刚才只顾着把妹妹哄去睡觉，却忘了还有滕、杜二人在场，他自恃脸皮极厚，居然也有说不出口的时候。罢了，滕玉意聪明得很，不说也能猜得到。

诸人愣了片刻，心里慢慢有数了，还有一种可能，就是废帝行幸了某位大臣的妻子，甚或有乱伦之举，譬如母妃、堂姐妹之类。废帝与之生下一女，却因为要顾全皇室颜面，一辈子都不能认这个女儿。

也许后来废帝也曾考虑过替私生女找个大臣认父亲，却因为国破家亡，没来得及上宗谱，是以尸邪死后只落得一块无名碑。

厅内一阵静默，滕玉意眼观鼻鼻观心，假若真是如此，尸邪缘何一直被偷偷养在行宫就说得通了。

见喜咳嗽一声打破尴尬：“这已经是百年前的事了，若不是当年祖师爷在樊川废庄子里找到尸邪破土而出的那块墓地，后世恐怕永远无从推测尸邪的身份。祖师爷又没法弄到前朝史料，估计就算猜到了什么，也觉得许多地方说不通，不怪他仙逝前写下的那本志异语焉不详。”

弃智奇道：“师兄，还有一点不通，师公说尸邪喜欢独来独往，为何会跟那个金衣公子搅在一起？”

五道却说：“这话应该反过来问才对。金衣公子是终南山一只金色禽鸟所化，道行高深，手段狡黠，与它打过交道的道士不少，各家道观不乏详述，它生性风流，喜欢与女子……咯咯，尸邪是阴秽死物，素来无情，这金衣公子不去找自己的快活，为何跟上了尸邪？”

蔺承佑道：“你们可还记得这二怪破阵而出前被镇压在何处？”

“平康坊的彩凤楼，一家妓馆。”

蔺承佑把竹筒搁回托盘上：“那妓馆是洛阳一位叫贺明生的巨贾所开，自打半年前开张后，楼内就怪事频出。楼中有位叫萼姬的假母说早在重新修葺彩凤楼时，匠作就不小心砸坏了后院地底的石碑，因为怕主家责骂，一直瞒着未说，但那晚我勘查阵眼，发现二怪真正破阵而出是在三十日前。”

绝圣“啊”了一声：“莫非二怪破阵而出不是因为砸坏石碑，而是另有原因？”

“除了这个，还有一件事让我想不明白。”蔺承佑古怪地看向滕玉意：“滕娘子，尸邪似乎对你很感兴趣，这件事你该知道了吧。”

滕玉意腹诽，知道你还不快给我解毒？她一抬眼，正对上蔺承佑探究的目光，心尖一抖，小涯屡次跟她提借命一说，还说她最近总撞邪祟与此有关。她早怀疑尸邪突然盯上她，正是因为所谓借命。蔺承佑是不是也对她的身份起了疑心，所以才那般看她？

“尸邪喜欢剜心，尤其看重出阵后得手的第一颗心。今日下午我们在城南查看了那十几具干尸，有被吸干血液而亡的，有被吸走元魂而亡的，但没有一具尸首被挖了心，可见尸邪虽然出土有一阵子了，但至今没有找到合适的第一颗心，为何会突然盯上滕娘子，我也觉得纳闷。”

见天奇怪地看着滕玉意：“滕娘子，不是贫道吓唬你，尸邪浑身肌理毛发与常人无异，唯独胸腔子里缺了一颗心，它出阵后为了填补自己胸口的窟窿，会不断挖别人的心，一旦盯上某个猎物，那是不死不休的。希望今晚的事只是凑巧，如果尸邪真瞧上了你，真可谓凶多吉少了。”

滕玉意越发坐立难安，突觉袖中一热，忙悄悄在剑身上比画一下：有邪？

小涯非但不见平息，反而更加炽热。

难道不是？她满腹疑团，这个小老头又想做什么，正在这时，袖中恍惚有东西站起来，在她掌心写了一个字。

她寻思一番，才意识到那是个“佑”字。

佑？这是何意？她环顾左右，目光落到对面正在翻阅竹简的蔺承佑身上。

他？

小涯写道：找他，杀尸。

滕玉意一下子明白过来，小涯这是惦记着借命之说，拼命撺掇她亲自对付尸邪呢，又知她一个人无法对付尸邪，所以让她借助蔺承佑之手除尸。

这岂不是说笑？蔺承佑对付尸邪时怎肯带个累赘在身边，退一万步说，就算他愿意同她合作，出大力的毕竟是他，如何能确保除妖的福报记在她头上？

但等她沉心一想，又觉得小涯这想法未必就是异想天开，事在人为嘛，不试试怎么知道？反正尸邪已经盯上了她，一场灾祸是躲不过去了。蔺承佑是个软硬不吃的主，寻常的法子行不通，然而，论起行非常之道，一向都难不倒她。

这时绝圣和弃智都有些慌了：“师兄，滕娘子真是尸邪的第一个猎物？”

蔺承佑抚了抚下巴：“是不是第一个我也不敢确定，毕竟当晚在彩凤楼看到幻境的女子共有三位——葛巾、卷儿梨和滕娘子，但从尸邪今晚追到成王府来看，至少说明它对滕娘子很感兴趣。”

杜庭兰声音有些发抖："那如何是好？世子，难道就没有法子尽快除去尸邪吗？"

滕玉意在脑海中想好如何说服蔺承佑带她除妖，露出蜜糖般的笑容，冲蔺承佑指了指自己的喉咙，意思是我有话要讲，请世子先给我解毒。

蔺承佑饶有兴味地看着她，依旧没吭声。滕玉意咬了咬牙，都到了这个地步了，他还不打算给她解毒？

绝圣急道："师兄，滕娘子处境极其危险，如果尸邪前去滕府侵扰，她连话都不能说，如何呼救？"

"是啊，师兄，帮帮滕娘子吧。"

就连五道也说："世子，你要是有法子，就给滕娘子解了吧。"

滕玉意看蔺承佑久久不开腔，早请身后的侍女替她要了一副笔墨来，然后提起笔来，写了一行字：世子，今晚耳房有多凶险你该知道。

蔺承佑在案几旁一边思量一边踱步，看见那行字后转头望向滕玉意，扬了扬眉：你提醒我耳房里的情况，莫不是要挟恩图报？

滕玉意莞尔：世子想多了。但你欠我一份人情可是事实，毕竟阿芝是你的亲妹妹。

蔺承佑：确定要我把话说明白？

滕玉意：难不成你还想赖账？

他二人你来我往，目光中暗藏机锋，旁人怎看得明白？弃智好奇地拉了拉蔺承佑的衣袖："师兄。"

蔺承佑突然道："滕娘子，你有没有想过阿芝今日为何会邀你来府中参加诗会？"

滕玉意无声地望着蔺承佑。

他一笑："这是我的主意。这两日我四处找寻二怪的行踪，今早无意中发现你们滕府附近有些妖气，我担心二怪今日会去找你的麻烦，只好借阿芝的口吻邀你入府，此举既是为了试探二怪，也是为了护你周全。前几日我就在府中设了九天降魔阵，足可以抵挡妖魔。虽说这阵法没能拦住尸邪，但最终压制了它的凶力，否则它今晚何以不曾杀害一人？光凭你的翡翠剑，是对付不了它的。"

滕玉意怔了怔。

"所以滕娘子明白了？倘若不是阿芝把你邀进府中，倘若不是有我的阵法相护，你今晚极有可能已经惨遭不测了。"

说到这儿他打住了话头：滕玉意，你可想清楚了，究竟是我欠你一份人情，还是你又欠下我一份人情？

不料滕玉意写了几行字，起身深深一揖：世子的大恩，我铭记在心。我方才提到耳房之事，并非要挟恩，但世子应该知道，就算阵法能压制尸邪的凶力，也压不住它蛊惑人心的手段。此前它已经把不少人变成了傀儡，之后在耳房中，几乎人人丧失了心智，这种手段比亲手杀人还可怖，要不是我那件法器与它周旋，房中人即便不被傀儡所伤也会惊吓过度。世子，这应该不是一道阵法能压制得了的吧？

蔺承佑接过婢女递过来的纸笺扫了一眼，没吭声。行吧，你说得也有理，这份人情算我欠你的，但一码归一码，人情该怎么还，由我说了算。

滕玉意秀眉微挑：你先帮我解毒再说。

蔺承佑面色古怪，他倒不是不想帮她解毒，但要对付尸邪，一般的阵法和道术往往行不通。尸邪擅长蛊惑人心，尤其喜欢模仿猎物的言行，它既瞄上了滕玉意，应该对滕玉意的声形相貌早摸透了。滕玉意突然说不出话，算是歪打正着，没准能借此找到克制尸邪的法子。

但这话他不能让滕玉意知道，尸邪能窥破人心，假若滕玉意嗓子好了却假装不能说话，尸邪一看就知道了，那样他还如何设陷阱对付尸邪？

他思量一番，末了无辜地笑了笑："对不住，滕娘子的嗓子我也无计可施。横竖滕娘子不懂道术，能不能开口说话都不碍事，不过我保证，我绝不会让尸邪伤到你，你丢一根头发，我赔你一根头发就是了。"

诸人一愣。

蔺承佑看了看夜漏："稍后我送你们回府，绝圣和弃智会在滕府中住下，接下来这几日，他二人会寸步不离地保护滕娘子，我也会守在滕府外，一旦有什么异动，我随叫随到就是了。"

滕玉意倒抽了口气，蔺承佑竟然宁愿给她当护卫也不帮她解毒？

杜庭兰虽也惊愕，却暗自松了口气。蔺承佑桀骜归桀骜，但一向重诺，都承诺到头发丝上了，阿玉的处境应该不至于太凶险。绝圣和弃智不过九岁，阿妹当贵客请来在府中住几日倒也说得过去。

绝圣和弃智喜出望外，上回那两盒玉露团就很好吃，不知道在滕府住下后，滕娘子会不会天天拿素馔招待他们？

蔺承佑又道："杜娘子，这尸邪虽是冲着滕娘子来的，但它诡计多端，如若你回府，我怕它会为了折磨滕娘子去杜府找你。这几日你最好也在滕府住下，等我们降服了尸邪，你再回自己府中。”

杜庭兰有些惴惴，转脸一看滕玉意，旋即露出安恬的表情让妹妹安心，点了点头道：“好，我本就担心妹妹，这几日陪在她身边，我心里也能踏实不少。”

滕玉意想了想要开腔，忽觉小涯剑又发起烫来。小涯躲在袖中，在她掌心写了一个字：汤。

她隐约明白过来，这小老头上回就念叨自己需被定期供奉，供奉之物正是所谓“胎息羽化水”，并且指明要蔺承佑或是蔺承佑两位师弟的浴汤，这会儿他突然开始作怪，莫不是听到绝圣和弃智要住到府里，提前开心起来了？

这小老头脑子里整天都想的什么！

不过小涯这一闹，倒是提醒了滕玉意，要把功德争取到自己头上来，最好能主动参与到捉妖当中去。

她瞥了瞥蔺承佑，他一言不发，俨然在思量什么。灯影摇曳不休，把他一对漆黑眼眸照得流光溢彩。

她提笔在手，“唰唰唰”写了好几大张纸，然后搁下笔，把第一张笺纸推到他面前。

蔺承佑垂眸一看，就见纸上写着：世子打算如何对付尸邪？

他懒洋洋地搁下手中的茶盏：“滕娘子有何高见？”

滕玉意马上推过去第二张笺纸：我有一个对付尸邪的好法子。

蔺承佑眼底浮现一抹笑意，身子往后一靠：“愿闻其详。”

滕玉意把写好的第三张笺纸推到他眼前：见天道长说尸邪相貌鲜焕如生，道行也早已凌驾于众邪之上，哪怕人群中与它擦身而过，符箓也未必会自焚示警。它一旦躲起来，我们掘地三尺都未必能找到它，所以哪怕世子和诸位道长都想尽快收服它，却只能等它自己再次露面，这样未免太被动了。既知道尸邪对我很感兴趣，何不以我为饵引它出来？

屋子里静了一瞬，五道怪叫起来：“滕娘子，法子倒是好法子，但为了捉妖以人为饵，说来有违正道啊。”

滕玉意在心里笑了笑，无论正道、邪道，有人愿意不就成了？蔺承佑是个离经叛道之人，只要能捉住妖邪，才不管法子地道不地道。她赌他一定愿意这么做。

哪知蔺承佑笑着摇头：“不行，这法子不好。”

绝圣和弃智暗暗松了口气，真以滕娘子为饵，未免也太凶险了。

滕玉意一呆，难道蔺承佑也是有底线的吗？她忙又写道：可这是最快的法子。

尸邪禀性凶戾，今晚失败了一次，绝不肯善罢甘休，我猜它很快会再来找我，何不守株待兔，在我周围布下对付尸邪的阵法，说不定能一举将其降服。

蔺承佑并没有接那张笺纸，只正色道：“滕娘子，尸邪之所以与寻常妖邪不同，是因为它生前就足智多谋，死后益发懂得窥探人心。要是我们事先在你身周布下阵法，它一靠近就会察觉，真要以你为饵的话，首先不能提前设下阵法，而一旦你周围没有道法保护，你可想过这会有多凶险？”

杜庭兰听得脸色苍白，惶然抓住滕玉意的手：“阿玉，你别瞎出主意，你让世子他们想办法，你给我好好待在府里，阿姐会一直陪着你。”

滕玉意对上杜庭兰焦灼的目光，心头忽然一酸：阿姐，我怎会不知道这法子凶险？但我不想死，我想好好活，置之死地，方能后生，除了这样做，我没别的法子能蹭到斩杀尸邪的功德。

今晚的遭遇让她彻底认清了自己的处境，才躲过树妖，又来了尸邪。既然尸邪决意纠缠她，她何不绝地求生？

她松开杜庭兰的手，飞快地在纸上写了三个字：我愿意。

蔺承佑接过笺纸，一时没开腔，这话可不像滕玉意能说出来的。这法子太过鲁莽，哪怕他曾经动过念头，也马上在心里掐断了，以滕玉意狡黠的心性，明知这样做太冒险，又怎会愿意主动冲到前头？

她该不会是被尸邪吓迷糊了吧？

他纳闷地举起琉璃灯，借光一寸寸照亮滕玉意的脸庞，她气色差是差了点儿，但双眸清澈，唇若春樱，哪像神志不清的样子？

滕玉意偏头躲开蔺承佑手中的琉璃灯，就知道蔺承佑不好糊弄，这不都开始怀疑她是不是清醒了？

她转过脸，提笔在纸上写道：我想明白了，就算我躲在你们身后，尸邪也不会放过我。与其坐以待毙，不如主动出击。我不想日夜担惊受怕，无论什么法子，只要能尽快除去尸邪，我都愿意全力配合世子和五位道长。

蔺承佑牵了牵嘴角，有进步，她这回的理由似乎充分了点儿，但他还是觉得不太对劲。滕玉意不像躲灾，竟像在故意制造自己与尸邪近身接触的机会，就凭一把神剑？她未免也太托大了。对方可是尸邪，寻常的小娘子别说与这等邪物对峙，光看一眼就会吓昏过去。

他不动声色地看她两眼，滕玉意心知还是没能打消他的疑虑，于是又写道：我之所以愿意以自己为饵，不仅仅因为这法子最有效，也因为世子方才已经答应护我周全，凭世子这身斩妖除魔的好本领，倘或没能捉到尸邪还让我被害，这……

她幽幽长叹，没再往下写。

众道目光闪烁，话都说到这份儿上了，蔺承佑再不答应的话，等于承认自己没把握护住滕玉意。

蔺承佑在心里一笑，这才像滕玉意会说出来的话。

他抬手鼓了鼓掌，点头道："滕娘子计出万全，这番安排连我都说不出一个'不'字来。"

滕玉意谦虚地欠了欠身，表示当不起这夸赞。

蔺承佑思量一番，起身负手踱步："其实呢，也不是想不出别的办法，但尸邪和金衣公子行踪不定，要想诱它们出来绝非易事，耽误的时日越久，越容易出乱子，尤其是我等看管不到的地方，免不了会有百姓遭殃。思来想去，以人为饵的确是诱它们出来的最好办法，既然滕娘子也愿意，我和五位道长趁早筹划起来，但我要提醒滕娘子，对方可是尸邪和金衣公子，哪怕我们做了万全的准备，也难保不会出现你和我都意想不到的情况，你心里要有数。"

滕玉意郑重地点了点头，又写道：为了能及时传递消息，我这嗓子恐怕还得劳世子想想法子，否则我没法出声，回头尸邪来时会有诸多不便。

蔺承佑怎能让她知道自己对付尸邪的计划，脸上笑容不变：对不住，这事没商量。

滕玉意笑靥益发甜美，眼中却"嗖嗖嗖"放冷箭：蔺承佑，你欺人太甚。

蔺承佑咳了一声，挥手让先前那位老仆进来："备马，滕娘子和杜娘子处境危险，我得送她们回府。"

滕玉意心头火直冒，他逐客令都下了，看来今晚她别指望蔺承佑给她解毒了。

绝圣和弃智听到这话，兴致勃勃地在旁边等候："滕娘子、杜娘子，我们出发吧。"

五道齐齐伸了个懒腰："许久没这么晚睡过了，睡觉前得敷个花颜膏才成。"

见天打着哈欠一扭头，不经意看了看身边的滕玉意和杜庭兰，心中忽然一动，忙从袖中取出一枚小小的瓷罐："二位算与我们东明观有缘，这是我们东明观的花颜膏，你们瞧不出我们的实际岁数吧？嘿嘿，全靠这罐花颜膏保养！两位小娘子花容月貌，更得爱惜容颜，要不拿一罐回去试试，回头贫道去滕府结账就行了。"

杜庭兰哭笑不得，忙婉言推拒，滕玉意心里惦记那位南诏国的顾宪，时不时往花厅外张望。顾宪是南诏国的太子，若她向他婉转打听邬莹莹，没准能借此解开纠缠了她两世的疑问。她等了一会儿不见顾宪出现，心知他多半尚未醒转，也好，成王府人多眼杂，行事本就不便，不如来日再寻机会。

众人出了花厅，那两位随滕玉意进府的假婢女早在厅外候着了。方才常统领就告知了滕玉意二婢的情形，尸邪作乱时府中不少下人在岸边碰上鬼打墙，绕来绕去走不出林子，两名假婢也不例外，好在吃过符汤，目下已经无恙了。

滕玉意让假婢去杜府送信说表姐今晚会去滕府住，自己则同杜庭兰上了犊车。

蔺承佑嫌她们的犊车走得慢，扬鞭奔着夜色飞驰而去，不一会儿又控缰勒马，耐着性子停在了路边。

就这样走走停停，他们足足用了半个时辰才到滕府。程伯早得了消息，因为放心不下提前在门口等候，不提防看到蔺承佑，忙上前作揖。

蔺承佑笑着颔首，下马将马鞭扔给身后的仆从，扭头对绝圣和弃智道："这几日在外头住，记得懂规矩，别忘了你们是师公的徒孙，莫要丢青云观的脸。"

绝圣和弃智挺胸道："谨遵师兄教导。"

这时滕玉意和杜庭兰相偕下了车。蔺承佑看了眼滕玉意身边的程伯，对绝圣道："告诉滕娘子，我有几句除祟的话要单独交代。"

绝圣不明就里，高高兴兴过去传话："滕娘子，师兄说要交代你几句除祟的话。"

程伯脸上闪过一丝异色。滕玉意扭头看了看，随绝圣走到蔺承佑身边。

蔺承佑从腰间取下一样物事递给她："把这个系在腕上，凡有不对劲之处，它会即刻示警。"

滕玉意接过一看，是一串小小的金铃铛，每颗只有小指盖般大小，圆滚滚如蒲桃。

她拿在手里摇了摇，结果铃铛哑默，试着再摇，被蔺承佑制止："行了，就算把手摇断它也不会响的。"

滕玉意奇道：那你把这东西给我作甚？一串哑铃如何示警？

"铃铛一响，我怀里的法器也会震鸣，要是你随便摇一摇这铃铛就会响，我还要不要睡觉了？只有察觉妖煞之气它才会示警，平日里是摇不响的，懂了吗？记得别让它离身，我就在府外，只要尸邪一进内院，我这边马上会知道。"

滕玉意既惊又喜，她刚才担心了一路，也恨了一路，一面痛骂蔺承佑，一面恨不得让绝圣和弃智跟她住在一间房。

她有了这东西，就不必做这些令人尴尬的安排了，忙冲蔺承佑行了一礼，笑眯眯地将铃铛系在腕上。

蔺承佑睨她一眼，走到鞍前翻身要上马。

绝圣和弃智追了上来："师兄，你把玄音铃给滕娘子了？"

下午他们就看到师兄腰上系着这东西，暗猜师兄会有安排，但是尸邪的猎物似乎有三个，除了滕娘子，还有彩凤楼的卷儿梨和葛巾。玄音铃只有一串，不知师兄要把这东西给谁。

当时他们并不知道滕娘子嗓子哑了，只知道彩凤楼现有不少观里的前辈坐镇，但葛巾娘子先是被毁容，后又被妖物掳走过，接连受了这些罪，行动难免不如旁人自如，于是绝圣问师兄："师兄，你是不是打算把玄音铃给葛巾娘子？"

"她？"蔺承佑一脸古怪。

"那就是卷儿梨？"

蔺承佑"啧"了一声："玄音铃我虽不常用，但也算我的随身物件，就算拿出来舍人，又怎会扔给娼妓之流？"

原来师兄那时候就决定给滕娘子了。这下好了，这铃音能穿破一切邪魔外道设下的结界，滕娘子遇到危险时，不怕喊破嗓子也叫不来人了。

蔺承佑见绝圣和弃智正好奇地看着自己，嗤道："只是放在滕玉意身上几天，又不是送给她了。她奸诈归奸诈，起码不会打些乱七八糟的主意，等收服了尸邪我再要回来。"

绝圣和弃智点点头，心里却隐约觉得不对。玄音铃是道家法器不假，但好歹也是贴身物件，给滕娘子系在腕上，是不是就跟佛经里唱的那样，叫什么……叫什么来着？

他们想破了脑袋也没能想起那个词，忍不住问："师兄，你为什么宁肯把玄音铃给滕娘子，也不给她解毒？"

蔺承佑上了马："我们总要留些后手吧，尸邪太难对付，依我看，一两回别想降服它。尸邪既把滕玉意视为猎物，估计早就把她的情况摸透了，猎物突然说不了话了，估计连尸邪也始料未及……要对付它，这没准是个突破点。罢了，跟你们说不明白，总之我心里有数。对了，你们两个把嘴闭紧了，尸邪最擅窥探人心，若是滕玉意提前知道，这计策就不灵了。"

两人认真点头。

那边滕玉意走到车前，把写好的笺纸递给程伯：两位道长都是我的上宾，好好款待，不得怠慢。

程伯顺着滕玉意的指引往旁边一看，果见两名生得圆滚滚的小道童。

绝圣和弃智齐声道："贫道稽首了。"

程伯诧异归诧异，仍上前恭谨地作揖："恭迎两位道长。小人姓程，乃滕府的管事，给两位道长请安，有事尽管吩咐小人。"

言毕，他一面火速着人安排寝处，一面领绝圣和弃智进府。

绝圣和弃智对蔺承佑道："师兄，那我们进去了。"

绝圣和弃智被安置在松涛苑，滕玉意亲自过去照看。

等她进屋时，弃智正忙着收拾行装，绝圣则坐在床沿晃荡双腿。

"滕娘子，"绝圣跳下床，"你怎么还没睡？"

滕玉意"哑"了这半日，早想出应对的法子，一回到寝院就让春绒替她弄了个轻便的小托盘，里面盛满了黍粒，边上则附着一根银箸。

滕玉意拿起银箸在黍粒里写道：过来瞧瞧你们还缺什么。

弃智乐呵呵地道："哪还缺什么？程管事知道我们早晚要诵经，连盛放经卷的物事都准备好了，又问我们吃食上可有什么忌讳，拟了好长的素馔单子给我们瞧呢。"

绝圣挠挠头道："不过小住几日，何须弄这么大阵仗？滕娘子实在太费心，我们都有些过意不去了。"

滕玉意打量一圈，见处处雅洁，这才放下心来：你们是我的小贵客，再周详也是应当的，想吃什么只管告诉我。吩咐程伯也是一样的，他是府里的老人，行事还算细心。

绝圣道："滕娘子，是你告诉程管事弃智小指受伤的事的吧？方才他叫医官过来给弃智换药，把我们吓一跳。"

滕玉意颔首，问弃智：伤指好些了吗？从明日起，医官会定时上门给你诊视。

弃智笑出两个圆圆的酒窝，把胖手摊到滕玉意面前："滕娘子你瞧，早好多了。"

说着他迟疑了一下："今晚师兄不肯帮你解毒，你没生气吧？"

生气？她生气有用吗？

滕玉意微笑着写道：不生气，我一点儿都不生气。

她与其生气，不如想法子尽快解毒。

弃智和绝圣讪讪地道："滕娘子，其实师兄心肠不坏的。"

绝圣拼命点头："阿芝郡主这一年来一直在宫里伴读，每回想吃什么，想玩什么，都会跟师兄撒娇，有时候东西太难找，师兄面上不肯答应，末了还是会想方设法给阿芝郡主弄来。还有二公子，比师兄小四岁，自小也喜欢在师兄身后跑，二公子小时候学击鞠骑马，都是师兄亲手教的。"

弃智补充道："滕娘子，别看师兄平时经常骂我和绝圣，我们俩的生辰他年年都没忘过，而且他每回都会给我们买很多礼物。"

滕玉意抬了抬手，打住他们的话，若不是她还记得自己是个"哑巴"，光听他二人这么盲目吹嘘，几乎误以为蔺承佑是什么仁人君子了。

第十二章

父女相见

滕玉意想了想，在盘内写道：最近你们师兄可在道观中摆弄过什么药粉?

“这……没有。”弃智仔细想了想，“师兄自从去岁去了大理寺，比从前忙了许多，也就上回替安国公夫人招魂在观里多待了些时日，除此之外，已经许久不曾侍弄那些药草了。”

绝圣道：“滕娘子，你是想找出解毒的法子吗？可是师兄很敬重师公，就算弄哑药也不会用观里的药草，我猜他多半是在外面弄的。师兄身边一大帮膏粱子弟，坊间认识的异士也多，他想弄点儿新奇的东西来玩，再容易不过了。”

滕玉意燃起一线希望，不是道家之物就好说了，程伯认识的人也不少，要不要让程伯找人来试试?

她又写道：说到异士，你们时常跟师公和师兄出门历练，见过的异士不少吧?

绝圣来了精神，伸出三根胖胖的手指：“不敢自夸，我六岁半就开始在长安城走动，至今已经快三个年头了。”

滕玉意忍笑点头：难怪小小年纪便这般有识见。

弃智腼腆地补充一句：“青云观天下闻名，除了长安，外埠来我们观里的人也非常多，我们从小跟在师公身边，是见过不少能人异士，不知道滕娘子想打听什么？”

滕玉意：那么请两位帮我看看这种暗器。

她将托盘里的一幅卷轴缓缓打开，画上赫然画着一根细如雨丝的奇怪物件。

滕玉意写道：见没见过哪派异士用这种暗器?

两人搜索枯肠："没见过，长安城三教九流多，但我们从来没见谁用过这样细的暗器，这能伤人吗？"

滕玉意点了点画纸：看着是细，出手却可削皮断骨。

绝圣惊诧地"啊"了一声："这该是什么做的？"

弃智很认真地想了许久："我们见过最细的暗器是师兄的锁魂豸，但那东西本就是条虫子所化，师兄让它粗，它就得粗，让它细，它就得细。它毕竟常年喜食蔗浆，到了我们观里后吃得好睡得香，身形比起百年前已经壮了许多，现在最细的时候也粗如小指。"

滕玉意隐隐有些失望，程伯没见过这号人物，绝圣和弃智也未听说过这异术，看来此人要么不常使这个功夫，要么不是长安人，否则凭程伯之能，早该打听出一些线索了。

光在托盘里写这几句话，已经费了滕玉意不少工夫，再要细打听，怕是到天亮都说不完。她满脸歉色地把画轴卷起来：叨扰了这么久，两位道长早该乏了吧？不耽误道长歇寝，我也该告辞了。

弃智和绝圣忙道："今晚我们得提防尸邪上门，本就不该只顾自己睡觉，滕娘子过来看望我们，我们高兴还来不及呢。"

两人絮絮叨叨送到廊下。台阶前的婢女提灯迎过来。滕玉意自己下了台阶，一个劲地催促两人回屋。

等二人回了屋，她边走边想：绝圣和弃智虽年幼，但举止极规矩，想来与平日清虚子道长的教导脱不了关系。不知二人可有爷娘，总把师公和师兄挂在嘴上，却从未提过家人，这样热情忠厚的性子，论理不该如此，难道他们是孤儿？

这样一想，她再次动了恻隐之心，迎面遇见程伯带着下人们送夜宵，近前打开盒盖一看，里头盛放着两盘洁白如玉的玉露团，另有一大碗热香四溢的杏酪粥。

程伯道："依娘子的吩咐，点心是两位道长爱吃的玉露团，粥是另辟素厨做的，半丝荤腥都不沾。"

滕玉意：弃智道长手骨断了，吃不得发散之物，撤了杏酪粥，换两碗蒟酱露葵羹[①]来。今晚两位道长不能睡，明日恐会迟起，你们早上小心伺候，切莫吵着他们。

---

① 蒟酱露葵羹：一种很清淡的羹汤。王维有诗："蔗浆菰米饭，蒟酱露葵羹。"

下人一凛，只知是贵客，没想到娘子这般看重，连忙打起精神下去准备。

程伯又说："娘子，圣人设酒馔款待老爷及几位重臣，听说宴乐甚欢，至今未散席，老爷派人传话说不一定何时出宫，让娘子早些安歇。"

滕玉意点点头，程伯担忧地看了她一眼："早就想问娘子，你下午出门时还好好的，怎么回来就哑了嗓子？"

滕玉意写道：正要让程伯帮我想想办法呢。

滕玉意当晚睡得不好，醒来时已过了辰时，掀开帘子迷迷糊糊一看，就看见杜庭兰坐在窗前矮榻上读书。

滕玉意挣扎着坐起，又颓然倒下。

杜庭兰听到动静，含笑朝这边走来："醒了吧，姨父来问过你几回了，听说你未醒，让我们别叫你，还想睡吗？再睡就该晌午了。"

滕玉意揉揉眼睛，把怀中布偶塞回枕边，掀开帘子，慢慢趿鞋下床。

杜庭兰令春绒等人进来服侍，柔声对滕玉意道："你别闹脾气，姨父回来就好办了，我们把昨天的事告诉姨父，让姨父去跟蔺承佑交涉。蔺承佑再狷狂，总不至于连朝臣的颜面都不给。"

没用的。滕玉意净了手面，转身在杜庭兰手心里写道：阿姐，蔺承佑十四岁的时候就敢揪吴侍中的胡子，他要是存心刁难我，未必会把阿爷放在眼里。

杜庭兰错愕，吴侍中是何许人也？他可是三朝元老，门生广众，当年阿爷中进士的那场考试，就是由吴侍中主持的，说来阿爷算是吴侍中的门生，难怪阿爷一提到蔺承佑就气不打一处来。

"那也该让姨父知道这毒是蔺承佑下的，总不能被他白白欺负。"

滕玉意：此事因我诓骗青云观的痒痒虫而起，阿爷要是知道蔺承佑无故将我毒哑，势必去找蔺承佑算账，万一闹到御前，蔺承佑说出我算计段宁远的事怎么办？

杜庭兰迟疑着道："他昨日都答应守口如瓶了，想必不会出尔反尔吧？"

滕玉意不答。

杜庭兰神色微变，点点头道："我明白你在顾虑什么了，就算蔺承佑信守诺言，圣人毕竟是他皇叔，知道侄儿欺负朝臣闺女，为了主持公道定会重重责罚蔺承佑，你是怕蔺承佑面上服软，心里咽不下这口气，一来二去，你自己吃亏事小，姨父跟蔺承佑结仇事大？"

滕玉意颔首。

杜庭兰无言以对，圣人和皇后向来疼爱蔺承佑。蔺承佑若是存心给姨父使绊子，姨父也会头痛。

“你昨晚只说自己嗓子哑了，却不肯把中毒的真相告诉程伯，就是怕姨父知道后去找蔺承佑？”

滕玉意点头：他肯解毒的话昨晚就解了。事到如今，只能自己找出解毒的药方了。待会儿见了阿爷，阿姐帮我把来龙去脉都告诉他，只中毒一事需瞒着，别让阿爷起疑心。

杜庭兰的目光比外头的春日还要柔和，她摸摸滕玉意的头道：“阿姐知道怎么说，我们姊妹许久没说过这么多的话了，今日阿姐心里觉得很痛快，要是能顺利除去尸邪，改日去玉真女冠观踏踏青可好？”

滕玉意恍了恍神，阿姐上辈子因为惨死没能见到来年的春光，这话从阿姐嘴里说出来，莫名有些酸楚，她正要答话，碧螺掀帘进来道：“娘子，老爷派人问你起了吗。”

“姨父在何处？”

“在中堂招待两位小道长。”

两人便往中堂走去，进门就看见滕绍坐在上首，脱下了戎服橐鞬，只穿一件暗赭色圆领襕衫，一贯的仪容俨雅，只是老了许多，明明不到四十岁，两鬓却生了许多白发，又因常常蹙眉，眉心已有了深深的纹路。

绝圣和弃智说到了尸邪的事，滕绍仍有些将信将疑：“二位道长说的这尸邪是百年前故去之人？”

绝圣和弃智大概是熬了一整晚，神情有些萎靡，强忍着不敢打哈欠：“如今只是大致猜到了它的来历，究竟底细如何，师兄还在查。”

话音未落，他们瞥见滕玉意和杜庭兰进来，暗暗在心里比对，滕娘子与滕将军不愧是父女，不但相貌相似，看人时那种安静淡然的神态也几乎一样。

只不过滕娘子性子狡黠活泼，滕将军却稳重如山。

杜庭兰拉着滕玉意欲上前行礼，忽觉拽不动，诧异地回头，才发现滕玉意面色煞白。

“阿玉？”

滕玉意手心冒汗，上一世她没能见到阿爷最后一面，赶去时阿爷已经咽了气，因为失血太多，阿爷身上的宝蓝色袍子被染成了暗赭色。方才冷不丁一看，她误将阿爷今日身上这件当成那件染血的袍子了。

滕绍静静地打量滕玉意，沉声道："玉儿。"

滕玉意定了定神，平静地上前行礼。

杜庭兰面露微笑："姨父万福。"

滕绍温声道："早上我去杜府拜谒，你爷娘说你们姐妹昨晚一起回了滕府，姊妹间许久未见面了，既来了，不妨多住些日子。阿玉性子骄纵，正好让她多跟你这做姐姐的学些规矩。"

杜庭兰自谦了几句，滕玉意泰然地拉杜庭兰到另一侧坐下。

滕绍看着滕玉意："程安说你昨日去参加诗会，回来就倒了嗓子？"

绝圣和弃智心里七上八下，滕娘子深恨师兄，一定会将师兄捉弄她的事告知滕将军，不料杜庭兰道："诗会时在水榭里吹了冷风，加上后头又受了惊吓，突然就这样了，我想着妹妹前阵子本就舟车劳顿，一时风邪侵体也未可知，好在并无体热厌食之症，吃些疏散的方子就好了。"

滕绍喜怒不形于色，只默然端详女儿。杜庭兰不惯说谎，心中难免忐忑。

滕玉意早已打定了主意，蔺承佑算计她的时候只有他二人在场，就算阿爷查到了什么，横竖她不承认就是了。

滕绍过了许久才开口："阿爷记得你小时候只要一伤风总会嗓子肿痛，好几日不能说话是常事，这回你来长安途中曾不慎落水，虽说无恙，但难保不会落下什么毛病。阿爷请了宫里的余奉御上门诊脉，他极擅医理，趁这机会好好调养调养身子，把病根一并去了也好。"

滕玉意欠了欠身，表示晓得了。

滕绍不动声色地看着滕玉意，兴许是错觉，女儿进来后明明一句话都不曾说，目光却不像从前那般冷漠。

早前他得知玉儿落水，心中忧惧至极，当即放下一切往长安赶，一路披星戴月，只用了十日就回到长安，没想到玉儿身体无恙，倒是段宁远那小子起了异心。

昨日他回府后，程安已将女儿的所作所为都告知了他，说到用青云观的毒虫暗算段宁远时，他简直哭笑不得。

这孩子诡计多端，受了委屈必定加倍奉还。立场虽没错，手段却邪了些，论理这等事该由他这做阿爷的出面，玉儿却选择了自己出手，他愧疚心酸，想训导几句又于心不忍。

怪他这些年忙于军务，不能日日留在府中亲自照管，所以阿玉哪怕逢上这样的大事，也不像别的孩子那样自发求助于爷娘。

他掩不住眉宇间的愧色，拱手向绝圣和弃智道：“敢问道长，滕某昨夜得知邪祟作乱之事后，临时调来了百余亲兵，现守在府外，可否将尸邪御于府外？”

弃智正色道：“这东西与寻常邪祟不同，蛊惑百余人的心智不在话下，它若是想来，再多护卫都防不住。昨晚师兄在府内外设下大阵，也仅是压制它的凶力而已。到时候贵府这些护卫别说防御，自相残杀都有可能。”

绝圣道：“滕将军，师兄说了，与其做些徒劳之举，不如安心等它落网。当年东明观的盲眼祖师只带了两名徒弟就收服了二怪，尽管他老人家因此葬送了性命，但也说明对付尸邪不在人数众寡。”

滕绍胸中乱极：“昨夜仰仗世子和几位道长相护，玉儿侥幸整夜无虞，滕某感激不尽。若那尸邪真在打玉儿的主意，今晚会不会再来滋扰？”

滕玉意往外看了看，窗前春物方盛，倏忽已近晌午了。蔺承佑这厮夸口说保她平安，可是到现在还不见动静，若是他仍无对策，今晚自己怕是又会被惊吓一场。

绝圣和弃智不安地挪了挪身子：“师兄早上回了府，此时大约在与东明观的五位道长想法子，倘或能找到当年东阳子布阵的残迹就好了，有现成的阵法参照，师兄不用做太多改动，就怕找不到，那就只能另想他法了。”

滕绍大约也知道蔺承佑禀性乖张，闻言只点点头：“世子在清虚子道长座下受教多年，行事自有他的章法，既让我等安心等候消息，那就依言行事。”

眼看不早了，滕绍吩咐程伯安排午膳。厨司知道两位道长是娘子的贵客，自是费心打点，等到饭菜上桌，满桌的甘脆肥醲，本家绝圣和弃智红着脸被请入上座，滕绍亲自作陪。

膳毕，滕玉意同表姐去绝圣、弃智所在的小院说话，程伯却来找她：“娘子，老爷请你到书房去。”

滕玉意回房取了那卷画轴，随程伯去了书房。

她进门就看到滕绍站在香柏木多宝槅前，背影一动不动，似已陷入了沉思。

滕玉意心口猛跳，上回她因为一场大梦想起许多前世细节，醒来第一件事，就是回到父亲的书房找寻那封南诏国的书信。

父亲一回府就检视多宝槅上头的山水屏风，莫非察觉了被撬动过的痕迹？

幸而滕绍的视线未在那扇屏风上多停留，他很快便转过身来：“你坐，阿爷有话问你。”

滕玉意松口气，依言到矮榻前跽坐。

滕绍掀袍在对面坐下：“段府的事你无须再理会，阿爷回了长安，余下的都交给阿爷来应对。”

滕玉意点点头，如愿退了亲，又出了一口恶气，她现在满意得很，早对段家一干人等提不起兴趣了。

滕绍迟疑了一下，又道：“孩子，往后再遇到不顺心之事自管告诉阿爷，阿爷帮你拿主意。”

滕玉意没吭声，一双黑眸静若幽潭。

滕绍望着这双跟亡妻极为相似的眼睛，心里痛了一下，不动声色地饮了口茶，状似闲聊道：“近日外地百官进京述职，阿爷一位叫李光远的旧部多半会调任长安，他的女儿名叫李淮固，小时候常跟你一处玩的，你还记不记得她？”

滕玉意眼皮一跳，前阵子那场大梦让她想起好些事，记得前世在大隐寺那回，李淮固和她的仆人设局让蔺承佑误以为她是他的救命恩人，她被识破后，蔺承佑令其改名为李淮三。

“往后李家也来长安了，你要是无事，可以常邀她到府中来玩。阿爷听说你昨日去参加诗会，心里很高兴。你初来长安，正该多与闺阁的小娘子多往来，你阿娘当年跟你差不多大的时候，也喜欢吟诗酬酢。”

滕玉意眼里起了微澜，把脸转向一旁，目光倔强又冷淡。

滕绍看着女儿犹带着三分稚气的侧脸，舌根有些发苦：“阿爷知道，这些年阿爷有许多未尽之责，把最得力的程安和端福留在你身边，无非怕你受委屈。退亲这件事你没做错，可你毕竟还是个孩子，如果不得不使些腌臜手段，那也该由阿爷来筹谋。你阿娘爱你若宝，当年亲自对你进行启蒙，是希望你将来有良知良能，而不是把智谋用在……”

滕玉意眸中燃起两簇小火苗，飞快地在托盘上写道：敢问阿爷教训完了吗？若是教训完了，女儿要回院歇息了。

滕绍目光复杂，每回都是如此，只要他提到亡妻，女儿的身上势必如刺猬一般竖起根根尖刺。

他沉着脸道：“阿爷不是责怪你，这事换作是阿爷，绝不会让段宁远好过。阿爷是怕你走了歧途，把好好的心性养歪了。”

滕玉意“哼”了一声：我心性正得很，人不犯我我不犯人，段宁远都羞辱到我头上了，还指望我饮恨吞声吗？

滕绍眯了眯眼，不知从何时起，父女两个总是没法坐在一起好好说话，哪怕他有心缓和父女之间的关系，有心与女儿说几句体己话，最终也会因女儿的抗拒，闹得不欢而散。他心知冰冻三尺，非一日之寒，沉默打量女儿许久后，道："是，这些说来都是阿爷的错。你刚及笄，心境本该宽闲些，但不知从何时起，你开始事事都自己拿主意。若是阿爷照管周到，你又怎会如此？外头这些风霜雪剑，本该由阿爷来替你遮挡。"

滕玉意愣了愣，不知为何，这话让她想起上一世阿爷死后那双不甘心闭上的眼睛，她鼻根一酸，身上那暗自竖起的尖刺又慢慢软化下来。

滕绍略有所觉，改而问道："程安说你那日在那家叫彩凤楼的妓馆逗留整晚，这又是何故？"

滕玉意把小涯剑搁到桌面上：为了它。

接下来她花了大半个时辰，把始末缘由写给父亲。

滕绍带兵多年，不知见过多少异事，听到女儿的遭遇仍觉惊愕。他拿起小涯剑，用指腹轻轻抚过剑锋，只见青色翡翠身，通体碧莹，迎光一照，连细丝般的纹路都无。

"剑是好剑，只是来历不详。"

滕玉意：此剑的器灵小涯说了此剑的来历，当年青莲尊者找不到称手的法器，临时用手中玉笏制成，上回在竹林中遇邪，多亏了这把剑才能救下表姐。昨晚在成王府，尸邪似乎也颇忌惮这法器，而且它认主，换别人使唤就没灵力了。

滕绍沉吟，这种认主的上古神器他见过，成王蔺效那把赤霄剑便是。听说当年太祖皇帝在一众孙辈中最喜欢蔺效，临终前特地将此剑赐给孙儿，成王自得赤霄剑后便日日携带，换旁人根本无法拔剑出鞘。

滕绍试着拔了拔女儿的小剑。剑倒是拔出来了，但或许是错觉，方才环绕剑身的那种温润光芒，顷刻间就黯淡了几分，将其交还给女儿，被女儿一抚，小剑重现其光。若非亲眼所见，就算有人将此事告诉他，他也只当是齐东野语，这把不请自来的上古神器究竟为何找上了女儿，他也猜不出原因，也不知是吉是凶。

"所以你就是那晚在彩凤楼遇到了尸邪，还因此跟青云观的道士相熟了？"

滕玉意颔首。

"包括蔺承佑？"

滕玉意：自然，除尸邪便是他起的头。

滕绍打量滕玉意一会儿，在书案前来回踱了几步："你恐怕只知蔺承佑是圣人的亲侄儿，不知道他母亲成王妃是圣人的师妹。当年圣人未认祖归宗时便被养在青云观里，清虚子道长历尽千辛将其养大，成王妃聪慧心善，从不嫌弃师兄愚鲁。圣人在外那些年几度蒙难，正是成王妃与当时的澜王世子舍命相护。所以你该明白了，对圣人而言，清虚子和成王夫妇是他的至亲。

“圣人登基之后心性跟从前一样良厚，不但对清虚子道长倍加孝顺，更将成王夫妇视为血肉至亲。成王夫妇近年来云游天下，圣人便亲自教导蔺承佑和太子，两家小儿之间，互相以兄弟姐妹相称。”

滕玉意托腮不语。

滕绍又道：“蔺承佑是皇家子弟，本就金尊玉贵，加上这层关系，性情再骄狂些也不奇怪，或许是太顺遂，老天也生妒，此子长到八岁时，不慎中了蛊。”

滕玉意冷不丁想起那回在彩凤楼外，蔺承佑扮成一位白胡子的云游老道，她无意间在他后颈见到一块淡金色的印记，当时还奇怪那是什么，竟是中蛊的痕迹？

她好奇地写道：他中的什么蛊？

滕绍长眉深蹙：“关于此事，百官均不知情，要不是蔺承佑每年发作一次，慢慢走漏了消息，至今都瞒得死死的。据说蔺承佑发作时头痛欲裂，身边离不了克制蛊毒的丹丸，而且心性被蛊虫所害，很难对小娘子动情，想是因为这个，历年来想与成王府结亲的士族重臣不知凡几，蔺承佑却一直未定亲。清虚子道长为此不知想了多少办法，这回出外云游，听说就是为寻访解蛊药方。”

滕玉意先是点头，忽又觉得不对，假如这蛊毒如此了得，前世成王妃为何会把自己的画像给儿子看？她早听说这对夫妇正直善良，儿子病还未好，想来不会主动替儿子议亲。

她越想越疑惑，或许是借命而生的缘故，怎么好些事与记忆中的前世都不一样了？

滕绍说完这番话，转头看女儿探究地看着自己。他负手停步道：“阿爷之所以跟你说这个，是因为……”

他哑然，居然不知从何说起，这话本该由做阿娘的来教导，怎奈蕙娘早逝，他久历戎行，想充当一回阿娘却又力不从心。

昨晚他去宫里赴宴，御史台一位叫苏兴旺的大臣因为喝得酩酊大醉，不小心在御前吐露了醉话，说自家女儿自从在御苑见过蔺承佑一面，回来后便染了相思，无论爷娘如何责骂，女儿都非蔺承佑不嫁。他们夫妇想了许多办法，女儿却始终对蔺承佑念念不忘，而今病得奄奄一息，只求圣人帮着赤绳系足。

圣人温言安抚苏兴旺许久，还将自己的奉御指派给那位小娘子治病，可议亲一事，却委婉回绝了。

滕绍当时旁观，记起自己也曾见过蔺承佑好几次，这小郎君幼时就俊俏爱笑，大了更是生得丰神俊朗，这样的少年郎会惹得长安城这些小娘子心生倾慕，再寻常不过了。

今日回府听到女儿与蔺承佑往来，他心里也是一惊，不怕别的，就怕女儿也会像那位大臣的女儿一般……

他斟酌着道："你初来长安，多结识些小伙伴不算坏事。两位小道长天真忠厚，往后可常与他们往来，不过阿爷有句话想提醒你，一俟除去了尸邪，莫再跟蔺承佑有什么牵扯了。"

滕玉意错愕，阿爷绕了一大圈，竟是担心这个，别说跟蔺承佑再有牵扯，光听到此人名字就心头火起。

她冷哼一声，提箸写道：阿爷多虑了，我对蔺承佑避之不及。蔺承佑也很是瞧不上我。此事过后，我们俩绝不可能再有交集。

滕绍看女儿一脸嫌恶，暗猜女儿与蔺承佑性情不对付，想来女儿历来有主见，未必会如苏家女儿那般动辄生些绵绵情思，便"嗯"了一声："你明白阿爷的顾虑就好。"

滕玉意将那幅画卷取出，在滕绍面前展开：阿爷见过此人吗?

滕绍端详片刻方狐疑道："未曾见过，此人是谁？"

滕玉意写道：说来有些荒谬，我曾梦见这人谋害我，梦境异常逼真，连续几次都是如此，我醒来害怕，就把此人的相貌画了下来。

滕绍抬手将画轴拿到手中，光凭这样一幅画像，委实看不出来历。

滕玉意又写：阿爷可见过这样的暗器?

滕绍目光一寸寸在画上移动，最终缓缓点头："见过类似的，在异地的军中，但与琴弦差不多粗细，绝没有画上的这般细。"

滕玉意大失所望，阿爷几乎见过世间所有兵器，连他都没头绪，线索岂不要断了？她飞快地写道：此人凶悍，迟早会加害于我，还请阿爷尽快找到其下落，否则我寝食难安。

滕绍细细打量女儿的神色："一场梦罢了，世上也许根本没有此人。玉儿，你何至于这般害怕？"

滕玉意尽量装得坦然：自从得了这把宝剑，我做过好几回灵验的梦了。前阵子我梦见表姐会遭难，还梦见一位姓卢的会高中进士，这些都一一应验了。之后梦见我被此人害死，难免会发怵。

滕绍的目光深沉敏锐，仿佛能照见人心，他凝视女儿半晌，点点头不再追问：“好，阿爷定会早日查到此人的底细。”

滕玉意这才放下心来，又写道：此人懂异术，一出手便能害死武林高手。阿爷日后若遇到此人，自己千万要当心。

滕绍愈加惊讶，女儿竟对一场梦如此较真，而且不像在担心她自己，竟像在担心他的安危。不等他回答，女儿便淡淡地捧回托盘，径自往外走了。

滕绍望着女儿的背影，忽想起妻子刚逝世那一年，党项和吐蕃进犯，凤翔一带军情告急，朝廷急调他的镇海军前去援助。路途迢迢，边陲苦寒，孩子太小不便随军出征，他再三权衡之下，只能把女儿送到杜府。

数月后班师回朝，他不顾满身尘沙去杜府探望女儿，女儿却仿佛不认识他似的，死活不肯相见。

他无计可施，颓然回到中堂，默然坐了良久，无意间一抬头，就看见外头小小的身影飞速一闪，追到近前，原来女儿偷偷藏在门外看他，眨着一双黑白分明的眼睛，脸颊上犹有泪痕，被他发现后扭头就跑，神情倔强又倨傲。

他追过去把女儿抱在怀里，父女俩蹲在夕阳的残照下，许久不曾说话，这场景烙在他心上，几乎凝成了一道疤。多年过去，女儿脸上的神情始终不曾改变。

他心里酸楚莫名，温声道：“阿爷知道了。”

滕玉意脚下微滞，旋即快步迈过门槛。

当日下午，滕绍推拒了府外递来的各类帖子，亲自选了数十名精壮的卫兵，让众卫兵环守于府内外，自己则挑了一把雪光威迫的长槊，以槊戳地，端坐于中庭内。

绝圣和弃智布置完九天降魔阵，几乎使了半身功力，又把每一个角落都贴上了符箓，气喘吁吁地回到松涛苑。

他们进门就看到滕玉意和杜庭兰坐在庭前一大丛翠竹前弈棋。

竹影森森，几乎把日头遮挡了大半。

“滕娘子、杜娘子。”

杜庭兰笑着起身：“两位道长，世子殿下和东明观的道长可来了？”

绝圣和弃智摇摇头。

“也没递消息？”

绝圣道：“没有。”

弃智扭头看天色："时辰不早了，应该快来了。"

杜庭兰掩不住满脸忧色，滕玉意却拉了绝圣和弃智到近前，令婢女给绝圣和弃智上茶点，亲自教他二人下棋。

他们下了一局又一局，眼看太阳缓缓西沉，其间婢女们几次过来传话，蔺承佑等人始终杳无音信。

等到程伯也来打探消息时，滕玉意忍不住放眼眺望，天际的橘色红霞渐次被一种寂静广阔的幽蓝色所取代，再挨片刻就要天黑了。

绝圣和弃智哪还有心思下棋、吃点心？他们盘腿坐到廊庑下，一边高举镇坛木，一边喃喃诵咒。

滕玉意也缓缓放下棋子，凝神屏息，如临大敌。

这一等就是大半个时辰，从天色擦黑等到皓月当空，别说尸邪了，连只苍蝇都没飞进来。

滕绍依旧守在中堂，程伯带人四处点灯，全府上下严阵以待，每个角落都有护卫巡逻。过了一阵，滕绍为了方便滕玉意同两位道长在一处用膳，特令人将晚膳送到内院。

绝圣和弃智急匆匆地扒拉了口饭，重新回到廊庑下，前头布阵已经耗了不少心神，目下为了防备尸邪突袭，更是时刻不敢懈怠。时辰短还好，久了对神志无疑是一种摧残。

挨到戌时初，绝圣终于支撑不住了，率先打起了盹。

弃智眼皮掀开一条缝，低声唤道："绝圣，绝圣。"

绝圣猛地惊醒，然而困意来了挡也挡不住，没多久他又开始东倒西歪。

滕玉意和杜庭兰特地留在屋内，听到动静出来一看，只见一个昏昏欲睡，另一个困得直揉眼睛。

滕玉意忙让婢女打了水，拧湿了巾帕给绝圣和弃智净面。两人拾掇了一通，好不容易才驱散了睡意。

杜庭兰笑道："昨晚一宿未睡，换作大人都熬不住。"

绝圣讪讪地跑到庭前打起拳来。滕玉意盘腿坐到廊庑下，提箸在托盘上写道：不如我们说说话吧，你们猜今晚尸邪会不会来？

弃智本来想点头，仰头看了看天色，又不确定了："尸邪破阵后急需增长凶力，若是盯上了某个目标，等不了太久就会下手，但它邪性非常，不能以常理来论断。《妖经》上说，尸邪动手前很讲究。"

滕玉意：讲究？它会吃人的皮肉吗？

弃智小声说："它动手前喜欢蛊惑人心，除了它本身心性残忍，还因为这样方便它攫取心魄，被它相中的猎物，临死前会被蛊惑得伤心欲绝，或是号啕大哭，或是愧疚悔恨，在这种情境下被捕杀，往往魂魄零碎，连轮回的资格都没了。"

滕玉意浑身一个激灵。

杜庭兰颤声道："怪不得那晚它在成王府那般吓唬人，原来是为了先摧残阿玉的意志，好个狠毒的邪物，害人一世不够，还要害人生生世世。"

"所以才叫尸邪嘛。"弃智叹气，"滕娘子，你还记得那晚卷儿梨和葛巾见过的幻境吗？卷儿梨见到了她亡父开的胡饼铺，葛巾娘子见到的则是一座荒废庭院。"

滕玉意点头。

"那应该是她二人记忆中最阴暗脆弱的部分，尸邪以此做出幻境，为的就是牵引出猎物最痛苦的记忆。"

杜庭兰听到这儿，终于想起到底哪里不对劲了："等一等，照这样说，彩凤楼的卷儿梨和葛巾娘子被尸邪盯上在先，尸邪尚未得手，为何撇下那两人，改而来寻阿玉了？"

滕玉意唯恐被人知道自己是借命而生，一声也不敢言语。弃智道："这一点我和绝圣也没想明白，不过说不定与滕娘子用剑伤了金衣公子有关。金衣公子总归是尸邪的同伴，尸邪先找滕娘子，估计有寻仇的意思。"

绝圣奔上台阶道："还有一种可能，尸邪在戏耍众人，猎物共有三个，各自分散而居，连师兄都没法确定尸邪究竟先要猎谁。人力毕竟有限，无法面面俱到，如此一来，既让猎物们惶惶不可终日，又累得师兄疲于奔命。我怀疑今晚师兄之所以迟迟未至，就是因为彩凤楼那头出了岔子。"

这倒是有可能。

这时院外忽然传来喧嚷声，众人原就心弦紧绷，当即全神戒备。

绝圣和弃智喝道："出了何事？"

下人进来："回两位道长的话，方才正房里的灯突然熄了，须臾又亮了，程伯已带领护卫前去查看。"

滕玉意只觉得后颈掠过一阵阴风，正房是爷娘的寝居，这次她回京，特地将阿娘的遗物一道运回，除了自己日日要摩挲的那些，大多被收在正房。

杜庭兰一惊："莫不是尸邪来了？昨晚成王府也是无故熄了灯。"

绝圣和弃智跑到一东一西站定："当心中了调虎离山之计，我等不能擅离此地。”

闻言，庭院中的下人们个个惊惧不安。杜庭兰强自镇定：“程伯若有消息，速速过来回话。”

好在没多久程伯来了，进院回话道：“娘子勿要担忧，正房的确熄了两盏羊角灯，但经老奴仔细查看，是因灯油耗尽所致，现已添上了。方才老爷亲自四处检视，正房里外均无外贼闯入的痕迹，老爷还说他待会儿亲自守在松涛苑外，今夜不离开半步。”

未几，院外再次传来脚步声，滕绍亲自率护卫来了，令人将松涛苑围了个密不透风，自己则持槊屹立于门外。

众人当即松了口气，滕绍是心雄万夫的名将，谈笑间斩馘数千都不在话下，哪怕只着常服，也有一股神威凛凛的肃杀之气。

滕玉意仍蹙着眉。杜庭兰想了想道：“昨晚成王府熄火后，满府的人均打不开火折子，若真是尸邪来了，岂能轻易点亮油灯？兴许真是灯油不济，如今姨父都来了，莫要自乱阵脚才是。”

经此一遭，诸人再无闲心叙谈。夜凉如水，渐渐起了风。杜庭兰头一个受不住，悄悄拢了拢披帛。

滕玉意担心表姐着凉，拉着杜庭兰进了屋。

绝圣在院中道：“滕娘子、杜娘子，你们若是乏了，不妨小憩一会儿。昨晚我和绝圣只在矮榻上打坐，不曾上床安寝。”

杜庭兰低声说：“这两个小娃娃真有趣。”

旋即她扬声道：“多谢道长美意，不过我和阿玉不觉得乏，略坐坐就好了。”

弃智脸上闪过一丝尴尬之色：“滕娘子和杜娘子又不像你随便找个地方都能打盹，里外这么多人，她们便是想睡也睡不着的。”

绝圣咕哝道：“我就是关心一下，碍着你什么事啦？你好啰唆，比师公他老人家还啰唆。”

“你……你……你敢对师公大不敬！”

滕玉意极乐意听他二人拌嘴，谁知他们吵了几句就不吵了，她干脆把棋盘挪进来，与杜庭兰手谈一局，很快有了困意，勉强托着腮，脑袋却止不住地往下点。

杜庭兰道：“要不你睡一会儿？阿姐伴着你。”

滕玉意听外头风平浪静，便伏到桌上假寐，恍惚间杜庭兰替她盖上了件东西，身子慢慢有了暖意，她睡意益发酣浓，没多久就睡着了。

不知睡了多久，胳膊和脚酸麻得出奇，滕玉意迷迷糊糊惊醒，打算换另一边胳膊枕，刚抬起头，意识到耳畔极为安静，倏地坐起一看，屋里只有她一人，杜庭兰不见了。

滕玉意背上瞬间出了一身细细密密的汗："阿姐。"

她唤完才发现自己能开腔了，怎么突然……突然能说话了？

她惊疑不定，慌忙找出屋去。杜庭兰不在廊庑下，不，不只杜庭兰，连绝圣和弃智都不见了。

难道她在做梦？她掐了把胳膊，钻心般地疼，情急之下摸向衣袖，好在小涯剑还在。

滕玉意稳住心神，紧握剑柄道："小涯。"

话音未落，小涯剑开始发烫，滕玉意心中一喜，压低嗓门道："快出来，我有话问你。"

哪知小涯剑很快又变凉了，滕玉意心知这回大不寻常，一边惴惴地环顾四周，一边缓步下台阶，程伯不见了，春绒、碧螺不见了，刹那之间，整座滕府就只剩她一人了。

走着走着，滕玉意心底生出一种错觉，仿佛自己又回到前世那个可怖的夜晚，对面潜伏着深不可测的陷阱，那人铁了心要他们的性命，无论她逃到何处，都别想躲过这场灭顶之灾。

她竭力稳住心神，试着低声喊道："阿爷。"

院门口阒然无声。

"阿爷？"

还是毫无声响。

滕玉意心直往下沉，这情形太诡异，就算满府的人都跑了，阿爷总该不会弃她不顾。

难道阿爷遭遇了不测？她腿颤身摇，一步一步往外挪，绝望的情绪弥漫开来，忍不住再次喊道："阿爷！"

走到门口一抬眼，滕玉意眼睛定住了，只见院门外的一块山石前站着两个人，高大挺拔的那个，赫然是滕绍，另一位则是个身形窈窕的女子。

今晚月莹无云，月光照下来，洒得满世界银辉，这女子婉约芳姿，身上穿着鹅黄丹云霞经纬锦裙。女子柔声细语，正轻抚着滕绍的脸庞。

滕绍喉结滚动，俨然已经痴怔了。

滕玉意惊骇地打量那女子，绝不会看错，那张脸在月光下清晰可见，熟悉的眉眼、熟悉的嘴角、熟悉的鬓发，就连耳朵下的那颗朱砂痣也一模一样。

她牙齿打战，想过去仔细看，无奈双腿如同灌铅一般沉重，只见阿爷缓缓半跪下来，抱住女子的双腿失声痛哭："蕙娘。"

女子像是很伤心，弯腰将滕绍的头搂入怀中，越发恸哭不止。

滕玉意晃晃悠悠地朝女子走去，女子身上有种温柔入骨的气度，听到了滕玉意的脚步声，慢慢转过头，见是滕玉意，表情柔和地舒展开来。

滕玉意眼中的泪珠已经摇摇欲坠，面容可以作假，眼神却骗不了人，这世上只有阿娘会这样看她。

滕夫人哽咽难言，朝滕玉意伸出手："阿玉。"

滕玉意眼泪滚滚而落，这场景她曾梦见过许多回，此刻成了真却让她不知所措，她抽噎着迈开大步，迫不及待地奔过去："阿娘。"

滕夫人张开双臂等女儿入怀。

滕玉意痛哭着扑入母亲怀中，母亲身上的裙子她前几日整理遗物时才见过，熟悉的蕙草纬锦纹路，与阿娘的名字暗暗相符，遗物都被收在正房，那是阿娘独有的标识，她闻着阿娘襦衫上清幽的气息，眼泪滂沱而下。

就算是一场梦她也认了，没有人比她更知道她有多思念阿娘。

滕夫人搂紧丈夫和女儿，眼泪很快就沾湿了衣襟。滕绍像是因为太伤神，未注意到女儿也来了，非但一言不发，更没看女儿一眼。

滕玉意听见母亲的哭声，心都揪成了一团，攥紧母亲的双手，呜咽着道："阿娘，你过得好不好……？我该不会是做梦……？阿娘，女儿听话，阿娘别再走了好不好？"

滕夫人颤声道："好，阿娘不走了，阿娘往后陪在你们父女身边，再也不同你们分开了。"

滕玉意耳边嗡嗡作响，突如其来的惊喜冲昏了她的头，过了许久她才反应过来，一边拼命抹泪，一边语无伦次地对滕绍道："阿爷，你听到了吗？阿娘以后都不走了。"

滕绍对女儿的话语置若罔闻，依旧沉浸在悲苦的情绪中。滕玉意的心猛然一缩，她看看滕绍，又看看滕夫人，嘴唇颤抖起来："阿娘，你还要走吗？"

滕夫人眼里布满了哀伤，抚着滕玉意的发顶，哭而不答。

滕玉意脑中一空，从狂喜到绝望，只是刹那间的事，这种打击何其残忍，几乎一瞬间碾碎了她的五脏六腑。她怔怔地低头，呆呆地又抬头：“阿娘，我……我舍不得你，你别走好不好？求求你了，阿娘。”

她揪住滕夫人的衣带，像个孩子似的大哭起来。

滕夫人的目光叫人心碎，话语却很残忍：“阿玉，阿娘又如何舍得你？但阿娘与你们阴阳永隔，由不得阿娘不走啊。”

滕玉意整个胸腔都被掏空了，这感觉像钝刀子割肉，一下一下地剜着心肝，她望着那张温柔可亲的脸，迟缓地道：“阿娘，你方才为何哄我？”

滕夫人哭道：“因为阿娘做梦都想回到你们身边。”

滕玉意眼泪止不住地往下流，冲母亲张开双臂：“阿娘，那你再抱抱我。”

滕夫人含泪俯下腰，滕玉意哽咽着贴上去，突然面色一沉，从袖中拔剑而出。

剑锋出其不意地刺向滕夫人，滕玉意含泪颤声道：“阿娘岂会故意折磨女儿？你分明是怪物，敢假扮我阿娘，我同你拼了！”

滕夫人的眼泪还挂在腮上，她居然不躲不避，指甲如樱桃般殷红欲滴，霎时暴长数寸，面上浮现出诡异的微笑，探手就抓向滕玉意的心口。

正在这时，背后传来尖锐的鸣镝声，凌空射来一道金色箭矢，笔直地射向滕夫人的眉心。

滕夫人双眼往上一斜，撇下滕玉意去捉那古怪的金箭，可就在这时，又有一道银光四射的链条飞出，以迅雷不及掩耳之势缠住了滕夫人的脖颈。

尸邪两手扣住银链，眼神变得凶暴无比，然而它没来得及将链子扯断，一下子就被拖离了原地。

有人狂喜道：“捉住了！捉住了！”

“还是世子这法子好，若非忍到现在，能引得尸邪中计吗？”

“它为了惑人心智，忙着设陷阱，不提防螳螂捕蝉，黄雀在后，哈哈哈哈哈，到底还是中计了吧，我看它往哪儿逃。”

“滕娘子，你不知道为了保你毫发无伤，这一晚我们熬得多辛苦！”

却听蔺承佑道：“你们聒噪够没有，快布阵！”

滕玉意伏在地上喘息着，只见夜空中纵来数条身影，矫健如兔，来回穿梭，团团将尸邪锁在当中。

蔺承佑背着箭匣子，从树梢上高高飞纵而下，袍角翩翩，迅如鹰隼，到了近前手腕一翻，两指间竖起一张黄光幽幽的符箓，直往尸邪额头上拍去。

尸邪挣扎得益发剧烈，眼看蔺承佑到了跟前，它两手握拳透爪，阴气瞬间暴长，颈上的锁魂豸竟断成七八节，如银星子一般迸向四周。

众人面色大变，滕玉意也是目瞪口呆，她见蔺承佑使过几回锁魂豸，记得这东西攻无不克，没想到竟能被尸邪生生挣断。

在“吱哇吱哇”的怪叫声中，锁魂豸摔落开来，俨然被斫断的长蛇，东一节西一节，在地上扑腾不已。

蔺承佑面不改色，非但去势不减，反将指间的符箓催得亮若火烛。

尸邪抬起手来，两臂僵如木棍，欲掐住蔺承佑的脖颈，但终归迟了一步，符箓拍到它的额头上，它瞬间一动不动了。

空气里弥散开一股浓浓的腥秽气，五位东明观道士精神一振，立即分散开，各执一剑，口中喃喃有词。

蔺承佑口中呼哨一声，地上的锁魂豸飞快地合拢成团，重新化作一条银蛇，软绵绵地爬了一段路，停在了蔺承佑的脚下。

蔺承佑俯身将其揽入手中，拨弄它两下：“别哭了，先到我怀里养养。”

锁魂豸耷拉着脑袋，很快停止了抽噎，爬到蔺承佑胸前拱了拱小主人的前襟，倏忽不见了。

滕玉意擦了把冷汗，转而打量尸邪，它哪是母亲的模样？这女子看上去十五六岁，峨髻双鬟，颜色明媚，脸蛋小而圆，嘴唇红润饱满。

如果不知它底细，单看它这副天真模样，准会将它认作少不更事的世家少女。

滕玉意咬牙爬起来，刚才那幻境差点儿把她的心肝肺都碾碎了，她早知道尸邪手段了得，没想到可以如此逼真。

等她看清尸邪身上的衣裳，愈加怒不可遏。

尸邪居然穿着阿娘的那条丹云霞锦裙，之前正房的灯曾无故熄灭，想是这东西为了迷惑她进房窃取阿娘遗物去了。

东明观五道喃喃诵咒，剑端迸射出五道雪光，尸邪被困在阵中，连头发丝都动不了。

众道既惊又喜，先前那一幕让人冷汗直冒。滕娘子如坠梦中，随时可能性命不保。尸邪为了攫取猎物的心魂，全副心神都放在折磨猎物上。他们筹谋了一日一夜，终于等来了千载难逢的好机会。蔺承佑只求一击得中，生生忍到最后一刻才动手。

这小子正中带点儿邪气，行事与寻常的道家人大不相同，可如果不是比邪物心肠还坚硬，焉能成功捕到尸邪？

滕娘子更出人意料，谁能想到她都哭得肝肠寸断了，还不忘暗算尸邪。

蔺承佑从背上箭囊取出一根金色长笥，一边搭箭拉弦，一边缓缓往后退去："滕娘子，你心神不稳，先回屋，若是不敢走动，躲到我身后也可。"

五道嚷起来："滕娘子，方才我们一直埋伏在附近，为了能成功抓住尸邪，看着尸邪进府也不敢妄动，估计贵府被尸邪暗算的人足有数十人，一下子醒不了，烦请你去把绝圣和弃智唤醒，让他们给众人喂符汤。"

滕玉意摇摇晃晃站直了身子。

自己哭哭啼啼的模样，想必被蔺承佑他们看见了，她顾不上计较这些了，尸邪太难对付，她既然自愿为饵，早该有所准备。

饶是如此，滕玉意心里仍有些不舒服，藏在心底深处的秘密，骤然被人窥见了，像身上的盔甲被公然剥离，露出里头最柔软脆弱的部分。

她眼睛涩痛，为了掩饰只能若无其事地清嗓子，结果发现自己出不了声，刚才误以为能开口，不过是尸邪造成的幻境而已。

她心中牵挂阿爷和表姐，急忙环顾四周，没能看到阿爷的身影，难怪幻境里阿爷始终不曾跟她说话，想来也是尸邪作祟的缘故。

滕玉意拔步往松涛苑跑，就在这当口，见仙趔趄了一下，阵法随之一乱，好在他旋即站稳了，尸邪倒是一动不动，眼睛却滴溜溜乱转。

蔺承佑已将弓弦拉满，笑着打量尸邪："你就是尸邪？久仰大名。地下待得不舒服了，想跑出来透透气？可惜你撞上了我，今晚就给我从哪儿来回哪儿去。"

尸邪在阵中兀自挣扎，突然眨巴着眼睛，冲蔺承佑喊道："阿兄。"

滕玉意一愣，这分明是阿芝郡主的声音。她错愕地看过去，尸邪长相未变，但神态、语气与阿芝的一模一样。

蔺承佑似乎也怔了一下。

尸邪泪光莹然："阿兄，我是阿芝。你答应了教我骑马的，你怎么不理我呀？我怕，阿兄，你快来抱我。"

滕玉意打量见美等人，只见他们个个大汗淋漓，想来各自为幻境所困。她是领教过尸邪的手段的，不由得暗道糟糕，本已决定离开，又掉头朝蔺承佑奔去。不行，她得去提醒他，要是连他也中计，今晚就别想降服尸邪了。

蔺承佑眼睛一眨不眨地望着尸邪。尸邪起先动弹不得，逐渐双臂可以放下来了，它跺了跺脚，嘟嘴道："阿兄，你是不是还生阿芝的气？上回我打翻了你的宝贝，阿兄不是都罚过我了吗？"

滕玉意恨不得马上跑到蔺承佑跟前，然而阵中的尸邪大哭起来，眉眼也越来越像阿芝。

蔺承佑手中的弓弦虽然不曾放下，箭却迟迟未射出。

“阿芝”一步步走近蔺承佑，抽抽搭搭地道：“我想吃阿娘亲手做的玉涵泥，阿兄上回给阿芝做的玉涵泥不好，都变成焦炭了。阿兄，我饿，你带我回家。”

它越走越快，速度比滕玉意快上许多，腮上挂满了晶莹的泪珠，再跑几步就要投入蔺承佑的怀抱了。

滕玉意提裙发足狂奔，忽听一声锐响，那箭离弦而出，金光闪烁，正中尸邪的额心。

尸邪不提防，身子往后一仰，接连踉跄了好几步，回到了阵中。

蔺承佑冷笑道：“你凑近点儿正好，省得我费力气。”

滕玉意大松了口气。尸邪抬起胳膊，欲将金箭从额心上拔下，可是那箭仿佛长入了肉中，无论如何都拔不下来。

尸邪凄楚地看着蔺承佑，忽又换了一副腔调：“小哥哥。”

奇怪这回虽也是小娘子的嗓音，语气却与阿芝的大不相同，声音也更稚嫩。

蔺承佑无动于衷，迅速抽出第二支箭，再次拉满弓弦。

尸邪却道：“小哥哥，我救了你一命，你却打算要我的命吗？”

蔺承佑像是想起了什么，突然面色大变。尸邪垂下脑袋，幽幽叹气道：“那年你在临安侯府落水，是我救了你，你给我吃梨花糖，还说要带我去找我阿娘，结果你转头就不管我了。小哥哥，这些年我一直在等你找我，好不容易再碰面，你却打算取我性命。”

蔺承佑面无表情，手上的动作却彻底停住了。

滕玉意脑中也有些混乱，当年她也来过长安，但那段记忆活像被人凭空抹去了似的。

要不是前几日那场大梦，她也不知道有个女娃娃救过蔺承佑。蔺承佑多年来一直在找寻自己的小恩人，可惜始终未有音信，都猜那女娃娃要么年纪小小就没了，要么根本不在长安。

想不到尸邪窥探人心到这等程度，只听尸邪娇声道：“小哥哥，我想把那包梨花糖还给你，你却让我走开，我是你的救命恩人，你为何这样待我？”

蔺承佑的目光渐渐有些迷离。滕玉意疯跑几步，马上要搭上蔺承佑的肩了，可没等她推搡他，第二支箭离弦而出，一下子射中尸邪的右胳膊。

“你就是这样蛊惑人心的？”蔺承佑一脸轻蔑，“我倒是高看了你。”

他不等尸邪再次开口，迅速射出第三支箭和第四支箭，一箭中了左胳膊，另一箭正中腹心。

最后他将第五支箭搭上弓弦，对滕玉意道：“滕娘子，你站着干什么？到我身后来，它奈何不了我的。”

滕玉意借着月光看了看，蔺承佑虽然神情轻松，但额角上沁满了细细密密的汗，它奈何不了他？这话恐怕只能哄他自己。

蔺承佑似有所觉，瞟了滕玉意一眼，随后若无其事地拉满弓弦，这回对准的是尸邪的喉咙。

滕玉意本打算去找表姐和阿爷，一时又拿捏不准了，万一尸邪把蔺承佑的阿娘、阿爷、阿姑、阿舅都扮上一回，不知这厮还能不能扛得住？

眼看蔺承佑要射第五支箭了，滕玉意权衡再三，只好站到他身后去。

滕玉意暗想这倒是个索要解药的好时机，只恨这时候万万不能让蔺承佑分心。

见喜喝道：“尸邪！你嗜吃人心，盖因形不全神有亏，可你想过没有，为何你吃了这么多颗心，胸腔子里依旧空空荡荡？”

尸邪眼珠一动，又恢复了那副娇憨的神气：“老头子，你在说什么呀？”

“你应邪而生，邪能腐心，哪怕再过一百年，再吃一百颗心，你依旧是个无血无根的怪物，永远别想修成正道，永远别想光明正大地行走在天地间。”

尸邪嘴边的笑容不见了，脸色阴得能滴出水来。

众道一喜，忙互相交换眼色。尸邪不动怒的时候可谓无坚不摧，一旦动怒就好对付了。五道迅速咬破指尖，再次催动阵法：“乘虚而入，万道归宗。”

话音未落，剑光倾泻而出，汇作一股流光溢彩的真气，奋然涌向尸邪。光芒烁目耀眼，令人不敢逼视，击到尸邪身上，尸邪痛哼起来。

五道喜出望外，拼尽全力将剑气催到极致，口中念念有词，飞快地绕阵而走，可是没等剑气将尸邪浑身缚住，顷刻间便消弭于无形。

五道支撑不住，齐齐喷出口鲜血。滕玉意这才惊觉邪物的怒气是装的。她虽看不懂道法，但五美既拿来对付尸邪，想必是东明观的绝技，落到尸邪身上，居然全无效用。

尸邪娇笑道：“好玩，好玩，你们花样可真多，我要带你们回家去，把你们的脑袋拧下来蹴鞠。”

它笑声如铃，在这幽静的夜里听来，说不出地惊悚可怖，忽听蔺承佑喊道：

“丰阿宝，你还有家吗？”

尸邪笑容一僵，转动眼珠看向蔺承佑。蔺承佑笑道：“原来你真的叫丰阿宝。”

尸邪冷冰冰地看着蔺承佑，阴风在脚下回旋，吹得它的襦裙微微摆动，周遭空气冷却下来，仿佛随时都能招来一阵盲风怪雨。

蔺承佑叹道：“生前被幽禁在行宫里，死后变成不生不死的怪物，说来怪可怜的。丰阿宝，你也不想这样的吧。”

尸邪两手垂落在身侧，殷红的指甲迅速伸长，刹那间长到了极致，又卷成蜗形弯回掌心。

“我本想同情同情你的身世，可惜尸邪无‘邪’不生，你本性不邪的话，死后也不会成为尸邪。你生前没少害人吧，白日我们去樊川行宫旧址找寻，猜我找到了什么？数十具女子的骸骨，分别埋在宫里各个角落，死法各不相同，你是行宫主人，这些人是你令人杀的？她们是宫女？她们为何被你杀了？惹你不高兴了？”

尸邪面上毫无波澜，额心的箭却开始摇摇欲坠。蔺承佑笑了笑：“小小年纪便如此嗜杀，你爷娘怎么也不管管你？哦，我忘了，长到十六岁而殁，你见过你亲生爷娘吗？一辈子见不得光的滋味，怕是不好受吧？”

尸邪显然已经怒到了极点，眼睛染成血红，红唇一张，吐出两根尖锐的雪白长牙，指甲迅速往外伸，乍眼看去，仿佛有生命的红色曼陀罗花。忽然间它浑身一颤，像小女孩一般“嘤嘤”哭起来：“你怎么这么坏？你坏透了！我要把你的心肝挖出来，做成肉泥吃……”

蔺承佑眼看成功挑起了尸邪的怒气，毫不犹豫地射出第五支箭，箭尖去若流星，深深扎入尸邪的喉管。

尸邪表情一阵痉挛，它死死盯着蔺承佑，试图走向蔺承佑，然而身体熬不住了，不但关节僵硬如铁，皮肤更是散发出阵阵焦臭。

它稚气的声音却不变，一径嘶声道：“要不是你故意激我生气，这些小把戏才伤不了我。你给我等着，我一定把你嚼成骨头渣子吃掉。你这个大坏蛋！你们都是大坏蛋！”

滕玉意打了个寒战，哪怕到了这个地步，尸邪的模样仍是天真无邪，但她知道，这东西恶毒起来胜过世间所有妖魔。

蔺承佑从箭筒里拿出第六支箭，讽笑道：“我只是以其人之道还治其人之身罢了，今晚我就送你最后一程，把你挫骨扬灰，省得你再爬出来害人。”

那箭离弦而出，“嗖”地射向尸邪的眼珠。尸邪眼珠一凸，面色呈现出一种死人的青灰。它发狂扭动，可惜连脖颈都动不了，大概知道自己死到临头了，它再次放声大哭，那声音刮耳粗硬，像尖锐的器物刮过垣墙。

滕玉意只盼蔺承佑赶快弄死尸邪，孰料这时候，空气中传来一股浓厚的血腥味，树梢忽然发出簌簌响动，有东西凌空飞下，一把将尸邪捞起。

那东西红喙翠尾，生就一身金黄色羽毛，双翅展开，阔若飞鸢，仔细看才发现它翅膀上沾了血迹，飞翔的姿态也有些歪。

众道如临大敌："金衣公子？"

蔺承佑面色发沉，随即掉转弓箭的方向，"嗖"的一声，对准那东西射出一箭。

"它是怎么闯进天罗地网的？不要命了？"

五位道士当空挽了剑花，身子一纵，从四面八方追袭而去。

蔺承佑箭无虚发，金衣公子背上中箭，血迹瞬间打湿了羽毛，然而它速度不减，硬生生又拔高了几寸。

蔺承佑踏上一边树干，提气飞纵上去，不承想有人比他更快，那人恨声道："休想走。"

来人身手矫捷，力气也大，不过起身一个纵落，一举将金衣公子从半空中拽下。

滕玉意大惊，那人居然是阿爷。滕绍面色惨白，显然是受了伤。

金衣公子张喙发出一声鸣叫，狠狠挥翅拍向滕绍。

滕玉意仓皇拔剑奔过去。蔺承佑却落回地面拦在滕玉意前头，指间燃起一道符，弹向金衣公子的后背。

滕绍早已一个翻身滚开。金衣公子待要再追，背后的符箓乘风而至，它心知厉害，不得不避其风头，干脆化作人形，抱着尸邪就地一滚。

再起身时它已是一位俊俏的簪花郎君，众道各自占据位置，团团将其围在当中，谁知金衣公子左臂一展，释出金黄的雾气。

众道大惊："这东西有剧毒！世子，快躲开！"

蔺承佑非但不避，反而绕过那团黄雾往外墙纵去："别上它的当，这是它的障眼法，快追！"

众道恍然大悟，连忙挥剑追上，待到黄雾消散，原地果然空空荡荡。

众人再抬头，金色影子一晃而过，金衣公子穿过树梢往外墙直飞。

蔺承佑穷追不舍，几次击出符箓，均叫金衣公子险险避开。

金衣公子朗声笑道："何苦来哉？臭小子不知天高地厚，追上我又能如何？"

蔺承佑嗤笑："二位不请自来，总得留下点儿什么东西再走吧？我也不多要，把你的利爪和尸邪留下就行。"

"好狂妄的小子！要取什么尽管来，但要看你有没有这个本事。"

话音未落，一道劲风逼到眼前，金衣公子大震，这一箭若射中它的面门，不死也要丢半条命。就在这时候，怀中猛地探出一只白嫩的胳膊，张开五指抓向金笴。

蔺承佑心猛地往下沉，方才尸邪一言不发，他只当它无法动弹，谁知这东西竟能在这么短的工夫内自我愈合。

这箭冲力极大，尸邪纵是凶力恢复了少许，仍被齐齐削去了指甲，它手上皮开肉绽，发出阵阵焦臭。

尸邪凄声大哭："好疼，好疼啊……我的指甲！我要把这臭小子吃了，不，嚼碎了喂狗吃！"

它嗓音既娇嫩又蛮横，满含怒意叫出来。它一出手即将蔺承佑的箭势卸去，长笴落在金衣公子的脸上，仅仅擦破了一点儿皮肉。

金衣公子飞势不受阻遏，几个纵落便踏上了外墙。蔺承佑怎肯让它从眼皮子底下逃走，然而射那一箭已经减缓了速度，金衣公子行动起来又堪比疾风，蔺承佑一路追至垣墙外，终究晚了一步，二怪转眼就消失在茫茫夜色里。

滕玉意奔到滕绍身边查看。

滕绍仍有些惘然，抬头看见滕玉意，反手将滕玉意搀扶起来："孩子，你没事吧？"他肩头上有血渍，眼里情绪复杂，像是愤怒，又像是哀伤。

滕玉意早料到阿爷之前也被尸邪给蛊惑了，忙摇了摇头，表示自己毫发未损。

滕绍确认女儿无恙，红着眼圈点点头道："好。"

他面色苍白，神色有些不安，肩膀伤得不轻，可他甚至都没看一眼自己的伤处。

滕玉意起先只是担忧，逐渐起了疑心，从没在阿爷脸上见过这种表情，像是平静湖面下掩藏着巨大的波澜，有心想问阿爷究竟看到了什么，肩是被蛊惑前伤的还是被蛊惑后伤的，但滕绍转眼就恢复了往日的沉毅，他厉目环顾一圈，沉声道："蔺承佑估计还会追袭一阵，府里不能乱，先回松涛苑看看。"

半个时辰后，府里大部分护卫醒转了，程伯也带人赶到了松涛苑，只是仍有些头昏乏力。

绝圣和弃智奔来跑去，忙着给众人喂符汤。尸邪进府第一件事就是迷惑他二人，他们最初还能保持清醒，后来便抵挡不住了，醒来后得知师兄追妖未回，便开始张罗解毒汤。

滕绍毕竟久经沙场，很快就重整身心，坐下后交代管事们各司其职。在他的指挥下，府里没多久就恢复了秩序。

程伯找来了医工。滕绍端坐在庭中包扎伤口。滕玉意扶着杜庭兰从屋里出来，抬头就看见蔺承佑背着箭囊从外头回来，五道跟在后头，个个摇头叹气。

绝圣和弃智没好意思迎上去，倒是滕绍挥开医工的手，起身道："世子，可追到了妖怪的行踪？"

"没有。"蔺承佑平日那种浑不在意的神情不见了，满脸都写着不痛快，"一贯地来无影去无踪。"

滕绍吩咐下人："赶快给世子和五位道长奉茶。"

五美纷纷摇头叹气，今晚这局几乎每一步都算准了，不但保住了做饵的滕玉意，还如愿将尸邪捕获，可明明只差一步就能除去尸邪，没料到还是让它逃了。

"今晚最大的罅漏是低估了金衣公子与尸邪之间的牵绊，先前一看到尸邪潜进府，我们马上在府外布下专对付禽妖的九天引火环，料定金衣公子绝不敢冒着丧命的风险硬闯，没想到它为了救尸邪还是闯进来了。唉，二怪奸猾异常，下次再要请君入瓮，怕是不能够了。"

"说什么丧气话。"蔺承佑仰头看了看天象，"尸邪最爱惜容貌，它出阵这么久，今晚又受了伤，眼下急需补充精元，蛰伏不了多久，估计很快会出来害人。"

"世子说得对。"见美忙着吃茶点，"金衣公子也受了伤，而且伤势不在尸邪之下。不过说来也怪，据观里志异记载，只听说金衣公子好色狡诈，没听说过它讲义气。我们设局捉尸邪，论理它该躲得远远的。"

见天插话："它们会不会在一起习练什么增长功力的魔道？彼此不能相离，一旦其中一方离开另一方，就无法继续修炼魔道，否则一个无情无义的妖怪和一个残忍恶毒的尸邪，是怎么搅和到一起的？"

蔺承佑对滕绍道："滕将军，现在确定被二怪盯上的猎物有三位，彩凤楼的名伶葛巾和卷儿梨，再就是令爱了。葛巾听说是彩凤楼的都知，想来不但相貌拔尖，应该还颇通诗墨。那个叫卷儿梨的，据说是假母花了大价钱买来的，估计也不差，至于令爱嘛，"蔺承佑看了眼滕玉意，"令爱自然也是沉鱼落雁之貌。"

话虽这么说，但蔺承佑目光里的意思很明白：这是违心之说，令爱也就马马虎虎吧。

绝圣和弃智微微睁大眼睛，滕娘子的相貌可丝毫不比卷儿梨和葛巾娘子差，师兄的眼神是不是有点儿问题？

滕玉意心里冷哼。

“不知令爱诗文如何？假如不善诗文，琴艺怎么样？”

滕绍欠了欠身道：“吾儿幼而慧悟，文墨尚可，琴艺也不差。”

蔺承佑蹙眉思索，一时没吭声。

见美道：“世子在想尸邪为何盯上她们三人？难道不是因为当晚她们三人恰好都在彩凤楼？”

蔺承佑思忖着道：“可是当晚彩凤楼的伶人不下百人，怎么就挑中了她们三个？”

绝圣和弃智因为没能帮上师兄，刚才一直没好意思插话。这时弃智歪头端详着滕玉意道：“师兄，有件事我早就想说了，滕娘子和卷儿梨长得有点儿像。”

绝圣也点点头：“对对对，都是皮肤雪白，眼睛乌黑乌黑的。那个被毁容的葛巾娘子也是这种长相，乍看不像，细看才觉得有些神似。”

滕绍面色有些不怡。

蔺承佑瞥了眼滕绍的神色，喝道：“放肆！怎么能把滕娘子和伶人相提并论？滕将军、滕娘子，小师弟口无遮拦，千万别往心里去。”

滕玉意微微一笑，示意绝圣和弃智不必介怀。滕绍拱了拱手：“二位道长也是为了捉妖，又何错之有？”

岂料那边见美不知死活地开了口：“白日老道随世子去彩凤楼查案，也曾跟葛巾和卷儿梨打过照面，葛巾被毁了容看不出究竟，但卷儿梨眉眼与滕娘子有些挂相是事实。世子，你打听这个，该不是想摸清尸邪怎么挑选第一颗心吧？”

蔺承佑“嗯”了一声：“《天师降魔传》里记载过一桩异事，说两百年前出过一具怪尸，做派与尸邪一模一样。怪尸生前是一位大兴鞫狱的酷吏，死前就残忍嗜杀，死后祸害了数十条人命，死者均被人剜心而亡。

“怪的是被这怪尸害死之人，无一不是四十多岁的中年男子。历来都认为尸邪为了滋养容颜，只挑少年女子下手，因此无论《天师降魔传》还是《妖经》，都没将这怪尸认作是尸邪。可如果这结论错了呢？尸邪剜心并非为了食用，而是为了补心。”

见美一拍大腿：“补心！为了严丝合缝，自然要找跟自己心脏大小差不多之人下手，有些严苛的尸邪，譬如那位酷吏，对猎物的年龄甚至都要求一致。这也就说得通，那位四十而亡的中年酷吏为何喜欢挑同年龄的男子下手了。”

蔺承佑道：“我不知尸邪为何挑中她们三个。尸邪出阵之后虽吸干了不少人的血，却一直未剜心，可见第一颗心对它来说意义非凡。我现在有个主意，只是还需与滕将军商议。”

滕绍肃容道：“今晚幸赖世子和诸位道长相护，吾儿方能安然无恙，有什么话世子只管交代，只要能除去两怪，滕某愿全力配合。”

蔺承佑道：“虽说尸邪白日也能出来行走，但夜间才会阴力大盛，明日白昼我会带人在城内外搜捕，若是没能找到它和金衣公子的行踪，那么只能请令爱去彩凤楼盘桓几夜了。”

滕玉意一惊。

五道却很快就想明白了，目下已经无法断定尸邪会让谁献祭第一颗心，为免横生枝节，只能将三人集中在一处。再者彩凤楼地势极阴，以阴化阴正是上佳的降魔之地。就不知滕绍会不会同意女儿住到妓馆去，谁知滕绍沉思片刻，果决地道：“只要能救吾儿，无须计较这些细枝末节。不过滕某有个要求，要么彩凤楼暂时闭馆，要么吾儿不能以真面目示人。”

蔺承佑道：“彩凤楼早已闭馆，只是馆内庙客、假母、妓人甚多，滕娘子若是前去，自然要乔装一番。”

杜庭兰仍有些头昏欲呕，意识却早已清醒，闻言她有些踌躇，哪有世家女子住到妓馆中去的，于是轻轻地摇了摇滕玉意：“阿玉。”

滕玉意想了想，提箸在托盘上写道：上回世子也说过，尸邪性恶记仇，我去了彩凤楼之后，不知它会不会来找我阿爷和表姐的麻烦？

滕绍对滕玉意道：“阿爷会陪你去彩凤楼。至于兰儿如何安置，还得听世子和诸位道长的安排。”

蔺承佑道：“滕将军，今晚你领教过尸邪的手段，人多毫无裨益，只会浪费我的符汤，刚才你又被金衣公子伤了。尸邪最嗜鲜血，只要闻到你身上的血气，功力会瞬间暴长，因此你非但不能去，还得尽量离滕娘子远一些。”

滕绍迟疑着道：“这……”

“可以让滕娘子带一两名身手出众的护卫随行，多了只会添乱。此外滕娘子考虑得是，尸邪的手段层出不穷，在它落网之前，凡是跟它打过照面的，都需找个妥当的地方安置。”

可是，青云观和东明观的道士已经被调派到各处巡逻，长安哪还有抵御尸邪的妥当地方？

这答案第二日就揭晓了。

次日晌午刚过，蔺承佑便派人送信来，说他们离开滕府后便四处找寻尸邪的藏匿之处，从半夜找到现在，一直未有收获，让滕玉意早些乔装了，由绝圣和弃智护送去往彩凤楼。

至于滕绍等人，蔺承佑则另有安排。

这封信前脚送到滕府，后脚就有两名僧人上门谒见，自称是大隐寺缘觉方丈的大弟子，受蔺承佑之托，前来接滕绍和杜庭兰等人去大隐寺避难。

滕玉意听到大隐寺的名字，心口一阵乱跳，前世她随皇后去大隐寺斋戒，正是在寺中得知阿爷遇难的消息。

杜庭兰讶然："姨父，听说缘觉和尚是有名的得道高僧，倒不曾听说成王世子和缘觉有什么渊源。"

滕绍道："缘觉方丈与清虚子道长是旧识，二人当年曾合力降服长安大妖，如今清虚子道长不在长安，成王世子去找缘觉方丈求助也不奇怪。"

滕玉意稍稍安心，如此就不用担心阿爷和表姐遭尸邪的毒手了，于是回内院找出上回那套胡人衣裳，系好蹀躞带，粘上胡子。

滕绍又派人给杜府送信。杜夫人和杜绍棠闻讯赶来，听了来龙去脉，心知不能去彩凤楼添乱，便坚持要陪杜庭兰一道去寺中斋戒。

他们出发之前，绝圣和弃智在滕府门口给众人分发药丸："这药丸是师公在观里炼制的，有护身之效，师兄让我们给每人发一粒。"

药丸颜色各异，发到滕玉意面前的是水粉色的。

滕玉意捧在手里闻了闻，隐约有缕清淡的梅花清香。

服下药后，一行人浩浩荡荡地出发了。

滕绍放心不下，但因为顾忌着蔺承佑的话，不敢离女儿太近，绕着彩凤楼勘查了几圈，又留下程伯和霍丘相护，这才随两位僧人去了大隐寺。

彩凤楼闭馆数日，门前冷清了不少。滕玉意刚入内，迎面见萼姬下楼。

数日未见，萼姬的脸颊消瘦了几分，她一看到滕玉意就欢快地提裙下楼："哎哟哟，这不是王公子吗？今日怎么有空来了？想我们卷儿梨了还是想抱珠了？"

滕玉意粲然一笑，把写好的托盘递给程伯。

程伯面不改色地道："上回我们公子委托萼大娘好好照应卷儿梨和抱珠，不知萼大娘照应得怎么样了？”

萼姬用团扇掩嘴笑道：“她们是奴家的女儿，便是王公子不说，奴家也会把她们当心肝肉似的疼的。王公子不知道，自打楼里出了那样的怪事，一下子吓病了好几位小娘子，奴家也吓得拉了好几日肚子。”

绝圣和弃智赧然地低下头，那分明是你老人家抢着吃清心丸的缘故。

萼姬又奇怪地道：“王公子，你的嗓子……”

滕玉意瞟她一眼，萼姬最会鉴貌辨色，旋即改口笑道：“我们主家说有两位贵客要过来小住几日，该不会就是指的王公子吧？”

话音未落，厢房的瑞光帘被人掀开，贺明生出来了。

他绫罗裹身，头戴巾帻，若非身形太肥硕，这身装扮乍一看倒有些书生气度。

他左手持着筹盘，右手捧着一本账册，眯缝着一双笑眼道：“贺某有失远迎，世子早有交代，寝处已安排好了。王公子，请随贺某来。”

滕玉意瞄了瞄纸上的字迹，这贺明生一身铜臭气，字倒写得遒劲有力。她摸摸胡子：请带路。对了，记得把卷儿梨和抱珠叫过来。

萼姬点头不迭：“闭馆这几日，孩子们的手艺都要生了，过来奏个曲也好，权当给公子解闷了，不知公子要喝什么酒水？”

滕玉意想起上回的龙膏酒，肚子里的酒虫蠢蠢欲动，她正要吩咐萼姬打个半壶过来，程伯却道：“我家公子风寒未愈，嗓子嘶哑难言，听曲无妨，酒就免了吧。”

说话时他半垂着眼睑，像是浑然不觉滕玉意目光中的不满。

滕玉意无奈地收回视线，早知道应把程伯推回到阿爷身边去，横竖霍丘是不敢管她的，端福呢，更是对她这个小主人唯命是从，可惜端福胳膊折了，目下仍在养伤。

贺明生在前带路：“自从那回闹妖异，世子便强令我们闭馆，不许开门接客，更不许楼中人外出。贺某唯恐那妖异又冒出来，好在这几日都平安无事。”

滕玉意想了想，写道：那位葛巾娘子怎样了？

“葛巾啊，葛巾好多了，上回她被妖异掳走，多亏世子及时相救，吃了药已经无甚大碍了。”

他们说话间到了后院，刚踏上倚翠轩的台阶，就听见有女子在唱歌，那歌喉清亮得像山泉，高声时仿佛清风掠过竹林，低音时又如蜜糖注入心窝，别样缠绵沁甜。

滕玉意听着听着，不由得有些神往，上回来彩凤楼没来得及好好欣赏伶人们的技艺，单听这嗓子，就知道彩凤楼名不虚传了。

“这是姚黄娘子在练嗓子呢。”萼姬与有荣焉，“她是平康坊最善歌的伶人，彩凤楼没闭馆时，冲她来的客人可多了。”

姚黄、葛巾、魏紫……这都是按照牡丹拟的名字。滕玉意对葛巾印象最深，因为她被“厉鬼”毁了容，再就是魏紫，因为此女那晚把团扇扔到蔺承佑脚下……至于姚黄和别的娘子嘛，她就只记得貌美了。

贺明生和萼姬把他们领到厢房门前，房间正对着葛巾的住处，旁边则住着彩凤楼一众有头有脸的名伶。楼内没法临时加盖寝处，贺明生只好东腾西挪，把三间最好的厢房挪了出来。

滕玉意转了一圈，见屋里明净雅洁，便满意地点了点头。

贺明生笑道：“贺某亲自盯着他们收拾出来的，茵褥和器物都是簇新的，王公子只管放心住，左手那间是两位管事的下榻处，右手那间是两位小道长的住处，若有什么不足之处，尽管告诉贺某。”

滕玉意从怀中取出一锭金，笑眯眯地递给贺明生：这是我们主仆这几日的住食资费，烦请贺老板多多关照。

贺明生眼睛一亮：“王公子折煞贺某了，贺某虽一介商贾，却也喜欢结交豪士。王公子潇洒不羁，贺某早有结交之意，只恨身份卑微，不敢妄自高攀。王公子肯来鄙处小住，贺某求之不得，怎好收银钱？”

话虽这么说，手却不由自主地探向金子，眉开眼笑地接了，他又领着绝圣和弃智到邻房去安置。

滕玉意刚要拾掇行装，廊道里忽然传来喝骂声，她转头一看，只见对面葛巾的房门打开了，一位高挑的婢女狼狈地捧着盥盆出来。房内的女子似乎并未消气，仍在高声数落着什么。婢女嘴上虽唯唯诺诺，但一出来就轻蔑地撇了撇嘴。

冷不丁看见滕玉意主仆正看着自己，婢女马上换上一副笑嘻嘻的模样，冲滕玉意施了一礼，掉头走了。

滕玉意见过这个婢女，名唤青芝，是葛巾的大丫鬟，模样还算清秀，就是皮肤粗黑些，神态也有些傻气。

看来房内骂人的就是葛巾了，料着她是被毁容之后心里不痛快，所以找贴身婢女的麻烦。从青芝的轻蔑不屑也能看出，青芝大概也早就对自己的都知娘子不满了。

滕玉意和程伯对视一眼，正所谓“势夺则人离”。这位葛巾娘子做花魁时怕是怎么也想不到，一朝容貌被毁，连身边人都开始轻贱自己。

不一会儿，萼姬领着卷儿梨和抱珠来了，边说话边把饮馔端到条案上，依程伯的嘱咐，里面酒水全无，只有茶点和蔗浆。

萼姬笑得合不拢嘴，一径吩咐卷儿梨和抱珠："好好伺候王公子，莫要出乖露丑。"

萼姬前脚刚走，门口就冒出两颗圆圆的脑袋："王公子，我们也拾掇好了。"

滕玉意冲绝圣和弃智招手，二人笑呵呵地进来，瞟见屋里的卷儿梨和抱珠，略微拘谨了些，抖开道袍，在席上趺坐："东明观的五位道长已在回程的路上了，师兄早上去宫里了，估计也很快就会赶来。"

滕玉意把茶点推到他二人面前，绝圣似是看出滕玉意的疑惑，往嘴里放了一颗丹栗，低声道："师兄送阿芝郡主进了宫。"

弃智接话："尸邪昨天被师兄射了六箭，差一点儿就被师兄挫骨扬灰，它心里估计恨极了，定会去找阿芝郡主的麻烦。师兄怕出岔子，一回来就把阿芝郡主送走了。"

滕玉意本以为蔺承佑会把阿芝也送到大隐寺避祸，没想到他将妹妹送到宫里去了。大隐寺有缘觉和尚，宫里哪位高人懂道术？

她冷不丁冒出个念头，听说圣人是清虚子道长养大的，想来也颇通道术，宫里的高人难道指的是圣人？

滕玉意看了看卷儿梨和抱珠，含笑问：好几日不见，你们可还安好？

卷儿梨和抱珠颇识趣，没问滕玉意为何不能说话，只感激地说道："承蒙公子关照，这几日大娘不曾打骂奴家。"

那就好。滕玉意点点头，又写道：对面那位葛巾娘子如何？

卷儿梨和抱珠嗫嚅着没说话。

滕玉意看了霍丘一眼，霍丘走过去掩上门。程伯蔼然笑道："现在可以说了。"

抱珠叹气道："葛巾娘子不好，那日服了道长给的符汤，烧是退了，但总是梦魇，听说没有一晚能睡踏实，白日里也懒进饮食，这才几日，听说都憔悴得不行了。"

绝圣和弃智忍不住道："她体内妖毒都清理干净了，论理不至于如此，你们主家没请医官来看吗？"

"请了。"抱珠搂紧筚篥，"但医官也没看出什么名堂，只说葛巾受了惊吓，需静心休养。"

滕玉意写道：她脸上的伤痕呢？可有愈合的迹象？

卷儿梨望了望绝圣和弃智："上回青云观的道长看了葛巾的伤口，说是厉鬼所伤，主家对葛巾娘子还算关照，找来许多生肌去瘀的药膏，抹了也不管用，眼看要落疤了。"

难怪葛巾悒悒不乐了，滕玉意又问：这几日楼里可还发生什么异事？

两人齐齐摇头："自从那晚过后，楼里清净得很，没听说有人半夜被丢到廊道里，更没听说有鬼一个劲地敲门了。"

抱珠忽然道："不对，听说青芝最近也经常做噩梦，同住一房的丫鬟受不了她夜间惊叫，都跑到假母面前告了好几状了。"

滕玉意故意写道：青芝是谁？

"葛巾的丫鬟，王公子上回应该见过，生得黑黑的，个子也高挑。"

滕玉意起了身：葛巾娘子就住在对屋吧？我去瞧瞧她。

卷儿梨和抱珠有些无措："葛巾娘子把自己关在房中，这段时日任谁都不见。奴家先去替公子叩门，若是她不肯见，公子切莫怪罪她。"

很快她们又回转，黯然摇头道："葛巾娘子不肯见人。"

滕玉意用银箸一指卷儿梨：你呢？上回你不但被金衣公子掳走，还被拽入幻境里，这几日将养得如何？

卷儿梨神色有些呆滞，忙垂下眼睫："多谢王公子挂怀，奴家偶尔有些迷糊，但晚间睡得还算安稳。"

屋里的人想起昨晚蔺承佑的猜测，暗自在心里对比卷儿梨和滕玉意的长相，就连滕玉意自己，也忍不住多瞧了卷儿梨几眼，细看之下，五官并不相同。

滕玉意就这样在彩凤楼安顿下来，找来贺明生身边的管事，把每顿的菜钱都做了定例，自己和绝圣、弃智一桌，程伯和霍丘也另有安排。

安排好后，滕玉意眼看天色不早，信步到花园里转了转，发现那座小佛堂被封了，本想进去看看当年镇压尸邪的阵眼，奈何老远就觉得阴气逼人，白白打了几个寒战，终究没敢往里闯。

恰逢晚膳时分，萼姬派人来问馔食摆到何处，滕玉意便让摆到前楼中堂。

前楼人不少，众伶人白日被关在房中久了，好不容易到了用膳时分，恨不得在外头多挨一会儿。

厅堂里花红柳绿，坐了七八个绿鬓朱颜的美人，她们见了滕玉意也不闪避，反而肆意低笑。

滕玉意大大方方回视，绝圣和弃智却闹了个大红脸。滕玉意拉他们在边上坐下，指了指桌上的馔食，意思很明白：我特地让他们多做了几个素菜，你们尝尝看。

绝圣和弃智忙摆手："王公子，你吃你的，我们不便叨扰，师兄马上要来了，我们还等着跟他一道用膳呢。"

滕玉意：蔺承佑看到你们跟我同桌吃菜，还会吃了你们不成？

绝圣和弃智头摇得像拨浪鼓："不合规矩，师兄看了会不高兴的。"

滕玉意放下茶盏，故意叹口气。

弃智惊讶地道："王公子，你为何不吃？"

滕玉意用银箸蘸了水慢慢写道：白备了一桌菜，结果你们不吃，我可惜这些粮粟，心里有些不忍罢了。

弃智忙道："可以请程伯伯和霍大哥吃。"

绝圣拉拉弃智的衣襟，程伯和霍丘就坐在后头另一桌，而且已经动箸了。

"那就……那就请那边的娘子吃。"弃智话未说完就吞声了，那些伶人个个面色酡红，分明已经酒足饭饱。

滕玉意：天色已经黑了，尸邪和金衣公子随时可能找来，不吃饭没有力气，万一让它们跑了怎么办？

绝圣和弃智动摇了："这……"

滕玉意揭开盅盖，芋泥羹的香气散过来，丝丝缕缕往鼻子里钻。她亲自给两人各盛了一碗，写道：捉妖为重，先垫垫肚子，师兄不会怪你们的。

两人内心挣扎，饿能忍，馋也能忍，但滕娘子说的话不无道理。他们勉强等了一会儿，不见师兄过来，只好坐下道："就依王公子的话，先垫垫肚子吧。"

他们刚把那碗芋泥羹吃完，蔺承佑就来了。贺明生在后头小心翼翼地问道："世子可用过膳了？小人这就令人准备。"

"不急。"蔺承佑漫不经心地往厅堂里一看，朝绝圣和弃智走来。

名伶们不再说笑，目光炯炯地注视着蔺承佑。

这少年郎君与那位假扮男子的王公子不同，是实打实的男人，面庞俊美如玉，举止赏心悦目，可惜不大好惹。

别看他一副潇洒不羁的模样，上回可是连魏紫那样的大美人都吃过他排揎。

绝圣和弃智吃得正欢，不提防满堂都安静下来，无意间一扭头，吓得忙放下碗箸。

蔺承佑撩袍坐下，笑道："让你们等我，自己先吃上了？"

绝圣急得搓手："我们没吃多少，一直在等师兄呢。"

蔺承佑看了眼桌上的菜："没吃多少？"饭也空了，汤也不剩多少了。

弃智垂下头："师兄，其实我们还能吃的。"

"还吃？不怕撑坏了？"

滕玉意透过茶盏上方看了蔺承佑一眼，此人死活不肯给她解毒，她自是巴不得他气死才好，但听他怪罪绝圣和弃智，下意识又想护着。

她写道：我逼他们吃的，你这当师兄的迟迟不出现，他们难道能一直不吃东西？

蔺承佑："有道理，那我是不是要多谢王公子盛情款待？"

滕玉意一笑，目光里满是揶揄：你要是不嫌弃桌上只剩些残羹冷炙，也可以将就吃两口。

"先不忙。"蔺承佑笑哼一声，从怀里取出一包东西扔到桌上，对绝圣、弃智道："这个你们肯定吃不下了吧。"

绝圣和弃智面色一亮："珑璁饼[①]。"

那饼色泽葱翠，一看就是从坊市中买的，大约一直被蔺承佑藏在怀里，似还有些余温。

两人眼泪汪汪伸手去拿："师兄知道我们爱吃这个，特地去买来的？"

蔺承佑拦住他们："想多了，路过的时候顺手买的。你们吃都吃够了，也就别硬撑了，这饼还是留给别人吃吧。"

---

① 珑璁饼：唐人爱吃的一种饼，色泽葱翠。

第十三章
青　芝

绝圣和弃智死死护住饼："不不不，这是师兄专门买给我们的，不能让给别人。"

"谁说是买给你们的，东明观的前辈们也还没用膳。"

两人头摇得像拨浪鼓："两包饼不够五位道长分，道长也未必爱吃珑璁饼。"

滕玉意心道，蔺承佑傲睨一世，居然也有这么孩子气的一面。绝圣和弃智有时候憨头憨脑的，一遇到吃食倒空前聪敏。

蔺承佑笑问："不让？"

"不让，别的也就算了，这可是师兄的一片心意。"弃智抹抹眼泪，"待会儿东明观的前辈来了，大可以吃别的。"

"行吧，这可是你们自己说的，不怕撑坏肚子，那就一块不许剩，胆敢浪费粮粟，这半年的例钱可就没了。"

绝圣和弃智破涕为笑："王公子，这东西好吃极了，下回我们买来请你吃，这回是师兄大老远买来的，我们就不擅自分食了。"

滕玉意摸摸大胡子，写道：这话我记下了。

两人拍拍胸脯："贫道绝不打诳语。"

蔺承佑暗想：这两个臭小子跟师公一个脾气，银钱上抠门得出奇，每攒下例钱，顶多买些吃食孝敬师公和观里的修士，主动请外人吃饭，几乎是从未有过的事，没想到他们对滕玉意倒是挺大方。

正在这时，见美等人来了，后头还跟着五六个道童。每个道童怀里都抱着一个包袱，像是竹筒之类的物事，看上去又重又硬。

五美道袍翩翩，袜舄洁净，一个劲地催促徒弟们，瞟见大堂里的貌美伶人，神魂都飞走一半，眨巴两下眼睛，心不在焉地道："世子，能找的都找出来了，全在这儿了。"

蔺承佑唤了贺明生过来，指了指那帮伶人："让她们走。顺便给我们备桌素馔。"

贺明生回头冲众女直瞪眼睛，众伶人不敢造次，袅袅婷婷依次离去。

贺明生拱手笑道："世子上回点了好几壶龙膏酒，这酒芳辛酷烈，只有真正懂酒之人才知其妙。这几日贺某从龟兹胡商处又得几壶，既要备膳，要不要一道奉上？"

蔺承佑一头雾水，他何时在彩凤楼喝过龙膏酒？

绝圣和弃智心里一抖，那晚在彩凤楼捉妖，师兄让店里安排他们的吃食，滕娘子因为师兄不肯给翡翠剑解咒，在气头上点了好几壶龙膏酒，听说一壶就要花费不少银钱。萼大娘当时都乐坏了。论理彩凤楼早将酒账送到成王府去了，师兄该不会到现在还不知道吧？

滕玉意笑呵呵地起身，意思很明显：世子、诸位道长，你们慢用，在下告辞。

蔺承佑道："慢着。"

他笑问贺明生："上回我一共喝了几壶龙膏酒？"

贺明生随身带着账本，忙笑呵呵地翻到某一页："世子酒有别肠，一口气点了三壶。"

蔺承佑眯眼打量滕玉意，龙膏酒外头不常见，宫里却藏了好些，他年年喝年年醉，记得那酒烈得很，上回滕玉意喝了三壶却不见丝毫醉态，可见她酒量不浅。

他意味深长地一笑："既然还有正事要办，只宜浅酌一番，先上三壶吧，记得再备一桌好菜，统统记在王公子的名下。"

贺明生有些为难："这……王公子下午做了安排，每顿均有定例，今晚这一顿已经满数了，怕是不能再加酒菜了。"

滕玉意假怒：糊涂，既是世子要喝，破例又如何？在下早就想招待世子和东明观的道长，机会难得，你速速把酒热了端上来。

她写一句，贺明生便弯一下腰，到最后红光满面，搓手笑道："世子磊落不凡，王公子豪爽阔达，两位珠辉玉映，连贺某都跟着沾光。那就依王公子的话，贺某马上下去安排。"

蔺承佑笑道："多蒙王公子款待。"

滕玉意假作豪爽拱了拱手，面色如常，款款落座。

不一会儿酒菜上桌，滕玉意假意谦让，端起酒盅便喝。

程伯过来制止，被滕玉意杀人般的目光逼回去了。

她的心正在滴血，三壶龙膏酒，那就是一万多钱。白日出门时她带的那包七彩琉璃珠，本是为了应急，哪知都用在了酒钱上。酒菜都上桌了，她不猛喝一顿怎对得起自己？

滕玉意喝光三杯，待要摸向第二壶，不提防壶空了，一滴都不剩了。

蔺承佑往嘴里扔了颗酪枣，满脸坏笑，不用说，定是他喝的。

滕玉意回以一笑，改而摸向第三壶，才斟了一杯，就被蔺承佑抬手扣住了酒壶。

蔺承佑笑道："王公子，我略通医理，好心劝劝你，你有恙在身，如此豪饮当心激坏了嗓子。"

他话里有话，分明在敲打她，然而一等蔺承佑松手，滕玉意立刻又拿起酒壶斟了一杯。蔺承佑这话哄哄别人也就罢了，唬不了她。所谓龙膏酒，乃用龟兹西域一种灵兽的鳞甲炮制，除了酒味甘醇，还能散瘀解毒，她又不是真染了风寒，本该多喝喝酒解毒。

她慢条斯理地喝了好几杯，待要再斟，酒壶却又空了。明明还有大半壶，怎么凭空又没了？可等蔺承佑拿起酒壶，酒液却又汩汩倾注出来。

滕玉意心知他不过是仗着身手耍花招罢了，上桌到现在她满打满算只喝了一壶半，怎肯就此打住？她一眼勘破酒壶的机关，给自己又斟了一大杯。

他二人明争暗斗，五道也喜滋滋地品咂着杯中的酒："好酒！好酒！"

蔺承佑指了指那堆包袱："各家道观关于金衣公子的记载都在这里了？"

"没错，金衣公子两百年前便开始作乱，各类杂述不少，可是方才我们粗粗翻了翻，大多是说此妖来历及它害人的手段。关于它和尸邪的渊源，暂时没找到相关记载。"

"金衣公子不会突然转性，仔细在各观志异上找一找，未必找不到源头。"

"世子，王公子和那两位伶人今晚住在何处？"

蔺承佑道："葛巾娘子和卷儿梨住一间，王公子住她们对面。花园里有一处小佛堂，与她们所住的厢房相距不远，今晚委屈诸位道长了，就住在小佛堂里。方才我已令贺明生派人送些茵褥过去了。"

用完膳，蔺承佑带人到各处都查看一番，把每个角落都撒了七追粉，这才带着绝圣和弃智往后院走去，穿过廊道时，不提防在拐角处看到一个人。

今晚月明星稀，花园幽静绮绣，几株牡丹探到栏轩前，花瓣虽未盛放，却也浓姿半掩，清风拂过，花影摇动。

那人站在花前，负着手似在赏花，背影看着是滕玉意，可她明明听到唤声，却恍若未闻。

绝圣和弃智不疑有他，迈步就要跑过去："王公子。"

蔺承佑心中一沉，抬臂拦住二人，指尖飞快燃起一道符，就要弹将出去，就在这时候，滕玉意转过身来看他一眼，神情泰然自若，哪有半点儿阴煞之气？

蔺承佑迅即熄了符箓，明知故问："你不在房中待着，在这儿做什么？"

"是啊，王公子，道长他们不是在你身边吗？"绝圣和弃智围到滕玉意身前。

滕玉意心知蔺承佑方才起了疑，这倒正中她下怀，便将早就写好的一沓纸拿出来：我有几句话想单独跟你们师兄聊一聊。

蔺承佑抱怀笑道："我不觉得你我之间有什么话不能当众说。"

滕玉意抽出第二张：事关尸邪，世子如果不想像上回那样又让尸邪跑掉，不如耐心听我一言。

蔺承佑抚了抚下巴，发话了："你们到边上等一会儿。"

说着他缓步踱近："说吧，王公子有何见教？"

滕玉意一笑，指了指第三张纸：世子刚才误以为我是尸邪吧？

蔺承佑："是又如何？你鬼鬼祟祟站在此处，我看了起疑心不是正常吗？"

滕玉意：可是绝圣和弃智道长并未起疑，他们骤然看到我，第一反应就是问我为何在此，假如我真是尸邪假扮，等他们反应过来恐怕已经晚了。

蔺承佑早猜到她会这么说，故意蹙了蹙眉："这话也对。"

滕玉意顺理成章翻开下一张：世子可想过，今晚绝圣和弃智离我最近，他们千防万防，唯独想不到尸邪会扮成我。万一尸邪哄过了两位小道长，事败事小，伤人事大。世子确定要冒这个险？

蔺承佑道："接下来的话我替你说了吧，为今之计，只能赶快替我解毒，我能说话，也就不怕尸邪假扮成我了。"

滕玉意笑了笑：不怕一万就怕万一，若世子因为不肯给我解毒再让尸邪跑了，自己不会觉得扼腕吗？

蔺承佑忽然走近两步，俯身闻了闻滕玉意的肩头。

滕玉意急忙往后一弹：你要做什么？

这句话可事先没写在纸上，她只能瞪大双眼，把惊怒写在脸上。

蔺承佑喝了点儿酒，脸上虽无醉意，眸光却像寒泉般益发深沉，他懒洋洋地往后退了一步："王公子喝了那么多龙膏酒，目下满身酒气，尸邪便是想假扮也假扮不了。回头我告诉绝圣和弃智，若是撞见王公子，只需闻闻有没有酒气，没有酒气的那个，必定是尸邪了。"

滕玉意定了定神，旋即抽出下一张：要真是如此，我何须来找世子？你可知那晚我为何会被尸邪蛊惑？它单凭相貌和神态与我阿娘相似，不足以让我中计。

蔺承佑沉吟，昨晚滕玉意做饵时他就蛰伏在不远处，看她满面泪痕，绝不像是装出来的，可见她当时也迷了心智，后来她突袭尸邪，委实出乎他的意料。

"王公子为何会上当？"他的确有些好奇。

滕玉意：尸邪并未直接来找我，而是先潜入正房，偷了我阿娘的衣裳，还抹了我阿娘箱箧里的香膏，只因处处细节都吻合，我才不慎上当。世子以为尸邪再来时不会多做准备？彩凤楼里藏了不少龙膏酒，它想把自己弄得满身酒气，简直易如反掌，偷我的衣裳和毡帽更是手到擒来。不过嘛，正因为它那晚做得太多，我才知道有些东西是尸邪无法左右的。

"哦？它左右不了什么？"

滕玉意抽出一张纸：它似乎不能及时判断出被蛊惑者身体的异样，比如我明明嗓子哑了两晚，昨晚在幻境里却能张口说话。我猜它今晚若是存心假扮我，便会吸取上次的教训，扮作无法说话的模样，以此来骗取楼中人的信任。世子倘若不想让众人上当，唯一的法子就是给我解毒。尸邪即便能及时调整气息和外貌，也绝对察觉不了我嗓子已经恢复。

蔺承佑脸上笑意未减，然而没再接话。

滕玉意莞尔：我的话说完了，究竟该如何做，还请世子自行权衡。

说着她昂首朝台阶边踱了两步，绝圣和弃智往这边一瞧："说完啦？"

滕玉意点点头，绝圣和弃智于是跑出来："师兄？"

蔺承佑若无其事地道："我去小佛堂查查东明观的志异，你们送王公子回房吧。"

滕玉意刚下台阶，程伯和霍丘从暗处闪身出来。

直到她回了厢房，蔺承佑都未跟过来。滕玉意踌躇满志，坐下来又等了片刻，干脆令霍丘把棋盘取出来，拉着绝圣和弃智闲聊下棋。

过了许久，蔺承佑仍无消息，绝圣和弃智眼看时辰不早了，便回到自己的厢房里画符去了。

滕玉意继续端坐在窗前慢悠悠地下棋、饮茶，忽听霍丘在外头说话：“世子。”

滕玉意笑生双靥，就听蔺承佑在廊道上扬声道：“王公子？出来借一步说话。”

滕玉意出了房门，果见蔺承佑站在门外，她冲程伯和霍丘摆了摆手，示意他们退下。

程伯和霍丘避回房中，耳朵却竖了起来。

“我正要去绝圣和弃智房里，听说王公子酒醉渴乏，顺便给你送点儿醒酒之物。”

滕玉意高兴得心头一阵猛跳，到底可以解毒了，低头看蔺承佑的手，哪知他两手空空。

解药呢？她无声地瞪着他。

蔺承佑笑道：“王公子，你不是挺聪明的吗？能不能说话，自己不先试试吗？”

滕玉意下意识地清了清嗓子，这才发现喉间那种异感不知不觉消失了。她试着吐露字句：“咦，什么时候解的？”

她当了几日哑巴，冷不丁从唇齿间溢出几个字，连她自己都吓了一跳。

“早上我就让绝圣和弃智把解药给你了，你自己不肯说话，怪得了我吗？”蔺承佑一脸无辜。

滕玉意一愣，原来是早上那粒水粉色的药丸，亏她刚才准备了一大通话拦住蔺承佑，他当时面上一本正经地听着，心里指不定怎么嘲笑她呢。

她觑他一眼，好不容易解了毒，也就顾不上与他斗法了，试着体会了一下，自觉除了稍有涩滞感，并无明显不适，便甜甜一笑：“多谢世子！”

她嗓音尚未完全恢复，说起话来不如往日清甜，然而眉眼灵动，显然心情大好。

蔺承佑注视着她的表情，坏笑道：“这解药最忌饮酒，阁下要是不喝那么多龙膏酒，估计此刻已经完全好了，可惜王公子太贪杯，我好心劝你少饮点儿，结果拦都拦不住。”

滕玉意笑不出来了。

“好了，醒酒药送到了，王公子早些歇了吧。”蔺承佑一本正经地“嘱咐”了一句，转身扬长而去。

他一走，程伯和霍丘从后头出来："娘子，你的嗓子……"

她的嗓子怎么突然就好了？

滕玉意信口胡诌："这病本因风寒所致，白日就好了许多，听说龙膏酒有些散寒之效，我晚间喝了不少，应该是把寒气都逼了出来。"

程伯仍是满腹疑团，但也知道以娘子睚眦必报的性子，若是被人害得不能说话，实在没理由替人遮掩。

滕玉意再次清了清嗓子，欣然道："程伯，快帮我弄点儿醒酒汤来。"

绝圣和弃智忙着在房中画符，对外头的事一无所知，抬头看蔺承佑进来，连忙拥过去："师兄，滕娘子身上有玄音铃，我们要不要再给葛巾娘子和卷儿梨的房外多贴些符？"

蔺承佑坐在桌后，捉袖研墨："就凭你们画的这些符，贴一百张又有何用？充其量挡挡小鬼，给尸邪挠痒痒都不够。"

说着他放下墨槌，冲绝圣伸出手："拿来吧。"

绝圣和弃智一愣："什么？"

"手指头啊。"蔺承佑捉过绝圣的胖手，"自己咬还是我替你扎？"

"自己咬吧。"绝圣苦着脸，无意中一瞟，才发现师兄指尖也有不少星点状的血痂，估计都是这几日为了画符咬破的。

他连忙咬破手指，把血滴到墨里，接着跑回条案旁，颠颠地把白日没舍得吃的杏酥饮端来。

"师兄，这是滕娘子之前让人送来的。你这几日既没吃好也没睡好，趁现在无事好好补一补。"

弃智也从怀中取出一包玉露团，推到蔺承佑面前："师兄晚间只顾着喝酒，都没吃多少东西，这叫玉露团，前两日在滕府的时候滕娘子令人做的，可好吃了，师兄你尝尝。"

蔺承佑瞥了瞥，绝圣那碗杏酥饮已经结块，不用吃也知道败味了，而被弃智当作宝贝似的那包玉露团，更是皱皱巴巴没个样子了。

对绝圣和弃智来说，这几样吃食均不算常见，难怪他们当宝贝似的收起来，又当宝贝似的献给他。事到如今他算知道滕玉意是怎么哄人的了，他其实不饿，何况这还是滕玉意送来的。

但他实在不忍心让绝圣和弃智扫兴，不动声色地分辨一番，估计滕玉意没专门给他下毒，尽管不想吃，还是都吃光了，吃完后暗想，滕府厨娘的手艺还真不错。

“好了，吃完了，干活。”他净了手面，把巾帕扔到一边。

“好吃吗？”绝圣和弃智两眼放光。

蔺承佑想说“马马虎虎”，出口就成了“还成”。

末了他抬手摸摸师弟们的圆脑袋：“去办正事吧，把你们那些不成样子的符撕下来，再把这个贴上。这符能烧破尸邪的皮肉，它若硬闯定会发出响动，你们住得最近，今晚警醒些。”

绝圣和弃智高兴地应了。

蔺承佑展开条案上的志异，一目十行查找线索，接连找了好几卷，无外乎是金衣公子某年某月在何处出现，一共祸害了多少娘子，僧道如何追袭此妖，以及它是怎样逃遁的。

此妖喜采阴修炼，被它迷惑的女子无不阴元耗尽而亡，就算侥幸被僧道救下，也会一夜之间衰老成老媪。光是前朝的茂德元年一年，金衣公子就残害了二十来人，由此功力大长，此后无人能将其降服。

举凡长安城里百年以上的道观，大都有金衣公子的记录。蔺承佑翻找一圈，始终没找到金衣公子与尸邪的渊源，这时候绝圣和弃智贴完符回来了。蔺承佑道：“你们找找这堆，我去那边翻一翻。”

卷帙摊得到处都是，绝圣和弃智赶忙过来帮忙。

弃智抱了一堆滚轴在怀里，不小心掉落一卷，俯身捡起来仔细翻找，一无所获，又打开第二卷，目光在上头游移，没找到金衣公子的名号，却有别的收获：“咦，这上面居然有师公的道号？”

绝圣忙着在那边翻找：“你别犯糊涂啦，这都是百年前的志异录了，里头提到的道家大多仙逝了，师公哪有那么老？”

弃智固执地道：“可这上面是写的‘清虚子’嘛，绝圣你自己看看。”

“难道是道号撞名了？”绝圣揉揉眼睛，一字一顿地念道，“清虚子道法高妙，擅长书符幻变，为求正道，常养气绝粒，茂德十一年，因捉艳妖身亡，被尊奉为……”

蔺承佑本来不以为意，突然眸光一动。

艳妖？茂德十一年？

他走近一看，短短几行字，概括了前朝那位道人的一生，写在卷帙的角落里，毫不起眼。

“能将一位‘道法高妙’的道长害死，想必不是寻常妖怪，为何这个‘艳妖’别处不见记载？”

“对呀，凡有大妖临世，道观一定会详加描述，既是茂德年间的妖邪，妖会不会就是指的尸邪？”

蔺承佑道：“不可能。尸邪名叫丰阿宝，茂德十四年才死，化作尸邪是十年后的事了，首先年头对不上。其次尸邪非妖非魔，既是道家正统的志异录，怎会把尸邪妄称为‘妖’？所以这艳妖定是指的别的妖物。”

“艳妖、艳妖。”弃智琢磨，“应该是女妖的名字吧。”

“我看未必，以皮相惑人者，概可称为艳妖。”蔺承佑来回踱了两步，“茂德年间曾出来为祸人间的艳妖，方才不就提到一个吗？”

“金衣公子？”

“前朝那位道长擅长书符幻变，不会坐以待毙，如果这里的‘艳妖’真是金衣公子，它害死道长时自己免不了受伤，难怪茂德十一年之后少有它的记载。”

蔺承佑沿着那行记录往上找，原来是一家叫玄阳观的道观，这位前朝的清虚子道长，正是该观第六位住持。

“可能这便是关键了。”他眼里浮现一点儿笑意，“说不定能借此理清金衣公子和尸邪的真正关系，我去小佛堂找找玄阳观的志异录，你们留在房中，记得我方才说的话，切莫出岔子。”

“师兄放心。”

滕玉意喝了碗解酒汤，自觉嗓子又比先前见好，心里益发高兴，待要掩门盥洗，就听外头霍丘喝道：“什么人？”

滕玉意竖起耳朵：“怎么了？”

“无事。有个婢女过来送汤，小人多问了几句。”

“什么样的婢女？”

“自称来给葛巾娘子送巾栉，模样黑黑的，有些粗手大脚，葛巾娘子似乎呵斥过这个婢女，我记得名字叫青芝。”

滕玉意想起青芝那对着葛巾房门撇嘴的轻蔑表情，心中一动：“她方才说了什么？”

“像是被小人吓了一跳，但模样很沉稳，说话不紧不慢的，送了东西就走了。”

滕玉意待要细问，袖子里的小涯剑突然变得滚烫，她心中警铃大作，随后想到蔺承佑等人尚未离开，假如是妖邪作祟，必定瞒不过他们。

看来是小涯憋得太久想出来了，于是她对霍丘道："眼下暂且无事，不如你先回房吧，要是青芝再在廊道里出现，你和程伯立即去告知隔壁的小道长。"

"是。"

滕玉意款步踱回床边："出来吧。"

剑身一阵光彩流转，小老头喜滋滋地钻了出来。

"滕娘子，你喝了那么多美酒，怎么一滴也不给老夫留？"

滕玉意道："我还要问你呢，我平日喝点儿酒你便要作怪，今晚在前楼为何那般老实？"

"还不是因为蔺承佑在嘛。"

"原来你怕他？"

"我这不叫怕。"小涯跳到窗前的榧几上，长长地伸了个懒腰，"我这叫躲，他是小魔星，天生命里带劫，神憎鬼厌的，没事我惹他做什么？"

蔺承佑也有劫吗？怎么她没见他倒霉？

唉，何时轮到他倒霉她就称心了。

滕玉意提壶往琉璃盏里倒了点儿从自家带来的酒："你不敢惹他，所以你就来欺负我了，我像是好欺负的人吗？"

"不好欺负。但就算再不好欺负，你也是老夫的小主人嘛。"小涯捧着杯盏咕嘟咕嘟喝了一大口，"滕娘子，我出来不光想讨酒喝，还有正事要说，你打听清楚借命的事没？"

滕玉意一怔："打听了，可惜这几日忙着避祸，没打听出什么来。"

小涯背靠琉璃盏坐下："滕娘子，眼下有个化解借命之灾的大好机会。"

"要我亲手斩杀金衣公子或是尸邪？"

"或者把二怪一起杀了。记住，一定要是致命的一刀，那样斩妖除魔的功德便会记在你头上了。"

"何谓致命一刀？"

小涯眯了眯眼："凡是妖魔鬼怪，都会有要害之处，或是眼睛，或是腹脐，你只要弄清楚金衣公子和尸邪的要害在哪里，待蔺承佑他们制服了二怪，再找机会动手就不难了。"

滕玉意点点头："我听明白了，你是要我等蔺承佑打得差不多了，上去补最后一刀？先不说蔺承佑不会给我这个机会，就是他把尸邪绑了送到我跟前，凭它的凶力，轮到我出手时也可能遭遇意外。”

小涯性如烈火，当即恼了：“反正老夫该说的都说了，若是怕危险，就别想抵消借命的灾厄了，好不容易活回来，你也不想整天倒霉吧？”

他气呼呼地喝了好些酒，跳到小涯剑上往里一钻：“话说完了，老夫走了。”

滕玉意敲了敲剑柄，小涯悄无声息。

她惆怅地饮了杯酒，看来光出谋划策还不够，还得亲自动手斩妖除魔了。换作从前她定会觉得荒谬至极，可自从醒来之后，许多事已无法用常理来解释，有时候她常常疑心这是一场梦，早上起来倚窗梳妆，会忍不住把手伸到窗棂前打量。

春光下的手，白皙、温热、柔软，知冷知热，能屈能伸，她看了又看，摸了又摸，直到确认自己是个有血有肉的人，胸膛里狂跳的心才会慢慢平静。她不再是一缕幽魂，就连面对阿爷时，心境也早已不同。

她虽不知道是谁帮她借的命，但既然活过来了，又怎甘心整日都活得提心吊胆？

致命一刀？她一边琢磨，一边缓缓转动小涯剑，等她意识过来时，发觉自己正认真筹谋。

她一哂，小涯认她做主人不久，却很了解她的脾性，虽说她连尸邪和金衣公子的要害在哪儿都没弄明白，却已经开始认真地计划此事。

不过这两日她也累了，趁尸邪没出现，不如先好好休憩。她盥洗后上床躺下，很快就睡着了，半梦半醒间听到一阵凌乱的脚步声。

滕玉意心里一颤，下意识摸向小涯剑，只听外头程伯沉声道：“两位道长，出了何事？”

绝圣声音很急：“园子里死人了。”

程伯一愣：“尸邪来了？”

“不是，死的是一名婢女，不知是自杀还是被人害死的，听说是葛巾娘子的贴身丫鬟，名叫青芝。”

滕玉意临睡前未敢脱衣，赶忙掀被下榻，就听程伯在外道：“公子，你醒了吗？”

滕玉意刚要开门，忽然起了疑，尸邪手段层出不穷，万一这是尸邪使的奸计，开门岂不是自投罗网？她想起蔺承佑的话，忙停下来摇了摇腕上那串铃铛。

铃铛哑默，可见周围并无阴煞之气。滕玉意放下心来，打开门看见绝圣等人站在外头，晨光熹微，廊道里人声沸乱。

倚翠轩住的都是彩凤楼里有头有脸的名妓，听说出了事，这些人纷纷打开门往外探望，因来不及梳妆，个个鬓乱钗斜。

绝圣和弃智确认滕玉意安然无恙后，便道："王公子，园子里出事了，我们得过去帮师兄的忙。"

滕玉意正了正头上的浑脱帽："走，我也去看看。"

程伯忙道："刚出了人命，园子里必定人多且杂，公子想知道什么，只管吩咐老奴去打听。"

弃智点头："对对对，天虽亮了，但青芝死因不明，贸然跑过去，当心冲撞了什么。绝圣，你去吧，我留下来照应王公子。"

"好。"绝圣拔腿就跑。

滕玉意回房飞快地梳洗一番，等了一阵不见程伯回返："霍丘，你可将昨晚的事告诉弃智道长了？"

霍丘道："已经说了。正想请公子的示下，要不要将此事告诉大理寺的人？"

"大理寺的人来了？"

弃智踮脚往园中张望："万年县的法曹和大理寺的官员都来了，估计是师兄派人找来的。"

这么快？滕玉意迈步往外走，路过东侧尽头的一间房时，记起这是葛巾娘子的房间，于是停下来往里看，听说昨晚卷儿梨和葛巾同住一屋，估计也该听到消息了，然而门开着，里头并无人影。

那口井并不远，就在园子里芍药丛后头，沿路不断有人闻讯赶过去，脚步纷乱，分明都吓坏了。

滕玉意走到园中，老远就看见贺明生搓手顿足："我这是触了什么霉头，一再碰上这样的倒霉事。我平日好吃好喝地待她们，做错了事也不舍得打骂，这贱婢若还有半点儿良心，寻死也该死到旁处去。"

只见一名中年吏员喝道："贺明生，这岂是你撒野呼喝之处？司直和评事都在此，正需静心盘查，还不赶快把你的人驱到一旁去，再带头吵嚷不休，当心治你的罪。"

贺明生讪讪地擦擦汗，掉头驱逐众人。众人互相推挤着，远远退开了几步。

滕玉意打量那位吏员，身着青袍，品阶不高，既被找来查案，料着是万年县的法曹参军[①]之流。

她再走近些，就看见井前躺着一人，不，一尸。

尸首衣裳湿透了，身子底下洇开一大团水渍，头发散乱铺开，手搁在身侧，指甲是一种发白的淡紫色，指甲缝里似有些脏污之物。

一阵风吹来，风里裹挟着淡淡的水腥气。滕玉意胸口泛起轻微的恶心，没来得及看清青芝的脸庞，恰巧程伯迎过来，滕玉意顺势停下。

她抬头却看见贺明生后边站着几人，萼姬捂着胸口一个劲说吓人，卷儿梨和抱珠吓得紧紧相依。

另有一名身穿朱绿裥裙的女子，侧脸看来异常貌美。这女子独自站在角落，有种遗世独立的感觉。

滕玉意愣了愣，那人是葛巾？

葛巾望着井前的尸首，眼里满是凄楚之色，黯然一回头，露出疤痕鲜红的另一半脸。

她似乎并未察觉滕玉意的视线，失魂落魄地往回走，走了两步，忽有吏员上前阻拦："所有人不得擅自回屋，司直和评事有话要问。"

弃智往前跑去："师兄。"

滕玉意这才看见蔺承佑站在井前，哦，差点儿忘了此人还是大理寺的评事。

万年县断不了的案子，会逐级往上报。蔺承佑既是大理寺评事，理当有权过问。

蔺承佑身旁是一位二三十岁的绿袍官员，大概就是大理寺司直了，两人说了几句。蔺承佑冲贺明生招招手："把人都叫出来，在园中等候问话，也不用另腾空房了，就在小佛堂吧。"

贺明生哪敢推托："是。"

官员环顾一周，开口道："我等问话期间，楼内所有人不得私自交谈，更不得擅自离去，若有违者，当以畏罪滋事论处。"

---

① 法曹参军：既有审案权，也有判案权，在长安称"法曹参军"，设于诸州者称"司法参军"。他们主要的职责是审理案件（唐朝没有刑事与民事之分），他们的上一级行政长官比如县令、州官一般情况下并不直接审案、判案（此点与宋代不同）。唐朝名臣狄仁杰在明经中第之后就曾担任过"司法参军"一职。

绝圣和弃智难得没黏着蔺承佑，而是远远站在另一侧。东明观的五道也来了，正拉着绝圣和弃智在打听什么，此话一出，众道也噤声了。

滕玉意看了眼程伯，程伯暗暗点头。

彩凤楼里的伶妓本就不少，加上庙客、伙夫，有一两百人。蔺承佑和那名大理寺司直各负责一半，再快也得要问到晌午。

好在大理寺很快派了吏员来相帮，饶是如此，等到滕玉意被请去小佛堂问话，也足足过去一个多时辰了。

小佛堂门开着，一靠近就让人打寒战。滕玉意昂首环视，这地方还是这么阴冷，听说昨晚蔺承佑和五道睡在此处，一晚上过去居然未冻出病来。

她刚要进去，里头出来一个人，仓皇一抬头，那人与滕玉意的目光撞了个正着。

滕玉意一怔，葛巾。

葛巾香腮带泪，边走边用帕子擦拭。滕玉意暗暗打量葛巾，怪不得五道说此女和她有些挂相，别处统统不像，唯独眼睛神似，都是睫毛纤长，双眼杏圆如墨，里头若是含了盈盈泪光，颇有种楚楚动人的韵致。

滕玉意笑眯眯地拱手："葛巾娘子。"

葛巾从未见过眼前这位大胡子的年轻胡人，随意欠了欠身："公子。"

说完她便匆匆离去，滕玉意这才往里走，条案上供着幡花香炉，案后那尊童子像却不见了，此时站在条案前的是那名大理寺官员，面前摊着页册，手中执着笔。

蔺承佑抱着胳膊懒洋洋地坐在一侧。

滕玉意恭恭敬敬一揖："见过世子殿下，见过司直。"

大理寺司直打量一番这位古怪胡人，又瞧了瞧蔺承佑，奇怪他并未详加打听这位胡人的生平来历，而是径直问昨晚的事："昨晚王公子一直在房中？"

"不敢随处乱逛。"

"听到过什么？"

"不曾。"

"听说令尊派了两名护卫伴你左右，你睡了，他们想必不敢深睡，他们可曾跟你说过什么？"

"霍丘昨晚曾在廊道里撞见过青芝，他觉得青芝形迹可疑，当时就喝问了她几句。"

蔺承佑眸光微动："什么时辰的事？青芝都说了什么？"

滕玉意细细说了昨晚的事。

蔺承佑跟同僚对视一眼："王公子可以走了，把霍丘叫进来问话。"

到了晌午时分，青芝的尸首被抬走了，众人被告知可以自行在楼内活动，禁足令解除。

趁霍丘未归，滕玉意问程伯："早上打听到了什么？"

程伯道："这口井是楼里用来浣洗衣裳的，早上粗使仆妇过来汲水，发现水桶被搁在井边，往内一看才发现了里头的青芝。仆妇吓得失张失智，呼喊声引来了世子等人，世子查看尸首时似是发现了不妥，自己留在井边看守，令人去大理寺找人，再后来的事娘子便都知道了。"

滕玉意颔首："程伯你眼力好，可看到青芝身上有什么异样？"

"老奴想法子走近瞧了，尸首上没有伤口，衣裳也并无破损，指甲里有些淤泥，略微泛碧色，估计是井壁上的青苔，应该是投井后抓挠井壁所致。"

"抓挠井壁？"

程伯道："老奴以前见过投井自尽之人，与青芝的情状很像。井水很深，又是头朝下跳入，估计是投井后又后悔，想自救却晚了，被发现时应该断气不久，因为手指头尚未泡出皱痕。如被人强行从后头推进去，挣扎时胸腹处的衣裳应该会有刮擦，身上也会带些伤口，所以老奴才猜青芝并非被人谋害，不过这都是泛泛一说，究竟如何，恐怕只有检尸之人才知道了。"

滕玉意疑惑，如果青芝死因并无可疑，蔺承佑何必如此大费周章？他究竟发现了什么，居然把人挨个叫去审问？

未几，霍丘回来了。

"世子把小人叫过去，问的全是细枝末节，譬如青芝本来是什么神情、被小人喝住时有什么变化、手里拿着哪些东西、头上可戴了簪环……小人记性算好的，却也架不住这样问，颠过来倒过去的，想起来一点儿就吐露一点儿。世子见实在问不出什么了，这才放小人回来。"

滕玉意点点头："我们把知道的都说出来了，接下来的事就不与我们相干了。楼里耳目混杂，你和程伯在外头不必刻意打听，就算听到了什么也不要理会，回来私底下说。"

说罢她去前楼用膳，东明观五道正在厅中议论此事："真是想不到，昨晚尸邪未来，倒是出了别的乱子。听说这个青芝是那位被毁容的前都知的婢女，主人好端端的，婢女却寻了短见。”

见美声音一低：“查清楚了？真是自尽？”

“大理寺的官员公然说的，世子在旁听了也无异议，料着无甚可疑，否则怎么一个疑犯都没带走？”

“那就好，昨晚楼里那么多人，如果婢女是被人所害，这行凶之人未免也太冷血大胆。”

他们这厢放言高论，厅中不少人悄然竖着耳朵，听说青芝是跳井自尽，众妓神色稍见和缓。

见仙看到滕玉意，热情地打招呼：“王公子。”

滕玉意左右一顾，奇怪没看到贺明生，本来还想吩咐他安排酒膳，只好先作罢。

“各位上人安好。”

“咦，王公子，你嗓子好了？”

“不过伤风几日，早就见好了，昨晚喝了一席酒，早上起来就能说话了。”

见天笑眯眯地道：“昨晚让王公子破费了，老道今日才从萼大娘口里得知一壶龙膏酒值五千钱，我等本来要酬君一局，可惜不出三日就能降服尸邪和金衣公子，往后再要请王公子出来喝酒，怕是没机会了。”

不出三日？滕玉意款款落座：“找到对付尸邪和金衣公子的法子了？”

见乐瞧向厅中，看众妓纷纷识趣离座，这才低声道：“昨晚世子回到小佛堂，让我们专心找百年前玄阳观的志异录，结果巧了，王公子猜我们找到了什么？”

不等滕玉意发问，他笑嘻嘻地道：“百年前也有一位叫清虚子的道士，此人曾在茂德年间与一位艳妖交过手，不幸被艳妖所害，奇怪的是，艳妖自此也无消息了。世子怀疑这艳妖就是金衣公子，我们在小佛堂里找了半夜，果然发现志异上写了‘此妖乃异鸟所化’，而且打从这艳妖出现的那一年起，金衣公子便不见记载，等它再出现，已经是数年后的事了。”

见仙凤目微眯：“王公子该猜到了吧，前朝道人与金衣公子两败俱伤，一个当时就死了，一个失踪好几年。金衣公子忙着养伤去了，所以没机会作乱。还有一件事更古怪，据玄阳观志异所载，清虚子道长与金衣公子最后一次交手是在樊川附近，道长的尸首也是在樊川被发现的。”

“尸邪生前被幽禁的那处行宫是不是就在樊川？”

见美一拍大腿：“我等一直没弄明白金衣公子和尸邪是怎么搭上关系的，这不就来了？千丝万缕，渺若无痕，要不是偶然发现‘艳妖’的记载，怕是一辈子都查不到这二怪的渊源。”

“志异上可写了这是哪一年的事？”

“茂德十一年。”

滕玉意惊讶地道：“当时尸邪还是个被养在行宫里的公主，名叫丰阿宝，只有十三岁。光凭金衣公子在行宫附近受伤这一点，怕是无法确认二怪是如何相识的吧？”

“但是除此之外，再也找不到二怪之间的联系了，在那之后三年，丰阿宝身死，再十年后化作尸邪破土而出。金衣公子与其一同作怪，又被鄙观的祖师爷给镇压。”

“即便是真的，这与三日内降服妖物有何关联？”

见仙压低嗓门道：“先前仅是猜疑，实则并无证据，经过前晚一遭，基本能确认二怪早就相识了。能同时被尸邪和妖物习练的诡术可不多，假如能在三日内找到相关记载，顺势再破解了要门，不就能将其一网打尽了？”

所以这是还没影子的事，滕玉意好奇地道：“上回金衣公子似乎伤得不轻，不知可伤到了要害？”

见美摆了摆手：“哪儿来的要害？”

滕玉意心头一紧，那她的“致命一刀”如何送出？

“此妖能作怪百年，依仗的不只是它千变万化的本领，还有它那一对飞翼。它真要想逃，只需一振翅，转眼便会无影无踪。世子上回射中它几箭已经是不易了，估计与它硬闯府外的降魔阵有关，因为受了伤，行动才变得迟缓，这一下估计元气大伤，几年内都别想再作怪了，但想伤它的要害，难上加难。”

所以它还是有要害的。滕玉意抿了口茶：“金衣公子本事再了得，说白了也是一只禽妖，既是血肉所化，怎会没有紧要处？”

见乐竖起两指，作势往自己脸上一戳。

滕玉意面色一亮：“眼睛？”

见乐收回手：“不单单是禽妖，举凡在人间作乱的妖物，大多离不开眸子。不过据《妖经》上所载，金衣公子与旁的妖物不同，它那双眼睛惑乱人心的本事不在尸邪之下，只要被它一望，别说想刺中它的眼睛，不先被它吃了就不错了，所以明知它要害在何处，却也徒唤奈何。”

滕玉意听得头皮发紧，小涯这个糟老头子净出馊主意，她本以为金衣公子本领在尸邪之下，没想到也这般凶险。

她回想那晚蔺承佑射箭的先后顺序，心念一动："尸邪呢？上回世子射中它五箭，不知可有什么讲究？"

"尸邪禀天地邪气而生，只要不被挫骨扬灰，再重的伤也可以慢慢自愈。"

滕玉意心凉了半截，要不这次就算了，下回换个妖力低的邪物试试。

"不过嘛，尸邪可是有要害的。王公子猜猜，它的要害在何处？"

滕玉意来了精神："眼睛？"

五道齐齐摇头："不对。"

滕玉意又想起尸邪出手时的情状，那红色曼陀罗般的尖锐指甲简直令人心悸。

"指甲？"

"也不对。"

滕玉意本想猜心窝，但也知尸邪无心，况且蔺承佑连射五箭，唯独放过了尸邪的心窝。

滕玉意越是猜不中，五道便越是眉飞色舞。

"贫道就知道王公子猜不中。"

"不如这样，王公子再猜三局，要是猜不中，王公子再请我等喝一回。"

滕玉意暗暗一嗤，这几个老头打的好主意，看出她对这东西感兴趣，绕来绕去想骗她的酒钱。

她沉吟一番，含笑道："如果在下猜中了呢？各位上人能不能答应我一件事？"

诸道低声商量一番，拊掌道："依你所言！不过王公子要是输了，寻常的酒菜我们可不要，需得昨晚的龙膏酒才行。"

滕玉意笑道："这有何难，谁有纸笔？我们立字为证。"

堂里的庙客送来一套笔墨，滕玉意把事项写下，交给诸道一一过目，又令他们按下手印，自己也签字画押，这才继续往下猜："喉咙？"

"不对，不对。"

"腹心？"

见美兴奋得胡子抖动，仿佛那黑如纯漆的龙膏酒已经摆在眼前："王公子，别怪贫道没提醒你，你只剩下一次机会了。"

滕玉意凝眉长叹："这一局怕是要输了。"

这时庭外传来脚步声，来人却是蔺承佑，绝圣和弃智跟在后头。

蔺承佑扬了扬眉："说什么这般热闹？"

五道兴致正浓，忙将来龙去脉说了。见美假意道：“方才人人都劝王公子慎重，哪知拦都拦不住。”

滕玉意无奈地摊手：“是啊，拦都拦不住。”

蔺承佑似在等人，看上去有些漫不经心，令人奉了茗具来，一边烹茗一边看他们玩。

众道一个劲地催促：“王公子，快猜吧。”

“愿赌服输，莫要抵赖才好。”

滕玉意不紧不慢地放下茶盏，忽然笑道：“有了。牙齿？”

见美等人的笑容僵在脸上。

绝圣和弃智高兴得直搓手。

“不算不算。”见仙第一个站起来，“王公子分明是瞎蒙的。”

“就是，打赌之前已经猜了三回，打赌后又猜了三回，尸邪身上统共就这么多处，误打误撞罢了，不算不算。”

滕玉意一双眼睛从左至右一扫：“诸位道长方才是怎么说的？‘愿赌服输，不能抵赖’，你们管我是怎么猜的，既然猜中了，就得服输。”

见喜笑眯眯地道：“真要是王公子自己猜中的，贫道自无异议，可世上哪有这么巧的事？王公子先前死活猜不中，怎么突然就猜中了？打赌无论输赢，全凭自己的本事，但要是有人暗中相助，也就谈不上公允了。”

蔺承佑一抬眼。

滕玉意惊讶地道：“见喜道长是怀疑有人偷偷告诉在下？”

见喜瞄瞄绝圣和弃智，意有所指：“贫道没这个意思，但要让贫道输得心服口服，王公子得能说出个所以然来。”

绝圣和弃智气鼓鼓地正要开腔，被蔺承佑一拦。

他讽笑道：“今日我算是长见识了，东明观的前辈这般喜欢赖账。王公子怎么猜中的我不管，但我这两个师弟自从进来后一句话未说，想诬赖他们暗中相助，经过我同意了吗？”

见天眨巴眨巴眼睛，再闹下去把蔺承佑也得罪了就不好了，忙道：“见喜胡说八道，世子切莫往心里去。王公子，我们愿赌服输，你且说说吧，要我们替你做什么？”

滕玉意不冷不热地道：“你们无故怀疑我使诈，光答应我这字据上的要求还不够，假如我能说出理由，你们还得给我和两位小道长赔礼道歉。”

“好！只要王公子能说出道理来，贫道必定好好赔罪。”

“嘿嘿，就怕王公子说不上来。”

滕玉意冷笑：“那晚诸位道长为了让尸邪心念浮动，不断用言语激它，但直到世子说到它名叫丰阿宝，它似乎才真正有了怒意。当世子提到它一辈子都不能认爷娘时，这邪物不但癫狂发怒，嘴边还钻出两颗又尖又利的雪白獠牙。如果我没记错，之前世子虽用金笴射它，它却不痛不痒，等獠牙露出后，它身上的皮肉才开始发出恶臭，所以我猜它的要害就是那对獠牙，如非心神不宁，它绝不会轻易将獠牙露于人前，一旦露出来示人，便是它凶力最弱之时。”

见喜呆了一瞬，起身深深一揖：“贫道枉口拔舌，险些污蔑了王公子和两位道长的清白，自知无礼，深感愧怍。”

见天等人也悻悻然赔罪：“想要贫道们怎么做，王公子只管提就是了。”

滕玉意把那张字据收到袖中，笑吟吟地道：“不忙，这字据我先收着，等哪天想起来再来叨扰诸位上人。”

她又状似无意地道：“尸邪这对獠牙藏得这般深，是不是拔了之后它才能灰飞烟灭？就不知好不好拔？”

蔺承佑看了看滕玉意，冷不丁道：“王公子今日怎么有兴趣打听这些事？”

滕玉意眼波微转：“我跟它打了这几回交道，心中早就恨极，虽然无力对付此怪，也想知道它有哪些要害。”

蔺承佑摸摸下巴，正要说话，只听环佩叮当，萼姬领着一行霓衣金钗的妓人来了。

她们走到堂前站定，萼姬敛衽笑道：“奴家知道寻常姿色入不了世子的眼，特意挑了几位色艺双全的娘子过来，世子看得上谁，只管告诉奴家。”

众人一看，一下子来了八名都知，个个云鬓高耸，艳丽惊人。

蔺承佑目光从左至右扫了一遍，忽然一笑：“一个怕是不够。”

滕玉意一口茶险些喷出来，连忙放下茶盏。

众道目光闪烁，颇有艳羡之色。

绝圣和弃智面色发窘，低头盯紧自己的脚尖。

萼姬目瞪口呆，蔺承佑以往虽来过彩凤楼两回，却从未叫娘子作陪，今日这是开窍了？

她忙用手中的白角扇掩住唇，笑道：“世子年少气盛，正是贪新鲜的时候，不论一个还是八个，都依着世子。”

滕玉意心中一哂，程伯悄然靠近道："公子，房中那壶酒热得差不多了。"

滕玉意本来还想看一阵热闹，想想也觉得不妥，于是起身道："在下先告辞了。"

五道神不守舍，哪还顾得上跟滕玉意打招呼？绝圣和弃智却疾步跟上滕玉意："王公子，师兄让我们跟着你。"

滕玉意意味深长地笑了笑，蔺承佑忙着寻欢作乐，当然要支开两个师弟了。

"你们是不是还没吃饭？正好我也没吃，我让他们把午膳送到房中来。"

"师兄给我们买吃的了。"弃智拍拍胸口，果然鼓鼓囊囊的。

他们一面说一面往外走，就听萼姬欢快地道："二楼就有雅间，向来是招待上客的，要不世子这就随奴家去楼上，奴家让人一并送酒食来。"

"二楼？不必了，就在后院随便找间大屋子吧，能同时盛得下八个浴斛的那种。"

浴斛？他还要八个！

这回别说绝圣和弃智，见美等人都是老脸一红，反倒是滕玉意，神色由不屑转为疑惑。正在这时，贺明生带着两名庙客过来了，他身材肥硕，一动就是一身汗："世子，你要的浴斛都备齐了，小人令人送到后院了，不知还要什么？"

蔺承佑放下茶盏，吊儿郎当地说："浴斛里盛满水，把人领到装浴斛的房间等着。"

妓人中有两个性情活泼些的，忍不住哧哧轻笑。贺明生瞪她们一眼，正要低斥几句，不料蔺承佑从怀中取出一锭金搁到桌上。

众妓顿时脸泛春色，她们是平康坊最出众的一等名妓，懂丝竹、善文墨，平时轻易不出来见客，一贯只侍奉缙绅巨贾，缯彩珠宝看多了，论理是看不上一锭金的，但谁叫这是成王世子赏的，提前把赏金拿出来，可见他也甚是心急。

萼姬惊讶地笑起来："世子不用急着赏她们，伺候好了再赏也不迟。"

贺明生暧昧地笑道："看不出来吗？世子不想等了。"

蔺承佑在手中抛了抛那锭金，起身一笑："走吧。"

他忽又想起了什么，扭头道："等一等，我怎么记得上回不止这些人，你们楼里别的都知呢？"

贺明生谄笑道："世子好记性，确有两人病了在房里休息，小人怕病气冲撞了世子，也就没让她们来。"

蔺承佑道："这两人叫什么名字？何时病的？"

“一个叫魏紫，一个叫姚黄，世子上回叫她们认过画，应该还记得她们。魏紫病了好几日了，姚黄则是上午才告不适，适才小人已经叫医工给她看过脉了。”

蔺承佑问：“她们病得重不重？”

“不算重，近来楼里出了好些怪事，魏紫和姚黄受了惊吓，难免有些惫懒，只需喝几剂药，再调养数日就无妨了。”

“既不算重，那就叫她们出来吧。”

滕玉意脚步一顿。

贺明生傻了眼，这位小世子竟连病中之人都不放过？

蔺承佑说完那话就坐了回去，竟是不打算走了。

很快就有侍婢簇拥着两名丽人过来，左边那个叫魏紫，胸前两团白莹如霜，走起路来摇曳多姿。

另一个娇小玲珑的美人叫姚黄，身上俨然有种贵家千金的骄矜之气。

贺明生所言不假，两人都有些恹恹的。魏紫唇上点着殷红欲滴的口脂，却掩不住憔悴的神色。

姚黄面容也见清减，好在精神还不错，她裙带里似是用了异香，行走时香馥袭人，到了近前一开腔，声音脆如黄鹂：“见过世子殿下。”

滕玉意早对姚黄的歌喉印象深刻，此时听她说话，只觉润如酥雨。

她思量间一回头，绝圣和弃智都傻了眼，她心知这热闹不能再看了，忙把二人领回后院。到了房里，她笑眯眯地给二人倒茶，师兄公然狎妓不觉得害臊，倒把师弟窘成这样。

“你们刚才去了何处？”她好心转移话题。

“其实没走多远。”绝圣双手接过茶盏，“师兄和严司直先是到对面的果子铺询问有没有人买过樱桃脯，又到附近的首饰铺打听事情，末了去寄附铺[①]转了转。出来后天色不早了，师兄和严司直就到邻近的酒肆用膳。”

果子铺？首饰铺？这个倒是好猜，无非在青芝房里发现了什么。

寄附铺又是怎么回事？青芝生前去当过东西吗？

弃智从怀里取出来几包东西：“滕娘子，你尝尝这个。”

---

① 寄附铺：类似于后来的当铺，唐时一般开在西市。

滕玉意见是一包饆饠，想来是蔺承佑给师弟买的。她并不肯接，只笑道：“你们留着自己吃吧，我不太爱吃胡食。”

弃智不容分说把东西塞到滕玉意手里：“这个不太一样，滕娘子吃了就知道了。程伯伯、霍大哥，这是给你们的。”

程伯和霍丘讶笑道：“我们也有？”

滕玉意捧着那包东西暗忖，钱虽是蔺承佑出的，心意却是两个小道士的。两个小道士巴巴地给他们带回来，不吃太不近人情，于是她高兴地笑道：“既是小道长的一份心意，那就吃吧，我们主仆也不必再安排午膳了，吃这个就够了。”

刚吃了一口，她就愣住了：“咦，这是什么馅儿的？”

绝圣和弃智眼睛放光：“没吃出来吧？我们也没吃出来。据胡肆的老板说，这里头放了二三十种馅料，除了花蕈、透花糍和酪浆，还有好些没听说过的食材。”

程伯：“一份饆饠加这么多好东西，怕是不好卖价吧，卖便宜了折本，太贵又没人买。”

“程伯你是不知道，这家胡肆的老板跟师兄是旧识，看师兄来了才亲自下厨，平日是不卖的，再多钱也不卖。”

滕玉意本来打算随便吃两口，吃着吃着就放不下了，花蕈的脆爽和酪浆的黏甜在唇齿间交融，让人实难割舍，一顿刚吃完就开始惦记下一顿。

她用巾帕净了手面，笑道：“这家店在何处？改日我买几份给表姐和姨母尝尝。”

“就在前头不远，老板叫诃墨。不过滕娘子还是别去了，诃墨不会卖的，给再多钱也不卖。”

“这是为何？”

绝圣摆摆手：“此人脾气古怪，做好饆饠后，出来跟师兄打了声招呼就不见了，换别人估计连个面都不会露。严司直跟诃墨搭腔，诃墨连理都不理。”

滕玉意不说话了，这胡肆老板隐匿坊市间，必定有些孤高脾气，既对钱财无动于衷，想来也不把权势放在眼里，亲自做饆饠不是为了讨好蔺承佑，而是把他当成了真正的朋友，看来蔺承佑身边三教九流的朋友真不少。

“严司直和你师兄去了那么多地方转悠，是不是怀疑青芝并非自尽？”

弃智挠挠头：“这个我们也不知道，严司直和师兄都没说什么。”

滕玉意道：“青芝若是被人谋害，凶手岂不若无其事混在楼中？抬头不见低头见，没准还会与我等同桌用膳。”

绝圣和弃智低声道：“滕娘子，你觉得青芝是被人谋害的？”

“不敢胡乱揣测。昨晚你们师兄和诸位道长住在小佛堂，距那口井不远，青芝若是在井前被人谋害，定会挣扎呼救，凭你们师兄的耳力，不会什么都没听见；若是在旁处被害再被移到井中，那么远的一段路，极可能被人撞见，这几日情形特殊，尸邪随时可能闯进来作祟，凶手再大胆也不会挑这个时候下手，因此我猜青芝是自尽。”

“但若是自尽，师兄又怎会请来大理寺的同僚查案？”

所以青芝的死定有可疑之处。滕玉意岔开话题：“左右现在无事，要不把抱珠和卷儿梨叫来唱曲吧。”

抱珠和卷儿梨很快就来了，只是脸色奇差。

滕玉意亲自给她们斟了茶，温声道：“我记得上回你们说青芝这几日总梦魇，你们跟青芝熟吗？”

抱珠捧着茶盏摇摇头：“奴家跟青芝不算熟，卷儿梨倒跟青芝算是半个同乡，青芝突然没了，卷儿梨一早上都心神不宁。”

滕玉意这才注意到卷儿梨神情呆呆的。

抱珠轻轻推搡卷儿梨：“公子问你话呢。”

卷儿梨回过神，黯然道：“回公子的话，奴家跟青芝称不上同乡，只是当年被卖到同一个人牙子手里。奴家是胡人，青芝却是从荥阳被买来的，记得那时候青芝总说家里还有嫡亲姐妹，可惜不小心失散了。奴家跟她相处了几个月也算熟了，后来奴家被萼大娘买下，青芝被沃大娘买了，此后再也没见过，直到彩凤楼开张，奴家才再次见到青芝。青芝同我说，沃大娘嫌她姿色不出众，买了她却从不教她曲艺。”

绝圣和弃智蒙了一下，听这话的意思，这个青芝想当乐伶不成?

抱珠红着脸道：“王公子有所不知，被卖到勾栏的女子，这一生注定命运悲惨，青芝就算不伺候男子，也没法堂堂正正嫁给良家子的，她不甘心一辈子在勾栏里做粗活，所以……所以……”

滕玉意明白了，或许在青芝眼里，做名妓比当粗使丫鬟要风光许多。

“奴家问青芝这些年可找到了嫡亲姐妹，青芝说没找到，不过她说沃大娘对她也算不错，若是干活勤快，一个月也能攒下几个钱。再后来葛巾娘子来了，主家就叫青芝去服侍葛巾娘子了。”

“照这么说，青芝不大像那等会轻生的性子。”滕玉意想起早上葛巾那副丧魂落魄的模样，忍不住问，“葛巾待青芝好吗？”

“好。”卷儿梨怔怔点头，“葛巾娘子知书识礼，性情也极豪爽，那些王孙公子为了讨好她经常送些奇珍异果，她都会大方地分给身边人同食，来了没多久，楼里上下都喜欢她。青芝常说自己好福气，能有幸伺候这样一位娘子。”

抱珠突然道：“不，也不全是如此。”

“哦？此话怎讲？”

“从前倒还好，但青芝说葛巾娘子毁容后像变了个人似的，经常无故冲她发火，有时还会打骂她。青芝没日没夜照拂葛巾，却只能换来娘子的斥责，她为此背地里经常跟人抱怨，有一回还求沃大娘给她换个主子伺候。沃大娘狠骂了青芝一顿，说她忘恩背德，主子风光的时候千般奉承，主子落了难，头一个想着的是另攀高枝，这种货色留着作甚，就该马上打死。青芝吓得磕头赔罪，从此再不敢提这话。”

滕玉意想了想：“照这么说，葛巾娘子刚出事的时候青芝并未梦魇，这几日才开始睡不安稳？”

抱珠颔首：“青芝是个使力不使心的，葛巾娘子被厉鬼所伤，楼里人人自危。青芝看着倒还好，只忧愁葛巾娘子和自己的前程，说如果葛巾娘子容貌无法恢复，那些从前能沾光吃到的奇珍芳肴，往后怕是再也吃不着了。”

滕玉意啧啧称奇，这何止是使力不使心，简直是全无心肝。绝圣和弃智百思不得其解：“这种性子的人为何会突然睡不安稳？最近青芝晚上总梦魇，同房的人就没问她缘故？”

“这……奴家就不知道了。”

滕玉意以手支颐：“也罢，说了这么多话也累了，外头太乱，你们在我房中歇一阵再走。”

抱珠和卷儿梨有些不安：“公子不用我们奏曲了？”

“胡曲就免了，奏首《采莲曲》吧。”

两人齐声应了，卷儿梨先行吹奏，抱珠也跟着拨动丝弦。

刚奏了小半段，抱珠忽然愣住了。

“抱珠？”

抱珠面色煞白，一瞬又平复下来，望着条案上那盘樱桃脯道：“奴家想起来了，那回主家让奴家给葛巾娘子送药，敲门不应。奴家只好去找青芝，刚进门就看见青芝在吃东西，她看到我进来，忙要将那包东西塞回枕下，结果不小心撒了一地。奴家见是一包樱桃脯，也就没在意，现在想起来，那包东西叮叮当当像是藏着簪环之类的物件。青芝忙着把东西塞回去，口里说‘我遇到了一个旧相识，这包樱桃脯是那人给我的，我想留着做个念想，就不分给姐姐吃了’。”

“她可说了那位旧相识是男是女？”

“没说。青芝当时很慌，急着把我推出去了。”

“你怀疑青芝在樱桃脯底下埋了别的东西？”

抱珠颔首：“这样就算被人撞见，也只当她在偷吃东西，若非掉到地上，奴家也听不出端倪。”

“约莫藏了多少？”

“估计只面上一层是樱桃脯，底下全是珠玉之类的物件。”

滕玉意蹙眉，难怪蔺承佑会去果子铺和首饰铺打听，一个粗使丫鬟哪儿来那么多首饰？她是偷来的还是别人给的？葛巾时常分食果馔也就罢了，难不成还会分簪宝给丫鬟？

这时外头忽然有人道：“王公子？王公子？”

程伯过去开门，贺明生一张笑脸探进来：“王公子，贺某有事要与你相商。”

滕玉意微讶：“何事？”

贺明生笑容可掬：“世子想叫抱珠和卷儿梨过去伺候。”

滕玉意呆了一呆：“要是我没记错，蔺承佑可是一口气叫了十位娘子，怎么，他还嫌不够？”

绝圣和弃智干咳一声，恨不得钻进地缝。

贺明生叹气：“王公子有所不知，这少年郎君嘛，头一回难免孟浪些，世子说他想挑个各方面都贴合心意的，怕挑花了眼，故而要在僻静处一个一个地相看。听说楼里还有几位貌美妓子未去，才叫贺某亲自来延请。”

滕玉意道：“他把满楼的人叫去都无妨，但我已经与萼大娘说好了，卷儿梨和抱珠现在是我的人，我不同意她们去伺候别人，叫蔺承佑另找别人吧。”

贺明生抬手擦了擦汗：“王公子，此事全怪贺某愚鲁，贺某先向你赔个不是。世子那头立等着要人，说是半个时辰之内不把人送过去，就要找我麻烦。这些日子贺某已是焦头烂额，再也经不起折腾了。王公子，只要你肯放人，让贺某怎么赔罪都使得。萼姬擅自收下的东西，贺某全数退还给王公子如何？”

滕玉意看了眼卷儿梨和抱珠，二人垂着头一言不发，想来不愿被叫去伺候男人，只因主家亲自过来要人，敢怒不敢言罢了。

滕玉意并非菩萨心肠，但她答应过保二人平安，这才过了几日，怎能毁在蔺承佑手里？

她笑道："说得好可怜，贺老板富甲一方，自是不将两颗宝珠放在眼里，今日你要是敢退我的珠子，明日我就让人将此事传扬出去，让人知道彩凤楼的老板出尔反尔，看日后谁还敢与你做买卖。"

贺明生哀声道："哎哟哟，这可真是神仙打架小鬼遭殃，世子那头说不通，王公子这头也不相让，贺某夹在中间，屈都要屈死了。不如这样，世子还在那头等着回话，烦请王公子随贺某多行一步路，自行跟世子说明白如何？"

滕玉意略一沉吟，蔺承佑想跟她讨人，怎么也该是他过来说清才对，但现在不是意气用事的时候，万一蔺承佑横下心跟她作对，她未必能护住抱珠和卷儿梨。

瞟见一旁的绝圣、弃智，她灵机一动，悄声道："有件事需同你们商量。"

她如此这般叮嘱了二人一番，这才对贺明生道："带路吧。"

那地方在后院，离小佛堂不远，本是一座小花厅，临时改成了厢房。阶前枝叶相映，是个极幽静的去处。滕玉意过去时，蔺承佑刚从另一条甬道过来，后头亦步亦趋跟着几个人，萼姬也在其中。

"世子。"

蔺承佑停步："都找来了吗？"

贺明生笑道："别人都好说，就是卷儿梨和抱珠有些麻烦。"

绝圣和弃智瞟了眼厢房，轩窗半掩，房内隐约可见霓裳倩影，两人跑到蔺承佑跟前扯他的衣袖道："师兄，你不能这样。"

"我怎样了？"

"师兄已经叫了十位娘子，何必再叫卷儿梨和抱珠？她们是好人，师兄你……你不能……"

最后两个字声若蚊蚋，蔺承佑摸摸耳朵，意识到那两个字是"糟蹋"。

他不怒反笑："我糟蹋她们？"

绝圣鼓起勇气道："师兄，斗胆问你一句，今日出了这间屋，你能不能叫得上来她们的名字？"

"我为何要叫得出她们的名字？"

绝圣和弃智脸色益发难看，嘴里一个劲地嗫嚅："师兄，这样不好。她们被卖到这种地方，身世很可怜的，师兄你……你不能雪上加霜。"

“对对对，若是始乱终弃，有违师公的教导。”

这是滕玉意教他们的，他们憋了半天才蹦出这几个词。

蔺承佑劈头盖脸遭了一通指责，雪上加霜？始乱终弃？他们从哪儿学来的这一套？他忽然瞥见滕玉意，讥笑道：“我道是怎么回事，原来是王公子干的好事。”

滕玉意后退一步，蔺承佑却已经朝她走来，慢慢到了近前，居高临下地看着她：“这话是你教他们的？”

绝圣和弃智忙道：“不是的，贺老板来找王公子说项的时候我们自己听见的，这话也是我们自己要说的。”

滕玉意微笑：“在下的确托两位小道长说情来着。世子瞧中的这两人，不巧在下头几日就瞧中了，许了萼大娘重金，让她们半年内不得伺候别人。说来此事世子全不知情，容在下先向世子赔个不是，卷儿梨和抱珠委实不能伺候世子了。”

蔺承佑点点头：“你自己不肯割爱，所以撺掇这两个傻小子说我欺男霸女？”

“世子误会了，两位小道长视师兄为表率，平日处处以效仿师兄为荣，今日世子狎妓之事楼里传得沸沸扬扬。小道长年纪尚幼，难免有些想不通，在下怕他们钻牛角尖，只好代为解释一二，绝无半句诋毁之词，更不敢说世子欺男霸女。”

蔺承佑脸上笑意不减，心里的火却直冒。他能想象她是如何“代为解释”的，绝对一句好话都无，也不知她给两个傻小子灌了什么迷魂汤，偏偏绝圣和弃智就吃她那一套。

滕玉意温声道：“世子并非荒诞无形之人，如今来龙去脉也说清楚了，还请世子殿下高抬贵手，另换美人伺候。”

蔺承佑冷笑：“若我今日偏要荒诞无形呢？”

滕玉意叹口气：“卷儿梨和抱珠至今未伺候过人，样样都愚笨，稀里糊涂进去伺候，难保不会扫世子的兴，横竖房里已经有十来位美人，何必再让卷儿梨和抱珠给你添堵？”

蔺承佑仰头望天，很认真地想了想：“听上去很有道理，可惜我说要这么多人，那就一个都不能少。王公子的话我也听明白了，无非说我强人所愿，不如这样，我问问她们自己愿不愿意，要是她们自己愿意，王公子拦是不拦？”

滕玉意暗道：这么多人一齐伺候同一个男子，傻子才愿意。

她负手昂胸：“那就依世子所言，倘若她们自愿，在下绝不再拦。”

蔺承佑转脸问卷儿梨和抱珠：“今日叫的人虽多，但我只挑一个，中选的那个我有厚礼相赠，你们要不要试一试？”

萼姬在背后冲两人直眨眼睛，在她看来，蔺承佑可不是寻常的世家子弟，只要他愿意，买下整座彩凤楼都不在话下，难得他肯找人伺候，怎能错过机会？今日他叫的人虽多，独卷儿梨和抱珠还是清白身子，要是合了蔺承佑的心意，何愁日后的前程？

这两个傻孩子，怎么还不动弹？萼姬急得眼角抽筋，忍不住咳嗽一声，卷儿梨如梦初醒，然而非但不肯向前，反而往滕玉意身后挪了挪。

蔺承佑笑容稍滞。滕玉意掩不住眼里的谑意：蔺承佑，你真把自己当成奇珍异宝了？瞧瞧，看不上你的人大有人在。

蔺承佑转头问抱珠："你呢？"

抱珠没说话，滕玉意满意地朝她看过去，不料愣住了，只见抱珠的脸庞如一朵幽静盛开的海棠，连耳朵根都红透了。

蔺承佑讶道："这是愿意了？"

抱珠绞动手中的巾帔，怯怯地看向萼姬。

滕玉意笑不出来了。萼姬喜出望外："世子，她叫抱珠。"

抱珠欠了欠身，离开滕玉意就往萼姬身边走去。蔺承佑忽道："慢着。"

抱珠惊讶止步。蔺承佑讽笑道："王公子千方百计保你周全，你舍她而去，也不看她一眼？"

抱珠咬了咬唇，头垂得更低了。

蔺承佑瞟向滕玉意："王公子看明白了，这个你不保了吧？我带走了。"

绝圣和弃智还待追上去，被滕玉意拦住，她意兴阑珊："罢了。"

她掉头走了几步，就听蔺承佑对萼姬道："你也进去。"

萼姬正拉着抱珠窃窃私语，眉飞色舞地也不知在传授什么，这话飘过来，直如一个惊雷。

抱珠傻了眼，绝圣和弃智脚下一个趔趄。

萼姬目瞪口呆："我？"

就连一直未说话的程伯和霍丘也惊呆了。

滕玉意先是错愕，随即狐疑地想：蔺承佑一口气叫这么多人不说，连上了年纪的假母也不放过，这像是要狎妓吗？

她心里一起疑，反倒不急着走了。

绝圣和弃智跺了跺脚，跑到蔺承佑跟前："师兄。"

蔺承佑揪住弃智的耳朵，狞笑道："给我等着，忙完再同你们算账。"

绝圣和弃智一头雾水，呆呆地望着蔺承佑的背影。滕玉意左右一顾，恰好附近有座凉亭，于是拉着绝圣和弃智过去。

卷儿梨先前被萼姬用眼神恶狠狠剜了好几下，如今走也不是留也不是，只好也跟上滕玉意。

蔺承佑站在台阶上，似在等什么人，直到贺明生又请来十来个容色较出众的娘子，这才推门而入。

门一关，窗扉也掩上了。

一阵小凉风袭来，栏杆前的花枝飒飒作响。凉亭里的人大眼瞪小眼，滕玉意干巴巴地笑道："身上有些凉，要不回屋吧？"

绝圣和弃智跳起来："师兄让我们画符，刚画了一半，是得回去了。"

房里的贺明生硬着头皮对蔺承佑道："世子，除了卷儿梨和葛巾，楼里一等姿色的全在这里了。"

里屋已经有四个在等着了，剩下的全在外屋。

娘子们眉来眼去，一个个疑惑不解。

蔺承佑负手踱步，把每个人的脸庞都仔细看了一遍，最后推门进了里屋，俯身摸了摸浴斛里的水。

浴汤呈淡褐色，发出阵阵幽异清香。

"差不多了，到水里泡着吧。"

房里的四人犹豫是在浴斛外脱衣还是进去再脱衣，陡然发现贺明生还在屋外，奇怪蔺承佑并没有让他出去的意思，而且非但贺明生不走，外屋又进来几个老道士。

老道士目不斜视地走到里屋，一本正经地道："老道来了，不知何事相招？"

魏紫等人吃惊地道："世子？"

蔺承佑坐到窗前矮榻上，从袖中取出几锭金，一锭又一锭，不紧不慢地搁到条案上，随后抬头一笑："和衣下到浴斛里，谁能在水下闭气最久，我就把这堆金子赏给谁。"

滕玉意回房睡了个好觉，至暮色时分方醒，起来把程伯和霍丘叫来，问道："你们可拔过兽牙？"

程伯一抬眼皮："娘子这话何意？"

"随便问问。"滕玉意若无其事地道，"听说兽牙极不好拔，有这回事吗？"

程伯面不改色："晌午在前楼的时候，娘子为了打听尸邪的要害，宁愿以酒为饵，如今刚得知尸邪的要害是獠牙，又问老奴拔兽牙之事。老奴深觉古怪，还请娘子释疑。"

滕玉意歪头看向程伯，悔不该把程伯带出来，此人心细如发，万事都逃不过他的眼睛。

她笑嘻嘻地道："程伯，有件事我早想问你了，阿爷说你刚过五十，为何头发和胡子都白了？"

这话是真的，程伯发须雪白，唯独一对眉毛又长又黑，冷不丁望去，活像有人用吸满了墨汁的毛笔在雪白的笺纸上胡乱画了两笔。

程伯不为所动："寻常小娘子听到这些诡谲之事害怕都来不及，娘子为何详加打探？说来娘子自从得了那把翡翠剑，似乎就对妖异之事起了兴趣。"

滕玉意纠正程伯："我这剑现在有名字了，它叫小涯。"

"好的，小涯剑。"程伯立即更正，"尸邪缠上娘子，老爷没法子才把娘子托付到东明观和青云观道长的手里，除祟之事自有道长一力承担，娘子切莫以身犯险，万一有个差错，叫老奴如何向老爷交代？"

滕玉意耐心听程伯絮叨完："程伯，你早年随阿爷行军打仗，说来也是英雄般的人物，如今脱下戎服打点琐碎庶务，委实太屈才。"

程伯面色一变："老奴和妻孥深蒙老爷和夫人大恩，此生早已把命交付给老爷，别说只是打理庶务，就是肝脑涂地也是应当的。"

滕玉意哭笑不得："程伯，你我闲话家常，好好地说这些作甚？虽然你以奴自称，但我心里一直将你视作长辈。我也不瞒你，上回东明观的道长就同我说了，小涯剑这种道家法器生来是斩妖除魔的，每隔一段时日就需拿邪祟来喂剑，若是不细心打理，终有一日会变成凡品。程伯，你殚见洽闻，想必听过这种传言。"

"老奴确曾听过。"

滕玉意慢慢摩挲着剑柄："我落水后总是做噩梦，有这剑相护才能安眠，这几回撞见妖邪，也是有它相护才化险为夷，因此我早就打定主意，一定要好好维系它的法力，可是我并不懂道术，上何处去找妖邪来供奉此剑？现有两观道士在此除妖，我可不想错过机会，能拿二怪喂剑最好，假如太凶险，我也不会上去送死。"

这话大半是真，她只隐去了"借命"一节。

"老奴明白了。"程伯思索着道，"娘子不如把此剑交给老奴，老奴身手不差，等到道长们降服二怪时，瞅准机会刺其要害。”

“这法子行不通。”滕玉意苦笑，“此剑认主，离开我就是把普通的翡翠物件。”

程伯在案几前踱了几步，忽道：“老奴倒是想起一件事，早年老奴回长安，曾在坊间遇到一位故友，此人刚从南诏国戍边回来，与老奴饮酒时说起遇到过当地的尸王。”

滕玉意心中一动，又是南诏国。

“尸王也是生就一对獠牙，出土后四处作乱，每晚夜袭军营，连吃了好些士卒。当地一位善巫蛊的巫师献策，说用两根极韧极厉的琴弦做成圈绳，一边一个死死套住尸王的獠牙，数十名士兵同时发力，一举将其扯断。军营的将领采用了这法子，果然顺利除害。尸邪的凶力虽然远在尸王之上，但那对獠牙既能伸缩自如，理应有槽口，有槽口就好说了，一定经不起扯动。”

滕玉意想了想道：“法子倒是好法子，待会儿见了几位道长，我与他们细说说。不过这并非一人之力可达成，假如除去尸邪，除祟之功算到谁头上？唉，烦烦烦，要不还是别打尸邪的主意了，想想那只禽妖吧。”

主仆二人正说着，霍丘在门口道：“娘子，抱珠娘子求见。”

程伯淡淡地看了眼门外，给滕玉意倒了杯桂花酾，两手交握，慢慢踱到一旁。

滕玉意垂眸饮了口：“让她进来吧。”

抱珠缓步进来了。

她鬓发湿透，发簪歪到一旁，白皙的脖颈上贴着好几缕湿发，一副楚楚可怜的模样，大概是从浴斛里出来衣裳未干，外头紧紧裹着件毡篷，饶是如此，她嘴唇仍被冻得发白，进来后含泪看了一眼滕玉意：“奴家给公子赔罪来了。”

滕玉意满脸惊讶：“这是从何说起？你何罪之有？”

抱珠眼泪断线珠子般往下掉，她慢慢伏到地上：“公子苦心相护，奴家却愚鲁至极，未能体察公子之意，白白让公子寒心。奴家如今都想明白了，自知有愧，恨不能倾力补过，只求公子不计前嫌，再给奴家一次奉曲侍酒的机会。”

滕玉意打量手中的茶盏，慢条斯理地道：“我当什么事，原来是这个。这事不怪你，《礼记》有云：‘在府言府，在库言库，在朝言朝，在官言官。’你虽非士庶之流，却也需自谋己身，所作所为皆有苦衷，说来也是可怜人，方才你不嫌我多事就不错了，我又怎敢怪你？”

抱珠破涕为笑：“王公子不与奴家一般见识，奴家感佩万分，奴家身处樊笼，一切都身不由己，方才的事并非自愿，而是萼大娘相逼，世子他……世子他……”

她边说边抬头，胸口蓦然一紧，只见滕玉意微笑着看着她，双眸亮若寒星，虽未把嫌恶明晃晃地摆在脸上，但俨然已看穿她的所思所想。

抱珠手心开始冒汗，这位假扮胡人自称王公子的娘子，根本已将她视为一粒尘土，这简直比方才成王世子当众诘问她还要难堪，仿佛她的一举一动，在王公子看来不过是个笑话。

她下意识地揪住前襟，隐约有种感觉，王公子可以想法子护她，但心肠硬起来，比寒冰还要冷酷。先前她有过的庇佑和维护，再也别想从王公子身上得到了。

安稳了这些日子，她都快忘了被假母和酒客打骂的滋味了，悔不该另攀高枝，下午要是不心存侥幸就好了。

她当时是想着，王公子毕竟是女儿身，目下虽然照应她们，但哪日说不来就不来了。只有入了成王世子的眼，日后才有指望跳出这火窟，哪知她孤注一掷，却换来一场羞辱。

她不甘心两头都落空，忙又挤出几滴眼泪道："王公子。"

滕玉意重重地把茶盏往桌上一搁，程伯和霍丘近前道："抱珠娘子给自己留些体面，公子叫你走就走吧，往后也不要来了。"

抱珠睫毛微颤，再抬头滕玉意眼睛里已经有了冷意，她身子一抖，灰头土脸地起了身。

第十四章
火玉灵根

抱珠前脚刚走，绝圣和弃智后脚就来了："王公子，我们打算去小佛堂借点儿符纸来用。天色不早了，你要不要同我们一起去？"

两人蔫头耷脑的，估计还在为下午的事不安。

滕玉意是个闲不住的人，打从知道尸邪和金衣公子的要害在哪儿，就一直琢磨着做些什么，听说要去见五道，她很痛快地就应了："走吧。"

他们一进门就看见小佛堂里散乱地堆放着许多竹简，东明观五道正埋头找东西。

"咦，王公子怎么也来了？"见喜推开脚下那堆包袱，笑嘻嘻地道，"快请坐。"

绝圣和弃智问："前辈们下午去了何处？晚辈前楼后院找了许久。"

"我们能去何处？还不是跟世子待在一起。"

绝圣和弃智一惊。

见仙瞧他二人神情，忍不住捧腹大笑："难怪你们师兄没事就骂你们，你们小脑袋瓜里整天都在想什么？"

滕玉意早就觉得下午的事不对劲，听了这话倒也不奇怪："各位上人帮着世子除祟去了？"

"算不上除祟，早上那个青芝不是死得稀奇嘛，世子怀疑楼里混进了邪祟，下午叫我们过去帮忙。"

见美接过话头："那东西半人半祟，被尸邪操控却不自知，平常的识鬼法是验不出来的，只能用不寻常的法子来试。"

绝圣和弃智脑中白光一闪。

“师兄把楼里的小娘子叫过去，是想找出妖邪？”

他们窘迫地抓了把头发，亏他们说了一堆不知轻重的话，师兄估计要被气死了。

滕玉意暗道：也不能怪绝圣和弃智想歪，蔺承佑瞒着别人也就算了，连两个师弟都瞒着，声势弄得那样大，被人当作淫徒也无可厚非。

“师兄该不会是把阴指符溶到浴汤里了吧？”

“没错，那东西虽说已经半人半祟，但还留有一半心性，有重金为饵，必然会想法子在水里闭气，但她既为尸邪所用，七窍早已被阴气钻了空子，只要在浴斛里泡得稍久些，就一定会露出破绽。”

滕玉意好奇地道：“所以找到那人了吗？”

“没有。”五美困惑地叹气，“这法子用来试半阴半阳之人历来万无一失，可今日逐一试下来，竟无一个有异。”

弃智蹲下来托腮思忖：“楼里的娘子都查遍了吗？会不会漏了什么人？”

见天摇头：“世子把楼里负责扫洒的婆子都叫去了，连贺明生都被逼着在汤里泡了一会儿，老老少少查了一圈下来，始终没能发现谁有异样。”

见美朝滕玉意一指：“也不尽然吧，王公子、卷儿梨和葛巾娘子不就没过去试水吗？”

“那是因为她们三个不可能是傀儡。”见乐翻开手中的竹简，“你们别忘了，卷儿梨和葛巾娘子曾被妖邪掳走，好险才救回来，王公子则被尸邪追袭了两次。尸邪如果只想让她们做傀儡，不必如此麻烦，大不了喂她们吃点儿唾沫就好了，保管叫她们乖乖听它的话。”

滕玉意一惊：“尸邪把人变成傀儡的法子就是喂唾沫？”

见乐拍腿大笑：“是不是很恶心？它的唾沫很宝贵，轻易不给人用，但只要喂上一口，即便那人面上与常人无异，身心却被操控得死死的。”

滕玉意一个激灵，照这么说，那晚在成王府沦为傀儡的几个人，岂不是都吃过尸邪的唾沫？她想起那位南诏国的顾宪，他醒来若是知道自己被尸邪喂过口水，怕是会恶心到个把月吃不下饭吧。

“唾沫喂得多，被操控的日子长；唾沫喂得少，被操控的日子短。这法子不但粗暴直接，弄来的傀儡也很听话，就算最后被尸邪剜心，傀儡也不会有怨愤之气，所以尸邪绝不会取傀儡的心，能被它取心的，一定是神志清醒之人，因为只有这种人才有七情六欲，才能被尸邪的幻境折磨得痛苦不堪。”

见喜道：“此外还有一个原因，就是上回卷儿梨和葛巾被救回来后，马上就被喂了清心丸，此丹对于沦为傀儡已久之人效用不大，但如果刚被尸邪操控，一粒就可以让人清醒。”

滕玉意暗暗点头，怪不得蔺承佑那么痛快就放走了卷儿梨，原来压根儿就没打算叫她进去试水。

她装作不经意地道：“既然该试的人都试过了，是不是说明楼里并未藏邪祟？那么青芝的死也就无甚可疑了，就是投井而亡吧。”

见天把嘴嘬成一个花骨朵：“早上我也瞧了，单看青芝的尸首，分明就是呛水而亡。倒是世子蹲在青芝尸首边看了一阵，似在青芝的衣裳上发现了什么，但井边既无邪祟迹象，也无布阵过的遗痕。没等我仔细查看尸首，法曹就闻讯赶来了，再之后就把我驱到一边，不许我靠近了。”

见仙困惑地道：“这么说世子一定发现了什么，为何一字不肯提呢？”

“世子多半有他的顾虑，我只奇怪青芝若是被人所害，凶手为何就不能再等几天？非得趁我们和世子都在的时候下手，凶手就不怕露出马脚？”

滕玉意想了想，弯腰把脚边的竹筒捡起来：“想来已经到了非下手不可的地步了。青芝不死，那人的把柄随时会被抖出来，青芝死了，你们未必查得出真相。我猜凶手赌的就是这个。”

就听门外有人道：“王公子不在自己房里待着，跑到我们这儿串门来了？”

众人一扭头，外头进来个锦衣玉冠的少年，不是蔺承佑是谁？

绝圣和弃智好似被火烫了屁股，一下子从地上弹起：“师兄。”

蔺承佑背着箭囊，鬓角上似乎有汗，进来后瞟了滕玉意一眼，随手将手中的东西扔到条案上。滕玉意瞄过去，小小的一包，也不知装着什么。

众道奇道：“世子，你这是去哪儿了？怎么看着像刚跟人交过手？”

蔺承佑道：“正要跟你们说呢，关于青芝……”

忽然他转向滕玉意，笑道：“王公子，天色不早了，我这儿不方便留你，你请回吧。”

滕玉意一看他戏谑的目光就明白了，无非他在外头听到她好奇此事，故意起个头却不往下说，逐客令一下，她纵是百爪挠心也得离开。

弃智为难地道：“师兄，已经入夜了，尸邪随时可能闯进来作祟，她一个人待在房中恐怕不妥当，要我们同她一起回去吗？可我们还想同师兄多待一会儿。”

“你们是得留下来，从今晚起，好好跟我学学规矩，省得被人撺掇几句，就连自己是青云观的弟子都不记得了！”

他说这话的时候笑容可掬，但眸色沉沉，像染了一层寒霜似的。

绝圣忙示意弃智别再说话了，师兄分明还在气头上，他们现在是泥菩萨过江自身难保，滕娘子再不济还有师兄给的玄音铃，尸邪真来了的话，滕娘子一摇铃铛师兄就能赶过去。

滕玉意非但不肯走，反而笑盈盈地坐下了：“世子，我来是因为有要事相告，事关如何除去尸邪，不说恐会误事。”

蔺承佑笑道：“我倒不知王公子会除邪，你要是真有对付尸邪的好法子，就能自保了，用得着青云观和东明观相护吗？”

“我也是下午才得知此法，如能依法妙用，或许真能顺利除去尸邪。”

蔺承佑一个字都不信，尸邪可是邪中之王，多少道法高深的前辈对其无计可施，滕玉意这几日被困在彩凤楼中，上哪儿去打听妙法？此女诡计多端，他稍不留神就会被她算计。下午她为了维护自己的人撺掇绝圣和弃智跟他闹，论拱火简直是第一名，此时无事过来献殷勤，谁知她又在盘算什么。

换作平日，他有的是工夫跟她周旋，目下他又累又饿，全无心思。

她不就是不肯走吗？他有的是法子治她。

他掉头往另一侧走，边走边摘下背上的箭囊。

滕玉意还等蔺承佑追问，看着看着就发现不对劲了，侧堂放着一副厚实的茵褥，看着像夜间眠卧之处。这两日蔺承佑为了方便捉妖，估计都睡在佛堂里的褥子上。

蔺承佑走到茵褥前，懒洋洋地往上一倒：“这几日我累坏了，晚上还有的折腾，先将就歇一歇。”

众道吃了一惊。

滕玉意脸一红，霍然起了身。

蔺承佑笑得又痞又坏，翻了个身坐起，作势要脱靴：“王公子别走啊，不就是受累观看本人睡相吗？我是丝毫不介意的，就怕传出去对王公子的名声不好。”

滕玉意暗暗咬牙，背对着蔺承佑，快步往外走：“这法子当年成功降服了南诏国的尸王，无关道术，算是另辟蹊径。可惜世子不想听，我又何必多说，也罢，那我就告辞了。”

蔺承佑本来也没真打算宽衣解带，不过做做样子吓唬滕玉意罢了，听她提起南诏国的尸王，手上动作一顿，难道她真知道什么好法子？

他忙笑道："王公子别忘了，尸邪要是不落网，头一个遭殃的就是你。"

滕玉意也笑了起来，脚下步伐却不停："即便我死了，世子不是还得对付尸邪吗？明明有现成的好法子，世子自己不想听。横竖你们神通广大，大不了多折腾几回，反正总有一日能降伏二怪。"

蔺承佑用眼神示意绝圣和弃智拦住滕玉意。

绝圣和弃智硬着头皮追过去："王公子，请留步。"

滕玉意绕过二人朝外走："不必留，你们师兄冒犯我在先，除非向我赔礼道歉，否则我一个字都不说。"

绝圣和弃智忙又围上去，奈何滕玉意铁了心要走。

程伯听到动静，进来挡在绝圣和弃智前头，和颜悦色地道："两位道长，烦请让路。"

绝圣和弃智愣了愣，程伯是滕府的忠仆，面上谦恭随和，实则沉毅有谋，若再硬拦着滕娘子，两方势必伤和气。

两人束手无策，求助似的看向蔺承佑。众道平日能言善辩，此时却保持沉默，人是蔺承佑得罪的，收场也得他自己来。

蔺承佑早已起了身，笑着踱近滕玉意："王公子用过膳了吗？"

滕玉意挑了挑秀眉，凭蔺承佑那骄矜的性子，要他低头认错，怕是比登天还难。他突然问起这个，无非想把刚才的事轻描淡写地揭过去。

她淡淡地道："阁下提醒我了，我正要回房用膳。"

说完她再次迈开脚。

"这么巧，我也饿了。"蔺承佑脸皮极厚，含笑拦住滕玉意，"我担心二怪晚上闯进来，才令贺老板准备了一大桌酒膳，若王公子愿意赏光留下来吃饭，我再让他们送些王公子爱喝的龙膏酒来。"

滕玉意眼波一动，蔺承佑倒是能屈能伸，大概是吃定了她会心动，竟拿龙膏酒来同她讲和。她承认她心动了，何况她原本也没存心要走，于是做出勉为其难的样子说："几壶？"

蔺承佑谛视着滕玉意，此女一双眼睛乌溜溜水灵灵，一转就是一个坏主意。他早料到她会得寸进尺，果然就来了，她是吃准了他想知道那法子，所以才有恃无恐。

若在往日，敢有人这样要挟他吗？不等那人算计他，他早让对方吃尽苦头了。

可惜尸邪太狡诈，他可不想错过任何一个对付这东西的机会。再说刚才自己也算轻薄了她，她这种性子自是不肯轻易作罢，不就是几壶酒吗？她爱喝就给她喝好了。

“既是我做东，王公子想喝几壶就喝几壶。”

滕玉意展颜一笑：“程伯，难得世子盛情款待，你把霍丘叫来，今晚我们主仆就在此处用膳了。”

绝圣和弃智高兴坏了，一个忙着抹拭茵席，另一个准备到前楼叮嘱厨司置备膳食。

蔺承佑拉住弃智，把刚才搁在案上的那包东西递给弃智：“让厨司把这个煮了汤送来，你在旁边盯着点儿。”

见天等人抻长脖子一望，顿时愕然失色：“火玉灵根！”

众道一窝蜂围到了蔺承佑身边，边看边啧啧称奇：“‘玉池清水灌灵根’，从来只在《文清玉散经》上见过这名字，今日算是开眼了。都说这东西当年被焰明尊者从婆罗国引来，用道法栽下，历经寒暑，数十年才能得一株，喝了不但能祛病延年，还有御邪之效。”

见天兴致勃勃地冲滕玉意招手：“王公子快来，知道你出身名门，素来见识不凡，但老道敢打赌，这东西你绝对没见过。”

滕玉意只好过去凑热闹，只见蔺承佑手心托着一盏硕大的蕈伞状的东西，乍眼看去像是灵芝，但这东西分作两色，顶上的冠子色如赤火，底下的根茎却玉莹光寒，一红一白，交相辉映，有如冰火两重天。

“原来师兄刚才弄这个去了。”绝圣和弃智摸摸脑袋，“吃了这东西，是不是对付尸邪的时候也能容易些？”

蔺承佑说：“没那么神，但也有些护身的效用，喝下此汤，心脉即被药气相护，哪怕被邪祟所伤，也能侥幸不死。可惜药性甚短，顶多能维持三日。”

“三日足够了。”众道正在兴头上，哪里管得了那么多，“这些年不知多少人想找火玉灵根，可惜那本经书亡佚了半本，世人既不知其种在何处，也不知如何服用，原来要做了汤来喝。世子，这般罕物，你从何处得的？”

说完他们才觉得这话多余，以蔺承佑这踢天弄井的性子，只要他有心搜罗，天上飞的、地上跑的、深山里的仙草、水底的赤蛟，就没有他弄不到的。

蔺承佑道：“二怪蛰伏了整整两日，城内外全无动静，此事太不寻常，推算出阵之日，它们至迟这两日就会来找麻烦。为求万无一失，我特意让人去取了这东西来。弃智，送到厨下去吧。”

弃智千珍万重地捧着火玉灵根走了。大伙忙着一起收拾小佛堂，没多久把当中一大块收拾出来了。

众人围着条案坐下，座次也不分尊卑了。程伯和霍丘百般推拒，怎奈五道死活要拉他们一起坐，眼看蔺承佑和滕玉意都无异议，只好叨陪末座。

如此一来，堂内热闹非凡，门窗洞开，抬眼就能看见夜色中的园子。清风相护，圆月朦胧，一派陶情适性的景象。

见乐美滋滋地抿了口龙膏酒："王公子，你说的对付尸邪的那个法子是什么？老道心里像猫抓似的，你就别卖关子了，快告诉我们吧。"

滕玉意笑道："当年南诏国的尸王为祸一方，降服它之人并非僧侣，而是兵营里的士卒，这法子无关道术，说来平平无奇。"

蔺承佑语带谑意："王公子该不会说他们拔了它一对獠牙吧？"

滕玉意微微一笑："正是如此，尸王专闯军营，每晚都扑杀数十名军士。后经巫师献策，将军令人找来两根极为尖锐的利弦，把前头做成钩子，一边一个套住尸王的獠牙，众军士齐齐发力，拔出了那对獠牙。"

蔺承佑面色古怪，众道也是惊讶无言。

滕玉意心里泛起了疑惑："这话有什么不对吗？"

蔺承佑一哂："王公子，这话你从何处听来的？"

"回世子的话，"程伯主动起身作揖，"这话是小人告诉公子的。小人有位叫谭勋的故友，早年曾随军在南诏国驻扎过一阵，尸王的传闻就是他回长安后与小人说的。据谭勋所言，尸王被拔掉獠牙后，当即化作了一摊脓水，此后再未有尸怪作乱。他言之凿凿，自称亲眼所见，但小人并未详加打探，此事已过去了十年，今日听诸位上人说起尸邪的獠牙，小人才记起有这么一回事。"

蔺承佑与众道对视一眼，席上出奇地安静。

滕玉意狐疑地道："哪里不对劲吗？"

蔺承佑冷笑："此话不通。"

程伯神色有异："世子，小人句句属实。"

蔺承佑正色道："程管事，我并非疑你扯谎，但是无论尸邪还是尸王，獠牙都是其要害，一旦被拔除，便会如你所说化作一摊脓水。它们为求自保，把一对獠牙修炼得固若岩石，火烧、刀斫、引雷、绳锯，均不能损其一二。前人也试过用炼铁做成细绳来拔除獠牙，最后一败涂地。所以那位谭勋说用两根琴弦就能做到，实难让人相信。别说这法子至今没人成功过，琴弦本就易折易断，如何拉拔这等坚硬之物？”

滕玉意胸口突突一跳，忽然想起前世害死她的那个怪人手中的丝线，看着极细，却能削皮断骨，只不过一个是丝线，另一个是琴弦。

“我看那个姓谭的就是瞎说。”见乐不满地道，“尸王的法力远不及尸邪，说不定南诏人用什么法子将其降服了，当地人却以讹传讹，闹出了这等不经之谈。”

“是不是不经之谈，找到这个谭勋不就成了？”蔺承佑看向程伯，“程管事，此人现在可在长安？”

程伯道：“小人不知。听说谭勋四年前因腰伤卸了职赋闲在家，此后一直住在城南的安德坊，但小人与他久无来往，也不知现下如何了。”

“我让人去打听打听，若他还在长安，这两日就有消息了。”

蔺承佑瞟了滕玉意一眼，她从刚才起就不对劲，面色煞白，分明有心事。

“王公子？”

滕玉意掩袖喝了口酒，笑了笑道：“我算是听明白了，这个故事里最不通的就是那对琴弦，但如果世上真有这种锋利至极的利器呢？哪怕细若雨丝，也能削皮断骨，如能绞作一股，坚韧堪比神物，何不查一查这所谓‘琴弦’的来历？假如查出属实，何愁没法子对付尸邪？”

绝圣蒙了一下，那晚滕娘子给他们看过一张画，画上正是一根细若雨丝的丝线。

蔺承佑皱了皱眉：“我怎么不知道有这种好物，王公子从哪儿听来的？”

滕玉意隐隐有些失望，连蔺承佑都没见过这种暗器，未免也太不寻常了。会不会那晚她误以为是暗器，其实只是一根普通丝线，只因那人功力高深才变成杀人利器？

“我对兵器一窍不通。”她想了想答道，“这话还是前阵子来长安的时候，偶然听临近船上的旅人说起过。你们也知道，风阻船泊之时，侠士文人们常在舷板上饮酒清谈，回京这一路走走停停，我也算听了不少海外奇谈。”

见天问：“说得老道都好奇了，世上真有这种兵器吗？为何长安坊市里从未见过？”

蔺承佑摩挲着酒盏边沿，南诏军营里用琴弦拔掉尸王獠牙或许是假，但尸王此后的确未再作乱是真。如果不是用这个法子，他们又是怎么降服尸王的？这故事就算八分是假的，至少也有两分是真的，他要不要今晚就让人去查这个谭勋？

正在这时，外头有人探头探脑：“世子，外头有人送信来了，人在前楼，说要把信当面交给你。”

蔺承佑起身：“诸位慢饮，容我少陪一阵。”

蔺承佑走后没多久，弃智乐颠颠地领着众婢女送馔食来了。

“劳各位前辈久等了。”

五颜六色的菜一呈上，小佛堂里顿时欢快起来。

火玉灵根下锅之前颜色妖异，煮成汤后却味道古怪。绝圣和弃智给众人分汤，满桌绕走，忙得不亦乐乎。

席上每人分得一碗，滕玉意也不例外。她没急着喝，而是先盯着碗里的汤打量一番，那东西颜色褪尽了，活像一团团絮状的白叠布[①]。

绝圣和弃智小心翼翼地把蔺承佑的那碗汤盖上了碗盖，坐下来把自己的汤一饮而尽，抬头看滕玉意迟迟不喝，忙劝道：“王公子快喝吧，这种灵草汤趁热喝药性最好。”

滕玉意点点头，幸而汤味虽有点儿怪，倒不算冲人，她正要一口喝完，蔺承佑拿着一封信返回了，进来看滕玉意捧着汤碗在喝，他面色微变，似乎想阻止：“慢！”

然而晚了一步，滕玉意一下子就把剩下的汤都喝完了，喝完对上蔺承佑古怪的目光，她不由得有些纳闷：“怎么了？”

蔺承佑很快恢复了常色，回到原位，意味深长地看了绝圣和弃智一眼。

绝圣和弃智把蔺承佑的碗盖揭开：“师兄，快喝汤吧，再晚就凉了。”

蔺承佑想了想没说话，接过汤碗一口喝了。

滕玉意素来有手脚发凉的毛病，喝完就觉得整个腔子都烧了起来，双足好似泡入了温汤，脚心悠悠升腾起一股暖意，不久之后，连脊背也开始冒汗，整个人暖洋洋的，仿佛坐在炉前。

她轻轻擦了把汗，这东西的药性果真了得。

程伯和霍丘不安地放下碗箸：“公子，你的脸怎么这么红？”

二人面色如常，浑不见冒汗。滕玉意疑惑地道：“你们不觉得热吗？”

“热？”见仙忙着往自己碗里夹菜，“喝了汤又吃了菜，好像是有点儿热。咦，王公子，你头上怎么全是汗珠？”

---

① 白叠布：棉花。唐时棉花种植非常少，只有新疆等地有。

大伙满面红光，却不似滕玉意这般大汗淋漓。滕玉意环顾左右，猛不防碰上蔺承佑古怪的目光，心中咯噔一下。

蔺承佑浑若无事："火玉灵根是大补之物，王公子不像我等有内力在身，刚吃下去有些不受用，克化几日也就好了。"

"对对对，老道早年刚吃补气之物时，也曾像王公子这般浑身发汗。"

绝圣和弃智猛地点头："王公子要是有什么旧疾，借着此汤的药性，没准能一并去掉病根呢。"

程伯听了这话喜忧参半，自从上回娘子落水，他就总担心娘子落下什么毛病，喝了这个灵草汤，说不定就好了。他紧张地端详滕玉意的神情："公子，你可觉得好些了？"

滕玉意默默体会了一阵，自觉身上并无其他不适，笑了笑道："让诸位见笑了，估计散散汗就好了。"

这时又来了一个庙客，在堂外探头探脑："世子殿下，小人有要事禀告。"

蔺承佑冲那人招了招手。

这个庙客名叫阿炎，平日负责在楼前迎送，长得五大三粗的，一路小跑到跟前："葛巾娘子和卷儿梨吵起来了。卷儿梨摔碎了葛巾娘子的一块玉佩。葛巾娘子气得骂了卷儿梨好些话。卷儿梨一个劲地赔罪，但葛巾娘子不依不饶，非要让卷儿梨立即搬出她的卧房。两人吵得不可开交，把楼里的人都惊动了。萼大娘、沃大娘和主家赶过去劝了也无用，只好让小的过来问世子，这样吵闹也不像话，能不能让她二人分作两处？"

席上的人愣了愣，卷儿梨本来与年幼的伶人们同住另一处院落，只因被尸邪盯上了，临时被蔺承佑安排搬来跟葛巾同住一间，而滕玉意则住她们对屋，这样尸邪作祟时，也能方便照应。

蔺承佑很痛快就答应了："既然都打起来了，那就让她二人分开吧，不过那个卷儿梨不能搬离太远，就在廊上另找住处，相距不超过两间，省得不便照管。安置好了过来告诉绝圣和弃智，他们自会去房门外重新画符。"

阿炎弯腰听着："让世子见笑了，葛巾娘子被毁容之后就像变了个人，从前人人喜欢，现在简直像个疯妇，不过这也怪不得她……"

忽然他又谄笑道："小人多嘴，这些话世子想必都听过了。"

蔺承佑笑着颔首："我就喜欢你这种多嘴的。你只管说，想起什么说什么，说得好了有赏。"

阿炎欢然搓起手来，搜索枯肠想了一通，苦着脸道：“小人有个毛病，越是想说，越憋不出来，要不世子问小的几个问题？”

见乐笑嘻嘻地接话：“那贫道就不客气了。原来你们楼里的都知也分三六九等，葛巾来之前，最得势的都知娘子是谁？”

“回道长的话，本是魏紫和姚黄最得势。葛巾娘子一来，这二位就被比下去了，听主家的意思，葛巾娘子要是不出事，这个月就能定下花魁的名分了。到那时候，光酒钱葛巾娘子自己可分两千钱，其他五花八门的打赏就更不必说，不出几年葛巾娘子就能为自己赎身了，哪知出了这样的事。”

“魏紫和姚黄是不是病了的那两位？我记得今日世子叫楼里的娘子去泡浴斛，这两位称病留在房中，经世子相招才肯出来。”

“正是。魏紫娘子善舞又善诗，彩凤楼没开张就出名了。别看她比其他娘子都胖一些，跳起舞来却灵巧得很，尤善胡旋舞，哪怕给她一块再小的毯子，她也能在上头旋转如飞。

“至于姚黄娘子，那就更不用说了，相貌、才情样样出色，唱起曲来跟树上的黄鹂鸟一样好听。此外她还另有一项绝活，就是能学猿声鸟鸣，据她自己说，她小时候跟一位奇人学过口技，所以学什么像什么。记得彩凤楼开张的头几个月，那些将军、公子都是冲她二人来的。”

见天道：“她二人什么时候病的？”

“魏紫娘子病了好些日子了，姚黄娘子则是今天早上青芝投井之后吓到的。”

这也病得太是时候了。见喜又问：“她们跟葛巾娘子交情好吗？”

阿炎尴尬地笑了笑：“小人平日只负责在门前迎来送往，轻易见不到楼里的娘子，这几个名头响的都知，小人偶尔瞧上一眼已是不易，她们之间交情如何，小人可是一句都说不上来。”

见天却不依不饶：“葛巾娘子被毁容可是大事，那晚魏紫和姚黄在何处？就没人怀疑她们？”

阿炎瞠目结舌：“不说是厉鬼挠坏的吗？楼里闹了好些日子了，那女鬼不少人见过。”

“你们主家也信这套说辞？好好的花魁被毁容，他不心疼人，总该心疼钱，出事之后就没想过一个一个盘问？”

“问了，魏紫当晚陪户部的林侍郎赴诗会，姚黄则同宁安伯的魏大公子去了曲江赏灯会，随行的人不在少数，竟夕玩乐，次日方回。”蔺承佑不紧不慢地开了腔。

五道愣了愣："原来世子都查过了。"

阿炎苦笑："其实我们主家也一一问过，巧就巧在那几位都知要么在前楼陪客，要么随客外出，竟是没人有嫌疑，加上楼里闹鬼是真，主家才信了葛巾是被厉鬼所伤。"

滕玉意有心仔细听这庙客说话，无奈身上益发燥热，为了分神她忍不住道："晌午我在前楼饮茶，恍惚听人说青芝最近手头阔绰不少，彩凤楼总共就这些人，纵算你与楼里都知不熟，总该与青芝有些交情，你可知她的钱从哪里来的？"

阿炎诧异地道："怪不得这小蹄子最近不跟我们蹭酒了。公子不知道，青芝这婢子时而憨傻，时而精明，最大的毛病是贪吃，遇到酒食那是能骗则骗，能抢则抢。她在葛巾娘子身边伺候，原本极风光，葛巾娘子被毁容之后，底下人的境况也跟着一落千丈。青芝不敢去厨下偷东西，只能到各个房里蹭吃喝，人人见了她都烦。公子这么一说，小人想起来，她前几日似乎真有点儿不对劲，脸上笑得像朵花似的，活像捡了宝。"

滕玉意看了看蔺承佑，奇怪他面色如常，似乎丝毫不觉得惊讶。

"最近妖异作怪，楼里人人自危，她何事这么高兴？有人来找过她吗？最近可新结识了什么人？"

"应该是没有。"阿炎仔细想了想，"葛巾娘子被毁容之后离不了人，青芝起先还盼着葛巾娘子能恢复容貌，因此伺候得可殷勤了。没多久就出了妖异的事，彩凤楼被封，楼里人都没机会出去，青芝也不例外，况且小人整日在门口迎来送往，从没听说有人来找过青芝。"

"这些话不够新鲜。"蔺承佑把玩着酒盏，"要不你再仔细想想别的话，不然我这酒钱想舍都舍不出去。"

阿炎挖空心思想了一会儿，恍然道："有了，青芝老说自己还有个姐姐，当年姐妹失散了，一直未有音信，她平日攒下些钱，全用来托人打听她姐姐的下落了。沃大娘听了，总骂青芝疯傻，说青芝家里只有一个妹妹，而且她妹妹早在当年被发卖的时候就死了，如今时隔多年，上哪儿再变个姐姐出来？"

蔺承佑似乎对这话很感兴趣："还有别的话没？"

"小人好好想想，好好想想。"

蔺承佑提醒他："青芝最近可说过什么奇怪的话？"

阿炎茫然地望着半空想了半天："有了！记得有一回楼里在一起说闹鬼的事，大伙正害怕呢，青芝突然没头没脑地说了句，她跟那个被店主夫人逼死的美妾是同乡。我们都吓了一跳，战战兢兢地问她：‘只听说巴结贵人的，没听说跟死鬼攀关系的，那美妾跳井时，彩凤楼还没开张呢，青芝你上哪儿见过那美妾？又怎么得知自己和那美妾是同乡？青芝你被卖了这么多年了，记得自己从哪儿来的吗？’

“大伙问了她一串话，青芝却得意扬扬地跳下台阶跑了，也不知道她得意个什么劲，认识个死鬼活像捡了宝似的。”

蔺承佑本来吊儿郎当，听了这话面色骤然一沉：“同乡？青芝说她跟前店主的妾是同乡？”

“没错，不过青芝这孩子素爱吹牛，她的话本来就没几个人相信，没准是看大伙怕鬼，故意说这样的话吓唬人。大伙不愿给她脸，事后也就没仔细追问。”

蔺承佑目光如电：“你再好好想想，在那之后青芝有没有再说过类似的话。”

阿炎捧着脑袋苦思冥想，然而越着急越想不出，最后摇了摇头，强笑着正要开腔，外头又有人道：“阿炎，你在磨蹭什么？主家叫你呢。”

阿炎慌忙应道：“来了。”

他又干巴巴地笑着：“世子。”

蔺承佑从袖子里掏出一缗钱扔给阿炎：“今晚这些话出去后不用跟别人提了，若是想起什么，不拘什么时辰，立即来找我。”

阿炎高高兴兴地走了。蔺承佑这才拆开手边的那封信。

绝圣和弃智轻声问：“师兄，是洛阳来的信吗？是不是打听到那位洛阳道长的底细了？”

蔺承佑很快看完了信，目光定了一定，扭头看向香案后那尊莲花净童宝像，起身绕着宝像踱起步来。

见喜等人思绪还在阿炎那番话上，径自议论开了：“我听了这半晌，怎么觉得这青芝不对劲啊，会不会葛巾娘子的脸就是她毁的？”

见天呼啦啦喝着碗里的莼羹，头也不抬地道：“蠢货，是谁都不可能是青芝，别忘了青芝是葛巾娘子的贴身侍婢，那厉鬼抓伤葛巾时骂得那样大声，真要是青芝的声音，葛巾娘子早就听出来了。”

“也对。”绝圣挠了挠头，“那会不会是魏紫娘子或是姚黄娘子呢？毕竟她们本来要做花魁了，是葛巾娘子来了才坏事的。”

见美一乐：“你们师兄不是都说了吗？她二人那晚压根儿不在楼里，而且此事分别有林侍郎和魏大公子做证。”

“但这也太巧了，会不会二人为了脱罪，求林侍郎和魏大公子帮她们圆谎？美人如名花，可遇不可求，他们几个不是正打得火热吗？兴许魏紫和姚黄哭几声，林侍郎和魏大公子就心软答应了。”

滕玉意此时已经喝了许多凉丝丝的蔗浆，然而身上的热仍不见缓，听他们越说越离谱，忍不住道：“别忘了魏紫娘子赴的是诗会，这种场合往往宾客如云，魏紫娘子当晚在不在席上，随便打听一下就成了。林侍郎就算想替人遮掩，也不会撒这种拙劣的谎。姚黄娘子则去了曲江赏灯会，此事不单有魏大公子做证，还有一众随行者。”

见天打了个饱嗝：“王公子说得对，我劝你们少开腔，你们能想到的，世子和大理寺那些官员早该查过了。”

见乐骇然道：“对了，青芝总说自己有姐姐，刚才那庙客说青芝提过她与彩帛行店主的美妾是同乡，该不会那美妾就是她的姐姐吧。”

滕玉意仰天长叹。弃智哭笑不得：“青芝这些年一直惦记她那个姐姐，突然得知姐姐已死，还死得这么憋屈，哭还来不及呢，怎会‘得意扬扬’？”

见乐悻悻然摆手：“不猜了不猜了！我们本来很聪明的，喝了酒才糊涂。”

滕玉意瞟了眼蔺承佑，她这边说起青芝有个姐姐时，蔺承佑居然连头也不回，可他明明对青芝的事兴趣浓厚，反应如此平淡只有一个可能：他早就听说过这件事了。

滕玉意摸摸胡子，如果青芝是被人所害，凶手至今未落网，既然蔺承佑正在调查此事，她觉得有必要把自己听来的事相告。

“听人说青芝在房中藏了一包樱桃脯，面上放着吃食，底下却藏着好些珠玉，那日被人撞破之后，青芝谎称是旧识送的。”

蔺承佑蹲下来查看条案底下，闻言连头也不回，显然对此毫无兴趣。

滕玉意扬眉，这个他也听过了？这事她是从抱珠口里听来的，撞破青芝的也是抱珠，那么告诉蔺承佑的，也只能是抱珠了。

“世子，那封信是谁寄来的？”见天好奇地问道。也不知那封从洛阳来的信上写了什么，蔺承佑看完后一直在琢磨那尊宝像。

蔺承佑没抬头：“记得贺明生刚盘下此楼时，因为不堪楼内鬼怪作祟，特从洛阳请了一位异士，这神龛就是那位异士命人建的。”

滕玉意打量香案，那晚金衣公子化作一条金蛟与蔺承佑惊天动地缠斗一番，小佛堂损折惨重，这尊宝像也随之从座上砉然倒下，现在虽说重新被扶了回去，但漆块脱落了不少。

见天觑起眼睛：“这阵法没问题呀，方方正正的太白降魔阵，宝像塑得丝毫不差。如果底下不是碰巧压着尸邪和金衣公子，这阵法足可以保楼内平安了。不过这也怪不得那位异士，谁能想到这里头会压着百年前的大怪。”

“我也看不出问题。”蔺承佑打量阵眼外的朱砂残痕，“但刚才洛阳来的信上说，他们找遍了洛阳，没能找到这位异士。”

五道愣了愣：“出门云游去了？”

“贺明生头几日去过一趟洛阳，可是从那时候起就找不到这位异士了，我不奇怪此人行踪不明，就是觉得他消失的时机太巧了些。”

滕玉意自从喝了火玉灵根汤，身上的热气就没消停过，忍耐到这时，早已汗湿了里头几层衣裳，身上黏腻异常，犹如坐在泥中。她扇了扇汗起身：“对不住了，在下有些不适，需得回房换个衣裳，诸位慢聊，在下先告辞了。”

蔺承佑扭头本想说些什么，可滕玉意头也不回，快步出了门。

出来被晚风一吹，滕玉意非但不见好，汗反而出得更多了，身上仿佛有股真气顶着她走路，一步足可当平时三步。

她身轻如燕，一路连走带蹦，没多久就把程伯和霍丘远远甩在身后。

程伯和霍丘又惊又疑，娘子身手怎么突然轻捷了许多？他们唯恐出岔子，忙提气往前追，好在滕玉意脚程虽快，内力却不足，他们用上内力之后，很快就撵了上来。

滕玉意只觉得一股热乎乎的气息在自己体内乱窜，胸口像要热炸，必须发力奔跑才能发泄这股莫名而来的怪力，于是风一般地跑回去，路过葛巾的房间时，恰好撞见卷儿梨和抱珠从里头搬被褥出来。

廊道里闹哄哄站了不少人，有劝葛巾的，有宽解卷儿梨的，有说风凉话的，有和稀泥劝和的……葛巾面如寒霜，一动不动地端坐在窗前。

换作平日，滕玉意定会留下来看看热闹，此刻却没心思，一溜烟回到了房中，让外头婢女送浴汤来。房中就有浴斛，楼里热汤也是现成的，等东西送来，滕玉意关上门沐浴盥洗，洗完澡出来，身上的热气依然未缓解。

她叉着腰在房中乱转。胡人的衣裳只带了一套，剩下的便是中原男子的襕袍和幞巾。她来不及装点门面了，胡乱找了套干净的男子衣裳换上，随后戴上那串玄音铃，拉开门道：“程伯、霍丘。”

刚一开口，滕玉意自己吓了一跳，丹田热气直往上顶，嗓门竟比平日高亢不少。程伯和霍丘从隔壁房中蹿出来，惊讶地看着滕玉意：“公子。”

滕玉意咳嗽两声，压低嗓门："你们陪我到园子里转一转。"

不等二人答话，滕玉意掉头就往外走，与其说是走，不如说是跑，到了台阶前，因为太急没看清脚下的路，来不及收脚，整个人狼狈地往前栽去。

程伯和霍丘大惊失色，一个箭步冲上去，哪知滕玉意慌乱中使了个马步蹲，居然稳稳当当自行站住了。

程伯面色变了几变："娘子，这不对劲，你这身手……"

你这身手怎么突然就轻如猿猴了？

滕玉意喘气打量自己古怪的姿势，咬牙道："定是那火玉灵根汤搞的鬼！蔺承佑！"

正在这时，绝圣和弃智抱着一大堆符箓跑来了。

两人冷不丁看见一个穿墨绿色圆领襴衫的翩翩少年，第一眼没认出是谁，及至看见程伯和霍丘，才意识到少年是滕玉意。

"咦，王公子，你怎么在这儿？"

滕玉意心头的火远甚于体内的怪火，她二话不说抓住绝圣浑圆的胳膊："你们师兄在何处？"

绝圣和弃智一惊，滕娘子整个人都不对劲，嗓音不再像平日那般柔和，眼睛也亮得像要烧起来。

绝圣错愕地道："师兄因为下午的事气坏了，说要好好罚我们，勒令我们先去卷儿梨房门外贴符，再赶回小佛堂打扫一下那处阵眼。还说哪怕我们今晚不睡，也得把当年镇压二怪的墓室打扫干净。"

弃智惴惴地打量滕玉意："王公子，你怎么了？"

"我怎么了？"滕玉意怒不可遏，"还不是你们师兄干的好事。你们实话告诉我，那个火玉灵根汤到底有什么古怪？"

两人慌了手脚："王公子喝了汤不舒服吗？不对啊，这汤我们也喝了，大伙都好好的。"

滕玉意压着怒火想：罢了，这事是蔺承佑搞的鬼，绝圣和弃智又怎说得明白。于是她按捺着点点头，松开绝圣的胳膊往前走。

绝圣和弃智忙要跟上去。

程伯面色如霜："两位道长想必也看见了，我家公子现在很不对劲，用膳前还好好的，喝了汤才变得古怪，小道长若是知道什么，最好早些说出来。"

"我们真不知道。"绝圣和弃智跺了跺脚，扭头看滕玉意已经疾步朝小佛堂去了，只好撩起道袍追赶。

“王公子，火玉灵根是记载在道家正统经书上的灵草，不会伤身害人的。王公子，你到底哪儿不舒服？会不会是染了风寒？论理火玉灵根吃了只有好处没有坏处的。”

“我哪儿都不舒服。”滕玉意只觉得胸口有股热气乱窜，开口就能喷出火来，要是喷到花草上，没准能点燃整个园子。

她下意识地把嘴紧紧闭上，这东西不仅能让人力大无穷，似乎还能乱人心性，她觉得自己此刻小涯附身，暴躁得只想骂人。

“见仙道长不是说了吗？记载火玉灵根汤的经卷亡佚了一半，兴许这东西的坏处就在另半卷上。蔺承佑既然敢将火玉灵根拿出来吃，必定知道另半卷上写着什么。我要当面问问他，他刚才究竟使了什么坏！”

弃智急道：“师兄不在小佛堂。”

滕玉意脚步一刹，掉头直奔园子大门：“那就是在前楼了！”

绝圣和弃智睁大眼睛，滕娘子脚下仿佛生了一对风轮，一眨眼就跑出去老远。两人有心去拉架，但又不能撇下卷儿梨和葛巾不管，只得眼睁睁地看着滕玉意消失在园门口。

滕玉意一口气跑到前楼，天色不早了，廊庑前点起了灯笼，大堂只有几个庙客和仆妇在干活。

滕玉意目光胡乱一扫：“你们可看见成王世子了？”

“哦，是王公子啊！”那几人平日见惯了滕玉意的胡人装扮，差点儿没认出这俊俏小郎君是谁，“世子殿下他在二楼。”

他话音未落，一阵风贴面刮过，眼前哪里还有滕玉意的影子？

滕玉意飞快地奔到二楼，前楼的格局她早就摸清了，二楼全是雅间，平日宾朋满座，近日因封楼才空置下来。

她沿着廊道找过去，始终没看见蔺承佑，推开最后一间房的门，依然不见人影。然而临窗的榧几上供着一盏琉璃灯，分明有人来过。

滕玉意快步走到窗前，一灯如豆，照着房间忽明忽暗，榧几上搁着一卷竹简，一看就知是东明观的志异录。

滕玉意跑了这一路，身上的汗不知出了多少层，澡是白洗了，汗气从领子边缘直往上冒。

她一边擦汗一边在房中急转，想冷静都冷静不下来，说来也怪，先前只是身上奇热，如今连脸颊都开始丝丝发痒。

“蔺承佑！”

没听到蔺承佑的回答，滕玉意狐疑地环顾周围，好好的一个人，总不会凭空不见。她趴到窗扉上往外看，忽听到半空中传来咯噔一声，像是有人踩过屋脊的时候，不小心碰到了瓦当。

换了平日，滕玉意定会被吓得不轻，可此刻体内有股怪力支撑着，这惊就化为了怒。

奇怪耳力也变得空前地好，她凝神听了听，未能分辨出那人是谁，正要扬声喝问，就听到上头远远有人笑了几声，不是蔺承佑是谁？

滕玉意怒火中烧：“蔺承佑！你给我下来！”

这回她是吼的了。

然而，蔺承佑不知是没听到还是存心不理，竟是半分回应都无。滕玉意抓了抓衣襟，胸口像藏了一个火炉，热得她浑身发烫，再挨下去七窍都要冒烟了。

无奈她上不了房梁，只能干着急。滕玉意视线在屋子里一顿乱扫，突然发现一旁书架位置不太对，本该贴墙摆放，此刻却被人拉开了一半。

滕玉意到近前查看，赫然看见书架上竖着一块机栝似的物事，做得甚为显眼，料着是供工匠们平日上下屋顶之用。

滕玉意举腕摇了摇玄音铃，铃铛一片哑默，想来周围并无邪祟，于是她放心按下机栝，便听唰的一声，天花板上掉下来一架软梯，她提衣而上，程伯和霍丘也闯进来了。

“公子。”

“蔺承佑在屋顶，我上去问他几句话，你们快跟上。”

说话间她顺着梯子爬上了屋顶，一钻出来就转动脑袋找蔺承佑，果见蔺承佑在东头的屋脊上。他显然早听到底下的动静，回头看见滕玉意，丝毫不见惊讶，只一哂：“这不是王公子吗？不在房里待着，跑到房梁上做什么？”

滕玉意迅速看看周围，屋顶上并未看到旁人，这就奇怪了，方才明明听到蔺承佑跟人说笑，一眨眼的工夫那人去了何处？

不过目下不是关心这个的时候，她小心翼翼地踏在瓦当上，张开双臂稳住身子：“我来自是为了找你算账，你在那碗汤里做了什么手脚？快把解药给我。”

蔺承佑心里暗笑，绝圣和弃智两个傻小子好心办了坏事，竟把滕玉意害成这样。他们只知火玉灵根汤是好东西，先前一个劲劝滕玉意喝汤，殊不知这种灵草不好克化，有功力之人喝了会增长内力，没有内力之人喝了只会出乱子。

这事说起来只能怪绝圣和弃智擅作主张，断乎怪不到他头上，不过他才懒得向她解释，看她生气的样子还挺好玩的，就让她以为他是成心的好了。

他一本正经地道："王公子，我好心请你喝汤，你不领情也就罢了，怎么还怪起人来了？"

滕玉意恨得牙痒痒，她喝了汤之后整个人像被架在烈火中炙烤，蔺承佑竟还装模作样。她试着迈开一步，旋即又止步，本以为身子会摇晃，哪知双足竟还算稳当。她心中有数了，一开始走得慢，后来便健步如飞，一转眼就到了蔺承佑跟前。

蔺承佑玩味地看着滕玉意逼近，那汤果然有点儿意思，滕玉意不但嗓音洪亮，举止也比往日急躁，双颊和嘴唇绯红，俨然有种醉态，跑起来如有神助，与平日的娇贵模样判若两人。

"王公子哪儿不舒服啊？"他故作关切。

滕玉意站定了："今晚除了那碗火玉灵根汤，我什么都没吃，变成这样，只能与那汤有关。蔺承佑，别以为我不知道是你搞的鬼。快把解药给我，否则我绝不饶你！"

蔺承佑嗤笑："不饶我？别说我没有解药，便是有解药不给你，你又打算如何不饶我？"

他话未说完，迎面掌风袭来，滕玉意居然说动手就动手。

蔺承佑头往旁边一偏，抬手扣住滕玉意的胳膊："滕玉意，你胆子不小，敢在我面前撒野！"

滕玉意汗若濡雨，二话不说挥出另一只手，口中冷笑道："要不是你先暗算我，我才不耐烦招惹你！快把解药拿出来，否则我跟你同归于尽。"

蔺承佑岂会让滕玉意得手？他翻身往后一掠，立到了脊兽上，心中却暗道：滕玉意虽说一肚子坏水，却并非冲动易怒之人，今晚性情大变，可见这火玉灵根汤能大大地惑人心性。

"我劝你省省力气，别说你目下只是力气大了点儿，便是真学了功夫也远不是我的对手。"

滕玉意厉声道："你且试试。"可尽管她有一身使不完的怪力，论招式却连蔺承佑的衣袂都沾不到，每当她迫近，蔺承佑又坏笑着滑到一旁。

眼看蔺承佑滑如泥鳅，滕玉意心里那团火越烧越旺，忽见他停下来，想也不想就拍掌上前，哪知没追到蔺承佑，不提防脚下一滑，顺着瓦当就摔落下去。

滕玉意瞬间激出一身冷汗："程伯！"

只听窗扉一声重响，程伯早已从房内一跃而出，半空中一个鹞子翻身，横躯要接住滕玉意，然而毕竟离得太远，哪怕他身手如电，也差一臂之遥。

程伯心念急转，改而往楼下扑去，他内力深厚，只要能抢先一步落地，护住滕玉意不难，后头霍丘也跃窗急追，打算与程伯上下接应。

滕玉意神魂吓得飞出去了一半，刚滚落屋檐，衣领就被人从后头提住了，慌乱中回头一看，正好瞥见蔺承佑的前襟。

蔺承佑揪住滕玉意的后领把她拎回屋梁上："方才我可提醒过王公子，你偏不信邪。这回算你运气好，今日恰逢十五，我得斋戒行善，不过也仅此一回，再掉下去我可懒得出手了。"

滕玉意跌坐在瓦当上擦了把汗，抬头看蔺承佑，他居高临下地看着她，眉梢眼角都是讽意。

滕玉意拍拍衣襟试图站起来，无奈双腿发软，奇怪体内那团烈焰似乎小了些，脑子也清明了几分。她疑惑地想：难道是方才被吓出一身冷汗的缘故？

她向来能屈能伸，忙放软声调："我并非存心厮缠，但世子想必也看到了，晚饭后我怪汗频出，喜怒皆不由己，身在火中，心在炼狱，一切都因那碗火玉灵根汤而起，今晚喝汤的不止一个，为何独我一人如此？这灵草既是世子带来的，还请世子解惑。"

蔺承佑远远走到一边，一撩衣袍盘腿坐下："王公子身上那股热气是不是消停些了？"

滕玉意狐疑地道："是，所以这是何意？"

"王公子要是实在难受，就活动活动筋骨，再不济跟人过上几招，多出几身汗就好了。"

滕玉意缓步走近："世子这是承认在汤里做了手脚？实不知何处得罪了世子，还请世子高抬贵手，把解药给我吧。"

蔺承佑目视前方："王公子这话我就听不懂了，虽说你得罪我的地方数不胜数，但这汤又不是我逼你喝的，即便我有通天的本事，也没法在众目睽睽之下暗算你。怪只能怪你身子太虚弱，克化不了火玉灵根这样的灵草，不信你瞧你的两个护卫，他们不就好好的？"

滕玉意顺着蔺承佑的视线看过去，今夜风清月皎，站在高楼上能将彩凤楼内的景象尽收眼底，适才她在院中狂奔乱跳的模样，估计都被蔺承佑看见了。他大概都捂着肚子笑过一通了，难怪心情这么好。

她狠狠吸了一口凉风，心口那簇烈焰原本被浇熄了，转眼又有了复燃的迹象："说起来今晚喝汤的人里，只有我一个没有内力。世子明知道我克化不了火玉灵根汤，偏不肯提醒我，如今我坐不安席，不找世子找谁？"

蔺承佑从腰间取下一管玉笛，闲闲地在手心里敲了敲，他当时满脑子都是凶手的事，的确忘了单独提醒滕玉意，但他走的时候汤膳明明还未送来，哪知他不过是去前楼取了一封信，回来这群人就把汤喝进了肚。

"我可真冤枉，谁能想到王公子服用后会如此癫狂。以往有人克化不了药草，发散发散也就好了。要不这样吧，我从宫里取火玉灵根的时候，顺手把那本残卷也拿来了，目下还没来得及看，看在你如此难受的分儿上，我替你瞧瞧如何克化？"

滕玉意眯了眯眼，说什么没看过，分明早就筹算好了。她倒要看看他还要如何戏耍她，于是从齿缝里挤出一句话："那就有劳世子赐教了。"

说话间程伯和霍丘悄无声息地落到了檐角上。

蔺承佑假模假式地从怀里取出本巴掌大的小册子，翻开书页随意指着一处道："有了。火玉灵根药性刁钻，它是遇强则强，遇弱则邪，习武之人服用后固然可以益气固本，但若是老弱妇孺服用，药气反会侵克本体，轻者发热烦渴、喜怒无常，重者会生出一身热疮。"

程伯和霍丘一直心弦紧绷，听到此话稍稍松了口气，只是生疮，不至于伤及肺腑："那么请问世子，克化的法子是什么？"

"寻常的化热解毒方子无用，只有靠自身内力方能化解它的热性，服汤之人必须在最短的时间内习练出一套招式，不然热疮便会层出不穷。"

滕玉意脸色更加难看了，下一瞬听到"习武"，不由得愣了一下。

自从她活过来，的确有习武的打算，只因端福断骨未愈，一直搁置到现在。这回要是能顺利除去尸邪，她回去之后可能就要张罗学武的事了。

但自愿和被逼是两码事。

"王公子这么看着我做什么？"蔺承佑笑得颇有深意，"火玉灵根是世间异宝，多少人求而不得，我以灵草相赠，王公子不说谢谢我，反而对我拳脚相加。如今我把克化的法子告诉你了，不就是习练功夫吗？看你年纪不大，何不趁此机会练练筋骨？火玉灵根对助长内力有奇效，只要你能顺利克化，一口气增长七八年功力不在话下。"

蔺承佑一边说话一边打量滕玉意，像是在研究她第一个热疮会从何处冒出来。

他才不相信滕玉意肯吃学武的苦头，因此这热疮是不长也得长了。

他不看不知道，一看才发现滕玉意脸上连颗小麻子都没有，细腻如玉的一张脸，比春樱还要娇嫩，若是长上一堆红通通的热疮，那可就热闹了。

他在心里研究一遍，坏笑着收回视线，哪知滕玉意长睫一眨，居然挤出一颗晶莹的泪珠。

泪珠无声无息地滚落下来，如露珠般挂在粉腮上，然后她抽抽鼻子，眼眶里的泪水像一串扯断了的珍珠，竟是越滚越多。

蔺承佑扬了扬眉，这就委屈上了？这汤是她自己要喝的，他可没逼她。说起来自从与她相识，他就没闲下来过，比起她连日来的所作所为，他简直是菩萨心肠。今晚她算是搬起石头砸自己的脚了，利用了绝圣和弃智这么多回，想不到绝圣和弃智也会有不靠谱的时候吧。

“王公子慢慢哭。”蔺承佑愉快地笑起来，负手越过滕玉意身畔，“这药最不喜郁结愁苦之气，越哭热疮冒得越多。”

滕玉意呜咽一声，蔺承佑虽然心如顽石，却也觉得奇怪，滕玉意不像那等遇事只知啼哭之人，不就是长长热疮嘛，怎么像天塌下来似的？

好奇之下他驻足回望，不防之下银光一闪，迎面袭来一堆暴雨般的银针。

“师兄，当心！”弃智大叫。

蔺承佑早前吃过滕玉意一回亏，知道她喜欢在身上藏毒针暗器，本来是处处留心的，刚才她这一哭，他险些上她的当。

他挥袖将银针卷走大半，然而这一招来得太突然，哪怕他出手如电，仍有几根银针射向胸腹。蔺承佑偏身一跃，踩着瓦当往楼下飞去，一路连踩带踏，翩翩然落在厅堂前的空地上。

他猛然回身往上看，滕玉意站在月光下看着他。

“滕玉意，你还敢暗算我！”

滕玉意转眼就收了泪，昂首踏着瓦当离去：“多谢世子把克化的法子告诉我，至于能不能消受这灵草，就看我自己的本事了。”

蔺承佑本欲纵回屋梁，忽又收回手，玩味地看了滕玉意的身影一眼，掉头往后院去了。

这边绝圣刚把卷儿梨房外的符箓贴好，忙完后在走廊上一间一间查看。葛巾娘子把卷儿梨赶出来后便闭门不出，他在外头几乎听不到动静，不过好歹门上的符箓完好无损。

他正思量间，扭头看到蔺承佑和弃智过来，忙迎了过去：“师兄，王公子怎么样了？”

蔺承佑道：“你们倒有心思关心不相干的事，我叫你干的活都干完了？”

“都干完了。”绝圣拍拍胸脯。

说话时他与弃智互相对了个眼色，满怀忧虑地回了房。弃智老老实实地戳在蔺承佑身旁，闷声道：“师兄，滕娘子她那样难受，真是喝了火玉灵根汤的缘故吗？”

蔺承佑从怀里取出一沓笺纸：“她克化不了火玉灵根汤，这几日少不了会吃些苦头。”

“那……那师兄，怎么才能克化？”

“克化的法子我已经告诉她了。不想长热疮，那就只能练武了。只要肯修炼内力，相当于白得七八年的功力，连这点儿苦头都不肯吃，那也怨不得旁人。”

弃智这会儿全听明白了，不由得又愧又悔：“师兄，滕娘子毕竟从未习过武，目下虽然年岁不大，听说也及笄了，真要从头开始学，会吃尽苦头的，如果迟迟练不通几处大脉，真会长几颗热疮吗？”

“不是一两颗，是一堆。”

绝圣想了想滕玉意脸上长满热疮的模样，冷不丁打了个寒战：“师兄，别说小娘子，连宫里的小黄门都不喜欢脸上添麻子。滕娘子生得那样好看，假如因为长热疮留下满脸疤也太可惜了。师兄，就没有旁的法子吗？”

“没有。”蔺承佑把灯移近，展开手中的笺纸，“火玉灵根是天下第一大灵草，既然阴错阳差喝了，只能凭自己本事消受，这世上岂有光占好处，一点儿苦头不肯吃的？”

弃智急得团团转：“都怪我！都怪我！早知道就不该给滕娘子盛汤了。”

忽然他眼睛一亮：“师兄，上回圣人同师公说过宫里有一本叫《汝南桃花剑》的剑谱，听说这剑法最适合体弱之人用来启蒙，而且招数很简单，要不师兄先用这剑法点拨点拨滕娘子？”

蔺承佑面色变得有些古怪：“桃花剑法？我教滕玉意？依我看，热坏脑子的不是滕玉意，是你弃智吧。”

绝圣唉声叹气：“师兄，要是阿芝郡主长了热疮，你还会无动于衷吗？”

蔺承佑展开竹简：“自然不会无动于衷，可阿芝是我妹妹，滕玉意与我什么相干？”

“话是这么说，但你只要想想阿芝郡主长热疮会有多着急，大约就能体会滕娘子现在的心情了。”

蔺承佑打断二人：“你们是不是忘了自己还在受罚？符抄完了？功课做完了？不想回去关禁闭，就赶快去小佛堂打扫阵眼，记住我说过的话，每一个角落都不能落下，敢偷懒的话明日还有重罚。”

绝圣和弃智心知一时半会儿劝不动了，只得悻悻然起身：“师兄，我们今晚去小佛堂的话，滕娘子她们三个谁来照应？”

“今晚我睡在此处。”

两人本已走到门边，忙又跑回来：“师兄，你是不是查到了什么？”

说话间他们看向条案，赫然发现是一沓寄附铺的票据，上头典当的几乎都是珠宝钗环。

他们想看看典当人是谁，然而右下角本该署名的地方，却落着殷红的指印，他们想想就明白了，那人并不识字。

“师兄，哪儿来的当票？这人为何要当这么多首饰？”

蔺承佑没理会这话。绝圣和弃智讪讪地把目光挪往别处，桌上另外有堆笺纸，一张张翻过去，依次是楼里十位都知的身契，最上头写着魏紫娘子和姚黄娘子的姓名、籍贯。

这也就罢了，蔺承佑手里那张纸上写着的却是完全陌生的名字。

“师兄，这个田允德又是谁？”

蔺承佑挑了挑灯芯，把灯弄亮些：“前头那家彩帛行的店主。”

绝圣和弃智一凛，这位店主去年就患头风病亡了。

“这个戚氏又是谁？”

蔺承佑：“田允德的发妻。”

“逼死丈夫小妾的那个？”绝圣困惑地道，“师兄，你不是在查青芝的死吗？怎么又查起彩帛行的店主夫妇来了？听说彩凤楼半年前才开张，这对夫妇却已经去世一年多了。”

蔺承佑瞥了二人一眼：“你们在楼里待这几日，小耳朵是不是一刻都没闲着？”

两人不敢吱声。

“方才啰唆个没完，该说话的时候又哑巴了，都听说了什么，说来听听。”

绝圣精神一振：“师兄，上回我听卷儿梨说，彩帛行的店主死前已经病了几个月了，去世当晚有数位医官做证，死因无甚可疑。倒是那位田夫人，一贯贪财凶悍，纵算丈夫病亡，也不大会自寻短见，可是后来法曹来查过几回，终究没查出什么。”

弃智也软声道：“还听说这位田店主极为惧妻，明知小妾是被夫人逼死的也不敢发作。田允德因此被吓病了，老说自己看到小妾的鬼影在院子里徘徊。”

蔺承佑自顾自提笔在纸上写道：

田允德，卒年四十岁，章丘人，祖上贩货为生。丁卯年恰逢河南饥荒，举家迁往长安，其妻戚氏为了维持生计，将嫁妆如数抵出。田允德用这笔资财购了缯彩，由此做起了彩帛行当。

戚氏，卒年四十一岁，章丘人，丁卯年随夫来长安。

绝圣道：“丁卯年？她岂不是十年前来的长安？我听蕁大娘说，这家彩帛行只贩卖上等绢彩，说起长安城的布帛行，人人首推田老板这家。我还以为田老板是家有累财才能把生意做得这样大，没想到他十年前才起的家。师兄，这算是白手起家吧？”

弃智摇摇头：“不算吧，当初若不是田夫人鬻了嫁妆，田允德也没有做买卖的本钱，怪不得他那般惧妻。”

两人一面说，一面好奇地环顾四周。此楼虽成了妓馆，但大部分陈设是彩帛行留下来的，单看楼里的亭台轩阑，先前也是处处考究，短短十年能奢侈至此，也算是不容易了，可惜夫妇俩说死就死，偌大一份家财，一夕就散尽了。

蔺承佑任他二人嘀嘀咕咕，提笔又抄下第三个人的籍贯：

容氏，越州人，母为越州织娘，父不详。寅丙年田允德赴越州购丝，重金聘下容氏为妾。同年六月，容氏随田允德回长安，十月坠井而亡，卒年十六。

弃智面有不忍：“原来那小妾姓容，说来也是可怜人，嫁来不到四个月就跳井了。对了，青芝说她跟容氏是同乡，难道青芝也是越州人？”

绝圣目光在条案上逡巡，很快就找到了青芝的名字：“不对不对，青芝是荥阳人。真奇怪，她为何说自己与容氏是同乡？”

弃智面色古怪起来：“不论她是不是弄错了，绝圣你不觉得奇怪吗？青芝是在彩凤楼开张之后才来的，那时候容氏都跳井一年了，二人素无交集，她怎会见过容氏呢？”

绝圣歪头想了想：“这也不奇怪，别忘了青芝自小就跟随沃大娘。沃大娘是平康坊颇有资历的假母。青芝常在坊中走动，难免路过彩帛行，没准青芝以前见过容氏。”

蔺承佑弹了弹笺纸："唠叨够了没？回头看看夜漏，都什么时辰了。"

绝圣和弃智磨磨蹭蹭地挨到房门口，想起葛巾因为不肯跟卷儿梨同住闹了一场，忽然道："师兄，我们早就想问了，上回来彩凤楼的时候，葛巾娘子脸上的伤口还很新鲜，是人为还是被厉鬼所伤，一眼就能看出来。葛巾娘子明明是被人所伤，师兄为何说是被厉鬼抓伤？"

蔺承佑笑道："还算有长进，明知我故意说错，却也没冒冒失失地指出来。不如你们说说，师兄我为何要这么做？"

绝圣眼睛亮亮的："是怕说出真相会打草惊蛇吧？师兄，你是不是已经知道是谁害的葛巾娘子了？我猜是那十位都知里的某一位，因为她们嫉恨葛巾娘子处处抢风头，所以才毁她容貌。"

弃智道："可是今晚那庙客说，葛巾娘子刚出事的时候贺老板都已经查过了，那晚十位都知均不在后院。"

"不是还有贴身丫鬟或是婆子嘛，自己不在场，可以指使底下人动手。我老觉得魏紫娘子和姚黄娘子最可疑，毕竟庙客也说过，别的都知虽出色，却无望当上花魁，魏紫和姚黄可是只差一步就能定下名分了。师兄，我猜得对不对？"

蔺承佑不置可否。

绝圣就当自己猜对了，兴奋地拍拍胸口："让我想想，我们从金衣公子手里救下葛巾娘子时，早把她房间里的陈设看过了，房中除了靠着床的那扇窗，就只有房门了。出事那晚葛巾娘子很早就歇下了，'厉鬼'直奔床头抓坏她的脸，如果真是人扮的，那人是怎么潜进房里的？"

蔺承佑鼓了鼓掌："不错，不如再好好想想，依照当晚的条件，那'鬼'是怎么潜进葛巾房间的？"

"难道那人撬了房锁？可旁边就住着别的娘子，就算不怕被葛巾娘子听到，也可能被廊道里的人撞见呀。"

弃智眼睛一亮："会不会是从窗口爬进去的？"

旋即他把脑袋耷拉下来："不对，水榭里的水不算深，园子里来来往往都是人，半夜爬窗口，随时会被人瞧见的。"

绝圣在房里转了两圈，这间房与葛巾那间的格局差不多，只是略小些。

"莫非那人提前藏好了葛巾娘子房门的锁钥？可是从门口走到床边，还有好长一截路，那人就不怕葛巾娘子突然醒来吗？葛巾娘子陡然惊叫起来，不等那人抓坏葛巾娘子的脸，就会有人赶来了。"

蔺承佑一边提笔蘸墨一边提醒他们："你们方才说葛巾房中都有哪些物事来着？"

绝圣和弃智怔了怔："一扇窗、床、门。哦，对了，还有镜台、条案、矮榻、茵席、屏风。"

两人眼睛越睁越大，忽然齐声道："床？当时那人躲在葛巾娘子的床底下？"

蔺承佑"啧"了一声，摸摸耳朵道："就算猜对了，也用不着一惊一乍的。"

"真猜对了？"绝圣和弃智激动地抱作一团。

绝圣又道："床可不是谁都能钻进去的，魏紫娘子身形丰腴，钻进去大概有些费力。依我看是姚黄娘子，她个子娇小，就算在床下躲上一个时辰，也不会被人察觉的。"

弃智推搡绝圣一把："你怎么又绕回魏紫和姚黄身上去啦，不是都说了，她们那晚没在彩凤楼嘛。"

蔺承佑看了眼夜漏："再说下去该天亮了，别只顾偷懒，快去干活。出去的时候别喧嚷，省得叫人说青云观的小道士没规矩。要让我听到你们说话，明日再多抄一百遍《阴符经》。"

绝圣和弃智纵是百爪挠心，也不得不走了，出来后才回过神，师兄不许他们在廊道里说话，是防着他们去找滕娘子。

两人望了眼滕玉意紧闭的房门，明日一定要同滕娘子说明白，省得滕娘子误会师兄是存心的，可就怕说了滕娘子不信，毕竟她和师兄都打过好几次架了。

这时滕玉意已经在房中重新洗过澡了，先前跟蔺承佑打了那一架之后，体内那股沸乱不安的怪气瞬即平复，身上非但不再发热，反而清凉舒爽，脸上本来丝丝发痒，如今也不痒了。

看来今晚不会发作了，滕玉意在房中转了转，之前只顾着飞奔乱跳，过后才感到乏累，眼看时辰不早了，她打算先睡一觉再说。

哪知睡到半夜，她又被热醒了。

黑暗中她睁开眼，只觉得脸颊痒得出奇。

该不会要长热疮了吧？滕玉意睡意顿消，摸摸脸颊，一时摸不出什么，急忙找出火折子点灯，移到镜台前一照，果然看见自己脸颊绯红。

她倒抽一口气，怪不得蔺承佑愿意把克化的法子告诉她，光是活动两下筋骨远远不够，除非尽快习练出一套功夫克化药汤，否则这热疮随时会冒出来。

热疮是一颗都不能长的，那就只有马上学功夫了，但如何学、何时学，还得程伯替她拿主意。

她一面暗骂蔺承佑，一面摇动玄音铃，确定门外无邪祟，便敲了敲墙壁："程伯。"

"娘子。"门外很快有人低声敲门。

滕玉意整理好衣冠，拉开门低声道："几时了？"

"子时了。"

"药性又发作了，挨不到明早了，连夜学起来吧。"

程伯和霍丘均为军营出身，武功学的是刚猛的路子，一个善拳法，一个善刀法，常用的那些招数均需强劲的内力支撑。滕玉意毫无根基，就算教上一年也未必能上手，他们商量一番，程伯决定从最基础的程家拳教起。

滕玉意却有些迟疑："有没有简单点儿的剑法？我已经习惯用小涯剑了，往后用小涯剑防身的话，懂剑法要比不懂强。"

"那就只有克厄剑法了。"程伯拔出匕首，当空挽了个剑花，"说是剑法，其实也能套用匕首或是短刀，只有十招，空灵古拙。娘子，房里不够宽敞，随老奴到园中去吧。"

主仆三人怕惊扰旁人，蹑手蹑脚地出了房门。

夜色深沉，邻近阒然，彩凤楼上下都已入眠。他们轻手轻脚地到了园中，远远瞄见前方有株蓊郁的槐树。程伯和霍丘近前屏息观望，并未察觉异样，便对滕玉意说："娘子，就到树底下练吧。"

滕玉意抬手正了正幞头，又把袍角撩起来掖在腰间，马上要正式习练功夫了，居然有些紧张。

"开始吧。"

程伯左手负在腰后，右手游龙般往前一推："娘子看仔细了。"

霍丘颇懂规矩，并不多瞧程伯的剑术，而是转过身去，留神周遭的动静。

滕玉意看那招式平平无奇，只当简单得很，等程伯练完十招，默默在心里过了一遍。程伯每一招都做得极慢，过后历历分明，她拔出小涯剑，依样做了起来。

哪知才三招她就支撑不住了，骨头缝仿佛要裂开般，一身热汗活活痛成了冷汗。

"我看没必要学这么难的。"滕玉意佯作轻松，边揉肩膀边说，"我头回学功夫，宜从浅近的招式开始，这剑术太怪，换一套更容易上手的吧。"

程伯叹气，娘子小时候便是如此，大了更滑头，耍起赖来谁也拿她没办法。

“这已经是最浅近的剑法了。只有十招，无须腾跃，三日便有望调顺真气，换作别的剑术，几乎都要以轻功做底，要练出个样子来，少说要半年。”

滕玉意“唑”了一声，真等半年过去，脸上大约全是热疮留下的疤痕了。她无奈之下抬起胳膊，再一次比画起来。

程伯打定主意要借这个机会帮滕玉意入门，因此极为严苛。

“肩要平，腰要稳，这样不对，老奴再给你过一遍。”

“等等，等等。”滕玉意勉强挤出一丝笑容，“程伯，胳膊用得着抬这么高吗？平胸刺出去也能得手对不对？腰没必要放这么低吧，明明直着身子也能踢腿呀。”

忽听树梢上有人轻笑了一声。滕玉意悚然而惊。程伯和霍丘飞身而起，拔刀喝道：“树上何人？”

树叶簌簌响动，树上的人似乎伸了个懒腰：“今日我算是长见识了，原来学功夫也能讨价还价。”

蔺承佑？滕玉意惊诧不已，蔺承佑匿藏在树上这么久，程伯和霍丘竟丝毫未觉。这绝非内力高就能办到，除非蔺承佑提前在树上布下了结界之类的道家秘术。

程伯和霍丘也是始料未及，收回刀跃到树梢上，确认是蔺承佑无疑，这才不动声色地道：“世子来此多久了？”

蔺承佑换了个更舒服的姿势斜靠在树上：“我本在此打盹，不承想滕娘子半夜跑来练功，我无心偷学，架不住滕娘子妙语连珠，再听下去枉担‘偷学’的罪名，只能好心提醒提醒你们。”

滕玉意“哼”了一声：“让世子见笑了。托世子的福，我这功夫等不到明日再学了，怕扰了旁人，特找了僻静处习练，没想到世子像小贼一般藏在树上，行迹如此鬼祟，被当成恶徒也不奇怪。我体内怪力压不住，接下来还要习练，还请世子挪去旁处，省得两下里不便。”

蔺承佑不动：“滕娘子净会说笑，凡事讲个先来后到。我先来，你们后到，就算要走，也该是你们走。”

滕玉意左右一顾，蔺承佑绝不会没事跑来吹冷风，提前在树周围做手脚，定有他的缘故。既然他不肯走，她也没给他腾地方的道理，不如就当此人不在，练完马上就走。她忍气瞥他一眼，重新摆好姿势：“程伯，我们继续。”

程伯落回地面，克厄剑法是最基本的剑术，凭蔺承佑的武功，绝不至于偷学，园子统共这么大，另找地方也麻烦，真要来回折腾，娘子说不定趁机不练了。

于是他重新挽剑，左腿一抬，右臂刺出："娘子之所以骨痛，是没练通大脉的缘故，越是如此，越该纹丝不差，失之毫厘，谬以千里，每一招都不能敷衍了事，等到融会贯通了，就不会这般难熬了。"

蔺承佑在树上闭目养神，耳边全是挥剑的声音，本来不想听，奈何离得太近。

刚才看滕玉意跑来，他委实吃了一惊。依着他的心思，滕玉意多半长热疮也不会学功夫，毕竟长热疮只是一时，练功夫却有吃不完的苦。他料她回到房中后，不是哭哭啼啼，就是连夜给滕绍送信想法子，怎知她如此决断，居然说学就学。

可是没学几招，她就开始胡搅蛮缠，硬将好好的剑术拆解成花拳绣腿。他讥诮地想：这就对了，滕玉意遇事总喜欢走捷径，偏偏在学功夫这件事上，是绝没有捷径可走的。

如果她三日内不能调顺体内真气，就没法克化火玉灵根汤，没法克化火玉灵根汤，热疮就会冒出来。

这么想着，他朝底下瞥了一眼，滕玉意两臂直展，左腿往后抬高，是个白鹤展翅的招式。

难得的是肩也平，腿也高，她竟比画得有模有样。

他露出惊讶之色，她竟是认真在学。

他再瞧滕玉意的脸庞，嘴角紧抿，眉头轻皱，她分明已经忍耐到了极点。

他意味深长地望着她。

滕玉意似乎真想学功夫，不论她是否已经及笄，她毕竟不是小儿的身骨了，这个年纪学武功，比儿时难上百倍，要把招式学到位，一身筋骨须得重新抻开，正所谓"枉尺直寻"。

念头一起，他觉得自己有点儿看不透她了。

自从他与她打交道，她就不止一次利用绝圣和弃智，连孩子都利用，这人心性能正得了吗？但这几日看她待绝圣和弃智，也不全是假情假意，那种下意识的关心和维护，不像是装出来的。

下午他找来二姬时，本以为她会袖手旁观，可她为了维护二人，竟主动跑来与他周旋。这二姬身份卑微，想来对她而言全无可利用之处，她这么做，无非怕二人在他手上吃亏。

他本来觉得滕玉意很坏，有时候却又觉得她骨子里极重情义。

他本来料定她不肯吃苦头，怎知她说习武就习武。

蔺承佑在树上翻来覆去地想，滕玉意在树下也没闲着。

她的确已经煎熬到极点了，身子摇摇晃晃，耳边听得见骨头轻微挪位的声音，热汗一颗颗滚落下来，睫毛上结出一层厚厚的水珠。

她咬牙切齿地道："还要坚持多久？"

程伯满意地点头道："这招式算到位了，再坚持数息就好了。"

数息？

滕玉意目眩神摇，这才一招，十招怎么办？要不她还是不学了，长热疮就长吧。可惜她没有退路，蔺承佑的出现提醒了她，若没有些防身的本领，她只会处处受牵制。前世她遇害时，连端福都未能护住她，好不容易活回来，总不能重蹈覆辙。

克厄、克厄，逢厄即克，这是个好名字，这一世既要长些新本事，就从这套克厄剑法开始吧。

她紧咬牙关，努力维持招式，也不知熬了多久，脑袋开始发晕，然而程伯死活不松口，每回都说"数息就好，数息就好"。

说来也怪，每当滕玉意觉得自己要羽化登仙之际，身上的痛感似乎就会自行调整。由"痛"转为"胀"，渐渐有了"通"的架势。

这时候，体内那股乱窜的怪力百川归海，一齐涌向那一处，可惜似乎总差了点儿火候，始终没有开闸泄洪之感。

她再练下去灵魂都要出窍了，就听程伯道："好了。"

滕玉意大吞了口气，颓然放下胳膊和腿，这回四肢百骸都舒爽极了，比打完架那一阵更痛快。

程伯高兴道："不错，娘子可以学下一招了。"

滕玉意依样回身一刺，胳膊却"咯吱"一响。

她"哎哟"一声："等等，等等，这回不是装的，是真疼。"

蔺承佑悠然在树上闭上了眼睛，照滕玉意这个练法，三日内怕是练不通的，不过火玉灵根如果这么容易就被克化的话，也就称不上异宝了。

滕玉意调整一番，再次使出第二招，这回胳膊好些了，蔺承佑却突然从树梢上跃下来。

程伯和霍丘顿生戒备，蔺承佑眼睛直视前方，把食指竖在唇边，示意他们噤声。

滕玉意顺着看过去，就见有人从南泽闪身出来，月光笼罩下，只见那人背影窈窕，头上戴着面纱，低头匆匆绕过水榭，往红香苑去了。

楼内整日佩戴面纱的只有一人。

葛巾？此女深更半夜跑出来做什么？

蔺承佑提气飞掠，悄无声息地跟上去。

程伯沉声道：“娘子，成王世子不会专等在此处，定有异事发生，我们尽快回房吧，横竖第一招已经练好了，今晚药性不会再发作了。”

滕玉意望着蔺承佑消失的方向点点头：“走。”

主仆三人匆匆往回走，还没踏上台阶，突然听到一声女子凄厉的尖叫声，他们愕然望过去，分明是从水榭的方向传来的。

程伯和霍丘齐刷刷拔刀：“是红香苑。”

红香苑就在倚翠轩对面，格局与倚翠轩差不多，也是两排厢房，住的都是楼里的都知。

滕玉意惊疑不定：“你们觉不觉得女子的声音很耳熟？”

霍丘和程伯点头。

滕玉意拔出小涯剑：“去看看出了何事。”

程伯下意识想阻拦，但那叫声似乎惊动了不少人。南泽灯影晃动，楼里沸乱起来，料着过不多久，前楼的人也会赶过来查探。

三人赶到红香苑，廊道里人声混杂。有位中年妇人从房里蹿出来，一边仓皇整理钗环一边颤声道：“你们听到了吗？好像是魏紫的声音。”

滕玉意端详了半天才认出是萼姬，这妇人夜间未施脂粉，远不如白日妩媚。

各房娘子拉开门往外张望，只因怕妖邪作祟，不敢擅自出来。

“当心些，别忘了成王世子不许我们夜间出来走动。”

“萼大娘你瞧，魏紫的房门开着。”

萼姬望着那扇开着的门，踟蹰着不敢动，扭头瞥见滕玉意主仆，爹着胆子道：“王公子，你们……”

哪知这时候，又传来一声女子短促的惊叫声，这声音充满了怨毒，听着却不像魏紫。

又一位中年妇人顶着蓬乱的发髻从房里钻出来：“是葛巾！出什么事了？”

“沃姬。”

眼看沃姬直奔魏紫的房间而去，众人按捺不住也都出来了。萼姬扭头吩咐畏首畏尾的几个婆子：“快去给世子和几位道长送信。”

滕玉意赶到魏紫门前，房里已点了灯，抬眼却惊住了，只见一人倒在床前，另一人却趴在地上。

床前的那个是魏紫，环抱肩膀瑟瑟发抖，脸色跟白纸差不多。

另一个却是葛巾，她伏在地上，头却顽强地高昂着，缦纱早已撕破，露出脸颊上狰狞的伤口。

她死死盯着魏紫，口中厉声道："放开我，我要杀了这毒妇。"

无奈双手被反剪着缚住了，她只能徒然挣扎。蔺承佑半蹲在葛巾跟前，把她手中的匕首抽出来。

众女吓得花容失色："这……这究竟是怎么回事？"

这时廊道里传来凌乱的脚步声，东明观的见天道长和贺明生一前一后赶过来了。

贺明生幞头歪戴，衣带尚未系好，脸上的肥肉一跑一颤，气喘吁吁地道："出了何事？"

骤然看见房内景象，他浑身一个激灵。

蔺承佑回首道："今晚前辈们帮着把守前后门，楼内无人出去吧？"

门口堵了太多人，见天一时挤不进来，只能抻长脖子答道："有老道和几个师弟看着，连只苍蝇都飞不出去。"

蔺承佑这才看向贺明生："贺老板，大理寺的官员很快就赶到，把楼里所有人都叫到前楼去，我有话要问。"

葛巾尖叫起来："快放开我！魏紫！你这蛇蝎心肠的妇人，我非要亲手杀了你不可！"

滕玉意若有所思地看着葛巾，此姬今晚借故将卷儿梨赶走，原来是早就动了报仇的念头，毕竟有人同住一屋的话，会坏了她的事。蔺承佑提前就守在树上，怕是也猜到葛巾今晚会有异举。

魏紫红唇颤动，一双凤目瞪得极圆："你这疯妇，休要血口喷人！你明明是被厉鬼所害，与我什么相干！"

贺明生确认葛巾手边没凶器了，这才带着两名庙客把葛巾拽起来。他似乎依旧很震惊："葛巾，好好的你这是做什么？该查的我们也查了，早告诉过你，不是魏紫她们害的你。"

葛巾目眦欲裂："她既存心要害人，怎会叫你捉到把柄？好在老天有眼，叫我找到了证据！"

在场的人愣了一下："证据？什么证据？"

这时又有人跑来："世子殿下，大理寺的严司直来了。"

过不多时，彩凤楼的人全聚齐了。滕玉意在前厅找了个不起眼的位子坐下，果然看见上回那位大理寺官员，他带来了十来个衙役，把彩凤楼里里外外都看住，随后对贺明生说："叫两位资历老的假母带路，我有几位属下要到内院去搜查。"

贺明生惶然指了两名妇人出来，让她们领着吏员往内院去了。

楼里的十几位都知，除了被缚住的葛巾，全站在中堂里，个个神色透着畏惧，却也不敢妄动。

蔺承佑令人把葛巾拎到跟前："说吧，为何行凶？"

葛巾猛然抬头："奴家自是为了报仇，上月十八日晚奴家被人毁了容貌，此事尽人皆知。当时主家把楼里诸人排查了个遍，竟无一人有嫌疑，加上'女鬼'的声音奴家以前从未听过，怎么看都不像是楼中人所为，主家为了息事宁人，也就未去报官。"

"既然你自己都认不出那女鬼的声音，何事让你怀疑到魏紫头上？"

葛巾冷冰冰地看着魏紫。葛巾道："前几日奴家在床底下找到了一样东西，世子和司直一看便知，就在奴家腰间的香囊里。"

蔺承佑命人把香囊取来，摸出里头的东西一瞧，是一块奇光异彩的宝石，大如鸽蛋，颜色殷红。

滕玉意暗中留意魏紫的表情，那东西一拿出，魏紫脸色瞬间就变了。

蔺承佑扬了扬眉："靺鞨宝？这就是你说的证据？"

葛巾颔首："世子好眼力，如此光润硕大的靺鞨宝，长安仅此一枚，这是去岁一位蕃酋王子赠予魏紫的，事后魏紫曾屡次当众夸耀。此事有主家和萼大娘做证，世子一问便知。"

贺明生满脸错愕，萼姬却起身仔细瞧："奴家记得此物，那晚是冬至大会的第二日，蕃酋王子带人来寻欢，她们几个各施其才，葛巾抚琴作诗，姚黄学黄鹂叫逗乐，魏紫跳胡旋舞，蕃酋王子心属魏紫，就将这块靺鞨宝送给了她。"

葛巾："还请主家和萼大娘细细分辨，这到底是不是魏紫的那块。"

魏紫表情狰狞："难怪前几日这块靺鞨宝不翼而飞，原来你竟存心诬陷我！"

蔺承佑打断魏紫："贺老板、萼大娘，你们过来好好认一认。"

两人为难地看了一眼魏紫，默然地点点头。

魏紫脸色遽变："世子殿下，休要听葛巾胡说，这块靺鞨宝虽是奴家所有，但前几日就不见了。"

葛巾声音尖锐："丢了这样一块异宝，为何不见你报官？是不是不敢报？因为你心里清楚，这块靺鞨宝是那晚你躲在我床底下的时候丢的！"

她扭头看向蔺承佑："世子殿下，奴家的房间一向由青芝负责打扫，但自从奴家被毁容那日起，青芝忙着端汤送药，昼夜不歇，已经许久不曾打扫了。伤好之后奴家令青芝打扫居室，结果在床底下找到了这东西，想是那晚落下的。魏紫怕事情败露，也不敢回来寻找。"

魏紫脸涨得通红："欲加之罪，何患无辞？你曾亲口说过那人是位中年妇人，我的嗓音你听不出吗？假如是我害你，你早就听出来了。我早说了，那晚我跟林侍郎赴诗会去了，此事有兆辉诗阁的才子们做证。"

"声音本就可以作假，那晚出事时我太过惊慌，一时未听清也未可知。兆辉诗阁离彩凤楼不远，你随时可以借故抽身离开，当晚林侍郎他们只能证明你曾在诗会上出现过，却不能担保你从头到尾都未走开。"

"一派胡言！"魏紫咬牙切齿，"照你这么说，岂非人人都能害你？"

葛巾眯了眯眼："落在我床底下的可不是别人的物件，正是你魏紫的靺鞨宝。你曾说自己爱惜此物，从不让其离身，如果不是你所为，它为何好好地会跑到我的床底下去了？"

"我早说过这东西前几日就丢了。"魏紫眼神闪烁，"或许有人故意将其偷走，用来栽赃我。"

"我只问你，你为何不报官？"葛巾目光如刀，步步进逼。

魏紫身子一抖，竟不知如何接话，丰润的脸颊上挂满泪痕，看不出是心虚还是愤恨。

"世子殿下，"葛巾深深向蔺承佑等人俯首，"奴家幼时遭逢家变，不慎堕入泥淖，身虽下贱，心未蒙尘，上月无故被人毁了容貌，早就心如死灰，苟活至今，只为找出真凶。此人毁了奴家一生，仇一日不报，奴家一日不死，如今罪证就在眼前，还请世子殿下和严司直替奴家主持公道。"

众人唏嘘，葛巾出事前最是豁达大度，出事后不一味自怨自艾，还能忍辱寻凶，这份心性，说来可敬可叹。

蔺承佑起身走到葛巾前，半蹲下来看着她。

葛巾伏地不起："奴家只求一个公道。"

魏紫看看葛巾，又看看蔺承佑，慌乱道："世子殿下，请听奴家一言。"

蔺承佑抬手示意魏紫闭嘴，继续问葛巾："那日打扫屋子是你提出来的，还是青芝提出来的？”

葛巾不知其意，硬着头皮道：“是奴家。”

“你再好好想想。”蔺承佑古怪地一笑，“要我替你报仇，你得先把这件事想起来。”

葛巾思索良久，摇摇头道：“此事过去好几日了，奴家想不起来了。”

“我听说青芝这丫鬟最是贪懒，曾因服侍你太累，跑去求沃姬替她换个新主子。你突然要她打扫房屋，她就没借故推托？”

葛巾怔了怔：“世子这么说，奴家倒是想起来了。那日我喝解毒汤时不小心弄洒了一些，青芝就说我病中没少呕吐，如今既见好了，不如趁机把房屋打扫干净。”

“这就对了。”蔺承佑颔首，“你被那禽妖掳走，回来后少说昏睡了几日，青芝日夜服侍，想必也累坏了。你好之后，她不趁机躲懒就不错了，怎会主动揽活？你想想当日的情形，青芝都说了哪些话？那块靺鞨宝是你找出来的，还是别人找出来的？”

“我想起来了。”葛巾脸色微变，“那日是青芝说床底下有东西，世子殿下是说……”

蔺承佑瞟了眼堂上某人，笑了笑：“我是说，害你的另有其人。”

此话一出，堂里如同炸开了锅，众人惶惑四顾，径自议论开来：“另有其人？”

“世子殿下说的是谁？”

“方才句句都在问青芝，该不会就是青芝吧？”

“但青芝跳井死了啊。”

蔺承佑目光一扫，堂内旋即噤声。严司直提笔蘸墨，静待葛巾开腔。

葛巾思绪仍停留在蔺承佑那句话上：“假如不是魏紫所为，她的靺鞨宝为何会掉在我的床底下？”

蔺承佑道：“出事那日你因为染了风寒，歇得比平日要早些。青芝既是你的贴身侍女，你被‘厉鬼’毁容时她在何处？”

葛巾面色变幻莫测：“她下午便向我告了假，说某位旧识来寻她，两人约好了晚上出去转转，把我的汤药交给了绿荷，大概戌时初就走了。随后我出门赴约，因为身子不适提早回来了，那时约莫是亥时末，青芝的确不在房中，是绿荷服侍我歇下的。”

“所以那晚她不在你身边？”

葛巾点点头。

蔺承佑冲人群招了招手，某位庙客当即蹿了出来。

滕玉意一望，是傍晚在小佛堂见过的那位多嘴的庙客，她记得此人叫阿炎。

蔺承佑问阿炎："你平日在楼前迎来送往，外头若有人要找楼中的娘子，都由你来负责传话？"

阿炎胁肩谄笑："没错，主家不许楼内娘子和婢子私自见客，如有人前来相约，需先向主家或假母禀告。"

"上月十八日可有人来找过青芝？"

"别说上月十八日了，自打彩凤楼开张，小人就没见有人来找过青芝。不过十八日那晚青芝倒是出过楼，但当晚客人委实太多，小人也闹不清她何时回来的。"

蔺承佑点点头："你记不清，有人记得清。那晚青芝孤身一人出楼，身边不但没有男子相伴，连女伴都无。当时天色不早了，有人颇觉奇怪，就多看了几眼，结果青芝不到一个时辰就回转了，回来时在旁边的胡肆买了包樱桃脯，那时约莫是戌时末，此事有彩凤楼对面果子行的伙计和旗亭的当垆老翁做证。"

葛巾竖着耳朵仔细听，双眸越睁越大。

蔺承佑看向葛巾："青芝明明戌时末就回来了，你亥时末回屋却不曾见到她，整整一个时辰，你可想过她藏在何处？"

"难道她躲在我的床底下？不不不……她纵是有万般坏处，奴家毕竟待她不薄。"

萼姬等人忍不住插话："是啊，世子殿下，青芝可是葛巾的大丫鬟，葛巾若是遭了难，青芝头一个会遭殃。"

"可是青芝前几日常梦魇。"一个细小的声音响起，"此事沃大娘她们都知道。"

众人把视线转过去，原来是与青芝同住一屋的绿荷。

沃姬欠身向蔺承佑行礼道："奴家曾禀告过世子殿下，青芝七八天前开始梦魇，只说有鬼要抓她，醒来后问她原委，她却一句不肯说。"

贺明生接话道："葛巾被毁容已经是上月十八日的事了，论理青芝上个月就该开始梦魇了，又怎会七八天前才发作？世子，青芝日日服侍葛巾，她敢假扮厉鬼的话，一开腔就会被葛巾听出来。"

"别急，我的话还没问完。"蔺承佑回到桌后，令人将一包物事呈上来，"青芝似乎很喜欢吃樱桃脯，她死的那日，严司直曾在她房里搜到过一包未吃完的樱桃脯。"

他打开那包东西，酸腐之气顿时弥漫开来。

蔺承佑敲了敲桌："抱珠何在？"

抱珠怯生生地从人群里站出来："见过世子。"

"你是哪日撞见青芝吃这东西的？"

"记不清哪日了，不过应该是葛巾娘子伤后不久。奴家推门进去时，青芝正要把那包樱桃脯塞回枕下，结果不小心落到地上，奴家瞥见樱桃脯下面藏了不少珠玉物件。"

莩姬瞠目结舌："抱珠，你会不会看错了？青芝一个粗使丫鬟，哪儿来的珠玉物件？"

抱珠咬唇摇头，表示自己并未看错。

蔺承佑拿起箸筒里的竹箸，当众往樱桃脯下面一搅，一下子就插到了底，显然底下并未藏物件。

"如你们所见，这里头除了发臭的樱桃脯，别无所有。青芝如此贪嘴，巴巴地买了樱桃脯回来，又怎会放馊了都不吃？所以抱珠没看错，这东西是用来掩人耳目的，可是前几日严司直带人搜下来，青芝房里一件值钱的首饰都没有，这就奇怪了，那些物件究竟去了何处？"

五道听到现在，终于按捺不住了："是不是有人在青芝死后，把她房中的东西给拿走了？老道就说嘛，青芝绝不是自尽，凶手害死了青芝，又怕自己露出马脚，所以才急着抹去痕迹。"

蔺承佑慢悠悠地道："先不论青芝到底是怎么死的，单从葛巾娘子在床底下找到魏紫娘子的鞣鞨宝来看，有人不但毁了葛巾娘子的容貌，还想把此事嫁祸到魏紫娘子的身上。如几位假母所言，葛巾娘子被毁容，青芝只会跟着遭殃，青芝肯背叛自己的都知娘子，定是因为有人许了她更大的好处。所以青芝明明痴懒，那日却主动提出要打扫房间。她假装不经意在床底下发现了鞣鞨宝，让葛巾娘子误以为魏紫娘子是凶手。"

堂上轰然。

滕玉意给自己斟了杯蔗浆，好一出一石二鸟之计，同时除掉葛巾和魏紫，能获利的只有那一个人。

她透过杯盏上沿打量那人，只见那人面若无事，也不知是问心无愧，还是料定蔺承佑查不到自己头上。

蔺承佑讽笑道："可惜青芝很快就死了，此事死无对证，要想弄清原委，还得从头一桩桩查起。方才阿炎说，青芝每月出楼三回，可是像青芝这样的婢女，往往忙到晚间才有机会出楼，那时候平康坊的坊门已经关闭，顶多在坊内转一转。我不知青芝往何处消遣，只好把平康坊里的店铺和酒坊都走了一圈，好在这么一找，倒让我找到了一些好东西。”

他拿起条案上的一堆票据：“青芝每回出楼，大抵是为了三件事：买酒食，托人打探消息，偶尔也去寄附铺当东西。那家寄附铺就在平康坊，青芝先后当过四样物件。

“第一回是一只银丝臂钏，第二回是一只珊瑚耳铛，第三回当了一只施银钩。因为每回都缺了另一只，寄附铺的主家猜到东西来路不明，收倒是肯收，却只肯给青芝一两百钱。青芝也不还价，笑嘻嘻地收了钱就走。这些首饰不甚打眼，等到被偷的娘子察觉，往往都过了好些日子了，再疑也疑不到她身上去。”

都知们听得惊怒交加：“原来我们丢的那几样首饰，是被青芝给偷的。”

蔺承佑从手边那堆笺纸里抽出一张：“第四回青芝有长进了，当的是一根四蝶攒珠步摇，这算是她偷过的最贵重的首饰了。寄附铺的老板破天荒给了青芝两缗钱。不过奇怪的是，青芝没几日又把它赎走了，而且在那之后，她再也没去当过东西。”

滕玉意目光一定，既然偷了去卖，为何又赎回来？

蔺承佑道：“此事耐人寻味，我请寄附铺的主家把那根步摇依样画了下来，你们看看这是谁的首饰。”

贺明生同几位假母到近前一瞧，那步摇花样类似牡丹，蕊色殷红，花旁缀以四只蝴蝶，饰以银粉。

“这不是姚黄的步摇吗？”沃姬冲姚黄招招手：“你自己过来瞧瞧。”

姚黄款步走到条案前，哪怕是夜间临时被叫起，她也是鬓若浓云，色如春桃，裙带衣裳纹丝不乱。

她俯身望向那幅画，却迟迟不答话。

蔺承佑瞥着她：“是你的吗？”

姚黄睫毛一颤：“没错，是奴家的。”

姚黄声音婉转清越，娇滴滴如黄莺出谷。

萼姬和沃姬点头做证：“错不了，是去年宁安伯的魏大公子送给姚黄娘子的。魏大公子善丹青，那日喝醉酒后亲自画了花样让人送到首饰铺做的，长安城再找不出第二件了。”

蔺承佑正要开腔，几位吏员同假母从后院回来了。

“搜完了？”蔺承佑问。

“搜完了。”吏员捧着一方纨帕匆匆走近，“步摇就收在姚黄娘子的镜台里。”

“有劳了。”蔺承佑对几位吏员道，然后拿起那根步摇与画上对比，确认是同一根。

“你们猜青芝为赎回这根步摇花了多少钱？”蔺承佑转动着步摇，懒洋洋地道，“足足一锭金。”

诸人惊诧变色。

“先不说她哪儿来的一锭金，就说她好不容易偷出来的东西，为何愿意还回去？”

姚黄面色安恬：“世子令人搜查奴家的房间，原来是为了找这个？奴家连这根步摇曾丢过都不知道，如何回答你这问题？”

蔺承佑悠然地道：“贼偷了东西又还回去，只有两种可能：一是自愿，二是被迫。不论青芝是自愿还是被迫，从她当掉此物到赎回来，短短几日一定发生了些不寻常之事。青芝和你达成了某种默契，她把东西还给你，而你帮她瞒下此事。”

姚黄用纨扇抵唇，轻声笑道：“世子真会说笑。奴家与青芝素无交情，若非她坠井而亡，奴家至今记不住她的名字，这丫鬟疯疯癫癫的，想是得知这步摇并非寻常的首饰，怕事发后会被活活打死，赶紧赎回也不奇怪。至于那一锭金，指不定是她从哪里偷来的。”

蔺承佑点头：“说得有点儿道理，光凭她偷了东西又还回去，的确证明不了什么。所以我和严司直又去对面的果子行打听近两月都有谁买过樱桃脯。店家说彩凤楼有头脸的娘子从不亲自出来采买，想吃什么只需让人送张条子出来，他们自会装裹好了送进楼。我和严司直让店家把往日的采买单拿出来，发现你上月曾买过一大包樱桃脯。”

姚黄哧哧轻笑：“奴家吃过樱桃脯怎么了？这东西街衢巷陌到处都是，又不是只有青芝能吃。”

“可是单子上列得明明白白，最近半年你只买过那一回樱桃脯。”

姚黄气定神闲：“回世子的话，奴家虽不大喜欢吃甜食，但奴家处常有客人来访，想是哪位公子想吃樱桃脯，奴家临时让人去买的。都是上个月的事了，奴家哪还想得起来？”

“不妨事。”蔺承佑耐心地拿起案上的一本账册，“你想不起来，我们帮你想。你买樱桃脯的时间是上月初二，巧的是青芝正是这一日赎回了你的步摇。从那日你们贺老板的账册来看，你那日称病在房，并未款待客人。我倒想问问，你那一大包樱桃脯是买给谁吃的？”

姚黄以手抵额思忖了片刻，忽然点点头道：“奴家想起来了，那日我在病中，不知为何突然想吃樱桃脯。病中之人口味刁，从前嫌弃的东西，指不定一下子馋得不得了，记得当日奴家买回来吃了一多半，连晚饭都没吃。”

滕玉意旁观到现在，早已是疑团满腹。姚黄油盐不进，想是吃定蔺承佑拿不出确凿的证据。而光凭蔺承佑查到的这几点，的确无法证实姚黄曾收买过青芝。

青芝已经死了，再这样不痛不痒地问下去，只会促使姚黄把自己的说辞修补得天衣无缝。

蔺承佑做惯了猫，为何今日会被老鼠唬住？

蔺承佑笑笑：“亏我以为你感激青芝还簪之举，特意买了她爱吃的樱桃脯。照这么说，青芝不但什么好处都没捞到，还赔了一锭金进去。她如果是痴儿，这么做倒也不奇怪，可是从我们查了这几日来看，青芝非但不痴，还是个极有成算之人。”

他顿了顿，打开条案上的卷宗：“那日青芝出事，我们曾把楼中人挨个叫去问话，提到青芝时个个说辞不同，但有些说法大致是一致的。

“第一，青芝虽然又懒又馋，但手脚麻利，凡是推托不得的活计，她都能很快干完。从这一点来看，青芝并不痴傻。

“第二，她近来似乎阔绰了不少，而且是在葛巾娘子出事前就阔起来了，打从上月起就不再偷东西去寄附铺，还经常买酒食来吃，但青芝并未结识新朋友，这钱来路不明。

“第三，青芝常说自己还有一个姐姐，因为当初被卖到不同的人牙子手中，就此失散了。青芝很在意这个姐姐的下落，平日总念叨此事。”

沃姬揉了揉自己蓬乱的发鬓：“世子殿下，奴家常说青芝糊涂，这话还没冤枉她，青芝哪来的姐姐，只有一个死鬼妹妹。奴家当年从人牙子手中买下青芝时她才八岁，身契上写得明明白白，她是荥阳人，因阿爷获罪被罚入罪籍，底下只有一个妹妹，出事的时候她妹妹早跟她阿娘一道病死了。”

蔺承佑：“她何止说自己有个亲姐姐，还说自己跟前店主的小妾是同乡，那小妾姓容，是越州人氏，荥阳与越州相去何止千里。”

“这疯婢。”众人窃窃私语，“世子殿下，这婢子性情古怪，她的话当不得真的。”

“可我还真就把她的疯话当了真。”蔺承佑谑笑道，“青芝今年十五，被卖的时候八岁，想弄明白她是不是说谎，就得从七年前那位人牙子身上入手。”

听了这话，姚黄表情起了微澜。

哪知蔺承佑话锋一转：“先不说人牙子的事，说回葛巾娘子被毁容那晚的情形，最大的疑团有两个，那人是如何潜进房中的？为何葛巾娘子听不出那人是谁？

“前者好说，提前藏在床底下就可以了，后者却不通了，那人高声喝骂，葛巾娘子理应听得出那人的嗓音，可她偏偏没听出来，这才是整桩事最不可思议之处。”

葛巾凄惶接话：“奴家虽未听出是谁，但内院门口每晚都有庙客把守，生人是闯不进来的，那晚害我的，只能是楼中人！”

见美道：“世子，老道听闻坊市间有那等善口技的异士，女子能假装男子说话，男子能假扮女子说话，假如那人善口技，葛巾娘子听不出来也不奇怪。”

蔺承佑抚了抚下巴：“所以彩凤楼谁最善口技？”

众人一震之下，齐齐把视线转到姚黄身上。姚黄娘子不但善歌咏，还能学猿鸣鸟叫，难得知情识趣，从不拿腔作势，学禽鸟之音惟妙惟肖，常常逗得满座欢然。

葛巾娘子来之前，本是姚黄有望做花魁，花魁之名一旦传遍长安，不出三年就能攒够钱财为自己赎身了。

姚黄却只含笑注视着蔺承佑：“世子的话叫人听不懂，奴家是会些粗浅的口技，可是那晚奴家与宁安伯的魏大公子去了曲江赏灯会，翌日才回城，随行之人不在少数，个个可做证。世子可找当晚的人问话，奴家不怕被再查证一回。”

“你不在楼里，青芝却在。她负责躲在床底下害人，你负责置身事外。那阵子楼内鬼祟作乱，人人谈之色变。青芝假扮成鬼魅抓伤葛巾，正可谓天衣无缝。你和她连戏词都设计好了，‘贱婢，敢勾引我夫君’，有了这句戏词，连青芝都能择出去了。”

“等等。”萼姬忍不住道，“世子殿下，懂口技的是姚黄，又不是青芝，假如是青芝所为，葛巾怎会被蒙混过去？”

蔺承佑道：“自是因为青芝也会口技。”

众人神色大变，贺明生目瞪口呆：“世子，这怎么可能？如果青芝会口技，早该有人知道了。难不成你想说，姚黄临时教了青芝口技？”

姚黄只是微笑：“世子殿下，口技最重天资，并非一味苦学可得，即便有天赋，学起来至少三年才有长进，奴家平日与青芝连话都未说过，此事从何说起？”

蔺承佑一哂：“我也很想知道原委，所以把彩凤楼所有人的籍贯都找来看了一遍。青芝籍贯荥阳，却自称与越州人是同乡。我没发现彩凤楼有荥阳人，倒找到了一个籍贯越州的，此人七年前被发卖，身契上写她有一个妹妹，可惜没等被发卖，此人的妹妹就因病夭亡了。”

厅内鸦雀无声，有几个与姚黄相熟的娘子，渐渐露出惶骇的眼神。

“此人的爷娘原是越州府的曲部乐工，善歌咏，工琵琶，擅长口技，会发异声，膝下一对女儿也承袭了爷娘的本领，小小年纪便能巧变音色。这对姓聂的乐工夫妇因七年前江南的李昌茂叛乱案获罪，没多久死在狱中，小女儿病死，大女儿也被发卖，也就是如今的姚黄娘子。

“听到这儿是不是有点儿耳熟？青芝也是七年前被发卖，不同之处就是一个籍贯荥阳，而另一个籍贯越州。可是青芝不承认自己有妹妹，却坚称自己有个姐姐，她听说前店主的小妾是越州人，忙说自己与容氏是同乡。由此看来，青芝从未放弃过找寻姐姐的下落，平日攒下来的钱，也常用来托人打探消息。皇天不负苦心人，就在上月初二，青芝与自己的亲姐姐相认了，而这个人，正是姚黄。”

五道看看蔺承佑，又看看姚黄，眼睛瞪得比铜铃还大，哪怕青芝突然死而复生，也不会比这件事更让他们震惊。

滕玉意也甚是震惊，姚黄貌美明丽，青芝却肤色粗黑，把两人放在一处，任谁也想不到姚黄是青芝的姐姐。

可如果仔细地看，会发现两人的眉眼确有些相像，只不过姚黄气度娴雅，青芝却行止粗鄙。

贺明生和萼姬张大了嘴，不知如何接腔。沃姬吞了口唾沫，率先打破沉默：“世子殿下，姚黄真是青芝的亲姐姐？”

蔺承佑“嗯”了一声：“姚黄的身契上写得明明白白，她本姓聂，小名阿芙，妹妹叫阿蕖。被卖的时候姚黄已经十岁了，青芝也满了八岁，对二人而言，儿时的记忆早已铭肌镂骨，籍贯忘不了，学过的口技更忘不了，所以哪怕姚黄娘子已是长安闻名遐迩的都知娘子，还是忍不住在人前展露口技，想来一是怀念双亲，二是怕自己忘了这门绝学。青芝虽然从未展露过这一点，但她幼时就能与姐姐齐作异声，即便这几年技艺生疏了，学中年妇人的嗓音也不在话下。”

葛巾尖锥般叫了一声：“真是你？我与你往日无冤近日无仇，你为何要这样害我？”

魏紫气得蛾眉倒竖，踉跄起身奔向姚黄：“我与你素日交好，你与青芝里应外合害了葛巾还不够，连我都不放过？你明知道那块靺鞨宝是蕃酋王子私底下赠我的定情之物，那是蕃酋国的宫中之宝，一旦报官必然传到蕃酋国，我怕污了他的名声，丢了也不敢声张，你就故意让青芝偷了这东西来陷害我！”

姚黄面上虽维持镇定，脚却下意识地往后退。魏紫铁了心要抓住她逼问，堂里乱成了一锅粥。

贺明生跺了跺脚："还不快拦住她们。"

沃姬和萼姬急急忙忙拥上去。严司直沉着脸一拍桌："够了！"

衙役们拔刀冲入堂中，众人瞥见那雪光般的刃光，立时不敢动弹了。

一片寂静中，蔺承佑举起手中的票据慢悠悠地道："估计青芝做梦也想不到，她苦寻多年的姐姐就在彩凤楼里。她偷东西去典当，用换来的银钱托人打探消息，起先专挑不起眼的物件下手，几回下来无人察觉，于是她胆子越来越大，最后一回偷到了自己姐姐头上。票据上写她腊月二十七去当了步摇，上月初二就赎了回来，估计就是这几日，青芝无意中发现你是她姐姐。

"仵作验尸发现青芝身上有几处胎记，姐妹间要想确认身份并不算难事，相认之后青芝把步摇拿回来，而你破天荒地买了自己不爱吃的樱桃脯给青芝。我猜青芝用来赎步摇的那锭金子就是你给的，因为那根步摇是宁安伯的魏大公子单独为你打造的，长安仅此一根，一旦流落到坊间，很快就能知道原主人是谁。魏大公子与你正打得火热，就算你不追究，魏大公子也必定会严查，到那时候查到青芝头上，她势必逃不掉一顿重罚。

"你为了保住青芝，主动出金让她把东西赎回来，而她也肯听你这个姐姐的话，自那之后再也没偷过东西。"

姚黄柔声叹了口气："奴家竟不知世子殿下如此会编故事，一会儿说奴家与青芝是姐妹，一会儿说奴家自己出资赎回步摇，可事实上我与青芝从未有过交往，彩凤楼人人都可做证。"

蔺承佑闻言一笑："是，你和青芝相认之事没人知晓，是因为你们一直暗中来往。彩凤楼生意日隆，俨然有成为长安第一大妓馆之势。你们主家为了吸引更多宾客，决定从众都知中选出一位花魁，日子越来越近，葛巾却压过了你的风头，你日夜想着如何胜出，无奈一直想不出良策。认了青芝这个妹妹后你突然有了主意，让她扮成厉鬼害人，而你大张旗鼓同魏大公子去城南游玩，为了不让人怀疑到青芝头上，还让她变声装成中年妇人。

"因此我虽一早就看出葛巾的脸是被人划伤的，却始终都没怀疑过青芝。因为葛巾总不会连自己的贴身丫鬟都分辨不出，而正是葛巾的证词，让彩凤楼的人坚信是厉鬼所为。"

五道一拍手："这也就能解释青芝为何肯跟别人联手害自己的都知娘子，原来那不是外人，而是自己的亲姐姐。只要毁了葛巾娘子的容貌，再嫁祸于魏紫娘子，姐姐就会顺理成章做花魁，不消几年就能为姐妹两人赎身，青芝当然肯冒这个险。”

“这件事做得天衣无缝，没人怀疑到你们姐妹头上。”蔺承佑踅过身，“相认之后你经常给青芝银钱，青芝因此手头渐阔。不久二怪作乱致使彩凤楼被封禁，你怕夜长梦多，仍按照原计划让青芝把偷来的鞦韆宝扔到床底下，等到葛巾发现此物，自会怀疑魏紫。”

姚黄无奈苦笑：“世子殿下说到现在，竟是一样证据都拿不出。身契上写得明明白白，奴家虽是越州人不假，妹妹却早在七年前就死了，凭空给奴家安上个妹妹，恕奴家不敢领受。”

蔺承佑笑答：“你说得没错，青芝一死，此事死无对证，加之七年前的人牙子找起来不易，你自是有恃无恐。那日盘问完楼中众人，我和严司直得知青芝在樱桃脯底下偷藏首饰，就到附近的首饰铺查问。青芝此前从未去买过东西，但就在上月初七，也就是与你相认后不久，她突然到坊里的首饰铺打了一对金臂钏，十日后她把金臂钏取了回来，连同你给她的几样首饰，一并藏在樱桃脯下面。事后她经常拿出来把玩，还因此被抱珠撞见过，可惜青芝遇害之后，这对金臂钏也不见踪影了。”

姚黄起先还神色紧张，听到最后一句，眉心蓦然松开。

葛巾和魏紫看得心头火起，愤愤地道：“世子殿下，这几日人人被困在楼中，姚黄也不例外，如果真是她拿走的，金臂钏必定还在楼中，只要找出这东西，不怕她不认罪。”

蔺承佑却摇头：“说是封禁，其实厨下的伙计日日出去采买，只需把东西悄悄扔到箧筐里，带出楼并不难。我估计这对金臂钏已经落到某个市井之徒手中了，而且据首饰铺留下的记录，那对金臂钏并未雕镂特殊样式，长安人口繁多，想找出一对平平无奇的金臂钏又谈何容易？”

五道嚷起来：“听说臂钏不比旁的首饰，窄了不合适，粗了会从臂上滑落下来，所以首饰铺有个不成文的规矩，定制臂钏的时候必须同时附上尺寸。青芝既是定做臂钏，自然也不例外，我看楼里几位都知身材各异，或丰腴，或纤巧，手臂粗细想必也不同，青芝究竟是给谁定做的，一查就知道了。”

萼姬和沃姬哭笑不得：“道长说笑了，臂钏虽有尺寸之说，但可调高调低，而且娘子们的胖瘦并非恒数，即便与某个人胳膊尺寸相符，也没法咬定就是给那人做的。”

姚黄用帕子轻摁嘴角，面色越发安然。

滕玉意观察着姚黄的神色，端坐这一阵，她四肢又开始发热，好在练过一趟剑术，怪力还不至于到处乱窜。奇怪出事至今，绝圣和弃智始终没露过面，难道还在小佛堂底下打扫？蔺承佑罚起自己师弟来可真不手软。

滕玉意一腔火气无处发泄，临时跑出去练剑又不合适，既然这个姚黄齿牙锋利，何不拿她出出火？

滕玉意笑眯眯地开了腔："两位大娘说得不错，金臂钏几乎人人都有，如果样式普通，丢了之后光凭外表很难认出来，不过青芝以前经常偷别人的首饰，轮到自己做首饰了，我想她一定会防着这一点。"

姚黄霍然把目光挪向滕玉意，也不知想到了什么，突然面色大变。

滕玉意盯着姚黄，唇角弯起愉悦的弧度："如果我是她，一定会在金臂钏内侧留下特殊的印记，如此一来，哪怕东西被人偷走或是不慎丢失，也能马上找回来。世子殿下，你都查到那家首饰铺了，想必早就知道青芝留下的印记是什么吧？"

蔺承佑懒洋洋地一笑："一只金臂钏内侧刻了'聂阿芙'，另一只金臂钏内侧刻了'聂阿蕖'。"蔺承佑笑道："姚黄娘子，刚才你怎么说的？'身契上写得明明白白。'谁叫聂阿芙？你该不会连自己的本名都不认吧？"

堂里宛如平静的湖面被投入一块巨石，一下子掀起惊涛骇浪："姚黄？竟真是你？"

姚黄死死咬住了下唇，面色变得跟灰布一样难看。

蔺承佑负手踱步："你事事都料到了，唯独没料到青芝会背着你打下这对金臂钏。事后你虽在她房中搜到了此物，但因为急于清理罪证，没仔细查看金臂钏内侧的刻字。

"我想青芝做这样一对金臂钏，是为了纪念你们姐妹重逢。她是个不肯忘本的人，从她执意说自己是越州人就能看出来。她盼着你能给你们二人赎身，所以样样都照着你说的做，你让她毁葛巾的容，她就毁葛巾的容，你让她嫁祸魏紫，她就嫁祸魏紫。你觉得她无用了，约她去后院的井旁叙话，她也不疑有他，哪怕被你推入井中也不敢大声呼救。正因如此，明明事发时我们就在不远处的小佛堂，却没能听到半点儿动静。"

"不！"姚黄猛地抬头，"阿蕖不是我害的，我跟她失散了七年，好不容易才相认，又怎舍得害她？"

见天等人嚷道："好哇，你总算肯承认她是你的妹妹了！"

"花朵一样的人儿，手段竟这般毒辣，害了两位娘子还不够，连自己亲妹妹也下得了手。”

姚黄颓然地跌坐到地上，眼泪一瞬间涌了出来：“不不不……不，阿蕖不是我害的。”

她仓皇地抬起头，膝行朝蔺承佑脚边爬过去：“世子殿下，事到如今我没什么好瞒的了，你说得都没错，那些事是我做的，法子就像你说的那样，先害葛巾毁容，再趁机嫁祸给魏紫。我早就想脱离这樊笼，与阿蕖相认后更是日夜想着替我们二人赎身。花魁与寻常都知娘子不同，一年攒下的打赏不可胜数，要想逃出苦海，这是最快的法子。凡是平康坊的都知娘子，就没有不想做花魁的。可一旦错过了这一回，下一回就是三年后了。三年后我已是二十岁出头，待到莺老花残之际，就更没指望胜出了。”

蔺承佑长长地“哦”了一声：“原来一个人的志向要靠害人来实现。你毁坏葛巾的容貌时可曾想过会毁她一生？栽赃魏紫时可想过魏紫跟你身世一样可怜？你手段如此狠毒，却口口声声说自己有苦衷，自己不觉得可笑吗？”

葛巾捂住嘴，恨声啜泣起来，颊上的疤痕被泪水淋湿，益发显得殷红可怖。

姚黄目光慌乱，并不敢直视葛巾，只惶然伏下身子，一个劲地冲葛巾和魏紫磕头：“姚黄自知罪孽深重，不敢自我诡辩，自从铸成了大错，我日夜悬心，无一夕好眠。如今我非但未能如愿，连好不容易认回来的亲妹妹也没了。”

她咬了咬牙：“这一切都是我咎由自取，我甘愿服法赎罪，欠两位娘子的，唯有来世做牛做马来还报了。”

旋即姚黄冲蔺承佑磕头道：“方才我并非不肯认罪，而是知道一旦认了，就没人替阿蕖报仇了。那日阿蕖一出事，我就知道她是被人所害，这么多年的苦都熬过来了，好不容易盼到姐妹重逢，她怎会突然自寻短见？但那日世子和严司直都说阿蕖是自尽，我既无法言明我与她的关系，也无法把证据拿出来，可是世子殿下你一定要相信我。”

她痛苦地呜咽起来：“阿蕖绝不是我害的……”

蔺承佑皱眉思量，姚黄害人不假，但青芝的死的确还有许多可疑之处，乍一看样样都是姚黄所为，细想却觉得不对劲。到底是哪儿不对劲呢？

姚黄只当蔺承佑松动了，忙又伏低身子凄惶地道：“阿蕖死得不明不白，害她的人一定还在楼中。世子殿下，你智珠在握，只有你能查出凶手是谁。”

蔺承佑道：“抬起头说话。”

姚黄惊喜地仰起头来，忽见面前橘光一闪，蔺承佑指间弹出一颗瑟瑟珠，对准她的眼珠射过去。

众人不由得低叫，这一招出其不意，除非有身手，否则绝不可能躲开。这下糟糕了，姚黄的眼珠子怕是保不住了。

滕玉意暗吃一惊，姚黄已经松口了，全招是早晚的事，堂里还有大理寺的同僚，蔺承佑为何要射瞎姚黄的眼睛？

姚黄表情刹那间扭作一团，然而身子仿佛被定住了，一动也不能动。

那颗瑟瑟珠去如流星，须臾就到了姚黄的眼睫前，眼看就要射中了，五道倏地从座位上跳起来，孰料珠子往回一弹，竟又缩回了蔺承佑的袖中。

姚黄身子筛糠般发抖，烂泥一样委顿在地："世子殿下，我的话句句属实，你为何不肯相信我？"

"我信，我为什么不信？"蔺承佑走到姚黄面前蹲下，"如果害青芝的另有其人，那人得知你是青芝的亲姐姐，迟早也会对付你。目下我和严司直都在，那人不敢轻举妄动，你想活命的话，就尽快把知道的全说出来。"

姚黄睫毛尖端还挂着泪水，脸上却飞快地露出惊喜的笑容："好，那我就长话短说。我虽常给阿蕖银钱，但因为怕惹人怀疑，从未给过她首饰。如果不是今日听抱珠说起，我也不知道阿蕖私下藏了东西，而且她死前我从未去过她的房间，那些东西绝不是我拿走的。"

她话音未落，眸底忽然染上一层诡异的靛蓝色。蔺承佑急忙抬手封住她的大穴，又飞快地从袖中抖出一粒药丸，卡住她的下颌塞入她的口中。

可是那东西诡异莫名，哪怕蔺承佑出手如电，终究晚了一步，姚黄抽搐着倒在地上，很快就不动了。

第十五章

七芒引路印

堂内出奇地静默，粗重的呼吸声此起彼伏，不知谁惨叫一声，立即引发无数惊叫声。

“啊——死人了！”

“救命！快逃啊！”

伶人和娘子们你推我挤，无头苍蝇般往外逃，混乱中只听“唰”的一声，衙吏们拔刀拦在门口。

蔺承佑厉声喝道：“再敢妄动，按滋乱生事论处。不怕受杖刑的话，迈出去一步试试！”

大伙浑身一个激灵，瑟瑟缩回了脚步。

严司直快步奔到蔺承佑身边查看姚黄，探手到鼻下和颈部一摸，已是脉息全无，不由得愤愤地道：“好毒的手段！”

蔺承佑脸色好不到哪里去：“看着像腐心草，来不及救了。”

他眼底的寒意令人胆寒，他边说边抬头看向众人，目光从左到右一一扫过，俨然要把每个人的表情都烙入眼中。

“所有人留在原地，未经搜身不得妄动。”

大理寺很快来了人，因彩凤楼大多是女子，这回除了衙里惯用的仵作，另来了两个专给女子搜身的仵作大娘，把堂里的人挨个叫进去搜查，竟一无所获。

轮到滕玉意时，滕玉意主动将腰带里的机栝交上去，依她看，行凶之人就在堂里，要想尽快找出凶手，就该全力配合搜查。

仵作大娘看见机栝吓了一跳，一面看住滕玉意，一面叫另一位大娘赶忙拿着东西去回禀蔺承佑。

滕玉意问心无愧，静等大理寺放人。

蔺承佑和严司直看过之后，果然让仵作大娘把滕玉意放了。

滕玉意从容地接过机栝，这里头虽然藏着暗器和毒药，但毒性并不致命。蔺承佑虽喜欢与她作对，但一点儿也不蠢，各类毒药他分得清，轻重缓急也该心里有数。真正的凶手尚未现形，他再无聊也不会在这个当口刁难人。

但里头总归藏了不少毒药，她隐约担心蔺承佑会顺手将其没收，然而打开机栝一看，竟样样齐全。真够稀奇的，他该不会是忙着排查凶手，一时腾不出手吧？

那边仵作验尸后发现，姚黄正是中毒而亡，毒针就插在尸首后背，恰是蔺承佑说的“腐心草”。

此药数十年前自大食国传来，从投毒到毒发需大半个时辰，一旦发作，顷刻间就会窒息而亡，因毒性酷烈，一度被列为禁药，几经搜查封禁，如今坊间间已经不大常见了。

严司直听完仵作回报，愕然转脸看着蔺承佑：“大半个时辰？凶手岂不是早在姚黄招认前就下手了？那时候葛巾在魏紫房中行刺被抓，正是彩凤楼最乱的当口，照这么看，楼中人人都有嫌疑。”

蔺承佑俯身看着那根毒针：“腐心草有麻痹体肤之效，这针又细如发丝，钉在皮肤上不痛不痒的，所以姚黄到死都没发现自己身上有异样。凶手比我们先知道姚黄与青芝的关系，没准早就动了杀念，恰好赶上今晚葛巾与魏紫闹将出来，趁乱下手更不引人注意。”

说罢他抬头打量众人，想不到小小一座彩凤楼，竟藏着这样的人才。

这时衙役回来禀告：“每个人的房中都搜查过了，既没有发现腐心草，也没找到相关的行凶物件。”

蔺承佑道：“毒针锋锐异常，凶手不可能将其单独收入袖中，我猜外头有装裹之物。从红香苑走到前楼，沿路都是假山和花草，东西极有可能被丢弃在路上，你们再到我说的这些地方好好找一找。”

严司直一贯温和细心，忙叮嘱众衙役：“那东西有剧毒，且无药可解，你们搜的时候万万要当心。”

这一找就找到了天亮，衙役们把每个角落都搜遍了，仍未找到可疑之物。

堂中人已经搜身完毕，该盘问的也都盘问完了，蔺承佑便将前楼交给严司直，自己到后头查找。

衙役们找到后头的花园时，碰巧绝圣和弃智从小佛堂的香案下爬出来。衙役们冷不丁看见两个灰扑扑的胖东西，都被吓了一跳，待看清是两个小孩，二话不说将他们当作小贼抓了起来。

绝圣和弃智整晚待在阵眼里，并不知前楼发生了何事，只梗着脖子挣扎道："各位壮士，你们抓错人了，我们不是坏人，我们是青云观的道士。"

几个衙役本是临时被叫来办差的，对彩凤楼近日来的事并不太清楚："竟还敢冒充青云观的道长？"

他们推搡间到了红香苑附近，绝圣抬头看见蔺承佑，忙高声唤道："师兄！快救救我们！"

蔺承佑半蹲在一株牡丹花丛前，手握长剑不知在扒拉什么，倒是身边两位官员认出是绝圣和弃智，忙道："误会，误会。这两位是蔺评事的师弟，快把他们给放了。"

绝圣和弃智一溜烟跑到蔺承佑身边。

"师兄，出了什么事？怎么来了这么多人？"

蔺承佑自顾自用剑鞘拨动泥土，弃智定睛看去，居然是个蚯蚓洞。

"师兄，你在找东西吗？我们也帮忙。"

蔺承佑举剑挡开他们的胳膊："别乱碰。这些草芥上都是露珠，万一腐心草的毒粉化入水中，稍一碰就会沾到手上的口子里，凭这东西的毒性，够你们受的。"

官员把绝圣和弃智拉到一边："两位道长且稍待，昨晚彩凤楼又出了人命，蔺评事正在查找证物。"

"人命？谁出事了？"

"那个叫姚黄的都知娘子。"

两人倒抽了一口气，众衙役回来复命："世子，姚黄和魏紫的房里都搜过了，没找见藏针之物。"

蔺承佑"嗯"了一声，起身走到附近的小水池旁，将袍角掖入腰间玉带，一脚踏入了池中。

池水碧幽幽地荡漾开来，瞬间没过了他的膝盖。

官员紧张得大气不敢出，这位成王世子去岁凭自己的本事考中了明经和制举，经皇上钦点到大理寺任职，虽说只是最低阶的评事，但谁也不敢把他当作低等官员来使唤。

如他们所料，蔺承佑上任后不改顽劣的脾性，就算回衙门里待着，也不肯老老实实办差，不是在东堂廊庑下躺着，就是歪在树上睡觉。

每逢寺卿问起，蔺承佑就说自己在背法典，还说衙门里太吵闹，唯在树上时才记得牢。

不过只要出了什么奇案诡案，这小郎君必定一改常态，白日兴致高昂地调案搜查，晚间也住在大理寺，短短一年过去，竟叫他破了好几桩奇案。

“蔺评事，水里不比岸上，当心被毒针扎到。”官员看得胆战心惊，扭头冲衙役们道：“水池底下定有沟渠，快去找匠人把池子里的水都放了。”

“不能放。”蔺承佑接过岸上递来的小兜网，开始一寸一寸地打捞，“那毒针细如发丝，水波一荡就会四处漂浮，假如把池中的水全抽到沟渠里，毒针说不定会顺着水流冲走，到时候痕迹皆无，岂不是正好称凶手的意？”

官员面有惭色，作势撩起官袍下水。蔺承佑却拦道：“你们没有抵御腐心草的修为，还是让我那两个师弟帮着打捞吧，再给他们找两个网兜就行了。”

绝圣和弃智忙不迭地下了水，池子似乎许久没被打理过了，水面上漂满了残花落叶，被三人用兜网一搅和，浓浓的怪腥气便弥漫开来。

绝圣和弃智悄悄捏住鼻子。蔺承佑仰头吁了口气：“好家伙，再闻下去我三日不用吃饭了。”

他一面说，一面把雪白禅衣的袖子撕下来一块，前头勒在鼻子下面，后头打了个结。

岸上官员想笑又不敢笑，蔺承佑素来倜傥不羁，比这更荒唐的举动都做过，起初他们也大惊小怪，后面就慢慢习惯了。

三人把水池子仔仔细细地捞了一遍，结果还是未能找到疑似之物。

蔺承佑望着微漾的池水，脸上头一回出现茫然的表情。根据腐心草的药性来看，姚黄是在葛巾与魏紫纠缠的那阵子中的毒，当时彩凤楼的伶人们全在魏紫房外看热闹，姚黄也不例外。

凶手混迹其中，趁人多下了手。

事后所有人都被勒令到前楼集合，凶手为了不引人怀疑，定会在途中丢掉装毒针的器具。紧接着楼里人被困在前楼，凶手脱不开身自然无法回去处理那东西，可为何他们翻遍园子，还是没找到可疑之物？

衙役们都有些丧气：“那人该不会是徒手拿着毒针吧？”

“但这样也太冒险了，凶手不怕伤到别人，就不怕把自己给毒死？”

两位官员却道："蔺评事，找了这半夜，那东西如果真在此处，早该被找到了。想来无非是竹筒、香囊之类，就算找到了也没法辨别凶手是谁，不如就算了。"

蔺承佑把鼻下的布料扯下来，一脚跨上岸。随后他脱下靴子，把里头的水一倒，确认没有细针之类的物事，再把靴子穿回脚上。

"算了？假如青芝和姚黄是被同一个人杀的，藏针器是凶手留下的唯一线索，如果连这条线索都大意放过，就别想把此人揪出来了。"

他望着水池出了一阵神，忽而一笑："不过刘评事说得对，那东西如果真被丢在途中，早该找到了。不必在此处白费力气了，我们还漏了最重要的一处。"

大伙错愕地环顾四周："何处？"

一行人回到前楼，严司直急忙迎出来："找到了吗？"

"没找到。"蔺承佑快步迈入堂中，"所以我又回来了。"

严司直一惊："那东西飞了不成？"

"飞不了。"蔺承佑径直朝伶人们走去。

滕玉意看着蔺承佑湿透的襕袍下摆，心中暗想，他果然没放过后院的小池塘，只是她没料到的是，他为了查案竟会不嫌脏污亲自下水。

那他为何不继续找？这可是重要的证物。换作是她，掘地三尺也要把东西找出来。等一等，该不会是……？

如果真是这样，凶手的胆子也太大了。

蔺承佑绕着伶人们踱了一圈，忽然声调一扬："搜。"

很快有衙役道："蔺评事！找到了！就塞在桌案下。"

那人半蹲在一张长几下，歪着脖子往上看。厅里摆放着七八张这样的茶几，夜间宴饮时，客人们既可围桌用膳，也可分桌而坐。

蔺承佑和严司直到近前蹲下来看了看，很快用剑柄把那东西挑落下来。

众人惊讶低呼，是一个小小的香囊。

蔺承佑讽笑道："果真藏在堂里。"

他隔着缎面一摸，里头估计藏了数十根细针，想来放了厚密的布，只需将毒针的针尖朝下扎入其中，那么哪怕贴身携带，也不必担心扎到自己了。

严司直面色隐隐发黑："我想起来了，厅里乱过两回，一回是魏紫娘子逼问姚黄娘子，堂中人忙着拉架乱成一团；另一回是姚黄娘子突然毒发身亡，伶人们一股脑往外拥……会不会就是那时候？"

蔺承佑冷眼往人堆里一瞥，人人都是一副惶骇无措的模样。不过这不奇怪，此人算无遗策，断不可能在这时露出马脚。

他只奇怪一点，沿途有无数黑暗的角落可抛弃此物，凶手偏要在大伙的眼皮子底下把东西藏到条案下，究竟是胆大包天，还是自负到了极点？

若不是他突然杀回来，东西迟早又会回到那人身上，横竖所有人都被搜过身了，任谁也想不到再搜一遍，只要解了禁足，那人便可神不知鬼不觉地将东西带走。

蔺承佑闻了闻香囊，半丝香气也无，缎面五彩绚烂，花瓣由彩色银线织就，料子是常见的织锦，绣面却瑰丽工巧。

如此考究精细，显然是女子之物。

他在心中冷飕飕地想：机关算尽又如何，东西既叫我找着了，后面的事可就由不得你了。

姚黄的尸首很快被送往大理寺去了，彩凤楼也被蔺承佑带人翻了个底朝天，可惜凶手异常狡猾，他们折腾了一上午，仍是毫无头绪。

眼看过了晌午，蔺承佑和严司直打算带着香囊去布料行和绣坊找找线索，绝圣和弃智别无去处，忙也跟着出来，哪知出楼的时候，绝圣的肚子发出咕噜噜的震天响声。

从昨天半夜到今日晌午，他们连块胡饼都未吃，怕被师兄骂，也不敢张罗吃的，挨到现在，早就饿得头晕眼花了。蔺承佑原本说好了要去布料行，临时又拐到上回那家胡肆去了，坐下后又叫那位叫诃墨的胡人出来，请诃墨亲自做了几份饽饦。

绝圣和弃智险些当场落泪，师兄嘴上不说，心里还是疼爱他们的。

很快饼和汤都上了桌，严司直被弃智热情地塞了一份饽饦在手里，心不在焉地吃了一口：“腐心草虽是禁药，但只禁了明面，暗中仍有大食、回鹘等地的胡人冒险高价贩卖此毒，范围遍及关陇、河中、江淮诸道，线索何其繁杂，想通过这一点找到凶手，简直难如登天。”

蔺承佑看着绝圣和弃智道：“把东西拿回彩凤楼去吃，我和严司直还有事要商议。”

绝圣和弃智高高兴兴地把饽饦抱在怀里，一溜烟跑了。

蔺承佑净了把手面，把巾帕扔到一旁：“严司直不觉得奇怪吗？凶手既是个谨慎之人，为何偏偏在我和五道借住在彩凤楼的时候下手？第一回凶手杀青芝虽说伪装成自杀的情状，但也极容易露出马脚，那人就确定自己不会露出破绽？凶手何不等我们离开彩凤楼再说？到那时候贺明生等人不会多想，只当青芝自寻短见，送出去一埋了事。”

严司直将酒盅举到一半又放下：“我也奇怪此事。先前我们查到那对金臂钏时，都认为是姚黄害死了自己的亲妹妹。姐妹间因为利益瓜葛起了冲突，姚黄怕青芝把二人的勾当公然抖搂出来，所以急于杀死青芝，但从姚黄临终前说的那番话来看，青芝又不像是她害死的……”

“别的且不论，姚黄不会武功是事实。”蔺承佑从袖子里弹出一粒瑟瑟珠捏在指尖。

严司直恍然大悟：“世子当时是想试探姚黄会不会武功？”

蔺承佑笑了笑：“一试就知道了。再不怕死的人，也会本能地护住自己的眼珠，可我用它弹射姚黄眼珠的时候，她连最起码的自保之举都没有。严司直，你还记得青芝外裳上的那几个洞眼吗？”

“自然记得，正是因为发现了这几个洞眼，你才怀疑青芝并非自杀，我记得你说过那是一种诡术。”

“没错，把青芝像提线木偶一般牵引到井里去，再伪装出自尽的假象，洞眼位置隐秘，被水打湿后很难看出端倪，要不是我唯恐青芝的死与尸邪有关，也想不到仔细查看尸首的胸腹处，只要看得稍粗陋些，这些洞眼也就被我漏过了。此事先不提，实施这诡术首先需知道青芝的生辰八字，并且有一定的内力修为，可我用瑟瑟珠试过了，姚黄显然没那个本事。”

严司直愈加费解：“能设计到这一步，可见并非临时起意，如此有城府之人，怎么也该等到你们走了之后再动手。”

蔺承佑凝视着酒盏里的琥珀色琼浆：“我猜对凶手来说，青芝已经到了非死不可的地步了。”

“这……”严司直目露惑色，“青芝不过是个粗使丫鬟，手中并无几个银钱，图财不会找她；图色的话，她死后衣裳完备，身体也未受过侵害。难道说凶手有什么把柄落在青芝手里？可究竟有什么要命的把柄，能让凶手连杀两人？”

蔺承佑用牙箸蘸了酒水在桌上画了几笔：“其实事发至今，有好几件事让人觉得不可思议。青芝此人，外表憨傻，实则冥顽冷酷，哪怕亲手毁了葛巾的容貌她也照旧吃喝，但她前几日突然开始梦魇，我猜她要么被人投了惑乱心智的毒药，要么是内心不安，可是从仵作验尸来看，青芝死前头几日并无服毒的迹象。这就奇怪了，一个堪称顽石之人，为何会突然害怕到梦魇？

“再则，姚黄临终前说青芝那些首饰不是自己送的，而最近楼里又没丢过珠玉物件，那么青芝这些宝贝极有可能是凶手给的。青芝捏住了某人的把柄，以此来敲诈，对方先用钱财笼络，继而痛下杀手，如果真是如此，青芝的死不奇怪，但为何凶手昨晚才杀姚黄？此前凶手不知道姚黄与青芝的真实关系吗？”

严司直用手指轻敲额角：“依我看凶手不知道，要是早就知道，以此人的手段，那晚就会将二人一齐除去，又何必再次冒险？昨夜险象环生，凶手明知不是动手的好时机，杀人只能是临时起意。”

蔺承佑“哦”了一声：“所以这就是我说的第二个不通之处。纵算青芝冷心冷肺，从她执意找寻亲姐姐来看，起码她对姐姐是真心实意的。她不肯在凶手面前透露自己与姚黄的关系还好说，为何在姚黄面前也有所隐瞒？正因为她两头都瞒着，事后姚黄才颇受掣肘。”

严司直思索一番，无奈毫无头绪，末了苦笑道：“是不是还有第三个不通之处？”

蔺承佑从袖中取出香囊，抽开系绳看了看，毒针已经被装在木盒里带往大理寺了，囊内空空如也。

“第三条嘛，就是这香囊了。昨晚凶手冒着风险将毒针带回大堂，是出于自负，还是有什么迫不得已的理由？”

严司直想了想，伸手接过香囊，沿着花纹脉络般的银线摩挲一番，忽然眸光一亮：“去年我曾查办过西市的一桩无头案，被害者是个屠夫，死后手里紧攥着一块撕裂的帕角，任谁都扯不下来。我猜那帕子有古怪，就带着残余的帕角去附近的绣坊寻访，结果你猜如何？我们靠帕子上的绣活找到了凶手。凶手是不是怕我们查出这香囊的出处，所以冒险将其藏在条案下，想趁没人注意时，再悄悄将香囊带走？”

蔺承佑闻言一笑：“我也这么想，但这香囊里头藏的并非香料，而是毒针，凶手或许是怕我们顺着香囊查出什么，但别忘了还有一种可能，腐心草之毒无药可救，凶手好不容易弄来了毒药，又把毒针做得细如发丝，用它杀人可谓不露痕迹。此人真正舍不得的，会不会是里头的毒针？”

严司直面色骤然一变：“你是说凶手还会用这毒针害人？”

蔺承佑从腰间解下玉牌递给严司直：“我现在不能离开平康坊，只能请严司直尽快替我进宫一趟。宫里的织染署有位年长的内作使绫匠，名叫妥娘，此妪三十年前就在宫里当职了，能识尽天下针黹绣工，只要把东西交到她面前，就没有她说不出来历的。一家家绣坊问起来太麻烦，不如直接拿进宫里让妥娘瞧瞧是何地的绣活。”

“我马上就进宫，蔺评事是要回彩凤楼吗？”

蔺承佑看了看外头的天色：“天象不对，我猜尸邪今晚就要有动静了，我得回去守株待兔。严司直如果查到了什么，天黑前只管来找我，天黑后若是看到彩凤楼掩户闭扃，你就带人早些离去，有什么事明日再说。”

严司直愣了愣，长叹一声：“差点儿忘了，这彩凤楼既有奸恶之徒，又有邪魔鬼怪，不过细论起来，我竟不知人与妖，究竟谁更恶一些。好，就依世子所言，严某早去早回，你自己务必当心。”

滕玉意在后院学第二招剑术。

比起第一回，这回上手快多了，她练完后通身舒畅，有种豁目爽心之感。

“程伯，你说怪不怪？”滕玉意一边擦汗，一边凝视手里的小涯剑，“招式明明已经到位了，为何每回练到最后，总有种瘀滞不畅的感觉？”

程伯若有所思：“老奴正想与娘子说此事。”

正在这时，东明观的几位道士来了：“嘿嘿，王公子，你自昨晚起便怪汗频出，是不是跟那碗火玉灵根汤有关？”

滕玉意将剑收入鞘中笑道：“叫诸位上人看出来了，这汤妙处无穷，怎奈太难克化。”

“贫道瞧程伯教你的这剑法就不错，就是太慢。”

“慢？”

见天笑嘻嘻地道：“贫道算是看明白了，王公子现今的境况，好比匠人栽花，本该掘得够深，却只将根茎埋入浅层中，纵使花叶繁茂，但只要经脉一日不通，就一日不能从泥土中汲取养分。为今之计只能把土掘得更深些、根埋得更牢些，否则这汤对你毫无益处。不过照你现在这个练法，起码要十来日的工夫才能打通大脉。”

滕玉意想了想，五道所言虽未全中，但也去之不远。

她用剑柄轻轻敲着掌心，缓缓踱了几步：“十来日就十来日。学武本就不是一朝一夕之功，我既决定好好习武，就做好了常年习练的准备。”

见天摇摇头：“王公子既不懂武功，也不通道术，难怪把事情想得如此轻巧，这‘慢慢来’的练法只适用于别的修习内力之法，换成道家的灵草却行不通喽。”

滕玉意脸上笑意一凝。

见乐笑眯眯地道：“诸事讲究机缘，道家的灵草也一样，这东西不肯屈就，往往数日便要在体内安家，若成了，便是‘善贷而成’；若不成，便是‘道竽非道’。总而言之，要受用这七八年的功力，势必要付出一番代价。贫道虽不知火玉灵根限定的日数是几日，但它决不会给你机会慢慢克化的。”

滕玉意额角一跳：“超过时限又如何？”

“后果怕是很严重啊。”见乐摇头喟叹，“昨晚我们因为喝了火玉灵根汤，特将包袱里的《药经》翻出来查过，每种灵草药性不同，时限从三日到七日不等，若是不能在期限内克化，轻则犯头风，重则变聋或是变傻。”

滕玉意手指微蜷，昨晚她也瞄过蔺承佑的那本小册子，五道这所谓“变聋变傻”她是一个字都不信，但他们的话也有一定道理，这种灵草药性霸道，可能真没时间让她慢慢克化。

看来她不想长热疮的话，只能尽快换道家的剑法来练了，但她并非道家中人，如何才能学到货真价实的剑法？

看了看五道，她心念一动，换了一副和悦的神色，谦虚地道：“在下听明白了，既是道家的灵草，自然要用道家的招式来克化。诸位上人道法高妙，不知可愿意指点迷津？”

“这个嘛……”见天装模作样地捋了捋须。

滕玉意和程伯飞快地对了个眼色，五道一贯贪财，故意做出吞吞吐吐的样子，怕是又在打什么歪主意。

忽听绝圣和弃智远远喊道：“王公子、程伯、霍大哥，原来你们在园子里。”

弃智怀中抱着一样东西，大约是胡饼之类的物事，人还没到，香味先随风飘了过来。

五道一哄而上：“可算回来了！查到凶手是谁了吗？什么东西这么香？哇，饽饠！”

滕玉意趁机道：“几位道长是不是还没用午食？”

五道一说起这个就来火：“从昨夜到今日晌午，彩凤楼就没消停过，听说光是厨下，世子就带人搜了好几轮，如今东西都翻乱了，厨娘们正忙着归置东西。方才贺明生说了，最快也要傍晚才有吃食。”

滕玉意点头：“正好霍丘要出去替我买东西，让他顺便再捎带买些荤食吧，此处还算僻静，诸位上人不如到那边凉亭坐坐。霍丘，你走之前去我房里取几瓶罗浮春来。”

过了片刻，霍丘取了酒和鹿酢之类的小食来，一行人便坐在凉亭里且酌且聊。

见天远远眺望着南泽和红香苑的方向，晌午日头正好，园中春意方盛，然而两处厢房都冷冷清清，竟无一个小娘子出来闲逛。

“经过昨晚这一出，怕是没人敢出来乱跑喽。先前青芝死的时候，大伙还能自欺欺人，但昨晚姚黄可是在众目睽睽之下被人杀死的，只要想到身边蛰伏着一个杀人不眨眼的凶徒，任谁都会栗栗自危吧。”

滕玉意问绝圣和弃智：“那枚香囊的绣工和布料不凡，去附近的布料行应该能打听到些什么。查到什么线索了吗？”

绝圣头摇得像拨浪鼓：“师兄没等我们坐下就把我们轰走了。”

见天道：“说起那枚香囊，凶手怕不是个疯子，丢在路上不好吗？居然在我们眼皮子底下藏东西，只怪那时候大伙的心神全在葛巾娘子和姚黄娘子身上，满满一屋子的人，竟无一人察觉凶手的举动。”

“没准是哪位相好的郎君送的，故而舍不得丢。”

见喜做出个牙酸的表情：“乐乐，你都一大把岁数了，怎么脑子里还是这些痴儿呆女的事？凶手就不能是怕香囊上的针脚和丝线出卖自己吗？”

滕玉意笑了一声。

见喜和见乐齐刷刷把目光投向滕玉意：“王公子若是有别的高见，不妨说来听听。一枚小小的香囊，老道就不信王公子还能说出别的花样来。”

滕玉意搁下酒盏：“假如在下说不出别的花样，我房中的二十瓶罗浮春全赔给五位上人如何？可如果在下说得有理，五位上人得答应在下的一个要求。”

五道高兴得搓起了手，罗浮春可是江南名酝，若能放怀痛饮，一定会快活得神仙也不及。

打赌就打赌。

“好！就依王公子所言。”

滕玉意正色道：“早上找出那枚香囊时诸位道长都看得明白，那里头藏了数十枚毒针，虽说我不知道姚黄娘子中的是什么毒药，但从她被暗算到毒发都一无所知来看，那些毒针必定经过一番悉心设计，凶手宁愿冒着被识破的风险也要藏下这枚香囊，为何就一定是冲着香囊本身，就不能是舍不得里头的毒针吗？”

五道嘴角一抽，马上改口道：“其实这个老道早就想到了，只不过方才喝酒喝得兴起，一时忘了说而已。”

他们一眼瞥见绝圣和弃智鄙夷的神色，忙又道貌岸然地说：“罢了罢了，愿赌服输。王公子说说吧，你又要我们替你做什么？”

滕玉意把落在肩头的皂条往后一扬：“我的要求很简单。只需请五位上人教我一套道家的招式，让我能在三日内克化火玉灵根汤就行了。”

见天眯缝着眼睛：“鄙观自建成以来，从不收女弟子。这可是祖师爷的规矩，吾辈不敢私自篡改。”

滕玉意叹息：“本来还想把二十瓶罗浮春送到小佛堂做谢礼，看来不必了。两位小道长瞧见了吧，东明观的前辈也会出尔反尔。”

五道腮帮子一紧，忙改口道：“王公子莫要动怒。师兄话才说了一半，东明观从不收女徒弟不假，但没说不能扶倾济弱。王公子如今身有急难，吾等岂能袖手旁观？”

“对对对，只要王公子学会之后不对外人说起，教你些简单招式也无妨。”

滕玉意起身一揖：“请诸位上人放心，在下本意并非觊觎贵观的剑术，只要能顺利练通经脉，不该说的绝不会多言。在下昨晚喝的汤，算来剩下的日子已不足三日，既然诸位上人答应了，不如现在开始练？”

她边说边要拔出小涯剑，见仙忙拦道：“哎，先不忙，让我们几个先商量商量，到底哪套招式最容易上手。”

这一商量就是小半个时辰，等桌上的罗浮春喝得差不多了，见天才咂巴着嘴道：“鄙观以剑术为长，王公子既是初学，不如就从招式少的剑术学起。”

“共有多少招？”

“不多，三十六招。”

滕玉意一口酒险些喷出来，克厄剑法才十招她都招架不住，三十六招她要学到何时？

“王公子别这么看着我们，这套招式名叫被褐剑法，是所谓‘身被褐，心怀玉’，讲究遵养时晦，是出了名的隐士剑法，招式虽多，但简单易懂，不信你问问两位小道长。”

绝圣和弃智点了点头。

滕玉意信不过五道，却信得过绝圣和弃智，见状放下心来，兴冲冲地拔剑道：“好，就是这套被褐剑法了。诸位上人，我们马上开始吧。”

五道一字排开，摆好架势教了两招，就有两位大理寺的衙役过来道：“请各位速速回房。”

“我们在后花园切磋武艺，又不碍旁人的事，这也要管吗？”

“蔺评事说了，无他准许，今晚谁也不许在外乱走。”

五道一愣：“是出了凶杀案的缘故吗？可是我们并非彩凤楼的人，只是临时在此帮着收妖。”

“属下只是奉命行事。”

滕玉意询问衙役：“成王世子这么安排，是不是担心接下来还会有人出事？”

五道愕然回头：“此话何意？”

滕玉意收剑回鞘：“我们方才揣测过，凶手舍不得丢掉香囊，兴许不是因为香囊，而是舍不得里头的毒针。你们想想，此人留着毒针要做什么？”

“毒针还能干什么，自然只能用来害人。”

绝圣和弃智打了个寒噤：“凶手还要杀人？”

忽听那头有人笑道：“此处好热闹。”

绝圣和弃智忙迎过去：“师兄，五位前辈不能在房里禁足，他们答应了教王公子剑术，这才刚起头。”

五道也嚷道：“是啊是啊，要是就此打住了，剩下的招式就别想在期限内教完了。”

蔺承佑一点儿也不奇怪滕玉意能说服五道答应传艺，想来无非是威逼利诱那一套。这剑法也算极对滕玉意的路子，真要练通了，算她自己有本事，于是他对两名衙役道：“你们先回前楼吧，他们几个我另有安排。”

见天灵机一动，趁势对滕玉意道：“王公子，其实鄙观的被褐剑法不算什么，桃花剑法才是天下最简易的道家剑术，不过那根本不算外家功夫，精妙处不在招式，而在于心法。听说当年有位得道高人在终南山隐居时，常携病弱的夫人在山中采撷草药，夫人不会武功，却甚通医理，在山中住得久了，偶尔会误食灵草。那位前辈为了帮夫人克化，就想出了这套桃花剑法。听说无须武学基础，聪敏的只需一遍就能学会，纵算愚鲁些，半个时辰也够了。”

滕玉意正头痛如何在两日内学会三十六招，听了这话眼睛立刻闪闪发亮：“何不教这套？”

见乐惆怅地摇头：“这剑法据说早就失传了，直到多年前渤海国一位王子前来朝贺，这剑谱才重新现世，料着现在不是收在宫里，就是放在了青云观。两位小道长，你们学过这剑法吧？”

“听是听说过，”弃智觍然道，“却未曾学过，不过这本剑谱一直放在观里，师兄应该早就看过了。”

见天趁机忙道：“世子这不是来了吗？王公子，要不还是让世子教你桃花剑法吧？”

教剑太累，何不把这件事抛给蔺承佑，横竖火玉灵根是蔺承佑弄来的，滕娘子不小心误服他也有一定责任，蔺承佑不帮她克化谁帮她克化？

这话一出，滕玉意和蔺承佑神色同时古怪起来。

滕玉意心知蔺承佑绝不可能教她剑法，五道突然出这馊主意，摆明了是想把她甩出去。

蔺承佑却在想：五道是存心的吗？他们真不知道桃花剑法的别名？他回想剑谱上的招式，余光瞥了下滕玉意，让他那样教滕玉意？这怎么可能？

“世子，如何啊？”见天说，“桃花剑法可比被褐剑法易学多了，由你亲自教王公子，保管她很快就学会。”

蔺承佑笑了笑：“王公子既然已经开始学贵观的被褐剑法了，就别再三心二意了。我刚才瞧了，王公子悟性奇高，早些操练起来，两日学会不在话下。”

话虽这么说，但他也知道滕玉意未必能在这么短时间内学会剑法，万一克化不动，很有可能会长热疮……

大不了他去宫里替她弄瓶玉颜丹好了，上年太子长了一脸热疮，因为涂了玉颜丹，脸上一点儿痕迹都没留下。据说此药还可以消除陈年的浅疤。可惜这药被收在皇后手里，他要是替滕玉意去讨药，还得事先想好说辞才行。

滕玉意料定蔺承佑不肯教她剑法，听了这话丝毫不觉奇怪，只冷声道：“诸位道长，再磨蹭下去可就天黑了。”

见天知道他二人的性子，怕再闹下去不好收场，只得冲几个师弟摆摆手：“教吧，教吧。”

见乐和见喜“哼”了一声，才拔剑：“王公子，第三招看清楚了！”

见天留在原地，笑嘻嘻地对蔺承佑道：“先前那衙役说连我们也要禁足，把贫道吓了一跳，还好世子另有安排。”

蔺承佑：“我说另有安排，不是说前辈们不必在房中禁足，而是另给你们换一处禁足之地。”

五道一下子炸了：“世子这是何意？你怀疑我们是凶手？别忘了我们是被你临时抓来捉妖的！”

蔺承佑摸摸耳朵，吵死了，平日总嫌绝圣和弃智聒噪，跟这些老道比起来，绝圣和弃智简直称得上闷嘴葫芦了。

他气定神闲："能不能先让人把话说完啊？昨晚在楼里的人，个个都有嫌疑。禁足之举既为尽快查清线索，也是为了保护诸位道长。"

五道半信半疑。

蔺承佑瞟了不远处的滕玉意一眼："王公子方才不是分析得头头是道吗？凶手没准还会在楼里杀人，倘若楼中人个个行动不受拘束，凶手也可以自由在楼中走动，如不禁足，谁也不知道下一个会轮到谁遇害。"

五道想起姚黄的死状，不由得打了个寒噤："我们与凶手往日无冤近日无仇，杀人总要有个缘故吧？"

蔺承佑拉长声调："禁足嘛，也就是这两日，最迟明日傍晚我会令人把彩凤楼的人送到大隐寺的悲田养病坊，严司直会专门带人将他们看管起来，到时候彩凤楼里只有我们几个，自然可以随意活动了。等这边收了妖，我再令他们搬回来。"

绝圣和弃智吃惊地道："师兄，这又是为何？"

见天道："想是彩凤楼很快就会大乱，你们师兄一旦忙着捉妖，就没法分神留意楼中人的异举了，他不想让凶手再趁乱害人，只能把妓人们先送出去。"

"那为何不把王公子等人送走？尸邪的猎物只有三个，彩凤楼却有上百人，干脆挪走这三个，我们只需同行相护就可以了。"

蔺承佑仰头研究天色："彩凤楼内外布了阵，连镇压二怪的阵眼都是现成的，昨晚绝圣和弃智已经打扫过一遍了，上哪里再去找这么好的捉妖之地？反正滕将军和杜家人目下也在大隐寺避难，不如把彩凤楼的妓人送过去，由大隐寺的和尚一并照料，省得我们两头分心。"

"明日傍晚就让妓人们搬吗？会不会太急了些？"

"要不是容纳上百人的住处一时不好找，我巴不得这些人今晚就挪地方。"蔺承佑指了指头顶的天，"前辈们抬头看看天象吧。"

五道仰头一看，登时面色发僵。滕玉意好奇之下，也把目光投过去，本该是白昼当空，此时天际却有一颗孤星冉冉上升，阴霾浓厚绵延万里，一眼望不到尽头。她虽不懂天象，但也觉得那颗孤星出现得突兀，乌云周围镶着耀眼的金边，一寸一寸朝孤星涌去。

见仙死死盯着上空："你们看那云翳，像不像……？"

蔺承佑："没看错，就是九三爻。"

五道脸上齐齐闪过慌乱的神色：“此爻身为阳爻，却为阴霾所围，正是大凶之兆[①]。哦，老道明白了，那哪里是孤星，分明是妖气，可是好端端的，哪儿来的大妖？”

蔺承佑面色稍稍严肃了些：“前几日长安城内外之所以太平无事，是因为二怪在闭关养伤。现在它们出关了，天象自然有异，而且二怪休养这几日，妖气居然能直冲霄汉，可见金衣公子的功力又长了不少。”

“不对啊，尸邪是不死不老之躯也就罢了，禽妖可没这个本事，上回金衣公子被师兄的金笴射中后血流如注，照理说即便保住性命也会功力丧尽。”

见喜心烦意乱地揪了把胡子：“说明我们先前没猜错，二怪就是在合练某种秘术，所以金衣公子伤重之后妖力不见弱，反而暴长不少。”

蔺承佑左右扫了两眼：“前辈们这下明白了？现在可没闲工夫让你们饮酒取乐。先前我只当金衣公子不中用了，布阵时以对付尸邪为要务，现在看来九天降魔阵远不够用，因为这阵法克邪却不制妖。”

众道早把教滕玉意剑术的事给抛到九霄云外去了，忙不迭地围住蔺承佑，七嘴八舌商量起法子来。

滕玉意眼看学不成了，只得回到亭中给自己斟了杯酒，静等五道吵出个结果。本以为蔺承佑这边已经胜券在握，哪知又有变故，她越往下听，心越乱。只要想到尸邪视她为猎物，她就没法置身事外。

她透过杯沿上方默默观察着众人，口虽未开，一双眼睛却是晶光发亮，末了她眨了眨眼睛，放下酒盏道：“在下听明白了，现在的阵法只能困住尸邪，却防不住金衣公子的一双飞翅。既如此，为何不分而治之？”

众道把视线齐齐转过去：“何为分而治之？”

滕玉意正色道：“二怪虽然沆瀣一气，但害人的本性不改，遇到自己想要的，二怪必然会分心，比如尸邪一心要剜猎物的心，金衣公子据说害人时也有自己的癖好。既如此，何不在它们进彩凤楼之际先用猎物把它们各自引开？如能率先除去一怪，另一怪也就好对付得多了。”

见天道：“话虽没错，但这样做有个弊端，就是要将人手分成两拨，一拨困住

---

① 此处卦象分析出自《易经》。

尸邪，另一拨围攻金衣公子。可一旦分作几拨，道力也就相应不足，到时候别说分别击破二怪了，我们只会死得更快。”

绝圣和弃智忙问：“师兄，能不能从别的道观再抽调些人手来？”

蔺承佑道：“抽不了，为防备二怪残害百姓，各道观的道士和大隐寺的和尚近来在街衢巷陌中日夜巡逻，但也只顾得上城内，城外却顾不上，倘若再抽调些人手过来，城里怕也顾不上了。”

滕玉意道：“我的话还没说完呢。要分而治之，未必就一定要分作两拨。你们忘了，尸邪虽然邪力无边，但也有个致命的弱点。只要利用这个弱点先把尸邪困住，是不是就能腾出手来专心对付金衣公子了？”

蔺承佑这才抬眼看向滕玉意。

他笑问：“依王公子之见，如何困住尸邪？”

滕玉意道：“上回几位上人就说过，尸邪为了连人带魂一并摧毁，匆心前往往让猎物痛不欲生。在惑乱卷儿梨时，它扮作了卷儿梨的亡父。在对付我时，它又扮作我阿娘……如今猎物共有三个，等它闯入彩凤楼，连它也没法预料自己会先遇到哪一个，但它又不会放弃这种折磨人的把戏，你们猜它会如何做？”

弃智一怔：“它会临时变换模样？”

滕玉意缓缓摇头：“上回它为了害我，特地先去正房偷我阿娘的衣裳，可见它无法变换模样，扰乱的只是猎物的心智而已，有时为了让猎物有亲临其境之感，甚至需在穿戴上做些改变。或许是因为这个，它偷走了我阿娘好几件衣裳。”

见乐眼睛一亮：“王公子，我明白你的意思了。尸邪若是准备不足，就没法用幻境把猎物折磨得心智涣散，而这正是它绝对无法忍受的。所以此次它为求逼真，兴许会把偷来的这些衣裳也带上。”

滕玉意“嗯”了一声：“我猜它为了能一击得手，事先就会装扮好，至于它第一个要害的是谁，从尸邪露面时的穿着打扮就知道了。若是胡人打扮，多半第一个要害卷儿梨，若是扮作我阿娘，那就是冲我来的。”

蔺承佑听得挺认真，滕玉意平日不见得肯热心出主意，今天一改常态，莫不是怕他对付不了二怪才如此？这世上有他降服不了的妖怪吗？

见喜兴奋地搓了搓手：“王公子说的有道理，知道它第一个要害谁就好办了，我们有‘扼邪大祝’，只要让那人预先在阵中等着，把尸邪引入其中并不难，而一旦困住了尸邪，就能专心对付金衣公子了，到时候速战速决，不给二怪联手的机会。”

弃智挠挠头："可这样也不对呀，尸邪行动何其迅速，就算能看清它的装扮，也没法及时传递消息，稍晚一步的话，就没法把第一个猎物带到扼邪大祝阵中等尸邪上钩了。"

蔺承佑从怀中取出几根令箭样的物事："这两根令箭鸣声各不相同。假如只响一声，说明尸邪穿着胡人衣裳，你们莫要耽搁，马上把卷儿梨带到扼邪大祝的阵中央去。如果响了两声，说明尸邪穿着上回从滕府偷走的滕夫人的衣裳，你们就把滕娘子引到扼邪大祝阵中去。这阵法够你们拖延一阵了，到时候金衣公子由我来对付。"

众道夺过令箭："哎哟哟，原来世子早就有对策了，为何不早说？"

蔺承佑面无惭色："昨晚出了点儿变故，原定的计划也有变。这个先不提了，墙内外已经埋下了十来张金罗网，这东西困不住尸邪，但能叫它皮开肉绽。尸邪为了不吃痛，必定会绕开埋有金罗网的地方，彩凤楼内外唯一未埋金罗网的地方，就是这棵树下了。"

蔺承佑往前一指，滕玉意顺着看过去，正是昨晚她练功时蔺承佑躺的那棵槐树。看来他昨晚鬼鬼祟祟猫在树上，并不只是为了跟踪葛巾。

蔺承佑走到树下负手往上张望，淡金色的春光从树叶间洒落下来，为他的面庞蒙上一层柔和的光芒："到时候尸邪一定会从此处闯入彩凤楼，我提前在树上等候，只要尸邪一露面，立刻释放令箭。"

弃智忍不住道："师兄，是不是漏了一根令箭？葛巾娘子呢？响三声吗？"

蔺承佑摸了摸弃智的脑袋，臭小子有点儿长进，还知道漏了一根。他从怀中摸出一根令箭对五道说："我说的变故就是这个，本来三声呢，是指的葛巾没错，但现在不行了，如果听到了三声，别动葛巾，把卷儿梨和滕娘子一起带到扼邪大祝阵中去。"

绝圣奇道："这是为何？"

"动动脑筋想一想，不论葛巾从前的心魔是什么，经过昨晚这一遭，也早就换成害她毁容的姚黄和青芝姐妹俩了。尸邪好一阵没见过葛巾了，来时并不知道这一点，但凭它窥伺人心的本事，只消跟葛巾一碰面就会知道原来的幻境行不通了，除非它临时再扮成葛巾最恨的姚黄或是青芝，可准备不充分容易失手，远不如直接调换目标容易。"

见天眉头一跳："那么它会改而攻击滕娘子呢，还是去找卷儿梨？"

"这我可猜不到，干脆把二人一起带入阵中好了。"

五道大惑不解："两个一起的话，尸邪一看就知道我们在设局，压根儿就不会往阵法里走了。"

蔺承佑答得很笃定："不，尸邪一定会上当。你们跟尸邪交过几回手，还不知道这东西的习性吗？它喜欢玩弄人心，喜欢掌控一切，它这次没能预料到葛巾的变故，势必懊恼万分，只要真动了怒，就难以集中精神使用邪力。"

"我懂了。"见喜转动脑袋看向身边的师兄弟，"它在大怒时是没法窥探人心的，到时候滕娘子和卷儿梨装作惊慌失措跑入阵中，尸邪看不出真假只能上当，我们趁它邪力尚未恢复时启阵，还怕它逃得了吗？"

众人脸上的沮丧感一扫而空："这算是以其人之道还治其人之身了。"

说话间，五道对眼前这个傲睨万物的少年已是心服口服，不知不觉以蔺承佑为中心，形成了一个团结紧密的圆圈。

滕玉意暗暗撇嘴，先前蔺承佑一个字都懒得说，为何突然就滔滔不绝了？不过她不得不承认，虽说蔺承佑总是一副"老子天下第一"的嘴脸，但不经意的一个瞬间，会让人产生一种他能擎天架海的错觉。

见天高兴了一阵，忽又道："世子，说了这半天，只说了如何把尸邪从金衣公子身边引开，那么金衣公子呢？"

蔺承佑闻言一笑："它？倒也不用太麻烦，只需要把这只禽鸟烤熟了就行。禽妖属金，火克金，它那双翅膀不怕别的，最怕火燎。"

见天恍然大悟："世子这是要做九天引火环烧灼金衣公子了？"

看样子蔺承佑所谓"换一个地方禁足"，指的是换到园子里。九天引火环并非阵法，而是设醮向火炼神君请三昧真火的符箓，设坛时需法力高深的道士合作，一人打醮，另一人护法。运气好的话，一个时辰足矣；运气不好，少说要七八个时辰。设坛时这两个人必须一直待在此处，哪儿还有工夫到处乱走？

五道刚要张罗起坛，猛然想起教滕玉意剑术的事，一下子去掉了两个，剩下三个岂不会活活累死？

"王公子，那个，你看……"

哪知滕玉意扳着手指头数了数："走了两位，就剩三位上人教我剑术了。唉，这下更艰难了，只学了两招，还剩三十四招未学，我喝了火玉灵根汤倒是不惧疲倦，就怕三位道长熬不住。"

话说到这份儿上，五道一句话都憋不出来了，因为羞耻感哽在喉咙里，生生堵回了他们的下文。

他们武功个个不差，滕玉意却一天功夫都未学过，他们可以轮流休息，滕玉意却需一个人从头学到尾。连滕玉意都不嫌累，他们倒因为嫌累不干了，究竟是承认自己无能，还是承认自己喜欢出尔反尔？

见天身为五人当中的大师兄，率先沉起了脸："王公子这是什么话？不就是一套被褐剑法吗？别说三个人来教你，哪怕只有一个人也能把你教会。"

滕玉意笑眯眯地点头，这还差不多。

她眼梢瞥了下蔺承佑，发现他正谑笑地看着她。她探究地回视蔺承佑一阵，确定他没有要插手的意思才松懈下来。

"见喜、见乐，你们留下设醮。"见天拔剑出鞘："老道先来两招，王公子看仔细喽！"

滕玉意朗声应了。

不一会儿，两名衙役过来了，来了之后并未说话，只远远站在一边。

程伯径自上前含笑攀谈，过片刻后返回："说是奉世子的命来保护园中的人。"

见喜气不过："看见了吧，看见了吧，蔺承佑这臭小子，嘴上说要保护我们，心里还是存着疑，这是把我们当成凶犯看起来了！"

见天摆摆手："其实也怪不得他，换我也起疑心。青芝的尸首被发现那日，那口井周围分明有些不对劲，如果青芝是被人用偏门的邪术害死的，这楼里除了我们，还有谁懂作法？"

蔺承佑并未直接回前楼，而是先去倚翠轩和红香苑转了一圈，眼看两处的妓人和假母都紧闭门户，廊道上也各有两名衙役看守，便径直去了青芝的房间。

青芝住在倚翠轩西侧一排不起眼的耳房里，一间房共有四个婢女。青芝出事后，另外三人也搬到别处去了。

蔺承佑让绝圣和弃智在门外候着，自己进了房间。其实他之前已经来搜过好几轮了，现在闭上眼睛都能说出屋子里的陈设。

房里除了四张木床，别无像样的陈设。青芝的床榻在最靠里的南侧，床与床之间用灰扑扑的粗布帘子隔开，因为并无窗户，角落里有些阴暗。

蔺承佑蹲下去在床板下面摸索，摸了一会儿又点开火折子，借着火光查看床板。

绝圣在外头好奇地张望："师兄，你上回突然用浴斛来试楼里的伶人，就看出青芝是被邪术害死的吧？师兄，你最开始是不是误以为那是尸邪的傀儡做的？"

蔺承佑的视线在床底下移动："是这么想过，但一来楼里的伶人都试遍了，没人有中邪的迹象；二来从姚黄的死来看，青芝就是被人蓄意害死的。此事跟尸邪无关，凶手分明是个懂邪术的活人。"

绝圣白着脸道："我和弃智情愿相信是尸邪操控傀儡做的，也不愿意相信凶手是彩凤楼里的人。师兄，我们也在此地住了些日子了，楼里的妓人和庙客个个和善，光从平日相处的光景来看，实在没法把他们跟凶徒联系起来。"

蔺承佑"哦"了一声："坏人会在自己脸上写字？你们出来历练这么久，面善心恶的人还见得少了？仁心善念用错了地方，当心误人误己。昨晚叫你们在阵眼里好好打扫，可发现了什么？"

弃智一凛："每个角落都扫过了，阵眼应该是百年前东明观那位祖师爷精心选的，底下连两个龛室都挖好了，可惜唯一的陀罗尼经幢上回也被金衣公子毁成齑粉了，如今阵眼里了无残迹，也不知道东阳子道长最后是怎么把二怪打入阵眼的。"

蔺承佑道："这些我都知道了，我让你们细细打扫阵眼，说的不只是地下，那座莲花净童宝像、周围的梁柱也都不能落下，扫了一晚上，就没找到别的？"

绝圣和弃智忙道："正要跟师兄说呢，神像和香案附近异常干净，应该是经常有人来打扫。"

蔺承佑心中一动："干净到什么程度？"

"连层灰都没有。"

蔺承佑略一迟疑，从园子里那几处水池来看，负责打扫的下人并不勤快，否则水里不会漂满了残枝败叶。外头都如此敷衍，冷僻的小佛堂照理也不会勤加打扫，不过彩凤楼常有鬼祟之事，楼里的人出于对神明的敬畏自发前去打扫，倒也说得过去。

"此外我们还在香案下的一块地砖上发现了一个印记，这印记很浅，藏在香案后头，别说师兄你们平日发现不了，我们就算趴在地上瞧也看不见，要不是弃智从阵眼里出来时不小心拱开了毡毯的一角，兴许就漏看了。"

"什么样的印记？"

绝圣从怀里掏出一张符纸："豌豆大小，形状说不上来，有点儿像星芒，又有点儿像妇人们戴的珠花。"

蔺承佑接过手中一看，霍然起身。

绝圣和弃智诧异地互望一眼。

蔺承佑面色古怪："难怪你们不认识，这叫七芒引路印，是一种很偏门的招魂术，把人的魂魄拘来，除了问幽冥之事，往往还有凌虐之举，说起来有损阴德，历来为正道名流所不齿。”

弃智打了个激灵：“人都死了，纵有天大的仇怨也该消了呀，为何还要凌虐鬼魂？”

绝圣“啊”了一声：“听说自从那对彩帛行的田氏夫妇死后，这楼里就总闹鬼，不对，自从田允德的小妾被戚氏逼死后就不太平了。那人明知道楼里鬼祟多，就不怕招来的是厉鬼吗？厉鬼被凌虐得狠了，极容易反噬到施术人身上啊。”

“敢用这样的邪术，当然有把握不会出错。”蔺承佑冷笑两声，“你们在毡毯底下发现的？”

两人点头。

“估计是那人作法时不小心烧坏了，没来得及换地砖，不巧又赶上我和东明观道士住进了小佛堂，那人就更不敢轻举妄动了。”

这事越来越有意思了，原来早在两桩人命案之前，彩凤楼就有人兴风作浪了。

绝圣突然冒出个念头：“师兄，青芝也是被邪术害死的，她被杀会不会是因为发现了什么？”

蔺承佑没说话，埋头把床底下仔细看了一遍，无奈一无所获，只好拍拍手上的灰起了身。

他出来后依旧不往前楼去，而是拐去了红香苑。姚黄房间门前有位衙役在看门，蔺承佑冲那人点了点头，绕过衙役进了房。

姚黄的房间与葛巾的房间格局一致，但摆设略有不同。榻前一架六曲山水屏风，矮几上摆着平托八斗金镀银瓶，乍眼看去琳琅满目，但贵重的物件没几样。

镜台前本来有个妆奁盒，今晨已经被送往大理寺了。

箱箧、书架、床脚……蔺承佑看的不是明面上的东西，而是暗处的痕迹。

凡是在房中施用邪术，难免会留下点儿东西，或是钉痕，或是烙印，或是短剑扎过的刻痕，奇怪姚黄和青芝的房里都干干净净。姚黄还好说，毕竟是中了腐心草的毒而亡的，青芝可是在死前七八天就开始做噩梦，如果有人用邪术对付她，又是在何处下的手？

蔺承佑想了想，扭头看向床旁的那扇月洞窗，望见窗外粼粼的波光，心中忽然一动。

对面是葛巾等人住的倚翠轩，而两排屋子中间，隔着一个碧汪汪的水塘。

日头开始偏西了，橘色光线落在水面上，折射出万点细碎的光芒，四下里光线耀眼得惊人，煌煌有如一面巨大的金色镜子，别说刀痕烙印，连灰尘有多厚都能照见。

蔺承佑目光沿着栅格往上移，窗内、窗外皆没有异样，于是两臂攀住窗沿，他探出半个身子往上看，把窗屉顶端都摸了一遍，连头发丝都没发现一根。

蔺承佑只好缩回身，胳膊不小心碰到右边的窗棂，发出很轻微的“咔嗒”声，他耳力过人，当即转头一看，蓦然发现右手边的窗台上有一块颜色比别处鲜亮些，像是朱红的漆面褪了色，重新髹漆过。

他俯身细看，那地方表面上与窗棂浑然一体，只不过颜色略有变化，换作夜间或是阴天，未必能察觉，难怪昨夜和今早好几班人搜查都没发现这地方不对劲。

蔺承佑嘴角露出一点儿谑意：“藏得够深的。”他用手触了触，木板能上下推动，取下玉带上的匕首一撬，“嘎吱”一声，木板倒在了窗台上。

木板背后藏着个小暗龛，暗龛里有个小小的彩箧，表面上用木板一挡，任谁都发现不了端倪。

蔺承佑把彩箧取出，看见里头盛放着几镒黄金和一些珠玉玩件。

听说平康坊的妓人们颇受管束，平日不论得了什么赏赐，必须上交给假母和贺明生这样的主家，胆敢私藏的话，逃不掉一顿打骂。妓人们为了自己的日后做打算，少不得做些阳奉阴违之举。

从这个暗龛就能看出，姚黄当了这几年都知，在私藏东西这一块已经颇有心得。

彩箧里的玩件比摆在房中的要珍异许多，什么玉如意、珊瑚串、琥珀杯，乃至肉麻兮兮的诗笺情诗……应有尽有。

一堆珠光宝气的物件中，唯有一个褐色的小东西极不起眼。

他就着窗口耀目的阳光打量，是个核桃摆件，尺寸只有拳头大小，从背面看是普普通通的核桃壳，翻过来却另有乾坤。核桃壳被削去了半边，里头搁着一艘船，船舷、窗栏、桅杆一应俱全，窗扇能推开，长橹能摇动，活像真人真船缩小了一般。

船轴上坐着两个少女，一个略大些，另一个略小些，两人穿着一模一样的衣裳，亲昵地倚靠在一起，从相貌和神态来看，俨然是一对姐妹。

蔺承佑凝视小人的神态，模样虽看不清，但那份亲热活灵活现。看来不只青芝思念姐姐，姚黄也很思念自己的妹妹，也不知她从何处得的这半颗核桃，把它当作宝贝收起来不说，背地里还经常摩挲把玩。

蔺承佑颠来倒去地查看，发现核桃底端刻了一行字，上头写着：越州，丁酉年，桃枝渡口。

蔺承佑一怔，越州是姚黄和青芝的故乡，这个桃枝渡口也在越州吗?

他正思忖间，外头有衙役匆匆找来了："蔺评事，严司直回来了，说有要事找你，问你在何处。"

"知道了。"蔺承佑把核桃收入袖中，迈步出了屋。

他到了大堂一看，严司直正在大口大口喝茶，这人平日斯文体面，甚少有牛饮的时候，看来下午累得不轻。

"严大哥。"

严万春放下茶盏喘了口气："蔺评事说得没错，宫里那位妥娘果然是位神人。"

蔺承佑咳了一声，示意严司直噤声："到外头说吧。"

严万春定了定神，起身随蔺承佑到了庭外，找了一处较僻静的角落，再次开腔："妥娘看了凶手这枚香囊，说是越州那边织娘的手艺。"

蔺承佑笑容一敛。

怎么又是越州?

凶手也跟越州有关系?

"妥娘能认出是出自越州哪家绣坊吗？"

严万春："妥娘说越州产桑，坊间间针黹出色的绣娘不少，但香囊上的绣法叫流云滚绣法，经此法绣出来的花瓣和叶片像流动的水浪，针法可谓别出机杼。不过这并非独门绝技，越州擅此法的绣娘有数百名，光凭这个香囊，妥娘也看不出是哪家绣坊的。"

"越州都有哪些绣坊，这个妥娘总该知道吧？"

严万春从袖中取出一卷纸："这个我记下来了，越州大大小小的绣坊不下二十家，最出名的有三家，第一家叫小山翠绣坊，第二家叫桃枝绣坊，第三家叫越橘绣坊……"

蔺承佑一愣："等等，第二家叫什么？"

"桃枝绣坊。"

蔺承佑火速抽过严司直手中那张纸，与核桃上的"桃枝渡口"比对，然后猛地抬眼："妥娘可知道这第二家绣坊位于越州何处？"

严万春愕然："妥娘并未告知此事，适才我也忘了问。"

"这是我刚才在姚黄房中搜到的，你看看这行字。"

严万春接过核桃眯着眼一看，惊诧地“啊”了一声。

“这也太巧了，都是越州，都有‘桃枝’两个字。”

蔺承佑冷冷地道：“巧？世上哪有这么巧的事？一个是凶手的香囊，一个是七年前的物件，偏偏这对姐妹都死在了另一人的手里。”

严万春眉头越拧越紧：“会不会凶手七年前就认识这对姐妹？昨晚凶手冒死藏下这个香囊，是怕我们查到他与越州有关。不对，七年前姚黄都十岁了，理应对凶手有些印象。妹妹突然死了，姚黄早该想起什么。”

蔺承佑意味深长地道：“究竟怎么回事，往下查就知道了。”

他一面说，一面往厅中走。

严司直一惊，急忙撩袍跟上。

蔺承佑到了厅中，对衙役道：“告诉贺明生，立即把楼中所有人的卖身契都拿来。还有假母和一干庙客，让他们过来，我有话要问。”

衙役们急忙应了，过不多久，贺明生等人先后赶来了。

这几日贺明生也被勒令禁足，凡事都得亲力亲为，往日无论到何处都是前呼后拥，这刻却亲自抱着龙檀木匣子，估计是找伶人们的卖身契花了不少工夫，满头都是油汗。

萼姬和沃姬等人大约刚从床上起来，边走边整理裙裳。

这些人到了厅中也不敢说话，一双双眼睛不安地窥探蔺承佑。

蔺承佑撩袍在条案后坐下，先看贺明生。贺明生嘴唇一抖，笑呵呵地奉上匣子道：“所有人的卖身契和过所全在这儿了，一共有一百零七人，还请世子过目。”

蔺承佑笑着点点头：“我和严司直瞧瞧就还给贺老板。”

“世子随便瞧，彩凤楼出了这样的事，贺某还指望世子和严司直尽快把凶徒找出来。”

蔺承佑顺理成章就接过了话头：“那就请贺老板在二楼帮我们安排一间厢房吧，我和严司直想打听几件事，就……”

他随便指了指人群当中的沃姬：“从沃大娘开始吧，剩下的人在厅中略等片刻，问完了沃大娘就轮到你们了。”

“二楼有的是雅间。”贺明生扭头冲沃姬摆手：“沃姬，你带世子和严司直上楼吧。”

严万春吩咐两个衙役留下来看顾众人，同蔺承佑上了楼。他们进屋后，沃姬惴惴立在一旁。

蔺承佑和严司直把沃姬晾在一边，自顾自地翻找众人的卖身契。沃姬等了一会儿，越发心焦，吞了口唾沫道：“奴家冒死问一句，不知世子要跟奴家打听什么？”

蔺承佑快速翻完最后一份卖身契，这才把视线从桌上挪开。除了姚黄和青芝，没一个人的籍贯是越州，不过这也不意外，青芝的卖身契上也写着“荥阳人”，想是当年人牙子将青芝带到长安来卖时随便编的。

青芝的身契可以造假，别人的自然也能造假。

“你当年买下青芝时，就没发现她的身契是假的？”

沃姬一脸晦气：“说到这个就来火，奴家当年一口气买了五个孩子，青芝是最不起眼的一个，这些年也没出过什么乱子，哪能料到有人为了谋财胆敢伪造过所。”

蔺承佑讥诮道：“荥阳和越州两地口音悬殊，身契可以造假，口音造不了假，你就没听出青芝不是荥阳口音？”

沃姬叹气：“当时买的孩子多，奴家哪能留意这些？要不是出了这样的事，奴家连青芝是哪里的人都没留意。孩子们学东西又快，一大帮子人待在一处，不出几天就忘了自己的家乡话了。”

蔺承佑：“你买了青芝之后一直住在平康坊？彩凤楼没开张时你在何处谋生？”

沃姬干巴巴地笑道：“奴家在坊里赁了一处宅子，打算养几个孩子自己招揽客人，可是没多久南曲先后开了好几家名声大的妓馆，里头的娘子个个色艺双全，长安城的公子王孙都被她们勾走了，哪儿还能留意到旮旯角的小作坊？

“奴家没买卖可做，听说南曲要开一家长安城最大的妓馆彩凤楼，就带着孩子们来投奔了。奴家来时就与贺老板谈好了，他提供住所和膳食，孩子们都归他管，日后这些孩子出息了，无论赚多赚少，奴家只抽一成。而且奴家年轻时曲艺是一绝，帮着调教伶人绰绰有余。贺老板原本不肯答应，但当时彩凤楼一下子招不来那么多教习乐姬，他看奴家自愿帮着教曲，也就同意了。对了，萼姬她们也是如此。”

蔺承佑扣上盒盖：“彩凤楼开张已有大半年，你日夜待在楼中，可听说过谁是越州人？”

沃姬瑟缩了一下：“姚黄不就是吗？”

“除了她就没别人了？”

沃姬回答得很肯定：“没有。”

蔺承佑一嗤：“凶手就在楼中，倘若你知道什么却不说，下一个倒霉的指不定就是你。”

沃姬的声音颤了一下：“奴家好好想想，好好想想。”

她紧张地把两手绞在一起，绞得指关节都有些发白，末了无奈地摇头："奴家同大伙打交道算久了，真没听说过谁是越州的。姚黄倒是时不时提几句越州，但也没见谁接过茬。"

蔺承佑跟严司直对视一眼，干脆换一种问法："青芝平日经常出去走动，你可听说她最近在外头认识了什么同乡？"

沃姬怔然："这……青芝每回出去只买吃食，没听说过结识同乡。"

说到此处，沃姬脸庞陡然浮现古怪之色："不对不对，说到同乡，青芝那日不知怎么了，突然说自己跟前店主的小妾是同乡，这事奴家之前也跟世子提过，世子应该还记得。"

蔺承佑默了下，他当然记得，当初如果不是揪着这条线索往下捋，或许根本查不出青芝和姚黄的真实关系。

可那位姓容的小妾已经死了一年多了。

不单小妾死了，田氏夫妇也相继死了。

他只想知道楼里还有谁是越州人，为何又牵扯到彩帛行了？一年前就死了的三个人，怎么也跟一年后的凶杀案扯不上关系吧？

蔺承佑按捺心头的疑惑："好，那我就再问一遍，青芝当时是怎么跟你说的？"

沃姬道："不是她自己说的，奴家是听人抱怨青芝的时候得知的，说青芝总说疯话，公然说自己跟那个死鬼小妾是同乡，也不嫌忌讳。"

蔺承佑笑了下："可现在证明青芝说的不是疯话，她的确是越州人。青芝以前见过容氏吗？她为何知道自己跟容氏是同乡？"

沃姬神色有些不安，似在思量什么。蔺承佑跟严司直对视一眼，心里的疑团越滚越大。

"彩帛行在此地久负盛名，你们在平康坊住了这些年，就算没进店里买过东西，也应该听说过彩帛行的名号。你好好想一想，青芝可曾提到过容氏？"

沃姬忐忑地道："这孩子没提过容氏，不过我想她应该见过。"

严司直一震，本以为青芝说那样的话是为了哗众取宠，原来她真见过容氏。

他忙问："何时见的？在何处见的？"

沃姬以手抵着额角："彩帛行还在的时候，奴家常去光顾。彩帛行家大业大，雇的伙计也多，但田氏夫妇悭吝惯了，凡事都喜欢亲力亲为。田老板生得相貌堂堂，说话也动听，但戚氏那双眼睛像藏了尖刀似的，只消往你身上一瞧，就能知道你几斤几两。那阵子奴家手头紧，戚氏看奴家每回问得多买得少，脸上就淡淡的，奴家很瞧不上她那副刻薄嘴脸，闲暇时经常带青芝几个去店里给她添堵。

“有一回戚氏病了，容氏代她出来接待女眷。记得当时容氏嫁给田老板没多久，相貌生得美，人也和善，那日去店里的人格外多，田老板高兴坏了，但容氏才出来招待一小会儿，戚氏就在后头砸东西，听上去像在骂容氏，句句都很难听。田老板也不敢维护容氏，低声宽慰她几句，就催她进去伺候。”

沃姬说着顿了下：“回来后我那几个孩子还说，田老板家财万贯，为何那般惧妻？说话的那几个孩子里头就有青芝，奴家猜青芝就是那一回知道容氏是越州人的。后来奴家在街上又见过几回容氏，但容氏一下子憔悴了不少，听说戚氏经常打骂她，田老板又不在长安，再后来没多久，容氏就跳井死了。”

蔺承佑沉吟片刻：“青芝一定能听出容氏的越州口音。在那之后青芝有没有跟你提起过容氏？比如说自己在某处碰见了容氏，或是跟容氏说过什么话。”

沃姬很认真地想了想：“没提过，容氏死了之后，坊间间各种传闻都有，人人都说她是被戚氏害死的，还说彩帛行闹鬼。这些街谈巷议传到我那个小作坊，也没见青芝有什么特别的反应。”

沃姬走了之后，蔺承佑望着桌面出神。

彩凤楼看似跟彩帛行毫无关联，但每当查到点儿新线索，彩帛行就像浓雾中的一座孤岛，在某个不经意的瞬间，陡然露出一角。

原来青芝在一年多以前就见过容氏，而容氏恰是越州人。

巧的是，凶手的香囊也出自越州的绣坊。

难道彩凤楼和彩帛行之间真有什么瓜葛？

凶手认不认识容氏？

凶手杀姚黄姐妹，会与容氏有关吗？

蔺承佑看了看手里的香囊，又摸出那枚核桃，把两者摆在眼前，若有所思地摩挲着。

“严司直、蔺评事，”衙役把头探进来，“萼姬来了。”

萼姬进屋后垂首行了一礼，看蔺承佑面色还算和煦，便壮着胆子问：“世子，奴家听主家说，明日我们就得搬去大隐寺的悲田养病坊，此事可当真？”

“萼大娘有什么话想说？”

萼姬用帕子捂着嘴笑起来：“世子的安排必定周全万分，奴家只是想跟世子打听一下大约要住几日，若只住一两日也就罢了，要是住得久，奴家得叮嘱孩子们多带些换洗衣裳。”

蔺承佑不紧不慢地道："萼大娘凡事这么爱打听，应该知道不少楼中人的事，你可记得谁是从越州来的？"

萼姬眨了眨眼睛："奴家只知道姚黄是越州人，别人就不知道了。"

蔺承佑："萼大娘记性好得很，最好再好好想一想。"

萼姬干巴巴地笑道："恕奴家愚钝，还请世子明言。"

蔺承佑不动声色地打量萼姬，同为假母，萼姬比沃姬小几岁，为人也更机灵圆滑，听说贺明生平日颇器重萼姬，连彩凤楼的一些日常琐事都会交给萼姬打理。楼里的人和事，萼姬只会比沃姬知道得更清楚。

"彩凤楼共有四位假母。"他开了腔，"每位假母只负责管教自己的'女儿'，你并非魏紫和姚黄的假母，照理说对她们的私物并不清楚，但那晚无论是魏紫的靺鞨宝还是姚黄的四蝶攒珠步摇，你都一眼就认出来了，可见妓人们的这些琐事，样样都逃不过你的眼睛。"

萼姬脸色变了几变："奴家并非存心打听这些，只是姚黄和魏紫不比别人，她们是彩凤楼最出色的都知娘子，别说得了贵重赏赐，再小的举动都有人盯着，纵算奴家不探听，也会听旁人说起的。"

"'听说过'与'能对上'是两码事。"蔺承佑似笑非笑，"你可是连那几样东西的来龙去脉都能说出来，你手上的都知娘子也不少，如果不是格外留心，焉能记得这么牢？"

萼姬张嘴忙要自辩，蔺承佑笑道："你急什么？我这是在夸萼大娘记性好。"

他挑起桌上的香囊问："萼大娘见没见过这个香囊？"

他短短几句话，把萼姬吓出了一身毛毛汗，她下意识将身上那股自作聪明的劲儿都收敛起来，老老实实凑近一看，认出是早上在大堂里搜出来的那一枚，登时有些磕巴："这……这不是……"

"是。"蔺承佑直视着萼姬，眼眸幽黑若漆，像要看到对方骨子里去，"这是凶手之物，要想尽快找出凶手，这是最关键的线索。你好好想一想，往日可曾见谁用过此物？"

"不瞒世子说，"萼姬掏出帕子拭了拭头上的冷汗，"奴家记性是不赖，这香囊上的花色如此别致，若楼中有人用过，奴家一定有印象。但奴家敢肯定，以往从没见过这个香囊。"

蔺承佑提醒她："不单楼中的伶妓，客人和邻近之人也算。"

萼姬想了想，再次摇头："奴家真没见过，奴家知道轻重，都这个时候了，绝不敢有半句欺瞒。”

蔺承佑隐隐有些失望，沃姬说没见过，萼姬也说没见过，即便其中一个在撒谎，总不至于两个都说假话。香囊不是新做的，花色又打眼，如果连眼尖心细的假母都没见过，说明凶手很少在人前用这个香囊。

这就有意思了，彩凤楼已经开张大半年了，妓人们比邻而居，再谨慎的人也有露出破绽的时候，凶手竟藏得这么久……

蔺承佑顿了下：“我记得你们店主说过，后院那座小佛堂是洛阳一位高人看过之后建成的？”

“是。”

“你们平日会去小佛堂烧香吗？”

萼姬头摇得像拨浪鼓：“奴家从未去过，旁人也很少去小佛堂附近转悠。”

“这是为何？”

萼姬手抚胸口：“说来也怪，那座小佛堂说是建来镇邪的，但别说晚上，连白天也是冷飕飕的，晚上纵算点满香烛，堂里也是昏暗阴冷，人只要一进去就觉得浑身不自在。娘子们不敢在小佛堂附近走动，连我们主家也害怕，偶尔过去一趟，势必找十来个庙客相随。久而久之，大伙也都不去了。”

蔺承佑暗忖：小佛堂名为佛堂，实则用的是道家的如意降魔阵，布阵之人道行不低，阵法也规矩严整，如果不是匠作们在建佛堂时不小心砸坏了底下阵眼的基石，足可以保楼里平安。

坏就坏在匠作们砸坏了百年前镇压二怪的阵眼，导致大量阴气从阵眼中溢出，附近的孤魂野鬼有所感知，少不了前来游荡，人若到附近走动，当然会觉得阴森。而二怪吸纳够了邪气，没多久就破阵而出。

这一点，估计设阵之人也没料到。

“你见没见过洛阳那位高人？”

“没见过。高人来长安的时候，是别人负责招待的，奴家只知道他叫逍遥散人。”

蔺承佑哼笑：“可我已经派人找过了，洛阳没有一位叫逍遥散人的高人。”

萼姬哭笑不得：“世子快别提这事了，我们主家肠子都快悔青了。小佛堂建成后彩凤楼只清净了一阵，很快又开始闹鬼。主家没法子，只好亲自去洛阳找那个逍遥散人，结果连续去了两回，次次都扑空。主家气得跳脚，直说这道士是个骗子，否则怎会一收完钱就不见人影了？”

严司直奇道：“既然怀疑那人是骗子，你们主家为何不报官？”

“主家早就报了官，还托人去问县里的法曹，说那道士是洛阳的，行骗却在长安，这事到底归长安万年县管，还是归洛阳管？可没等主家问明白，后院就蹦出大妖，随即整栋楼都被封禁了，这事也就搁置下来了。”

蔺承佑沉吟不语，从小佛堂里的格局来看，那道士不像骗子。纵算匠作施工时不小心砸坏了地面，凭此人的功底过来做些补救并不难，为何他连面都不露了？

正因为逍遥散人没再露面，也就没人发现底下的阵眼被砸坏了。匠作们闯了祸不敢告诉贺明生，贺明生不懂道法看不出端倪，所以直到二怪都跑出来了，彩凤楼还夜夜笙歌。

小佛堂……小佛堂……蔺承佑在心里盘算，人人都对这座阴森的小佛堂避而远之，有人却利用这一点在里头施展邪术。

他的思绪定在小佛堂里香案下发现的那枚七芒引路印上。

七芒引路印邪门至极，只有晚间才能行事，作法时需全程无人打扰，小佛堂算是最好的场所。

凶手不想让人窥见自己的所作所为，巴不得人人都不敢去小佛堂……而为了万无一失，光一个“阴森”可不够，论理还应该做点儿别的。

蔺承佑心中一动：“萼大娘可曾听谁说起自己在小佛堂里撞过鬼？”

萼姬紧张地点头：“有有有，几月前就有人说过此事，后来接二连三有人撞鬼，奴家好像……好像也见过的。”

严司直古怪地道：“见过就是见过，没见过就是没见过，什么叫好像见过？”

萼姬一甩帕子：“因为奴家也闹不清那东西是人是鬼嘛。”

蔺承佑兴趣浓厚地问：“你见到的那东西长什么模样？”

萼姬畏惧地吞了口唾沫。

“大约两个月前，记得那日是十五，有几位外地来赴考的衣冠子弟到楼里喝酒斗诗，点名要听曲。奴家看他们模样还算斯文，就叫了卷儿梨和抱珠去伺候，说好了只奉曲吟诗行酒令，不伺候别的。郎君们也都答应了，哪知他们喝到半夜，席间有位郎君强抱着卷儿梨求欢，抱珠眼看要坏事，只好跑出来找奴家。

“等奴家赶过去时，卷儿梨衣裳都被撕坏了，那人喝得烂醉，脾气也大，被我们拉开时还愤愤地抽了卷儿梨几个巴掌。卷儿梨一身皮肉嫩得像清水做的，脸当时就肿了起来。

“奴家气得牙都要咬碎了，连哄带撵地把那几个人赶出去了。奴家好不容易脱身，再回头就找不到卷儿梨了。奴家知道这孩子面上不爱说话，心思重得很，受了这样的委屈，心里指不定多难受呢，忙和抱珠去寻她，哪知卷儿梨不在房里，只好又去园子里找。

“园子大，又是深夜，奴家想起后院有口井，唯恐卷儿梨寻短见，也顾不上鬼不鬼的了，一进去就跟抱珠分头去找。园子里一个人都没有，越往里走越僻静，走到小佛堂附近的时候，奴家忽然看见一个影子从里头蹿出来。”

萼姬说到这儿的时候，声音猛地一抖。

“奴家看见……奴家看见一个穿红衣裳的女鬼。”

严司直起了疑惑：“天色都那么晚了，当时你离得很近吗？不然为何连鬼的衣裳颜色都能看清？”

萼姬呆了一呆，仿佛不知如何接话。

蔺承佑嘴边露出一抹嘲讽的笑意：“萼大娘方才不是说了吗？那晚是十五。”

萼姬忙不迭地点头：“对对对，那晚月亮大，地上像撒了一层银霜似的，奴家忘了带灯笼出来，但也觉得四下里亮堂堂的。”

“看清鬼的模样没？”

萼姬头摇得像拨浪鼓：“奴家没敢盯着，那鬼又跑得快，只觉得眼前红影一闪，一霎儿就不见了。”

蔺承佑：“没看清模样，总该对高矮胖瘦有些印象，觉得眼熟还是眼生？”

萼姬寻思一阵，很笃定地说：“如果是熟人，奴家早该认出来了，况且奴家活了这些年，从没见过谁可以飞得那么快，那东西不可能是人，只能是鬼。”

“衣裳、簪环、香气……就没有一点儿熟悉之处？”

萼姬苦着脸：“不过是一闪神的工夫，奴家事后也不敢想，就知道那东西穿着襦裙，别的奴家早就忘了。”

蔺承佑一动不动地看着萼姬。萼姬顶住蔺承佑的视线，不知熬了多久，就在她不安地挪动脚步时，蔺承佑的声音响起：“故事还没讲完吧，抱珠找到卷儿梨没？”

萼姬庆幸地道：“找到了，奴家吓得屁滚尿流，扭身就往回跑，迎面就看见一群人找来，原来抱珠在绿蝶亭找到卷儿梨了，这孩子躲在亭子里偷偷哭呢，两人过来寻我，半路碰到沃姬和魏紫她们，几人便结伴同行。她们看我魂不守舍，忙问出了何事。奴家看卷儿梨脸上伤得不轻，只说撞鬼了，也没敢逗留，当即带她们回屋擦药膏去了。”

屋子里沉默下来，蔺承佑用食指一下一下敲击着桌面，隐约听见楼下传来衙役和妓人们说话的声音，伴随着略显焦急的脚步声。

未几，他开口道：“小佛堂是用来镇鬼的，起初也的确灵验了一阵。如果连小佛堂都开始闹鬼，楼里的人必定惊讶万分，第一个说自己在小佛堂撞鬼的人是谁？萼大娘总该有些印象。”

萼姬擦了把额头上的汗：“在小佛堂附近撞鬼的不止奴家一个，奴家听过就算，实在闹不清第一个撞鬼的人是谁。”

她一边说一边忐忑地打量蔺承佑，似乎很怕自己又被刁难，哪知蔺承佑主动替她圆场：“传言嘛，听到时已经半真半假，想找出源头哪里有这么容易，萼大娘想不起来也不奇怪。”

萼姬挤出个比哭还难看的笑容：“世子真是明白人，奴家盼着世子早日抓住凶手，恨不得把知道的都告诉世子。”

蔺承佑真切地看着萼姬：“萼大娘的真诚，我已经感觉到了。今日就先问到这儿吧，萼大娘出去的时候告诉衙役，叫贺老板上来回话。”

萼姬如释重负，刚退到门口，就听蔺承佑道：“忘告诉萼大娘了，那晚你看到的女鬼很有可能就是凶手，如果你回房后想起什么，马上让衙役给我传话。”

“凶手？”萼姬骇然回头，“那不是个女鬼吗？”

蔺承佑坏笑了下，并没有答话的意思。萼姬看了蔺承佑一阵，心神不定地点点头：“奴家回房后一定好好想想。”

萼姬走后，严司直一边书写一边道：“承佑，你不觉得这个萼姬说话漏洞百出吗？前面她说也闹不清那东西是人是鬼，后面改口人不可能飞得那么快，绝对是鬼。”

蔺承佑讽笑道：“严大哥，你猜她这话是在说给我们听的，还是说给自己听的？”

严司直搁下笔：“难道她心里有什么疑惑，想借着这话说服自己？”

蔺承佑笑道：“我猜她要么想起那女鬼像谁了，可心底又不愿相信，所以用这种法子说服自己。要么……”

“她自己就是凶手？”严司直接过话头，“也是，都到这个当口了，除了凶手还有谁会撒谎？承佑，何不用瑟瑟珠试试这个萼姬，凶手会武功，究竟是不是她，一试就知道了。”

蔺承佑摇头：“试不了了，这法子只能用一次，凶手知道我故意试探，情愿被击坏一只眼珠也不会露馅儿的。”

严司直扼腕："那就只能一个一个盘查了，可是我们连凶手与姚黄姐妹有什么仇怨都不清楚，不清楚动机，如何往下查？"

"藏得再好也有露馅儿的时候。"蔺承佑垂眸看着桌上的证词，"其实萼姬是凶手还好说，动机也好，渊源也罢，总归能查出来。但万一她没撒谎呢，她说到那女鬼时屡次露出疑惑的神色，分明是想起了什么。"

想了想，蔺承佑对门外的衙役道："让贺老板再在楼下等一会儿，先把卷儿梨、抱珠和魏紫叫来问话。"

第一个来的是卷儿梨。

她似乎有些精神不济，进屋后也不开腔，冲蔺承佑和严司直行了一礼，便默默退到一旁。

严司直端详着卷儿梨，这胡姬出奇地貌美，可惜神态有些呆滞，人一呆，容貌就减色了几分。

蔺承佑头一次正眼打量卷儿梨，都说滕玉意跟卷儿梨、葛巾有些像，可他没看出哪儿像。

非要比较的话，眼睛倒是有点儿神似，都是一样的杏圆清澈，但滕玉意那双眼睛里盛满了水光，长长的睫毛一眨，水光就像是漾开来似的，一颦一笑都比卷儿梨的眼睛灵动，只可惜水光里盛的全是坏主意。

他在心里"哼"了一声，拿起香囊问卷儿梨："见没见过这个香囊？"

卷儿梨轻轻摇头："奴家昨夜是第一次见。"

问完卷儿梨，蔺承佑又挨个把抱珠和魏紫叫进来。

不出所料，三个人都没见过这个香囊。

至于两个月前的十五发生了何事，抱珠和卷儿梨的说法与萼姬的一致。魏紫那晚在前楼陪客，并不清楚卷儿梨曾遭人欺侮，但后来在园中的经历，也与萼姬的叙述相吻合。

蔺承佑接着问："夜间可曾见过谁在小佛堂附近出没？第一次说自己在小佛堂撞鬼的人又是谁？"

三人都说没见过，但都记得第一次提到自己在小佛堂撞鬼的，恰是萼大娘。

最后他打听谁是越州人，卷儿梨等人均一无所知。眼看问不出什么，蔺承佑只好先放她们回去。

严司直面色复杂："说来说去，第一个说自己在小佛堂撞鬼的就是萼姬自己？她倒是聪明，别的事情上有所隐瞒，唯独在卷儿梨的事上肯说实话，估计她心里也清楚，这种事一问就知真假。”

蔺承佑说：“是不是实话，暂时还下不了定论。现在只能证明那晚卷儿梨四人曾结伴而行，萼姬却是后面才跟她们会合，她独处的时候，究竟是撞鬼了还是去了小佛堂，目前可只有她一个人的说辞。”

严司直困惑地“咦”了一声：“承佑，今日你句句不离小佛堂，是不是在里头发现了什么？”

蔺承佑一拍脑门，转过头笑道：“忘告诉严大哥了，昨晚我两个小师弟发现有人曾在小佛堂里施邪术，从布阵的路子来看，极有可能就是害死青芝的凶手。我怀疑有人故意四处散播小佛堂闹鬼的传言，目的是让人不敢靠近小佛堂。”

严司直怔住了：“照这么说，萼姬岂不是嫌疑最大？这就奇怪了，香囊出自越州的桃枝绣坊，但萼姬是土生土长的长安人，她何时去的越州？又为何要杀姚黄姐妹？”

蔺承佑脑中冒出一个念头，招来外面的衙役道：“替我去成王府一趟，告诉常统领，我房中床下放着一个竹筒，请他取出来，尽速给我送来。”

衙役一走，蔺承佑也跟着起了身，严司直不知何意：“怎么了？”

“我觉得我们想差了。严大哥，你先盘查剩下的人，我去小佛堂一趟。”

外面下起了雨，春雨绵绵，细如发丝，兜头落下来，如湿透的轻纱笼到脸上。

蔺承佑冒雨回到小佛堂，相距老远就看见殿内灯火荧煌，门口站着两名衙役，正隔窗往里张望，回头看到蔺承佑，齐声道：“人都在里头。”

蔺承佑一边点头，一边快步进了小佛堂。

小佛堂里满是人，左边四个坐姿七歪八斜，依次是见天、见仙、见乐和见美。

右边三个坐相稍好些，正是绝圣、弃智和见喜。

香案前还站着两个，一个是负着手的程伯，另一个是抱着胳膊的霍丘。

所有人的视线都落在堂中那个移动的身影上，那人手持一把碧莹莹的短剑，舒肩伸臂，轻盈转身，比画得有模有样。

滕玉意学到第十招了，逐渐有了点儿开窍的感觉，招式与招式之间的间隙越来越短，出剑时也不再那么笨拙。

先前她学程伯那套克厄剑法时，体内那股热力总有瘀滞凝结之感，这套被褐剑法却不一样了，越练越觉得真气通畅。

她练得正起劲，忽觉背后一道视线扫过来。滕玉意的后脑勺已经很熟悉这个眼神，她自动就生出一种不痛快的感觉，用余光瞥了下，果见一道高挑的身影从外头走进来。

蔺承佑还穿着早上那件玉簪绿的圆领襕袍，这颜色本是女子穿得多，一向又极挑肤色，可穿在蔺承佑身上居然丝毫不减英迈之气，腰间的金鱼袋随着他的步伐隐约轻响，暗沉沉的乌犀腰带束出一截好腰来。

滕玉意笑嘻嘻地在心里盘算，这厮富贵骄人，平日总是一副睥睨天下的嘴脸，这要是再在冠上簪朵红彤彤的牡丹花，俨然就是斗鸡坊里一只金灿灿的朱红冠子大公鸡。

蔺承佑并不知道滕玉意已经在心里把他比作了一只斗鸡，不过这不妨碍他用调侃的眼神睨着滕玉意，也不知五道是怎么教的，滕玉意这剑术使起来活像耍百戏的胡人。

他在心里笑了一通，正要夸滕玉意几句“天赋异禀”“好生了得”“这样练下去必成大器”之类的话，见天一下子从地上弹起来：“世子，九天引火环已经布置好了，你可别不信，今日算运气好，一个时辰就请来了三昧真火符箓，正好外面下雨了，我们进来避避雨。”

蔺承佑笑道：“换别人我或许不信，五位前辈的本事我却是知道的。”

五道最爱听别人奉承自己，听了这话心里熨帖了不少：“快快快，趁现在二怪没来，世子到这边歇一歇。”

蔺承佑却径直走到香案前：“王公子，让一让吧。”

滕玉意佯装才注意到蔺承佑，连头都没回，一闪身就避开了。小佛堂这么大，蔺承佑不去别的地方，偏找她麻烦，多半是存心来挑事的，休想让她上当，她为了赶进度连口水都不敢喝，吵架斗法只会耽误自己的工夫。

蔺承佑没料到滕玉意撤退得如此迅速，颇有一拳打在软布上之感，不过这正合他的心意，好歹无须再浪费唇舌。

他蹲下来查看香案下的那块毡毯，表面上果然浑然无迹，翻过来也没能一下子找到印痕。弃智跑到蔺承佑身边蹲下，胖胖的手指头一指：“师兄，在这儿。”

蔺承佑眯了眯眼，弃智的图案画得分毫不差，这就是七芒引路印，这门邪术与暗害青芝的术法系出同宗，别的门派想学都学不来。

这应该就是同一个人，而且修为不低。

他咳嗽一声，两名衙役悄无声息地进来了，把目光锁在众人身上，暗自留意堂中每个人的一举一动。

众道一窝蜂地围到蔺承佑身边，瞥见那个印痕。见天骇然地道：“这不是七芒引路印吗？”

滕玉意虽跑到一旁练剑，耳朵却一直竖着。见天这一嚷，她好奇地问：“道长，什么是七芒引路印？”

“一种邪术，人死了还不行，还要把死者的魂魄拘来用冥器拷打折辱，邪门得不能再邪门，阴损得不能再阴损。”

见天又兴奋又嫌恶：“自从十五年前朝廷下令清扫邪道一党，老道多少年没见过这种邪术了。世子，查到是谁做的了吗？会不会跟杀害姚黄、青芝的是同一个人？”

蔺承佑继续在附近寻找：“查到就好了，此人心思甚细，偌大一个小佛堂，只留下一小块痕迹。”

见喜盯着印记疑惑地道：“咦，我记得这邪术有好些规矩来着。”

“规矩一大堆。”蔺承佑抬头往香案底下看，“头三条就是：不拘椿萱之魂，不拘幼孩之魂，不拘远地之魂。”

滕玉意招式一缓，前两条她能听懂，不害父母，不害幼童，说明研习邪术之人虽然恶毒，还未丧尽天良，至于第三条她就听不懂了。

好在小佛堂里除了她，还有两个人跟她一样好奇。

只听绝圣问：“师兄，这个‘不拘远地之魂’，指的是不拘太远的魂魄吗？”

见乐“嗤”的一声笑起来：“傻小子，这话的意思是这阵法不能随心所欲，只能拘役死在某一处的魂魄，比如在彩凤楼施法，就只能拘来死在楼中之人的魂魄。”

滕玉意耳边一炸，死在楼中之人？姚黄和青芝姐妹俩前不久才遇害，毡毯下的印记却不像是近日留下的，说明那人施邪术的对象不是姚黄和青芝姐妹俩，那就奇怪了，凶手明明是彩凤楼的人，为何要对付楼中以前的死者？

五道也似乎惊住了，茫然环顾周遭：“这地方究竟死过几个人？不对啊，不是说楼里向来只闹鬼，没出过人命吗？”

见乐近来听了不少此地的传言：“你们不知道吧，这地方以前是家彩帛行，店主夫妇和小妾早在一年多前就死了。”

他话锋一转：“世子，你该不会是怀疑……？”

“不管这阵法要对付谁，反正不会是姚黄和青芝。”蔺承佑仰头望了望，一跃飞上了横梁，“而且见天道长猜得没错，从凶手害青芝的手法来看，应该与设七芒引路印的是同一人，可见凶手不但容不下姚黄和青芝姐妹俩，还恨极了早前的某位死者。”

见天惊讶到了极点：“彩凤楼半年前才开张，前头的彩帛行却已经关门一年了，再往前的铺子就更跟彩凤楼没交集了，那人到底恨的是谁？”

蔺承佑的声音在房梁上回荡：“问问不就知道了？”

五道张望四周：“问？找谁问？”

蔺承佑跃下来拍拍手上的灰尘：“凶手不是已经告诉我们好法子了吗？”

五道依旧茫然不解，滕玉意却若有所思地看着那块毡毯，蔺承佑该不会是……？

正在这时，外面衙役找来了：“世子，常统领来了。”

蔺承佑起身往外迎，只听一阵稳健的脚步声，常嵘一头钻了进来。

他满肩都是细密的银亮雨丝，右手端着一个缃色的竹筒，左手提着一个大包袱。

“常叔。”

常嵘先端详蔺承佑，看小主人毫发无损，似乎松了口气，而后环顾左右，躬身冲五道行了一礼，目光扫过滕玉意时，明显愣了一下。

滕玉意随意地拱了拱手，人却不着痕迹地往程伯身后一藏。她身上穿着男装，脸上又贴着大胡子，论理很难被人一眼认出，但这位常统领曾经跟她一起抵御尸邪，她还是谨慎些为妙。

好在常嵘很快就移开了视线：“怕耽误大郎办案，快马加鞭赶过来的，幸而胜业坊离平康坊不远，路上不曾耽误多久。大郎，你这几日不在府中，宫里派人来看过几回，回头你若是得了空，进宫看看圣人和皇后吧。”

蔺承佑笑着应了，又问：“阿芝有没有送话出来？”

“有，小郡主隔两日就催哥哥进宫，我回说哥哥办差去了，得空自会去宫里接她。小郡主就把这东西送出来了，还叮嘱说要哥哥马上戴起来。”

常嵘一面说着，一面打开手中的包袱，一摞整整齐齐的换洗衣裳露出来，最上头却搁着一枚色彩斑斓的小物件。

蔺承佑拾起那东西：“长命缕？阿芝做的吗？还没到端午，怎么就做上这个了？”

常嵘蔼然微笑：“小郡主说这是她第一回做长命缕，巴巴地送出来，指望哥哥夸她呢，还说等到了端午，再给哥哥做条更好的。”

蔺承佑笑眯眯地把长命缕系在腕子上：“知道了。”

常嵘把竹筒递给蔺承佑，确认东西没拿错，便要告辞而去，走到门口时，他再次朝滕玉意这边看了两眼，然而滕玉意早就背过身练剑去了。

常嵘出去后才想起来，这不就是上回那个挥剑击退尸邪的小娘子吗？那晚在花厅里有多惊险，他这辈子都忘不了，多亏这位小娘子，几次使计把尸邪挡在门外。

怪了，滕娘子是名将之女，为何会待在妓馆里？大郎说近日要在彩凤楼对付尸邪，滕娘子该不会跑到此处避难来了吧？他边走边寻思，忽然想起上回有位嬷嬷过来告诉他，说大郎曾在府里的梅花林拦住滕娘子说话。

两件事一结合，常嵘顿时喜忧参半。大郎今年十八岁了，连个喜欢的小娘子都没有，若大郎与滕将军的女儿合得来，是不是意味着绝情蛊有了松解的迹象？

他要不要连夜给王爷和王妃去信？不行，太操之过急了，再多等些日子吧，少年情意是藏不住的，如果大郎喜欢滕娘子，过不了多久绝对会显露出来，假如一直没动静，证明只是他想多了。

这边蔺承佑打开竹筒，把里头的几枚形状古怪的银钉取出来，依次将其从佛堂门口放到香案前，刻意摆得歪歪扭扭的，活像一条凌乱的甬道。

随后他掏出一根红绳，两手一抻试了试韧度，他又拿出七只小碗摆成一圈，把香油注入碗内。

滕玉意虽看不懂这些弯弯绕绕，却已经猜到蔺承佑要做什么。依她看这倒不失为一个好法子，那样缜密心狠的凶手，蔺承佑这样做也算是以其人之道还治其人之身。

五道先前还茫然不解，看到七只小碗才醒悟过来："世子，你这是要设七芒引路印？"

绝圣和弃智急道："师兄，万万不可！这可是邪术啊！"

"迂腐。"蔺承佑吹灭手上的蜡烛，"法术用来害人，当然叫邪术，可如果用来救人，又何邪之有？"

他振振有词，绝圣和弃智抓耳挠腮："但……但是……"

蔺承佑拍了拍手上的灰，回头对两名衙役说："我作法期间不能被人打扰，把几位道长和王公子主仆请到西侧吧。"

滕玉意因为急于习练功夫，一直防着蔺承佑把他们撵出去，不料他竟同意众人留在小佛堂里。这就奇怪了，凶手会邪术，五道并不能排除嫌疑，蔺承佑不防备他们，是不是意味着不怀疑五道了？

下一瞬她看到两名衙役挡在众人面前，陡然明白过来：如果有人存心捣乱的话，在外头也能趁乱使坏，不如把人留在眼皮子底下，这样有什么风吹草动他就能及时察觉。横竖除了两名衙役，还有绝圣和弃智帮蔺承佑护阵。

一行人退到小佛堂的西侧，安置好后，见喜和见乐继续负责指点滕玉意。

蔺承佑蹲在毡毯前，用小刀把蜡烛削成几截，然后比照着毡毯上的烙印，把蜡块雕刻成粗糙些的假“金芒印”。

见天几个相对较闲，干脆坐在西侧远远瞧着蔺承佑摆阵：“世子，不是老道要泼冷水。听说这阵法首先得知道死者的生辰，你连凶手要对付的是谁都不知道，上哪儿去打听死者的生辰？不知道生辰的话，连半缕魂都拘不来。”

绝圣刚在符箓上写下了三个人的生辰，听了这话后把手中的符箓一竖：“师兄早就打听好田氏夫妇和容氏的生辰了，你们瞧。”

蔺承佑横了他一眼：“东拉西扯做什么，干活。”

绝圣把三张符箓送到蔺承佑手中，蔺承佑用假的金芒印蘸了点儿朱砂，分别在三张符箓上摁下朱印，接着将符箓剪出小人的形状，把三枚小人摆在香案前。

见仙笑嘻嘻地道：“可是光知道这三个人的生辰也没用，我就不信除了彩帛行和彩凤楼的这五名死者，此地以前没死过人。不能因为排除了姚黄和青芝，就断定跟彩帛行那三个人有关吧？”

弃智藏不住眼睛里的忧色：“师兄，万一不是他们三个，你不是白白冒一回险？师公他老人家说过，凡是逆天悖理的邪术，无不暗藏凶险，万一伤到自己……”

蔺承佑轻飘飘地看了五道一眼，抬手摸摸弃智的头：“师兄心里有数，你和绝圣专心帮着护阵就行了。你拿着锁魂豸守住大门，伶妓们各自在房中禁足，有衙役看管，不怕跑出来，你除了防外头出乱子，还要防着堂内。”

弃智点点头。蔺承佑起身走到西侧，将两道符贴到两名衙役背上，嘱咐衙役背对着阵法站立，待会儿无论听到什么都不要回头。这样既能盯住众道的举动，又不至于他们因为看见引来的东西吓得乱跑。

他布置好一切后，堂内迅速安静下来，五道不再喧嚷，聚精会神地看着堂内。滕玉意收了剑，盘腿坐到角落里。

蔺承佑撩袍坐在阵中，取出那条红绳，一头系在自己的中指上，另一头则系上一枚蜡烛雕的金芒印，弄好后把红绳抛到门外。

随后他左手横搭在右臂上，右手指尖燃起一道符，他一弹指，火星射向最外面的那盏油灯。

只见火光一绽，灯盏里幽幽荡出一小圈光焰，奇怪那焰火透着绿光，为小佛堂里的一切蒙上一层诡异的色彩，接着是第二盏、第三盏……

灯亮得越多，小佛堂里反而越暗，幽幽绿光环绕在蔺承佑周围，让人生出一种幽冥地府的错觉。

滕玉意左右分别是程伯和霍丘，但她仍大气都不敢出，戒备地将小涯剑从袖中摸了出来，眼睛一眨不眨地盯着门口。

堂内明明没有风，暗处却有一股看不见的气流涌动，香案前的三枚小人簌簌响动，仿佛有东西趴在地上对着它们吹气。

蔺承佑闭目诵咒一阵，忽然一抖红绳，低喝道："起。"

三枚小人本来仆倒在地，突然有两枚悄无声息地站了起来。蔺承佑中指上的红绳一下子绷直，显然另一头多了重物。

滕玉意背上不知不觉出了一层毛毛汗，只见油灯里的光忽明忽暗，堂内空气骤然冷了几分，掌心一阵发烫，连小涯剑也有了动静。

阴风渐起，枝叶在门口回旋，伴随着风声雨声，有细碎的潜行声靠近，乍一听像有人在门外徘徊。

蔺承佑拽紧红绳，与对方角力，呜咽声高高低低，怪力也大了起来。虽说蔺承佑强行启动了七芒引路印，但他对这阵法并不熟悉，完全是依葫芦画瓢，法器和金芒印都凑合得很。

照理说只需启动阵法，亡魂便会被红绳死死缚住，但他这个阵或许还差了点儿意思，鬼是招来了，却死活拖不进来。

"来都来了，不进来坐坐吗？"蔺承佑与对方角力了一小会儿，鬓角上的汗滚滚流了下来，因为不敢松懈，话几乎是从齿缝里挤出来的，"你们看我像坏人吗？别害怕，我是来帮你们的。"

对方似乎抖了一下，红绳因而松了几分，蔺承佑岂肯错过这个机会？他反手一拽便将对方扯了进来。

油灯里的绿焰齐齐一矮，冷意扑面而至，滕玉意看清眼前的景象，瞳孔猛地一缩。

红绳进来了，末端却在半空中拼命抖动，看上去像是捆住了两个看不见的人，而那两个人正试图从红绳里挣脱。

蔺承佑吃力地拽住红绳："我与你们往日无冤近日无仇，招你们出来绝不是为了害你们。我知道你们没少受那人的折磨，不想再吃苦头的话，就别再费力挣扎了。”

绳索的末端突然静止在半空中，但仍在微微地抖动，仿佛那两个人因为害怕在哆嗦，又无处可躲的样子。

蔺承佑口气柔和了几分，一边缓缓收紧绳索，一边盯着眼前那虚空的鬼影：“我想帮你们，所以想跟你们打听点儿东西。我现在既看不见你们，也听不见你们的话，稍后我往你们身上撒点儿东西，那东西对你们无害，但能把你们的形貌和声音都引出来。”

绳索颤颤巍巍地在半空中抖动，但明显不再抗拒。蔺承佑将对方拉到跟前，扬手撒出手中的灰色粉末。

绳索乱了一下，但那两个人并未躲得很远，粉末纷纷扬扬落下来，勾勒出两个模模糊糊的影子。

滕玉意耳畔顿时响起杂乱的呼吸声，显然五道也紧张起来。

影子越来越清晰，原来是一男一女。前面那个鬼影高大伟岸，后头的却是一位丰满妇人，只是两人轮廓都太模糊，压根儿无法看清面容。

蔺承佑很快撒出第二把显魂粉，这下子轮廓总算清晰了，但也仅能勉强看出身段和脸型，眉眼却是万万看不出来的。

或许是撒了显魂粉的缘故，二鬼终于有了响动。它们口中断断续续发出怪叫声，有点儿像夜枭的鸣声，又有点儿像幼童的惨叫，一声比一声尖厉，刺激着众人的心魂。

滕玉意听了一会儿就觉头痛欲裂，虽好奇二鬼接下来想说些什么，却也只能暂时捂住耳朵。

蔺承佑不动声色地打量那个高大些的鬼影：“田允德？”

尖叫声戛然而止，男鬼抖了一下。

“看来是了。”蔺承佑笑了笑，改而看向女鬼，“容氏？”

女鬼喉咙里仿佛含着一个惊雷，边吼边挣扎起来，比起方才的惶惑，明显带着滔天的怒意。

蔺承佑笑着“哦”了一声：“对不住，原来是田夫人。”

女鬼这才安静下来。

滕玉意目瞪口呆，竟真是彩帛行的田氏夫妇。凶手是彩凤楼里的人，这两人已经去世一年了，凶手究竟对他们怀着多深的恨意，时隔一年还把亡魂拘来折磨？

不对，蔺承佑明明写了三个人的生辰，却只招来了两个人的亡魂，小妾容氏呢？容氏是在后院跳的井，理应也被阵法招来。

“我就长话短说了。”蔺承佑单刀直入，“那人将你们的魂魄羁留在此，是为了用这邪术残害你们，如不将此人揪出来，你们永远别想脱身。告诉我那人是谁？为何要这样对待你们？”

男鬼和女鬼先是无头苍蝇般转了转，随后瑟瑟地抱作一团。

蔺承佑耐着性子道：“你们别怕，无论那人之前怎么折磨你们，只要今晚你们说出那人是谁，我敢保证，往后再不会有这样的事了。”

男鬼和女鬼安静了几分，突然抬起胳膊，冲自己嘴巴的位置指了指。

蔺承佑面色一变：“你们不能说话？”

男鬼窝窝囊囊地呜咽起来，女鬼暴躁地连吼数声，可惜无论她如何挣扎，最终都只能发出含含糊糊的怪声。

蔺承佑又惊又怒：“那人挖了你们的舌头？”

二鬼一边哀号一边将胳膊举到胸前，示意蔺承佑看。

滕玉意离得稍远，待看仔细了，胸口涌起一股浓浓的不适感。

只见田氏夫妇胳膊的末端空荡荡的，双手已被齐根砍去。

蔺承佑愣住了，阳间刑罚折磨的是生者的肉躯，七芒引路印凌虐的却是亡魂，拔掉舌头便不能说话，斩断双手便无法书写，纵算田氏夫妇往后轮回转世，一出生便是残疾孩子。

此人当真阴狠至极。

他缓缓点头：“虽然口不能言，但至少你们能听懂我说话，接下来我问一句你们答一句。说对了，你们就点头；若错了，你们就摇头。”

二鬼微微点头，表示听懂了。

“害你们的那人此刻在不在彩凤楼？”

田允德和田夫人齐齐点头。

“可在小佛堂里？”

这回是摇头。

“此人的姓氏有几画？一画？二画？……”

他说到“十二画”时，二鬼有了强烈的反应。

蔺承佑神色一凛："十二画？[①]"

二鬼拼命点头。

滕玉意迅速在脑海中搜索起来，奈何彩凤楼人太多，一时竟想不起谁的姓氏是十二画。

蔺承佑千算万算，没算到田氏夫妇一个字都吐不出。若临时派人去前楼取一份名册过来，势必会破坏阵法，忽然想起怀中有下午刚记下的证词，名单虽然不全，但没准凶手就在其中。

他右手牢牢拽着红绳，左手忙着捏诀，两手均不得空，只好冲绝圣道："我怀中有份名册，快拿出来让田夫人指认是谁。"

绝圣擦了把冷汗跑近，知道绝不能碰到油灯和银钉，便矮身用佩剑小心翼翼地探入蔺承佑的前襟，拨动了两下没碰到，不由得有些急切。

蔺承佑看一眼绝圣，示意他别急。

好在很快就碰到了，绝圣沉住气将名册往外扒拉。

蔺承佑趁这工夫继续问："那人是为了替容氏报仇？"

田允德似乎呆了一呆，田夫人却怨毒地吼叫起来，虽然反应不一，二人最后却一致摇头。

蔺承佑的表情险些裂开，那人不是为了容氏？

他启阵之前一共写下三个人的生辰，却只拘来两名亡魂，从这一点来看，容氏的亡魂早已轮回转世，而那人也没想过对付容氏。

其实打从他发现彩凤楼的凶案与彩帛行有着千丝万缕的关系时起，他就想过凶手会不会是为了给容氏报仇，毕竟容氏嫁给田允德后没少受折磨，跳井究竟是自寻短见还是被戚氏所害，至今是个谜。而今晚他发现拘来的亡魂正是田氏夫妇后，就更笃定自己的这个猜测了。

哪知他拘来一问，那人竟不是为了容氏。

莫非田氏夫妇还干过其他丧尽天良的事？

"你们跟那人是如何结的仇？"

田允德的身子一震，戚氏似乎也受了极大的刺激，弓身抱着自己的脑袋，又开

① 考虑到凶手前面已经出场了，而且现在的阅读习惯都是简体字，所以凶手的姓氏笔画也是按照简体字的笔画来算的。

始团团乱转。

“你们害过那人？”

这回他们反应更大，连田允德的鬼影都开始乱晃了。

蔺承佑瞥了眼油灯，二鬼被折磨了这么久，神魂早已不全，别说正常交流，稍受刺激就会惊惶不安，只恨油灯熬不了多久，灯一灭，二鬼必然会挣脱阵法逃走。

他转头看绝圣，好在绝圣早已将名册展开捧到二鬼面前。

蔺承佑对田允德道：“如果那人的名字在名册上，指出来给小道士看。”

戚氏恍若未闻，依旧抱着脑袋如无头苍蝇般乱窜。

田允德战栗地转向绝圣，一眼瞧见了什么，身影吓得往后一仰，断腕猛地指向名册上的某一处。

滕玉意的心一下子蹿到了嗓子眼，若非她不能妄动，早奔到绝圣身边一探究竟了。

蔺承佑紧紧盯着绝圣：“田老板说的是谁？”

绝圣焦急万分，田允德失了双手，用断腕这么一比画，范围未免也太大了。

他火急火燎地一戳某个名字：“田老板，你说的是这个人吗？”

田允德拼命摇头，颤抖着把断腕又往前送了送，就在这时候，戚氏的鬼影忽然像纸片一般剧烈地抖动起来，不顾腰间还拴着红绳，尖啸着要跳出阵去。

蔺承佑没提防戚氏突然发难，右手稳住红绳，另一手断然飞出一符，可没等他将戚氏制住，噗的一声，七盏油灯齐齐熄灭了。

小佛堂顿时一片漆黑，蔺承佑心知不妙，飞符点亮身后香案上的蜡烛，火苗抖了抖，眼前再一次敞亮开来。

绳索静悄悄地委顿在地，田氏夫妇的鬼魂早就遁走了。

蔺承佑二话不说扯断手指上的红绳，起身出了阵：“田允德刚才说的是谁？”

绝圣在名册上画了一圈：“断腕约莫指的这一片。”

圈内共有六个人的名字：沃姬、萼姬、葛巾、贺明生、抱珠、卷儿梨。

明明只差一步就知道是谁了。蔺承佑想也不想就说：“无妨，大不了再来一次。”

他回身要重新启阵，众道忙奔过来阻止：“哎哎，使不得，这可是邪术，世子当心坏了修为。”

蔺承佑蹲下点油灯：“目下还有许多事没弄明白，既然知道了凶手与田氏夫妇有瓜葛，索性一次性弄个明白。”

见天摇头："你我修习正道，本就不该沾染邪术，为了查案弄一次也就算了，绝没有一再启阵的道理。"

蔺承佑听到"沾染"二字，陡然一个激灵，他这是怎么了？他明知有天大的害处，却执意要启阵，方才满脑子都是如何揪出凶手，旁人拦都拦不住，如此执迷，岂不正是染了邪性而不自知？怪道师公说"凡是逆天悖理之术，无不暗藏凶险"，他已经足够防备了，还是险些中招。

蔺承佑定了定神，吹灭手中的蜡烛起身，笑了下："前辈提醒得对，方才是我糊涂了。"

滕玉意并不明白为何不能再启阵，看众道如此紧张，想来与道法上的禁忌有关。她低头看向名册上的名字，揣摩着说："十二画？这里只有一个人的姓氏是十二画。"

弃智兴奋地道："我来看看。"

他突然傻了眼："哎，萼大娘？"

绝圣也难以置信："怎么会是她？"

见喜喟叹："真看不出来啊，这个萼姬一贯圆滑讨喜，背地里竟如此阴狠，看她平日言行举止，委实看不出身怀绝技。"

见乐拿肩头顶了他一下："喜喜，你这话就不对了，越是内力深厚之人，越懂得如何掩藏。我只奇怪她怎么就跟田氏夫妇结了仇？她又为何要害姚黄和青芝姐妹俩？"

"别忘了萼姬是平康坊有资历的私妓，彩帛行还在的时候她就住在此地了。"见仙越说眼睛越亮，"这么一说全对上了，萼姬既认识田氏夫妇，又是彩凤楼的假母，前后两对死者，都与她有瓜葛！"

滕玉意咳了两下："可是据我所知，乐妓往往都用的是化名，估计假母也不例外。"

蔺承佑正研究那根断掉的红绳，闻言暗想：滕玉意知道的可真多。他长这么大，除了查案和捉妖，几乎没踏入过平康坊的坊门。她倒好，一来就大手大脚地包养了卷儿梨和抱珠不说，对伶妓们的这些弯弯绕绕，似乎知道的还不少。

不过她说得没错，萼姬未必就姓萼，究竟本名叫什么，还得看了身契才知道。

他捡起散落在地上的银钉，阵法虽然中途就失败了，但收获也算不小。

绝圣和弃智道："师兄，你要回前楼吗？"

"我去查查田氏夫妇生前都做过哪些缺德事。你们两个把地上的东西都收起来，我那个竹筒千万别给我弄丢了。”

两名衙役先前虽未回头，却也吓得不轻。蔺承佑走到二人跟前，从怀中取出安神丹给他们服下，笑道：“此处不用再照看了，你们下去好好歇一歇。”

衙役惊魂甫定，点点头离开了。

滕玉意满心都是练剑，布阵花了大半个时辰，换作练剑的话，足够她学个一招半式了。蔺承佑前脚刚走，她后脚拔剑出鞘：“各位上人，趁酒食还未来，我们先练上几招吧。”

众道本想歇一歇，眼看滕玉意目光炯炯，心知歇不成了，他们不满地嘬嘴，慢腾腾地走到条案前。

滕玉意一个激灵，一个老道士嘬嘴她尚可忍耐，五个老道士一齐嘬嘴，简直称得上奇观。

好在她可以假借练剑转过身去，不必被强逼着观赏这个景象。

那边蔺承佑刚走到门口，迎面来了一名衙役：“世子，有位乐妓要见你。”

“谁？”

“一位叫抱珠的娘子。”

蔺承佑点点头：“把她领来吧。”

不一会儿，抱珠在衙役的引领下进了佛堂。她今晚似乎着意打扮了一番，腮上涂了点儿淡淡的胭脂，嘴唇也比白日更鲜嫩。她低头看着自己的裙角，每一步都走得风情万种，进来突然发现满屋子都是人，吓得刹住脚步，等瞄见滕玉意，表情愈加不自在。

她慌乱敛衽：“见过世子殿下。”

滕玉意奇怪地瞥了瞥抱珠，她该不会以为蔺承佑一个人在此吧？

“你要禀告什么事？”

抱珠咬住唇又松开，唇色瞬间变得红润饱满。

蔺承佑不耐地蹙眉：“到底有事还是没事？”

抱珠瑟缩了下，还是没开腔。

“看来是没事了。”蔺承佑笑着点点头，忽然把脸一沉：“来人，把这伶人送到大理寺去，无故扰乱官员办案，按律可以杖二十，先打她个二十板子，再不老实另行责罚。”

抱珠大惊失色，双膝一软跪在地上：“奴家……奴家确有要事禀告，没想好怎么说，绝非存心戏弄世子，求殿下网开一面。”

她边说边一个劲地磕头，显然吓破了胆。五道听着那“咚咚咚”的声响，心里颇不忍，这小美人特地打扮了过来，多半存了别的心思。可那又如何，这般绝色，动些歪脑筋也无伤大雅嘛，蔺承佑这臭小子空长了一副好皮囊，却压根儿不懂得怜香惜玉。

蔺承佑一嗤：“你最好识相点儿，如再敢东拉西扯……”

“奴家绝不敢妄言。”抱珠头晕眼花，把额头虚弱地抵在地上，心里本来存着点儿念想，这下彻底怕了，“下午世子找奴家几个去问话，回房后奴家想起一件很奇怪的事。世子今日问起小佛堂和那位逍遥散人的事，其实卷儿梨上个月曾见过逍遥散人一面，不知卷儿梨有没有跟世子提过这事。”

蔺承佑眼波漾了漾，上个月？逍遥散人半年前就没再露过面，原来中途竟回过长安。

“她在何处见到的逍遥散人？”

抱珠不敢抬头，一五一十地说了。

那日是初八，萼姬特准抱珠和卷儿梨去菩提寺上香，不巧抱珠身子不爽利，卷儿梨只好同其他小娘子出了门，回来后她悄悄对抱珠说：“主家天天派人去洛阳捉拿逍遥散人，谁知那道士竟藏在长安。”

抱珠忙问怎么了。

卷儿梨就说：“姐妹们从寺里烧完香出来，顺道到酒肆买绿蚁酒喝，我到对面的店铺替你买桃脯，出来时瞧见一个道士匆匆忙忙走过去，我心想这不是那个逍遥散人吗？”

抱珠吓一跳，逍遥散人来彩凤楼时她见过，生得红脸虬髯，腰间悬着柄长剑，不像寻常的道士，反有点儿游侠的做派，他那副模样太不寻常，难怪卷儿梨能一眼认出来。

“这人不是个骗子吗？他在做什么？”

卷儿梨说：“他像是在追踪什么人，可惜街上人挤人的，一晃就过去了。”

抱珠忙道：“主家不是恨死了这道士吗？快把这件事告诉主家吧。”

卷儿梨犹豫着说：“这道士看着不像坏人，兴许只是云游在外，并非存心骗人钱财，真要被主家抓住了，免不了一场牢狱之灾，要不还是算了吧。”

二人正商量着，青芝喜滋滋地从门外路过，今日不少伶人出门闲逛，青芝也不例外，她怀中还抱着一大包吃食，看样子收获不少。她像是听到了抱珠和卷儿梨的对话，但没进来追问。

青芝刚走，萼姬就进来了。卷儿梨悄悄和抱珠说："不知她们听没听到我们说的话。"

抱珠说："萼大娘若听到了，一定会当面追问我们的。青芝就未必了，方才我们声音不小，我猜她听到了几句，这丫头嘴巴碎得很，准保会向主家揽功的。

"结果过了好几天，主家那边毫无动静，我们就猜测，要么青芝那日没留意我们在说什么，要么青芝还没来得及告诉主家。"

抱珠说完这番话，抬头怯怯地看了一眼蔺承佑。

蔺承佑拧着眉思量，这线索至关重要，卷儿梨为何绝口不提？

抱珠似乎猜到蔺承佑在想什么，忙说："不瞒世子说，卷儿梨自从被那男妖掳走过一回，精神头便差了不少，本来极爱说话的一个人，最近总是发呆。奴家有时跟她闲聊，她连我们的事都经常想不起来。奴家估计她并非存心隐瞒，而是真给忘了，求世子看在她病体未愈的分儿上，莫要责怪她。"

滕玉意那头听见，暗忖：卷儿梨的确总是呆呆的，不过这也不奇怪，谁碰上那样的大妖不害怕，换作胆小些的，当场吓疯都有可能。

弃智心肠柔软，忍不住插嘴道："娘子不必担心，卷儿梨一是魂魄受了惊扰，二是曾误入幻境，本来需静心将养，不巧近日又频繁出事，她这叫失于调养，回头我们再给她送些安神养气的符汤，多养些日子就好了。"

抱珠感激不尽："多谢小道长！"

蔺承佑看着抱珠："那日过后有没有人在你们面前提起过这件事？"

"没有。"抱珠摇头，"要不是下午世子打听逍遥散人，奴家未必想得起来。奴家觉得此事或许与捉拿凶手有关，但又担心卷儿梨忘了，只好斗胆前来禀告了。"

"除了卷儿梨，可还有别人在长安见过那位逍遥散人？"

"也没有。"抱珠又补充，"至少我们俩没听说过。"

抱珠走后，蔺承佑去了前楼。

滕玉意学了几招，渐觉身上的襕袍又腻又重，于是向五道告了假，打算带着程伯和霍丘回一趟倚翠轩。

绝圣和弃智追出来："王公子，我们陪你一起走。"

滕玉意一面走一面笑道："我房里还有些点心，正好拿给你们吃。"

两人乐呵呵地点头。绝圣扳着手指头数："弃智，王公子是不是一共学了十二招了？"

“十三招。”弃智吁了口气，“还剩二十三招就能练通了。”

滕玉意笑着瞧他们一眼，没想到他们俩对她学武的事还挺上心。照她现在的进度，有望在明日天黑之前练完，只希望中途别再出岔子，否则她白吃苦头了。

很快他们到了倚翠轩，四下里静悄悄的，廊道里有两名衙役巡逻，伶妓和假母们困守在各自的房间里。

滕玉意回房简单梳洗了一下，找了几包绝圣和弃智爱吃的素点出来，想着五道还在小佛堂里，顺道将鱼酢等荤点也一并放到托盘里。

收拾好后她环顾左右，发现条案上还放着一碟樱桃脯，这东西还是那日抱珠和卷儿梨来时摆上来的，本来早该收起来，后来不知怎么忘了。

她思量间开了门，心里隐隐约约觉得不太对劲，站在门口，心不在焉地对霍丘说：“把这些吃的端到小佛堂去。”

绝圣和弃智道：“别劳烦霍大哥了，我们来吧。”

程伯心细，看出滕玉意面色不对，问道：“公子怎么了？”

滕玉意走了几步，脚步猛地一顿，掉转方向说：“我得去前楼一趟。”

程伯几个互相一望，惊讶地快步跟上。

滕玉意一到前楼就左右张望：“蔺承佑呢？”

“蔺评事在二楼，这位公子有什么事吗？”

“在下姓王，烦请二位替我传个话，就说王某有要事要告诉他。”

衙役有些迟疑，世子和严司直从大理寺抱回几份案卷之后，吩咐他们在楼下等候万年县法曹参军，自己则一直待在二楼查东西，他们好心买了胡饼和热汤上去，结果吃了个闭门羹。

“蔺评事未必肯见你。你在此处等一等，我上去问问。”

蔺承佑背靠月洞窗而立，眼睛却看着手中的画像。贺明生虽是商贾出身，画工却不差，这画上的逍遥散人与抱珠的形容几乎一致，个子高壮，浓眉虬髯，着缁衣、踏芒鞋，乍一看有些狭义之气。

贺明生一共画了四幅，其中一幅此刻正在金吾卫和彍骑手里，另外两幅则分别被送到了两处城门，不出一个时辰，城里城外便会布下天罗地网，只要这道士一露面，立即会被人捉拿。

“不查不知道。”严司直在灯下对着书桌苦笑，“原来六个人里竟有三个人的姓氏是‘十二画’，卷儿梨的本名叫琼芩娃，萼姬本名姓覃，葛巾本名姓董。”

蔺承佑接过话头："还有抱珠，她被人捡到时已是孤儿，被人买下之前一直没有名姓。"

严司直认真地加上抱珠的名字，顺手要画掉贺明生的名字："看来此事与贺老板无关了。"

蔺承佑却说："慢。"

严司直一惊："怎么了？难道贺明生也是用的假名？"

蔺承佑皱眉："早先我已经令人去洛阳查过他的底细，他阿爷是洛阳巨贾，身份背景没什么问题。但他毕竟是此楼的主家，无论是长期在小佛堂布阵法还是杀人后掩藏证据，行起事来比楼中其他人要方便得多。"

严司直点了点葛巾的名字："葛巾被毁容之后总在房里养伤，论理更没有杀人的可能。"

蔺承佑思忖着道："可她有杀人的动机。"

"动机？"严司直讶异地道，"她连自己是被青芝和姚黄给害的都不知道，如何……？"

忽然他暗暗一惊，这仅是葛巾的一面之词，也许她早就知道是谁害的自己，那晚却故意当众做出那样一场戏，这也不是不可能，毕竟彩凤楼里没人比她更恨姚黄和青芝姐妹俩了。

严司直惊疑不定："那……看来只有卷儿梨和抱珠嫌疑最小了。"

蔺承佑却又道："你不觉得卷儿梨痴呆得有些过分了吗？"

"你怀疑她是装的？"严司直目光掠过逍遥散人的画像，"也对，今晚抱珠的话也证明了卷儿梨一直在隐瞒重要线索，但她一个胡人，怎会与越州的桃枝绣坊扯上关系？"

蔺承佑来回思量一番，走到矮榻前仰面躺下，两晚没合眼了，他委实乏得慌："先不想了，横竖洪参军还没来，我先眯一会儿。"

他刚合上眼，外面就有人敲门。

蔺承佑没睁眼："何事？"

"有人求见蔺评事，说有要事禀告。"

蔺承佑想起抱珠，心里一阵腻烦，要事？哪儿来那么多要事？

"不见，让她滚。"

"那人说自己姓王，看样子挺急的。"

蔺承佑翻身下榻："带她上来吧。"

过片刻后，衙役返回："蔺评事，人来了。"

蔺承佑开门出去，果见滕玉意候在廊道里，她身上的襕袍是新换的，头上还像模像样地戴着幞头，额头上满是晶莹的汗珠，奇怪气息却很香洁。

他没闻出那是什么香味，乜她一眼："找我什么事？"

滕玉意决定长话短说："我觉得抱珠不太对劲。"

"怎么个不对劲法？"

"青芝出事那日，我曾叫她和卷儿梨到我房里唱曲。我好奇青芝的死因，就向她们打听青芝的事。当时我房里放着一碟樱桃脯，抱珠本来说得好好的，突然看见樱桃脯，神色一下子就变了。我问她怎么了，她说她看见樱桃脯想起一件事。我问她何事，她说她曾撞见青芝在樱桃脯里偷藏首饰。

"这话合情合理，我也就没起疑心。抱珠走后，我和绝圣、弃智去小佛堂找五道，赶上世子回来，五道便向你打听案情，我觉得抱珠说的话是个重要线索，就故意在你面前提了提，世子似乎丝毫不觉得惊讶，可见你早就知道此事了。敢问世子殿下，抱珠是什么时候在你面前说起此事的？"

蔺承佑皱了皱眉："发现青芝尸首的那个早上她告诉我的。"

那日他一发现青芝的尸首不对劲，就和严司直把楼里的人挨个叫去盘问，也就是那一次，他从抱珠口里听到了樱桃脯的事。

滕玉意道："我奇怪的就是这个，她明明早上就与你说了这事，为何下午看到那盘樱桃脯会那样失态？"

这有点儿意思。蔺承佑琢磨了一下："早上她不但对我说了，还描述得极为详尽，论理再看到一盘樱桃脯，不至于一惊一乍的，除非……"

"除非让她失态的是别的事。"滕玉意了然于胸，"她故意用樱桃脯和青芝做幌子，是为了掩饰自己失态的真正原因。"

蔺承佑来了兴趣："所以抱珠当时在你房里做什么？房中可还有别人在场？"

"除了我，就是两位小道长。樱桃脯呈上来时，话已经快说完了，我让卷儿梨和抱珠给我奏一曲《采莲曲》，但卷儿梨刚起了个头，抱珠就像见了鬼似的，也就是被我一再追问，才有了后面那番话。说实话，这番说辞天衣无缝，要不是事后凑巧得知她此前就详细说过青芝的事，我压根儿不会起疑心。"

《采莲曲》……蔺承佑沉吟，这曲子是滕玉意让弹的，抱珠都开始弹奏了，失态应该不是为了这个。

"走廊外头呢？"他又问，"有没有人恰巧路过，或是高声说话？"

滕玉意摇了摇头："记不太清了。当时两位小道长也在，要不我回去再问问他们？"

说完她便不吭声了。

蔺承佑等了一阵，看滕玉意不往下说了，便道："没了？"

滕玉意笑道："没了。"

可她没有要走的意思，蔺承佑心里暗笑，就知道滕玉意无事不登三宝殿。

他佯装不知情，回身要推门："好了，这事我知道了，王公子请回吧。"

手刚挨到门框，他就听滕玉意笑吟吟地道："世子请留步。"

蔺承佑故作惊讶地回头："王公子还有什么事？"

"世子也瞧见了。"滕玉意和颜悦色，"我与楼中假母和伶妓打过不少交道，有些话她们未必肯跟你说，却会坦然告诉我。就拿卷儿梨和抱珠来说，我连她们身上有多少伤痕都一清二楚。有时候她们无意中的一句话，往往就是重要线索。"

蔺承佑听得很认真："接着说。"

"住了这些日子，我也听了不少闲谈，可不知怎么了，有些话明明就在眼前，偏偏想不起来。论理我记性不至于差成这样，想来想去，只能是喝了火玉灵根汤的缘故，真气在体内乱窜，脑子也乱哄哄的。"

"有点儿道理。"蔺承佑一本正经地点头，"那王公子打算怎么做？"

"世子如有克化的药方，赶快告诉我吧。"

蔺承佑心里再次暗笑了一声，并不告诉她自己已经决定进宫给她弄玉颜丹了，只故意说："药方？什么药方？"

滕玉意奇道："自然是克化火玉灵根汤的药方，目前嫌疑最大的这几个人，我都与她们打过交道。早些克化火玉灵根汤的话，我也能早些想起重要线索。"

蔺承佑低笑道："王公子，真有你的，难为你绕这么大个弯子，原来还是为了这个。"

滕玉意笑得灿烂："这对你我都好，凶手狡诈异常，伶妓们各怀鬼胎，世子查了不少日子，依旧毫无头绪，这当口若有个局外人想起一些关键线索，没准真相能浮出水面。我刚才想起抱珠不对劲一事，就是其中一个例子。"

蔺承佑额角一跳。

他查了不少日子，依旧毫无头绪？

滕玉意这话是什么意思？她是明晃晃地把"藐视"写在脸上吗？

笑话，她凭什么小瞧他？线索已经理得差不多了，真相近在咫尺，最迟明早他就会把凶手揪出来。

“我早就把克化的法子告诉你了。”他一哂，“信不信由你。王公子与其动些歪脑筋，不如算算还剩多少时辰吧，练不练功倒是无所谓，长热疮可就不妙了。”

说到此处，他回身推开门：“王公子还不走？”

滕玉意一阵牙酸，回身“咚咚咚”下了楼梯。

这几日大伙都急着找凶手，她也参与其中，本来想动之以情，晓之以理，哪知蔺承佑冥顽不灵。

其实她倒不是非要走捷径，而是担心二怪随时会闯进来，她老怀疑蔺承佑有更好的克化法子藏着不说，故而有此一问。若真有药汤，她也就不必担心练不通了。

这下她彻底死心了，看来只能不眠不休地苦练了。

她在心里冷笑：此仇不报非君子。蔺承佑，我们走着瞧。

蔺承佑一回屋就径直走到书桌前，打开某份宗卷，翻了起来。

严司直温声道：“承佑，你刚才不是说要歇一会儿吗？”

“不歇了。”蔺承佑神情专注，翻完一卷又拿起下一卷。

严司直一愣，他为何突然不肯歇了？严司直好奇地看了眼房门：“刚才王公子来找你所为何事？”

蔺承佑要开腔，外头衙役奔上来敲门：“蔺评事，抓到那几位贩卖腐心草的胡商了。”

蔺承佑一凛，扔下东西去开门：“人带来了吗？”

“暂时都押在大理寺。”衙役擦了把汗，“这些人身上还有别的案子，寺卿说怕路上会出乱子，不让押到彩凤楼来。不过寺卿已代蔺评事审问过几位胡商了，就在半个月前，彩凤楼的确有人向胡商买过腐心草，只不过当时胡商手里药粉不足，最后未能成交。”

蔺承佑一凛：“谁？”

衙役道：“葛巾娘子。”

严司直大吃一惊：“真是她？”

“葛巾娘子当时已经毁了容，自己并未出面，只托平康坊一位叫拓拓儿的泼皮帮忙牵的线。拓拓儿没买到药粉，又托人给葛巾娘子传话。葛巾娘子听了只说知道了，没说要再买。”

严司直愕然良久，缓缓点头道：“好啊，我们统统被这个葛巾给耍了。承佑，就像你说的，没人比葛巾更想杀姚黄和青芝姐妹俩，她故意做出误会魏紫的那场戏，就是为了当众洗脱自己的嫌疑。如今既查到她曾有意买腐心草，我们是不是可以抓人了？”

蔺承佑若有所思地踱了两步，话是这么说，但凭凶手的城府，会大张旗鼓地买腐心草吗？而且，即便葛巾有杀害姚黄和青芝姐妹的动机，田氏夫妇又是怎么回事？

比起姚黄和青芝姐妹，田氏夫妇才是凶手作恶的开端，只有弄明白凶手与田氏夫妇的瓜葛，才能解释那邪门至极的七芒引路印。

他摸摸下巴，思忖着要开口，楼下又上来一位衙役：“洪参军来了。”

蔺承佑眼睛一亮：“快请他上来。”

洪参军是万年县负责鞫狱和审案的法曹参军，县里的大小案件，首先需经他之手，凡有县里断不了的案子，再由他逐级往上报。虽说官职不高，但他在坊间颇有名望。

洪参军生得膀大腰圆，走起路来虎虎生风，脸上的虬髯如上翘的铁钩，一口牙却雪白发亮。

他进屋后笑呵呵地施礼：“田氏夫妇和容氏的案子都是卑职负责查办的，这是当时的记录，一份是容氏的，一份是田氏夫妇的，蔺评事和严司直想先听哪一桩？”

蔺承佑请他坐下：“先从容氏开始吧。”

洪参军撩袍坐下：“容氏是前年十月初二夜里死的，当晚无人报案，次日早上戚氏才派人通知里正。卑职早就听闻戚氏经常虐打容氏，疑心容氏的死与她有关，但查了一圈下来，伙计和邻居都说事发当晚并未听见容氏呼救，仵作验尸后也发现，容氏的死因正是溺水。此外还有人做证，说容氏死前那段日子总是向隅独泣，像是早就存了死志。

“卑职无法判断容氏究竟是自尽还是被害，只得向董明府汇报此事。董明府说戚氏嫌疑不足，田允德也并无追究的意思，加之容氏在越州已经没有亲眷了，再查并无意义。卑职只好就此结案。”

严司直讶然地道：“田允德并未追究？小妾突然没了，此人竟无动于衷吗？容氏死的时候他在何处？”

洪参军说：“田允德去越州了，回来之后听说容氏的死讯，当晚就病倒了。或许是病得太急，始终不曾追究容氏之死。后来还是戚氏拿了些银钱，吩咐伙计把容氏的尸首领回来埋葬了。”

“越州？”蔺承佑和严司直一惊。

洪参军错愕：“怎么了？”

蔺承佑屏息问：“田允德去越州做什么？”

“去采买缭绫。听说他早年家贫，靠贩卖缯彩起家。虽说近年来生意越做越大了，但每年还是会亲自去越州选布料。”

原来田允德一直与越州有往来！

“田允德本就有头风，病倒之后日夜做噩梦。”洪参军慢慢回忆，“也不知害怕什么，据店里伙计说，有一回田允德病糊涂了，突然睁开眼睛说有鬼影在院子里徘徊。众人一听，那不就是容氏吗？自此彩帛行闹鬼的事就传开了。”

蔺承佑神色微变：“闹鬼的事是在田允德病倒之后传出来的？”

“是啊，正因为田允德病中总说院子里有鬼，戚氏特地跑到井前骂了好几回，说什么‘生前狐媚害人，死后还敢兴风作浪’，后来不知怎么，连戚氏也害怕起来了，某一日还跑到附近的庆国寺请了一道符贴在院子里。”

蔺承佑像是魔怔了似的，一动不动地望着桌上的案宗，本以为闹鬼在先，田允德病倒在后，看来全弄反了。

既然闹鬼的传言是在田允德回来之后才传开的，那么一切就得从头理一理了。

田允德先是去了趟越州，回来后就一病不起，恰好赶上小妾出事，人人都以为他是过于伤心所致，但田允德病中无心追究容氏的死因，甚至连容氏下葬都未理会。

会不会他们都想错了？田允德的重病根本与容氏无关，而是与那趟越州之行有关？

“田允德在越州一共待了多少日子才回来？”

洪参军似乎没料到蔺承佑有此一问，忙用粗短的手指飞快地翻阅记录。

“哦，他是八月二十七走的，十月初七回来的。”

蔺承佑垂眸道：“才四十天。从长安到越州，路上少说要二十日的工夫，田允德既然要采买缭绫，怎会刚到越州就返程？他往年去越州要花多少时日，洪参军可曾核查过？”

“这……”洪参军方阔的脸庞上浮现一丝赧意，“卑职愚鲁，没查问田允德往年去越州的情形。”

“不过……”他寻思了一番道，“在下去店里盘问时，听到店里有位伙计说：‘容氏就这样死在后院，真要吓死人了，幸亏主家提前回来了，否则店里生意都不知怎么做了。’由此可知，田允德比往年回来得要早。”

蔺承佑漫不经心地敲了敲桌，容氏是初二死的，田允德初七就回来了，死讯不可能这么快传到田允德耳中，他提前返程只能是因为别的。

难道田允德在越州遇到了什么事，又或是遇到了什么人？这个意外不但让他终止了采买布料的计划，还让他回长安后一病不起。

能让一个壮年男子惶惧到这等地步，那件事或那个人一定非同小可。

洪参军又道：“田允德病了两个月就死了，死因是头风加重，此前一直有两个有名望的医工轮流给他诊病，两人均可做证。县里仵作验尸过后也说，田允德的死因并无可疑。”

“戚氏呢？”

“她是在田允德死后第三天的夜里自缢的。”洪参军神色稍异，“她自缢前还写了一封奇怪的信。”

“信在何处？”

洪参军忙从底下抽出一张笺纸。

严司直移烛到近前，只一眼就觉得颈后汗毛竖了起来，纸上密密麻麻全是字，每一行都是同样的话：我本狗彘，不配苟活；我本狗彘，不配苟活……

蔺承佑盯着信上的字：“核对过字迹吗？”

“核对过了，确是戚氏的字迹。”

蔺承佑又翻过去看信的背面，以戚氏的为人，想叫她幡然醒悟并写下这样一封信，怕是比登天还难。

但如果一个人用邪术操纵戚氏写下这封信，那就另当别论了。

蔺承佑一抬眼：“洪参军将这封信保存得如此完好，是不是也怀疑过戚氏的死因？”

“是。”洪参军正色道，“戚氏性情跋扈，哪怕寻死也不会将自己比作‘狗彘’。但一来彩帛行的贵重器物并未丢失，二来戚氏似乎早就有了寻死的念头，就在自缢前几日，她把自己的珠宝首饰分为几份，分别捐给了几个佛寺。我就想着，戚氏膝下无儿无女，田允德这一死，戚氏算得无依无靠了，一夕之间萌生寻死的念头，乃至性情大变都有可能。”

蔺承佑一哂：“可这排除不了仇杀的可能，那封绝笔信上的口吻太过古怪，分明有惩罚的意味，而且从戚氏对待容氏的态度来看，她岂是会主动忏悔之人？洪参军除了清点财产，可查过田氏夫妇与谁结过仇？”

洪参军背上悄然出了一层汗，说实话，他心底原是瞧不上蔺承佑这种贵要子弟的，不过仗着门第和出身，处处指手画脚，其实论起如何办案，这些纨绔儿连皮毛都没摸到。

当然这些话他只在心里嘀咕，面上未曾显露，而且为了不被指摘，今夜来前他做了充足的准备，哪知蔺承佑思虑如此周全，一句接着一句，很快就让人招架不住了。

他赶忙打起精神应对：“查过。田允德为人圆滑，平日与他往来的大多是富户巨贾，听说相交融洽，从不与人交恶。戚氏就算与人起冲突，也无非是些生意上的鸡虫得失。倒是卑职在调查的过程中发现了一件很奇怪的事，田氏夫妇身边连个亲人都没有，更不曾招待过外地来的亲戚。”

蔺承佑“咦”了一声：“有意思，田氏夫妇本是章丘人，十年前的冬月才迁至长安，章丘离长安不算太远，论理不至于与家乡的亲故音信阻绝。”

“卑职也是这么想的。”洪参军狐疑地道，“田氏夫妇家私巨万，哪怕他们不想理会过去的穷亲戚，也挡不住穷亲戚过来投奔他们。卑职起初也不信这一点，但店里的伙计和左右的邻户均可做证，而且戚氏死后，并无亲戚过来操办丧事。卑职当时就想，不怪戚氏死前把贵重首饰捐给寺庙，原来世上一个亲戚也没了。”

蔺承佑顺理成章地问：“所以洪参军可查过田氏夫妇十年前在章丘的事？”

洪参军脸上直发烫，这事他查得本就不深，更何况过了一年多了。

好在他肤色黝黑，脸红也不明显，他赧然道：“卑职给章丘府的司户参军写过一封信，向他们打听田氏夫妇在章丘的亲朋故友。但没等信寄过来，县里就出了别的案子。卑职分身乏术，想着查了这些日子，田氏夫妇的死因并无可疑，加上董明府催着查办另一桩案子，卑职……卑职也就丢开手了。”

蔺承佑冲洪参军摊开掌心：“信在何处？”

洪参军尴尬地咳嗽一声，嗓门挺大，震得人鼓膜嗡嗡作响。

蔺承佑笑容不变，口吻却冷硬了几分：“既是公函，章丘府没有不回的道理。”

洪参军脸上青一阵红一阵，讪讪地从怀里取出一封信递给蔺承佑：“信带来了，怕蔺评事笑卑职粗心，没好意思拿出来。”

蔺承佑抖了抖信封上的浮灰，看样子这一年多以来，这封信一直被搁在角落里，好在洪参军没糊涂到一股脑把信给扔了。真要再一次向章丘去信，少说也要十来日才能得到回信。

章丘府的司户很细心，把田家和戚家的三亲六眷全列在纸上，左为田允德，右为戚氏，脉络清晰，一目了然。

田允德的爷娘早已亡故，底下只有一个弟弟，因为田父是独子，田允德并无叔伯兄弟和子侄，而在十一年前田允德的弟弟因病亡故之后，整个田家便只剩下田允德与戚氏两口子了。

戚氏这边的亲戚也不算多，戚氏是幺女，上头还有两个姐姐。戚家素来清贫，爷娘早在戚氏出嫁前便相继病逝，两个姐姐也因嫁往外地，多年来未有音信了。

至于田氏夫妇可曾在章丘与人结仇，对方在信中说：据户籍所载，田氏夫妇在丁卯年七月便离开了章丘，自那之后田家与戚家在当地就成了绝户，乡间邻里别说记得十多年前的事，连知道这两口子的人都不多了。

严司直看完信之后，面色有些古怪："本以为这对夫妻有意躲避仇人，原来家乡真没有亲人了。"

蔺承佑忽道："不对。"

严司直和洪参军诧异地道："怎么了？"

"日子不对。"蔺承佑点了点信上某一处，"信上说田氏夫妇七月离开了章丘，但据万年县这边的户籍记载来看，田氏夫妇十一月才抵达长安。七月到十一月，整整四个月的工夫，他们去了何处？"

屋子里顿时落针可闻，四个月说长不长，说短不短，两个大活人除了要吃喝，更要有个栖身之所。

"再则，田氏夫妇口口声声说当年发家是因为戚氏变卖了嫁妆，但就信上所言，戚氏出身寒门，哪来那么大一笔嫁妆供她变卖？即便家中有些积余，经历一场饥荒，多半也拿来换粮了。"

洪参军一心要将功补过，忙说："但据卑职所查，十年前田氏夫妇刚到长安之际，便在东市赁了一家店面卖贵重布料。"

蔺承佑："不觉得奇怪吗？到东市赁间铺子并非易事，贩卖缭绫之类的贵布更需大笔本钱。如果变卖嫁妆是假的，这笔钱从哪儿来的？"

严司直狐疑地道："你是说……"

蔺承佑眼前浮现田氏夫妇鬼魂的惨状，冷笑道："我在想那四个月究竟发生了何事，若能弄明白田氏夫妇当年都做了何事，也许就能知道凶手的杀人动机了。"

洪参军既惊又悔："所以田氏夫妇真是被人谋害的？"

蔺承佑回身一指戚氏那封绝笔信："凶手骗得了别人，骗不了我们。这封信与七芒引路印的手法如出一辙，使的都是牵魂拘魄的法子，把受害人如木偶般操控起来，再令其做出写信和自缢之举。我想如果开棺验尸，戚氏的衣裳外面应该留下了一些针眼。”

洪参军脸色惨然，戚氏死了一年多，尸体早就腐败了，想再开棺找线索，又谈何容易？只恨他结案太草率，假如当时就把凶手揪出来，也许就没有后头那些事了。

蔺承佑忽又道：“严司直、洪参军，若是你们举家逃荒，第一个会考虑投往何处？”

严司直回过神来：“逢上凶年饥岁，估计也就能指望亲戚收留了。”

“可田家已经没亲眷可投奔了。”蔺承佑慢悠悠地在桌前踱了两步，“戚氏倒还有两个姐姐，对当时的田氏夫妇来说，没有比这更好的去处了。可惜信上没说她们嫁去了何处，否则也许能知道田氏夫妇那四个月的栖身之所了。”

他边说边在心里盘算，从章丘投奔到某处，再从某处到长安，等田氏夫妇再出现时，手中已然多了一大笔做买卖的本钱。

这四个月的境遇，改变了田氏夫妇一生的命运。

四个月……

四个月……

蔺承佑眼皮一跳。

那地方该不会就是……？

他哑然伫立在屋中，只觉得纷繁的线索，渐渐清晰地指向某一处。

越州、姚黄与青芝姐妹俩、那枚出自桃枝绣坊的香囊、田氏夫妇无故失踪的四个月……想到这里，他猛一抬头：“严司直，你速以大理寺的名义给越州府去一封信，写好后令人连夜疾驰送信。”

严司直急忙捉袖提笔：“欲问何事？”

“我想知道十年前的八月到十月之间，越州可曾出过什么悬案，地点或许就在桃枝渡口附近，凶手至今未落网。”蔺承佑掉头匆匆往外走：“洪参军，你同我出去一趟。”

洪参军惊讶地起身：“要去何处？”

“去碰碰运气。江南东道恰好有几位官员在京述职，运气好的话，没准有人记得十年前发生在越州的事。若是没人想起来，城里还有几家越州人开的旅舍，横竖找人仔细问一问。”

蔺承佑一面说一面下了楼，厅里已经没有人了，四下里阒然无声。

他走到庭前环顾一周，忽然屈指成环，吹出一声呼哨。

洪参军紧跟在蔺承佑身后，见状疑惑地停步，只听夜风穿堂而过，檐下传来灯笼挂钩的咯吱轻响。

这声呼哨过后，风声仿佛停滞了一瞬，洪参军正暗觉古怪，就听楼顶上隐约传来响动，仿佛有巨物在楼顶上潜行。

洪参军脊背上的汗毛一竖，他习武多年，一听就知道楼顶上那东西绝非善类。

然而不等他拔刀，蔺承佑忽回手按住了他的刀柄。

蔺承佑扭头看了洪参军一眼，似笑非笑地道："我们走吧。"

洪参军满腹疑团，眼见蔺承佑已经回身往大门走了，只好把话吞回肚子里。

出来上了马，他仍在揣测楼顶上那东西是何物。蔺承佑却递给他一张笺纸："洪参军看看这个，田氏夫妇去世的那段时日，你可见过这上头哪个人出入过彩帛行？"

洪参军接过笺纸，只见上头写着沃姬等六人的名字，都是平康坊的老住户了，名字他都有些印象，心知这多半是嫌疑人的名录，细细思索道："田氏夫妇死的那几日，跑来看热闹的人不少，两个假母我见过，但也只是匆匆一瞥，至于别人……实在记不清了。"

沃姬和萼姬？蔺承佑控住缰绳："她们当时可有什么不寻常的举动？"

洪参军摇头："只记得她们挤在人堆里看热闹，被我们一驱也就散开了。对了，这个贺明生是半年后才来平康坊开店的，当时他应该不在长安。"

蔺承佑手握缰绳，让马儿在原地踏步，他原本也没指望洪参军能想起一年多以前的事。凶手为了布局，横跨一年多时间，这样的人又岂肯轻易在人前露出破绽？

于是他把笺纸又塞入怀中："你我分头行动，我先去一趟进奏院，你到崇仁坊等我。崇仁坊有不少外地商贩开的旅社，其中有家思如归客栈，是越州商人开的。"

说着他一抖缰绳，疾驰而去。

洪参军拍马跟上，心里却有些纳闷，严司直的信一寄出，越州很快就会回信，田氏夫妇当年去没去过越州，半个月后就会水落石出。但是看蔺承佑这架势，竟像是等不到天亮了。其实他也有过没日没夜查案的经历，但人总有疲累的时候，要不是迫在眉睫的案子，没必要夤夜奔走。

可蔺承佑像是今夜非要马上找出凶手不可。

洪参军思忖着挥舞马鞭，一霎儿便奔入了夜色中。

严司直等了又等，迟迟不见蔺承佑和洪参军回转。

他支着额头打盹，一不小心就睡死了，睡了不知多久，迷迷糊糊听到嘈杂的响动，等到再次睁眼，满目都是金亮的阳光。严司直脊背倏地一挺，这一觉居然睡到了天亮。

严司直慌忙抬手整了整幞头，奔到门口拉开门，却见一个衙役跑上来说："蔺评事回来了，说让严司直带上纸和笔墨，速到隔壁那家胡饼铺找他。"

严司直很快找到上回那家胡饼铺，果见蔺承佑和洪参军坐在店里，此外还有几位商贩模样的男子坐在一旁，模样都有些忐忑。

几个商人虽是绫罗裹身，但衣袍上沾了不少灰尘，俨然在地上摔过。

蔺承佑净了手面，笑容可掬地环顾左右："各位怎么不说话？我的样子像坏人吗？"

商户们哆哆嗦嗦地道："方才小人在旅舍未认出世子殿下，多有冒犯之举，求世子看在小人痴愚的分儿上，莫要与小人计较。"

"说到冒犯，你们的确耽搁了我不少工夫。"蔺承佑长眉一挑，"不过我这人最宽宏大量了，而且今日状况有些特殊，念在你们愿意将功补过的分儿上，可以给你们一个机会。"

几个商人慌忙指天发誓："只要世子殿下高抬贵手，一切全听世子殿下的安排。"

蔺承佑把玩着手里的酒盏："其实嘛，不过是小事一桩，难得你们几个都住在桃枝渡口，又都记得十年前八月的那桩悬案，找你们过来，无非想请你们指认一个人。"

商贩们脸上露出惧意，但他们显然更怕蔺承佑，互相望了几眼，赶忙点点头。

蔺承佑和颜悦色地道："放心，那人虽说可能是凶犯，但只要你们今日将其指认出来，我保证此人往后没机会报复你们。"

他正说着，洪参军忽然道："严司直，快请坐。"

蔺承佑冲严司直点点头，接着道："别又像方才那样七嘴八舌的，派个口齿最清楚的来说，若有什么遗漏之处，剩下的人帮着补充。"

严司直又惊又喜，坐下后低声问洪参军："果真发生过悬案？"

洪参军点点头："不算轰动，但知道的人也不少。这几个越州商户当年就住在桃枝渡口，此次来长安贩货，恰好就歇在旅舍里，蔺评事一问就对上了。"

商贾们嘀嘀咕咕商量一番，推举某位蓝袍男子为代表。此人清了清嗓子，慢慢开了腔："这件事过去十多年了，侥幸还有人记得，当年我们渡口附近住着一户人家，户主姓彭，是位书生。

"彭书生本不是越州人，听说早年曾到长安参加过科考，落第后无颜回家乡，索性带着妻子四处游历。后来也不知怎么，一家人游历到了越州，不但在此地住下，还在桃枝渡口附近开了一家私塾。

"小人幼时到渡口玩耍，经常见到彭书生一家人。彭书生因无功名在身，开私塾也没能收到几个学生，为了维持生计，闲暇时便常到坊市贩卖字画，有时候还带上他妻子做的针黹，可惜彭娘子是关中人，绣活远比不上越州当地的绣娘。"

蔺承佑冷不丁道："彭书生的妻子姓什么？"

"约莫是姓殷，抑或是姓戚。"有人小声道，"小人的阿兄曾在彭书生的私塾上过学，说这位师娘待人和气得不得了。哦，对了，彭书生膝下有一对儿女，大郎年纪跟小人差不多大，若是活到现在，今年二十六七岁，女儿嘛，活到现在的话，也该有十五六岁了。"

蔺承佑眼波微动："接着往下说。"

蓝袍男子便道："每到岁时伏腊，邻里间常请彭书生帮着写字画，若是赶上手头不方便，只要跟彭书生提一提，彭书生绝不张口要钱。后来这家人日子过得越发困顿，邻居们便时常送些吃食接济他们。

"大伙都说彭书生有些酸腐脾气，家境都那么窘迫了，还不忘教儿女念书写字。记得那时候，小人常看到彭家的大儿子蹲在渡口看书，一手字写得别提多漂亮了。彭家那个小女儿，小小年纪就生得白净标致，邻里间有时候夸赞几句，彭氏夫妇也是满面荣光。

"就这么过了好几年，彭书生年岁大了，眼看功名无望，便歇了去长安赴考的打算，可又舍不下脸面，只好偷偷跟着渡口的人学捞鱼。有一回彭书生夜里捞鱼时，无意中救了一个人，这人正是我们本地的一位巨贾，因为酒后失足，不慎掉入河中。巨贾感激彭书生的救命之恩，专门设宴款待他们一家人，我们都猜……"

蓝袍男子扭头看向左右，像是要确认自己的说法对不对，对上同伴肯定的眼神后，这才再次开腔。

"我们都猜那位巨贾给了彭书生一大笔酬金，因为自那之后，彭书生就很少去渡口捞鱼了。他自己没舍得换衣衫，却给妻女做了新衣裙，没多久又给彭家大郎买了上好的笔墨，说凭大郎的天资，再苦读个两三年便可到长安去科考了。又过了一阵，彭书生把那间寒舍卖了，带着儿女迁到半山腰的一座庄子里去，还买了两艘船，雇人捞鱼来卖。

“他们搬家的那一日，小人和爷娘也去凑热闹，邻里间知道彭家人是因何阔绰起来的，但大伙看彭家人那般高兴，也没人打趣他们。

“彭家搬家之后不常下山，老邻居见面的次数也就少多了，人人都说彭氏夫妇这算是苦尽甘来，只要来年彭家大郎中了科举，没准一家人还会搬到长安去，不料……”

说到此处，蓝袍男子脸上露出不忍之色：“不料好景不长，没多久彭家人就出事了。那时候正好是八月，当时北方闹饥荒，不少流民陆续拥到南地，桃枝渡口常有生人登岸，其中不乏鼠窃狗盗之辈，乱糟糟的没少出乱子。大伙为了避难，都尽量不去渡口，可彭家也不知中了什么邪，偏在这当口下渡口，不幸遇到了劫匪，一家人都遭了殃。等到被人发现时，船都被凿穿了，一家四口不知所终。邻居们赶到官府报案，打捞了好几日才打捞到彭书生和他妻子的尸首，八月天气酷热，又在水里泡了那么久，两口子都不成人形了。”

其他人也跟着幽幽叹息一声。

蓝袍男子沉默了一会儿，怅然地道：“官府又捞了几日，没能捞到彭家兄妹的尸首，倒是捞着了兄妹俩的衣裳。渡口素来水流湍急，掉下去绝没有生还的希望，况且若还活着，兄妹俩早该露面了。官府的人又说，彭书生和妻子头上有伤，应该是被人砸伤之后才被丢到河里的，到彭家的庄子一搜，屋里竟半点儿值钱的东西都无，一看就知被恶人劫了财。

“官府又问我们可见过生人来找彭氏夫妇，但大伙已经许久没见面了，加上那阵子流民乱窜，各家都紧闭门户，邻居既不知彭家最近有什么新客，也不知他们为何要下渡口，恰好这当口彭家雇的渔夫也不知所终，官府便疑心渔夫就是凶手，结果没多久就发现了渔夫的浮尸，据说身上也有伤。自那之后官府一直没能找到凶手，这案子也就不了了之了。”

屋子里静默下来，众人神色各异，如此良善的一家人，一夕之间丧了命，任谁听了都会唏嘘。

蔺承佑摩挲着手中的酒盏，久久没开腔。

彭书生的妻子姓殷或是姓戚，假如姓戚，很有可能就是戚氏的某个姐姐。

照这么推算，田允德与戚氏两口子十年前的那四个月待在何处，似乎就有了答案。

两口子七月从章丘逃荒出来，径直投奔越州的姐姐，路上花费个把月的工夫，赶到越州时差不多就是八月。

而彭家人遇害恰是在八月。

诡异的是，再等田氏夫妇来到长安，手中就多了做买卖的本钱。他们用这笔钱在东市开了铺子，做起了布帛生意。

一晃十年过去，彭家四口化作了一堆枯骨，田氏夫妇却成了长安的富户，当年那四个月的经历，几乎未在他们的人生中留下痕迹。

可是他们真抹得去吗？那可是四条人命，绵绵不绝的恨意，会如毒草般从地底下爬出来。所以才有了“我本狗彘，不配苟活”的罪己书，才有了骇目惊心的七芒引路印。所以那人取了田氏夫妇的性命还不够，还要把他们的魂魄拘起来用酷刑折磨。

而且，田氏夫妇的鬼魂曾说凶手的姓氏是十二画。

“彭”姓，恰是十二画。

说不定在当年那场劫难中，有人侥幸活了下来。

蔺承佑面上波澜不惊，心中却已掀起了惊涛巨浪。几桩悬案，横跨十年，若不是他阴错阳差住到了彩凤楼，也许永远不会知道十年前的这桩无头公案。

可不知为什么，离真相越近，他心里的滋味就越复杂，阴的反面是阳，错的另一面便是对，可世上偏偏有些事，已然无法用错或对来衡量。

他定了定心神，开口道：“彭书生那对儿女的尸首一直没找到吗？”

“没有。”蓝袍富户摇头，“我们渡口年年有人淹死，尸首浮不上来的话，基本就被冲到下游去了。”

“那这么多年以来，你们有没有在越州见过跟这对兄妹相貌相似的人？”

几名商人沉默片刻，相继摇头：“要是见到了，小人估计会被活活吓死。而且彭家小娘子死的时候才五六岁，纵算侥幸活下来，相貌也变了。彭家大郎当年倒是有十六七岁了，但毕竟过了十年……”

蔺承佑睨着他们：“相貌再变，轮廓上也该有点儿当年的影子，稍后我带你们去认几个人，如果你们觉得相似，只管告诉我。还有，你们可还记得彭大郎和彭小娘子的名字？”

商贾们摇头：“就记得彭书生总叫儿子‘大郎，大郎’的，小娘子就不知道了。”

蔺承佑想了想，查到现在，对于凶手为何谋害田氏夫妇，他已经大致有了思路，但姚黄和青芝姐妹为何被杀，依旧是个谜。

他回想着姚黄和青芝姐妹早年的遭遇，开口问道："越州府当年有对擅长口技的乐工夫妇，姓聂，有对女儿，大的叫聂阿芙，小的叫聂阿蕖。聂乐工因卷入李昌茂谋逆案被牵连，女儿也被发卖了，你们可听说过此事？"

商贾们这次回答得很快："听说过，怎么没听说？越州的这些奇人逸闻，就没有小人不知道的，聂乐工模仿鸟鸣惟妙惟肖，当年也曾名噪一时，但他们出事前一直住在城里的乐坊中，离渡口远得很。"

他们不住在桃枝渡口吗？蔺承佑暗暗吃惊，本以为姚黄和青芝姐妹因为认出凶手才被杀，看来猜错了。既然他们不是邻居，彼此认识的机会微乎其微。何况姚黄十年前才八岁，青芝只有五岁，年岁太小，对于彭家的案子，照理不会有印象。

那她们到底为什么被杀？

彩凤楼开张以后，姚黄和青芝姐妹与凶手同住一个屋檐下。青芝喜欢偷东西，兴许某一日无意中发现了凶手杀害田氏夫妇的证据。

不对，凶手那般谨慎，岂会让一个小丫头抓住把柄？

但如果没有被抓住把柄，凶手何至于被青芝要挟？

他究竟遗漏了什么……？

蔺承佑一面漫不经心地给自己斟茶，一面在心里来回推测，突然想起容氏。

"你们可听说过一位姓容的绣娘？"

几位商贾茫然摇头。

蔺承佑从怀里取出凶手的香囊："喏，看看这个，有印象吗？"

众人"咦"了一声："这像是桃枝绣坊的活计。"

"你们知道这家绣坊？"

"自然知道，这家绣坊大名鼎鼎，就在渡口附近，'桃枝'二字，还是照着渡口的名字拟的呢。"

"既然离得这样近，你们可听说有位绣娘把女儿嫁给了长安的富户做妾？"

蓝袍男子正要摇头，后头却有位商贾把头往前一探："有，有这么回事，小人的阿娘经常去桃枝绣坊买活计，与绣坊的人还算相熟。那阵子小人有意纳妾，阿娘就替小人留了心。一两年前吧，小人的阿娘回家突然说，她本来看中了一位老绣娘的女儿，哪知还没来得及说项，那小娘子就被长安来的巨贾看中了。巨贾许了老绣娘重金，把小娘子带到长安去了。"

严司直和洪参军一讶："这不就是容氏吗？"

没错，容氏的阿娘正是一位越州绣娘，年月也对得上。

蔺承佑一怔，照这么说，容氏当年也住在桃枝渡口？那她会不会也知道彭家的案子……？

他猛然起了身。

他总算知道青芝为何公然说自己跟容氏是同乡了！

众人只当青芝哗众取宠，因为当时容氏都死了一年多了，彩凤楼又经常闹鬼，非亲非故的，只有傻子才会愿意跟一个死人攀扯关系。

可原来青芝并非说疯话，她这话是故意说给凶手听的。

她在用这种方式要挟凶手，她知道凶手的秘密。

至于她怎么知道的，自然与容氏有关。

早在容氏还活着的时候，青芝就随沃姬去过彩帛行。青芝当时一心要找失散的姐姐，听出容氏的越州口音，势必想法子与容氏攀谈。

一旦熟起来，她们聊的东西也就多了，也许容氏无意中说过彭家的什么事，被青芝记在了心里。

一年后彩凤楼开张，青芝也随沃姬进了楼，她日日与凶手打照面，没准就在某个瞬间，青芝窥见了凶手的秘密。

青芝表面憨傻，实则心机深沉，知道这个秘密之后，便趁机敲诈凶手，想来她得逞了，所以才有了那堆藏在樱桃脯下的贵重首饰。

而凶手在与青芝周旋的过程中，无意中得知青芝和姚黄是姐妹，怕自己的秘密被泄露，在杀了青芝之后，又向姚黄下了手。

怪不得凶手明明恨的是田氏夫妇，却又杀害了姚黄姐妹。

蔺承佑定定地看着门外，晨鼓过后，市廛渐渐热闹起来。外头车马喧腾，他耳边却全是电闪雷鸣，几桩案子紧密相连，凶手几乎未露出过破绽。若非他凑巧找到了这帮越州商人，也许还要十来日才能理清真相。

多久没遇到这样老谋深算的对手了，他简直百爪挠心。想到此人平日天衣无缝的表现，他就迫不及待想看到那人被他揭开真面目的那一刻。

他垂下眸子，不紧不慢地喝完茶盏里的茶，心里越是发急，面上越要表现得不急。正了正脸色，他起身左右一顾，笑道：“走吧。去彩凤楼认人，到了那儿莫要声张，一切听我安排。”

滕玉意一个人在园子里练剑。

昨晚淅淅沥沥下了一夜雨，今日却是个大晴天，阳光落在青色琉璃瓦上，绽放出千万点晃眼的白光，这样的好天气，用来练剑事半功倍，可惜被褐剑法越到后头越难练。滕玉意学完前二十招后，速度陡然慢了下来，原本一招只需半个时辰，现在要一个多时辰她才能练完。

说不着急是假的，趁天气放晴，她不顾满地都是泥点子，练得十分起劲。

忽有衙役领着一行人过来道："王公子，烦请避一避。园子里得空出来办案，暂且不能留人。"

他们怎么又来了？滕玉意扭身打量来人，严司直她认识，剩下的全是陌生人。蔺承佑不会平白无故找一堆生人来，定与断案有关。

商贾们也在打量滕玉意，他们常年贩货两地，早练就了毒辣的眼力，看这少年通身贵气，暗猜是某位衣冠子弟，就不知为何在脸上贴了那么大片的络腮胡，把半边脸都给挡住了。

滕玉意收回视线，看来凶手不尽快落网的话，她是别想一鼓作气练完三十六招了。花园里练不了，那她就去别处吧。冲严司直行完礼后，她故意粗着嗓子道："阿伯，我们走。"

说罢她掉头往小佛堂走去。

小佛堂里绝圣和弃智坐在墙根打盹，五道正忙着瓜分几块胡饼，抬头看见滕玉意进来，正要问她为何不练了，就见衙役领着一群衣着华丽的生人进来了。

"这是……？"

话音未落，蔺承佑也进来了，一来就对几位商户说："待会儿你们就在小佛堂里认人，即便认出来了也莫声张。"

几人忐忑地点头。

滕玉意一下被勾起了好奇心，蔺承佑忙活一晚上，似乎查到了不少东西。

她是留下来看热闹，还是回房练剑？

蔺承佑回身要安排几个道士，不提防看见滕玉意，她昨晚不是还说他毫无头绪吗？今日正好叫她开开眼。

"哟。"他笑道，"不巧打扰王公子学艺了，这小佛堂我们得用来办事，一时半会儿王公子练不了剑了。王公子不比别人，学东西学得太慢，不如趁早移到别处去，省得耽误你学剑。"

滕玉意顿觉有诈，这话明面上在讥讽，可又隐约透着"激将"的意味，论理蔺承佑巴不得他们走得远远的，好端端"激"她留下来做什么？

明知蔺承佑不怀好意，她仍抵不住“辨认凶手”的诱惑，干脆摆出一副看热闹的架势，甜笑道：“这点儿工夫王某还是耽误得起的。既然世子很愿意我们留下来看热闹，在下就却之不恭了。”

蔺承佑脸皮倒是厚，心思被戳破也笑容不减，扭头正要对五道说些什么，园子里有人来了。

五道看看那帮商人，忍不住道：“世子，他们认得凶手吗？”

“嘘，别说话。”蔺承佑隔着窗格往外看，“让他们试试。”

绝圣和弃智本想直奔师兄，看师兄面色严肃，意识到氛围不对，蹑手蹑脚地走到滕玉意身边，同滕玉意一起往外看。

第一个来的是葛巾。衙役将她领到附近一株芍药丛前站定，也不知说了什么。葛巾迟疑了一下，抬手将帷帽取下，于是她整张脸就这样暴露在阳光下。

商贾们似是惊讶于这美貌女子脸上的伤疤，呼吸登时粗重了几分，好在蔺承佑似乎提前跟他们打了招呼，他们才不至于失声惊叫。

滕玉意端详着花丛前的葛巾，认人并非易事，凶手尤其狡猾，躲在小佛堂里辨认不失为一个好法子。只要把人领到日头底下站着，鼻子、眼睛长什么样，里头的人看得一清二楚。

衙役一面问话，一面不动声色地领着葛巾转了好几圈。

这当口，蔺承佑眼睛一眨不眨地看着几位商人，可是很快，几个人一齐摇了摇头。蔺承佑似乎并不惊讶。严司直却大大吃了一惊，捉住蓝袍男子的衣袖，示意他们看得仔细些。几个人瑟缩了一下，依旧表示自己不认识。

第二个来的是贺明生，他身躯本就比旁人胖得多，禁足这几日愈加变得臃肿。赶上今日天气晴暖，短短一段路脸上已然挂满油亮的汗珠。到了花丛前，他先是茫然四顾，随后堆起笑容，欠身向衙役打听什么。

商人们对上贺明生那张肥白的阔脸，不约而同地摇了摇头。

蔺承佑很是惊讶，用眼神示意商人们好好看。商人们互相用目光交流一番，末了摇了摇头。

接下来依次是沃姬、萼姬和卷儿梨。

商贾们依次否认了沃姬和萼姬，因为年龄不对。

但轮到卷儿梨时，那位蓝袍男子露出了疑惑之色。最后来的是抱珠，这一次，所有富贾的神色都有了变化，待衙役将抱珠领走，他们就纷纷开腔道：“看着有点儿像彭家的小娘子。”

蔺承佑一言不发，严司直和洪参军却惊疑不定地道："确定没看错吗？"

"其实小人不大记得清了，毕竟彭家小娘子死的时候太小，但彭书生的妻子就不一样了，小人当年曾见过她好几回，记得面皮白净，尖尖的下巴，刚才那个小娘子的模样，隐约跟彭书生的妻子有点儿像。"

旁人也跟着说："这六个人里，也就她稍微有点儿像彭家人了。"

滕玉意暗想：凶手莫非真是抱珠？她昨晚突然跑来说卷儿梨的事，是想择净自己的嫌疑吗？

洪参军按捺不住道："世子，我们现在就抓人吗？"

所有人都将视线投向蔺承佑，蔺承佑狐疑地看着抱珠远去的背影，久久未答话。过了好一会儿，他古怪一笑："抓。不过在抓人之前，我们得做点儿别的。"

蔺承佑走后，滕玉意又练了一个时辰。剑法后面夹杂着大量的道家心法，越到后头越艰涩，她毕竟毫无根基，练到第二十二招时，死活练不动了。

照这个进度来看，天黑前她是别想练完了。怎么办？听凭自己长热疮？想都别想。

她开始焦躁地踱步，先不说热疮的事，就冲着克化之后的天大好处，她也不甘心就此作罢。天色越来越晚了，坐以待毙不是她的风格，她必须尽快想法子。

这头滕玉意挖空心思想主意，那头五道也没闲着。

他们一贯无赖，况且教武功并不是件轻松的活计，看出滕玉意一时半会儿练不通了，便打算撂挑子："王公子，不是我们不好好教你，但老道也想明白了，凡事不该逆天而为，你一个娇滴滴的小娘子，就该慢慢悠悠地学。要不就算了，无非就是长几个热疮，你年纪小，过几月就淡了。先不说了，外头天象越来越差了，老道得去园子里护阵。"

绝圣和弃智气得直跺脚："前辈，你们怎么能这样？"

滕玉意冲程伯使了个眼色，程伯飞快地拦在五道面前，淡笑道："诸位上人听我一言，火玉灵根汤发作究竟要多少时辰，眼下还没个定数，学下去总归有通的时候，不教却是彻底无望了，还请几位上人多添点儿耐心，我家公子聪慧过人，没准哪下子就通了。"

五道嚷道："老道不是不想教，但眼下不得分个轻重吗？"

滕玉意缓步踱过去："古有尾生之信，近有季布一诺。可见在世人眼里，'信诺'二字，足胜千金。道长们平日言必称道，临时要反悔，似乎有些欠妥吧。"

五道嗫嚅："贫道不是这个意思。"

滕玉意脚步一顿："那日喝酒的时候，道长可是亲口答应教完这套剑术。既然答应了，何时停止、如何停止，可就不是你们说了算的了。"

见天等人噎了一下："你……"

滕玉意回头一笑："在下知道，几位道长并非诚心要毁诺，昨晚一整夜未睡，累了才会犯糊涂。你们在小佛堂里好好歇一歇，我去弄些酒来，等喝了酒养足了精神，再好好教我剑术。"

说话这当口，程伯早已将门口堵死。五道知道眼下如果硬闯，少不了一顿打斗，再说他们本就理亏，赢了好像也不算威风，于是气呼呼地道："王公子，你什么意思？我们又没说一定不教，干吗把我们圈在此处？"

滕玉意充耳不闻，自顾自地领着霍丘下了台阶，走了两步，忽又回身冲绝圣和弃智招手。

绝圣和弃智钻出来，急声道："王公子，你先别急，二怪不一定何时来，离天黑还有几个时辰，只要抓紧练，还是有希望练通的。"

他们说这话的时候，神色和语调都有些犹疑，可见他们也觉得希望渺茫。

滕玉意悄声道："你们上回说的桃花剑法，据说半个时辰就能上手？这剑谱就在你们青云观吗？"

"在呢。"绝圣怔然，"王公子，你该不会现在想去观里取这个剑谱吧？行不通的，就算找到了，我们也不会。"

"拿剑谱嘛……的确是来不及了。"滕玉意看看天色，忽然话锋一转，"蔺承佑不是会这套剑法吗？"

"师兄是会的，可是……"

滕玉意笑着点点头，只要确定蔺承佑会这套剑法，一切就好说了。

"你们先回去好好歇一歇，我去张罗些好吃的。"

很快到了倚翠轩，滕玉意打量四周，各处房门紧闭，衙役也未撤。蔺承佑刚才说要抓人，却迟迟未见行动，依她看，要么还没想好怎么抓，要么还在等某个消息……

她心里益发有底了，带着霍丘又去前楼，迎面就见蔺承佑从楼梯上下来。

"一个多时辰了，还没消息吗？"蔺承佑道。

严司直道："大家正带着逍遥散人的画像去旅舍查问，但城里旅舍太多，挨个问下来怕是……"

蔺承佑正要答话，抬眸看见滕玉意："王公子？"

他径直走到桌前撩袍坐下："王公子不在后头好好练剑，跑到这里来做什么？"

滕玉意一本正经地拱了拱手："王某过来帮忙抓凶手。"

"抓凶手？"蔺承佑刚把茶盏送到嘴边，又笑着放下，"我竟不知王公子如此热心肠，你刚才也看到了，我们已经知道凶手是谁了。王公子赶紧走吧，不添乱就不错了。"

滕玉意故作纳闷："世子既然确定凶手是谁了，为何迟迟不抓？"

蔺承佑笑容微滞，旋即一哂："依王公子之见，这是为何？"

滕玉意却不肯往下说了，只含笑指了指身后的霍丘："我这护卫有要事禀告世子，还请世子借一步说话。"

蔺承佑瞥见霍丘眼里的微讶之色，心知滕玉意多半又在瞎扯，无奈好奇心已经被她前一句话勾起来了，还是不情不愿地起了身，随滕玉意径直走到前庭一株花丛后，懒洋洋地抱起了胳膊："有什么话就在这儿说吧。"

滕玉意令霍丘退到一边，这才不紧不慢地开口："其实我并不知道凶手是谁，但这几日我在楼中，也算见识了凶手的本事。此人不但沉毅果断，还颇通邪术，因此世子明明已经知道凶手是谁，却不敢随意妄动，若非证据确凿，那人是绝不肯认罪的，你执意等那个神秘莫测的逍遥散人的消息，就是这个缘故吧？"

蔺承佑听得很认真，等滕玉意说完，饶有兴趣地道："接着往下说。"

滕玉意："估计世子也认为，与其指望凶手主动认罪，不如布个局引凶手上钩。至于如何做，还得从那枚香囊说起。事发至今，香囊算是凶手露出的唯一破绽，原因嘛，自是凶手还有人要杀，结果被世子打断了计划，最终未能成事。既然凶手心愿未了，只需布个局，让凶手误以为自己能下手就行了。"

滕玉意这番话，说到蔺承佑的心坎里去了。先不论凶手认不认罪，光从此人两次在他眼皮子底下杀人，就不单是搜寻证据这么简单了，他想以其人之道还治其人之身，以出乎意料的方式撕开凶手的真面目。至于如何设局，这一下午他已经想好了两种计策，碍于凶手太奸猾，暂有几处细节拿捏不定，毕竟此事非同儿戏，必须保证凶手上当才行。

"我带着霍丘来，就是想帮着世子布局。"滕玉意道，"我现在有个绝妙的主意，敢保证凶手一定会上当，只是……"

"只是要跟我谈条件？"蔺承佑道，"王公子，且不说这些我已经提前想透了，该如何做我心里有数。单说对案子的熟悉程度，你也远不如我，你觉得你所谓绝妙的主意，我会很感兴趣吗？”

他眸中的墨意像能随着笑化开似的，他说完这话，仰头笑着要离开。

滕玉意笑看着蔺承佑的背影：“世子对案子再熟悉又如何？凶手一看到你，本能地会起戒心。我就不一样了，我不过临时借住在此处，与凶手和受害者都毫无关联，案子进展如何，与我毫不相干。同样一个局，由你来做，凶手未必会上当，但由我这样的外人来做，凶手的戒心会打消一大半。”

蔺承佑脚步一顿。

滕玉意绕到蔺承佑面前：“世子犹豫不决，是因为可用来布局的人不多吧？凶手知道绝圣和弃智是你的师弟，严司直和法曹参军又是官府的人。五道不靠谱，临时再从外面调人只会打草惊蛇。人选定不下来，局就不好做，因为凶手一旦起疑心，此局必定失败。目前看来，除了我，似乎没有更合适的布局人选了。”

“再则，”她指了指不远处的霍丘，“霍丘也曾禀告过世子，青芝死的头晚，他曾在外头撞见过她。青芝是在大半夜死的，霍丘看到她的时候她身上应该有些不对劲了，这是个很好的引子。凶手极聪明，聪明的人往往多疑，假如布局时再加上霍丘，就更容易引凶手上当了。”

剩下的话她不必说，霍丘可是她的人，蔺承佑想让霍丘乖乖配合，必须经过她的许可。

她一脸真诚：“我是诚心想帮着布局的，凶手穷凶极恶，我主动跳出来做引子，也是要冒很大风险的。”

话说到这份儿上，她知道差不多了，蔺承佑自负归自负，却是个绝顶聪明的人，比起与她斗气，自然是查办凶手要重要得多，而且此人能屈能伸，该放下身段的时候，不会硬端架子。

“时辰不多了。”滕玉意笑眯眯地掉头就走，“世子若是改主意了，令人去小佛堂找我吧。”

她一边走，一边在心里默数，数到五的时候，蔺承佑在她身后开腔了：“且慢。”

滕玉意嘴角翘起来。

蔺承佑笑着负手走到她跟前：“说吧，你想要什么？”

天色将暮时，蔺承佑令衙役下去传话，说大隐寺的犊车快来了，让伶妓们收拾好出来。

伶妓们早将衣裳鞋袜都收拾好了。

众人随衙役到了前楼，隔老远就听见有女子惊叫："不……不是我！"

众人心惊肉跳，下意识加快脚步，到了大厅一看，里头好些人，除了蔺承佑等人，还有好几个面生的胡商。

蔺承佑头戴玉冠，身着墨绿色平金竹纹襕衫，歪靠在条案前，样子有些困倦，仿佛好几夜没睡了，哈欠连天。

葛巾跪在地上，身子战栗不已。

严司直指了指身边的某位胡商："这几人均可做证，你曾有意购买腐心草。如今证据确凿，你竟然还想抵赖？"

葛巾面色惨白如纸："奴家是打听过腐心草，但拓拓儿回说药粉不足，奴家也就歇了心思。事后奴家没再打听过腐心草，此事拓拓儿可做证。"

严司直提高嗓门："拓拓儿只能证明你那回没买，事后你有没有另寻渠道，你自己心里清楚。腐心草不比寻常毒药，你突然出重金购买此毒药，敢说自己没怀着不轨之意？碰巧姚黄又是中腐心草而死，世上岂有这么巧的事？"

"不不不！"葛巾惶然摇头，"奴家买这毒药本是想自我了断，不是想害人的。"

蔺承佑揉揉眉心："编，接着编。希望待会儿到了大理寺，你也能这么嘴硬。"

衙役要将葛巾从地上拉起来。葛巾面色惨白如纸："世子殿下，求你听我一言。奴家被毁容后万念俱灰，一度想寻短见，但听说无论悬梁还是跳井，死前都要受好大一番罪。奴家想起以前听几位公子说过一种叫腐心草的毒药，据说人服下此毒之后，不痛不痒就会丧命。奴家想着若狠下心服了，也就不必留在世上遭罪了。奴家买药时本来怀着必死的决心，哪知拓拓儿没买成，奴家就想着，这或许是老天爷的意思，毕竟害我的人还没受惩处，我不能不明不白就死了。事后我也想明白了，我年纪尚轻，有手有脚，活下去总比寻死强，所以在那之后，我再没打听过腐心草。"

"如果我没记错，"蔺承佑道，"姚黄死后我曾屡次打听是否有人购买过此毒药，问到你跟前时，你可是一个字都不曾吐露的，你若是不心虚，为何缄口不言？"

葛巾张口结舌："因为……因为奴家怕自己说了会惹人怀疑，毕竟……"

"毕竟是姚黄害你毁的容。"蔺承佑嗤笑一声，"好了，有什么话到大理寺交代。把她带走。"

葛巾嗓门尖锥般地响起来："世子殿下，奴家是冤枉的！奴家从没害过人！"

衙役一左一右将葛巾往外拽，直到出了大门，葛巾的哭喊声仍绵绵不断。

严司直摇摇头："要是真无辜，怎会打腐心草的主意？一边谋害姚黄和青芝，一边假装蒙在鼓里，那晚跑到魏紫房中行刺，几乎把所有人给骗过去了。”

或许此事太令人震惊，厅堂里久久无人说话。蔺承佑再次打了个哈欠：“好了，总算水落石出了，不枉我两日两夜没睡，接下来只需专心对付二怪就好了。天色不早了，大隐寺的和尚怎么还没来？”

洪参军忙道：“哦，刚才蔺评事忙着审犯人，卑职没顾得上回禀，大隐寺的犊车中途坏了一辆，现在不够用了。有个和尚过来问，是临时雇车还是等他们大隐寺再派车来。”

“他们在哪儿？我去瞧瞧。”

他忽又想起什么，脚步一刹：“对了，贺老板把账本拿来吧。今晚若能收服二怪，明日我也就走了，这几日我们花了多少酒水钱，趁这个机会好好算一算。”

贺明生错愕地道：“小人还没感谢世子找出凶手呢，怎好意思讨要酒钱？世子殿下和诸位道长的吃用，理当由彩凤楼来孝敬。”

蔺承佑笑眯眯地道：“拿来吧，我可没有欠人酒钱的习惯。”

贺明生掩不住满脸的笑容，半推半就取来账本。蔺承佑翻开一看，笑了笑道：“知道了。”

他从袖中取了一块金角子递给贺明生：“多出来的钱，就当日后的酒钱了。”

他这一走，伶妓们慢慢缓过劲来，复杂的情绪在厅堂里悄然弥漫，起先只是几句零星的交谈声，逐渐声音杂乱起来。

沃姬欲哭无泪：“我这是造了什么孽！葛巾可是我千挑万选觅来的大美人，被姚黄给毁了容貌不说，连她自己都……”

萼姬一副惋惜得不得了的语气：“唉……葛巾这孩子，怎么就这么想不开？”

又有人道：“这也不能怨葛巾，花容月貌就这样被毁了，换谁都不甘心吧。”

一时之间，伤心的有，愤愤不平的有，但无一例外，随着凶手的落网，所有人的神色都松懈了几分。

萼姬用帕子抹了抹眼角，扭头瞥向一边的抱珠和卷儿梨。抱珠正静静地打量着卷儿梨，也不知在想什么。卷儿梨傻呆呆地望着地面，似乎对周遭的一切浑然不觉。萼姬下死劲戳了卷儿梨一下：“我看你要傻到几时！”

贺明生跑到严司直面前含笑询问了几句，得到准许之后，让下人去厨下弄些茶果来。

滕玉意坐在角落里，见状不由得感慨万千：“还好查出是谁了，一想到凶手就在楼里，这几日夜里都睡不踏实。”

说完她才发觉霍丘神色不对，奇怪地问道："霍丘，你怎么了？"

霍丘压低嗓门道："小人觉得不太对劲。"

滕玉意蹙了蹙眉："怎么了？"

"青芝出事的当晚，我看到那个人了。"霍丘看了一眼不远处的卷儿梨。

"卷儿梨？"滕玉意惊讶地望向前方，"你在哪儿看到她的？青芝出事的那晚吗？"

这话嗓音不小，立刻引来周围人的注目。

霍丘慌忙环顾左右："公子，小声些。"

"怕什么，反正凶手都被抓住了。"滕玉意好奇地道，"说说你都看到什么了？"

霍丘低声说："其实也没什么，就是青芝走后，卷儿梨也在廊道里晃了一下，小人以为她路过，事后也就没多想。"

滕玉意若有所思地看着卷儿梨："难怪她最近像变了一个人似的，该不会是那晚看到了什么，被吓坏了吧？"

程伯目光闪烁："公子，要把这件事告诉成王世子吗？"

"不必多事，横竖凶手已经找到了。不不，万一另有曲折，还是告诉他吧。"

霍丘用力点了点头。

他们说话这工夫，天色越来越暗，橘红色的晚霞被幽蓝所替代，庭前的花木慢慢笼罩在阴影里，厅堂里越来越昏暗，众人的面目也变得模糊。贺明生张罗着让人点灯，只听"欻"的一声，有团黑影快速从庭前的花丛里掠过。

抱珠惨叫："有鬼！有鬼啊！"

贺明生一贯胆小如鼠，声音直发抖："别……别胡说。"

众人正自惊疑不定，外面蓦地飘来女子瘆人的笑声，那声音古怪尖亢，俨然一把破哑的胡琴，晚风诡异地涌动，吹来浓浓的血腥气。滕玉意腕上丁零零响了起来，愕然举起一看，原来是蔺承佑给她的那串玄音铃。

绝圣和弃智拔剑一纵："不好！尸邪来了！"

这句话犹如炸雷，众人吓得拔腿就逃。据说这东西挖人心肝，一旦碰上绝不可能生还。

五道在黑暗中急声道："莫要慌！有我们在，它伤不了你们。"

绝圣和弃智在外面嚷道："我们来引开它，五位道长，你们快带人到后头去。"

"好。"五道齐齐拔剑，"横竖你们师兄很快回来，我们先去后院护阵，大伙快跟着我们走。"

一片混乱中，滕玉意慌忙唤道：“卷儿梨！卷儿梨！”

卷儿梨含含糊糊地应了一声。

“尸邪的目标是我们三个，现在葛巾娘子被送到大理寺了，只有你我二人了，你快去葛巾娘子的房间，世子在她房间外面布了阵法，只要躲进去就没事了。”

见天闻言忙道：“见乐，你送王公子。见喜，你送卷儿梨。你们安置好二人后，赶快到后院来护阵，尸邪都来了，金衣公子肯定也在附近。剩下的人都听好了，所有人都去小佛堂！尸邪的目标不是你们，离这两个人越远越好。”

严司直和洪参军在黑暗中高声说：“快跟上五位道长。”

见喜循声找到了卷儿梨，大声说：“快随老道来。”

见乐也找到了滕玉意，众人勉强辨认着方向，乱纷纷地朝后头跑去。

滕玉意提心吊胆地跑到了倚翠轩，打开门往里一钻。

屋子里幽暗若漆，无奈一时没找到灯烛，她喘息着坐到窗前，借着月光看腕上的玄音铃，也许是离邪煞远了，铃铛总算不再响了。

廊道里依旧脚步凌乱，只听见喜道：“卷儿梨，这门上的符箓是世子画的，足可抵挡尸邪一阵，你在房里好好待着，不管听到什么都不要开门。”

滕玉意心跳如擂鼓，侧耳凝听外头的动静。不知过了多久，周遭变得安静，看样子人都去了小佛堂，远远有喧闹声从园子的方向飘来，那边的繁杂吵闹，越发凸显廊道里的岑寂。

滕玉意在黑暗中坐久了，五感变得异常敏锐，不料一下子，廊道里忽然响起沙沙的动静，乍一听像风吹落叶的声音，仔细一分辨，却是一个人的脚步声。

那人先前一直躲在角落里，确认周围没有人了才悄然出来，看准了方向，小心翼翼地朝前走去，只因走得太谨慎，短短一段路，脚下竟走出了轻而缠绵的味道。

那人到了葛巾的房外，再次打量一下周围，运足内力推开门，闪身进了房间。

本想着房里的人若是尖叫，便告诉她自己是因害怕才误闯进去的，哪知窗前的少女毫无动静，只自顾自低头坐在矮榻上。

这样甚好，省得自己再浪费唇舌，楼中的人都跑到了园子里，眼下正是下手的好时机。据说尸邪喜欢掏心，自己可以依样画葫芦，等蔺承佑发现她的尸首，只当她是被尸邪所害。

其实自己真不想再杀人了，何况她与自己并无仇怨，可谁叫她看到自己在闹市中跟踪青芝，那可是自己谋害青芝的证据之一。她现在是神志未恢复，万一病好了，没准会把这件事告诉蔺承佑。这小子太不好对付，两下里一对上，一切都瞒不住了。

掌心已经运足了功力，自己只需瞄准后背，往前一探就能穿膛而过，可不知为什么，心里竟生出一股强烈的负罪感。

这是良心在作怪，就像当初杀害青芝和姚黄时，自己也曾如此煎熬。

人们都说邪术不能常练，因为迟早会坏了心性，现在自己终于体会到了，明明知道不对，伤天害理的事却越做越顺手，自己想回头，已然回不了头，若叫爷娘知道……不，一想到爷娘，胸膛里就痛得喘不上气来，如果世上有公道，爷娘怎会落到那样的下场？他们做了一辈子的好人，到头来却尸沉河底。

这么想着胸中戾气暴长，那人来不及多想了，前几日被禁足，一直没找到机会下手，今晚尸邪闯来，算是老天相助。身子一倾，那人猛然抓向少女的后背，少女依然不动不躲，口中却喊出一个人名。

三个字，活像一记重锤，咚地朝那人面门砸过来，电光石火间，窗外流星般飞来一条银链，那人连脖颈都被缠住了。

与此同时，有人从窗外飞纵进来，左手拽紧银链，一脚踢中那人的心窝。

胸口活像被碾碎了，这一切发生在一瞬间，照那人的身手本可以躲开，此刻却因那三个字来不及反应，那是记忆中再熟悉不过的一个称呼，多年前，曾伴随着渡口的船艄摇橹声，一次次从最亲的人嘴里喊出来。

怎么会？不可能！为什么她会知道？

少女跳起来躲到高挑少年的身后，只把一双狡黠的眼睛露在外头：“果然是你！”

王公子？！

怎么会是她？卷儿梨呢？

蔺承佑？他原来一直躲在窗外。

好啊，这一切根本就是圈套！自己明明已经足够小心了，到头来却栽在他们手上。

门外又拥来好些人，严司直和衙役们手中提着灯，一下子照亮屋子，有人惊声道：“竟是你！”

脖颈上被人重重一勒，根本不容自己多想。蔺承佑抬手将那人从地上拽了起来，冷笑道：“不枉我们费了这么多功夫，你总算露出真面目了。”